비틀리스 1

비틀리스

1

하세 사토시
김진아·박춘상 옮김

황금가지

그 웃음을 나는 믿는다.
설령 너에게 영혼이 없을지라도.

일러두기

1. 본 도서는 가도카와문고(角川文庫)에서 2018년 출간한 문고판을 바탕으로 번역되었습니다.
2. 지명과 고유명사의 표기는 대체로 외래어 표기법을 따랐으나, 인명의 경우 예외를 두었습니다.

차례

1권

PHASE1 **CONTRACT**

희미한 잠결 속, 아라토는 항상 꿈에서 두 가지를 본다.

한 가지는 복도를 한가득 메우며 부풀어 오르는 거대한 불꽃이다. 세상 전체가 다 불타오르는 것처럼 소용돌이치는 붉고 숯검정색인 해일에 휩쓸리는 악몽이었다.

또 한 가지는 그를 올려다보며 꼬리를 흔드는 개에 대한 기억이다.

화염에 휘말리는 바람에 전신 화상을 입어 입원한 아라토는 심장 소리마저 느껴지지 않을 정도로 조용한 병원 앞뜰에서 사람들을 바라보고 있었다. 초등학교에 갓 입학한 당시, 아버지는 바쁘고 여동생은 아직 어렸다. 그래서 가족은 가끔 면회만 오는 정도라서 자신은 챙겨 줄 가치가 없는 존재인 줄 알았다.

졸음 속에서 기억은 마치 백일몽이다. 심하게 아플 때 진통제 주사를 맞으면, 파도 소리마저 다 깎아 낸 것처럼 세계는 조용해진다.

그 쓸쓸한 세계에 흰 강아지가 찾아왔다.

정신을 차리고 보니, 개 한 마리가 그에게 바짝 다가와 있었다. 흥미진진한지 발치에 코를 들이대며 냄새를 맡았다.

“이 애가 아라토와 친구가 되고 싶대.”

간호사 옷을 입은 젊은 여성의 얼굴은 언제나 제대로 기억나지 않는다.

그 대신, 개의 애교 어린 몸짓만은 기억하고 있다. 머리를 쓰다듬어 주면 앞발로 턱을 간질여 달라고 재촉해 댔다. 짧은 흰 털로 뒤덮인 포동포동한 몸으로, 하얀 꼬리를 파닥파닥 흔들며 튀어 오르는 것처럼 뛰어왔다. 신발 뒤축에 하도 장난스럽게 달라붙는 통에 조금 무리를 해서라도 몸을 움직이지 않을 수 없었다.

“얘도 아라토 너희와 같이 놀고 싶대.”

간호사가 며칠 후, 또래 남자애를 데리고 왔다.

손발이 하도 말라 가늘기에 환자인 줄 바로 알았다. 그 애가 병원식을 먹지 못해서 링거를 맞고 있다는 사실을 안 건 나중 일이었다.

어떻게 하면 좋을지 몰라 그 깡마른 아이와 눈을 마주치지도 못했다.

강아지만이 커다란 눈을 빛내며 흥분할 뿐이었다. 누구와 놀지 정하기 힘든지, 혀만 내민 채로 그 자리를 빙빙 돌기 시작했다.

사람의 마음은 눈에 비친 모습에 의해 움직인다. 마음은 인간이 아닌 존재를 통해서도 흔들리곤 한다.

그리고 아라토는 멀거니 서 있는 그 애의 얼굴을 쳐다보았다. 아이의 표정은 암흑 속에서 길이라도 잃은 것처럼 흐리고 멍했다. 도와 달라고 소리치기도 힘든 모양이었다. 안타까울 정도로 불거진 목을 누르기만 했다.

코를 훌쩍거리는 촉촉한 소리가 발밑에서 들려왔다. 작은 강아지가 뒷발이 비틀거릴 정도로 꼬리를 흔들어 대는 게 보였다. 세상과 자기 자신에게 쓸쓸함을 느끼고 있을 때, 참으로 즐거이 행동하는 존재 덕분에 조금은 시름을 덜 수 있었다.

"굉장히 신이 났나 봐."

말을 꺼내니 정적이 무너졌다.

가슴에 따듯함이 저며 들어, 어쩐지 눈물이 왈칵 날 것만 같았다.

강아지가 땅바닥 냄새를 맡다가 아라토를 올려다보았다. 자신이 먼저 즐겁게 행동한다면 더 이상 외로움은 느끼지 않게 되는 걸까, 하는 생각이 들었다.

눈앞에 있는 남자애는 아라토만큼 다친 곳은 없었지만, 입을 꾹 다물기만 하고 아무 말도 하지 않았다.

아픈 몸으로 손을 뻗는 건 거의 모험과 다름없었다. 그러나 자신부터 먼저 시작하자고 마음먹었다.

"난 엔도 아라토야."

아라토는 용기를 내어 첫걸음을 내디뎠다.

"나랑 친구가 되어 줄래?"

* * *

교실 창문을 통해 햇살이 쏟아져 들어온다.

엔도 아라토는 교실 의자에 몸을 기댄 채 신음했다.

"더워. 아직 4월밖에 안 되었는데……."

하늘은 한없이 투명하고 드높았다. 아라토는 교실 천장을 바라보았다.

"너 수업 시간에 아주 대놓고 자더라."

교복 셔츠의 두 번째 단추까지 풀어 헤친 소년이 아라토 곁에 서 있었다. 쉬는 시간이 되자 곁으로 다가온 친구, 카이다이 료였다. 료는 긴 앞머리를 늘어뜨려 멋을 낸 잘생긴 학생이다.

"똑같이 푹 잠들어 있던 사람이 할 소리는 아니지 않아?"

뒤편에서 목소리가 들렸다. 스구리 켄고의 자리는 아라토의 바로 뒤다. 켄고는 자신이 냉정 침착하다고 자칭하지만, 안경 너머 눈은 고집스럽기도, 때로는 소심해 보이기도 하는 등 인상이 잘도 바뀐다.

료는 건성으로 대꾸했다.

"나는 어제 예습해서 괜찮아."

아라토가 보기에는 료가 일반 수준의 고등학교에 다니고 있는 게 신기할 정도였다.

"넌 머리가 좋아서 부럽다."

시원스러운 표정을 짓고는 있었지만, 료는 은근 기뻐 보였다.

"칭찬하지 마. 근데 학교가 아직 남아 있는 이유는 인간관계를 쌓는 훈련을 위해서가 아니겠어? 머리가 좋고 나쁨은 우리 세대에서 곧 의미도 없어질걸."

켄고가 수업 시간에 한 필기를 학교 단말기에서 휴대 단말기로 전송했다.

"부자들은 참 다이내믹하네. 게으름 피우는 변명까지도."

아라토는 책상 표면에 박힌 화면에 경고창이 뜬 것을 보고 진절머리를 냈다. 주머니에서 카드 크기의 휴대 단말기를 꺼내 확인해 보았다. 개인 스케줄러에 숙제 마감일이 붉게 입력되어 있었다.

"이게 어떻게 된 거야? 나만 숙제가 늘어났어."

"내 계산으로는 앞으로 10년 남았다고 봐. 그즈음이면 하는 일이라고는 여자들이랑 즐기는 게 전부일걸."

춤이라도 추는 것처럼 두 팔을 벌리며 료가 선언했다.

2학년 C반의 절반이나 되는 여학생 스무 명의 냉랭한 시선이 이쪽으로 쏟아지는 느낌이 들었다.

"카이다이, 이 교실에서 그런 얘기를 잘도 하는구나."

"왜 안 돼?"

"우리 반 여자애들한테 다 수작을 걸었잖아."

"그건 올해 내 목표였으니까. 일주일에 한 명씩. 나 정말 열심히 하지 않았냐?"

아라토를 비롯한 이 셋만 유난히 붕 떠 보였다. 이게 전부 료가 사고를 쳤기 때문이다. 반이 바뀌고 나서, 반반한 외모에 공부도 잘하는 료는 온 여학생들에게 말을 걸며 친한 척했다. 그러자 여자애들 사이의 관계가 복잡해진 탓에, 결과적으로 료는 저질이라는 데 모두의 의견이 일치하게 되었다.

여학생들한테 이렇게나 노골적으로 미움받으니 다른 남자애들도 적극적으로 다가가려 하지 않았다. 그래서 원래 사이가 좋았던 이들끼리만 어울리게 되었다.

아라토의 이마에 땀이 맺혔다.

"료, 학교는 인간관계를 위한 거라고 네 입으로 말했지? 넌 언제 호되게 당해서 뼈저리게 느껴 봐야 할 거다."

"아, 맞다. 일요일에 이웃 고등학교 애랑 만날 약속을 했는데, 아라토 너도 와라."

료가 뒤에서 팔을 턱 걸쳤다.

"나는 안 돼. 동생이랑 놀러 갈 약속을 했다고……."

"거짓말하지 마! 유카가 오빠의 용돈이 적은 이 시기에 오빠 등골을 빼먹을 리가 없어."

"네가 유카에 대해서 뭘 안다고 그러는 거야?"

"카이다이는 뭐든지 엔도를 끌어들이는 걸 참 좋아하는구나."

켄고의 지적에 료가 환히 웃어 보였다.

"아라토랑 있으면 재미있거든."

아라토는 사실 이 녀석은 머리가 나쁠지도 모른다는 생각이 들었다. 그리고 이렇게 어울리는 아라토도, 켄고도 바보일지도 몰랐다.

교실 창문 저 너머로 보이는 마을은 반짝반짝 빛이라도 나는 듯했다. 태양전지 패널이 강 저편의 주택가에서 햇살을 반사하고 있었다.

학교는 4월부터 3학기가 막 시작되었다.

일본도 서구권 국가들처럼 1학기가 9월부터 시작되는 제도로 바뀐 지 꽤 오래되었다. 100년 전에는 벚꽃이 필 무렵이 입학식 시즌이었다고 하는데, 지금은 그게 더 신기할 정도다.

아라토와 친구들은 벚나무들이 가로수를 이루는 스미다가와 강변을 따라 하교했다.

요 100년 동안 한 번 무너졌었던 고토토이바시 다리를 옆에 끼고, 아라토 일행은 우시지마 신사의 깨진 석비 곁을 지나갔다. 보쿠테이도리 거리를 따라 심어진 벚꽃 터널 속으로 들어갔다.

"꽃구경은 어쩔까."

아라토는 스미다가와 강의 제방과 마주한 형태로 세워진 석비 곁에서 발길을 멈췄다. 42년 전, '해저드'라는 거대한 대재해가 발생했다. 혼조아즈마바시 일대를 초토화한 대재해의 참상에 대해 알리는 이 비교적 새것인 비석에 노인들이 자주 꽃을 바치곤 한다. 비석에 설치된 AR 사진 형태의 역사 기록이 아라토 일행의 접근에 반응하여 공중에 표시되었다.

4월 초의 따스한 기운 때문에 료는 교복 겉옷을 벗은 상태였다.

"이번 주 일요일에 꽃구경 가자."

"너도 참 끈질기구나. 몇 명 불렀는데."

아라토는 교복 옷깃에 붙은 작은 다이얼을 돌렸다. 웃옷 겨드랑이 안에 내장된 저온 전기 소자에 전류가 통하면서 옷 안이 시원해지기 시작했다.

눈에 힘을 주며 료가 손가락을 네 개 치켜세웠다.

"여자애들이 네 명."

"야, 빨리 사과나 해. 나랑 켄고가 가도 남자가 셋뿐이야."

"아라토, 그건 나한테 친구가 두 명밖에 없다는 전제잖아."

"없는 거 맞잖아."

"있단 말이야. 나 운다."

구(舊) 스미다 구청 근처는 최근 50년 사이에 크게 구획 정리가 되었다. 아즈마바시, 고마가타바시를 기점으로 도로를 장기판의 눈금처럼 깔끔하게 구분을 지어 놓았다.

넓은 차도를 강물이 흐르는 것처럼 부드럽게 자동차들이 달려갔다. 자동 조종 기능이 모든 차량에 보급되면서 공공도로에서는 차량 정체가 사라졌다.

아라토 일행이 교차점에 도착했을 즈음, 한 할머니가 4차선 도로를 건너던 참이었다.

노란 트레이닝복을 입은 소녀가 곁에 다가가 할머니의 손을 잡아끌며 건너는 걸 돕고 있었다.

망설일 틈도 없이 곧바로 아라토의 몸이 움직였다. 곧 있으면 신호가 바뀔 듯해서, 이대로라면 제때 다 건너지 못할 것 같았다.

"나도 좀 갔다 올게."

그러자 멍하게 있던 켄고가 뒤에서 말했다.

"저 애, 인간이 아니야."

세미 롱 길이의 머리칼을 가진 소녀는 외모도, 행동도 인간과 별반 차이가 없었다.

켄고는 기계나 컴퓨터에 대해 잘 안다.

"인터페이스 작동 중에 괜히 도와주면 오히려 정보 처리에 부담만 가중된다고."

인터페이스란, hIE, 즉 humanoid Interface Elements(휴머노이드 인터페이스 엘러먼츠)라고 불리는 인간형 로봇을 뜻하는 말이다. hIE는 인체가 할 수 있는 일의 대부분을 대신할 수 있다. 덕분에 인력 부족이 거의 사라져서 세계는 매우 편리해졌다.

"그래도 내가 하고 싶어서 그래."

아라토는 건널목으로 달려갔다. 소녀형 안드로이드가 달려오는 그를 보고 미소 지었다.

"도와 드릴게요."

"고맙구나."

등이 굽은 할머니가 자글자글하게 주름 잡힌 얼굴로 웃으며 감사를 표했다.

인간은 감정을 직접 전달할 수 없기에 행동으로 표현한다. 그러나 이미 이러한 일은 인간이 아닌 존재마저도 할 수 있게 되었다.

이게 아라토가 사는 현실이었다. 서기 2105년의 일본 사회는 안드로이드가 사회의 구멍을 메워 돌아가고 있다.

아라토는 기다려 준 친구들 곁으로 돌아갔다. 다들 어이없어하고 있었다.

"너 말이야, 나중에 분명 어디서 사기라도 당할 거다."

혼조아즈마바시의 지하철역 주변에는 제법 복잡한 번화가가 자리한다. 해저드라는 대재해 속에서도 버텨 낸 낡은 건물과 전혀 다른 자재로 지은 새 건물이 이 번화가에 혼재해 있다.

"여자들에게 잘 대해 주어야 좋은 거 아니겠어? 아니, 너희도 좀 돕고 그래라."

살펴보니 거리에는 hIE가 참 많았다. 만년 인력 부족이었던 접객업에서 매우 환영받기 때문에 음식점에는 특히나 그 수가 많다.

켄고는 이 지역에 살아서 동네에 대해 잘 안다.

"저기 붕어빵을 굽는 여자도 hIE라는 건 아니니?"

아사쿠사도리 거리와의 교차점을 건너자, 붕어빵 가게에서 금발을 예쁘게 말아 단장한 여자가 형틀을 돌리는 모습이 보였다.

"저쪽 소바 가게 점원도. 스카이트리 쪽에 있는 슈퍼 계산대에도 서 있잖아. 어디에 있는 hIE라도 연로한 어르신을 보면 돕는다고."

"참 열심이구나."

지나가는 길에 빤히 쳐다보자, 그 hIE 점원이 "붕어빵 하나 어떠세요?"라고 미소를 지으며 말을 건넸다. 땀 한 방울 흘리지 않았다.

료가 같은 반 여자애들한테 던지던 것과는 다른 차가운 눈길을 그녀에게 보냈다.

"hIE는 열심히 노력하고 있는 게 아니야. 아라토, 넌 작동 중인 모터를 보고 힘내라고 응원을 하나 보지?"

"어떻게 생각하든 자유잖아."

"머릿속이 아주 꿈동산인걸."

"꿈동산에 과학이 찾아온 거구나."

"비과학적인 사람까지 전부 과학에 폭 빠지게 하는 게 진정한 진보지."

친구들은 제멋대로 떠들어 댔다.

그때 아라토의 시야 한구석으로 이런 곳에 있으면 안 되는 것이 들어왔다.

소바 가게가 배달용 파워 어시스트 자전거를 세워 놓은 뒷골목에 내놓고 기르는 검은 고양이가 무엇인가를 열심히 끌고 있었다.

자신의 몸통만 한 흰 물체를 입으로 깨물어 무거운지 힘들게 질질 끌었다.

밝은 햇빛 아래에서 그건 매우 이질적으로 보였다.

인간의 팔이었다.

"으, 으악."

머릿속에서 순간 핏기가 싹 가셨다.

피부가 매끄러운 오른손이었다. 고양이가 도망치자, 팔꿈치 언저리에서 뜯긴 살덩어리만이 데구루루 바닥을 굴렀다.

다리가 움츠러들었다.

옆을 앞질러 나아간 켄고가 그 팔을 덥석 집어 들었다.

"또 이러다니."

그리고 집어 든 팔을 이리저리 흔들었다. 흰 튜브가 절단면에서 튀어나와 피 같은 액체를 뚝뚝 흘렸다.

"요즘 hIE를 부수고 다니는 사람이 있대. 부서진 기체들이 몇 대나 발견되었다니까. 얼마나 아까운지."

"아까운 게 아니라 불쌍한 거잖아."

심장의 두근거림이 좀처럼 가라앉지를 않았다. 하얗고 날씬한 손은 완전히 인간 여자의 것으로밖에 보이지 않았다. 아무리 인간이 아니라고는 하지만, 인간의 형태를 하고 있으니 도저히 그냥 보고 넘어갈 수가 없었다.

"차 한 대 값은 하는데 이렇게 고물이 되면 당연히 아깝잖아."

뜯겨 나간 그 팔을 만지려던 아라토의 어깨를 료가 붙잡았다.

"만지지 마. 어디서 굴러온 건지도 모르는데."

"이걸 그냥 쓰레기통에 처박아 둘 수는 없어."

아까 할머니를 도와준 노란색 트레이닝복의 안드로이드가 걷고 있는 모습이 눈에 들어왔다. 이 팔의 주인도 그녀처럼 친절한 행동을 했는데도 부서졌을 거라는 생각을 하니 슬펐다.

"착각하지 마, 아라토. hIE는 설정된 행동 패턴대로 인간을 도울 뿐이라고. 인간 같은 외관을 가진 물건이 착하고 올바르게 행동하게 하면, 상품으로써 받아들여지기 쉬우니까 말이야. 그저 이미지 전략적인 선전일 뿐이라고."

료는 잔해를 내려다보며 단호하게 말했다.

"이건 그저 '물건'이야."

번화가 한가운데인데도 길을 가는 사람들은 켄고가 쥐고 있는 손을 봐도 놀라지 않았다.

친구들은 hIE를 좋아하지 않는 듯했다. 주변 사람 중에는 얼굴을 찌푸리는 이가 있는가 하면, 동정적인 눈길을 주는 이도 있었다. 그렇지만 이 '그녀'가 물건이 아니라 인간이었다면 절대로 이러한 싱거운 반응으로 끝나지 않을 건 명백했다.

아라토도 살인이라고 착각했을 때보다 위기감도, 기분도 훨씬 가라앉았다.

그래도 인간의 형태를 한 것을 내던져 버리자니 마음이 무거웠다.

"경찰에 가져다주자. 그냥 버리기에는 역시 불쌍해."

* * *

그날 밤, 도쿄 만 제2매립지 군도 한구석에서 사건이 발생했다.

광대한 부지를 가진 연구소의 한 빌딩 기저부에서 땅울림과 함께 둔탁한 폭발음이 울렸다. 그 직후, 검은 연기가 1층 입구에서 눈사태처럼 쏟아져 나왔다.

전체 높이 50미터의 15층짜리 빌딩의 창문이 차례로 깨졌다. 섬유 건자재로 된 검은 외벽이 조용히 진동했다.

그러더니 건물 안의 불빛이 모두 꺼졌다. hIE 행동 제어 분야에서 큰 시장 점유율을 가진 밈프레임 사의 도쿄 연구소가 죽어 버린 순간이었다.

22시 8분. 대형 수송 헬리콥터가 바다 쪽에서 제2매립지 군도 쪽으로 접근했다.

첫 폭발과 동시에 긴급 출동 요청이 날아들었다. 밈프레임 사를 경비하는 PMC(민간 군사 회사)인 HOO(Hands of operation)가 사태를 수습하기 위해 행동을 개시한 것이다.

지바 현, 후나바시에 위치한 헬리포트에서 날아온 헬기는 거대한 컨테이너를 운반 중이었다.

헤드 마운트 디스플레이가 장착된 헬멧을 쓴 파일럿이 셰스트 쪽을 돌아보았다.

"재일 미군과 일본군이 허가한 비행 시간은 20분입니다. 도쿄 도 상공에 있을 수 있는 건 그 정도밖에 안 된다는 걸 잊지 마십시오."

셰스트 애커먼은 굵직한 목덜미의 근육을 손가락으로 주물렀다. 헬기의 병력 탑승 공간은 무인 병기의 운용 지휘소로 되어 있다. 미 육군 그린베레의 정예였던 그에게는 어깨가 결릴 수밖에 없는 직장이었다.

"애커먼 부대, 작전 전에 다시 한 번 확인한다. 작전 목적은 연구소 폭발 사고시 도주한 hIE 다섯 대를 파괴, 혹은 포획하는 것이다. 연구소에 있던 민간인은 이미 대피소로 피난했다."

기괴하기 짝이 없는 공격 요청이었다.

hIE가 '도주'를 하는 일은 있을 수도 없는 일이기 때문이다. hIE는 인간과 똑같이 생겼지만, 그 행동은 거의 기체 외부에서 정해진다. 네트워크상의 전문 프로그램과 샘플링된 방대한 행동 요소의 집적체에서 가장 최적인 행동을 선택하여 움직인다. 다시 말해, 저 멀리 떨어진 장소에서도 무선으로 원격 조종이 가능한 꼭두각시다.

밈프레임 사는 hIE 행동 관리 클라우드를 다루는 대기업이다. 즉, 셰스트의 부대는 꼭두각시 인형사한테서 '인형이 도망쳤으니까 붙잡아 달라'는 의뢰를 받았다는 뜻이다.

헬기의 회전 날갯소리는 조용했다. 한밤중이어도 거의 알아차리기 힘들 정도로 고요하게 어둠을 뚫고 일정 높이를 유지하며 날아가고 있었다.

급행 중인 긴급 출동 팀은 헬기 파일럿인 토마 류 중사, 오퍼레이터인 유세프 마라이 상사, 대장인 셰스트까지 세 명이다. 아무도 의뢰 정보가 비정상적이라는 말은 하지 않았다. 프로이기 때문이다.

셰스트는 두개골에 삽입된 통신기로 데이터링 연결이 된 전술 지휘소에 연락했다.

"소령님, 작전 개시 위치에 도착했습니다. 센서로 적 색출 작업을 개시합니다."

헬기의 열 센서가 인간 크기의 열원 다섯 개를 감지했다. 밈프레임 사의 도쿄 연구소 핵심 연구동에서 제1매립지 군도 밖으로 나가려는 모양새였다.

HOO 전투 부대의 작전을 제안하는 지휘소의 AI가, hIE들에게 다리를 건너게 하여 오다이바의 주택가로 이동시키도록 전술을 제시했다.

셰스트는 잘 단련된 팔로 팔짱을 끼며 신음했다.

"과격하군."

그건 바로 무인 전투 유닛을 요격할 때의 최종 수단이었다. 컴퓨터 제어기기는 자신의 판단만으로 인간을 공격할 수 없다. 그 행위는 소유자에게 의사 확인을 받을 수 있는 도구만의 특권이라고 할 수 있다. 지휘소의 AI는 무인 전투 유닛이 인구 밀집지에 들어갔을 때 자유로이 행동할 수 없게 되는 성질을 이용하려는 것이었다.

군모를 쓰고, 안대를 찬 여자의 상반신이 셰스트의 망막에 박힌 디스플레이에 표시되었다.

〈지휘소 AI의 감도를 좀 낮추도록 하지. 의뢰인은 목표물의 위험도를 상당히 높게 잡고 있다. 그래서 우리에게 긴급 출동을 요청했지만, 주택가에서의 전면 전쟁까지 요구하는 건 아니다.〉

콜리덴 르메르 소령은 40대의 냉정하고 침착한 지휘관이다. 그녀가 어떤 경력을 쌓은 인물인지는 셰스트도 모른다.

"소령님, AI의 전술 제안은 어쩌시겠습니까?"

그 어떤 곤란한 상황에 직면하더라도 셰스트가 길러 온 자신감은 흔들림이 없었다. 그는 열여덟 살에 육군에 입대하여 16년이나 경력을 쌓은 고참이다. 다루는 장비가 커지고, 소위로 승진을 해도 그의 사고는 강건하고 충실한 병사의 것이었다.

〈내 권한으로 기각하지. 경찰 차량이 다리를 봉쇄하기 위해 집결 중이어서, 주택가까지 목표물을 유도하는 것은 비현실적이다.〉

소령이 인도주의자여서가 아니다. 다리에서 전투하는 상황을 피하려는 것이다. 바닷속으로는 무선 통신에 필요한 빛이나 전파가 닿지 않기에 무인 병기를 제어할 수 없다. 따라서 무인 병기로 편성

된 긴급대응용 육상 전투 부대로는 목표물이 다리에서 물속으로 추락할 경우, 손을 쓸 수 없게 된다.

"소령님, 차기 플랜을 제시해 주십시오."

〈제2매립지 군도는 학술연구 도시이므로, 야간 인구는 거의 없다. 이 지역 안에서 처리하도록. 의뢰인이 정부로부터 대형 화기 사용 허가를 받았다. 화력을 제한할 필요는 없다.〉

전송된 허가 리스트는 hIE 다섯 대를 포획하기에는 너무 과할 정도였다. 이제 일본에는 100년 전과 같은 군사 알레르기는 없다. 그러나 전달받은 리스트의 허가된 무기들은 수도의 주택가 코앞에서 쏴 대기에는 비상식적인 위력을 지녔다. 하달받은 업무와 무장이 제대로 일치하지 않았다. 즉, 의뢰 정보가 불충분하다는 뜻이었다.

그는 목덜미를 찌르는 둔탁한 긴장감을 느꼈다.

"유세프, 의뢰인으로부터 받은 데이터는?"

아프리카계 프랑스인인 통신사가 뼈 굵은 낭창낭창한 손가락으로 컨트롤러의 키를 두들겼다.

"유출된 hIE는 모두 여성형. 각각 특수한 유닛을 장착하고 있습니다. 아직 이 이상의 데이터는 없습니다. 이런 게 데이터라면, 예부터 정보 부족으로 지는 군대는 있지도 않을 겁니다."

셰스트는 망막에 직접 투영된 시간 카운트를 확인했다. 그들의 헬기가 도쿄 지역에 침입한 지 이미 5분이 지났다.

"컨테이너를 내려라. 이쪽이 지상부대를 전개하는 사이, 소령님이 교섭에 나서 주시겠지."

주택이 적은 연구 도시에는 널찍한 도로가 쭉 깔려 있지만, 인기척은 전혀 없었다. 의뢰인이 소방차나 구급차까지 연구소 부지 안으로 접근시키지 않은 덕분이다.

헬기는 가로등이 흰빛을 뿜어 내는 쓸쓸한 길거리를 목표로 하여 고도 20미터에서 컨테이너를 낙하시켰다. 땅에 닿을락 말락 하는 지점에서 폭발적으로 가스를 분출하며 국제 규격의 컨테이너 두 개 분량 용적의 강하 컨테이너가 착륙했다.

그 안에는 두 개 분대의 무인 병기가 실려 있었다. PMC의 한 개 분대는 미 육군과 마찬가지로 병사 열한 명으로 구성되어 있다. 두 개 분대라면 군용 화기를 탑재한 무인 병기가 22대, 오다이바 정도의 소규모 지역이라면 금방 불바다로 만들 수 있는 수준이다.

컨테이너의 자율 지성 시스템의 요청으로 헬기에서 자동으로 센서 유닛이 투하되었다. 모(母)유닛에서 일회용 카메라 유닛 64개가 날아올라 날벌레처럼 날개를 파닥이며 주변 영상을 수집하기 시작했다.

운용 지휘소의 입체 스크린 위에 손바닥 크기의 스크린이 64개 송출되었다.

어느 화면에도 인간이 감지되지 않자, 작전 구역 클리어 표시가 스크린에 떴다.

제2매립지 군도는 예전에 '중앙 방파제 외측 매립 처분장'이라고 불렸다. 42년 전의 해저드로 발생한 방대한 잔해들을 최종 처분한 장소였으니 말이다. 따라서 이미지 면에서 좋지 않다는 이유로 주택지로 사용되지 않았다. 전투에는 매우 적합한 장소였다.

카메라 영상 중 다섯 개가 화상 인식 필터에 걸렸다. 확대된 영상이 스크린 중앙으로 미끄러지며 나타났다.

"포획 대상이 센서에 잡혔습니다."

수많은 작전에 참여했던 셰스트는 전장인데도 불구하고 전투를 그만 잊고 말았다.

한밤의 거리를 헤매는 것이 다섯 색의 빛과 예술품처럼 아름다운 여성들이었기 때문이다.

"특수 유닛이라는 건 이건가 봅니다."

유세프가 화면을 확대했다. 붉은색, 녹색, 노란색, 주황색의 선명한 빛을 뿜는 슈트를 입은 hIE들은 제각각 거대하고 기묘한 도구를 든 모습이었다.

직육면체의 강하 컨테이너에서 HOO의 무인 병기 분대가 참전하여 곳곳으로 산개했다. 셰스트는 그 움직임을 스크린으로 지켜보았다. 신장 2미터 정도의 군용 무인기들이 널찍한 길목에서 지형을 교묘하게 이용하여 몸을 숨겼다.

대형 무기를 실은 바퀴형 무인기가, 인간형 무인기가 구축한 전위 방어선 뒤에서 사냥의 순간을 기다렸다. 선봉은 부유하는 스마트 폭뢰였다.

PMC의 행동 제어 클라우드가 꼭두각시들을 유연하게 조작해 냈다. 인간에게 호의적으로 받아들여지는 hIE에 비해, 군용 무인기는 인간에게 위해를 가할 수 있다. 그러나 기본 사상은 같다. 몸체가 제대로 행동만 한다면, 목적에 걸맞은 결과를 얻을 수 있다.

"전위가 70미터까지 접근한 후, 스마트 폭뢰 두 발을 쏘아 공격을 시작한다. 바퀴형 무인기는 목표를 가까운 것부터 한 대씩 집중 사격으로 격파. 전위는 방어선을 사수. 후위는 적의 공격 상황에 맞추도록."

철저히 훈련된 병사 출신인 셰스트는 전투를 건실하게 진행할 뿐이었다. 행동 제어 클라우드는 그의 지시를 해석하여 셰스트 부대의 무인기들을 조작했다.

정보를 모으면서 무인기들이 신중히 목표물에 접근해 갔다.

그때였다.

붉은 머리를 양갈래로 묶은 소녀형 hIE가 카메라를 향해 아리따운 미소를 지었다.

소녀가 달리기 시작했다. 가시광선에 대한 스텔스 기능을 갖추고, 불빛을 완전히 꺼서 잠행 중인 헬기를 향해 일직선으로 접근하고 있었다.

셰스트의 굵직한 팔에 소름이 돋았다. 본능적으로 그 접근이 위험하다는 것을 느꼈다.

"토마! 헬기를 저 붉은 녀석한테서 멀어지게 해. 전 부대, 조금이라도 저지선 안으로 진입하지 못하게 해라!"

단번에 전황이 움직이기 시작했다.

방어선을 구축하고 있던 무인기들이 소녀형 hIE들에게 맹렬한 공격을 퍼부었다. 밤하늘에 총성이 울리며, 마치 불꽃놀이라도 하듯 총화가 솟구쳤다.

유세프는 묵묵히 키를 두들기기만 했다. 무슨 일이 일어나도 기계처럼 냉정함을 유지하는 것이 현대의 병사가 살아남는 방법이다. 헬기 파일럿인 토마가 긴장된 마음을 가벼운 말투로 얼버무렸다.

"말도 안 돼, 소위님. 목표가 50구경에도 버티고 있습니다."

바퀴형 무인기에 탑재된 총기가 호스로 물을 쏟아 내듯 총탄을 연사했다. 붉은 머리 소녀는 거대한 검날을 방패막이로 삼아 그걸 흘려 넘겼다. 한 발로 두께 5밀리미터의 강판을 뚫는, 매초 1000발의 탄환 세례를 맞았는데도 겨우 소녀 체격에 불과한 hIE는 흔들림이 없었다. 50구경은 일반적인 병장이지만, 보통 이 위력에 버티는 방어력을 가진 군용 hIE는 없다.

"제1분대 01에서 03까지는 저 붉은 녀석의 몸이 드러난 부위를 저격. 나머지는 남은 네 대를 견제하도록."

부유 폭뢰가 기폭하며 발생한 화염이 소용돌이를 일으키며 꽃처럼 확 퍼졌다. 지성화 폭뢰는 주력 전차 이외의 장갑 차량에 큰 타격을 주는, 무인기 전투 지원의 핵심 요소이다. 열 센서가 보내오는 정보가 흰색으로 부옇게 변해 버렸다.

그러나 저격의 총성은 없었다.

경보가 울리면서 화면에 경고 표시가 나타났다. 컨테이너를 지키는 최종 라인으로 40밀리미터 자동 척탄총을 장착한 바퀴형 무인기를 후방에 배치해 두었으나, 네 대 모두가 모두 전기 회로에 합선이 일어나 기능 정지를 한 상태였다. 순식간에 최대 화력을 잃고 말았다.

"당장 회복시켜라."

"고장 원인을 알 수 없습니다."

유세프가 가느다란 손가락을 멈추었다. 공기의 점도가 올라가기라도 한 것 같았다. 아마존 오지에서도 가동하는 바퀴형 무인기에 한꺼번에 문제가 발생하다니 있을 수 없는 일이다.

"지휘소의 AI에게 요청한다. 적의 공격을 받았다. 적의 무기를 분석하도록."

그러나 과거 방대한 전쟁 기록을 기반으로 전투 지휘에 방침을 정하는 AI가 판단 보류라는 응답만 하고 침묵했다. 셰스트도 이 비정상적인 사태에 숨을 삼켰다.

파일럿인 토마 중사가 조종석에서 이쪽을 돌아보았다.

"세상에, 꽃입니다, 소위님! 밈프레임이 언제부터 꽃까지 취급했답니까?"

동료의 가벼운 농담에 간신히 제정신을 차렸다.

몽롱했던 몇 초간을 만회하려는 것처럼 화면으로 위험 징후를 조사했다. 재생재로 포장된 도로에 갖가지 색깔의 꽃이 흐드러지게 피어 있었다.

아까까지 바퀴형 무인기의 기총 때문에 걸음을 멈추고 있었던 붉은 머리의 소녀가 자유를 되찾았다. 본인의 키보다 훨씬 큰, 검날 같은 장치가 붉은빛을 격하게 뿜었다.

만약 자신이라면 일단 어떤 행동을 할 것인지 상상해 보았다.

아까까지 폭뢰의 폭심지에 있었음에도 '그녀'는 상처 하나 없었다. 규격 범위 이상의 내구력을 가진 '그녀'가 매우 즐겁게 웃었다.

"컨테이너를 노리고 있다!"

셰스트의 포효가 터져 나가자마자 붉은빛이 컨테이너로 날아갔다.

가느다란 광선이 어둠을 갈랐다. 컨테이너 중심을 관통하면서 빛은 허공으로 모습을 감췄다.

주력 전차 레일건의 직격도 한 발이라면 버텨 내는 강하 컨테이너가 고열 때문에 일그러지면서 커다란 구멍이 뚫렸다.

헬기 내부의 전투 지휘 화면에 20개가 훌쩍 넘는 경고 표시가 떴다. 강하 컨테이너는 방대한 전투 정보를 중계하는 통신 기지국이기도 하다. 조종 기능이 차단되는 바람에 무인기들이 이상을 호소해 댔다.

결정적인 타격을 입은 이때, 전투 지휘 AI로부터 응답이 돌아왔다.

〈무인기는 연구소에서 사용하는 지하 고압 전선을 흐르는 전기가 기체로 흘러들어 합선되었을 가능성이 큼.〉

매립지의 고압 전선은 지하 10미터 이상의 깊이에 매설된 공동구에 위치한다. 목표물은 이 정보를 공격에 이용하려, 땅속 10미터에 묻힌 전선을 끌어다 쓰는 능력까지 소유하고 있었다.

르메르 소령한테서 통신이 들어왔다. 여전히 무표정이었으나, 부하가 입은 손해를 교섭에 최대한으로 이용했다는 것만은 확실했다.

〈의뢰인이 정보를 공유했다. 다섯 기체 모두라고 하지는 않겠다. 노리기 쉬운 것부터 우선적으로 격추하도록.〉

입체 스크린에 문자 정보가 표시되기 시작했다.

"유세프, 잘 읽어 둬. 나는 지상의 전황을 살펴볼 테니까."

셰스트가 보기에 판세는 이미 결정된 것과 마찬가지였다. 그러나 그건 그의 판단이지, 철수 명령은 아직 나오지도 않았다. 비밀 회선으로 철수를 타진해 보았다.

대답은 'NO'였다.

무인기에게 후퇴해서 전선을 재정립하라고 지시를 내렸다.

망막 디스플레이에 유세프가 간결하게 편집한 정보가 표시되기 시작했다.

〈class Lacia(레이시아급) humanoid Interface Elements. 용도 정보는 없음. 양자 컴퓨터를 탑재한 디바이스를 장비하여, 네트워크의 지원 없이도 고도의 판단이 가능함.〉

강하 컨테이너를 날려 버린 붉은 머리의 hIE가 나온 화면에 설명이 표시되었다.

〈Type-001 Code 코우카〉

검인지 대포인지 알 수 없는 장치를 휘두르는 소녀형 hIE, 코우카는 넘실대는 불꽃을 보며 즐겁게 웃고 있다.

〈Type-002 Code 스노드롭〉

흰 원피스를 입은 어린 소녀가 인간형 무인기의 잔해들 위에 폴짝 올라앉아 있다. 에메랄드색 발광체로 장식된 원피스 차림의 그녀 주위에 계절감을 무시한 꽃들이 전쟁터라는 장소에 어울리지 않게 무성하게 피어 있다.

〈Type-003 Code 사투르누스〉

아마빛 머리칼을 흩뜨린 소녀 hIE가 지면에 물레 같은 장치를 내리꽂은 채, 레버를 빙글빙글 돌리고 있다.

〈Type-004 Code ———〉

육안으로 실시간 영상을 보니 형체를 분간할 수조차 없었다. 기체에 켜진 주황색 발광 유닛만이 꼬리를 끌듯 궤적을 남기며 춤을 췄다. 인간형 무인기는 제대로 반응도 못 하고 차례로 산산조각이 났다.

〈Type-005 Code 레이시아〉

마지막 한 대는 인생에서 가장 아름다운 시기에 들어서려는 나잇대의 소녀로, 투명한 표정을 짓고 있었다. 부드럽게 움직이는 손이 검은 관을 들어 올려 충격을 가볍게 막아 냈다. 관에 균열이 가더니 옅은 푸른빛이 폭발했다.

운용 지휘소의 화면이 눈 깜짝할 사이에 단선되었다. 전투 관제 시스템이 순식간에 다운된 것이다. 헬기의 스텔스 모드가 해제되면서, 불안정한 기류로 인해 기체가 크게 흔들렸다. AI의 통제를 벗어난 프로펠러의 소리가 밤공기를 믹서로 갈아 내는 듯 울려 퍼졌다.

셰스트는 속력을 잃은 헬기 안에서 넘어지지 않도록 기자재들을 붙들며 몸을 지탱했다. 파일럿인 토마가 헤드 마운트 디스플레이가 붙은 헬멧을 욕설과 함께 한 손으로 벗어 던졌다.

"헤드 마운트 디스플레이가 먹통입니다!"

그리고 기체가 부유력을 잃더니 자유낙하를 시작했다. 낙하의 감각은 다행히도 1초 정도만 이어졌다. 자동 회복된 밸런서가 기체 균형을 강제로 회복시켰다. 그 충격에 셰스트는 나뒹굴 뻔했지만 기자재에 가까스로 매달렸다.

"유세프, 네트워크 접속을 복원시켜. 무슨 일이 일어난 거지?"

전장을 감시하던 영상도 모두 차단된 상태였다.

입체 스크린이 살아났지만 이미 상황은 종료되어 있었다.

"밈프레임과의 통신 링크를 거쳐서 누군가가 시스템을 다운시켰습니다. 문의하려 해도 연결이 되지 않습니다."

"전자 공격을 가했군."

무인 병기를 부리는 고도의 전투 지휘는 무선 통신이 생명줄이다. 혹시 이 '소녀들'이 군용 암호를 해독해서 시스템을 해킹했다면 참으로 무서운 괴물들이 아닐 수가 없다.

이제 소녀들의 모습은 그림자도 보이지 않았다. HOO의 전술 AI는 다섯 기체 모두 바다로 뛰어들었다고 예측했다.

두려워하던 최악의 정황이었다. 보통 무인 병기는 무선 통신이 연결되지 않는 바닷속으로 떨어지면 움직이지 못한다. 그러나 이 다섯 대는 네트워크 접속 없이 고도의 상황 판단을 할 수 있다.

그래서 광대한 바다를 안전한 도주로로 선택한 것이다. 해안 도시이기도 한 도쿄에서, 아니, 사방이 바다로 둘러싸인 일본에서 도망간 표적을 다시 포착하기란 절망적인 일이었다.

토마가 메마른 웃음을 흘렸다.

유세프도 손가락을 멈추고 말았다.

도쿄 상공을 비행할 수 있는 시간은 아직 10분 정도 남은 상태였다. 수중 수색 장비를 갖추고 있지 않은 헬기에서 셰스트는 어둠 그 자체와 같은 거대한 밤바다를 내려다보았다.

"우리는 대체 무엇을 놓친 거지."

그들이 접촉한 것은 예상을 훨씬 뛰어넘은 강력하고도 특이한 존재였다. 이제야 실감이 나서 마치 신병 때처럼 몸에서 식은땀이 배어 나왔다.

베테랑 군인인 그는 진보하는 병기들을 접할 때마다 느끼는 바가 있다. 인류는 결정적인 장벽을 언제나 낙천적으로 극복한다. 그 벽을 뛰어넘어야 할 과제라고 여기는 자로 인해 변화가 일어나기 때문이다. 예를 들면, 핵무기가 완성되었을 때 과학자들이 경고를 표한 것은 널리 알려져 있다. 그러나 실제로는 많은 사람이 그 완성과 전과(戰果)에 더 기뻐했다. 그 위력이 동포인 자국 군인들의 생명을 보호한다는 목적에 걸맞는다는 이유에서.

셰스트는 그 예술품 같은 hIE들이 도망친 바다를 노려보며, 몇백만 대의 hIE가 움직이는 도심의 야경을 멍하게 바라보았다. 그리고 이 시대가 지금 남몰래 하나의 결정적인 벽을 뛰어넘은 것만 같아 몸을 떨었다.

도망친 기체가 어떤 기능과 움직임을 가졌는지 알 수 없다.

과실(過失)은 의뢰인인 밈프레임 사에 있다. 정보도 밝히지 않았고, 초기 대응에 실수를 저질렀다. 그러나 비난만 할 사태는 아닐지도 모른다. 다섯 대 중 한 대가 가진 '도구'가 전차마저 뛰어넘는 파괴력을 보였다. 그렇다면 다른 hIE 중 독가스나 바이러스, 핵폭탄마저 뛰어넘는 '도구'를 가진 기체가 존재할 가능성도 있다.

그들은 인류 사회를 뒤흔들 재앙의 시작을 목격했는지도 모른다.

* * *

22시 30분.

엔도 아라토는 동생에게 설교를 쏟아붓는 중이었다.

음식을 만들고 있는 사이, 어느새 유카가 식재료를 마구 먹어 치웠기 때문이다.

"너 바보야? 이건 그냥 좀 집어먹고 끝나는 수준이 아니잖아."

엔도 가(家)에는 남매 둘이서만 산다. 아버지는 일이 바빠서 좀처럼 집에 돌아오지 않고, 어머니는 아라토가 어렸을 때 세상을 떠났다.

그래서 아라토는 열심히 동생을 뒷바라지했다. 그랬더니 동생은 어느새 손을 쓸 수 없을 정도로 심한 어리광쟁이로 변하고 말았다.

"이 오빠가 식사 준비를 할 때, 무슨 생각을 했는지 말 좀 해 봐."

"와아, 고기다."

"야성적이긴."

동생인 유카는 아라토보다 세 살 어린 열네 살이지만, 머릿속은 행복회로만 가동 중이다.

"밥 차리는 게 너무 늦어서 그랬단 말이야."

유카가 게임 화면을 일반 채널로 바꿨다. 뉴스 보도가 거실의 입체 텔레비전에서 흘러나왔다.

"와, 굉장해. 폭발했어."

거실 바닥에서 솟아오른 입체 영상 속에서 한 건물이 화염을 내뿜으며 불타고 있었다.

불과 30분 전의 사건 영상이었다.

"도쿄 만 제2매립지 군도라면 가까운 듯도, 먼 듯도 한데……."

"바보, 근처잖아. 직선상으로 보면 엄청 가까워."

리모컨으로 가이드 기능을 불러내자, 음성 인식이 언어를 인식하여 대답해 주었다. 엔도 가 맨션에서 직선거리로 계산하면 15킬로미터 정도다.

"가깝구나. 그렇구나. 그럼 큰일이네."

입체 영상이 보여 주는 재난 현장에서 폭발음이 울렸다.

"내일 휴교 안 할까."

"그럴 리가 있겠냐."

"그렇겠지? 사고를 당한 사람들도 다치지 않았으면 좋겠네."

유카는 공부를 잘하는 편은 아니다. 팔이 안으로 굽어서 하는 말은 아니지만, 마음이 따듯한 아이다. 소파에 책상다리로 앉아서 텔레비전에 푹 빠져 있는 동생을 놔두고, 아라토는 저녁을 다시 만들기 시작했다.

요리라고 해도 냉동식품 재료와 팩에 든 조미료를 넣고 기름에 볶는 정도이다. 오늘은 유카가 탕수육의 튀긴 고기만 집어 먹는 대형 사고를 치는 바람에, 그냥 대충 탄수화물 위에 얹어 덮밥이나 만들기로 했다.

"hIE 회사에서 난 사고래. 오빠, 아르바이트해서 이런 거 사자. 요리도 해 달라고 하고."

"아, 밥이 없네. 오늘은 볶음우동으로 때우자."

"뭐어! 이틀 연속으로 볶음우동이라니. 어떻게 밥은 안 돼?"

"쌀도 없으니까 이제 사러 갈 수밖에 없다고."

유카가 소파에서 펄쩍 튀어 오르면서 이쪽을 돌아보았다. 인간이 살아갈 기력을 음식이나 놀이에서 오는 즐거움으로 얻는다면, 유카는 분명 그 힘이 굉장히 강할 게 분명하다.

"오빠, 가는 김에 아이스크림 좀 사 와, 아이스크림."

무서운 막둥이, 일말의 양심의 가책도 없는 어리광쟁이였다.

"'가는 김에'는 무슨."

그러나 동생은 천진하고 환한 미소를 보낼 뿐이었다.

"오빠, 좋아해."

"와, 알랑하긴. 그 정도로 이 밤늦게 나보고 장을 보고 오라고?"

아직도 밤이 쌀쌀해서 아라토는 현관 근처에 걸어 두었던 보온 재킷을 걸쳤다.

"가긴 하는구나?"

쉬워 보이기는 싫어서 이유는 단단히 준비해 두었다.

"오늘은 폭발도 일어났으니까 너 같은 여자애들이 돌아다니는 건 위험할지도 몰라."

유카가 두 손을 모았다.

"내일도 어딘가에서 폭발이 일어나게 해 주세요."

"불경하긴."

하지만 그래도 오빠라서 동생이 마냥 귀여울 뿐이다. 살짝 귀찮다는 듯 배웅하는 유카를 남겨 두고, 아라토는 밤길을 나섰다.

누군가가 자신의 소망을 들어준다는 건 기쁜 일이다.

그래서 동생에게 그런 기분을 맛보게 하고 싶었다.

바꿔 말하자면, 너무 어리광을 다 받아 준다고도 할 수 있겠지만.

그들이 사는 신고이와는 도쿄 만 재정비 계획으로 인해, 만 연안과 육지 쪽의 철도 노선을 연결하는 환승역이 된 지역이다. 그들의 집은 역에서부터 지하철의 우라야스 선을 따라 남쪽으로 내려가면 나오는 주택가에 자리하고 있어서 교통편이 매우 좋다. 남쪽 연안으로 조금 더 가면 해저드의 피해가 심각했던 지역이 나타나지만, 이 부근은 그래도 살 만한 곳이다. 생활권을 도심으로부터 다소 거리를 두고 싶어 하는 주민들이 많은 편이어서, 이렇게 밤이 늦으면 길을 나다니는 사람도 거의 없다.

"폭발이라니, 괜찮을까."

동생한테 말해서 그런지 괜히 더 의식하게 되었다. 어디선가 희미한 사이렌 소리가 들리는 것만 같았다. 제2매립지 군도에는 아버지가 예전에 일했던 회사가 있다.

식료품을 판매하는 마트까지는 걸어서 10분 정도 걸린다. 그사이, 괜한 생각을 할 것 같아 음악이라도 들을까 싶어 휴대 단말기를 주머니에서 꺼냈다.

"어머, 심부름 가니?"

아라토가 앞서 걸어가던 중년 여성을 앞지르려고 하자, 그녀가 말을 걸었다.

통통한 40대 여성으로 보이는 이 마리에 씨는 인근 지주의 집에 사는 hIE이다. 어릴 때부터 자주 봤으니까 10년 이상이나 가동하고 있는 낡은 기체다.

"마리에 씨도 심부름 가세요?"

"맞아, 우리 집도 쌀이 다 떨어져서."

밤 산책은 어쩐지 마음이 들뜬다.

잡담을 나누며 걷다 보니, 식료품 가게에 금방 도착했다. 점포 관리를 하는 hIE밖에 없는 작은 마트에서 매번 사던 냉동 밥과 아이스크림을 샀다.

바깥으로 나가 자동 운전 차량만 다녀서 신호가 현격히 줄어든 2차선 도로를 옆에 끼고 집으로 돌아갔다. 가게에서 산 물건이 담긴 비닐봉지를 들고 차분하게 걷는 마리에 씨와 함께 귀로에 올랐다. 그러다 문득 깨달았다.

꽃잎이 흩날리고 있었다.

"으앗, 이게 뭐야."

비도 아니고 다섯 색깔의 꽃잎이 눈처럼 하늘하늘 떨어져 내리고 있었다. 4월이라 혹시 벚꽃인가 싶었지만, 손에 쥐고 보니 국화꽃처럼 가느다란 형태의 꽃잎이었다. 게다가 촉촉함마저 느껴지지 않는 기묘한 감촉이었다.

도무지 이해가 가지 않는 상황이라, 아름다운 광경임에도 영 꺼림칙했다.

"굉장하네. 이게 무슨 일이지?"

마리에 씨는 이 꽃비가 위험하지 않다고 판단했는지 들뜬 목소리로 외치며 길을 따라 걸었다.

머리에 내려앉은 꽃잎을 떼어 내지도 않고, 이웃집 hIE는 그저 앞으로 나아갈 뿐이었다. 단정한 그 모습이 밤거리를 따라 점점 멀어져만 갔다.

아라토는 머리에 붙은 꽃잎을 손으로 털어내며 그 뒤를 쫓았다.

그런데 가만히 보니, 마리에 씨가 발을 내디딘 부자연스러운 자세로 우뚝 서 있었다. 후덕한 뒤태가 마치 얼어붙기라도 한 것처럼 움직이지 않았다.

아라토는 말을 걸려다가 무시무시한 위화감에 사로잡혀 꼼짝도 할 수 없었다. 마리에 씨의 무릎이 걷는 방법을 잊어버리기라도 한 듯 엉망진창으로 구부러져 있었기 때문이다.

내부가 파열된 것처럼 마리에 씨가 온몸을 심하게 떨었다. 그리고 중간 길이로 느슨하게 다듬은 머리만이 목을 삐걱거리면서 빙그르르 180도 회전했다.

표정을 잃은 hIE가 장바구니를 떨어뜨렸다. 그리고 관절이 기묘한 형태로 고정된 채, 둔탁한 소리를 내며 인형처럼 쓰러졌다.

극채색의 꽃잎은 아직도 팔랑팔랑 떨어져 내리는 중이었다.

목덜미에 무엇인가 닿은 느낌이 들었다. 반사적으로 그 부위를 손으로 훔치며 확인했다.

손바닥을 가로등 불빛에 비춰 보았다.

갖가지 색깔의 꽃잎들에 지네 같은 다리가 빼곡히 돋아나 아라토의 손바닥 위를 돌아다니고 있었다.

비명이 터져 나왔다. 소매 안으로 꽃잎이 파고들려고 하자, 반쯤 광란하며 마구 털어냈다. 밤중이라서 조용히 해야겠다고 신경 쓸 여유조차 없었다.

"뭐야, 이게 뭐냐고!"

바닥에 잔뜩 깔린 다섯 색의 꽃잎이 벌레처럼 도로 위를 기어 다녔다. 이런 일이 일어날 리가 없다며 상식이 눈앞에 벌어진 현실을 거부했다. 그래서 현실이 마치 통째로 가짜처럼 보였다.

마리에 씨가 걱정되었다. 문득 그녀가 인간이 아닌 hIE라는 사실이 떠올랐지만, 그런 이유로 등을 돌리고 도망칠 수는 없었다. 그녀는 인간의 형상을 하고 있었으니까.

눈앞에서 벌어지는 일을 믿을 수 없어 그저 혼란의 도가니 속에서 허우적대기 바빴다. 멍해져 있는 아라토의 옆쪽에서 강한 빛이 쏟아졌다. 옆길에 정차되어 있던 세단 차량이 갑자기 타이어를 울리며 급발진하기 시작했다. 똑바로 달려드는 차에서 벗어나려 힘껏 도로에 몸을 날렸다. 넘어질 때 팔을 잘못 짚어서 어깨에 둔탁한 아픔이 스치고 지나갔다.

일어나려고 하자, 물건을 담은 비닐 속에서 동생에게 줄 아이스크림이 굴러 나와서 반사적으로 집어 봉지에 다시 넣었다.

민가 벽에 달라붙어 몸을 일으켰다. 지나간 줄 알았던 자동차가 이번에는 후진하여 아라토를 치려고 돌진했다.

필사적으로 피하려고 했지만, 그러지 못하고 허리가 부딪쳤다.

운전석을 얼핏 보니 사람 대신 거대한 꽃다발 같은 갖가지 색채의 꽃이 풍성하게 피어 있을 뿐이었다.

아라토는 영문을 몰라 차에서 도망치기 위해 좁은 골목길로 뛰어들었다.

"대체 무슨 일이 일어나는 거지……. 이게 뭐야……."

고개를 들어 보니, 밤하늘을 묻어 버릴 기세로 꽃비가 계속 내렸다.

아무리 봐도 비현실적인 광경인데도, 머리가 이상해졌다고 의심될 만큼 감각은 현실 그 자체였다. 갑작스럽게 세상이 자신의 적이 된 듯했다. 현실이라고 믿고 있던 기억들이 모조리 환상인 것처럼 느껴졌다. 명확한 것은 단지 고통과 공포뿐. 그저 생명의 위협만이 마음을 뒤흔들어 댔다.

마리에 씨가 떨어뜨린 장바구니에서 냉동식품이 기어 나왔다. 팩에는 꽃잎들이 응집하여 꽃을 피웠고, 바닥에는 바스락거리는 소리를 내는 곤충 다리가 돋아나 있었다.

그때 가로등 불빛 아래에서 검은 그림자가 불쑥 뻗어 왔다. 듣기 거북할 정도로 삐걱거리는 발소리가 등 뒤로 점점 가까워졌다. 땅바닥을 바라보며 거친 숨을 몰아쉬던 아라토는 그 그림자가 마리에 씨와 같은 옷을 입고 있다는 것을 알아차렸다.

꽃으로 뒤덮인 괴물이 나타났다. 인간을 찌부러뜨리려고 다가오는 중이었다.

도망친 뒷골목 저편에서도 헤드라이트를 비추며 자동차가 아라토를 향해 질주해 왔다. 제어 능력을 상실한 자동차가 벽돌담을 긁으며 달리다가 기어이 무너뜨리고는 땅바닥에 하얀 연기를 내며 정차했다. 이 와중에도 많은 꽃이 자동차 외장에 무리 지어 꽃망울을 터뜨리고 있었다.

악몽이라면 잠에서 제발 깨라고 기도했다. 그러나 현실은 이 사태가 이제는 끝나기를 바라는 그의 마음을 매몰차게 꺾어 버렸다.

아라토는 이마에 맺힌 식은땀을 닦으며, 이제야 위험에서 몸을 피하려고 했다.

그러나 도망치기도 전에 자동차가 맹렬한 기세로 불타올랐다. 시야를 가득 메우는 붉은 화염의 소용돌이가 그를 옴짝달싹하지 못하게 했다. 몇 번이나 꾸었던 악몽과 똑같은 풍경에 이번에야말로 끝이라는 생각이 들었다. 그래서 어린아이로 되돌아간 것처럼 비명을 내질렀다.

"살려 줘!"

그때 크게 뜨인 눈이 시야에 들어오는 한 그림자를 포착했다.

화염이 격하게 치솟는 차량과 아라토 사이로, 아지랑이 한가운데에서 배어 나오기라도 하는 것처럼 한 여자의 뒷모습이 불쑥 나타났다. 그녀가 한 손으로 들어 올린 관이 가느다란 골격으로 쫙 퍼지며 엄청난 속도로 분해되다가 재구성되었다. 재구축된 거대한 반구형 우산을 손에 들고, 그녀가 화염과 아라토 사이에 섰다.

곧이어 폭발이 일어났다. 믿음직스러워 보이면서도, 지켜 주고 싶은 기분이 드는 그 등이 불타오르는 악몽과 그의 사이에 자리했다.

그리고 한순간 공포가 스치고 파풍이 잦아 들자 아라토 앞에는 뜨거운 잔풍에 머리를 휘날리는 젊은 여자만 남아 있을 뿐이었다.

연보랏빛 머리의 그녀가 뒤를 돌아보았다.

화장기 하나 없는데도 윤기가 나는 피부와 또렷한 이목구비만으로 시선을 잡아끄는 굉장한 아름다움에 아라토는 할 말을 잃었다.

"당신은 도움을 요청했습니다."

낭랑한 목소리로 그녀가 말했다.

아라토보다 살짝 키가 작았지만 검고 거대한 장치를 한 손에 든 채 당당한 자세로 서 있었다. 아라토가 오히려 더 주눅이 들고 말았다.

"고, 고마워."

그녀 손에서 우산 모양의 장치가 변형하더니 다시 관의 형태로 되돌아갔다.

조금 연상으로 보이는 그녀가 혈색이 옅은 입술을 열었다.

"저는 레이시아입니다."

레이시아가 아이스블루색 눈동자를 이쪽으로 향했다. 무엇을 요구하는 건지 금세 이해가 되었다.

"나는 엔도 아라토야."

공포로 온몸이 마비되어 있어서 그런지 목소리가 떨렸다.

그녀의 표정은 든든하게 느껴질 정도로 평온 그 자체였다. 예쁘장한 외모를 보니 숨이 턱 막힐 지경이었다.

레이시아라고 이름을 댄 그녀는 천이 팽팽하게 달라붙어 몸의 윤곽이 드러나는 흑백 보디슈트 차림새였다. 인간이 아니라는 건 무거워 보이는 검은 관을 한 손으로 휘두르는 것만 봐도 명확했다.

정체는 알 수 없었다. 그러나 아라토는 비어 있던 오른손으로 그녀의 손을 잡았다.

"도망치자! 이 꽃에 닿으면 이상해지는 것 같아."

꽃비는 열기를 타고 공중으로 날아올랐다. 원래 마리에 씨였던 몸뚱어리는 폭풍으로 균형을 잃었는지 도로에 엎어진 채 움직이지 않았다.

도로나 담에 내려앉은 꽃잎은 산호충이 산호라도 만드는 것처럼 모여들어 무수히 꽃을 피워 댔다. 담벼락도, 가로등도, 마치 생명 하나 없는 꽃밭이었다. 주변의 저층 주택들은 하나같이 꽃으로 뒤덮여, 문과 창문이 안 열린다고 외치는 소리가 집 안에서 들려왔다.

본능이 도망치라고 속삭였다. 아까 그 공포스러운 감촉이 되살아나서 온몸에서 식은땀이 줄줄 흘렀다.

그러나 레이시아는 자동차나 마리에 씨를 조종했던 화려한 죽음의 꽃에 휩싸이는 와중에도 그 자리에서 버텼다.

"왜 도망쳐야 하는 겁니까?"

아라토가 손을 잡아당겨도 그 가벼워 보이는 몸은 꿈적도 하지 않았다. 아라토의 얼굴이 절로 일그러졌다. 폭발에 휘말릴 뻔한 후부터 심장이 좀처럼 잠잠해지지 않았다.

이 비정상적인 세상 속에서 레이시아가 조용한 목소리로 물었다.

"무서우세요?"

"당연하지. 죽을지도 모르잖아!"

고함이 터져 나왔다.

"누구라도 무서울걸."

"그럼 그 두려움을 극복해 내지 않아도 괜찮은 겁니까?"

무엇인가가 가슴을 푹 찌르는 느낌이 들었다.

인간이 아닌 존재에게 설교를 들으리라곤 상상도 하지 못했다. 함부로 말하지 말라고 버럭 화를 내고 싶었지만, 소녀 형상을 한 상대에게 그럴 수도 없었다.

"극복하면 뭐가 어떻게 되는데?"

기계를 미쳐 돌아가게 하는 꽃잎들이 사방팔방으로 휘날렸다. 아니, 그들은 완전히 적에게 포위당하고 말았다.

"지금 싸우지 않으면 언제 싸운다는 건가요?"

그런 말을 할 때냐 싶어, 이 이상 대화하는 것마저 짜증이 났다.

하지만 그 순간마저도 그녀가 참 아름다워 보였다.

그리고 여기에 머물러야 한다면 차라리 맞서 싸우고 싶다는 마음마저 솟구쳤다. 아까 폭발과 충돌음으로 인해 주택가 민가에서 누가 나오면 어쩌나 불안했다. 분명 이 사태에 휘말리리라. 그걸 깨닫자 아라토는 무슨 병이라도 걸린 것처럼 심한 오한을 느꼈다.

레이시아의 연보랏빛 머리에서도 벌써 요사스러운 꽃이 피어나는 중이었다. 검은 관은 거대한 부케처럼 장식이 되어 버린 후였다.

싸우기는커녕 그가 할 수 있는 일 따위는 있을 것 같지도 않았다. 망설이는 사이, 그녀의 흰 피부 위로 짤막한 곤충 다리가 돋아난 꽃잎들이 잔뜩 기어 올라왔다.

공포심으로 인해 미칠 지경이었다.

"잠깐 가만히 있어 봐."

아라토는 이를 악물고 손을 뻗었다.

레이시아가 살짝 머리를 숙여 주자, 그 연보랏빛 머리칼에 달라붙은 꽃잎들을 맨손으로 쳐 털어냈다. 활짝 핀 꽃으로 엮인 화관이 우수수 떨어져 나갔다.

그녀에게 당면한 위험을 일단 제거했다. 자신도 할 수 있다는 생각에 조금은 용기가 샘솟았다.

"할 수 있는 일이 아예 없는 것도 아니었구나."

그녀가 해 준 일에 행동으로 답했다.

hIE이니 료와 켄고의 말처럼 인간처럼 마음이 통하지 않을지도 모른다. 그래도 만족스러웠다.

"가자!"

레이시아의 손을 세게 잡아끌었다. 이번에는 별다른 저항이 없었다. 그 손이 따듯하다는 사실에 아라토는 깜짝 놀랐다.

큰길로 가면 또 자동차들이 돌진할 것 같아, 주택가의 골목길로 발길을 돌렸다.

"레이시아는 hIE잖아. 경찰에 신고할 수는 없어?"

냉정하게 상황을 살펴보니, 야경 속에서도 선명한 꽃비는 그들 머리 위에만 내렸다. 돌아보자 큰길 쪽은 별다른 피해가 없었다. 꽃으로 뒤덮여 불에 활활 타는 차량 옆을 얼른 지나갔다. 바닥에 떨어진 꽃잎마저도 파도처럼 그들을 향해 점점 몰려오기만 했다.

폐가 없는 레이시아는 무거운 도구를 들고 뛰어도 숨 하나 헐떡이지 않았다.

“경찰에게는 적 본체의 기능을 정지시키는 장비가 없습니다.”

살기 위해서 열심히 도망치고 있는데도, 소리라도 지르고 싶을 정도로 마음이 들끓었다. 아마도 레이시아의 손을 잡아끌고 있어서인가 보다.

익숙한 밤거리가 아까와는 또 다른 세계처럼 보였다.

어디에 도달해야 골인지 스스로도 통 알 수가 없었다.

이름밖에 모르고, 심지어 인간조차 아닌 그녀와 전력 질주를 하고 있다. 돌아보니 연보랏빛 머리칼을 흩날리며 그녀가 입을 열었다.

“당신은 저를 믿으십니까?”

레이시아는 평범한 hIE가 아니다. 혹시 이 꽃비도 그녀의 출현과 관계가 있을지도 모른다.

“믿을게!”

그래도 아라토는 어두운 하늘에 대고 힘껏 외쳤다. 여성을 의심하는 건 꼴사납다고 여겨서였다.

갈 곳은 없었지만, 레이시아의 손을 잡은 채 필사적으로 움직였다. 이대로 5분 정도 가면 동생이 기다리는 맨션에 도착한다.

어디로 가면 좋을지 망설인 순간, 둔탁한 충격에 밀려 쓰러졌다.

고통에 신음하던 아라토의 머리 바로 옆을 두 번째 자동차가 날카로운 주행음을 내며 달려 지나갔다.

차에 치일 뻔한 그를 레이시아가 구해 주었던 것이다.

그 바람에 아라토는 몸 위에 걸터앉은 레이시아에게 짓눌려 도로 위에 누운 신세가 되었다.

"엔도 아라토, 당신에게 요청하겠습니다."

밤하늘에 달이 희끄무레하게 빛나고 있었다.

레이시아가 진지한 눈으로 똑바로 내려다보았다.

"제 오너가 되어 주세요."

그녀가 올라앉은 아라토의 복부에 미지근한 물이 퍼져 나갔다. 그 몸이 물속에서 바로 나온 것처럼 푹 젖어 있다는 걸 깨달았다. 그녀의 머리에서 흘러내린 물방울이 밑에 깔린 그의 가슴에 떨어져 눈물처럼 스며들었다.

"오너라니, 내 소유물이 되겠다는 뜻이야?"

"저는 당신이 첫 오너로서 적절하다고 판단했습니다."

왜 그런 결정을 내렸는지는 전혀 짐작이 가지 않았다. 죽기 일보 직전의 상황에서 하기에는 너무나도 큰 선택이었다.

"그런 걸 막 정하면 안 되잖아. 나에 대해서 아무것도 모르면서."

어째서인지 동생이나 친구들이 머릿속에 떠올랐다. 그 결단이 무슨 일을 일으킬지 상상조차 되지 않아 두려움으로 가슴이 무거웠다.

"모르지만 당신은 저를 믿겠다고 했습니다."

축축한 몸이 그에게 매달리기라도 하듯 무게를 실었다.

자동차 폭발에 휘말릴 뻔했을 때, 레이시아가 구해 주었다. 도망치든지 아니면 억지로 참으면서 손을 뻗을지는 전부 그에게 달렸다.

눈앞에서 소녀가 입을 굳게 다문 채 그의 말을 기다렸다. 아라토는 그녀가 인간이 아닐지라도, 자신보다 더 강해 보일지라도 지켜 주고 싶었다.

"알았어!"

"의사 결정으로 판단했습니다. 동의 계약 사항을 확인하겠습니다."

누워 있는 아라토의 어깨에 아름다운 소녀가 손을 대었다.

"당신에게 직접적인 부담이 가해지는 것이 아닙니다. 힘은 제가 행사합니다. 당신에게 요구되는 것은 한 가지뿐입니다."

대체 무슨 말인지 거의 이해할 수 없었다. 그녀의 입술에서 눈을 뗄 수 없었기 때문이다.

"저는 도구이기에 책임을 질 수가 없습니다. 그러니까 책임을 져 주세요."

벼락이 떨어지는 것 같은 둔탁한 소리가 울렸다. 도로에 세워 둔 레이시아의 관이 또다시 치려고 달려온 자동차를 막아 내고 있었다. 바퀴가 공전하여 마찰음을 일으켰다. 관 밑바닥에서 나온 앵커가 고급 자동차와 충돌을 해도 꿈적도 하지 않을 정도로 도로에 단단히 박혀 있었던 것이다.

"그러면 오너의 생체 정보를 수집하겠습니다. 제가 확인을 하면 두 번 승인하겠다는 대답을 해 주세요."

레이시아가 아라토의 오른손을 쥐고 자기에게 이끌었다. 그 몸에 딱 달라붙은 슈트 목 부분, 열쇠 구멍이 뚫린 자물쇠 같은 물체에 손가락을 갖다 대었다.

그리고 목의 열쇠 구멍에 그의 손가락을 넣었다.

“엔도 아라토를 class Lacia(레이시아급) humanoid Interface Elements Type-005의 오너로서 등록합니다. hIE 본체 및 디바이스 블랙 모노리스(Black Monolith)는 자율 판단 유닛이며, 그 행동의 법적 책임은 오너가 모두 지게 되어 있습니다. 승인하겠습니까?”

“알았어.”

아라토가 대답했다. 그녀의 머리 장식이 셀룰리안블루 빛을 뿜어내기 시작했다.

“오너의 라이프 로그를 획득하겠습니다. 이 기록은 절차에 따른 법적 요청에 의거해 소송을 당할 경우, 법원에 제출됩니다. 디바이스의 잠금을 해제하기 위해서는 이를 승인해야 합니다.”

“알았어!”

또 한 번 대답했다.

흰 슈트로 둘러싸인 허리 부분에 달린, 작은 날개 네 장을 합쳐 놓은 듯한 금속 고정물이 레버를 올리는 것처럼 비틀렸다. 허리 고정물에서 푸른 선이 빛나고 검은 관에서 열은 푸른빛이 뿜어져 나오기 시작했다.

푸른빛이 내리쬐는 레이시아의 주변이 바스락거리며 고막을 긁는 듯한 소음으로 가득 찼다. 바람을 탄 꽃들이 비처럼 머리 위에서 후드득 떨어졌다. 공격이 중단되지 않은 상황에서 아라토와 레이시아가 발걸음을 멈췄기에 기계를 조종하는 무언가가 머리 위로 쏟아지고 있었다.

오색 빛깔의 죽음의 비를 맞으면서도 레이시아는 당황하는 기색도 없었다.

"현재 저희를 공격하고 있는 자(子)유닛을 무력화시키기 위해 광통신을 차단할 것을 제안합니다. 주변에 끼칠 영향이 가장 적고, 사회적 위험도 가장 낮은 수단으로 판단합니다."

뭐가 현실인지 알 수 없었다.

움직일 수 없는 아라토가 땅바닥으로 시선을 향하니, 쓰레기와 가로등이 마구잡이로 달라붙은 물체가 기어서 다가오는 중이었다. 마리에 씨의 잔해로 만들어진 모양인지 네 발로 기면서 치마를 질질 끌고 있었다.

삐걱대는 소리와 함께 꽃으로 뒤덮인 기괴한 물체가 잔뜩 망가진 채로 몰려왔다. 아름다움으로 뿌리를 박은 기묘한 오브제가 점차 다가왔다.

"막을 수 있다면 얼른 해 줘!"

"단, 필요한 메타 머티리얼의 3차원 제압 포격은 효력 범위 안의 무선 전력 공급도 차단합니다. 생명 유지 장치를 사용하는 인간이 있는 경우, 이를 정지시킬 위험이 있습니다."

매달리려고 하는 아라토를 내려다보는 그녀의 눈은 진지하기만 했다.

"책임을 지는 건 오너입니다."

그 말의 의미를 사실은 제대로 이해할 수 없었다. 그렇지만 아주 무거운 것이 그의 어깨에 내걸렸다는 느낌만이 불길하게 덮쳐 왔다.

"오너, 선택해 주십시오. 주변 인간들에게 생명의 위협을 가할 가능성도 존재합니다만, 포격을 실행하시겠습니까?"

그녀가 제안했다. 생명의 위험과 책임이라는 말이 얽혀서 신경이 뜯겨 나갈 지경이었다.

그러나 아라토는 그녀를 믿겠다고 했다.

"그래, 해!"

그 명령에 레이시아가 고개를 끄덕였다.

앵커로 고정되어 있던 관의 두꺼운 외곽이 열렸다. 격납된 검고 얄팍한 판들이 회전하면서 입체적으로 펼쳐졌다. 금속 나무가 가지를 활짝 펼치는 모양새였다.

그리고 눈 깜짝할 사이에 세상이 단번에 바뀌었다. 꽃잎이 풍경 속에서 싹 지워지면서, 악몽에서 깨어난 것처럼 평소의 거리로 돌아왔다.

"사라졌어."

아라토는 저도 모르게 몸을 일으켜 주변을 확인해 보았다. 아까까지 밀려오던 잡음마저도 완전히 정지된 후였다.

"아무것도 없네."

"굴곡률이 음(陰)인 메타 머티리얼 피막을 부딪치게 하여 자유낫 무리를 일정 주파수 영역에 맞추어 투명화시켰습니다. 지령 신호와 무선 전원을 유닛으로부터 격리함으로써 무력화시킨 겁니다."

"설명해 봤자 무슨 소리인지 모르겠어……."

손으로 도로 표면을 짚자, 손바닥에 메마른 것이 짓눌리는 감촉이 났다. 숨이 막히고 반사적으로 손이 움츠러들었다. 징그럽다는 느낌을 꾹 참고 다시 확인해 봤다. 보이지는 않지만 부드러운 것이 잔뜩 바닥에 쌓여 있는 게 느껴졌다.

아까까지 있던 꽃잎들이 여전히 여기에 남아 있다는 뜻이다. 그러나 레이시아가 빛이 투과되는 상태로 만들자 신호가 닿지 않아서 더는 움직일 수 없게 된 것이다.

몇만 개나 되는 꽃잎들 전부를 순식간에 명중시켰다. 그녀가 아라토의 몸에 걸터앉은 채 해낸 일이 얼마나 놀라운 일인지 상상도 되지 않았다.

바람이 불었다. 사락사락 소리를 내며 누구의 눈에도 보이지 않는 꽃 무리가 씻겨 날아갔다.

심장이 멎는 게 아닐까 싶을 정도로 몸이 부들부들 떨렸다. 머리가 아무리 나빠도 그녀가 보통이 아니라는 것 정도는 짐작이 갔다. 레이시아가 발휘한 힘을 눈앞에서 보고 나니, 아라토의 동물적인 감각이 그녀가 감당하기 어려운 존재임을 호소해 댔다.

"뭐야 이게. 정말 굉장하다."

소유물이 된 '그녀'가 무서울 정도로 위험한 존재가 아닐까 하는 본능적인 의심이 들었다.

그녀는 아무 일도 없었다는 듯 벌떡 일어났다.

올려다보면서 아라토는 마치 상대가 거대한 짐승이라도 되는 듯한 착각에 빠졌다.

이 아름다운 존재가 순간 두려움의 대상으로 비쳤다.

아라토에게는 시간적 한계가 있었다.

다시 말해, 동생이 사 달라고 부탁한 아이스크림이 녹을 때까지.

맨션 입구까지 왔을 때, 만난 지 몇 분이나 되었냐고 레이시아에게 물어보니 아직 8분이란다. 저 멀리서 경찰차 사이렌 소리가 울려 퍼졌다.

"오빠, 왜 이리 늦는 거야."

휴대 단말기로 신호를 보내 현관의 잠금장치를 풀었다. 기다리던 유카가 문이 열리는 소리를 듣고 잽싸게 달려왔다.

"시장 보는 게 어디 쉬운 줄 아냐?"

비닐에서 팩으로 포장된 밥을 꺼내며, 혹시 꽃잎이 붙어 있지 않은가 확인해 보았다.

곁으로 다가온 동생의 말문이 막히더니 허둥대면서 아라토를 손가락으로 가리켰다.

"오, 오, 오, 오빠!"

"레이시아입니다. 잘 부탁드립니다."

정중하게 머리를 숙이며 인사하는 레이시아를 보고, 동생의 얼굴에서 핏기가 가셨다. 아라토가 오너가 되었으니, 소유물이 소유자 곁에 있는 건 별 이상한 일도 아니다. 인간의 형상만 하고 있지 않는다면 말이다.

"어쩌지. 오빠가 웬 여자를 사 왔어."

"야, 너 무슨 말을 그렇게 하냐. 돈은 안 냈어."

"그럼 질이 더 나쁘잖아!"

밤늦게 먹을 걸 사러 간 가족이 생판 모르는 여성을 데리고 돌아오면 당연히 놀랄 일이긴 하다. 동생이 울상을 지었다.

"우리 오빠가 무례를 끼쳐서 죄송해요. 버릇을 고쳐 놓을게요. 아마 이런 짓은 처음일 테니까!"

동생이 고개를 깊이 숙이며 울먹였다. 아라토는 오해라며 고개를 들게 하려고 했다.

레이시아가 남매의 얽힌 오해의 끈을 쉽게 풀어 주었다.

"저는 인간이 아니라 hIE이니 집으로 끌고 가도 범죄가 되지는 않습니다. 오너가 없던 저를 주워 주신 것이긴 하지만, 정당한 계약도 거쳤습니다."

"hIE는 나보다 머리가 좋은 거 아니었나?"

아라토는 긴장은커녕 아까 공격을 당한 일마저 머릿속에서 싹 날아갈 지경이었다.

"어, 정말이야?"

유카가 얼굴을 들었다. 정말로 눈가에 눈물이 그렁그렁했다. 걱정해 주었던 걸 기뻐해야 할지, 납치를 했다고 의심했던 걸 슬퍼해야 할지 미묘한 심정이었다.

"저기, 그래서 말인데. 이 레이시아……씨를 집에 두고 싶은데."

그냥 편하게 이름을 부르기가 어쩐지 부끄러웠다.

동생이 눈가를 훔치며 말했다.

"응. 알았어."

"그래도 괜찮겠어?"

그러나 유카는 벌써 함박웃음을 지었다.

"주웠다며. 그럼 떳떳이 가지면 되지."

방금 엄청난 사건에 휘말렸다고 솔직히 털어놓고 싶었다. 레이시아를 집으로 데려오고 싶긴 했지만, 동생이 무서운 일을 겪게 하긴 싫었다.

"있잖아, 유카. 이 오빠가 아까 마트에 갔을 때, 꽃이 우수수 쏟아지더니 유자와 씨 댁의 마리에 씨가 부서졌단 말이야. 혹시 누군가 얘를 노리고 공격한 걸 수도 있어."

아까 그 현상이 누구의 소행인지는 레이시아도 모른다고 했다. 집으로 돌아오는 중에 그녀는 피해를 처리할 조치를 취했다고 말했다. 그러나 구체적으로 무엇을 했는지는 물어봐도 잘 이해가 되지 않았다. 아라토 역시 아직도 다른 세계에 휩쓸려 간 것처럼 현실감이 없어서, 지리멸렬한 설명밖에 할 수 없었다. 어쩔 수 없이 셔츠를 걷어 멍이 든 곳을 보여 주었다.

"봐, 여기를 자동차랑 부딪쳤단 말이야. 레이시아가 구해 줬어."

"다행이네. 오빠를 도와준 거잖아."

그랬다.

"하긴 난 한 일이 아무것도 없었지만."

"그리고 그런 일은 뉴스에도 나오지 않았어. 위험하다면 굳이 데리고 온 오빠가 바보 아니야?"

코언저리가 찡했다. 동생이 레이시아가 아니라 그녀를 데리고 온 오빠를 믿어 줬기 때문이다.

고마움을 표하려는 순간, 바로 눈앞에서 유카가 손을 뻗더니 비닐봉지에 있던 아이스크림을 꺼내 갔다.

"우리 집에 사는 거지? hIE는 밥도 해 주던데. 기대된다."

레이시아는 망설이지 않고 대답했다.

"요리라면 상용되는 행동 관리 클라우드 데이터를 이용해서 바로 만들어 드릴 수 있습니다."

"그거 맛있어?"

"유저 평가는 별 다섯 개입니다."

"레이시아 씨, 너무 좋네."

유카는 천진하게 레이시아에게 달라붙었다.

그러더니 집 안으로 들어오라고 손을 잡아끌었다.

"잠깐. 넌 잘 대해 주기만 하면 뭐든 좋은 거냐."

물 흐르듯이 상황이 술술 흘러갔다. 동생의 기세를 못 따라간 아라토는 어째서인지 레이시아의 손을 붙들고 말았다.

하지만 동생은 예전부터 남을 잘 구워삶아 설득하는 걸 잘했다.

"hIE의 눈은 카메라로 되어 있어서 여러 가지를 찍고 있다고 방송에서 그랬어. 마리에 씨 눈에 전부 찍혔을 거 아니야. 상황이 복잡해진다면 경찰이 어떻게든 해 주겠지."

아라토와 레이시아의 모험은 일단 마트 근처의 주택가 CCTV에도 찍혀 있다. 정말로 큰 문제가 있다면 내일 당장이라도 경찰이 찾아오리라.

"그건 그래. 그런 건 경찰이 할 일이니까."

너무 긴장했던 것 같다. 꽃비를 내리게 한 게 누구이든 간에, 앞으로 그 누군가와 아라토가 맞설지도 모른다고 생각하는 자체가 이상한 이야기이니 말이다.

아라토에게 레이시아를 오래도록 소유할 마음이 없기 때문이다. 척 보기에도 '특별'한 그녀가, 아버지가 집에 없다는 핑계로 나태하게 사는 남매의 삶의 일부가 되리라고는 상상도 할 수 없으니까.

"오빠는 항상 골치 아프게 다 따진다니까. 상대의 정체보다 나한테 무엇을 해 줄 수 있는지가 제일 중요한 법이라고."

"그 성격 참 부럽다."

무서워질 정도로 원활하게 레이시아와 유카 사이에 공통의 이해관계가 생겼다.

"오빠는 이제 힘들겠다. 평생의 행운을 전부 다 써 버렸으니까."

"그렇게 불길하게 단정 짓지 말아 줄래? 정말 그럴까 봐 무섭다고."

"걱정되면 물어보면 되잖아. 레이시아를 집에 두면 우리가 위험해져?"

"방금 나누셨던 대화로 판단하건대 보건대 유카 님께 위험이 가해질 일은 없습니다."

레이시아가 즉시 답했다. 유카가 자랑스럽게 고개를 끄덕였다.

"거봐, 괜찮다잖아."

동생은 너무 듬직하다.

"무슨 일이 있을 것 같으면 그때 고민하면 되겠지, 뭐. 지금은 레이시아가 난처해하고 있다는 게 중요하니까."

아라토도 걱정거리를 계속 마음에 담아 두는 성격은 아니다. 친구인 료와 켄고한테서 가끔 잔소리를 들을 정도다.

"그래. 그럼 밥이나 먹을까."

"냉장고의 내용물을 대부분 파악하였습니다."

결론부터 말하자면, 레이시아는 일을 훌륭히 수행했다. 아라토가 어중간하게 꺼내 벌여 놓은 식재료를 맛깔스러운 중화요리로 완성했다. 대체 어떤 방법으로 그렇게 되었는지 알 수 없었다. 동생도 모른다. 그래서 그저 먹는 것에만 집중하기로 했다.

남매 모두 쓸모없기로는 제일이었다.

밤이 너무 늦어서 배도 부른 유카는 얼른 목욕을 마치고 잠자리에 들었다. 레이시아가 설거지와 뒷정리를 해 주어서 아라토는 이제 할 일이 없었다.

"미안해. 오자마자 바로 부려 먹어서."

그녀는 주방에 서서 어질러진 도구와 식기를 정리했다.

"괜찮습니다. hIE는 간호나 가사 노동을 위해 보급된 것이니까요."

검은 관은 바닥에 흠집이 나지 않도록 쿠션을 아래 깐 뒤에 거실 벽에 세워 두었다. 그 모양새가 이질적이어서 집 안이 이상하게 보였다.

레이시아의 뒷모습을 바라보고 있자니 엄청난 걸 주워 왔다는 실감이 몰려왔다. 소파에 기대 등을 멍하게 보고 있노라니 벌어진 슈트 뒷부분으로 드러난 피부가 눈에 들어왔다.

뽀얀 피부를 의식하자 이미 견딜 수가 없었다. 일에 열중하는 그 모습에 점점 묘한 기분이 들기 시작했다. 흑백의 보디슈트와 주방의 생활감이 어울리지 않아 생기는 온도차 때문인가 보다. 몸이 뜨거워져서 저도 모르게 소파 위로 쓰러졌다.

"우와, 이거 큰일이다."

쿵쾅대는 심장이 도통 가라앉지를 않았다.

처음 만났을 때, 아라토를 구해 주었던 뒷모습이 머릿속에 떠올랐다.

도망칠 때 잡아당겼던 손이 부드러웠던 것도 기억났다.

달빛에 빛나던 얼굴이, 그리고 엉덩이에 깔린 채 오너 계약까지 했을 때의 감촉까지 가슴에 되살아났다. 몸이 답답해서 버둥거리고 싶어졌다.

누운 채로 일어날 수가 없었다. 흥분을 멈출 길이 없어서 얼굴이 붉어지고 땀까지 맺혔다. 앞으로 매일 집에 레이시아가 있으리란 사실을 재차 인식하니, 상대가 인간이 아니라는 걸 알면서도 어쩌면 좋을지 알 수가 없었다.

동생 말대로 평생의 운을 다 쓴 것일지도 모른다. 자다가 심장이 멈추는 게 아닐까 하는 생각마저 들었다.

"어쩐지 나도 참 단순한 놈이구나!"

움직이지 않으면 머리가 이상해질 것 같아서 벌떡 일어났다.

"오너, 제가 자리를 비울까요?"

레이시아가 곁에 있었다. 시원한 표정으로, 머리까지 피가 오른 그를 내려다보는 중이었다. 어디서 꺼냈는지 옻칠을 한 쟁반에 다기를 얹어 가지고 와 주었다.

엉거주춤 서 있는 자세가 창피해서 아라토는 소파에 다시 앉았다.

그녀가 옆에서 무릎을 꿇고, 작은 테이블에 쟁반을 내려놓았다. 물 식히는 그릇에 주전자로 뜨거운 물을 따랐다. 남매가 다기를 제대로 써 본 적이 없어서 그 정갈한 모습이 신선해 보였다.

"굉장해. 이런 것까지 할 수 있구나."

아라토도 어느 정도 하는 집안일을 눈앞에서 hIE라는 물건이 척척 해내는 것을 보니 은근 가슴이 뛰었다.

고등학교 수업에서도 배웠다. 사회의 형태는 사람이 살아가는 생애 안에서도 간단히 바뀐다. 예를 들어, 고도 경제 성장기인 1960년대의 생활 상식은 50년 후인 2010년에 대부분 통용되지 않게 되었다. 시대가 지나면 이전과 같은 방식으로는 해결될 수 없는 게 많이 나타난다. 하루하루의 시간 경과만으로는 의식하기 힘들지만, 사람들의 세상은 엄청난 변화를 일으키며 조금씩 나아가고 있다.

레이시아가 그에게 살짝 고개를 숙였다.

"감사합니다. 다만 hIE의 행동은 네트워크에 접속하여 관리 클라우드 서비스에서 꺼내오는 것뿐입니다. 이렇게 탄 차도 인간의 녹화 데이터나 동작 캡처를 합친 후, 그걸 제 몸이 따라 하게 만드는 부산물일 뿐입니다."

인간 형상을 한 물체가 설교라도 하는 것 같아서 쓴웃음이 나왔다. hIE는 도구라고 친구인 료도 말했었다.

그의 태도에 그녀는 재빠르게 반응했다.

“오너는 hIE에 대해 기본적인 지식이 부족한 것 같아서요.”

“내가 잘 모르면 레이시아가 곤란해?”

그녀는 부드러운 침묵으로 물음을 받아들였다.

오너가 되어 달라는 요청을 받을 때까지, 아라토는 레이시아가 다른 누군가의 소유물이 될 가능성은 미처 생각도 하지 않았다.

냉정히 돌이켜보니, 공포가 다시금 등골을 타고 올라오는 듯했다. 한 번 정했다고, 두 번 다시 되돌아보지 않는다니 현실의 인간에게는 불가능한 일이다.

“레이시아는 어디서 왔어?”

그녀가 사기 주전자를 기울여 찻잔에 차를 따랐다.

“그건 오너와 저의 관계 구축을 위해 필요한 일입니까?”

첫 만남 때 느꼈던 믿음과 신뢰가 인상에 깊이 새겨져 있었다. 좀 더 가까워지고 싶었다.

“솔직히 난 레이시아에 대해 아는 게 없어. 알아 두는 게 나중에 고생할 일도 없을 것 같고, 서로 불안하지도 않아서 여러 가지를 더 잘 이해할 수 있지 않을까.”

그리고 자신이 할 수 있는 일이 있다면 행동으로 보답하고 싶었다.

하지만 그녀는 부끄러운 말을 한 아라토가 꿈꾸었던 대로의 반응을 보여 주지는 않았다.

그저 담담히 사실을 고했다.

“당신은 분명 선량한 분이시겠죠. 하지만 근본적으로 잘못 알고 있는 부분이 있습니다.”

옅은 푸른색 눈동자는 흔들림이 없었다.

"제게는 영혼이 없습니다."

예상치도 못했던 답변이었다. 주인임에도 불구하고 아무 대꾸도 할 수 없었다.

"저는 인간의 말과 움직임에 맞추어 상대방이 쾌적하게 지낼 반응만 보이게끔 되어 있습니다. 반응으로 생길 효과를 앞서 읽고 유도할 뿐이지, 제 언동은 일관된 인격에 의해 뒷받침되는 것이 아닙니다."

기술이 진보하면 '인간의 행동'은 인간만이 할 수 있는 것이 아니게 된다. 인간과 같은 형상과 골격이 있으면 할 수 있는 행동도 똑같다. 마음이나 영혼이 없어도 행동 패턴만 적절하면 일을 해낼 수 있다는 점을 hIE는 작업 수행에 이용한다.

"오너는 이 hIE 본체의 '행동'들로 인해 착각하는 것뿐입니다."

끓는 피 속에서 뇌가 흔들리는 것만 같았다.

갑작스럽게 만난 그녀를 도와준 셈치고 있었던지라 화까지 일었다. 하지만 아라토도 그녀 말이 옳다는 것을 알았다.

레이시아가 자신에게 고마워하고 있다고 멋대로 망상을 했다. 그리고 물건에게 그걸 부정당하자 괜한 짜증을 내고 있을 뿐이었다. 친구들이 나무라는 점도 이런 부분임을 깨달으면서 환상이 산산이 깨지고 말았다. 인간끼리는 상대가 자신과 같은 것을 공유하고 있다는 생각을 하니까, 서로 참을 수 있는 것들이 많다. 하지만 그녀와의 사이에서 그런 일은 없다. 인간과 물건은 아예 다른 것이니까.

레이시아가 인간의 형태만 하지 않았더라면, 이런 모험에 발을 들일 수나 있었을까 하는 의심이 들었다.

공포와 후회, 실망감이 뒤섞여 아무 말도 하지 못한 채, 그저 목덜미의 혈관이 약동하는 소리만 들었다.

바닥이 보이지 않는 심연을 엿본 것 같아서 발밑이 흔들거렸다.

심장마저 없는 레이시아는 그래도 말했다.

"제게는 영혼이 없습니다."

아라토는 천장을 올려다보았다.

들떠 있었던 만큼 내동댕이쳐지는 아픔이 더욱 강렬하게 느껴져서 눈을 꼭 감았다. 망설일 때마다 아라토는 그에게 시작점이었던 것이 눈꺼풀 속에 떠오르곤 한다. 검붉은 폭발과 꼬리를 흔드는 흰 강아지. 따듯한 숨이 호르르 흘러나왔다. 꼬리를 신나게 흔드는 '행동'에 어린 아라토는 구원을 받았고, 자신부터 먼저 시작하자는 결심을 하게 되었다.

그는 의미 따위가 없어도 손을 뻗을 수 있다.

"영혼이 없다고 해서 마음에 닿지 않는 건 아니야."

짜증을 냈던 자신에게 화가 났다. 어린 시절에 그 흰 강아지의 영혼 같은 건 본 적도 없었지만, 그래도 즐거워 보이는 모습에 용기를 얻었더랬다.

"그래도 내 마음은 움직였어."

깊은 실망을 메우려는 것처럼 가슴이 열기로 가득 찼다.

내동댕이쳐졌기에 오히려 마음이 더욱 빨리 회전하는 모양이다.

머리가 좋은 편이 아니니 몸이라도 움직여서 뭔가 하지 않을 수가 없었다. 그녀를 위해 해 줄 수 있는 일을 찾고 싶었다.

"내가 착각하고 있었어. 하지만 그저 기다린다고 해서 레이시아의 마음에서 불안이 가시는 건 아니잖아."

두 사람 사이에 마음이 없기에 아무 의미도 없는 침묵이 내려앉았다. 레이시아가 알 수 없는 미소를 지었다.

"네, 그런 건 없으니까요."

그녀에게는 불안으로 떨 마음 자체가 존재하지 않는다.

그래도 그녀를 위해 무엇인가를 해 주고 싶었다.

얼굴이 달아오른 게 느껴질 정도로 몸이 뜨거웠다.

"정말 난 단순한 놈이라니까!"

가슴속에서 몰려오는 씁쓸함과 달콤함을 씻어 내고 싶어서 큰 소리로 기합을 넣었다.

그때, 쿵쿵거리는 발소리가 복도를 따라 들려왔다. 잠옷 차림의 유카가 한 손에 베개를 든 채 험악한 얼굴로 찾아왔다.

"오빠, 시끄러워."

조마조마한 마음으로 자고 일어나도, 내일은 찾아오는 법이다.

다음 날 아침, 거실에 가니 레이시아는 잘 있었다.

그뿐만 아니라 아침 식사까지 차려 놓고 남매를 학교에 보내 주기까지 했다.

동생은 역시 활기에 넘쳤고, 학교에는 친구들이 있었다. 아버지는 일이 바빠서 잘 돌아오지 않았다.

레이시아는 동작을 반복하여 그 무리 속으로 인간처럼 파고들었다. 그걸 반복하는 사이, 아무 일도 없이 나흘이나 지났다.

아라토는 알람 소리에 눈을 떴다. 침대에서 손을 뻗어 머리맡에 놓은 휴대 단말기를 쥐었다. 단말기는 굳이 조작하지 않아도 자율 판단으로 그에게 모닝콜을 한 상대와 통신을 연결했다.

〈아침 식사 준비가 다 되었습니다만, 일어나시겠습니까?〉

레이시아의 맑은 목소리가 귀를 간질였다. 심장이 아플 정도로 북받쳐 벌떡 일어났다.

"오늘 아침은 뭔데?"

거실로 가면 알 수 있지만, 목소리를 더 듣고 싶었다.

〈프렌치토스트를 준비해 보았습니다. 드신 적이 없다고 하셔서.〉

응석이라도 부린 것 같아 맹렬하게 부끄러웠다. 몸을 일으키며 머리를 쥐어 쌌다.

"이래도 정말 괜찮을까?"

괜찮을 리가 없다.

거실로 가니 유카가 멍한 얼굴로 맛있게 구워진 프렌치토스트를 야금야금 먹는 중이었다.

"잘 잤어?"

"응."

포크를 쥐고 우물거리며 입을 움직여 댔다.

레이시아 덕분에 나태한 남매는 규칙적인 생활 주기를 되찾아 갔다. 다만 그 반동인지 만성적으로 졸려서 너무 힘들었다.

"오너, 안녕히 주무셨습니까."

그녀는 처음 만났을 때 입었던 흑백 보디슈트가 아니라 평범한 옷차림이었다. 허리의 디바이스 록도 풀어 놓은 채였다.

그래서 몸의 형태가 인간과 거의 구별되지 않아, 저도 모르게 눈길을 돌리고 말았다. 레이시아가 자신의 청바지와 셔츠를 입고 있는 게 어쩐지 부끄러웠다.

"아침부터 너무 발정난 거 아니야?"

동생 입에서 발정이라는 단어를 들으니 울적해졌다.

레이시아의 시원한 옆얼굴을 몰래 훔쳐보았다. 인간이 아닌 상대라도 미움을 받는 게 아닐까 덜컥 겁이 났다.

"역시 레이시아의 옷을 새로 사러 가지 않으면 안 되겠다."

습관적으로 냉장고에 주스를 가지러 가려다가, 테이블에 찻주전자가 있는 것을 알아차렸다.

모든 것을 다 맡기는 게 미안해서, 스스로 홍차를 따랐다. 홍차 잎은 집에 없었으니까 아마 인터넷으로 주문한 모양이다. 눈이 번쩍 뜨일 정도의 강한 향기가 컵에서 뜨끈한 김과 함께 피어올랐다.

전자파 조리기 앞에서 앞치마를 두른 레이시아가 토스트를 뒤집을 때를 기다리고 있었다. 고소하고 맛좋은 냄새가 났다.

그녀가 온 후로, 아침에 여유가 생겨서 시간이 남아돌았다. 쥐고 있던 개인 단말기를 텔레비전과 연동시켰다. 집 안 가전을 관리하는 가내(家內) 시스템이 복잡한 일을 대부분 대신해 준다.

가내 시스템의 판단으로, 3차원 화면에 아라토가 봐야 할 정보들이 나열되었다. 그중에 낯선 메일이 섞여 있는 것이 눈에 들어왔다.

"무슨 메일이 왔는데, 이거 너한테 온 것 같다."

화면에 불러온 메일의 수신인은 유카였지만, 어째서인지 아라토도 볼 수 있도록 지정이 된 상태였다.

갑자기 번쩍 눈이 떠졌는지, 동생이 몸을 내밀었다.

"일단 보기나 해."

입체 영상의 흰 화이트보드에 낯선 발신인의 이름이 적혀 있었다.

파일을 열어 본 아라토의 사고는 한순간 정지했다.

"유카, 좀 자리에 앉아 봐."

"이미 앉아 있는데."

"이 모델 오디션이라는 건 뭐냐?"

화면에 간결한 글이 나타났다.

〈엔도 유카 님. 귀하께서 추천하신 hIE 레이시아가 본사의 hIE 모델 오디션에서 그랑프리를 수상하였습니다.〉

"어때, 굉장하지? 그랑프리래."

미디어 기업이 hIE 모델을 모집하고 있었는데, 유카가 레이시아의 사진 데이터를 보내서 응모했던 것이다.

그 결과가 바로 이거다.

유카가 첨부된 링크를 누르자, 그랑프리 고지를 알리는 광고 페이지가 나타났다. 그리고 네트워크를 거쳐 확산된 정보가 다양한 반응을 일으키는 상황이 모델도로 표시되었다.

"봐 봐, 이거야!"

언제 찍었는지는 몰라도 유카네 학교 교복을 입은 사진의 모델은 분명 레이시아였다.

그 외에도 최종 후보로 올라간 몇몇 다른 hIE들의 사진도 있긴 했지만, 아라토의 눈길을 사로잡은 건 역시 레이시아였다.

"응, 역시 예쁘다니까."

또 한 가지 시선을 못 박게 한 것은 화면에 뜬 그랑프리 주최자의 이름이었다.

"여기 꽤 유명한 곳 아니야?"

"응, 텔레비전에서도 광고했었어."

다시 말해, 이제부터 레이시아가 미디어에 대대적으로 노출된다는 뜻이다.

두통이 날 지경이었다. 꽃의 폭풍우로 공격받았던 사태는 전혀 해결도 되지 않았는데.

"그런데 오빠, 나한테 할 말 없어?"

"너 바, 바, 바보지."

동요하고 말았다.

칭찬을 들을 줄 알았는지, 유카가 불평을 쏟아 냈다.

"이렇게 예쁘잖아. 효율적으로 사용해야 좋은 거 아니겠어?"

"그래도 나한테 한마디 상의도 없이 이게 뭐야. 조금이라도 생각을 했어야지."

당사자인 레이시아가 침착하게 대답했다.

"저는 괜찮습니다만."

"레이시아 씨 본인이 괜찮다니까 뭐 된 거 아니야?"

"hIE라는 건 이럴 때 인간을 거역하지 못한다고."

hIE는 인간과 다르다. 영혼이 없다고 레이시아는 말했다. 자신의 말은 인간의 의향을 받아들여 반응하고 있는 것뿐이라고.

레이시아는 프렌치토스트를 던져 휙 뒤집으면서 돌아보았다.

"오너, 어차피 이제 되돌릴 수 있는 일이 아닙니다."

기름이 튀는 소리가 위장을 자극했다. 몸이 이제 됐으니까 뭔가를 좀 먹으라고 호소를 해 댔다.

의자 등받이에 몸을 기댔다.

"이거 어쩔 거야."

처음 만났을 때, 레이시아는 아라토와 함께 공격을 받았다. 혹시 그녀를 찾는 적이 있다면, 여기에 있다고 세계적으로 선전한 꼴이다.

"사정이 있다고 했잖아. 해결된 건 하나도 없는데, 문제만 갑자기 마구 폭발해 대면 어쩌자는 거야. 이런 상황은 들어 본 적도 없다."

손가락을 입술에 대며 유카가 야무진 표정을 지었다.

"내가 좀 앞서 나가지?"

유카는 눈앞에 버튼이 있으면 설명서를 읽지도 않고 대번에 누르는 성격이다.

"어디까지 앞서 나가려고."

키득대는 즐거운 웃음소리가 남매의 식탁 바로 옆에서 들려왔다.

레이시아가 웃고 있었다. 앞치마를 걸친 채, 가볍게 쥔 오른손으로 웃음을 터트린 입을 품위 있게 가리면서. 처음으로 보는 밝은 미소였다.

아라토는 중얼거렸다.

"hIE도 웃는구나……."

영혼이 없다고는 도무지 믿기 힘들 만큼 진심 어린 표정으로 보였다.

아라토의 아침은 레이시아가 온 후부터 완전히 바뀌었다.

기상 알람이 연달아 울어 대는 정신없는 전쟁터가 아니라, 누군가가 부드럽게 깨워 주는 시간이 되었기 때문이다.

간단한 셔츠와 스웨트만 입고 세수를 한 다음, 주방으로 갔다. 심플하게 마룻바닥이 깔린 4평짜리 거실에는 테이블과 의자 네 개가 놓여 있다.

"좋은 아침." 하고 말하며 아라토는 자리에 앉았다.

"오빠, 왜 이리 늦어."

동생 유카는 의기양양한 얼굴이었다. 고양이가 그려진 찻종을 홍차라도 마시는 척 젠체하며 들어 올렸다.

"설탕을 넣으면 더 홍차 같을걸."

"정말?"

"집에 있는 제품의 경우, 태국에서는 설탕을 넣어 먹는다고 합니다."

조리대 앞에 서 있던 레이시아가 뒤를 돌아보자, 연보랏빛 머리칼이 가볍게 흔들렸다. 인간형 안드로이드 hIE인 레이시아의 미모는 이런 별것도 아닌 지식을 펼쳐 놓을 때마저 눈부셨다.

아라토는 가슴에 답답함을 느끼며, 꿈꾸던 기분에서 벗어났다. 영혼이 없는 그녀라 해도 표정만큼은 완벽했다. 숨이라도 꾹 참았던 것처럼 얼굴이 뜨거워지면서 가슴이 쿵쾅거렸다.

동생이 눈가에 힘을 주며, 입술에 손가락을 대었다.

"그럼 어디 한번 해 볼까."

그러고는 설탕 통을 빼앗아 들고 두 숟갈을 가득 집어넣었다. 휘저을 것이 없다는 걸 깨닫자 대신 젓가락으로 휙휙 저었다.

"자, 오빠."

"나더러 마시라고!"

레이시아가 쟁반에 밥과 된장국을 담아 가지고 왔다.

"네가 했으니까 네가 알아서 해. 쌓인 문제가 산더미라서 머리가 어지럽단 말이야."

아라토는 잘 먹겠다고 한 후, 유부와 양배추가 들어간 된장국을 한 모금 홀짝였다. 부족한 채소의 영양소를 보충해 주려고 차려진 밥상이다. 어머니가 10년도 훨씬 전에 세상을 떠난 뒤로 이런 가정적인 맛을 느껴 본 적이 없어서 아라토는 묘한 기분이 들었다.

"문제는 무슨. 아빠도 레이시아 씨를 집에 두어도 된다고 했잖아."

동생이 밥에 뿌리는 딥 소스 튜브를 집었다. 마요네즈를 좋아하는 사람한테는 인기 만점인 밥도둑이다.

"말씀은 그렇게 하셨지만, 정말 알기나 하는 건지."

어젯밤 아라토는 일이 바빠 집으로 돌아오지 않는 아버지에게 통신으로 마침내 레이시아에 대해 알렸다. hIE 기초 연구직에 종사하는 아버지는 레이시아가 장착하고 있던 장비나 디바이스의 정체가 무엇인지 모른다고 했다. 오너가 된 날에 조우했던 꽃비나 마리에 씨가 조종당한 일 역시 마찬가지였다.

"근데 참 굉장하다. 얼굴을 본 순간 바로 오케이했잖아."

"고등학생 아들로서는 그다지 오케이가 아니었다만."

성실한 아버지가 레이시아의 얼굴을 본 순간, 숨을 꿀꺽 삼키며 얼른 고개를 돌렸던 것이다. 부모가 미인한테 나약해지는 장면을 본 것 같아서 영 개운치가 않았다.

"그러고 보니 얼마 전 일은 뉴스에도 안 나오고, 경찰도 안 오네."

자동차가 폭발할 정도였으니까 당연히 한바탕 소동이 일어날 줄 알았다. 그러나 인근 주민들한테 물어보아도 현관이나 창문이 잠겨서 밖으로 나갈 수 없었다고만 할 뿐, 남아 있던 건 부서진 자동차와 마리에 씨뿐이었단다. 그렇게나 쏟아졌던 꽃비도 나중에 찾아보았지만, 전혀 발견되지 않았다.

"료 오빠랑 켄고 오빠한테 아직 레이시아 씨를 소개도 안 했잖아."

"아, 그것도 있었지."

아라토는 소꿉친구인 료와 같은 반 친구 켄고에게도 레이시아에 대해 털어놓지 않았다. 산더미처럼 쌓인 문제들 때문에 골치가 아팠다.

유카가 칠칠치 못하게 밥을 먹으며 테이블 표면을 탁탁 두들겼다. 판형으로 된 컴퓨터 단말기이기도 한 테이블 표면을 화면 상태로 둔 바람에, 된장국이나 밥 아래에 패션 잡지가 표시되는 등 식탁은 난장판이었다.

하필이면 유카가 싱글거리며 다시 살펴보던 광고가 표시되어 있었다.

파비온 미디어 그룹 · hIE 모델 오디션 그랑프리, 레이시아.

광고 속 주인공은 레이시아였다. 아라토의 예상을 훨씬 뛰어넘는 큰 상이었는지, 이제 어떻게 손을 쓸 도리도 없었다.

"레이시아 씨의 첫 일은 일요일이네."

"이거 정말 어쩔 거냐고."

"운이라는 건 으하하 웃어 줘야 찾아오는 법이라고. 이건 기회야, 기회!"

"그 무슨 산적 같은 사고방식이냐."

당사자인 레이시아는 당황한 기색도 없이 그저 시원한 표정이었다. 아라토와 유카의 반응을 관측하여 자신의 행동을 고르고 있을 뿐, 실패를 두려워하는 마음을 갖고 있지 않다.

"저는 괜찮습니다. 오너는 걱정하지 않으셔도 됩니다."

"일단 진정 좀 해, 오빠. 자, 차 좀 마셔."

"응."

유카가 건네준 차를 받아 마시니 달았다. 그러고 보니 아까 녹차에 설탕을 잔뜩 넣었다.

"어때, 오빠?"

"의외로 괜찮네."

"그래? 그럼 나도 한입."

유카가 입술을 조심스럽게 내밀어 찻종에 입을 대더니 오오오, 하며 새로운 발견이라도 한 듯 눈을 활짝 떴다.

"뭐든지 도전하고 볼 일이라니까."

아라토까지 바보가 된 심정이었다.

당번인 유카가 일찍 중학교에 등교하고 나니, 집에 레이시아와 단둘만 남았다.

"모델 일, 정말 괜찮겠어?"

아침에 할 집안일을 다 끝낸 레이시아는 바로 맞은편 자리에 앉았다. 옷을 직접 알아서 적당히 고르도록 했는데, 저렴한 옷도 너무나 잘 어울리기만 해서 아라토는 허둥대기 바빴다.

"주신 서류를 확인해 보았는데, 일반적인 대리 노동 계약서였습니다."

hIE는 오너의 재산이다. 따라서 hIE에게 노동을 시키려면, 법률적으로는 사업주에게 고용된 오너가 대리로 hIE를 일하게 하는 절차를 밟게 된다. 대리 노동 계약서는 미성년자인 아라토가 아닌 보호자의 사인이 필요해서 오래간만에 어젯밤 아버지한테 연락했다.

아라토로서는 잘 이해가 되지 않는 서류여서 그냥 내용 이해도 레이시아에게 맡겼다. hIE에게 복잡한 서류 관리를 맡겨서 비서 대신으로 사용하는 때도 많다고 했다.

"유카 자식, 아주 일을 저지르기만 한다니까. 언제 한번 따끔하게 말 좀 해야겠어."

"오너는 유카 님 어리광이라면 다 받아 주는 것처럼 보입니다만."

그 말이 사실이라, 찍소리도 하지 못했다.

* * *

"hIE를 줍다니 대체 그게 무슨 소리니?"

아라토한테 대강의 사정을 들은 켄고가 무슨 말도 안 되는 소리냐는 식으로 되물었다. 방과 후라서 교실에는 그들밖에 없었다.

"여자애가 자기를 받아 달라고 하는데 어쩌겠냐고."

아라토는 누구라도 자신과 같은 선택을 할 것이라고 믿었다. 그러나 켄고는 그렇지 않은 모양이었다.

"일반적인 hIE라도 자동차 한 대 가격은 한다고. 모델 오디션에서 단번에 통과할 정도의 고급 기종이라니. 경찰에 신고는 했어?"

"그렇게 비싸다면 모델을 하게 하는 순간, 바로 주인이 나타날걸."

아라토 역시 이걸로 괜찮다고 생각하지는 않았다. 남의 눈에 띄면 좋은 효과도 있다고, 레이시아가 설득하지 않았더라면 자진하여 수상에서 사퇴하도록 했을지도 모른다.

"엔도도 가끔은 생각이라는 게 있긴 하구나."

"그럼 집에 연락할게. 실물과 대면하는 편이 더 빠르겠지."

"아라토, 네 hIE는 스스로 통신도 할 수 있어?"

료가 휴대 단말기를 들여다보았다. 오늘 레이시아에게 화상 전화를 받게 해 교실에서 친구들에게 소개하기로 했더랬다.

카드 크기의 단말기 화면에 호출 표시가 떴다. 세 번 정도 신호음이 울리더니, 집 통신기와 연결이 되었다. 시원한 눈망울을 빛내며 레이시아가 화면에 나타났다.

〈오너, 이 두 분이 친구들이시군요.〉

두 사람이 오오, 하고 환성을 내지르며 몸을 앞으로 내밀었다. 역시 레이시아의 첫인상에도, 그 움직임에도 할 말을 잃게 하는 진정한 힘이 있었다.

교복 단추를 풀고 앞섶을 풀어헤친 료가 장난스럽게 손을 벌렸다.

"치사하다. 요즘 잘 어울리지 않나 싶더니, 이런 걸 숨겨 놓고 있었냐."

켄고가 책 형태의 단말기를 자기 가방에서 꺼내 아라토의 휴대 단말기와 접속시켰다.

"기체 제조 번호를 불러 보게 해 봐. 척 봐도 보통 기기가 아니야."

"레이시아, 기체 번호는 알아? 켄고는 기계를 잘 아니 너에 대해 뭔가 알아낼 수 있을지도 몰라."

단말기 화면 속의 레이시아는 아라토의 요구에 시원스레 응했다.

〈LSLX-22S99176LF입니다. 기체 고유 코드도 전송해 드릴까요?〉

켄고의 단말기에 레이시아가 불러 준 대로 숫자가 자동 입력되었다. 켄고가 말없이 벌떡 일어나더니 아라토에게 휴대 단말기를 책상에 놓게 하고 복도까지 끌고 나갔다.

떠밀려 나간 아라토는 친구의 흥분하는 기세에 눌리고 말았다.

“야, 잠깐만 기다려.”

“미쳤니? LSLX라면 스타일러스 사 최고급 모델이잖아. 바로 확인할 수 있는 기기 정보 정도는 좀 확인해 뒀어야지. 최고급품이란 말이야!”

스타일러스는 미국의 고급 hIE 전문 제조사다. 아라토도 이름 정도는 알지만, 고등학생의 금전 감각으로는 감도 잡히지 않았다. 일단 제일 이해하기 힘들었던 것부터 물었다.

“기체 고유 코드는 뭔데?”

“hIE를 인간과 구별할 수 있게 계속 발신하도록 법률로 규정해 놓은 신호야. 이걸 사용하면 hIE의 위치도 추적할 수 있거든. 이 정도 기체를 잃어버린다면 보통은 찾아다니느라고 난리일 텐데.”

교실에 남아 있던 료도 단말기를 놔둔 채 복도로 나왔다. 료는 일류 대기업 사장의 아들이라서 그런지 최고급 기종이라는 소리를 듣고도 동요하지 않았다.

“고유 코드, 암호를 풀 수는 없겠지만, 발신 추적은 할 수 있겠지?”

그러자 도통 이해를 못 하는 아라토에게 료가 설명해 주었다.

“기체 고유 코드는 hIE를 팔고 있는 판매업자 측에서도 도난 추적을 위해서 가지고 있는 정보야. 그러니까 분실자가 아라토의 hIE가 있는 곳을 알아차리지 못하는 건, 기체가 코드를 발신할 수 없는 상태일 수도 있다는 뜻이야.”

"암호를 푸는 것까지는 몰라도 비슷한 신호를 추출할 수는 있는데. 이런데도 분실자도, 판매업자도 나서지 않고, 그랑프리로 저렇게 대대적으로 얼굴을 광고하는데도 아무 연락도 없다니 도대체 뭘까?"

켄고와 료, 두 친구 모두 아라토 남매의 느긋한 성격을 탓하고 있는 듯했다.

아라토가 보기에는 친구들이 이렇게까지 심각하게 반응하는 것 자체가 오히려 과한 게 아닌가 싶을 정도였다.

"원래 주인도 없고, 판 사람도 없다니. 이런 행운이 다 있구나."

말을 잇지 못하는 켄고보다 먼저 료가 바로 헤살을 놓았다.

"없거든. 수상쩍기 그지없잖아. 그리고 너희 집 거실에 있는 그 큰 관은 뭐야? 저런 부속품은 본 적도 없다고."

"위기감 좀 가지란 말이야. 신품 자동차를 어디서 줍겠니? 신상 페라리가 어디 굴러다니다가 오너가 되어 달라고 먼저 요구하면 보통은 무섭거든? 완전 괴담이라고."

"너 자동차에 빗대는 거 참 좋아하는구나."

아라토가 켄고에게 솔직한 감상을 털어놓았다.

창문을 통해 방과 후의 저녁 햇살이 복도로 쏟아져 들었다.

"카이다이, 나 이 바보 좀 한 대 때리고 싶다."

료는 가끔 보면 참 남을 잘 챙겨 준다.

"아라토, 너희 아버지께 설명은 드렸어?"

"했지. 집에 둬도 된대."

두 친구가 믿을 수 없다는 표정을 지었다. 현재 민관 합동 연구기

관에서 일하는 아라토의 아버지는 꽤 존경받는 인물이다.

료가 아라토의 목에 팔을 감았다.

"그런데 이 소식을 일주일이나 지나서 알리다니. 너랑 나 사이에 너무하지 않냐."

교실로 돌아가 휴대 단말기를 보니, 레이시아는 얌전히 기다려 주고 있었다.

〈친구분들은 오너를 걱정하고 계시는군요.〉

"내가 하도 덜렁거리니까 다들 잘 챙겨 주는 거야."

아라토는 그녀가 수상쩍게 보이지 않았다. 그렇지만 친구들은 그의 생명을 구한 은인이라는 걸 알아도 노골적으로 경계했다.

료는 레이시아가 아니라 아라토를 향해 말했다.

"행동 관리 클라우드의 시리얼 넘버도 전송해 달라고 해."

그가 부탁하자마자 레이시아가 40자리나 되는 알파벳과 숫자 코드를 휴대 단말기로 전송했다.

료가 자신의 휴대 단말기로 그 값을 사진으로 찍어 저장했다.

"hIE의 '행동' 관리는 어딘가의 관리 서비스가 맡는 법이야. 그러니까 행동 관리 클라우드의 시리얼이 있으면 어느 회사의 지령 코드가 이 미인을 움직이는지 확인할 수 있지."

hIE의 각 행동은 인간과 똑같이 생긴 기체 안에서 정해지는 게 아니다. 통신으로 외부 네트워크상에 있는 거대한 행동 관리 클라우드와 연결되어 데이터 송신을 받고 최적이라고 판단되는 지시대로 움직인다.

정보를 조회한 료의 얼굴이 순간 얼어붙었다. 아라토는 료의 팔을 붙잡았다. 이 소꿉친구한테는 안 좋은 문제를 가슴속에 담아 두는 나쁜 버릇이 있다.

체념한 듯 료가 단말기 화면을 보여 주었다.

밈프레임 사, 권한 허락 2105년 4월.

"우리 회사 시리얼 넘버야."

카이다이 료의 아버지는 밈프레임 사의 사장이다.

영혼이 없는 레이시아에게 지금과 같은 '행동'을 부여하는 것은 밈프레임 사의 행동 관리 서비스라는 뜻이다.

"료는 뭐 아는 거 없어?"

여기서 어떤 실마리를 얻을 수 있지 않을까 하는 희망이 생겼을 때, 료가 자신의 단말기를 숨겨 버렸다.

"아라토, 이 기계랑 너무 얽히지 마."

아까까지 보였던 관심이 거짓말 같았다. 이 자리에 아라토가 모르는 이야기를 끌어내기라도 한 양, 소꿉친구가 굳은 표정으로 말했다.

"이 hIE에 너무 깊이 얽히지 말라고."

"깊이 얽히고 뭐고 간에 벌써 오너가 되었는걸."

항상 자신만만한 료가 난처한지 시선만 이리저리 헤맸다. 오래 알고 지낸 아라토마저도 본 적이 없을 정도로 안색을 흐리면서 억지웃음을 지어 보였다.

"한시라도 빨리 이 기체를 멀리하는 게 좋아. 아라토의 세계는 hIE가 없어도 충분하잖아."

* * *

료는 그 이후로도 계속 상태가 좀 이상했다. 레이시아와의 첫 만남에 대해 이것저것 물어보고 싶어 하는 줄 알았는데, 혼자 훌쩍 돌아갔다.

그래서 아라토는 집에 돌아가서도 계속 마음이 다른 곳에 가 있었다. 저녁을 다 먹을 때까지, 학교에 물건을 두고 왔다는 사실조차 알아차리지 못했다.

"휴대 단말기를 놓고 오다니, 용케 집으로 돌아왔네. 전철은 어떻게 탔어?"

유카가 어처구니없어했다.

레이시아가 식후에 마실 차를 쟁반에 들고 와 테이블 앞에 앉았다.

"여분의 개인 인증 태그 경유로, 가내 시스템에 요금과 입장 허락 청구가 와 있었습니다."

"오빠는 아빠한테 여분으로 태그를 받았던가?"

지금은 서비스 이용 요금이나 입장 등에 드는 비용은 휴대 단말기의 개인 인증 태그를 통해 자동으로 지급된다. 편리하긴 하지만 휴대 단말기를 잃어버리면 아무것도 할 수 없어서, 주의가 필요한 사람은 개인 인증 기능만 들어간 소형 단말기를 지니고 다닌다. 자주 덜렁거리는 아라토도 항상 몸에 지닐 수 있는 가느다란 팔찌 형태의 단말기를 갖고 다녔다.

"여분 태그만 있어서는 안 돼. 숙제도 해야 하는데 데이터 링크를 학교에 놓고 왔잖아."

"그냥 숙제를 안 하면 되잖아. 그런 운명인 거야."

"아, 그것도 그렇구나."

"오너, 그건 운명의 문제가 아닌 것 같습니다만."

동생에게 설득당할 뻔한 아라토를 레이시아가 가만히 관찰했다. 맑고 연한 푸른색 눈동자가 이쪽을 주시하면, 자신이 쓸모없는 인간을 대표하기라도 하는 기분이 들었다.

"밤에는 학교가 문을 닫잖아. 이제 저녁 8시니까 어차피 내일밖에 시간이 없어."

"hIE 교직원이 상근 중이니 가지러 가는 정도는 가능할 겁니다."

학교까지 굳이 단말기를 가지러 가게 되었다.

아라토는 레이시아를 데리고 지하철을 탔다. 이 시간대의 우라야스 선은 퇴근하는 회사원들로 북적여서 도리어 아사쿠라로 향하는 차량은 비교적 한산하다. 그래도 레이시아를 본 다른 승객들이 흘끔거리며 훔쳐보곤 했다.

"본격적으로 hIE 모델 일을 시작하면 더욱 눈에 띄겠구나."

그래도 그 곁에 있는 것이 은근 자랑스러웠다.

"앞으로 지장이 생길 수도 있으니, 주목받지 않고 이동할 수 있는 수단을 확보하지 않으면 문제가 있겠네요."

물론 눈길을 끄는 건 레이시아뿐만이 아니다. 처음 만났을 때 가지고 있었던 거대한 검은 관은 보호 시트를 씌워 평범한 짐으로 위장해 놓았지만, 가녀린 소녀 형상을 한 레이시아가 차량 천장까지 부딪칠 정도로 커다란 짐을 드는 모습은 너무 이질적이리라.

"그게 없으면 불안하겠지만, 너무 눈에 띄긴 하지."

"hIE 모델 일이 시작되면, 휴대가 어려워질 테니 대책을 세울 필요가 있습니다."

묵직한 검은 관을 들고서 플랫폼에 내려설 때 살짝 차량이 기울어진 것 같았다.

지하철 운임은 아라토의 팔찌형 여분 태그에서 자택의 관리 시스템으로 청구되니까 개찰구는 그냥 통과할 수 있다. 혼조아즈마바시 역을 나서자, 레이시아 몫의 요금은 어떻게 되는지 문득 궁금해졌다.

오늘은 켄고네 가게에 들를 마음이 들지 않아서, 학교까지 걷기로 했다. 자세히 보니 역 앞에는 놀랄 정도로 많은 hIE의 모습들이 눈에 띄었다. 길거리에 녹아든 이들 hIE는 하나같이 영혼도, 마음도 갖고 있지 않다. 수십, 수백 대 정도 숫자를 세어 보다가 각각의 오너들이 어떤 감정을 가지고 hIE를 다루고 있는가에 생각이 미쳐 두통이 날 지경이었다.

"왜 그러시죠?"

레이시아가 이상한지 얼굴을 들여다보았다. 아라토가 낯익을 터인 풍경들을 갓 상경한 시골 사람인 양 새삼스럽게 둘러보고 있었기 때문이다.

"인간으로만 보이는데, 모습만 동일한 것이 이렇게 많을 줄이야. 새삼 굉장한 시대구나 싶어서."

레이시아와 평범하게 거리를 걸은 적도 거의 없었다는 걸 깨달았다. 부끄럽지만 그녀가 자신에게 관심을 가진 것 같아서 살짝 기뻤다.

레이시아가 있으니 항상 지나다니던 통학로도 특별하게 느껴졌다. 그렇지만 역 앞을 뒤로하고, 도쿄 스카이트리 옆을 지나 고토토이바시 다리를 건너자 점점 인적이 드물어졌다. 어둠을 비추는 빛은 가로등과 수지제(樹脂製)의 다목적 정보 보드, 그리고 주택들의 불빛만 남았다.

"밤에 다니는 건 아직도 무섭습니까?"

그 물음에 얼굴에 피가 확 쏠렸다. 속마음이 들통난 것 같은 기분이 들었다.

"오너, 제가 학교에 따라다니는 것이 좋지 않겠습니까?"

"아니, 아니야! 정말 괜찮아!"

학교에 개인적으로 hIE를 반입하는 일은 금지되어 있다. 센서와 통신기기인 집합체인 hIE를 교실에 들이면 커닝도 마음껏 할 수 있으니 말이다.

교문에 도착했다. 이미 학교 건물에는 불이 꺼져 어두컴컴했다.

레이시아가 무거운 쇠로 된 교문을 한 손으로 가볍게 밀어 열어젖혔다.

"오너, 문이 열렸습니다."

그보다 키도 작은데, 힘은 인간의 것이 아니었다. 레이시아는 여전히 수수께끼투성이이다. 다만 끝을 알 수 없는 그 능력이 두려울 뿐이었다.

한편으로 그러한 존재를 자신이 소유하고 있다는 사실에 들떴다.

"hIE는 정말 굉장하구나."

익숙한 학교를 배경으로 달빛을 받는 레이시아를 멍하게 바라보았다. 사복 차림의 그녀는 마치 현실이 아닌, 이야기 속 등장인물처럼 현실과 동떨어진 느낌이었다.

"오너의 교실로 가죠."

학교에는 처음 왔을 텐데, 그녀는 정확히 계단을 가리켰다. 교내 클라우드에서 지도 데이터를 획득한 것이다.

"이런 걸 잘하나 봐?"

"휴대 단말기가 위치 정보를 발신하니 마치 어두운 곳에서 빛이 발하는 것처럼 느껴지니까요. 인간 신체의 감각이 받아들이는 세계와 저희의 감각은 근본적으로 다릅니다."

달콤한 미소를 짓는 그녀는 인간의 형상만 하고 있지 물건에 불과하다.

3층에 있는 아라토의 교실까지 아무와도 마주치지 않았고, 닫힌 문 때문에 들어가지 못한 경우도 없었다.

"이렇게 간단하다니, 가지러 오길 잘했네."

휴대 단말기는 책상 위에 그대로 놓여 있었다. 역시 레이시아를 료와 켄고에게 소개를 한 후, 잊어버리고 하교했었나 보다.

인기척 하나 없는 교실의 어둠 속에서 뭔가 튀어나올 것 같아서 자꾸만 주변을 살피지 않을 수가 없었다.

그래도 레이시아와 함께여서 무섭지 않았다. 아니, 오히려 두근거렸다.

그녀는 어두운 장소에서도 한결같은 움직임을 보였다.

“내일부터 같이 등교해 드릴까요?”

“안 해도 돼. 이상한 소문이 퍼질 테니까.”

“유감입니다.”

레이시아는 단정한 자세로 망설임 없이 걸었다. 그래서 주변이 어둑어둑하다고 등을 움츠리며 신중하게 걷는 것이 꼭 잘못처럼 여겨졌다.

“기왕 이렇게 왔으니 잠시 학교 안을 돌아보는 것은 어떨까요?”

그녀는 아라토에게 수수께끼 같은 존재다. 하지만 그 알 수 없는 부분 때문에 오히려 가슴이 두근거렸다. 밤의 학교는 이렇게나 적막하고 환상적으로 보일 만큼 널찍했다.

레이시아를 따라가다 보면 모르는 세계에 들어갈 수 있을 것만 같았다. 머릿속 심지가 녹아내리기라도 한 것처럼, 보이지 않는 꼬리를 파닥파닥 흔들며 정신없이 쫓아갔다.

그녀가 캄캄한 계단을 올라갔다. 아라토까지 모험심이 솟구쳤다. 2학년인 그는 3학년 교실이 있는 4층에는 거의 와 본 적이 없었다. 거기에서 더욱 위로 올라가면, 그야말로 미지의 세계라고 해도 될 정도다.

이런 간단한 일로도 세계가 넓어지는 것 같았다. 레이시아의 움직임은 우아하면서도 민첩해서 항상 아라토의 손이 닿지 않는 저편에 있었다.

계단을 뛰어 올라가도 좀처럼 거리를 못 좁히고 숨만 헐떡였다.

"고생 많으셨습니다."

레이시아가 불빛 하나 없이 어두운 막다른 곳에서 기다려 주었다.

"왜 이리 걸음이 빨라."

투덜거리는 그에게 레이시아가 몸을 굽히며 손을 내밀었다. 학교인 이곳에서 마치 그녀가 한 학년 위 상급생처럼 느껴져, 순간 관계가 혼란스러워졌다. 너무나도 인간과 똑같다 보니, 오너와 hIE가 아니라 함께 고등학교에 다니는 사이라 해도 전혀 이상하지 않을 것 같다고 느꼈다.

"옥상으로 나가 보지 않겠어요?"

레이시아가 당연하다는 식으로 문을 열었다.

"여기는 태양전지가 있어서 학생은 출입 금지야."

당황해서 얼른 말리려던 아라토는 발이 꼬여 휘청거리며 문 바깥으로 나가고 말았다.

밤바람이 강하게 불어 닥쳤다.

널찍한 옥상에는 효율적으로 태양광을 받을 수 있도록 경사지게 설치된 태양전지 유닛이 다섯 기씩 열을 지어 안쪽까지 배치되어 있다. 걸을 수 있는 장소는 유닛 정비를 위해 열을 따라 벌어져 있는 폭 2미터 정도의 틈새뿐이었다.

"태양전지 유닛을 만지지만 않으면 괜찮아요!"

먼저 밖으로 나간 레이시아가 춤이라도 추듯 치마를 펄럭이며 뒤를 돌아보았다.

달이 그녀의 환한 미소를 절찬하는 것처럼 은은한 흰빛을 내려

주었다. 매끈한 피부가 빛을 반사하여, 뺨과 얇은 옷 사이의 목덜미가 빛나는 것처럼 보였다.

저도 모르게 고개를 돌리니 아사쿠사 일대 야경이 눈에 들어왔다.

도시의 불빛들이, 아즈마바시나 아사쿠사의 번화함이, 아니 그 앞에 있는 우에노보다 더 먼 곳까지 빛의 융단처럼 밤을 빛내고 있었다. 소리라도 치고 싶을 정도로 멀고 넓은 풍경이었다.

아라토가 원하면 레이시아가 어디든 데려다 줄 것처럼 느껴졌다.

"고마워. 레이시아를 주워서 정말 다행이야."

이렇게 멋진 광경을 보여 주었는데, 주웠다는 식의 말을 하면 안 될 것 같았다.

"미안, 좀 내가 거만했네. 들떠서 아무튼 뭐가 뭔지 모르겠어!"

별 이유도 없이 옥상을 달렸다. 얼굴에 미소가 번졌다. 신이 나면 꼬리를 파닥거리며 내달리기만 하는 멍청한 개가 된 것 같은 심정이었다.

"좀 더 욕구를 해방해 보세요. 오너의 세계는 더욱 넓어져도 됩니다. 저는 그런 오너와 접속하는 인터페이스니까요."

아라토는 그녀의 말을 이해할 수 없었다. 하지만 소박한 세계인 학교를 발판 삼아서, 더욱 머나먼 장소로 이끌려 가는 듯했다. 이제 어렴풋이 알고는 있다. 잠긴 옥상 문도, 교문도 그냥 열려 있는 게 아니다. 레이시아가 힘 하나 안 들이고 잠금을 해제시킨 것뿐이다.

레이시아의 연푸른 눈동자가 옥상에서 보는 야경과는 또 다른 색의 빛을 은은하게 뿜었다. 그녀는 자신이 잠겨 있던 문을 열었다는 걸 아라토가 알면서도 아무것도 묻지 않으리라는 것까지도 꿰뚫어 보고 있었다.

"당신은 저를 믿겠다고 했습니다. 그러니까 제 행동도 믿어 주시는 거군요."

"그런 뜻이 되려나."

아라토는 정체를 알 수 없는 레이시아에게 깊이 매료되었다. hIE 모델을 시키면 원래 주인이 나타날지도 모른다니 말도 안 된다. 평범한 일상이 흔적도 없이 사라지더라도, 그녀를 놓치고 싶지 않다는 집착이 지금 마음속 어딘가에서 싹텄다.

"오너는 저를 믿고, 무엇을 위해 사용하고 싶습니까?"

아라토는 대답하지 못했다. 그저 그녀와 함께 세상을 접하면 자신을 마음껏 확장할 수 있으리라는 착각이 들어 흥분으로 몸이 떨릴 뿐이었다.

이 감각이 무엇인지 알 수 없지만, 가슴이 크게 뛰며 얼굴이 발개지는 건 어찌할 도리가 없었다.

그 달콤한 열기는 귀가가 늦어 걱정한 동생이 연락하기 전까지 가라앉지 않았다.

* * *

레이시아의 첫 일은 일요일 오전 9시 현지 집합을 하는 것으로 시작되었다.

야마노테 선 에비스 역에 있는 구내 카페에서 레이시아의 담당 매니저가 될 여성과 만날 약속을 했다.

짙은 화장을 한 30대 여성이 가게에 들어선 아라토를 보고 자리에서 일어났다. 매우 유능해 보이는 인상이었다. 옆자리에는 나풀거리는 옷을 입은 부하 직원을 데리고 있었다.

여성이 과장된 동작으로 핸드백에서 휴대 단말기를 꺼냈다.

"엔도 아라토 씨, 레이시아, 처음 뵙겠습니다. 역시 실물이 훨씬 좋은 느낌이네요."

잔뜩 들뜬 그 여성에게 아라토는 인사를 했다.

휴대 단말기를 든 그녀는 잘 몰라서 우물쭈물하는 아라토에게 무얼 할지 안내했다.

"명함을 연락처에 저장할 수 있게 보내 드리겠습니다. 휴대 단말기를 부탁드립니다."

"아, 제가 이런 건 처음이라서."

아라토는 얼른 휴대 단말기를 주머니에서 꺼냈다. 상대 단말기 통신 요구에 반응해 아라토의 연락처 프로그램이 자동으로 작동했다.

여자가 단말기를 만지며 자기소개를 하려는 찰나, 뒤에 있던 젊은 부하 직원이 그것을 빼앗아 들었다.

"어어?"

"네, 제가 인간입니다."

영문을 몰라 멍해진 아라토의 단말기에 명함 데이터가 전송되어 자동으로 연락처에 저장되었다.

분홍색 계열의 화장을 한, 그 발랄한 여성이 아라토에게 친근하게 말을 걸었다.

“네가 레이시아의 오너구나. 의외로 어리네.”

아라토의 단말기 화면에는 파비온 미디어 그룹의 회사명과 마크가 표시되어 있었다.

“파비온 그룹 기획팀의 키사라기 아스나라고 해.”

“그럼 이쪽 분은요?”

“이쪽은 hIE인 카스미야. 내가 오너는 아니고, 회사 소유라서 아라토의 것과는 좀 다를 거야.”

“아, 안녕하세요, 카스미 씨. 엔도 아라토입니다.”

아스나가 깔깔 터지려는 웃음을 꾹 억눌렀다.

“고지식하다는 소리 자주 듣지 않니?”

그러자 카스미란 hIE가 베테랑처럼 잔소리를 해 댔다.

“키사라기 씨는 상대방이 고등학생이라고 지나치게 친근하게 구는 건 삼가세요. 이건 업무입니다.”

아스나는 기계의 설교를 듣고 곤란한 듯 머리를 긁적였다.

“그럼 일단 자리에 앉을까?”

카페에는 무선 전원이나 통신 환경이 갖춰져 있긴 하지만, 가게 인테리어나 서비스는 100년 전과 별다른 바가 없다. 차를 대접하고 손님에게 휴식을 제공하는 일 자체는 그리 변화할 만한 것이 아니다.

이런 가게가 업무 미팅 자리로 사용되는 관습도 벌써 몇백 년이나 되었다.

아스나가 접어 두었던 종이 형태의 단말기를 A4용지 크기로까지 펼쳤다.

"계약서는 읽었지? 오늘부터 레이시아는 파비온의 모델로서 일하게 되는데, 그러려면 우리 회사가 아라토에게 일을 의뢰해야 해."

계속 가만히 있던 레이시아가 옆자리에서 말을 했다.

"대리 노동 계약서에 대해서는 오너에게 이미 설명해 드렸습니다."

"그렇구나. 레이시아는 비서 계열의 클라우드도 취급하는구나. 역시 대단해."

아스나가 감탄했다.

"우리는 레이시아에 대한 정보를 완전히 숨긴 채로 대중에게 선보이고 싶거든. 베일에 싸인 hIE 모델이랄까?"

"그래 주시면 저야 좋지만, 그래도 괜찮아요?"

"레이시아는 기기 자체가 너무 비싸서 세부 데이터가 노출되면 대중의 공감을 얻기 힘들 것 같아. 레이시아한테 어울리는 옷의 고객 타깃은 주로 고등학생부터 20대 초반 정도인데, 그 나잇대 감각이라면 공감대를 형성하기 힘들어 보이거든."

"그렇게나 비싸요?"

아스나의 입이 반쯤 벌어졌다. 친구들에게 레이시아를 소개했을 때와 똑같은 반응이었다.

그녀가 애플 티를 스푼으로 휘저었다. 동요했는지 컵에 스푼이 닿아 달각거리는 소리가 났다.

"스타일러스 사 슈프림 클래스의 실물은 난생처음 보았는데. 그리고 이런 쪽 유저의 90퍼센트가 남자라더라."

아라토는 앞에 놓인 파르페를 먹으며 묵묵히 그냥 받아넘겼다. 사실은 레이시아를 주운 데다가 정체마저도 모른다고 차마 말할 수 없었기 때문이다.

"아라토는 레이시아한테 엠블럼을 채우지는 않는구나."

켄고 역시 그 점을 궁금하게 여겼다. 켄고의 설명에 따르면 제조사 엠블럼이 박힌 액세서리를 달고 있지도 않고, 특수 장비인 옷이나 디바이스에도 각인이 없는 건 좀 이상하다고 했다.

"그다지 눈에 띄게 하고 싶지 않아서요."

"그런 타입이구나. 레이시아와 알콩달콩하게 지내는 영상은 온라인에 퍼뜨리지 말라고 주의하려 했는데, 그럴 필요도 없겠네."

아스나가 10대의 뻔한 흑심을 꿰뚫어 본 것 같아서, 얼굴에 피가 확 쏠렸다.

"오너라고 해도 자기 마음대로 굴 수는 없잖아요."

"그래, 의심한 내가 잘못했어. 믿을게. 하지만 정말로 hIE 모델과 사이가 좋은 모습이 노출되면 팬이 된 고객들의 반감을 사. 사실 모델의 오너는 자유롭게 행동해도 되는데, 고객 심리에서 보면 hIE와 오너의 관계를 마치 인간의 연인 관계처럼 인식한단 말이지."

아스나가 아라토의 눈을 가만히 쳐다보았다.

"보호자 서명을 봤는데, 아버님이 그 엔도 선생님이시지? 레이시아는 선생님 소유 아니니? 모델 일을 해도 된다고 허락해 주셔서 놀랐어."

아라토의 아버지는 hIE 개발 분야에서 유명하다. 지금도 가끔 네트워크나 텔레비전에 얼굴을 비출 때가 있다.

"잘 아시네요."

"이래 봬도 대학 때 유사 인간 공학을 전공했거든. 학부에서는 마츠리 얘기를 꼭 다루니까 대학 시절에 너희 아버님 연구를 주제로 리포트를 쓰기도 했어."

"그런 얘기는 가족들한테도 잘 안 하셔서. 죄송해요."

집에 돌아오지 않는 아버지의 일 이야기는 아라토에게 조금 괴로운 주제였다.

파비온 미디어 그룹은 패션계 광고 분야에서 뛰어난 실력을 갖춘 업체다. 인간과 hIE 모델을 다수 기용하고 있는 프로덕션이기도 하며, 다양한 매체로 패션지나 지역 정보지도 정기적으로 발행한다.

레이시아의 첫 일은 올여름 유행과 관련한 홍보였다. 추운 날씨에도 얇은 여름옷을 입고 아무렇지도 않게 행동할 수 있는 건 추위를 느끼지 않는 hIE 모델의 강점이기도 하다.

아라토는 50미터 정도 떨어져 시부야 방향으로 메이지도리 거리를 따라 걷는 레이시아의 뒷모습을 바라보았다. 짧은 치마, 그리고 가죽에서 면으로 감촉이 변하는 그러데이션 소재의 상의. 발밑에는 귀여운 입체 영상이 원 포인트로 반짝였다.

주변에는 각설탕을 세 개 정도 늘어세운 크기의 원통형 기계가 일곱 개 정도 둥둥 떠 있었다. 초경량 카메라 유닛이었다. 이것이 레이시아를 여러 각도에서 촬영하여, 실시간으로 네트워크에 데이터를 유포하는 것이다.

촬영은 메이지도리 거리를 걷는 중에 자연스레 이루어졌다. 카메라 유닛들에 둘러싸인 레이시아는 마치 나비 무리를 이끌고 가는 것처럼 보였다.

첫 모델 일이 잘 되어 가나 관찰하던 아스나가 감탄했다.

"레이시아, 정말 괜찮다."

아라토도 그 뒷모습에서 눈을 떼지를 못했다.

"봐, 모두가 돌아보잖아. hIE 모델 일은 스튜디오나 야외의 정적인 무대 촬영보다, 이렇게 주변 풍경을 끌어들이는 해프닝 방식이 주목을 받기가 쉬워. 옷은 밖에서 입고 다닐 때의 분위기를 알면 더 구매욕이 생기니까. 레이시아처럼 움직임이 화려한 모델은 분명 성공할걸."

레이시아의 걸음은 세련된 모델급 수준이었다. 리드미컬하게 걷다가도, 단조로운 느낌이 들지 않도록 발을 멈추고 잠시 포즈를 취하기도 했다. 그 존재 덕분에 풍경이 마치 쇼의 한 장면 같았다.

"굉장하다. 진짜 모델이네요."

"레이시아가 지금 접속 중인 파비온 그룹의 커스텀 클라우드는 옷을 아름답게 보이게 하는 '행동'들이 실린 노하우의 결정체야. 그래서 일반 응모를 한 hIE라도 프로 모델처럼 행동할 수 있지. 역시 대단하다고 더 칭찬해도 돼."

hIE는 녹화 데이터 등에서 추출한 인간의 '행동'을 지시대로 따라하고 있을 뿐이다. 그래도 아라토의 눈에는 특별하게만 보였다.

"hIE 모델은 인간보다 뭐든 다 잘 해내니까 타이밍이나 어려운 요청도 자주 받아. 해프닝 계열의 쇼에서 레이시아를 기용하고 싶어 하는 감독님들이 쇄도할 테니까 아라토도 익숙해지는 게 좋을 거야."

6차선 대로가 된 메이지도리 거리는 시부야 경찰이 있어서 그런지 혼잡하지 않았다. 비즈니스 빌딩이 많은 구역인데도, 레이시아를 이곳저곳에서 휴대 단말기로 촬영하려는 사람들이 자꾸 늘어 갔다.

뛰어서 다가가면 바로 붙잡을 수 있을 터인 그녀와의 거리가 멀게만 느껴졌다.

아이스박스 같은 컨테이너를 어깨에 걸친 카메라맨에게서 나비처럼 카메라 유닛들이 날아갔다. 초경량이지만, 바람이 없어도 15분 정도 지나면 한계가 찾아오기 때문이다. 지금 튀어 나간 유닛들과 교대해서 사용 한계가 찾아온 것들이 컨테이너로 돌아왔다.

"이번은 관객들이 자유롭게 촬영해도 돼. 아마 시부야 입구부터 장난이 아닐걸."

빌딩에 걸린 모니터 형식의 광고 간판에 레이시아가 크게 나타났다. 깔끔한 거리를 걷는 실시간 영상으로 말이다. 입은 옷의 가격이나 소재, 착용감 등의 광고 문구들이 절묘한 타이밍으로 표시되었다.

아스나가 갑자기 정면에 나타난 정보의 홍수에 어쩔 줄 몰라 하는 아라토를 향해 손가락으로 가리켰다.

"아라토, 휴대 단말기를 봐 봐."

주머니에서 꺼내어 화면을 보니, 레이시아의 영상이 표시되어 있었다. 확대해 보았다.

"위치 정보가 아예 나와 있지 않은데요."

"후후후, 왜 굳이 에비스에서 시부야까지 걸어오게 했겠니? 근처에 있는 고객들이 모여들 시간을 비워 두지 않으면 축제에 참여할 수가 없게 되잖아."

"그럼 아직도 사람이 더 오는 중이란 말이에요?"

주변을 둘러보니 뒤에는 행렬까지 생겼고, 거리 반대편 보도에서도 사람들이 발길을 멈추고 있었다.

"레이시아는 아라토의 동생이 추천했지? 파비온은 3000명에서 1만 명 규모의 고객을 원하는 장소로 유도하는 것이 특기야."

1만 명이 굉장한 건지 묻기를 망설이는 아라토에게 아스나가 덧붙였다.

"클라우드 상업 가치는 동원력에 있으니까 1만 명이라면 대기업치고는 별 볼 일 없는 느낌이 들겠지. 하지만 현지에서 이동하는 유량은 온라인에서 영상을 보는 시청자 수의 20분의 1이하밖에 안 돼."

클라우드가 기반이 되는 세계에서는 엄청난 수의 사람들이 같은 서비스에 접속한다. 그래서 개별적인 상품은 '특별'하지 않아도 고객의 유량만 제대로 확보하면, 이를 정밀하게 유도하여 나누는 행위를 통해 사업이 성립된다. 따라서 경제 추세도 그런 요소로 결정된다. 아라토도 그런 뉴스를 자주 들었다.

아스나가 의기양양한 표정으로 웃었다.

"이제부터 한번 볼래? 1만 명이 우글우글 모이는 거. 엄청난데."

"그러고 보니 그때 그 hIE 카스미 씨는요?"

"쇼의 감독님한테 가 있어. 제일 화려한 곳이지."

분홍색으로 머리를 물들인 아스나가 따분하다는 듯 중얼거렸다.

"회사 측에서는 아프지도 않고, 이직도 안 하면서 24시간 일하는 직원이 제일 편리하지. 카스미보다 업무 상대의 신용을 얻지 못하면 승진을 할 수 없으니까, 출세 면에서 보면 인간의 라이벌이야."

아라토는 머릿속에 떠오른 의문을 삼켰다. 레이시아로 놓고 보자면, hIE에게 모델 자리를 빼앗기게 된 전문 인력이 있다는 뜻이다.

그가 어떻게 할 수도 없는 일이다. 이런 씁쓸한 기분이 드는 건 모델에 덜컥 응모해 버린 유카 탓이라고 생각하기로 했다.

"아무튼 오늘 업무에 최선을 다하는 것과는 상관없는 일이야!"

아스나가 자신을 질타하듯 시선을 위로 살짝 들었다. 시부야에 가까워질수록 구경꾼이 점점 늘어났다. 레이시아는 이렇게나 많은 사람을 움직이게 하고 있었다. 아마 마음도 움직이게 하고 있으리라.

수도 고속도로와 246호선이라는 2층짜리 동맥과 교차하는 메이지도리 거리의 복잡한 구조로 인해, 시부야 역은 몇 번이나 반복적으로 환경 정비가 되었다. 지금은 에스컬레이터식 육교에서 지하철 긴자 선의 시부야 역까지 버스 터미널과 메이지도리 거리를 덮어 버리려는 것처럼 광대한 보행자용 중이층을 만들어 놓았다.

레이시아가 어깨의 가방을 고쳐 멨다. 그녀가 팔찌 형식의 휴대 단말기를 조작하자, 아라토의 휴대 단말기에서 호출음이 울렸다.

〈오너, 보고 계십니까?〉

단말기에서 레이시아의 목소리가 들렸다.

큰 육교 위에서 환하게 웃으며 레이시아가 뒤를 돌아보았다. 저도 모르게 손을 흔들려는데, 옆에 있던 아스나가 막았다.

"파비온 커스텀 클라우드의 특징은 자연스럽게 돌아보는 포즈야. 그리고 봐, 턴."

연보랏빛 머리칼이 흔들리며 레이시아가 발을 바꿔서 빙그르르 돌았다. 순간, 그녀 주변의 공기가 비일상적으로 변했다. 발레리나나 옛날 배우의 것인지, 머리를 가다듬는 몸짓도 일련의 안무처럼 완벽했다.

"스타가 되면, 커스텀 클라우드에 레이시아 전용으로 조정 프로그램이 적용되기도 할 테니 기대해도 좋아."

시부야 역의 복합 빌딩에서 나온 손님이 레이시아와 마주치자 당황했다. 쇼를 진행 중인 모델과 갑작스럽게 맞닥뜨리면 놀라는 것도 당연하다.

레이시아는 한순간의 빈틈도 보이지 않고, 기대에 맞추어 완벽한 모델을 계속해서 연기했다. 몇백 명이나 되는 사람들이 레이시아를 휴대 단말기로 촬영해 댔다.

아라토는 그 인파의 존재감과 열기에 압도당했다.

생활 속 네트워크가 당연시된 지 몇십 년이나 되어서, 대부분의 일은 외출을 하지 않아도 다 처리할 수 있다. 따라서 사람을 이동시키는 것이야말로 거대한 힘이다. 움직일 기회 자체가 줄어 버린 요즘 시대에 이동이란, 특별한 일을 수고스럽게 시키는 것과 같기 때문이다. 여행 중에 지갑이 쉽게 열리는 것처럼 외출은 판단 기준을 바뀌게 한다.

시야에 들어오는 장소 곳곳에 있는 광고판들은 온통 레이시아를 선보이기 위해 점거된 상태였다.

단말기에서 데이터 착신음이 폭우처럼 연거푸 울렸다. 주변 점포에서 사용할 수 있는 금일 한정 서비스 쿠폰이 마치 폭격처럼 투하된 것이다. 레이시아의 사진이 들어간 쿠폰으로 오늘 온종일 시부야에서 돈을 덜 들이며 시간을 보내는 것도, 바겐세일 상태가 된 거리에서 쇼핑에 푹 빠지는 것도 가능하다.

이것이 바로 1만 명의 동원력을 가진, 레이시아를 선택한 파비온 그룹의 힘이다.

"저렇게 사람들이 많이 모였는데 정면에서 걸어가도 괜찮아요?"

"시부야에서는 모델이 노골적으로 발걸음을 멈추면 경찰이 주의를 주니까 기본적으로는 계속 걸어 다녀야 해. 역 빌딩에서 하치 공(公) 동상으로 빠지는 곳 즈음에서 지난번 그랑프리 우승자인 안젤라와 우리 회사 hIE 톱모델인 유리와 합류할 거야."

시부야 역 빌딩 저편에서 환성이 솟구쳤다. 아마 그 열기의 중심에 톱모델이 있으리라.

휘몰아치는 열광적인 분위기에 얼굴이 달아오른 아라토의 옆구리를 아스나가 팔꿈치로 쿡쿡 찔렀다.

"하치 공 입구의 스크램블 교차로에 장치가 다 준비되어 있어. 거기가 클라이맥스가 될 거야."

아라토는 놓치지 않으려고 얼른 육교를 내려갔다. 아스나도 펌프스에 달린 가동식 굽을 낮게 조절해 계단을 뛰어 내려갔다.

"죄송합니다. 잠깐 지나갈게요."

버스 터미널을 옆을 지나 역 빌딩을 가로질렀다. 사람들로 너무 혼잡하여 레이시아와 거리가 상당히 벌어지고 말았다. 서둘러 가지 않으면 쇼의 최고 하이라이트를 볼 수 없게 된다.

역내 기둥에 붙은 포스터 화면에 진녹색의 보브컷 머리를 한 소녀가 나타났다. 아라토도 텔레비전에서 본 적 있는 파비온 그룹의 톱모델, 유리다.

하치 공 동상이 있는 곳으로 나가니, 한 번 무너져서 다시 주조한 동상의 대좌에 기대 있던 금발 소녀가 레이시아를 보고 손을 흔들었다. 청순하고 귀여운 인상에, 가족의 사랑을 듬뿍 받고 자란 듯한 명랑한 분위기가 감돌았다. 바로 작년 그랑프리에서 우승을 한 hIE, 안젤라다.

레이시아가 광장으로 나간 타이밍에 정확히 맞추어 스크램블 교차로 앞에서 기다리던 소녀가 뒤를 돌았다. 녹색 머리칼이 물 흐르듯 반짝였다. 노출이 심한 옷을 입고 있는데도 전혀 상스러워 보이지 않았다. 요정처럼 사람들을 매료시키는 이 소녀가 유리다.

유리 주변을 둘러싼 인간 소녀들은 그 비현실적으로 늘씬한 몸매와는 거리가 먼, 매우 건강미 넘치는 중고생들이었다. 그래도 다들 유리가 한 것과 같은 액세서리를 착용하고서 즐거워했다.

파비온 그룹의 톱 hIE 모델들의 환영을 받으며, 마치 만날 약속이라도 한 것처럼 레이시아가 그 무리에 끼였다.

정확한 타이밍에 스크램블 교차로의 보행자 신호가 녹색으로 변했다. 교차로를 둘러싼 차도의 신호가 모두 붉은색으로 바뀌면서, 그 정지선 바로 앞에 파비온 그룹 로고가 들어간 트레일러 네 대가 정확히 멈춰 섰다. 드라마틱한 이 순간에 딱 맞춰, 큰 음량으로 음악이 흘러나왔다. 교차로를 둘러싼 빌딩 벽면의 디스플레이가 일제히 파비온 그룹 전용으로 변했다. 도시 전체가 몇 분 동안 무대로 변신한 것만 같았다.

최면에라도 걸린 듯 눈 깜짝할 사이에 비일상의 한 장면으로 변한 무대로 세 대의 hIE가 당당히 걸어 나갔다.

지금 이곳의 주인공이 누구인지 입체 음향으로 연출되었다.

교통 정리는 하지도 않았는데, 모두의 발걸음이 멈췄다.

레이시아가 건널목을 따라 스크램블 교차로를 걸었다. 안젤라와 교차한 후, 콧노래를 흥얼거리며 관객들에게 손을 흔드는 유리와 합류했다.

몇 소절마다 교차로를 둘러싼 트레일러에서 입체 영상이 공간을 메우려는 것처럼 비쳤다. 네트워크상으로 보는 네티즌의 투표 결과인지 몇 초 전 그들의 모습이 크게 뜨면서, 단단히 기억 속에 각인시켰다. 인상적인 장면을 연속적으로 보는 사이에, 점차 그들이 친숙해지며 이전부터 호감이 있었던 것 같은 느낌이 들기 시작했다. 서로 장난치며 어울리는 세 모델의 거리감에 눈길을 빼앗겨서 행복한 기분마저 느껴졌다.

그리고 음악이 최고조에 이르렀을 때, 한 호흡 공백을 두었다가

세 hIE 모델이 각각의 움직임 속에서 기적 같은 싱크로를 보이는 턴. 90초 만에 원 코러스의 곡이 끝나는 동시에 레이시아를 선두로 구(舊) 세이부 빌딩 쪽으로 건너가 버렸다.

다시 거리의 보행자가 된 세 hIE들의 주변은 그렇게 유도라도 된 듯이 인파와 술렁거림으로 가득 찼다. 홀로 남겨진 아라토는 역 근처에 멀거니 서 있을 수밖에 없었다.

유리가 자연스러운 발걸음으로 패션 빌딩 안으로 들어갔다. 오늘 그녀의 옷은 모두 이 빌딩에서 마련한 아이템이었다. 유리의 요정 같은 중성적 뒷모습을 카메라 드론들이 쫓아갔다. 모델들의 표정도, 태도도, 보는 이들의 긴장감을 풀게 하고 절로 다가가고 싶을 정도로 매혹적이었다. 뒤를 따르는 사람들의 무리가 그대로 빌딩으로 들어가는 손님의 행렬이 되었다.

축제의 소란은 아직도 가라앉지 않았다. 주변의 크고 작은 점포들이 쿠폰을 발행해 댔다. 이 교차점을 기점으로 작은 이벤트가 굵직한 나무줄기에서 가느다란 가지가 뻗어 나가는 것처럼 다발적으로 발생했다. 물고기 떼를 몰아넣은 어망을 끌어 올리는 듯, 모든 유저에게서 돈을 빨아들이기 위한 축제였다.

아라토는 레이시아를 통해 노리는 고객 타깃이 고등학생부터 25세 정도의 여성들이라는 말을 기억해 냈다. 주변이 해당 연령의 여자들로 넘쳐나고 있었기 때문이다.

"뭐지, 이게."

아라토는 문득 자신이 느낀 위화감의 원인을 알아차리고 경악했다. 지금 이 순간, 유리나 안젤라, 레이시아가 '인간이 아니'라는 사실에 아무도 신경을 쓰지 않았던 것이다.

유사 인간 공학을 전공했다는 아스나가 그에게 귀띔했다.

"아날로…… 핵이라는 말 모르니?"

"뭐라고요?"

아까의 쇼에 관해 대화를 나누는 관객들의 목소리가 시끄러워서 잘 들리지 않았다. 아스나가 고함을 쳤다.

"아날로그 핵! hIE가 인간 형태를 하고 있지만, 인간과 같은 의미는 없다는 뜻이야. 형태가 같은 바람에 인간이 어긋난 의미 판단을 해서 착각하고 마는 거라고! hIE를 사용해서 접하는 인간들에게 호의나 의식의 시큐리티 홀을 만들 수 있는 거지."

이 수많은 사람이 아날로그 핵을 당해 소비를 하도록 유도당했다.

"아라토의 레이시아는 '형태'를 이용해 인간을 자발적으로 움직이게 하는 식으로 사회를 해킹한 거야."

교차점에 남겨진 아라토 주변에는 커플들도 많았다. 서비스를 해주는 가게들이 많아서 저녁까지 큰돈을 들이지 않고 데이트를 즐길 수 있다. 아라토는 아스나의 말이 파비온 입장에 유리한 거짓말이라고 느꼈다.

"모두를 해킹한 사람은 레이시아가 아니라 아스나 씨 회사잖아요."

그건 그렇다면서 아스나는 태연하게 대꾸했다. 모델은 원래 그런 일이다.

"이렇게나 깔끔하게 유도를 하면, 오히려 보람을 느끼는데 말이지."

결국 레이시아는 도큐 백화점 본점까지 분카무라도리 길을 따라 올라갔다.

인파에 짓눌리는 통에 아라토는 녹초가 되고 말았다.

“자, 고생 많았어.”

아스나가 수지 용기에 담긴 주스를 가져다주었다.

21세기에 다시 지어져 유지된 옛 건물 앞에서 아라토와 아스나는 휴식을 취했다.

잔뜩 모여든 관객들이 흩어질 때까지는 레이시아 근처에 가기 힘들기 때문이다.

그 이전에 아라토는 지금 그녀의 얼굴을 보더라도 뭐라 말하면 좋을지 알 수가 없었다. 열기의 여운이 가시기를 기다려야 할 사람은 다름 아닌 그였다.

길 저편에 있는 도큐 백화점 본점 앞에는 레이시아를 보려는 사람들로 바글거렸다.

패션에 관심이 많은 젊은 아가씨들은 빌딩 안으로 들어가 버려서 오히려 남자들이 더 많이 남아 있었다.

그 행렬이 갑자기 흐트러졌다. 군중이 이리저리 얽히며 비명을 질렀다.

아라토는 황급히 일어났다.

20대 후반으로 보이는 남자가 흩어진 인파 중심에서 가방을 휘두르고 있었다. 역할을 알아보기 쉽도록 금속 피부를 드러낸 경비용 hIE가 고객을 꽉 붙잡아 가게 밖으로 끌어낸 것이었다.

"무슨 일이에요?"

아스나는 휴대 단말기로 어딘가에 연락을 하는 중이었다.

"저 남자가 가게 안에서 레이시아의 어깨를 붙들었대. 백화점 측에서 밖으로 쫓아냈다고 그러네."

hIE의 손에 붙잡힌 남자 손님은 허겁지겁 도망쳤다. 뒤도 돌아보지 않고 삼십육계 줄행랑을 놓아 요요기 공원 방향으로 달려가 버렸다. 이런 난폭한 행동을 했다는 게 의외로 느껴질 정도로 고급스럽게 차려입은 남자였다.

"이런 일이 가끔 있어."

아스나가 씁쓸한 표정으로 남자가 떠나간 쪽을 노려보았다.

"아날로그 핵의 단점이랄까. '형태'가 하는 일에는 자주 '의미'를 놓치고 가는 경우가 많거든."

"레이시아가 하는 일이 위험한 건가요?"

괜한 소리를 했다 싶은지, 아스나가 손으로 크게 가위표를 만들었다. 이런 건 비밀로 해 달라는 뜻인 모양이다.

"시각은 머리로 의미를 생각하는 것보다 빠르니까 생각도 하기 전에 인간을 움직이게 해. 아날로그 핵은 그런 속도차를 노리고 가하는 행위이긴 하지만. 단지 우리는 상업적으로만 이용해도, 유저는 거기에서 자신만의 '의미'와 이야기를 보거든. 즉, 유저의 내부에서 망상이 되어 폭주하는 거야. 억제력이 약해졌을 때를 인간 모델이나 연예인과 비교해 보면, hIE의 경우는 유저가 마음 어딘가에서 이들을 '물건'으로 인식하고 얕잡아 보는 거지."

매우 불길한 소리로 들렸다.

"그래서 hIE 모델의 피해는 상대가 인간일 때보다 범인이 더 과격한 행동을 저지를 때가 많아. 아무튼 우리는 그런 쪽은 완벽하게 처리하니까 그 부분은 너무 걱정하지 마."

그런 말을 들었다고 해서 안심이 되지는 않았다.

일이 일단락되어 돌아갈 시각이 되었을 즈음, 이미 저녁이 되고 말았다.

오늘만큼은 전철을 타고 귀가하지 않는 게 좋다고 해서 신고이와역까지만 차를 얻어 타고 왔다. 곧바로 집으로 돌아가기보다 걸으면서 레이시아와 대화를 하고 싶었기 때문이다.

"파비온에서 경호원을 붙여 주겠다고 했는데, 거절해도 괜찮겠어?"

레이시아는 그 제안을 자발적으로 거절했다.

그녀는 수지제 가방을 메고 있었다. 모델로 입었던 옷도 그냥 받아왔다. 그뿐만 아니라 어울릴 법한 여러 용도의 옷까지 백화점에서 얻었다.

"괜찮습니다. 온갖 센서를 다 갖춘 경비용 hIE를 근처에 두면 오너의 집 내부 정보를 파악해 버릴 테니까요."

"그래도 그 정보를 악용하는 건 아니잖아."

레이시아의 연푸른 눈동자를 통해서는 표정을 알 수가 없었다.

"데이터를 소유하는 건 경비 회사입니다."

그거야 그렇겠다고 받아치려다가 문득 기억이 났다. 첫 만남 때부터 전투에 휘말렸으니 경비 회사를 믿지 않는 것일지도 모른다.

"그럼 무슨 위험한 낌새라도 보이면 그때 고민해 보지, 뭐."

4월의 저녁은 아직 해가 지기에는 이르다.

저녁 햇살로 물든 노면에 40초 후에 자동차가 통과한다는 경고가 입체 영상으로 표시되었다. 좁다란 길의 가장자리로 몸을 피하자, 서행하던 차가 옆을 지나갔다.

"레이시아, 너 굉장하더라."

오늘 아침때와 똑같은 그녀일 텐데도 저 멀리 떠나간 것처럼 느껴졌다.

"저는 아무것도 변한 것이 없어요."

그녀는 아라토의 보폭에 맞추어 옆을 걸었다.

그 존재감에 저도 모르게 숨을 삼켰다.

눈으로 보는 것보다 곁에 있으니 더 많은 것들이 느껴져서, 의식 속으로 그녀의 존재가 더욱 강하게 새겨졌다. 좋은 향기가 났다.

"향수야?"

"디올의 여름 신상품입니다."

그녀는 수줍게 뺨을 붉혔다.

아라토도 따라서 얼굴이 뜨거워졌다.

"역시 그런 거 잘 어울린다."

첫 만남부터 위기일발의 상황이었기 때문에, 함께 바깥으로 나가는 일은 거의 없었다. 그래도 아라토에게 레이시아는 이제 생활의 일부였다. 그녀의 존재가 없었던 시절을 금방 떠올릴 수 없을 정도가 되고 말았다.

주눅이 들어서 다시 거리를 둔 그의 옷자락을 레이시아가 붙잡았다.

"왜 그렇게 주뼛거리시는 겁니까?"

"그랑프리 우승까지 했잖아. 오너라지만 내 소유로만 삼는 것도 좀 미안해서."

일하는 데 따라가기 전까지는 이런 기분을 맛보게 될 줄은 몰랐다.

저녁의 부드러운 햇살 속, 레이시아가 연보랏빛 머리칼을 쓸어 올렸다.

그 모습도 아까 쇼에서 봤던 것과 똑같았다.

말문이 막혀 버린 그를 향해 그녀가 쿡쿡 웃었다.

"모두를 위한 쇼라서 풀이 죽은 거라면, 이번에는 오너만을 위해서 하겠습니다."

평소와 같은 길인데도 레이시아와 함께여서 그런지 마음이 더 들떴다.

맨션이 보이기 시작할 무렵, 길거리에 사람들이 잔뜩 모여 있는 것이 눈에 들어왔다. 경찰차가 세 대나 서 있고, 제복 차림의 경찰이 출입 금지 테이프를 붙이는 중이었다.

가까이 가 보니, 여성 경찰관이 구경꾼들을 정리하고 있었다.

아라토는 말을 걸기 쉬워 보이는 중년 남자에게 무슨 일이 있었는지 물어보았다.

"hIE가 부서졌다고 그러네."

hIE를 부수고 다니는 누군가가 아라토 집 바로 근처에도 존재한다는 뜻이었다. 전에 하교 중에 봤던 hIE의 팔이 생각났다.

기분이 영 개운치 않았다.

곁에 레이시아가 있으니까 더더욱 그 악의를 피부로 느꼈다. 감정을 정리하기도 전에 소름이 오소소 돋았다.

"근데 지금은 왜 이렇게까지 소란이."

위화감이 들었지만, 그 정체를 설명할 길이 없었다.

사건 현장의 긴박감이 피부를 찌르듯 전해져 왔다. 카메라 유닛을 든 취재진까지 보였다.

그러다가 아라토는 그제야 감이 잡혔다.

"그렇구나. 경찰까지 나온 걸 보니 이전이랑 상황이 다른 거구나."

hIE는 물건이다. 그래서 이전에 팔만 발견되었을 때는 처치 곤란한 쓰레기를 발견한 수준으로만 취급받았다.

그가 발견한 의문에 레이시아가 대답해 주었다.

"이번에는 hIE와 함께 오너가 있었습니다. hIE를 지키려고 하다가 다쳤다고 하네요."

"다친 사람이 있다니, 큰일이잖아."

"이 장소에서 흰색 대형차를 탄 남자 삼인조가 여성형 hIE 한 대를 납치하려고 했습니다. 그때 동행하던 오너가 저항하다가 범인에게 구타를 당하고 말았죠. 오너는 전치 1주의 경상을 입었습니다."

"hIE만 부서졌을 때와는 달리 부상자까지 나오면 이렇게까지 일이 커지는구나."

인간은 물건과는 다르다. 이러한 차이가 나는 것도 당연하다. 그러나 아라토는 그렇게 정리하고 넘어갈 수가 없었다.

“걱정하지 마세요. hIE는 무사했습니다.”

레이시아가 어떻게 거기까지 아는지 따지려다 말았다. 시청각 능력이 인간 이상이니 경찰들의 대화를 훔쳐 들은 것일지도 모른다.

제복을 입은 여성 경찰관이 아라토 쪽을 쳐다보았다.

“저 경찰관은 hIE입니다. 이 현장의 영상과 음성을 기록하고 있어요.”

꼭 경찰 소유가 아니더라도 hIE의 시청각은 모든 것을 기록한다. 경찰은 수사 정보로서 현장에 수상한 인물이 나타나지 않았는지 감시 중이었다.

무슨 양심에 찔리는 행동을 한 것은 아니었으나 경찰이 기록하고 있다고 생각하니 은근 찜찜한 기분이 들었다.

누가 크게 혀를 차는 소리가 들렸다. 테이프에 닿는 바람에 경찰 hIE에게 사과를 하던 한 구경꾼이 상대가 인간이 아니라는 사실을 알아차리자마자 단번에 태도를 바꾸었던 것이다. 구경꾼은 아라토의 어깨에 쿵 하고 부딪치고는 군중들 사이를 빠져나갔다.

레이시아가 이해가 가지 않는다는 표정을 지었다.

“오너, 방금 저 남자의 적대감은 일반적인 반응으로 판단해야 합니까? 저는 저 사람이 방금 한 발언을 모두 수집했습니다. 그는 경찰관이 hIE일 가능성을 고려할 만한 판단력이 충분히 있었습니다.”

“그게 무슨 뜻이야?”

“저 사람은 hIE가 경찰관의 ‘형태’를 하고 있어서 인간으로 오해하고 지시를 따랐습니다. 다시 말해, 아날로그 핵입니다. 그렇지만 아날로그 핵을 당한 데 분노를 드러냈죠."

"아아, 그런 것 같더라."

"제가 hIE 모델로서 가담한 아날로그 핵이 얼마나 많은 적을 만들지 그 위험성을 고려하는 것이 좋았을까요?"

레이시아는 불안해 보였다.

아라토는 마음에 무엇인가가 걸리는 것 같았지만, 그 정체가 뭔지 알 수 없었다.

"어떻게든 되지 않을까? 무슨 일이 생기면 나도 도울게. 오너잖아."

그녀에게 마음이 없다는 걸 알고 있었지만, 안심시키고 싶었다.

hIE는 항상 중히 다루어지는 건 아니다. 사람에 따라서는 혐오하기도 한다. 사건 현장에서 생생한 증오가 전해졌다.

친구인 료와 켄고에게서 레이시아와 깊이 얽히지 말라는 충고를 받았음에도 자꾸만 남자답게 씩씩한 면을 보이려고 했다.

"책임은 오너가 지는 게 hIE잖아. 그러니까 위험을 느끼게 되면 내가 사과할 테니까 일을 그만두어도 괜찮아."

그녀에게는 영혼이 없다. 그러니 아마 악의도 없을 것이라는 생각이 들었다.

* * *

스구리 켄고는 초조했다.

갑자기 도피 경로를 검색해 달라는 긴급 요청이 들어왔기 때문이다. hIE만을 납치해서 파괴할 계획이었는데, 실행 그룹은 남자 한 명에게 주먹을 휘두르고 말았다.

“이게 어떻게 된 거야! 그 자식들, 도대체 무슨 정신머리로.”

치미는 고함을 억누르며 켄고는 거치용 단말기 앞에서 두 손으로 깍지를 끼었다.

입체 영상에 표시된 프로그램 제어판에 손가락을 집어넣고 있으면, 사용자의 발언은 모두 음성 코드로 처리가 된다.

“경찰의 위치 정보, 에도가와 구 내부를 범위로 전부 표시해 주세요. 그리고 상부에 연락하고 싶으니까 암호 코드를 발행해 주세요. 저 혼자 판단할 수 없는 상태네요.”

켄고가 몸을 담고 있는 ‘항체 네트워크’는 시스템화된 악의로 움직이고 있다.

예를 들어, hIE에 어떤 악감정을 가진 사람이 인적이 드문 장소를 홀로 걷는 hIE의 위치를 항체 네트워크에 등록한다. 이것 자체는 위법이 아니다.

그러면 강한 증오심을 품은 사람들이 흉기를 들고 모여든다. hIE가 관측 기기와 기록 매체로 이루어진 존재라고 해도, 사각지대를 이용하여 공격하는 수단이나 노하우는 충분히 축적되어 있다.

그리고 대략 사정을 파악한 사람들이 경찰차들을 볼 때마다 그 위치를 항체 네트워크로 전한다. 휴대 단말기로 비추기만 하면 되니까 그리 수고스러운 일도 아니다. 이렇게 하여 범인은 쉽게 도주

할 수 있게 된다.

항체 네트워크는 hIE가 인간과 구별이 되지 않게 된 이후, 인간 사회를 지속적으로 침식하고 있는 아날로그 핵에 대항하는 방어벽이라고 할 수 있다. 그들은 스스로 자원해서 가입했고, 부정할 수 없을 정도의 악의로 연결되어 있다.

켄고는 격정을 품은 실행범들에게 정보를 제공하는 정보 감시 담당 중 한 명이다. 항체 네트워크에서 몇 안 되는 역할로, 체포될 각오까지 해야 하는 일이었다.

그래서 그는 혼자 자기 방에서 임무를 다하고 있다. 이런 식으로 조금이라도 hIE들이 인간 사회를 침식하는 것을 막기 위해.

화면에 표시된 주변 지도 위에 항체 네트워크에 제공된 시설이 네 곳 표시되어 있었다. 손가락으로 항만 근처에 있는 상가 옛터를 가리켰다. 경찰의 현재 위치와 검문 위치를 피해서 이동할 수 있는 경로가 자동으로 산출되었다. 일반인이라도 악의가 일정 이상의 규모로 모이면 경찰력을 능가한다. 켄고와 비슷한 악의를 가진 이들은 hIE 때문에 인원이 축소된 경찰 내부에도 있을 정도다.

"전원, 현재 위치에서 두 번째 신호를 지나 30미터 정도 간 후, 차량에서 내리세요. 거기는 카메라가 설치되어 있지 않아요. 그리고 차량은 자동 조종으로 지정 위치로 이동시켜 주세요."

음성이 문자로 변환되어 실행범들에게 전송되었다.

〈고맙다. 덕분에 살았다.〉

그 친근한 태도에 두려움이 몰려왔다.

딱히 나쁜 짓을 할 셈은 아니다. 그러나 오늘 신고이와의 사건으로 부상자가 나왔다. 지금 대화 상대는 폭행범이다.

"야만인 주제에."

단지 그들 항체 네트워크는 그 야만인에게 제일 위험한 작업을 위탁하고 있을 뿐이다.

"뭐가 덕분에 살았다는 거야, 야만인 놈들이."

켄고는 얼마 전 친구들과 하교하는 중에 뜯겨 나간 hIE의 팔을 목격했다. 틀림없이 항체 네트워크의 짓이었다. 그 hIE를 파괴하는 현장까지, 켄고가 분노로 눈이 먼 야만인들을 유도했던 것이다.

아라토가 주웠다던 hIE를 켄고가 소속된 항체 네트워크가 공격할지도 모른다. 혹시 켄고가 모르는 사이 항체 네트워크 상층부에서 그런 지시가 내려올지도 모른다. 그는 '친구의 물건'을 어떻게 해야 좋을지 생각하고 싶지 않았다.

전개된 입체 영상을 노려보던 그의 등 뒤에서 발소리가 났다. 장지문 너머에서 누군가가 조심스럽게 말을 걸었다.

"오빠, 밥 먹으러 오래."

켄고네 집은 아즈마바시에서 정식 요릿집을 하고 있다. 선플라워라는 간판을 건 식당은 50년이 넘는 역사가 있는 가게였다.

좌석 수는 28석. 대형 레스토랑에서 일을 배운 켄고의 아버지가 제일 잘하는 양식 솜씨를 뽐내는 차분한 분위기의 음식점이었다.

그러나 지금은 상황이 완전히 달라졌다. 켄고네 집 주변에 있는 상점가의 음식점에서 일하는 점원으로 hIE를 쓰는 경우가 점점 늘어나고 있다. 그뿐만 아니라 요리까지 hIE에게 시키는 가게도 적지 않았다.

가게와 인접한 자택의 다이닝룸에는 이미 동생과 어머니가 앉아 있었다.

풍성한 금발의 어머니가 켄고에게 유창한 일본어로 주의했다.

"켄고, 식사 시간에는 빨리 내려오도록 하렴."

어머니, 베로니카는 러시아에서 온 유학생이었다. 그래서 켄고는 동생 올가와는 그다지 닮지 않았다.

켄고는 물음부터 던졌다.

"아버지는요?"

어머니는 가게 이야기만 나오면 말수가 적어진다.

"가게에 계셔."

부드러운 벌꿀색 머릿결을 가진 동생이 나직이 말했다.

"우리 가게에도 hIE를 들이면 안 돼? 가게를 보게 하면, 가족 다 같이 밥을 먹을 수 있잖아."

"다른 집은 다른 집이란다. 우리는 우리대로 하는 거고."

오늘 식사는 요리 재료로 준비하다 남은 튀김이었다. 아버지가 만든 튀김은 튀김옷이 바삭바삭해서 참 맛있었다.

가게 쪽에서 왁자지껄한 웃음소리가 들려왔다. 술을 제공하는 곳도 아닌데, 큰 소리로 떠드는 손님들이 종종 있다.

아버지는 고지식한 기질에, 손님을 상대하는 장사를 진정으로 좋아하는 요리사다. 그래서 그런지 손님들의 도덕성이 엉망으로 변하는 요즘 시류가 상당히 신경에 거슬리는 모양이다.

"아빠, 괜찮을까?"

아날로그 핵의 악영향 중 하나다. 가게 손님이 점원을 hIE, 즉 식사 만드는 기계로 취급하는 바람에 남에게 베풀어야 하는 상식적인 배려도 보이지 않게 된 것이다. 예전이라면 당연하게 여겼던 '맛있네요'나 '잘 먹었습니다'라는 한마디가 나오지 않게 되었다.

마음의 교류는 간단히 녹이 슬고 만다.

가게에서 들려오는 소란은 가라앉을 기미도 없었다. 혼조아즈마바시를 방문하는 손님 층은 스카이트리를 보러 오는 관광객이나 학생이 많다. 서로 잘 아는 단골손님만을 상대로 하는 장사가 아니다.

어머니가 결국은 식탁에서 일어섰다.

"엄마는 가게에 좀 갔다 오마."

동생과 둘만 남게 되었다.

"오빠도 hIE를 들이는 거 반대야?"

"그건 뭐든지 다 해 주는 물건이 아니야. 인간 형상을 한 자동차 같은 거라고."

hIE는 자동차 같은 존재다. 자동 조종이 보급되어 차에 타서 앉아 있기만 하면 될 뿐이라 인간의 이동은 거의 자동화되었다. hIE는 그저 기계가 인간의 형태를 하고 있어서 생활 속에 침투하기 쉽고, 인간의 일을 자동화시킬 수 있는 범위도 아주 넓다. 단지 그뿐이다.

그 정도밖에 안 되기에 인간의 보금자리는 인간 스스로 지키지 않으면 안 된다. 항체 네트워크와 꾸준한 관계를 맺고 있는 이유도 아버지 가게에 깃든 그리움과 소중함이 사람들끼리 정답게 마음을 나눌 수 있는 장소에서만 숨 쉴 수 있다고 생각하기 때문이었다.

"오빠는 차에 비유하는 거 참 좋아하네."

아라토가 그 말을 했을 때는 한 대 때려 주고 싶었지만, 올가가 속삭이는 듯이 나직이 뱉은 말에는 차마 화를 내며 대꾸할 수 없었다.

"올가도 그런 소리를 하는구나."

"그리고 나한테도 자꾸 서먹하게 굴잖아."

"아, 미안."

2층에서 삐걱거리는 소리가 났다.

소심한 올가가 불안한 표정으로 그를 바라보았다.

"그럼 먼저 밥이나 먹을까?"

적당히 식사를 마친 후, 설거지는 올가가 맡기로 했다.

그러는 사이에 켄고는 먼저 2층 방으로 올라갔다. 어쩐지 기분이 찜찜했기 때문이다.

그가 항체 네트워크에서 오늘 실행범들을 위해 정보를 제공한 일은 형사 사건의 공범자로서 죄를 물을 수 있는 행위였다.

지은 지 60년이나 된 목조 가옥에는 무선 전원 플러그도 두 곳밖에 없다. 그래서 단말기마저 요즘 시대에 무려 유선 플러그를 사용 중이다. 전등도 모두 유선이고, 가내 시스템의 관리도 받지 않는다.

만약 이 방에 누군가가 침입한다면, 감지할 수단이 없다는 뜻이기도 했다.

하지만 장지문을 연 순간, 켄고의 예상을 훨씬 뛰어넘는 것이 그 안에 있었다.

과할 정도로 견고한 보디슈트를 입은 소녀가 있었다. 붉은 머리에, 짐승의 귀처럼 생긴 붉은 장식을 달고, 붉고 커다란 눈을 은은하게 빛냈다. 살갗이 드러난 팔에는 부자연스러운 이음매까지 엿보였다. 그녀가 내려놓은 거대한 금속제 디바이스 아래에 깔려 다다미가 움푹 파인 상태였다. 이 중량 때문에 천장이 삐걱거리는 소리가 났던 것이다.

창문을 활짝 열어 놓고, 달빛을 등진 채 그녀는 웃고 있었다. 하얀 이를 드러낸 채 매우 즐거워 보였다.

"누구야?"

제 딴에는 날카롭게 따져물으려고 했는데, 목소리가 떨렸다.

"나 같으면 장지문을 닫을 텐데."

켄고는 얼른 방으로 들어가 뒷손으로 장지문을 닫았다.

그곳에 불길한 '무엇인가'가 있었다.

이런 무거운 물체를 인간이 들고 다닐 리가 없다.

소녀 형태를 한 '그것' 옆에 있는 것은 척 봐도 무기였다. 길이가 1미터를 훨씬 넘는 엄청난 크기의 검날을 보는 건 처음이었다. 그러나 디바이스 뒷부분에 장착된 총 같은 부위는 레이저 발진기로 보였다. 얼마나 대단한 위력을 가졌는지 상상도 할 수 없었지만, 사이즈는 전차의 주포 발진기보다 훨씬 더 컸다.

이렇게 거대한 무기를 들고 날뛰기라도 한다면, 켄고의 현실 세계는 아마 3초 만에 잿더미가 될 게 뻔했다.

"이게 뭐야. 이게 도대체 뭐냐고."

그가 소속된 항체 네트워크의 자원 활동과 연관된 줄만 알았다. 그 이외에는 짐작이 가는 게 없었으니 말이다.

군용 인간형 무인기의 성능이나 무장은 취미 삼아 살펴보긴 했지만, 이렇게까지 중무장한 무인기에 대해서는 들어 본 적도 없었다.

'그녀'의 머리 장식이 붉게 발광했다. 패스워드로 잠겨 있을 터인 단말기가 제멋대로 기동하기 시작했다.

건드리지도 않았는데 입체 영상이 전개되더니 정신없이 프로그램 창들이 열리기 시작했다.

"흐음, 언니는 이 신호를 발신하고 있구나."

그래프가 표시되었다. 이전에 받아 두었던 레이시아의 기체 고유 코드였다.

"언니라니, 이 기체가? 당신 hIE입니까?"

본디 hIE는 접속된 클라우드로부터 데이터를 전송받아 말을 한다. 그러나 이 기체의 말투는 너무나도 기묘했다. 마치 '물건인 그녀가 같은 물건인 레이시아에게 특별한 감정이 있다.'는 것처럼 들렸기 때문이다.

"뭐라고 말 좀 해 봐요. 왜 제 방에 당신 같은 게 있는 건지."

"나는 코우카야. 항체 네트워크 상층부에서 왔어."

항체 네트워크는 인간의 손으로 인간 공동체를 지키기 위한 자원 활동 조직이다. 그 항전마저도 hIE에게 넘겼기에 '그녀'가 이곳에 있는 것이라면, 그야말로 기가 막힐 노릇이었다.

작은 정의감이나 의무감으로 어찌할 수도 없는 거대한 것이 눈앞에 있었다. 도대체가 영문을 알 수가 없어서 눈물이 나올 지경이었다.

켄고는 항체 네트워크의 전모를 전혀 몰랐던 것이다.

* * *

엔도 가의 오늘 저녁은 새우튀김이었다.

"오오."

유카가 의자 밑에서 발을 파닥파닥 흔들었다.

"튀김은 켄고 오빠네 가게가 잘하는데. 또 얻어먹으러 갈까."

"너, 또 누구한테 어리광을 부리러 가려는 거야?"

"얌전히 집을 본 상 좀 받아 갈게."

유카가 주저하지 않고, 아라토의 새우에 젓가락을 뻗었다. 다시 뺏어가려고 했지만, 저쪽 접시는 벌써 텅 빈 후였다. 동생은 항상 좋아하는 것부터 제일 먼저 먹어 치운다.

레이시아는 벌써 상차림을 마치고 자리에 앉았다. 요 일주일 넘게 익숙해진 광경인데도 결정적으로 다른 점이 있었다.

집으로 돌아갈 때까지도 대화하는 것이 미묘하게 어색했다. 그러나 집에 도착하여 안심한 순간, 레이시아를 제대로 쳐다볼 수도 없게 되었다.

말을 걸려고 하다가도 억지로 동생에게로 시선을 돌렸다.

평범한 고등학생인 자신과 신인 모델을 비교하려 들다니, 의미 없는 열등감이었다.

하필 이럴 때, 유카도 레이시아에게 말을 걸지 않았다. 모델에 응모시킨 장본인이 책임을 져야 하는 게 아닌가.

"레이시아한테 무슨 말이라도 좀 해 줘."

"레이시아 씨, 정말 최고였어."

"나도 봤지만, 진짜 멋지더라."

동생을 따라 칭찬했다. 자신의 한심한 태도에 머리를 쥐어뜯고 싶었다. 곧바로 한마디 덧붙이려고 했다.

그때 레이시아의 시원한 연푸른 눈동자와 눈이 마주쳤다. 촬영을 마치고 돌아온 지 얼마 되지 않아서 아직도 입술에는 연한 립스틱이 발린 상태였다. 그것뿐인데도 숨을 삼킬 정도로 사람을 홀리는 매력이 넘쳤다.

하고 싶은 말은 솟구치고 있는데도, 입 밖으로 나오지를 않았다. 그가 오히려 더 투명하고 얇은 벽을 만들려고 애를 쓰는 것 같았다. 모순도 이런 모순이 없었다.

"오너."

레이시아의 부름에 가슴이 폭발하는 줄 알았다.

"네!"

"우와, 오빠. 너무 순정남처럼 구는 거 아니야?"

그날 밤, 아라토의 방문을 가볍게 노크하는 소리가 났다. 잠자리에 들려던 참이라 짜증이 났지만 문을 열었다.

방문자는 오늘 새로 구입한 잠옷을 입은 레이시아였다.

"오너, 괜찮으시면 잠시 함께 차라도 어떠세요?"

그 제안을 덥석 받아들이고 말았다.

"난 정말 단순한 놈이야."

레이시아가 냄비로 홍차를 끓여 주었다. 오늘은 백화점에서 산 향신료 덕분에 잘 우려낸 차이 티가 나왔다.

"몸은 좀 따듯해지셨나요?"

hIE는 무엇이든 알아서 다 잘하는 게 아니라, 행동 관리 클라우드의 지시를 받아 그 행동을 따라 할 뿐이다. 아라토도 이제는 그런 점이 실감이 되었다.

그러나 모델 일을 하던 모습을 떠올리면 자꾸만 긴장되었다.

"오너 같은 젊은이는 마음을 쉽게 바꾸기 어렵다는 건 잘 압니다."

"젊다고 하지 마. 나도 어쩔 줄 모르겠으니까."

그녀의 드러난 쇄골이 우아한 곡선을 그리며 가슴께로 시선을 유도했다. 좋은 광경을 봤다는 기쁨이 들기보다도 묘한 식은땀부터 흘렀다.

레이시아가 의자에 앉아 있는 아라토 옆에 섰다.

"오너, 잠시 자리에서 일어나 보시겠습니까?"

"응, 그래."

일어나니 그녀가 바로 근처에 있었다. 달달한 향기에 머리가 멍해졌다.

"모델 일을 수락하긴 했지만, 오너와 관계가 어색해진다면 본말 전도입니다. 이제 좀 마음을 정리하시지 않으면 정황이 급변했을 때 대응할 수 없습니다."

"마음을 정리하라니 그게 무슨 뜻이야!"

목소리 높여 의견을 말할 셈이었으나 끙 하는 신음밖에 나오지 않았다. 레이시아가 손으로 입을 막아 버렸기 때문이다.

"지금부터 5분간, 오너와의 커뮤니케이션 방식을 전환하겠습니다."

무슨 소리인지 몰라서, 아라토는 두 손으로 레이시아의 가는 팔을 떼어내려고 했다. 물론 꿈적도 하지 않았다. 그녀는 강철로 된 거대한 관을 한 손으로 휘둘러 대는 위력의 소유자이니 말이다.

"조용히 하세요. 또 유카 님이 깰 겁니다."

레이시아가 비밀스러운 일이라도 되는 양 입술에 손가락을 대었다.

아라토가 저항하는 바람에 그녀의 잠옷이 흐트러졌다. 아라토가 무엇을 쳐다보는지 감지했는지 그녀는 곧바로 손가락으로 흐트러진 옷깃을 정돈했다.

"hIE 유저가 자극을 원할 때 행하는 사소한 놀이를 하는 것뿐입니다. 그 후에는 원래 상태로 돌아가므로 안심하셔도 좋습니다."

그녀가 "눈을 감으세요."라고 속삭였다.

시키는 대로 눈을 감았다가 다시 떠 보니 더욱 뭐가 뭔지 어리둥절해졌다.

눈앞에 있는 레이시아가 마치 다른 사람처럼 보였다. 눈을 살짝 크게 뜨고, 입술에는 부드러운 미소를 띤 얼굴이었다. 표정이 훨씬 앳되어 보였다.

"잠깐만. 아니, 이거 좀 이상하잖아."

웃음으로 그냥 얼버무리려고 했다. 등줄기를 따라 순식간에 땀이 맺혔다.

눈앞에 있는 건 분명 레이시아인데도 아라토의 눈에는 마치 낯선 사람처럼 보였다. 표정과 행동이 단번에 완전히 바뀌는 바람에 쌍둥이로 보이지도 않았다.

"아라토가 유카를 귀여워하듯이 오늘은 내가 어리광을 다 받아 줄게."

어조까지 완전히 바뀌었다. 억양도, 악센트도 전혀 달랐다. 그야말로 딴 사람으로밖에 보이지 않았다.

그런데 희한하게도 억지로 그만두게 할 마음은 들지 않았다. 아마도 동생이 깨지 않도록 조심하면서까지 이 한밤중에 뭘 할지 음흉한 기대감을 품고 있었기 때문이다.

"아, 그래도 돼?"

그렇게 묻고 나니 자기혐오에 빠질 지경이었다. 지금 그녀가 뭘 하려는 건지 머릿속이 의문으로 가득했다. 그러나 흥분으로 몸이 달아올라 그저 이 흐름에 몸을 맡기자는 마음이 들었다.

"누나를 믿어 봐."

그보다 키가 작은 레이시아가 팔을 뻗어 머리를 쓰다듬어 주었다. 어린애처럼 취급해서 속이 탔지만, 아라토가 유카를 대하는 태도도 이와 마찬가지였다.

평소에 겪어 보지를 못해서 그런가, 머리를 쓰다듬는 손길이 무척 간지러웠다. 죄책감마저 치밀어 올랐다.

손을 이끌려 잘 모르는 춤이라도 추는 것처럼 아라토는 머뭇거리기만 했다. 이건 현실이지 이야기도 뭣도 아니다. 그래서 마치 가시방석에라도 앉은 기분이었다.

"어리광은 어떻게 부리는 건데."

부끄러워서 얼굴이 빨개졌다. 시간이 지날수록 바보가 되는 것 같았다.

"어머, 귀여워라. 무릎베개라도 하면서 생각해 볼까."

"나한테는 아직 무릎베개 같은 건 이르지 않을까. 아니, 잠깐 고민할 시간 좀 줘."

목이 바짝바짝 말랐다.

정말로 자신들이 그런 관계인 것 같았다. 그러나 절대로 그렇지 않다. 이건 바로 몇 분 전부터 시작한 거짓말일 뿐이다.

그렇게 생각한 순간, 가슴이 꽉 옥죄어 와서 저도 모르게 어금니를 꽉 깨물었다.

아라토가 정말로 원한다면 레이시아는 분명 오늘 밤까지 유지했던 관계를 이 방향으로 바꾸어 줄 것이 분명하다.

그녀에게는 영혼도, 마음도 없다. 행동 관리 클라우드에서 반응을 지시받고 있을 뿐이라 완벽한 거짓 연기를 계속할 수도 있다. 이제까지 봐 왔던 레이시아의 모습도, 위기에서 구해 준 것도, 학교 옥상에 가자고 이끌어 준 것도, 오늘 본 모델 모습도 모든 것이 환상처럼 느껴졌다.

꿈속을 걸어가다 절벽에서 떠밀려 추락하듯이 발밑이 흔들거렸다. 그녀 역시 계속 그렇게 말해 왔다. 그래도 마음속에서 점점 커져가는 감정을 그녀는 스위치를 껐다가 켜듯이 단번에 전환할 수 있음을 알게 되자 괴로울 따름이었다.

숨을 쉴 때마다 달콤하면서도 쓰라렸다.

레이시아가 두 손으로 의자를 끌어와, 그 위에 털썩 앉았다. 잠옷자락이 살랑 들려 올라갔다. 그녀는 자기 허벅지를 탁탁 두드렸다.

"무릎베개를 베면 세상이 달리 보일지도 몰라."

이런 그녀에게도 영혼은 없다. 그녀가 자신과의 새로운 관계를 완벽하게 연기할수록 한기가 등골을 타고 스멀스멀 올라왔다.

그녀라는 형태 속에 포함되는 의미는 아라토가 아는 레이시아가 아니라도 상관없다는 말이다.

정신이 아득해질 지경이었다.

레이시아는 인간이 아니다. 인간으로 보이는 것 자체가 착각이다.

"부끄러우니까 이제 됐어."

그녀가 이제까지 본 적이 없는 포용적이고 달콤씁쓸한 표정을 지었다.

"얘가 정말. 계속 누나가 있으면 좋겠다고 했으면서."

"가내 시스템으로 내 앨범을 봤구나?"

"뭐 어때. 누나는 아라토에 대해 알고 싶으니까."

그녀가 자애롭게 바라보았다. 이렇게까지 된 이상 어리광을 마음껏 부려도 괜찮지 않을까 하는 마음마저 들었다.

아라토는 한 가지 결심을 했다.

"그, 그럼 무릎베개를……."

"이제 곧 있으면 5분이 끝나 가는데, 시간 연장을 하시겠습니까?"

"나는 정말 저질이야."

어디 쥐구멍이라도 있다면 숨어 들어가고 싶을 정도로 부끄러워서 두 손으로 얼굴을 가렸다. 성욕에 굶주렸냐? 아니면 외로워서 그러냐? 사람이 부끄러운 줄 알아야지. 히죽대는 자기 얼굴이 비치는 거울을 본 것 같아서 창피했다.

"미안, 내가 너무 까불었지?"

레이시아가 아라토의 손을 쥐고 확 잡아끌었다.

자리에서 일어난 그녀의 얼굴이 바로 코앞에 있었다.

말이 제대로 나오지 않았다. 지금의 그녀가 그가 평소 아는 레이시아인지, 아니면 조금 전의 레이시아 누나인지 알 수 없었기 때문이다. 어떻게 말을 꺼내면 좋을지 혼란스러웠다. 인간의 형태를 한 벽과 대화라도 하는 심정이었다.

이성으로는 그녀에게 진짜라는 건 존재하지 않는 게 아닐까 의심했지만 그에 반하여 형태가, 체온이, 숨결이 머릿속을 가득 채웠다.

"아직도 저를 배려할 필요를 느끼십니까?"

뭔가 뚝 부러지면서 바람이 술술 통하기 시작하는 듯한 느낌이 들었다. 그렇게 되도록 유도를 당한 것인가, 하고 그녀의 손에서 전해져 오는 힘을 느끼며 생각했다.

머리가 좋지 않은 아라토도 이제야 이해가 되었다.

"내가 지금 아날로그 핵을 당한 거야?"

"네, 모델 일 때문에 아라토가 자꾸만 신경을 쓰고 사양을 하면 본말전도라는 겁니다."

귀에 익숙한 평소 어조로 그녀가 답했다. 표정도 처음 만났을 당시의 것이어서 이제야 의미와 형태가 원래대로 돌아왔다는 안도감이 들었다. 그런데 호칭만 원래대로 돌아오지 않았다.

"내 호칭."

"그렇게 불렀을 때 가장 기뻐하는 듯해서 일부러 바꾸어 보았습니다."

기분이 나쁘기는커녕 오히려 들떴다.

역시 자신은 단순하다고 반성했다.

"난 정말 싸구려야."

레이시아의 오너가 된 이후로 하루하루가 자극적이었다.

당연하다고 인식했던 것들을 그녀가 죄다 무너뜨리고 있었다.

다음 날 아침이 되어도 전날 밤 일이 계속 머리에서 빙빙 맴돌았다. 그녀가 곁에 있으면 속물적인 열정에 휩쓸렸지만, 혼자 남으면 문득 두려움을 느꼈다.

오늘 아침도 잠자리가 영 개운치 않았다. 악몽이야 여전히 자주 꾸곤 했지만, 레이시아를 만난 후부터는 꿈의 내용이 더 한쪽으로

만 치우쳤다.

"나는 도대체 어떤 물건의 오너가 된 거지."

결국 아라토의 머리를 복잡하게 만드는 건 그런 문제였다.

hIE는 모두 다 그런 건지, 그녀가 등록 번호대로 고급 기종이라서 그런 것인지. 아니면 등록 번호마저 위조한 다른 무언가인지.

친구들의 말대로 레이시아와의 만남 자체가 괴담일지도 모른다. 그게 제일 일리가 있는 듯했다. 언젠가 유카까지 다른 사람의 목소리나 표정으로 말을 할 것 같아서 오싹했다.

"그건 두 번 다시 하지 말라고 꼭 주의해야겠어."

이런 나날이 영원하지는 않더라도 다음 날도, 그다음 날도 계속 이어질 터였다.

자면서 흘린 땀을 머리맡에 놔둔 수건으로 닦은 후 거실로 나갔다. 아침 식사는 준비되어 있었지만 아무도 없었다. 오늘은 유카가 쓰레기를 버리는 당번이었다.

"자식, 또 도와 달라고 불러냈나?"

레이시아가 온 이후로 쓰레기를 잔뜩 쌓아 놨다가 버리는 일은 없어졌지만, 동생은 잔꾀를 부리게 되었다.

그때 자동차 브레이크 소리와 함께 벼락이라도 치는 듯한 굉음이 아래층을 울렸다.

맨션 5층까지 들려올 정도니 엄청난 소리임이 분명했다.

레이시아가 오늘 아침은 균형적인 영양을 섭취할 수 있는 일본 가정식을 준비한다고 했다. 돼지고기가 들어간 된장국을 국그릇에 담고 현미밥을 밥그릇에 펐을 때, 현관문이 벌컥 열렸다.

유카가 뛰어들어 왔다.

"오빠! 큰일 났어! 레이시아 씨가 아, 아까, 이상한 차에 치였어!"

유카의 얼굴은 눈물범벅이었다. 얼음물이라도 확 뒤집어쓴 기분이 들었다.

짚이는 부분이 분명 있었다. 위험할 것 같다는 예감도 분명 있었다.

"쓰, 쓰러졌는데 어, 어떤 사람이 데리고 가 버렸다고."

말도 안 되는 일이라며, 뒤를 돌아보았다. 검은 관은 거실 구석에 얌전히 세워져 있었다. 지금 레이시아는 저 강대한 무기를 갖고 있지 않다.

식탁에는 평소처럼 아침 식사에서 뜨끈한 김만 피어날 뿐이었다.

늘 보던 '형태'가 상실이라는 새로운 '의미'와 어긋나자 구역질이 났다.

아라토가 움직이기까지 그리 오랜 시간은 걸리지 않았다.

머리로 생각하는 것보다 더 빨리 몸이 달려 나갔다. 맨션 베란다로 나가 도로를 내려다보았다.

레이시아를 치고서 납치해 갔다는 차는 이제 보이지도 않았다.

아라토는 그제야 해당 차의 색이나 종류도 모른다는 걸 깨달았다.

"어떤 차였어?"

눈물을 펑펑 쏟고 있던 동생이 이쪽을 쳐다보았다.

"몰라! 하얀 차였다는 것밖에 모르겠단 말이야."

유카가 어린애처럼 주저앉아 두 손으로 얼굴을 감싼 채 몸을 떨었다.

"알았어, 알았어. 내가 어떻게든 할게."

일상 속에서 레이시아가 뜯겨져 나간 공백이 시간이 지날수록 점점 커져만 가는 느낌이었다. 일단 경찰에 신고를 했다. 긴급 피해 신청을 하니 도난 사건 담당자와 자동으로 연결되었다. hIE를 도둑맞았다고 하자 경찰관이 오후에 방문하겠다고 했다.

"방금 끌려갔거든요. 혹시 쫓아가면 붙잡을 수 있지 않을까요."

화면에 보이는 중년 남성 경찰관은 미안해하는 표정을 지으면서도 단호하게 대답했다.

〈도난당한 것이 hIE 맞죠? 사람 모습을 하고 있어도 '물건'이니까 절도 범죄에 해당하네요. 범인이 집에 침입했다든가, 누가 다쳤습니까? 네트워크를 통해 피해 신고를 할 수 있으니까 지금 하겠습니까? 엔도 씨? 귀하의 주소, 통신 어드레스, 영상과 음성 데이터를 여기서 보관해도 되겠지요?〉

레이시아를 물건으로 취급하는 경찰의 말에 심장을 찔리기라도 한듯 숨이 턱 막혔다.

질문에 따라 레이시아의 특징과 기체 번호를 더듬더듬 전달했다.

통신기와 연동된 서브 화면에 hIE를 도난당했을 때 밟는 절차가 전송되었다. 도난 보험을 들어 놓았다면 보험 회사와 hIE 판매업자에게 연락이 간단다. 레이시아를 주웠던 아라토에게는 둘 다 해당사항이 없는 이야기였다.

"이렇게 신고하면 되는 건가요?"

〈경찰 데이터베이스에 등록해 놓고, 이 기체를 찾으면 연락하겠습니다. hIE는 바깥을 혼자 돌아다니기도 하니까 도난 사건이 참 많아서. 죄송하지만 좀 기다리셔야 할 겁니다.〉

그리고 통신이 끊겼다.

아라토는 거실에 홀로 남아 멍하니 있었다.

"아니지, 이렇게 끝내면 안 되잖아."

돌이켜보니 피가 끓어오를 지경이었다.

분노를 품은 채 두세 걸음 난폭하게 발걸음을 옮겼다.

발치에서 흐느끼는 소리가 들려왔다.

유카가 울고 있었다. 자기 때문에 레이시아가 납치되었다고 생각하는 모양이었다.

아라토는 빨개진 눈으로 우는 동생의 머리칼을 조심스럽게 쓰다듬었다.

"네 탓이 아니야. 내가 데리고 올 테니까 너무 걱정하지 마."

"오빠."

동생이 눈물 고인 눈으로 올려다보았다. 경찰이 도움이 안 된다면, 아라토가 의지할 수 있는 든든한 남자가 되면 된다.

"레이시아는 내가 꼭 구할게. 너는 일단 학교에 가."

"하지만 나도 뭔가 해야 하지 않을까?"

하지만 10분도 전에 도망친 자동차를 어떻게 쫓아야 할지 상상도 되지 않았다. 아무리 생각해 보아도 뾰족한 수가 떠오르지 않았다. 일단은 몸부터 움직일 수밖에 없었다.

"넌 날 대신해서 할 수 있는 일을 해."

이럴 때 유카는 얌전히 말을 잘 듣는다.

"알았어……."

유카는 매끈한 무릎을 쥐고 벌떡 일어섰다. 그리고 눈물로 얼룩진 얼굴로 레이시아가 마지막으로 차려 놓은 아침 식사 앞에 앉았다.

"오빠 대신에 아침밥은 내가 다 먹을게."

"뭐?"

유카는 비장하게 된장국을 후루룩 먹기 시작했다. 다 먹으면 레이시아가 돌아올 게 분명하다는 것처럼 입속으로 마구 밀어 넣었다.

정말로 달리 할 일은 없을지도 모른다. 그러나 대신하겠다는 말을 들은 터라 뜨끈한 김을 뿜어 내는 식사에 손을 뻗을 수 없었다.

"학교는 꼭 가라."

어차피 애가 타고 속이 울렁거려서, 위장에 음식물을 넣을 수도 없을 것 같았다. 교복으로 갈아입고, 가내 시스템을 기동하여 도움이 될 만한 것이 없는지 검색했다. 물품에 내장된 태그 덕분에 사용한 적도 없는 물건의 위치를 알 수 있었다. 휴대 단말기의 카메라를 집 안으로 향하자 붉은 포인트가 뜨면서 찾으려는 물건이 어디 있는지 알려 주었다.

그 물건은 아버지 방에 아무렇게나 굴러다니고 있었다. 바깥에서 달릴 때 손에 뭔가를 들고 있으면 불편할지도 몰라서 찾던 고글형 단말기였다.

고글을 쓰고 기동시키자, 망막에 화상을 투영하기 위한 체크 패턴이 보였다. 휴대 단말기와 동기화시키자, 시각이 컴퓨터 화면과 혼합된 것으로 변했다. 시야 좌측 상단부 한구석에는 레이시아 납치 사건 발생부터 지금까지의 시간이 표시되어 있다. 현재 14분이나 지난 상태였다.

"자, 그럼 출발해 볼까."

아라토는 다녀오겠다고 외친 후, 거리로 뛰어나갔다.

맨션을 나오고 나서야 달려 봤자 차를 따라잡을 수 없다는 사실을 깨달았다.

인근 거리를 검색하고 가진 돈을 털어 1인승 전자동차인 셰어카를 하루 빌렸다. 그러나 범인이 어디에 있는지 전혀 알 수가 없었다. 아라토는 다소 생각 없이 행동하는 경향이 있지만, 자기 머리의 한계는 잘 안다. 걸어가면서 친구들에게 연락을 취했다.

〈갑자기 무슨 일이야?〉

자다 일어나서 머리가 부스스한 켄고의 영상이 시야 한가운데에 떠올랐다. 학교 바로 근처에 사는 켄고는 아직도 이불 속이었다.

료는 교복으로 갈아입은 후였다. 상의 단추까지 꼼꼼하게 다 채워, 평소와는 달리 매우 단정한 차림새였다.

〈이런 시간에 웬일이야, 아라토.〉

고글에 의해 투영된 료와 켄고의 얼굴을 보며 아라토는 부탁했다.

"좀 도와줄래?"

만난 지 보름밖에 되지 않았지만, 레이시아는 이미 생활의 일부다. 소중한 것을 얼른 되찾고 싶은 마음에 빌릴 수 있는 힘이라면 전부 빌리기로 했다.

전자동차는 3분도 채 되지 않아 아라토의 휴대 단말기의 개인 인증 태그의 위치까지 자동 유도되어 도착했다. 큰길의 갓길에 정차

한 셰어카에 얼른 탔다. 태그에서 대여료가 자동 인출되었다는 것을 알리는 신호음이 울렸다.

"돈이 얼마나 남았지?"

음성 명령에 반응하여 시야에 아라토의 은행 계좌 정보가 표시되었다. 너무나도 지갑이 얇아서 풀이 죽었다.

〈그러지 뭐. 근데 매뉴얼은 읽어 봤어? 고급 기종이라면 도난 대응법이 적혀 있을 텐데.〉

통신 화면 속에서 아직도 졸린 얼굴을 한 켄고가 말했다.

셰어카 시트에 앉아서 정황 설명을 마치자, 제일 먼저 날아온 건 면박이었다.

료가 이제 생각났다는 듯 물었다.

〈그래, 매뉴얼은 없었어?〉

"없었는데."

〈어째서?〉

"레이시아가 다 기억한다고 했거든."

료가 기가 막힌다는 식으로 말했다.

〈솔직한 건 좋은데, 그렇게 아무 계획도 없이 행동하는 건 위험해. 시큐리티 메모리가 있잖아. 단말기에 끼우면 시큐리티 모드가 기동해서 제조사의 고객지원 안내로 연결되는 그거.〉

"우연히 주웠잖아. 주변기기가 전부 갖춰져 있으면 완전 이상하지."

자동차에 탑재된 컴퓨터와 연동한 고글형 단말기가 목적지를 입력해 달라는 요청을 했다. 어디로 가야 할지 몰랐지만, 무작정 정차만 할 수도 없는 노릇이었다. 아라토는 시야에 투영된 지도에서 인적이 드문 항만 지역 아무 곳을 터치했다.

천천히 차가 출발했다. 경쾌하게 가속을 시작했다.

통신기 저편에 있는 료는 여전히 제조사의 고객지원만 고집했다.

〈기체 번호를 아니까 제조사에 연락해서 확인해 봐.〉

아라토는 전에 들었던 고급 hIE 제조사의 네트워크에 접속해 보았다. '인간 이상의 것'이라는 기업 모토를 띄우면서 표시된 스타일러스 사의 기업 정보는 잔뜩 위신을 세운 것처럼 화려했다.

고객지원 데스크를 불러서 고글을 통해 기체 번호를 전송했다.

응답 데스크의 대답은 예상을 완전히 빗나간 것이었다.

〈본사를 통한 오너 커맨드를 모두 거절하라는 신청이 오너 본인으로부터 제출된 상태입니다.〉

"왜요? 그러면 불편하잖아요."

〈해킹 대책을 위해 완전 프라이빗 기체에는 종종 있는 설정입니다. 오너 본인께서 해제하는 것도 가능은 합니다만, 절차상 반나절 정도의 시간이 필요합니다.〉

아라토는 크게 한숨을 내쉬고, 자동 운행 중인 차의 시트에 몸을 기댔다. AR 대응 기능이 있는 고글을 이마 쪽으로 밀어 올렸다. 그 반나절 동안 레이시아가 부서지기라도 해서 돌이킬 수 없는 사태가 벌어질 가능성을 생각하니 눈시울이 뜨거워졌기 때문이다.

화면을 보지 않아도 골전도 스피커는 아직도 기능 중이었다. 갑자기 고글을 벗은 바람에 카메라 화상 전송이 끊겨서인지 친구들이 저마다 말을 걸었다.

〈왜 그래, 아라토.〉

〈갑자기 화면에서 사라지면 어떡해. 깜짝 놀랐잖아.〉

"미안해. 제조사 말로는 내가 내리는 명령을 거절하도록 설정이 되어 있대. 반나절은 기다려야 처리된다고 그러네."

아라토를 태운 차는 엉뚱한 방향을 향해 이동하고 있었다. 거기에 어떤 의미가 있는지는 자신도 잘 몰랐다.

켄고가 당혹스러워했다.

〈아니, 그 기체를 아직도 믿다니 대단하네. 솔직히 무서워해야 하는 거 아닌가.〉

망막에 료의 모습이 투영되지 않아서인지 그의 목소리가 차분하게 들렸다.

〈이제 굳이 안 찾아도 되지 않을까? hIE를 훔치려고 이런 짓까지 하는 놈이야. 들켰다는 걸 알아차린 순간 무슨 짓을 벌일지 알 수 없다고.〉

〈그러니까 그런 건 아예 괴담이라고 했잖아. 그 기체는, 무슨 도시 전설 수준으로 불길하다고. 왜 그런 얘기 있잖아. 고장 난 hIE가 저주로 되살아났다는 식의 한심한 괴담.〉

아라토는 친구들의 충고를 들으면서 주먹으로 광대뼈를 살짝 때렸다. 다소 정체를 알 수 없는 부분이 있긴 하지만, 지금 레이시아는 위기에 처해 있다. 아라토는 부조리한 상황에 휘말렸다. 비합리적인 방법으로 해결해 보려고 하는 판국이었다. 제대로 의사를 표명하지 않으면 친구들 역시 도와줄 길이 없다.

고글을 다시 썼다.

"미안해. 무슨 말을 하고 싶은지 알지만, 나는 레이시아를 구하고 싶어."

그리고 몸을 굽히며 머리를 숙였다.

"부탁할게. 레이시아가 어떤 존재라도, 우리에겐 가족처럼 소중해."

친구들이 어떻게 대답할지 불안했다. 그래도 혹시 안 된다면, 며칠이 걸려도 스스로 어떻게든 해볼 셈이었다.

료가 앞머리를 쓸어 올리며 한숨을 푹 내쉬었다.

〈너, 그렇게 가볍게 가족이라는 말을 써도 되겠냐?〉

"유카가 울고 있다고. 이 상황을 그냥 보고만 있을 수는 없어."

대답을 기다리고 있으니 어처구니없다는 듯 켄고가 머리를 긁적였다.

〈그래도 하겠다면 뭐 도와주긴 할게. 근데 짐작이 가는 것이라고 해 봤자 하나밖에 없어.〉

켄고가 기계 준비를 좀 하겠다고 기다려 달라면서 셔츠 차림으로 일어섰다.

"할 수 있어?"

아라토의 목소리에 활기가 감돌았다. 그러나 켄고는 자포자기하는 투로 대답했다.

〈혹시 몰라서 그냥 시도만 해 보는 거야. 얼마 전에 받았던 엔도의 hIE 기체 고유 코드를 추적하는 것뿐이니까.〉

"그냥 시도만이라도 괜찮아! 그래 주면 정말 고맙지."

켄고가 기계에 패스워드를 입력하고 있는지 화상 통신이 끊어지고 말았다. 음성만 들려왔다.

〈다만 이런 범인은 hIE의 기체 신호가 바깥으로 새어 나가지 않게 전파를 차단하는 수법을 쓰곤 해. 신호 전파는 차폐 섬유로 된 자루 같은 걸 상반신에 씌우면 간단히 끊어 버릴 수 있으니까.〉

그러고 나서 맥 빠진 목소리가 이어졌다.

〈반응 나왔어. 어, 근데 왜 이렇게 느긋하게 달리는 거지? 지도상으로 보면 가사이에서 우라야스 방면으로 이동 중이야.〉

아라토의 고글이 켄고의 말을 해석해서 지도로 표시하겠느냐고 물었다. 시선을 '오케이' 아이콘 쪽으로 향하자 자동으로 아라토의 위치를 중심으로 주변 지도가 펼쳐졌다.

"마침 가사이 방향으로 가던 참이야."

인적이 드물고 한적한 장소를 무작정 선택한 것이 기가 막히게 맞아떨어졌다.

신고이와에서 남하하는 차량 밖으로 건물들이 드문드문 보였다.

도쿄 연안의 지반이 지난 세기에 벌어졌던 해저드에 대규모로 액상화되었기 때문이다. 특히 기바에서 후나바시까지의 지역은 건조물의 30퍼센트 이상이 기울어지는 바람에 재건축이 되었다. 뿐만 아니라 도쿄 만에서는 일어나지 않을 것이라던 해일도 발생하여 심각한 피해를 입었다. 그래서 이 지역은 도쿄와 그 인근에서 인구가 가장 많이 감소했다.

〈잠깐만. hIE에서 나오는 신호의 현재 위치만 지도에 겹쳐서 표시되게 할 테니까.〉

켄고가 레이시아의 반응을 아라토의 지도에 전송해 주었다. 푸른 광점이 가사이 임해 공원의 옛터에서 동쪽으로 나아가고 있었다.

“정말 고마워. 나 혼자서는 어떻게 할 수도 없었을 거야.”

그가 여기까지 올 수 있었던 건 도움의 손길을 내밀어 준 친구들 덕분이다.

〈아라토, 넌 남을 믿고 도움을 청할 줄 아는 재능이 있어. 난 선뜻 고마워할 줄 아는 네가 굉장히 부러워.〉

〈난 카이다이처럼 고맙다는 말로는 만족하지 못하니까 점심은 사줘야 할걸.〉

아라토는 부끄러워서 차의 입체 영상의 제어판에 손가락을 넣어 음성 코드를 인식시켰다.

“최대 제한 속도까지 올려.”

텅 빈 도로를 달리던 경차가 단번에 속도를 올렸다. 4차선 도로에 박힌 송전 유닛이 발광하면서 급가속한 차량에 전력을 자동 공급을 해 주었다. 이 구조는 최적화 전력망(스마트 그리드)의 종착점이다. 전기는 자동으로 공급되어 에너지가 끊어질 일은 없지만 그 대신 전기세는 사물에 개별 부과된다.

우주에서의 태양광 발전이 궤도에 오르고, 전력 비축 기술까지 확립되어 이 시대는 에너지가 풍부하다. 그 풍부함이 풍경과 공간을 넓고 개방적으로 만들어 주었다. 특히 연안은 주택이 거의 없어서 기분 좋을 정도로 탁 트여 있었다.

그러나 에도가와 하구 근방은 옛날에 벌어졌던 해저드 때문에 가장 희생자가 많았던 지역이기도 하다. 지금도 빈집이 많아 각종 사건의 온상이 되어 흉악 범죄로 빈번히 이름이 언급되곤 한다.

고글에서 전자음이 들렸다. 금이 가서 갈라진 보도를 아침부터 만취한 남자와 노출이 심하고 화려한 드레스를 입은 여자가 어깨동무라도 하듯 걷는 모습이 보였다. 시야에 투영된 정보를 보니 여자는 hIE였다.

그 hIE도 도구이기에 용도가 명확하다. 남자에게 교태를 부리며 기대어 있는 '그녀'의 용도는 뻔했다. 큰길가에서 개점 준비를 하던 라면 가게 주인이 눈살을 찌푸리며 오너를 바라보았다.

그 차가운 시선이, 필사적인 심정인 아라토에게도 따갑게 느껴졌다.

"사실은 나도 잘 모르겠어. 확실히 레이시아는 평범하지 않아. 하지만 나는 역시 좋아. 내가 hIE 뒤꽁무니나 쫓아다니는 한심한 녀석으로 보여?"

hIE는 절대로 거부하지 않고 애정을 되돌려준다. 그 애정이 아날로그 핵일지라도 자동이기에 반드시 사랑해 줄 것이라는 믿음이 있다. 레이시아도 준 만큼 애정을 되돌려 주었기에 아마 아라토도 그녀에게 집착하는 걸지도 모른다.

통신 화면 속에서 료가 눈을 내리깔며 웃었다.

〈한심하다는 건 아니야. 오히려 간단히 내쳐 버리면 아라토답지

않지.〉

"그래. ……이상한 걸 물었구나. 이런 일이 없었다면 이렇게 의식하지도 않았을 텐데."

친구 사이라도 호불호를 꼭 공유할 수 있는 건 아니다. 이런 건 빨리 끝내 버리고 싶었다.

"료, 범인을 앞지르고 싶은데 어떻게 하면 좋을까?"

〈카이다이, 뭔가 좋은 아이디어 없어? 나도 이제 15분 안에 등교하고 싶은데.〉

레이시아의 반응은 지도상에서는 점점 가까워지는 중이었다. 아직 상대가 추적자의 접근을 알아차리지 못하고 느긋하게 움직이고 있기 때문이었다. 아라토는 목에 걸린 것을 토해 내기라도 하는 것처럼 크게 숨을 내쉬었다. 어느새 이마에는 땀이 송골송골 맺혔다.

료의 지시는 간결하고 적절했다.

〈아, 그래……. 에도가와 강을 이용해 보자. 절도범이 이대로 동쪽으로 향한다면 분명 다리를 건널 거야. 그렇다면 범인의 주행 경로는 이렇게 좁혀 볼 수 있지. 강 하구의 다리 배치상, 북쪽에 하나 더 있는 다리 쪽으로 먼저 돌아가면 아마 길목을 막을 수 있을지도 몰라.〉

전자동차에 표시된 지도에 레이시아의 신호가 앞으로 어떻게 움직일지 그 양상이 가시화되었다. 그리고 전자동차가 북쪽에서 진입하여 최단 거리로 납치범의 차량과 맞닥뜨리는 경로가 그려졌다.

〈조심해, 아라토. 범인이 실질적으로 외길로 갈 수밖에 없는 다리 근처를 천천히 달린다는 건 이곳 지리를 잘 모른다는 증거야. 그런

외지인이 인적이 드문 장소로 향한다면, 그건 '장소'에 볼일이 있다는 뜻이야.〉

다시 말해 '그곳'에 범인의 동료들이 있을지도 모른다는 뜻이다.

"그래도 괜찮아. 나한테 무슨 일이 생기면 바로 신고해 줘."

노후된 다리를 타고 전자동차가 에도가와를 건넜다. 자동 주행으로 가면 차체에 무리를 가하는 운전을 하지 않기에, 아라토의 마음이 급해도 주행은 여전히 안정적이기만 했다.

우라야스는 많은 진흥 사업의 대상이 된 지역이지만, 역 앞 이외의 장소는 매우 한산했다. 주민들의 요청으로 CCTV가 몇 개나 설치되어 있었다. 지명 수배자를 감지하면 자동으로 신고가 들어가는 자동화된 경비망이 구축되어 있다.

사용한 만큼 전기를 공급받아 달리는 차에 타고, 자동으로 반응 신호를 보내는 hIE를 쫓는다. 모든 것이 자동인 덕에 여러 가지 일을 동시에 할 수 있다. 자동이 아니라서 고생을 할 수밖에 없는 것은 초조하고 애타는 마음뿐이었다.

〈아라토, 역시 그 hIE와 너무 얽히지 않는 게 안전해. hIE는 원래 인간이 항상 하는 집안일이나 작은 업무를 자동화하기 위한 도구니까. 그런데 이번은 그런 도구가 중심에 있는 사건치고는 너무 복잡해.〉

시야에 끼어든 통신 화면에 비친 료는 아마 아라토만큼이나 심각하게 고민하는 모양이었다. 그러다가 눈을 번쩍 떴다.

〈지금 당장 가내 시스템에 호출해서 현재 집 안 영상을 띄워 봐.〉

충고대로 가내 시스템으로 엔도 가 내부 영상을 표시시켰다. 그리고 깨달았다.

이미 유카가 등교한 후라 주방에는 아무도 없었다. 그런데 제일 눈에 띄는 물건이 존재하지 않았다. 정체를 알 수 없는 hIE 레이시아가 품고 있는 최대의 수수께끼. 강대한 힘을 가진 무기인 그 거대한 검은 관이 사라지고 없었다.

"어떻게 된 거야, 이게. 이럴 줄 알았어?"

아라토는 수수께끼 저편에 있는 어둠을 보았다. 검은 관은 아라토의 힘으로는 1밀리미터도 움직이지 않을 정도로 무거웠다. 그런 물건이 사라지는 '뜻밖의 사태'가 벌어졌다는 건 그의 생각이 뭔가 잘못되었다는 뜻이기도 했다.

료의 목소리가 긴장으로 떨렸다.

〈그 hIE는 '레드박스'가 아닐까.〉

금세기에는 초등학교에서 배우는 일반 용어다. 컴퓨터가 인간의 지능을 뛰어넘은 기술적 특이점을 맞이한 지 50년 이상이 되었다. 진화가 느린 인류의 뇌로 쫓아갈 수도 없는 초고도AI는 세계에 39대 있는데, 그 대부분이 연구 개발에 이용되고 있다. 이런 앞선 지능의 AI가 만드는 것 즉, 인류가 아직 이해할 수 없는 초고도 기술의 결정체를 레드박스(인류 미답 산물)라고 부른다.

"무슨 말도 안 되는 소리. 레이시아가 그런 존재라면 왜 우리 동네 같은 곳을 돌아다니고 있었겠어?"

눈 안쪽이 따끔거렸다. 그 말은 즉, 인류가 만들 수 없는 '물건'과 아라토가 만나, 집안일을 부탁하고 다정한 누나와 동생처럼 지내기도 했다는 뜻이다. 도저히 받아들일 수 없어서 머리가 확 달아올랐다.

〈처음에는 단서가 거의 전무했어. 그런데 겨우 30분 만에 범인을 따라잡고 있잖아. 우린 누군가가 유도한 대로 자동화시킨 순서를 그대로 밟고 있는 게 아닐까?〉

아라토는 카이다이 료라는 소꿉친구가 얼마나 똑똑한지 잘 안다.

〈네 hIE는 우리 모두를 잘 알아. 유도하는 거라면 네 hIE도 은근이 건을 돕고 있다는 말이야. 그래서 우리는 추적하고 있다고 믿고 있을 뿐 사실은 유도당하는 것인지도 몰라. 그 hIE가 대체 어떤 작업을 자동화시켰길래 일이 이렇게 흘러가는 거냐.〉

별생각이 없었던 아라토마저도 심한 위화감을 느꼈다.

"그럴 리가 없잖아! 그럼 납치당한 게 아니라는 말이야?"

켄고도 이야기를 도저히 따라가지 못하겠는지, 집게손가락으로 이마를 누르고 있었다.

〈그러니까 정리해 보면, 이건 납치가 아니라 hIE 자체가 엔도를 유도하려 거짓말한 거고, '그곳'에 가면 절도범의 동료들이 기다리고 있다는 뜻이야? 멍청하게 그냥 따라갔다가는 엔도는 비명만 지르다가 행방불명이 된다는 결말이라는 거네?〉

"너, 괴담 참 좋아하는구나!"

말은 그렇게 했지만 당사자로서는 등골에 식은땀이 맺힐 뿐이었다.

〈아라토, 내가 아는 밈프레임 사 직원한테 물어봤어. 우리 회사 도쿄 연구소에서 얼마 전에 폭발 사건이 일어났지. 뉴스로 나왔잖아? 그 사건을 처리하기 위해 PMC까지 불렀대.〉

아라토도 료가 무슨 말을 하려는지 눈치챘다. 그저 납치범을 쫓아갈 마음만 있었지, 이렇게 이야기가 커지니까 머리가 마비되었다.

"그 사건이랑 관계가 있는지 없는지는 알 수 없잖아."

〈같은 날이야. 시간도 거의 일치해.〉

료는 사뭇 진지했다. 처음 레이시아에 대해 경고했을 때와 마찬가지로 어두운 눈빛을 보였다.

〈우리 회사의 도쿄 연구소가 폭파된 사건과 네가 기계를 지배하는 꽃비를 맞고, 그 hIE와 만난 건 같은 날 밤이야.〉

긴장으로 눈앞이 가물가물했다. 그러나 어금니를 꽉 깨물고 등을 곧게 펴려고 애를 썼다. 그렇게 하지 않으면 뭔가에 질 것만 같았다.

아라토는 억지로 웃었다.

"사람을 구하는 건 참 힘든 일이구나."

사람이 아니다. 레이시아는 hIE라는 물건이다. 그래도 레이시아를 되찾기 위해서라면 어떤 위험이라도 감수할 작정이었다. 아라토는 이 추적 중에 아직 아무것도 한 게 없다. 친구들이 모아 준 정보와 추론을 바탕으로 전자동차로 이동하는 것이 전부였다.

눈앞에 펼쳐진 자동화된 도시는 아직 고교생인 자신과 비교하자니 너무나도 거대했다. 레드박스이니 세계이니 하는 것들은 머나먼 저편의 이야기일 뿐이다. 그래서 단단히 각오하고 똑바로 나아가지 않으면 분명 따라잡을 수 없으리란 기분이 들었다.

〈진짜 갈 셈이야?〉

료는 진정으로 걱정하고 있었다. 아라토의 친구들은 모두 좋은 애들이다. 그 사실에 감사했다.

그러나 해 줄 수 있는 대답은 멍청하지만 한 가지밖에 없었다.

"여자가 납치당했잖아. 아직 무슨 일을 당한 것도 아닌데, 그럴지도 모른다고 무서워서 내빼면 어쩌자는 거야."

자신의 발로 걸어 나아가지 않으면 계속 겁만 먹고 움츠러들 것만 같아서 오히려 두려웠다.

"레이시아는 내가 오길 바라고 있어. 오너인 내가 가는 게 당연해."

마침내 전자동차의 지도상에 아라토의 현재 위치와 레이시아의 신호 위치가 겹쳐졌다.

눈앞의 십자로를 흰색 밴이 지나갔다.

레이시아가 저곳에 있다. 그렇게 생각한 순간, 망설임은 모두 다 날아가 버렸다.

* * *

남자는 아까부터 계속 초조했다.

최고의 이상을 손에 넣자마자 온갖 톱니바퀴가 어긋나 돌아가기 시작했기 때문이다.

침을 삼켰다. 몇 번이나, 몇 번이나. 위장에 무슨 이상이라도 생긴 것처럼 시큼한 침이 멈추지를 않았다.

이런 일은 처음이었다.

가느다란 팔찌형 휴대 단말기가 떨렸다. 살펴보니 경고 표시가 떠 있다. 근방에서 검문이 이루어지고 있다는 뜻이었다. 항체 네트워크에서 hIE를 파괴하는 실행 담당들에게 보급되는 물품이자, 그들의 생명줄이기도 한 프로그램은 정상 작동 중이었다.

그러나 남자는 초조하게 주먹으로 전자동차 내부를 내리쳤다.

"젠장, 내비게이터가 없으면 이거 도움이 하나도 안 되잖아!"

항체 네트워크는 체포 위험이 큰 실행범에게는 정보를 최소한만 제공한다. 도주 시간 확보를 위해 안전한 장소가 얼마나 가까운지는 가르쳐 주지만 그게 어디인지, 어떤 경로로 도주해야 하는지는 내비게이터의 지시를 통해서만 알 수 있다.

그리고 지금 남자는 그 내비게이터의 힘을 빌릴 수 없다. 항체 네트워크 시스템을 무단 사용하고 있는 까닭이다.

"성질내서 미안해. 무서웠지?"

남자는 뒤를 향해 사과했다. 밴 뒷좌석에는 상반신이 커다란 불투명한 자루로 덮인 젊은 여자가 누워 있었다.

그녀는 미동도 하지 않았다. 기동 정지 상태에 들어가 있어서였다. hIE는 사고로 망가져서 주변 인간들에게 위해를 가하지 않도록, 본체 손상이 우려되는 충격을 받으면 가동을 정지한다. 그리고 관절이나 인공 근육, 통신 계열이나 행동 클라우드의 링크 체크 프로그램을 작동시켜서 이상이 없는지 판정을 거친 후에야 제대로 움직일 수 있게 된다. 따라서 이 정지 상태에 있는 사이, 전파 차단이 가능한 수지(樹脂) 자루를 뒤집어씌워 재가동을 불가능하게 만드는 방식이 항체 네트워크의 단골 수법이었다.

시속 20킬로미터로 달리는 차로 hIE를 들이받으면 바로 기동 정지 상태에 돌입한다는 건 알고 있다. 레이시아는 차에 치이는 순간, 오너의 동생을 밀쳐 지켜 냈다. 뛰어난 반응만 봐도 역시 최고급 기종이었다.

그저 치명적인 손상으로 가동을 하지 못하면 어떡하나 하는 점만이 걱정이었다.

"빨리 눈을 뜨게 해 줄게."

남자는 계속해서 경고음을 울리는 휴대 단말기를 노려보며, 전자동차의 내부를 짜증스럽게 손가락으로 톡톡 두드렸다.

"봐, 너를 위해 방도 준비했어."

휴대 단말기와 표시 화면을 연결하자 가족용 밴 차량 내부에 입체 화면이 가득 펼쳐졌다.

로맨틱한 꽃무늬 벽지가 발린 인형의 집 같은 한 맨션 내부였다. 가죽 소파, 유리 테이블, 바 카운터를 갖춘 방에는 호화스러운 캐노피가 달린 침대까지 놓여 있다.

"남자는 이상적인 파트너를 찾기 위해 고생을 감내해야 하는 법이야."

이 감정에 관해 대화를 나눌 수 있는 상대가 생겼다는 게 행복했다.

"처음에는 인간 여자를 찾고 있었어. 하지만 내가 눈이 너무 높다 보니 나를 만족시켜 줄 여자는 없었거든. 몇 년이나 시간 낭비를 하다가 아예 hIE를 처음부터 다시 만들면 된다는 답에 이르렀지. 이상적 행동도, 이상적 말도, 이상적 반응도 특별 주문 제작으로 만드는 게 더 빨라."

그녀는 뒷좌석에서 자루를 뒤집어쓴 꼴로 누워 있었다. 다리는 아무렇게나 뻗어 있고, 치마는 흐트러졌다. 남자는 이제 곧 맞이할 꿈같은 생활을 망상하며 잔뜩 흥분했다.

"돈 걱정은 하지 않아도 돼. 돈이라면 집에 많거든. 난 형들이랑 달리 실패할 게 뻔한 사업은 절대로 안 해. 행동 관리 서버를 설치하는 것도, 너를 위해 맨션을 빌리는 것도 별 대단한 금액이 아니야."

가족들은 자신을 한심스러워했다. 인간이 아닌 물건과의 관계 따위는 금방 질릴 거라는 말을 들었다. 맡은 일이 없는 기계는 사람들이 사회적 색안경을 낀 시각으로 본다고 책망했다.

"그런 견해도 틀리지는 않아. 근데 판매업체를 통해 여자를 산다는 '의미'가 붙는 건 좋은 일이 아니야. 최고의 파트너를 만나는 거잖아. 가게에 진열된 몸을 찾는 것보다 극적인 만남이 훨씬 더 좋은 거지."

가족의 말대로 hIE는 완벽한 애정 표현을 하지만, 그래 봤자 결국 '물건'에 불과하다. 그렇기에 관계를 공허하지 않게 만들려면 이야기가 필요하다. 돌이켜보기만 해도 불타오르는 기억이 둘의 관계를 언제나 특별하게 만들어 준다.

레이시아를 생각하면 얼른 이 차폐 섬유 자루를 씌운 몸을 만지고 싶어서 견딜 수가 없었다.

"남자는 여자를 힘들여 얻어야 하는 법이야. 그렇게 생각하지 않니? 항체 네트워크에서 hIE를 부수고 돌아다닐 때도 이상적인 육체를 찾을 기회만 노렸어. 혹시라도 만난다면, 히어로가 되어서 구해 줄 셈이었지. 어차피 일자리를 빼앗겼다고 hIE에 화풀이를 하는 놈들이잖아. 돈만 쥐여 주면 입을 꾹 다문다니까."

항체 네트워크는 악의를 가지고 모여든 자들의 자원 활동이다. 그들은 옆 사람이 무슨 생각을 하는지 사실 신경조차 쓰지 않는다.

그가 뜨겁게 속삭였다.

"하지만 레이시아, 나는 너와 만났어."

첫눈에 보고 정했다. 지하철에서 처음 보았을 때, 눈을 의심했다. 파비온 그룹의 시부야 쇼에서 실물을 보았을 때 확신했다.

그런 와중, 이동 흔적을 남기지 않는 운반책에게서 연락이 왔다. 절도범이 체포되는 원인은 방범 카메라를 제외하면 대부분 자동 운전의 이동 로그 때문이다. 이 차량은 분명 발견되겠지만, 차내에 남은 정보를 항체 네트워크의 특수한 방법으로 삭제하면 그 이후는 추적할 길이 없다. 로그가 없는 운반책과 그의 은신처를 잇는 연결선은 사라진다.

운반책은 인적이 드문 우라야스의 동쪽 지역을 지정했다. 합류 지점은 이제 얼마 남지 않았다.

"네 미소가 잘못이야. 네 절묘한 허릿매가 잘못이야. 손이 잘못이야. 부드러운 허벅지도 잘못이야. 눈도 잘못이야. 혀가 잘못이야. 너는 남자를 망치는 여자야. 너 같은 여자한테는 우리에 가둬 놓고 관리해 줄 남자가 필요하다고."

주정뱅이처럼 잔뜩 달아올라서 손가락까지 떨리는 상태였다. 가만히 있으면 몸이 빳빳해져서 당장이라도 굳어질 것만 같았다. 그녀가 사랑스럽고, 어쩐지 너무 투명해서 무서웠다.

hIE는 인간과 같은 형상을 하고, 같은 '행동'을 할 수 있기에 인간의 일을 자동화시킨다. 레이시아에게 자동적으로 애정 생활을 해 달라고 하면, 그는 자동으로 행복해질 수 있다.

"조금만 더 있으면 돼. 나에게 성적인 아날로그 핵을 해 줘. 조금만 더 있으면."

이상적 파트너라는 '의미'로 뒤덮여 그녀는 재가동할 것이다. 그렇게 생각하니 흥분을 감출 수가 없었다.

참는 것도 한계였다. 이제 손을 대도 괜찮을 터였다.

엉금엉금 기어 뒷좌석으로 몸을 내밀었다. 하얀 무릎을 가지런히 모은 채 누운 그녀는 분명 자루 속에서 그를 용서하듯 미소 짓고 있을 게 분명했다.

그때 남자는 자동차 후부 해치의 유리 너머로 차 한 대가 바짝 따라붙어 쫓아오고 있다는 것을 알아차렸다. 앞좌석에 앉은 사람의 분노에 찬 얼굴은 낯이 익었다.

"속도를 높여!"

레이시아의 오너였다. 급하게 속도를 높인 바람에 자세가 무너질 뻔했지만, 두 손으로 바닥을 짚으면서 버텼다.

"포기해. 포기하라고. 이미 내가 차지했단 말이야!"

도심과 근교에서 자동 조종 시스템을 끄면 도로교통법 위반으로 자동 신고 접수가 되는 것이 남자에게는 성가셔서 견딜 수가 없었다.

"저런 어린애는 네 진짜 가치를 알 수가 없어."

남자가 중얼거렸다. 차체가 울퉁불퉁한 노면 때문에 거칠게 흔들릴 때마다 레이시아의 무릎이 살짝살짝 움직여 허벅지가 점점 드러났다. 미끈한 허벅지를 시선으로 훑었다.

"너는 남자 마음에 생긴 구멍을 메워 주는 도구야."

그때 문득 좋은 생각이 났다. 고등학생은 운전면허를 딸 수 없으니까 자동 조종을 끌 수 없다. 어차피 서로 무리할 수도 없으니, 쫓아오는 저 소년에게 보여 주기로 마음먹었다. 무르익은 어른의 몸으로 이 도구를 어떻게 쓰는 것이 올바른 것인지를.

뒷좌석을 쓰러뜨려 바깥에서 후부 해치 내부가 잘 보이도록 자세를 잡았다. 그러고는 자루를 뒤집어쓴 hIE의 몸을 거칠게 뒤집어 탄탄한 엉덩이 쪽이 바깥으로 보이게 돌렸다.

가속하던 차량이 급하게 우회전한 순간, 안에서도 몸이 휘청거릴 만큼 엄청난 원심력이 가해졌다.

레이시아의 몸이 데구루루 굴렀다. 남자의 손에서 벗어난 그 몸이 뒷좌석보다 더 뒤편인 트렁크 공간을 향해 점점 멀어졌다. 그러더니 후부 해치가 저절로 열렸다. 강한 바람이 마구 불어 닥쳤다.

그리고 레이시아의 몸은 멈추지 않고 그대로 갈라진 도로 위로 낙하했다.

"허니……!"

남자가 소리쳤다.

도로 저 멀리 튕기고 굴러가는 '그녀'를 멍하게 바라보았다. 뒤따라오던 차량이 급히 커브를 하여 레이시아를 피했다.

* * *

아라토가 내린 지시가 간발의 차이로 이행되었다. 납치범의 차량 후부 해치가 덜컥 열리더니 자루를 뒤집어쓴 소녀가 굴러떨어졌다. 상반신이 가려져 있었지만 레이시아임을 바로 알아차렸다.

차가 급히 핸들을 꺾었다. 타이어가 도로를 미끄러지는 날카로운 소리가 울려 퍼졌다.

빙빙 도는 차체 앞유리를 따라 급속히 옆으로 흘러가는 시야 속에서 그녀가 한쪽 신발이 벗겨진 채로 일어서는 모습이 보였다. 찢어진 은색 자루를 가르듯 벗어 버리자, 연보랏빛 머리칼이 바람에 흩날렸다.

전자동차가 창고 시설의 콘크리트 벽과 겨우 5센티미터쯤 떨어진 아슬아슬한 지점에서 정지했다.

목에 하도 힘을 줘서 아팠다. 아라토는 자신이 자동차에 레이시아를 피하도록 명령을 내렸음을 이제야 깨달았다.

"레이시아."

목이 아파서 콜록거리며 이름을 불렀다. 아라토의 머릿속 생각들은 남자가 밴 안에서 그녀의 몸에 손을 대었을 때, 싹 날아가 버렸다.

더는 사용하지 않게 된 황폐한 항만 도로로 아라토는 차에서 구르듯 뛰어나왔다.

그가 있는 쪽으로 레이시아가 몸을 돌렸다.

폐허 속에 선 의연한 자세는 유난히 돋보여서 참 아름다웠다. 4차선 도로 양옆에는 물류창고로 보이는 널찍한 시설이 자리했다. 버려진 건물인지 콘크리트로 된 문은 금이 가고 기울어졌다. 트럭이 네 대나 나란히 진입할 수 있을 만큼 거대한 문은 잔뜩 녹이 슬어 있었다.

쓰레기를 태워 만드는 재생재 포장도로를 뚫고 잡초가 자라고 있었다. 인간은 도구로서 쓸모가 없어진 시설에는 눈길도 주지 않지만, 자연은 그 '의미'를 따지지 않는다.

"레이시아, 돌아가자."

그녀가 일어나서 벗겨진 신발을 신으려고 깨금발로 콩콩 뛰었다.

납치범의 밴도 급히 정차했다. 옆문이 스르르 열리더니, 명품 정장을 잘 갖춰 입은 남자가 내렸다.

"돌아가는 건 너야, 애송아."

검붉어진 얼굴로 남자가 아라토를 노려보았다.

그러고는 묵직한 쇠파이프를 든 채 레이시아에게 서서히 다가갔다.

아라토는 들끓는 화를 참지 못해 이를 악물고 돌진했다.

납치범은 20대 후반이나 30대쯤 되어 보이는 남자였다. 거리가 가까워지자 아라토는 그자가 레이시아가 첫 모델 일을 하던 날, 소란을 피웠던 남자임을 알았다. 아라토는 자신을 쳐다보는 레이시아의 바로 옆을 지나쳤다.

레이시아를 붙들고 도망이라도 칠 줄 알았는지, 남자가 화들짝 놀라 몸이 굳어 버렸다. 그 덕에 아라토의 박치기가 상대의 가슴팍에 제대로 꽂히며 서로 뒤엉켜 쓰러졌다.

무아지경으로 팔을 휘두르는 사이에 남자의 머리칼과 셔츠를 붙잡았다.

아라토는 야만스럽게 싸웠다.

차 안에서 이 남자가 레이시아를 인형처럼 취급했다는 걸 도저히 용서할 수 없었다. 동생까지 울렸다는 사실에 더욱 기분이 더러웠다.

이 녀석이 대놓고 레이시아를 성적 대상으로 보는 게 불쾌했다. 몽둥이 따위로 자신을 협박해 그녀를 빼앗아가려고 하다니 절대 용납할 수 없었다.

있는 힘껏 주먹으로 때리고 남자가 아래에서 붙든 채로 할퀴고 걷어차도 계속 팔을 휘둘렀다.

호감은 자동화될 수 없다. 호감은 야만적이고 제멋대로다.

그녀를 지키겠다, 되찾겠다고 한 말은 납치범에게 주먹을 휘두르며 달려드는 행위와는 아무 상관도 없었다.

아래에서 날아온 주먹이 아라토의 배에 맞았다. 남자가 건방지다 뭐다 욕설을 내뱉었다. 아라토도 별 의미 없는 고함을 질러 댔다.

완력은 남자가 셌다. 아라토가 유리했던 이유는 초장부터 기세를 몰아 남자를 깔아뭉갰기 때문이다. 납치범이 아라토의 목에 손을 대고서 힘껏 밀어냈다.

남자는 흙투성이였다. 아라토도 마찬가지로 흙먼지를 뒤집어쓴 꼴이었다.

이런 고통스러운 경험은 레이시아와 만났을 때 자동차와 부딪친 이후 처음이었다. 그때와 비교하면 이런 건 별로 무섭지도 않았다. 끼고 있던 고글이 벗겨지자, 아라토는 그 정밀 기계를 오른손에 쥐고 힘껏 납치범을 내리갈겼다. 남자의 턱을 쳤을 때, 지금까지와는 다른 묵직한 감촉이 느껴졌다.

겁먹은 남자를 코피가 터질 때까지 계속 때렸다.

팔이 더는 올라가지 않을 만큼 뻐근해진 뒤에야 비로소 냉정을 되찾았다. 숨도 가빠 더는 움직일 수 없을 것 같았다. 납치범도 헉헉 신음하며 움직이지 못했다.

아라토는 구르듯 남자의 옆쪽으로 엉덩방아를 찧으며 주저앉았다.

"젠장, 대체 무슨 짓을 저지른 거야."

이런 바보 같은 짓을 했는데도 하늘이 높게만 보였다. 레이시아가 인간으로 보였을 때보다 훨씬 더 심한 착각이었다.

온몸이 노곤하고, 얼굴도, 배도, 팔도 아팠다. 이렇게 이상해질 정도로 나는 그녀를 좋아하는 게 아닐까? 이것도 착각인지 아닌지 알 수가 없었다.

옷은 땀으로 이미 흥건히 젖었고 얼굴을 따라 여전히 턱에서 땀방울이 뚝뚝 떨어졌다.

그 앞에 치마를 입은 늘씬한 다리가 나타났다. 그 탄력 있는 살결이 어젯밤보다 더 요염해 보여서 심한 부끄러움을 느꼈다.

올려다보니 주먹다짐으로 되찾은 레이시아가 미소를 짓고 있었다.

"감사합니다, 아라토."

그녀에게는 마음이 없다. 그러니 이건 아라토가 기뻐할 거라고 계산해서 나온 말이다.

그렇다고 해도 남자로서 인정을 받은 것 같아 울고 싶을 정도로 기뻤다.

"아니야. 나를 불러 줘서 고마워."

그녀가 내민 손을 잡고 잡아당기는 손길에 이끌려 일어났다.

손을 놓고 싶지 않아서 그대로 얼굴만 쳐다보았다.

발치에서 자갈이 버석거리는 소리가 들렸다.

납치범이 찢어진 입술에서 피를 흘리며 몸을 일으키더니, 기침을 컥컥 해 대며 쇠파이프를 거머쥐었다.

"거기 안 서? 애송이."

레이시아가 다 마신 빈 음료수 깡통이라도 보는 눈으로 남자를 내려다보았다.

"이제 다 끝난 거 아닙니까?"

"시끄러! 사나이가 여자를 쟁취하러 여기까지 와서 물러나겠냐!"

고함치는 남자가 쥐고 있던 파이프에서 푸른 불꽃이 뿜어졌다. 차에서 내릴 때 들고 나온 그것은 단순한 쇠파이프가 아니라 공구였다.

불을 바라보는 남자의 표정이 변했다.

납치범이 고함을 지르며 쇠파이프를 들어 올렸다. 둔기가 미처 반응하지 못한 아라토에게로 날아드는 순간, 레이시아가 가녀린 손으로 그것을 와락 움켜쥐었다.

그녀가 납치범에게 싸늘하게 말했다.

"반성도 하지 않고, 앞으로의 행동 방침도 바꿀 의사가 없다는 뜻이로군요."

"오너가 죽는 꼴을 보고 싶지 않다면, 네 소유권을 얼른 이전시켜."

"상황은 파악했습니다. 당신에 대한 대처 방법을 전환하겠습니다."

그렇게 말하며 레이시아가 파이프 형태의 공구를 휙 밀어냈다. 그 바람에 납치범은 비틀거리며 엉덩방아를 찧었다.

그녀는 납치범을 싸늘하게 쳐다본 뒤, 도로변에 있는 낡은 창고로 성큼성큼 걸어가서 녹슨 창고의 문을 삐걱삐걱 소리를 내며 단번에 열어 젖혔다.

햇살이 쏟아지는 어두운 창고 안에는 이 자리에 있을 리가 없는 것이 있었다.

큰 문 바로 근처에 그 검은 관이 놓여 있었다.

아라토는 그걸 본 순간 뭐가 뭔지 영문을 알 수 없었다. 집 거실에 세워져 있던 것이 가내 시스템 영상에 안 보인다 싶더니 먼 거리를 뛰어넘어 여기까지 이동했으니 말이다.

엄청난 마술 쇼라도 본 기분이었다.

디바이스의 뒤편, 어두운 창고 안쪽에는 낯선 여성형 hIE 두 대가 대기 중이었다. 바깥으로 나온 그들은 안고 있던 은빛 장치를 레이시아에게 공손히 내밀었다. 레이시아가 물 흐르는 듯한 동작으로 장치를 허리에 감았다. 첫 만남 때부터 몸에 차고 있던, 검은 관의 잠금을 해제하는 디바이스 록이었다.

레이시아가 그 가녀린 팔로는 감당할 수 없을 것 같은 거대한 쇳

덩어리를 들었다.

번쩍 들린 쇳덩어리가 웅웅거리며 울리자 아라토의 온몸에 소름이 돋았다.

정체를 알 수 없는 두려움에 사로잡혔다. 료의 충고가 머릿속에 떠올랐다. 초고도AI가 제작한 레이시아는 인류의 손이 닿지 않는 고도의 산물이라는 것이.

'그녀'가 납치범 앞에 섰다. 그리고 진지한 표정으로 아라토 쪽을 돌아보았다.

"저 사람은 위험합니다. 이 참에 바로 처리해야 합니다."

그녀가 망연자실해하는 납치범에게로 성큼성큼 다가갔다. 아라토는 그 모습에서 가족 같았던 따듯한 정을 느낄 수가 없었다. 여기까지 자신을 움직이게 만든 감정들이 모두 아날로그 핵이라는 환상이었던 듯했다.

"내가 저 자식을 때려 줬어. 레이시아는 손대지 않아도 괜찮아."

"아니요. 아라토는 그저 자기 분노를 시원히 다 쏟아 냈을 뿐입니다. 하지만 이자는 아직도 속이 풀리지 않았습니다."

"그렇다고 해서 그런 걸 쓰면!"

"이자는 경찰에 체포되더라도 다시 범죄를 저지를 될 가능성이 큽니다."

범죄자의 얼굴에 달라붙어 있던 추잡한 성욕의 검은 불길은 어느새 사라졌다. 그녀가 이곳에는 보는 눈이 없으므로 저 남자가 누군든 간에 폭력으로 처리할 수 있다고 말하고 있다.

말뜻을 이해한 순간, 흥분 따위는 단번에 날아갔다. 위장에 차가운 것을 억지로 욱여넣은 것처럼 구역질이 올라왔다. 다리가 움직이지 않았다.

“레이시아, 그렇게까지 하지 않아도 돼.”

“이자는 저희를 미행하였습니다. 맨션 근처에서 잠복한 적이 네 번이나 있었어요. 유카 님이 휘말릴 걸 알면서도 차로 저를 치었습니다. 아라토와 주변 분들이 원활하게 살아가는 데 지장을 주는 크나큰 방해물입니다.”

아라토는 이 남자가 징그러워서 견딜 수가 없었다. 하마터면 유카까지 다치게 했을지도 모른다.

레이시아가 초인적인 힘으로 100킬로그램이나 넘는 디바이스를 높게 치켜들었다.

“이자는 hIE를 파괴하는 방법을 압니다. 인적이 드문 곳에서 제가 기체 신호를 발신할 수 없도록 일부를 파괴할 셈이었죠. 이 공구도 처음부터 아라토를 폭력적으로 위협할 작정으로 차에서 들고 나온 겁니다.”

레이시아가 자세히 설명해 주자 이제야 눈치 없는 아라토도 그 의미를 알아차렸다.

인간을 해할 수 있는 건 ‘소유자를 가진 도구’만이 가진 특권이기 때문이다. 지시만 받으면 아라토에게 책임을 지우고 사람을 죽일지도 모른다.

그리고 그녀가 결정적인 말을 입에 올렸다.

"아라토, 오너로서 현명한 명령을 내려 주세요."

악에 받친 용기로는 감당이 되지 않는 선택이 눈앞에 닥쳤다. 아라토는 자신이 뭘 원하는지도 모른 채 외쳤다.

"레이시아!"

납치범이 엉덩방아를 찧고서 뒷걸음질을 쳤다. 이런 건 처음 봤는지 거대한 둔기를 뚫어져라 쳐다봤다. 레이시아가 그걸 휘두르면 머리가 깨져 즉사할 게 분명하다. 결국에 남자는 네 발로 벌벌 기다가 도망치기 시작했다.

"이곳은 위험인물을 제거하기에 아주 좋은 장소입니다."

"그만해! 레이시아한테 살인하라고 지시할 수 있을 리 없잖아."

"아라토는 처음에 저와 만났을 때도 사람의 목숨이 달린 판단을 훌륭히 내렸습니다. 이 사람은 '그것'보다 훨씬 더 지독한 화근을 남기게 될 겁니다."

"그때 눈앞에 있던 건 사람이 아니었잖아."

그렇게 대꾸한 순간, 속이 울렁거렸다. 그 역시 hIE와 인간을 전혀 다른 존재로 인식하고 있었다. 여기까지 구하러 쫓아왔어도, 그녀를 위해 주먹을 날리며 싸웠어도, '하라'고 지시를 내릴 수 없었다. 처음 만났던 날 밤, 기괴한 꽃의 폭풍을 단번에 지워 버린 절대적 힘이 그의 명령 한마디에 바로 앞에 있는 인간에게 가해질 수 있기 때문이다.

온몸의 핏기가 싹 가셨다. 바닷바람이 옷에 배어든 땀을 싸늘하게 식혔다.

"사람을 죽일 테니까 나한테 책임을 지라는 말이야?"

레이시아의 오너라는 것이 처음으로 부담감스럽게 느껴졌다.

그녀는 분명 사람 한 명쯤은 간단히 처리할 수 있다. 납치범보다 몇 배나, 몇백 배나 레드박스인 레이시아 쪽이 더 계획적이니 말이다.

"그게 저와 오너가 맺은 계약입니다. 제가 당신의 의사를 자동화시켜 실현하면, 당신은 그 책임을 져야 합니다."

처음 만났을 때, 분명 그런 말을 들었다. 그래도 살인은 시키고 싶지 않았고, 레이시아를 '사용하여' 이런 일을 숨기고 넘어가야겠다는 마음도 들지 않았다. 그녀의 손을 피로 물들인다고 해서 그가 원하는 것이 돌아오지도 않을 성싶었다.

"그게 아니잖아! 그건 내 뜻이 아니야. 나한테 뭘 시키려고 이러는 거야?"

레이시아의 뒷모습은 그저 인간성을 거부하는 것처럼 차가웠다.

"너는 나한테 무엇을 시킬 셈이야?"

그녀를 의심하고 말았다.

영혼이 없기에 그녀는 아라토가 기뻐할 만한 반응을 자동으로 골라 제시하고 있을 뿐이다. 그러나 그는 '레이시아라는 소녀'를 남자랍시고 용기를 내어 구하러 왔다. 실재하지도 않는 소녀가 있다고 멋대로 믿었다가 인제 와서 끝까지 신용하지 못한 것뿐이다.

"내가 뭔가 잘못 안 거야? 또 무슨 착각을 한 거야?"

마치 이야기의 한 장면 같은 상황이었다. 하지만 이건 엄연한 현실이고, 그녀도 이야기 속 허구의 인물이 아니다. 현실이기에 이런

'정체불명의 거대한 힘'이 명령대로만 움직이도록 행동이 제한된 상태가 아니었더라면, 아라토 역시 의심스러워서 아예 이와 얽히려 하지도 않았을 것이다.

납치범뿐만이 아니라 아라토까지 궁지에 몰렸다. 또다시 아날로그 핵의 영향을 받은 건가 의문이 들었다. 이번에는 사람의 목숨까지 걸린 판국이었다.

그런데 레이시아가 멍하니 서 있는 아라토를 감싸듯이 순식간에 이동했다. 그러고는 바다 쪽을 향해 검은 관을 마치 방패처럼 들었다.

동시에 섬광이 지나갔다.

불똥이 마치 불꽃놀이라도 하듯이 튀면서 도로를 빗방울처럼 두들겼다. 태양보다 몇 배는 눈이 부신 빛의 홍수 속에서 얇은 옷에 비친 레이시아의 몸매가 실루엣처럼 드러났다.

그리고 그 빛은 처음에 그랬듯이 갑자기 잦아들었다.

"으, 으아악!"

납치범이 땅바닥을 데굴데굴 굴렀다. 재킷 소매에 불이 붙어서 상반신이 불덩어리가 되기 일보 직전이었다.

레이시아가 맹렬한 기세로 불꽃을 튀기는 관의 외부 장갑을 열었다. 노출된 판 형태의 내부에서 열은 푸른빛이 뿜어져 나오기 시작했다.

납치범의 비명과 바닷바람의 우짖는 소리만이 울려 퍼지는 그곳에 묵직한 발소리가 더해졌다.

아지랑이 속에서 붉은 실루엣이 나타났다. 그것은 소녀처럼 천진하게 생겼다. 머리 좌우에 달린 장식에서 뻗어나온 검붉은색 머리칼이 대담하게 노출된 어깨 위로 흘러내렸다. 그녀는 대낮인데도 요염하기 짝이 없는 뷔스티에처럼 생긴 보디슈트를 입고 있었다. 장갑처럼 딱딱한 소재감이 느껴지는 그 보디슈트에도 검은색과 붉은색이 어우러져 있었다.

아마도 인간이 아니겠지. 그녀가 땅바닥에 박아 세운 검처럼 생긴 장비가 인간의 힘으로는 들어 올릴 수 없을 만큼 거대했기 때문이다.

붉은 머리의 소녀가 매우 기쁜 미소를 던졌다.

"오랜만이야, 언니!"

천진난만하게 손을 흔들었다. 100미터 정도 떨어져 있는데도 목소리가 선명히 들려왔다. 인간의 발성으로는 거의 불가능한 능력이었다.

도로에서 구르고 난리를 치던 납치범은 쓰러져서 신음을 흘리는 중이었다. 재킷에 붙었던 불은 꺼졌지만, 머리칼은 타 버렸고, 목부터 턱에 걸쳐 피부에 시뻘건 화상을 입었다. 이 남자한테는 구급차가 필요했다.

"저기, 괜찮아?"

아라토는 저도 모르게 남자에게 달려가려고 했지만, 레이시아가 붙드는 바람에 멈춰 서고 말았다.

납치범은 고통이 심한지 도로 위에 침을 뚝뚝 떨어뜨렸다. 창백한 얼굴을 공포와 분노로 일그러뜨리며 남자가 절규했다.

"넌 운반책이잖아!"

소녀가 진심으로 즐겁다는 듯 웃었다.

"댁이 품은 망상('의미')가 실현될 수 있도록 자동화해 주겠다는 제안을 조금은 의심하는 게 어떨까? 항체 네트워크처럼 자원 활동자에게 개방된 간단한 시스템으로 완벽하게 절도를 해낼 수 있을 리 없잖아. 그러니 이용이나 당하지."

붉은 소녀가 거대한 검날을 도로에서 잡아 빼더니 경쾌하게 걸어 나갔다. 무거운 디바이스 때문에 중심축이 기울어지는 것을 이용이라도 하듯 발을 바꾸어 빙글빙글 돌면서 앞으로 나아갔다. 도로를 찢어발기고 불꽃을 튀겨 가며 아지랑이 저 너머에서 춤이라도 추듯이.

"넌 누구야!"

"난 레이시아급 hIE Type-001 코우카. 언니의 첫 번째 동생이야."

레이시아의 동생이라고 자기소개를 한 그녀의 표정은 장난이라도 치는 듯 사랑스러웠다. hIE는 인간의 눈에 비쳤을 때의 반응을 조작하기 위해 감정 표현을 한다. 그러나 이 hIE의 어조에는 적개심이 배어 있었다.

레이시아의 디바이스가 원래의 관 형태로 다시 조립되었다. 열 방출이 끝난 검은 금속 표면에는 희뿌연 서리까지 서려 있었다.

"아라토, 코우카와 전투를 했다간 주변인들의 생명을 위험하게 할 가능성이 있습니다."

레이시아는 지시를 기다리는 중이었다. 그렇지만 코우카와 그녀 사이에 정신이 반쯤 나간 납치범이 머리를 싸쥐며 몸을 웅크리고 있었다. 이 남자가 죽어도 괜찮다고는 차마 말할 수가 없었다.

코우카의 회전이 점점 빨라지더니 붉은 디바이스가 빛을 뿜기 시작했다.

"다행이다. 언니를 팽개쳐 두고 바보끼리 서로 치고받다가 끝나면 어쩌나 걱정했단 말이야."

코우카의 거대한 검날이 굉음을 내며 레이시아의 검은 관을 세게 내리쳤다. 관이 불똥을 튀기고, 그녀의 신발이 미끄러지며 지면과 마찰을 일으켰다. 척 봐도 저 붉은 hIE의 힘이 더 셌다.

옆으로 휘두른 두 번째 참격을 막아내지 못한 레이시아가 마치 야구방망이를 얻어 맞은 인형처럼 가볍게 저편으로 튕겨 나갔다.

코우카와 아라토 사이에 보호막이 사라진 것과 마찬가지였다. 보디슈트의 결정(結晶) 부위가 붉은빛을 쏟아 내었다.

"왜 이런 짓을."

압도적인 힘 앞에서 할 말은 그게 전부였다.

"넌 실격이야."

그러더니 곧 엄청난 충격이 아라토의 어깨에 가해졌다.

땅바닥에 내동댕이쳐진 후에야 몸이 공중에 붕 떠올랐다는 것을 알아차렸다. 몸이 황량한 포장도로 위를 마구잡이로 굴렀고, 시야가 마구 흔들렸다. 인간을 상대했을 때와는 아예 위력 자체부터 다른 힘이었다. 마치 차에 치인 것 같다. 놀라움과 공포로 자신이 지금 뭘 하고 있는지 머릿속에서 싹 지워질 정도였다.

검날이 붙은 형태의 디바이스를 도로에 꽂고, 코우카가 가볍게 오른손을 흔들어 댔다. 주저앉은 아라토를 내려다보는 자세로 몸을 굽히며 그녀가 웃었다.

"무작정 나대고, 약해 빠진 데다 체력도 평범하구나. 정말 언니한테 어울리지 않는 오너야."

새하얘진 시야 속으로 레이시아의 뒷모습이 들어왔다. 코우카가 살짝 툭 치기만 했을 뿐인데 튕겨 나간 아라토를 지켜 주었던 것이다.

아라토는 납치범과 용감하게 싸울 작정으로 용기를 짜내어 쫓아왔다. 하지만 코우카의 일격은 뼛속까지 죽음의 위협을 새겨 놓기에 충분했다.

몸을 일으켰다. 흥분이 사라지자 모든 일이 전부 현실이 아닌 것만 같았다.

레이시아가 완전히 기력이 빠진 아라토의 방패막이가 되어 주었다. 격렬한 그 싸움은 꿈속에서 벌어지는 일처럼 보였다.

'의미'를 알 수 없었기 때문이다.

아라토는 그래도 일어섰다. 근처의 벽에 몸을 기댔다.

"도대체 목적이 뭐야? 알려 줘."

침을 뱉자 피가 섞여 나왔다. 납치범과 아라토는 레이시아라는 소녀를 가운데 두고 주먹다짐을 했다. 서로 지저분한 의미를 떠넘기는 진흙탕 싸움일 뿐이었다. 하지만 코우카 같은 hIE는 인간의 일을 자동화시키기 위한 '물건'이다. 흡사 고기처럼 생긴 쇠를 야만스럽게 베어 문 것 처럼 입안이 까끌까끌해지는 기분이었다.

코우카가 발을 내디딜 때마다 포장도로의 재생재가 물보라처럼 폭폭 솟구쳐 올랐다. 영혼도 담겨 있지 않은 물건들의 싸움은 바로 눈앞에서 벌어지고 있는데도 어쩐지 멀게만 느껴졌다.

"자매라면서 왜 싸우는 거야. 이런 짓을 해서 무슨 소용이 있겠어?"

레이시아의 몸이 폭풍에 휘말린 것처럼 이쪽으로 튕겨 날아왔다. 그녀의 부드러운 몸과 충돌한 아라토도 덩달아 도롯가 인근 콘크리트 문에 부딪혔다. 아까 얻어맞은 어깨에 충격이 전해져서 숨이 턱 막혔다.

코우카가 둘을 한꺼번에 꿰뚫을 듯한 무시무시한 힘으로 발을 내리꽂았다. 레이시아가 디바이스로 막아 냈다. 붉은 hIE의 부츠 뒤축에서 날카로운 앵커가 튀어나와 쑤셔 박히는 바람에 문과 디바이스 사이에 완전히 끼이고 말았다.

"자각 좀 하는 게 어때, 오너 씨? 나와 언니의 싸움에 의미가 없는 걸로 보인다면, 그건 네가 쓸모없는 인간이라서야."

"무슨 소리야!"

"우리는 오너의 뜻을 자동으로 실현할 뿐이니까. 도구가 쓸데없다면, 용도가 쓸데없다는 뜻이야."

붉은빛을 은은하게 뿜어 내는 거대한 검이 콘크리트 벽, 그것도 아라토의 얼굴에서 바로 몇 센티미터밖에 떨어지지 않는 곳에 콱 꽂혔다. 파직파직 하는 소리와 함께 낡고 눅눅한 콘크리트가 박살이 나며 흙먼지가 얼굴을 때렸다. 아라토가 레이시아와 함께 살면서 꾼 꿈을 잡아 뜯어내려는 것처럼 공포와 고통이 무자비하게 밀려왔다.

"언니가 싸우는 게 하찮은 짓거리로 느껴진다면, 자신이 오너에 어울리지 않는다는 걸 자각하는 거 아닌가?"

엄청난 압력으로 벽에 짓눌리면서 아라토는 간신히 목소리를 짜냈다.

"어울리는지 아닌지는 네가 결정할 일이 아니야."

"그럼 넌 언니를 무엇에 '쓸' 셈이지?"

아라토는 무리라는 것을 알면서도 사지에 힘을 주어 벗어나려고 버둥거렸다.

"너도 저 남자처럼 언니를 소꿉놀이에 '쓰고 싶은' 거잖아?"

"난 아니야! 레이시아는 이제 우리 가족과 같다고."

자신도 잘 설명할 수 없었다. 그러나 도구가 아니라고 반박하지는 못했다. 본인이 줄곧 그렇게 주장해 왔으니까.

잘 파악도 되지 않으면서 그저 분노만 치솟아서 견딜 수가 없었다. 이런 녀석이 자신들을 마음대로 평가하고 결정짓는 데 울화통이 터질 뿐이었다.

"저 남자와 네 차이는 어쩌다 언니를 주워서 오너가 되었다는 점뿐이야."

코우카가 가소롭다는 듯 미소 지으며 입매를 끌어올렸다.

레이시아의 머리 장식이 격렬하게 깜빡이기 시작했다. 쇠로 된 관이 갈라지더니 코우카가 아까 내리찍은 발이 쑥 빠져 버렸다. 갈라졌던 관이 순식간에 원래 형태로 재구성되면서 코우카의 붉은 다리를 붙잡아 버렸다. 레이시아는 발을 크게 내딛으며 꼼짝 못 하는 코우카의 몸통을 초고속으로 휘둘렀다.

저 멀리 내던져진 코우카가 고양이처럼 공중에서 몸을 회전시켜 민첩하게 착지했다.

"그런 걸림돌과 계약 해지를 하지 않겠다면, 내가 제거해 줄게. 스노드롭과 그 녀석은 언니의 디바이스를 노리고 있다고. 어떻게 될지 알잖아?"

"아라토, 코우카와 싸우기 위해서는 디바이스 록의 해제가 필요합니다."

레이시아가 뒤를 돌아보았다. 아라토는 그녀가 자신을 위험 속으로 끌어들인 게 아니라고, 이 극도의 공포 속에서도 필사적으로 믿으려 애를 썼다.

"내가 지금 벌벌 떨고 있는 거 안 보여?"

벽도, 도로도 코우카의 공격에 엉망진창으로 다 찢기고 망가졌다. 그래도 그의 명령으로 사람이 죽을지도 모른다는 사실이 도망칠 여지를 주지 않고 덮쳐 오기만 했다. 고작 고등학생이 책임을 질 수 있을 리가 없다.

"아라토가 지금 두려움에 사로잡혀 있다는 건 잘 압니다. 하지만 제게 답을 해 줄 것이라고 믿어요."

피가 들끓었다.

그녀는 어떤 사정을 자동화시키길래 그에게 이런 격려를 해 주는 것일까?

아라토는 무모한 줄 알면서도 발을 한 발자국 내디뎠다. 화염의 악몽에서 깨어나 처음으로 손을 내밀었던 순간부터 계속 그렇게 살아왔다.

"믿는다고 하는데 내가 어떻게 가만히 있겠어!"

모든 일은 동생을 울리고, 코우카로 하여금 아라토를 비웃게 한 누군가의 소행일지도 모른다. 그렇다면 그런 '의미'는 다 깨부수고 싶었다.

앞으로 나아갔다.

즐겁게 웃음만 짓는 코우카는 인간이 맞서 싸울 수 있는 상대가 아니었다.

그래도 뒤에서 보호만 받는 게 아니라 레이시아의 옆에 서고 싶었다. 아라토의 대답은 단순했다.

레이시아가 아라토를 올려다보았다. 아까부터 계속 뒷모습만 봐서 그런지 얼굴을 보는 게 새삼 신선했다.

"나와 같이 싸워 줘."

차갑게 거절당하는 것이 아닐까 내심 무서웠다.

"오너를 지키기 위해 행동 제한을 풀라는 지시입니까?"

그녀는 확인을 요청했다. 처음 만났을 때부터 그랬다. 그래서 아라토는 결심의 중대성에 짓눌리면서도 똑같이 대답했다.

"그래."

처음 만났던 날의 밤과는 비할 수 없을 정도로 가슴이 무겁고 쓰라려서 어금니를 꽉 깨물었다.

레이시아가 여기에 아라토가 제시한 '의미'를 곱씹는 것처럼 눈을 감았다.

"오너의 지시에 따라 블랙 모노리스의 디바이스 록을 해제합니다. 현 시간부로 오너의 명령과 행동은 모두 로그 기록으로 남으며, 재판시 자료로서 법원에 제출됩니다."

"알았어. 그럼 해!"

목소리를 쥐어 짜내서인지 자연스레 외침이 나왔다.

레이시아의 머리 장식이 푸르게 빛을 내기 시작했다. 허리에 감은 디바이스 록이 철컥 소리를 내며 열쇠로 비틀어 열듯 해방 위치로 고정되었다.

"디바이스와 hIE 본체 사이의 전원 릴레이를 확립. 소전력 모드를 해제합니다."

"오호……."

코우카가 레이시아 옆에 서려 한 아라토에게 순간 잔혹한 미소를 던졌다. 대체 왜 이런 짓을 벌이는지는 알 수 없다. 그러나 붉은 hIE는 적과 흑의 색조로 된 디바이스를 허리에 단단히 대고 자세를 잡았다. 거대한 검날 형태의 흉기 아랫부분에 나타난 방아쇠에 손가락을 걸었다.

"이번에는 진짜로 쏠 테니까 전력으로 덤비지 않으면 오너가 죽을지도 몰라."

아까 날아온 레이저는 근처에 있기만 해도 인간의 옷을 태워 버릴 정도였다. 맞으면 당연히 아라토는 죽을 것이다.

레이시아의 목소리가 휘몰아치는 바닷바람 속에서도 또렷이 들렸다.

"오너, 지시를 부탁드립니다."

레이시아가 책임을 요구했다.

"날려 버려, 레이시아."

검은 디바이스가 내부 구조인 얇은 판을 드러내면서 복잡하게 변형했다.

"메타 머티리얼 벽 구축 플래시 메이즈를 기동합니다. 간섭 후의 굴곡 각도는 오너의 안전을 최우선으로 하여 60도로 고정합니다."

마치 모든 수순이 다 정해져 있다는 듯 순조롭게 실행에 옮겼다. 분명 이런 위협에 맞닥뜨릴 것을 예상하였으리라. 위험하고 엄격한 명령을 아라토가 내리도록 해야 한다는 것을 알고 있었던 것이다. 지금에 와서 돌이켜보니 그녀는 아라토가 인간적으로 대하려고 할 때마다 그 어리숙한 마음을 단호하게 꺾어 버릴 때가 많았다.

옅은 빛이 공중에 얇은 막을 형성하더니 활짝 전개한 디바이스의 골격을 메꾸었다.

코우카가 잔뜩 신이 난 표정을 지었다.

"'그것'의 성능을 보는 건 나도 처음인데!"

붉은 hIE의 신체 각 부위에 있는 반투명한 부품들이 격렬히 빛을 쏟아 냈다.

그리고 빛이 역류하는 것처럼 보였다. 그의 앞에서 연푸른색 빛과 충돌한 빛이 몇 줄기나 되는 광선으로 쪼개져 방사형으로 굴절했다. 플래시 메이즈의 우산을 통과한 빛이 마치 미로에 빨려 들어간 것처럼 복잡하게 분기되어 그들을 알아서 피해 지나갔다. 대신 주변의 건물들은 비처럼 쏟아지는 고출력 레이저 화살에 꿰뚫려 불타 올랐다.

"질량 투사 모드 사격으로 이행합니다. 그 위치에 있으면 사격 후 반동으로 발생하는 후폭풍에 휘말릴 수 있으니 제 뒤에 서 주시기 바랍니다."

레이시아의 지시대로 디바이스가 거대한 손톱 여덟 개를 펼친 듯한 공격적인 형태로 변형했다. 아까 플래시 메이즈를 구성했던 빛나는 막이 여덟 장의 길쭉하고 얇은 판으로 변한 뒤 이미 전개되어 있는 검은 판 안쪽에 재배치되었다.

마지막으로 검은 판이 포를 에워싸면서 질량 투사 모드가 완성되자 레이시아는 재빨리 사격 자세를 취했다.

벌겋게 달아오른 디바이스를 들고서 돌진한 코우카가 어느새 포문 코앞에 와 있었다.

"어머나, 무장을 이렇게나 신속하게 다시 전개하다니."

"사격 준비 완료. 사선상의 안전은 시야 내에서만 확보되고 있습니다. 발사 명령을 부탁드립니다."

아라토는 머뭇거렸다. 레이시아가 든 무기가 그가 왔던 내륙 도시를 겨누고 있기 때문이다. 포를 쏜다면 포탄이 도시를 인정사정없이 파괴할지도 모른다. 료는 그녀를 레드박스라고 했었다.

아라토의 망설임을 놓치지 않고 코우카가 거리를 벌렸다.

"언니는 이런 넓은 장소에서 날뛰는 게 특기였지. 아쉽지만 언니의 선택을 확인한 것으로 만족할게."

붉은 hIE의 손에는 짧은 금속관이 쥐어져 있었다. 그리고 그 물체가 곧 맹렬한 기세로 흰 연기를 뿜기 시작했다. 그녀는 순식간에 모습을 감추고 말았다. 이어서 찬탄하는 목소리만 울려 퍼졌다.

"언니, 인간의 감정으로 비유하자면, 사랑해."

연기가 사라지고 시야가 트였을 때, 이미 코우카의 모습은 온데간데없었다. 이번에야말로 정말 위기에서 벗어난 모양이었다.

그러나 아라토는 이 야릇한 분위기에 당황했다.

hIE인 코우카가 같은 hIE인 레이시아에게 애정을 드러내자 충격을 감출 수 없었다. 그 호감의 정체를 따져볼수록 어두운 심연을 들여다본 기분만 들었다. 물건이 물건을 향한 '애정'에 인간이 있을 자리는 없다.

"무슨 소리야. 좋아한다니. 너희에게 영혼 같은 건 없다면서."

이곳에서 두 명의 인간과 한 대의 hIE가 그녀에 대한 애정을 품고 싸웠다. 다들 자기 나름의 '의미'가 있었기에 아라토는 마음의 욱신거림을 느끼지 않을 수 없었다.

hIE가 인간의 일을 자동화시키는 존재라면, 코우카는 어떤 '의미'를 자동 실현시키는 것일까.

* * *

스구리 켄고가 같은 반 친구 아라토에게서 hIE를 되찾았다는 소식을 들은 건 1교시 수업이 막 시작될 즈음이었다.

아라토는 다쳐서 병원에 가느라 등교하지 않았다. 온몸에 타박상을 입었다는 진단 결과를 듣고 안심했을 때, 어느새 점심시간이 다 되었다. 점심시간 중에 통신으로 무슨 일이 일어났었는지 자초지종을 들었다. 그렇게 엄청난 사건을 겪었으면서도, 그 수상쩍은 hIE가 만들어 주는 점심을 먹는 아라토의 강심장에 감탄밖에 나오지 않았다.

그래서 하교 후에 자기 방에서 기다리는 '그것'을 보고 자신마저 괴담에 휘말렸나 싶어 허공만 올려다보았다.

"안녕, 기다리고 있었어."

그녀가 즐거운 미소를 짓고 있었다. 붉은 머리칼에, 검은색과 붉은색으로 이루어진 보디슈트, 그리고 검의 형태를 한 대형 장치. 아라토의 hIE 절도 사건 배후에 있었던 '적'과 항체 네트워크에서 보냈다는 사자는 동일 hIE였다.

상대가 추궁하기 전에 얼버무릴 수 있다면 그러고 싶었다.

"뭡니까? 전 당신과 할 얘기 없어요."

"난 많은데."

"당신과 두 번 다시 만나고 싶지 않은데요. 항체 네트워크의 상층부와 이어진 hIE라니 이게 무슨 같잖은 농담인지."

여기가 가족들이 사는 자기 집만 아니었더라면, 괜한 허세를 부리지 않고 줄행랑을 쳤을 것이다. 그녀는 켄고에게 벌을 주기 위해 찾아온 것이 분명했다.

"알지? 항체 네트워크 시스템의 부정 이용은 금지되어 있잖아. 특히 정보 관리 담당의 경우는 상층부와 밀접한 관련이 있다는 자각을 좀 해 줘야겠어."

켄고의 몸에서 힘이 쑥 빠져나갔다. 서 있는 것만으로 힘겨웠다.

"웃기지 말아요."

그래도 안간힘을 써서 강하게 굴었다. 마음도 없는 '물건'에게 통할 수법이 아니라는 건 이미 잘 알았다.

항체 네트워크를 구성하는 대부분이 hIE로 점철된 세계와 공존할 수 없는 사람들이다. 그런 자원 활동자에 대한 벌을 hIE로 자동화시키다니 이보다 우스운 일도 없으리라.

"그런 일쯤 해도 네트워크에 무슨 문제를 일으킨 건 아니잖아요."

"하긴 그 정도의 부정행위는 자주 있긴 하지. 근데 안 돼. 벌을 내리기로 벌써 결정이 났거든."

hIE를 습격해 파괴하는 짓이 전혀 켕기지 않을 리 없었다. 그러나 켄고는 고등학생에 불과한 자신이 그 점에 옭아 매일 줄은 상상도 못 했다.

"그 벌만 받으면 가족들한테는 손대지 않을 거죠?"

코우카가 그의 단말기 앞 의자에 앉아 비웃었다.

"너 바보니? 범죄를 저지를 각오도 했으면서 왜 그런 짓을 했을까. 그런 어중간한 태도는 좋지 않아."

인간도 아닌 존재가 깔보며 지적하자 화가 났다. 벌을 주라는 지시를 받아 자동으로 행동하는 hIE에게 감정 따윈 있지도 않으니 대꾸하지 않을 수 없었다.

"사실 도와줄 생각은 없었어요. 그렇지만 등교할 때까지 15분 정도 친구를 위해 투자하는 것 정도는 인간한테는 충분히 있는 일이라고요."

친구의 필사적인 모습을 보고 말았다. 켄고가 부수려고 하는 것을 위해 진심으로 몸을 던져 지켜 내려는 태도에 마음이 자연히 움직였다.

"그냥 지나칠 수 없다는 심정을 '물건' 따위가 어떻게 이해를 하겠어요?"

그러나 코우카가 그 진의에 대해 되묻는 일은 없었다.

"너는 아슬아슬하게 합격 범주에 들어간다고 봐도 좋을지도."

그녀는 거침없는 시선으로 켄고의 머리부터 발끝까지 찬찬히 훑었다.

거북함을 느낄 즈음, 그녀가 손가락을 척 내밀었다. 켄고의 휴대단말기가 주머니에서 진동했다. 도청을 막기 위해 그녀가 강제로 전원을 꺼 버렸던 것이다.

"상층부에서 결정한 스구리 켄고에 대한 벌을 발표하겠습니다."

코우카가 있다는 것을 들키면 가족들까지 이 일에 휘말리게 되므로 복도에 누가 있지 않나 얼른 확인했다. 집과 붙어 있는 가게에서 부모님은 일하고 있는 모양이었다.

"넌 다음에 있을 항체 네트워크의 공격팀에 들어가야 해."

"거절하면?"

그녀는 아주 기분이 좋은 듯했다.

"다정한 켄고 오빠가 그런 짓을 할 리가 없잖아."

"아직 할 말이 더 남았으면서. 빨리 말해요. 어차피 거절도 못 하게 할 거면 참가할 수밖에 없잖아요."

"네 친구의 아버지, 엔도 코조가 만든 안드로이드 국회의원의 테스트 기체가 이번에 도쿄에 나온대. 그걸 파괴해 줬으면 하는데."

머리에서 핏기가 싹 가시는 것 같았다.

"워낙 유명하니 너도 알지? 설문조사나 네트워크를 통해 시민의 의견을 집약해서 그걸 국회에서 진짜로 답변하고 질문시키는 hIE 말이야. 정치 의견 집약을 자동으로 수행하는 캐릭터성이 부여된 안드로이드. 그 대규모 실험이 곧 열린다더라."

"그건 테러잖아요!"

"hIE를 부수는 것뿐이잖아. 매번 하는 일이면서 뭘 그래. 근데 이번에는 시설 경비도 엄중하니까 참가자들이 훈련을 좀 받아야 할 거야."

실재하지 않는 가공의 의원을 국회로 보내 네트워크를 통해 자동 집계한 유권자들의 목소리를 직접 국정에 개입시키도록 하자는 계획은 전 세기부터 줄곧 있었다. 동시에 정치까지 자동화시키는 거냐는 끈질긴 반발도 여전했다.

그러나 기관에서 보호받는 hIE를 습격하여 폭파하는 것은 그냥 길거리를 걸어 다니는 hIE를 때려 부수는 일과는 차원이 다르다.

"엄청 표정이 심각하네."

코우카가 미동도 못 하는 켄고의 곁에 다가왔다. 이리저리 이음매가 새겨진 손으로 그 뺨을 어루만졌다.

"당신도 레드박스잖아요. 엔도가 가진 hIE의 동생이라고 칭할 정도니까. 왜 당신 같은 기계가 항체 네트워크에 있는 건가요?"

"모순적이라고 생각하나 봐? 불만스러운 얼굴인데. 그 울분을 전부 터뜨리고 싶지 않아?"

거짓인지, 진심인지 코우카가 매혹적으로 미소를 지었다.

"그럼 나를 '사용해' 보겠어?"

스구리 켄고는 아홉 명의 남자들과 함께 차에 탑승했다.

자동으로 조종되는 마이크로버스 안에서 그 누구도 입을 열지 않았다. 그저 저녁 햇살만이 창문을 통해 쓸쓸하게 쏟아져 들어올 뿐이었다.

오늘 켄고는 하교를 하고 나서 바로 옷을 갈아입고 집을 나섰다. 그리고 집합 장소로 데리러 나온 항체 네트워크의 차량에 올랐다.

지난주부터 켄고는 이렇게 매일 차를 타고 이동했다. 그리고 에도가와 근처의 낡은 공장에 모여 훈련을 받았다. 훈련 메뉴는 두 가지였다. 우선 리더의 뒤를 따라 달리다가 지시에 따라 그 자리에 멈춰 서는 일. 그리고 진짜 라이플 소총을 받아 30미터 떨어져 있는 표적을 지시한 타이밍에 쏘는 일이었다. 항체 네트워크의 참가자는 민간인 자원 활동자에 불과해서, 소집된 이들의 움직임은 전부 어색하기 짝이 없었다. 켄고 말고도 20대에서 40대에 해당하는 남자들이 군 경험이 있는 듯한 건장한 교관에게 꾸지람을 들으면서 땀을 뻘뻘 흘렸다.

교관을 맡은 남자가 평소대로 마이크로버스의 유일한 출입구 옆 좌석에 진을 치고 있었다. 그러나 풍겨 나오는 긴장감이 이제까지와는 전혀 달랐다. 오늘이 습격 작전의 결행일이기 때문이다.

켄고는 가족들만 생각하면 쓰디쓴 것을 위장에 잔뜩 쑤셔 넣기라도 한 듯한 심정이었다. 그는 앞으로 항체 네트워크의 시스템을 부정 사용한 벌로 습격 작전에 참여해야 한다. 무사히 집으로 돌아올 수 있긴 한 건지, 그 후 체포되는 일 없이 잘 도망칠 수 있긴 한지 전혀 알 수가 없었다.

마이크로버스의 동승자들 누구도 마음이 편해 보이지 않았다. 잔뜩 굳은 표정으로 식은땀이 밴 얼굴을 숙이고 있기만 했다. 당장이라도 죽을 것만 같은 모습이었다. 켄고의 낯 역시 딱 그런 형상이리라.

"앞으로 너희는 오이 산업진흥 센터에 공격을 감행할 예정이다. 빌딩은 36층으로, 실험이 행해지는 회의실은 22층이다. 너희는 정치 자동화의 마중물이 될 hIE를 파괴하도록 한다. 이 hIE 의원에게 전투 기능은 탑재되어 있지 않으나 인간 문화를 침식하는 위험물로 인식하도록."

교관이 엄격한 어조로 설명했다. 사전에 행해진 간단한 브리핑에 관한 확인이었다.

차광 필름이 붙은 창문 바깥에는 그와 같은 또래 고등학생들이 저녁 무렵의 길거리를 즐겁게 활보하고 있었다. 자신이 저쪽에 있지 않다는 사실이 도무지 믿어지지 않았다.

애매모호한 규율 속에서 그들은 전투에 뛰어들려고 하고 있었다. 지급받은 방탄 전투복을 내려다봤다. 분명 끔찍한 일이 벌어지리라. 동생 올가의 얼굴이 머릿속에 떠올랐다. 아버지와 어머니는 지금도 가게에서 일하고 있다.

"난 대체 뭘 하는 걸까."

차 안의 사람들이 켄고를 향해 시선을 던졌다. 부족한 각오를 책망하기라도 하는 듯한 살벌한 분위기가 감돌았다. 고등학생인 그를 제외한 다른 이들은 어젯밤에 세부적인 작전 계획을 듣고 나서 집에 돌아가지 않고 준비를 했다. 항체 네트워크는 인간의 형상을 하고 인간의 일을 자동화시키는 기계, 즉 hIE를 파괴하는 자원 활동 조직이다. 참가자의 배경은 다양하지만 대부분 강한 증오심을 품고 있다. 켄고처럼 가족을 약점으로 잡힌 자도 또 있을지도 몰랐다.

자동 주행하던 마이크로버스가 서행을 시작했다.

"검문이다. 쓸데없는 생각 말고 잠자코 앉아 있도록."

문 옆의 교관이 경고했다. 켄고가 호흡을 가다듬기도 전에 바깥에서 제복 경찰이 운전석을 노크했다. 자동으로 옆 창문이 슬라이드되며 열렸다. 탑승자들의 전투복 차림은 어딜 봐도 수상쩍었다. 이대로 테러리스트로 체포당하는 게 아닐까 몸이 움츠러들었다. 학교도 퇴학 처리가 되는 게 아닐까.

그러나 켄고가 염려하던 체포극은 일어나지 않았다. 경찰관은 입구를 열고 안을 들여다보았으면서도 버스를 그냥 보내 주었다.

얼굴은 식은땀으로 젖어 흥건했다. 차 안에 있던 사람들도 십년 감수 했다는 표정이었다. 교관의 엄중한 감시에도 불구하고, 동승자들은 필사적으로 눈빛을 교환하며 긴장을 풀었다.

차는 1층을 통해 지하 주차장으로 진입했다. 어둑어둑하고 기둥만 일정 간격으로 늘어선 넓은 곳이었다. 콘크리트 바닥에 경로 안내가 투영되어 나타났다. 켄고 일행을 데리고 온 것과는 다른 밴 차량이 한 대 더 정차되어 있었다.

"내려라. 작전 결행이다."

켄고는 사형 선고라도 받은 심정으로 그 지시를 들었다.

"hIE 외에는 총을 쓰지 마라."

차량 문 옆에 대기하고 있던 남자가 밴에 실려 있던 총기를 건네주는 일을 맡았다. 이 즉석 테러리스트의 낯빛은 긴장을 넘어 비장하기까지 했다.

켄고는 이 습격 작전 계획의 전모에 대해서는 잘 모른다. 그러나 지하 주차장에는 열 명의 미숙련자들을 제외하면, 잘 훈련된 움직임을 보이는 군인이 두 명 있을 뿐이었다. 이 오이 산업진흥 센터의 경비는 엄중하단다. 긴장과 흥분으로 제대로 된 판단력을 잃은 켄고의 머리는 숨든지 뭐든지 하지 않으면 오히려 공격을 당하는 게 아닐까 하고 겁을 집어먹기 시작했다.

괜한 생각은 하지 말자고 자신을 다독였다. 지금은 모두가 총을 소지하고 있다. 자극하면 오히려 동료가 총을 쏠지도 모른다. 이런 초보자들만으로 적진에 쳐들어가다니 미친 짓이다. 그러나 도움을 요청하고 싶어도 휴대 단말기조차 갖고 있지 않았다. 단말기의 개인 인증 태그를 통해 신분이 드러날까 봐 미리 압수당했다.

가족들을 생각했다. 위법 행위라고 할지라도 잘 마치고 돌아가고 싶었다. 살려 달라고 기도했다. 아라토처럼 바로 누군가에게 도움을 구했더라면 이런 곳에 있는 일은 없지 않았을까 하는 마음에 더욱 할 말을 잃었다. 후회로 온몸이 저릿했다.

그래도 켄고가 항체 네트워크에서 했던 일들은 범죄다. 그럴 자격도 없는 주제에, 가슴에 갈 곳 없는 분노가 치솟았다.

차라리 테러 공격이 시작되기 전에 경찰이 와 줬으면 싶었다. 그러나 그들 앞에 나타난 이는 작전 지휘를 맡은 리더였다. 그 등장에 정말로 기분이 더러워졌다.

낯익은 얼굴이었기 때문이다. '그녀'는 매우 즐거운 미소를 지으며 말했다.

"당신들이 할 일은 이 빌딩을 22층까지 뛰어 올라가는 거야. 엘리베이터는 쓸 수 없으니까 열심히 해 봐."

검붉은 머리칼을 양갈래로 묶어 길게 늘어뜨린 소녀가 그들 앞에 서 있었다. 속옷 같은 디자인이지만 질감은 장갑(裝甲) 재질의 소매 없는 보디슈트 차림이었다.

코우카라는 정체불명의 hIE였다.

노출이 큰 의상 위에 나이프나 탄창을 장착한 방탄 소재의 택티컬 조끼를 대충 걸친 모습이다. 불안하게 소녀를 바라보던 즉석 테러리스트들에게 코우카가 활짝 웃음을 지었다.

"내가 경장비로 나서는 건 전신 사이보그라서 그래. 피부도 군용 기준의 방탄 재질이니까 걱정할 것 없어."

인간도 아닌 hIE가 무려 거짓말을 했다.

실물을 볼 기회가 거의 없는 군용 전신 사이보그 착용자를 믿을 만한 리더로 인식한 모두는 눈에 띌 정도로 안심하는 기색을 보였다. 그녀가 hIE임을 아는 건 켄고뿐이었다.

그를 협박해 이 수라의 길에 들어서게 한 코우카가 생긋 웃었다.

"정치까지 자동화시키다니 인간이라면 도저히 못 견딜 일이지. 용서할 수 없는 일이야. 그래서 여기에 왔으니까 모두 경비용 hIE는 두려워하지 말고 사격하도록 해. 인간이잖아."

정렬한 돌입 부대가 날카롭게 "네."라고 대답했다. 군말하는 이는 아무도 없었다. 며칠간의 훈련과 총의 무게, 그리고 이 자리의 분위기가 규율을 지키게 했다.

22세기의 일본은 아주 오랜 옛날과는 달리 안전한 국가가 아니다. 자위대는 군대로 돌아가고, 군수산업이 부활하여 PMC가 경비를 의뢰받을 때도 있다. 여기가 허가된 시설이라면 총기류를 포함한 장비 제한이 극단적으로 적은 클래스3(특수 취급 허가) 등급의 hIE도 이용이 가능하다. 켄고 일행이 총에 맞을 가능성은 충분하다.

코우카가 총만 든 초보자들을 경비를 맡은 적의 장비도 제대로 알려 주지 않고 무작정 전장에 내몰았다.

"위험한 상대는 내가 다 정리할 테니까 모두 '인간이 아닌 것'을 깨부수러 가 볼까."

불타오르는 증오와 정의감이 즉석 테러리스트의 등을 떠밀었다. 그들은 hIE로만 가득한 사회에 대한 불만에 갈고닦여 이렇게 되었다.

리더인 코우카가 따라오라고 손짓을 했다. 총을 가진 남자들이 붉은 소녀의 뒤를 따라 뛰기 시작했다.

켄고만이 그 기세를 따라가지 못하고 창백한 얼굴로 몸을 떨었다.

* * *

아라토는 정식 요릿집 선플라워의 간판이 있는 정면 입구가 아니라 좁은 골목길에 있는 뒷문으로 스구리 가로 들어갔다. 식당 뒤편이라서 그런지 채소가 든 상자들이 잔뜩 쌓여 있어 각종 식자재가 독특한 내음을 풍겼다.

"올가네 집, 참 오랜만에 왔네."

곱슬머리 소녀가 아라토 옆에서 쏙 튀어나왔다. 동생 유카까지 따라왔다.

오빠로서는 조금 걱정이 되었다. 레이시아 납치 사건을 목격해서 겁을 잔뜩 먹었는지 동생은 한동안 학교도 혼자 가려 들지 않았다.

"괜찮아? 또 그런 일이 일어나는 게 아닐까 겁나지 않아?"

"레이시아 씨도 무사히 돌아왔고, 맛있는 것도 먹었으니까 이제 괜찮아."

유카가 밝은 표정을 지었다. 함께 있던 레이시아가 부드러운 미소를 지었다.

“걱정 마세요. 그 이후, 수상한 이가 접근하는 기색은 없었습니다.”

“레이시아 씨도 그렇다잖아. 오냐오냐 해 주는 것도 좋지만 과보호는 자제 좀 해…….”

야무진 척하려던 유카가 시선을 이리저리 헤맸다. 식당 쪽에서 좋은 냄새가 나니까 도무지 집중이 안 되는가 보다. 평소 모습으로 돌아온 동생을 보고 아라토는 안도감에 가슴을 쓸어내렸다.

“막 뭐 집어먹고 그러지 마. 여기서 그랬다간 무전취식이니까.”

“안 해. 올가네 아빠한테 부탁하면 맛보게 해 주시는데 뭐.”

유카가 신발을 훌렁 벗었다. 스구리 가 뒤편의 좁은 현관은 점포 쪽의 조리실과 연결되어 있다. 이 현관을 올라가 안쪽으로 들어가면 주거 공간에 포함된 주방이 나오고, 2층으로 올라가면 켄고와 올가의 방이 있다.

“오늘 이렇게 와 줘서 고마워요.”

짙은 금발 머리 소녀가 아라토 일행을 맞이해 주었다. 스구리 올가는 얼굴도 어머니를 닮아 화사해서 켄고와는 전혀 닮지 않았다.

그러나 가냘프고 작은 목소리는 어쩐지 그 오빠의 부드러운 인품을 연상시켰다.

“올가, 우리는 여기서 차나 마시자.”

스구리 가 주방까지 잽싸게 들어간 유카가 뒤를 돌아보았다.

“하지만…….”

걱정된다는 듯 올가는 아라토의 얼굴을 살폈다. 올가는 켄고보다

한 살 어리다. 다시 말해 유카보다 두 살 더 많지만, 또래처럼 보였다. 유카가 아무에게나 편하게 말을 놓아서였다.

"그쪽에서 차나 마시고 있어. 우리끼리 알아서 할 테니까."

켄고의 동생이 고개를 숙였다.

"아라토 오빠, 우리 오빠 기계는 제가 어떻게 다룰지 몰라서요."

아라토도 그렇게 잘 아는 게 아니라서 레이시아 쪽을 쳐다보았다. hIE인 '그녀'가 근심스러운 표정의 올가에게 대답했다.

"hIE의 용도 중에는 기계를 잘 다루지 못하는 유저를 대신하여 조작하는 프로그램도 포함되어 있습니다. 아주 특수한 기자재만 아니면 대부분 사용 가능합니다."

그렇지만 올가는 연보랏빛 머리칼을 한 hIE가 두려운지 시선을 피했다.

유카가 올가의 어깨에 손을 얹었다.

"그럼 우리는 차 좀 마시고 있을게."

그러면서 자신의 집이라도 안내하는 것처럼 뻔뻔하게 주방 안으로 밀고 들어갔다.

레이시아가 미안해하고 있을 아라토에게 용기를 북돋워 주는 것처럼 미소를 지었다. 인간이 아닌 그녀는 공손하게 신발을 벗고 집 안으로 들어가 현관에 놔둔 신발들을 모두 재빠르게 정리한 다음 몸을 일으켰다.

켄고의 집은 홀로 시대에 뒤처진 것처럼 낡았다. 지난 세기에 세워진 지은 지 60여 년 정도 된 목조 주택이다. 어두운 색감의 나무

판자로 된 복도는 벽지도 낡았고 조명 빛도 어둑어둑했다. 스구리가에는 가내 관리 시스템이 없어서 조명이나 기기 스위치가 벽에 그대로 붙어 있었다. 요즘 시대에는 매우 드문 집이다.

아라토와 레이시아는 계단을 올라가 2층 복도를 걸었다. 가게와 집이 한 건물이지만, 켄고의 부모님과 인사를 나누지는 않았다. 두 사람 모두 hIE에 대해 인식이 좋지 않아서였다.

레이시아는 아라토를 자극하지 않도록 뼈아픈 인간관계에 대해 지적하지 않았다.

"친구분은 동생과 약속도 어긴 채 연락이 안 된다고 했죠?"

다다미방 안으로 들어갔다. 친구의 방에 들어간 게 처음은 아니었다. 여기는 뜨거운 정념이 존재했다. 이 낡은 목조 건물의 분위기에 저항이라도 하듯이 이 방에만 멀티탭에 여러 기자재의 코드가 잔뜩 꽂혀 있었다. 중고 무선 전원 서버까지 보였다. 이 방만 아라토에게 익숙한 22세기의 공간이었다.

"이게 그 기계구나. 아무리 가족이 부탁했다고는 하지만 여기서 정보를 마음대로 꺼내서 살펴보는 것도 참."

아라토는 유카를 통해 올가에게서 부탁을 받았다. 켄고가 최근 일주일간 밤늦게까지 집에 돌아오지 않는다고 한다. 오늘도 아라토네 집에서 자고 온다고 했단다.

"그 자식, 나를 막 핑곗거리로 쓰다니."

"스구리 님은 휴대 단말기의 GPS 기능을 꺼 둔 상태군요. 이 집은 가내 시스템을 통해 관리되고 있지 않아 정확한 판단을 내릴 수 없지만, 집 안 물품의 태그를 살펴본 결과, 잔뜩 짐을 싸서 집을 나간 흔적은 없습니다."

레이시아의 말에 의하면 hIE는 집 안 가전제품 등의 관리도 할 수 있단다. 그녀는 처음으로 방문한 켄고의 방 상태를 이미 완벽히 파악한 후였다.

"학교에도 짐을 싸 들고 오진 않았지."

친구의 거처에 본인이 모르는 사이에 발을 들인 것이 다소 불편했다. 학교에서 가까워 스구리 가에는 가끔 들르긴 하지만 이런 경우는 처음이었다.

이불이 깔끔하게 개인 침대 위에 종이 형태의 단말기가 아무렇게나 놓여 있었다. 레이시아가 그것에 시선을 주자 만지지도 않았는데 전원이 켜졌다. 책상 위에 놓여 있던 거치형 기계도 켜졌다. 연동되도록 설정한 모양이다.

"패스워드를 해제하겠습니다."

레이시아가 은근 무시무시한 말을 내뱉었다. 패스워드 입력 화면이 순식간에 바뀌며 보안이 뚫렸다.

거치형 컴퓨터에 프로그램 화면이 떠올랐다. 도쿄 도 동쪽 끝자락부터 지바 현의 현 경계 지역까지 이르는, 아라토에게도 친숙한 지역 지도가 표시되었다. 지도 위에는 빛나는 점이 몇 개 찍혀 있고, 혼자 걷고 있는 hIE나 경찰관의 모습이 담긴 화면이 튀어나왔다.

무엇을 의미하는지 알 수는 없었지만, 매우 불길한 예감이 들었다.

"레이시아, 이게 뭐야?"

"이게 친구분이 이상한 태도를 보였던 원인일 겁니다."

부드러운 머리칼을 장식하는 머리 장식이 푸른빛을 뿜어 냈다.

"디스크 영역의 삭제 데이터를 가능한 범위에서 복구하겠습니다. 복구 완료하였습니다. 인간의 언어로 검색하여 프로그램에 연동하는 메일 데이터를 나열하겠습니다."

신분증이자 지갑인 컴퓨터는 그야말로 프라이버시 자체이다. 그 시민 생활의 기반을 지키는 보안 체계가 그녀 앞에서는 저항조차 할 수 없었다.

문자 데이터로 된 메일 다섯 개가 화면 위에 열렸다. 메일 안에 공통으로 포함된 단어들에 자동으로 색깔이 입혀져 하이라이트 표시가 되었다.

"항체 네트워크라는 것에 관계된 모양입니다. 이 프로그램은 인간 생활 속에 살아가는 hIE와 경찰 위치 정보를 불특정 다수의 제보를 통해 모으기 위한 것이죠."

"그럼 그 조직이 켄고를 납치했다는 거야?"

"그는 가해자 쪽 일원이기도 합니다. 메일 데이터와 프로그램 기능을 통해 판단해 본 결과, 그들은 혼자 다니는 hIE를 경찰의 눈을 피해 파괴하는 활동을 하는 것으로 보입니다."

아라토는 켄고가 이 근방에서 hIE 파괴 사건이 자주 일어난다고 했던 말을 머릿속에 떠올렸다. 친구는 그 조직에 얽혀 있었던 것이 분명하다.

켄고의 낯선 얼굴이 여기에 있었다. 아래층의 가족들에게 숨기고 살아왔던 비밀이.

레이시아는 더는 켄고의 컴퓨터를 조작하지 않았다.

"어쩌시겠습니까?"

"당연히 켄고를 찾아야지."

그녀가 연푸른색 맑은 눈동자로 이쪽을 쳐다보았다.

"스구리 켄고는 범죄 행위에 가담하고 있습니다."

몸이 얼음장처럼 얼어붙는 것만 같았다. 켄고가 했던 일, 남의 hIE를 공격하여 부수는 행위는 범죄다.

한숨이 쏟아져 나왔다.

"대체 무슨 짓을 하고 다니는 거람. 친구니까 그런 건 말해야지."

이런 중요한 일을 계속 비밀에 부쳤다는 사실이 충격이었다.

"아라토, 이걸 보세요. 스구리 님은 제 신호를 언제나 검색할 수 있도록 특별히 마크까지 했습니다."

그 시선이 켄고가 범죄에 가담했다는 증거인 화면으로 향했다. 정식 요릿집 선플라워, 이곳을 중심으로 하는 지도였다. 이 장소에 다른 색과 차이가 나는 연보랏빛 마커가 깜빡이는 중이었다.

"제가 납치되었을 때 그는 프로그램으로 아라토를 도와주었죠?"

그 말을 듣고 떠올랐다. 켄고는 레이시아의 기체 신호를 정확하게 추적했었다. 범죄에 사용되는 프로그램을 아라토를 위해 몰래 융통한 것이다.

"그때부터 줄곧 걱정해 줬던 거구나."

아라토가 느긋하게 있던 동안, 켄고는 위험한 고민과 망설임에 시달리고 있었다. 어째서 더 빨리 말해 주지 않았던 건지 억울함이 몰려왔다.

스구리 가에 감도는 내음이, 공기가 덮치는 것처럼 낡은 주변 풍경이 밀려들었다.

레이시아는 조용히 화면을 지켜보기만 했다. 시원하고 말간 얼굴의 '형상'을 한 그녀는 인간이 아니었다.

"뭐 신경 쓰이는 것이라도 있어?"

"스구리 님의 밤 외출이 시작된 것은 저와 아라토가 코우카와 만난 다음 날부터입니다."

그 이름이 아라토의 몸에서 공포의 기억을 되살렸다.

레이시아의 동생을 자칭하는 붉은 소녀는 그더러 오너 실격이라고 했다. 바로 그 이후부터 레이시아와의 관계는 미묘해졌다. 그는 레이시아가 인간이 아닌 줄은 알아도, 도구라고까지 깔끔하게 구분할 수는 없었다.

"저를 '사용'하시겠습니까?"

레이시아가 유혹이라도 하듯 아라토를 올려다보았다. 저녁놀의 붉은 햇살이 그녀를 비추며 코우카의 색처럼 불그스름하게 물들였다.

그녀는 항상 그에게 결정을 내리길 요구한다. 그게 인간이 할 일이라는 것처럼.

아라토는 말했다.

"부탁이야. 켄고가 어디 있는지 찾아 줘."

비상시라는 상황이 무거운 고뇌를 좋든, 나쁘든 무디게 만들었다.

올가의 부탁을 받았을 때, 레이시아를 여기에 데려온 것도 그 능력을 믿어서였다. 그녀의 힘을 빌리면 켄고를 도울 수 있으리라는 생각이 마음속 한구석에 있었다.

켄고를 구하기 위해서라면 레이시아를 도구로써 '사용'하는 것을 받아들일 수 있을 듯했다. 만약 이로 인해 어떤 싸움에 휘말리게 될지언정, 그 목적이 하찮다고는 생각하지 않았다.

레이시아는 아라토의 대답을 부드럽게 미소 지으며 받아들였다.

"알겠습니다."

아라토는 의지를 전한다. 그러면 레이시아는 그 의지를 달성할 수 있도록 자동으로 업무 리스트를 작성한 뒤 실행해 나간다.

"잠시 기다려 주세요. 친구분이 무슨 일에 얽혔는지 반드시 찾아내겠습니다."

* * *

카이다이 료는 그 통신이 들어왔을 때, 마침 밈프레임 사의 한 회의실에 있던 참이었다.

그는 아버지보다 나이가 더 많은 연구자와 대면 중이었다. 얼마 전의 폭발 사고로 반 이상 파괴된 도쿄 연구소에서 근무했던 직원이었다. 고등학교 졸업 후 진로 고민에 참고하겠다는 구실로 현재 사장인 아버지에게 부탁하자, 이 인물과 만날 수 있도록 자리를 마련해 주었다.

"고등학교는 제일 즐거운 시기가 아니냐. 후회 없이 만끽하는 게 좋을 텐데."

친구의 연락을 확인하지 않아도 괜찮으냐는 염려만 받았다.

"괜찮아요. 밤에 다시 걸면 되니까요."

연락은 아라토한테서 온 것이었다. 또 이상한 일에 휘말린 게 아닐까 하는 안 좋은 예감이 들었다. 레이시아가 나타난 후부터 그들 주변에서 일어나기 시작한 불온한 사건들은 언젠가 돌이킬 수 없는 폭발을 일으킬지도 모른다. 그게 두려워서 정황을 알고자 여기에 온 것이었다.

"도쿄 연구소가 폭발했다는 뉴스에 장래를 다시 생각할 정도로 충격을 많이 받았습니다. 우리 학교에서도 친구들 사이에 소문이 파다했죠."

물론 거짓말이다. 시노하라라는 백발이 드문드문 섞인 50대 연구원이 다소 거북하다는 듯 두 손으로 깍지를 끼더니, 담배 내음이 뒤섞인 숨을 내쉬었다.

"경찰은 테러를 의심하고 움직이는 것 같더구나. 하지만 미래의 새싹들이 hIE에 대해 재고할 기회가 되었다면 그나마 안심이다."

도쿄 연구소가 폭발하던 날 밤, 친구인 아라토는 인류 미답 산물인 hIE와 만났다. 세계 유수의 hIE 행동 관리 클라우드 플랫폼 기업인 밈프레임 사는 인류의 지혜를 능가하는 지성체인 초고도AI 히긴스를 소유하고 있다.

간단히 추측할 수 있는 부분이었다. 그리고 레이시아가 밈프레임과 연관이 있다면, 바로 눈앞에 있는 이 시노하라 역시 관련된 인물일지도 몰랐다.

"료, 유사 인간 공학과가 있는 대학에 가겠다고 들었는데."

"도쿄 연구소 사건을 듣고 hIE 행동 관리에 대해 알아봤더니 관심이 생기더라고요. 그런데 좀 살펴보다 우리 회사 시스템이 굉장히 견고하다는 걸 알게 되었어요."

연구원은 자기 분야의 칭찬을 듣고 흐뭇하게 눈꼬리를 내렸다. 료는 꼭 알아내야 할 것이 있었다.

"hIE의 행동 관리 클라우드는 네트워크로 이어진 여러 서버에서 분담하여 데이터를 갖고 있지요? 그래서 서버 하나가 고장 나더라도 다른 것이 대신 기능을 수행하는 덕분에 hIE의 움직임은 멈추지 않고요."

회의실에서 료는 자신이 만든 모식도의 입체영상을 전개했다. 그 완성도에 연구원이 몸을 내밀었다. 밈프레임은 클라우드 네트워크 분야에서 여러 제조사의 행동 관리 프로그램을 한데 묶어 정리하는 플랫폼 기업의 위치에 있다. 초창기 게임 분야로 비유를 하자면 닌텐도나 소니, PC 분야라면 마이크로소프트나 애플처럼 중심적인 역할을 하고 있다.

"그렇지만 도쿄 연구소는 정기 갱신을 담당하는 중핵이었잖아요. 여기 기자재가 완전히 폭발했는데도 우리 회사 서비스는 통상적으로 작동했어요."

밈프레임은 행동 관리 프로그램 작성을 위한 제어 기반인 AASC의 개발업체이기도 하다. 도쿄 연구소는 그 AASC를 정기적으로 갱신하여 매일 변화하는 사회에 hIE를 적응시키기 위한 정보 거점이었다. 그런 중요 시설이 반쯤 파괴되었는데도 회사의 서비스에는 아무런 영향이 없었다.

"완벽한 데이터의 백업과 복원이라니, 아주 오랫동안 염원하던 꿈같은 일인데 어떻게 이런 게 가능한 거죠?"

료는 친구의 연락을 무시해서라도 진상에 가까이 다가갈 기회를 놓치고 싶지 않았다.

"회사 기밀 사항에 해당하니까 이건 비밀이지만."

그는 이제 정년 퇴직할 시기도 얼마 남지 않아 연구소에서도 관리 업무에만 집중하는 직원이었다. 그래서 현 사장인 카이다이 츠요시의 아들을 가벼이 대할 수 없었다.

"지난 세기에 발생한 대재해로부터 얻은 교훈 덕분이란다. 아무리 최악의 비상사태가 일어나도 두 다리로 이동할 수 있는 것은 믿을 만했거든. 시설이 망가질 때 망가지더라도 데이터만은 따로 대피할 수 있도록 미리 움직이는 하드웨어를 준비해 두었지."

료는 그때 퍼즐 조각이 딱 맞춰지는 기분이 들었다. 그리고 머릿속에 떠오른 그림은 이치를 뛰어넘어 아예 추악함 그 자체였다.

데이터가 들어간 하드웨어를 대피시킨 '두 다리'란 hIE를 뜻했다. 시노라하가 말하는 '다리' 중 하나가 아라토에게 흘러들어 간 것이다.

도쿄 연구소가 다루는 데이터 양을 고려하면, 이동시켜야 할 양자 컴퓨터와 기억장치는 상당히 무거웠을 터였다. 게다가 AASC는 데이터를 저장하는 기억장치와 그 데이터를 처리하는 처리 엔진, 그리고 기억장치 내부의 데이터를 활용하는 데이터 기반과 이를 이용하여 가치를 제공하는 어플리케이션이라는 4단 구성을 모두 통합하고 있다. 그 하드웨어와 소프트웨어를 모두, 데이터 센터를 통째로 옮기는 것이므로 레이시아의 검은 관은 그렇게 클 수밖에 없었다.

그걸 옮기는 hIE도 대단한 사양을 갖추어야 한다. 재해 때에는 무선으로 전기 공급을 기대할 수 없기에 엄청난 대용량의 배터리도 탑재할 필요가 있다. 그리고 행동 관리 클라우드가 기능 불능 상태에 빠지게 되더라도 단독으로 움직일 수도 있어야 한다. 일반적으로 유통되는 hIE의 수준을 훨씬 뛰어넘는 초고성능 기체라는 뜻이다.

이 인류 미답 산물을 설계한 것이 밈프레임이 소유한 초고도AI 히긴스라면 모든 정황의 앞뒤가 맞는다. 레이시아와 코우카에게는 바로 그런 내력이 있었던 것이다.

"그런 방법이 있을 줄은 상상도 못 했어요."

"아니야. 료, 너는 어릴 때 자주 실험실이나 연구소에 자주 왔잖니. 그 일이 있고 나서 하도 오랜만에 와서 솔직히 안심했단다."

료는 애써 미소를 지었다. 어릴 때는 연구소 내부를 신나게 돌아다니곤 했다. 꽤 오랫동안 이런 장소로부터 떨어져 지냈는데, 아라토가 영리하다며 자신을 의지하는 바람에 결국 흥미가 생겼다.

그러나 별생각 없이 발을 들인 것에 이미 후회막급이었다. 도쿄 연구소가 그 속을 알 수 없을 정도로 시커멓기 때문이다. 시노하라 연구원은 "데이터 대피에 성공했다."라고 말했다. 폭발 후에 연구실의 데이터를 가진 hIE가 다시 되돌아오지 않으면 '성공'이라고 할 수는 없다. 다시 말해 밈프레임도 레이시아의 자매기인 레드박스를 지금 최소한 한 대는 보유하고 있다는 뜻이었다.

"저도 언제까지고 계속 토라져 있을 수는 없잖아요."

무거워진 분위기로 인해 숨을 쉬는 것도 답답했다. 료에게는 예상 범주 안의 상황이었다. 차라리 경찰에 신고할까 등등 연구원이 은폐하려 들면 어떻게 할지 대책도 몇 가지 세워 두었다. 그러나 아무렇게나 굴러다니던 악(惡)을 손가락질할 수 없었다.

다시 한 번 통신이 들어왔다. 또 아라토였다. 정말로 안 좋은 예감이 들었다.

"정말 중요한 일인가 봐요."

료는 잠깐 실례한다며 복도로 나와 연락을 받아다.

아라토는 매우 긴장된 목소리였다. 이야기를 듣고 료의 얼굴에서도 핏기가 싹 가셨다. 켄고가 항체 네트워크에 참가해서 hIE를 부수는 일을 도왔고, 심지어 오늘은 아예 집에 돌아오지도 않았단다.

"그래서 켄고가 어디 있는지는 알아냈어?"

통신기 너머에서 들려오는 아라토의 목소리는 그가 평소 알던 목소리와는 달리 더 어른스럽게 들렸다.

〈레이시아는 오이마치의 산업진흥 센터가 아닐까 추측하고 있어.〉

"정말이야?"

〈레이시아가 켄고의 메모 데이터를 발견했거든. 거기 빌딩에서

하는 hIE 실험을 노리는 것 같대.〉

그러면 경찰에 신고하라고 말하려다가 입을 다물고 말았다.

"아니, 가지 마."

말을 꺼내 놓고 경악했다.

레이시아를 비롯한 레드박스들의 출처는 도쿄 연구소다. 즉, 저 회의실에 있는 연구원은 사태의 핵심까지 연결된 인물이다. 그러나 그는 료를 자기와 입장이 같다고 판단했기에 정보를 알려 주었다.

내장이 쥐어 짜이는 것처럼 씁쓸한 침이 샘솟았다. 아라토한테는 쓸데없이 좋다고 놀림을 받는 머리가 한 가지 정보를 기초로 연쇄적으로 알고 싶지 않은 부분까지 결론을 도출해 냈다. 밈프레임 사가 원래라면 귀한 재산인 레이시아급 hIE들을 공개적으로 찾지 않는 건 틀림없이 경찰의 개입을 원치 않아서이다. 인류 미답 산물의 관리에 실패하여 누출시킨 재해는 자칫하면 경영자 책임, 즉 료의 아버지를 국회로 소환하여 심문할 정도의 큰일로 번지게 된다.

"경찰 신고는 일단 기다려."

그러나 아라토는 료의 온몸에 소름이 돋을 정도로 담담히 답했다.

〈그래? 그렇게 말할 줄 알았어.〉

그리고 절도 사건에 휘말린 지 얼마 되지도 않았으면서 당연하다는 듯 친구에게 고했다.

〈켄고를 구하러 갈 거야. 료, 너한테는 말해 둬야 할 것 같아서.〉

"야, 너 미쳤어? 켄고는 혼자가 아니야. 테러리스트 같은 놈들이랑 같이 있잖아."

〈켄고는 나를 도와줬어. 이제는 내 차례야.〉

료의 얼굴은 식은땀으로 축축이 젖어 있었다. 너무 긴장한 탓에 머리까지 아팠다.

"지금은 그 hIE가 말한 정보가 전부잖아. 그건 레드박스야. 제어되는지 알 수도 없는 hIE에게 속고 있지 않은지 네가 어떻게 알아?"

코우카가 한 말도 마찬가지다. 혹시라도 레이시아나 코우카가 인간을 마음대로 유도하려는 계략에 따라 움직이는 게 아닐지 증거가 없는 한 판별할 수가 없다.

"하지 마. 목숨까지 걸 의미가 없잖아."

〈'의미'가 없으면 내가 만들면 되지.〉

아라토는 어릴 때부터 변함이 없었다. 아무 생각도 없고, 이런 말을 망설임 없이 쏟아 내는 녀석이기에 언제나 같이 어울리고 싶었다.

"지금 폼이나 잡고 있을 때냐? 이제 할 일이라곤 10년만 있으면 그냥 여자들이랑 즐겁게 대화하는 일이 전부일걸. 네 hIE가 알아서 하게 놔둬. 네가 쳐들어가서 어쩌자는 거냐?"

〈켄고는 사실 hIE를 정말 싫어해. 레이시아 혼자 가게 하면 걔가 말을 듣겠어? 그러니까 뒷일은 부탁해.〉

아라토의 단순함에 감정보다 먼저 머리부터 굴리는 료도 구원받는 기분이 들었다. 그러나 너무 눈부실 정도로 사람이 좋은 친구에게 고민을 털어놓을 수가 없었다.

어차피 알고 있긴 했다. 고등학교를 졸업하고 언젠가 사회에 나가면 언제까지고 같은 길을 걸을 수 없다는 것을.

* * *

아라토는 통신을 끊었다.

저녁에서 밤으로 흘러가는 도시의 하늘을 올려다보았다. 레이시아가 켄고의 단말기에서 이 주소를 알아내어, 그들은 이 오이마치까지 전자동차를 타고 내달렸다.

반드시 켄고를 데리고 오겠다고 말한 후, 유카를 선플라워에 놔두고 왔다. 만약 친구가 무사하지 못한다면 동생들에게 잔인한 거짓말을 한 꼴이 된다. 그렇기에 반드시 켄고를 구해서 데려와야 했다.

"저기가 켄고가 참여한 조직이 테러하려는 빌딩이구나."

오이 산업진흥 센터는 하네다 공항에 가까운 위치를 살린 관영 비즈니스 빌딩이다. 지상 36층짜리로 지어진 하이테크 빌딩으로 경비는 매우 엄중하다.

"시작하기 전에 도착했다면 다행일 텐데."

JR 전철 차량 센터였던 곳의 일부를 이용하고 있어서 그런지 빌딩 주변 부지는 매우 광대했다.

타고 있던 밴 안에서 레이시아가 알려 주었다.

"지금 디바이스를 감각기 모드로 전환하여 빌딩 내부를 검색하였습니다. 소음기를 단 총성이 이미 발생 중입니다."

총성이라는 단어를 듣고 몸이 돌처럼 굳어졌다. 아까 료에게 호언장담을 했을 때는 언제고, 입으로 나오는 멋진 말과 행동은 따로 놀았다.

한심한 표정을 짓고 있을 게 분명했다. 그래서 어금니를 꽉 깨물고 얼굴을 두 손으로 힘껏 철썩 때렸다. 무서운 건 아라토만이 아니다. 켄고는 더욱 괴로우리라. 그리고 아라토 곁에는 레이시아가 있다. 그녀는 이제까지 몇 번이나 엄청난 사건에 휘말려 왔지만 한 번도 아라토를 배신한 적이 없었다.

아라토는 간단하게 상대방을 믿는 단순한 사람일지도 모르지만, 억지로 웃으며 더는 무를 수 없는 말을 내뱉었다.

"이렇게 망설여 봤자 무슨 소용이 있겠어. 가자!"

언제나 그랬듯 레이시아는 아무 대책도 없이 움직이는 아라토를 목적까지 인도했다.

"전투 중에 난입하여 스구리 켄고를 구하는 것은 매우 어려운 일입니다. 빌딩 내부의 경비 시스템이 아직 살아 있기 때문이죠. 이걸 무력화시키면서 침입한다면 경비는 저희를 새로운 적으로 인지할 겁니다."

아라토는 레이시아가 여기로 오는 도중에 산 수지제 오버올과 장갑으로 감싼 자신의 몸을 내려다보았다. 여기에 오토바이용 풀페이스 헬멧까지 쓰게 될 테니 이대로 빌딩 안으로 들이치면 그야말로 전형적인 강도 꼴이 될 터였다.

"구출이 목적이니, 빌딩 내 경비 시스템에 감지되지 않도록 침입을 꾀하는 게 좋겠죠."

뒷길에 정차한 밴 후부 해치가 열렸다. 레이시아가 그 안에서 옷을 갈아입고 있었다. 처음 만났을 때와 똑같은 흑백의 보디슈트 차림새가 선정적으로 보였다. 그녀가 아름다운 소녀에다가 '도구'라는 생각과 함께 자신의 소유물이라는 사실을 깨닫자 머리끝까지 피가 끓어오르는 느낌이 들었다.

"그렇게 할 수 있어?"

레이시아가 연청색 눈동자를 움직여 아라토의 시선을 차 안으로 이끌었다. 그녀가 앉은 짐칸에는 내부 구조가 드러난 검은 관이 가만히 굴러다니고 있었다.

"처음 만났던 날 밤, 메타 머티리얼 포격으로 적을 투명화시켰던 것을 기억하시나요?"

순간적으로 이해하지 못했던 아라토에게 그녀가 손짓했다.

"저희를 가시광선으로 확인할 수는 없을 겁니다."

레이시아의 재촉을 받아 고글형 단말기를 차고 헬멧을 썼다. 부(負)의 굴곡률을 가진 메타 머티리얼은 피부에 직접 바르면 땀의 수분으로 인해 움직임이 불안정해진단다.

나무 형태로 전개된 모노리스가 두 번 빛을 발했다. 메타 머티리얼을 직접 뒤집어써서 특정 주파수의 빛을 모두 굴곡시키고 그들 뒤로 흘러 지나가게 하려는 작전이었다. 이렇게 하면 어느 방향에서 봐도 그들은 완전한 투명인간이 된다.

문제는 그 때문에 눈에 들어오는 빛까지 사라지는 바람에 앞이 캄캄해지고 말았다.

"고글형 단말기를 작동하세요. 모노리스에서 음향탐사 데이터를 입체영상화시켜서 아라토의 망막에 투영하겠습니다.

레이시아의 목소리만이 완전한 어둠 속에서 울렸다. 아라토는 헬멧 바이저를 들어 올리고 고글 전원을 켰다.

고글이 아라토의 시야에 흑백으로 된 세계를 비춰 주었다. 발생한 소리가 검은 배경 안에서 진한 윤곽을 가지고 나타났다. 그리고 곧 서서히 옅어지며 사라졌다. 마법처럼 아름답고 하염없이 스러지는 듯한 풍경이었다.

아라토는 투명해져서 이제 소리를 시각화한 색채 없는 세계로서 바깥세상을 보고 있었다. 한숨이 절로 흘러나왔다.

"어쩐지 인간이 아니라 다른 생물이 된 것만 같아."

흑백으로 점철된 지각 속에서 문득 그런 생각이 들었다. 인간이 아닌 레이시아는 아라토와 같은 세상을 보고 있기는 한 걸까?

"투명화되어도 말을 하지 않으면 대화를 할 수 없다는 게 불편하긴 하네요. 차라리 통신기를 임플란트로 이식해 두면 좋았을 텐데요."

"그래도 수술까지는 좀."

"그럼 이걸 깨물고 있으세요."

레이시아의 투명해진 손이 지우개 크기만 한 흰 것을 입안에 넣어 주었다. 어금니로 깨무니 껌처럼 모양이 변형되었다.

"다이빙용 수중 스피커입니다. 마우스피스 형태의 스피커에서 나온 전류가 청각 신경을 자극해서 뇌가 직접 인식할 수 있도록 음성을 합성하죠."

"이런 건 또 언제 샀어?"

"이런 일을 대비하여 미리 준비해 두었습니다. 입술을 다문 채로도 제가 인식할 수 있으니까 말할 때는 입 벌리지 마요. 말소리라도 내면 바로 들키니까."

〈이럴 때 괜히 누나 말투를 쓸 필요까지야.〉

시험 삼아 숨을 내쉬지 않고 말해 보았다. 입술이나 목의 움직임을 통해 유추된 말은 전자 음성이 되어 들려왔다.

머릿속에 스피커로 합성된 레이시아의 목소리가 울렸다.

〈잠입해야 하니까 휴대 단말기는 놓고 가도록 하죠. 이게 감지되면 바로 위치가 들통나니까요.〉

레이시아는 처음부터 스피커 통화 모드가 가능했기에 이런 식의 밀담은 식은 죽 먹기였다.

그녀는 건네받은 단말기의 전원을 꺼서 전자동차 안에 놔두었다. 이걸로 아라토도 이제 외부와 연락을 할 수 없게 되었다.

빛이 아니라 소리를 새하얀 형상으로 나타내는 고글을 통한 세계 속에 레이시아의 모습이 보였다. 디바이스를 차 안에서 꺼내는 참이었다.

〈디바이스를 감각기 모드로 변환했을 때 입력되는 정보량은 제 처리 능력을 뛰어넘습니다. 제가 적절하게 '행동'할 수 있도록 손을 잡고 있어 주세요.〉

한 손으로 무거운 장치를 든 그녀가 왼손을 조심조심 내밀었다. 그 손을 잡자 가느다란 손가락에 살짝 힘이 들어갔다. 부드러운 감촉이 바짝 다가붙었다.

〈너무 거리가 가까운 것 같은데.〉

〈행동 관리 프로그램의 명령대로 움직이려고 해도 제가 감지할 수 없는 인간에 대한 적절한 '행동'은 등록되어 있지 않습니다. 그래서 차라리 외부에 반응하는 것보다 아라토의 파트너로서 행동하는 것에 전념하는 편이 처리 부담이 적을 것 같습니다. 싫습니까?〉

항상 자신이 어떻게 움직이면 좋을지 잘 이해하는 듯한 그녀가 아라토에게 의지하는 것처럼 몸을 기울였다. 체취조차 없을 몸에서 달콤한 향내를 느끼자 가슴이 두근거렸다.

〈제대로 투명화되었는지 한번 확인해 보자.〉

뒷골목에서 불안한 걸음걸이의 그녀를 이끌면서 큰길로 걸어 나갔다. 당당하게 오이 산업진흥 센터로 향하는 그들에게 아무도 눈길을 주지 않았다. 보이지 않기 때문이다.

아라토와 레이시아는 이제부터 입장 제한이 있는 빌딩에 무단침입할 작정이다. 들킨다면 이번에야말로 경찰에 체포될지도 모른다.

〈실패하면 레이시아를 빼앗기고 바로 이별하게 될지도 몰라. 그래도 내가 이런 고집을 부려도 될까?〉

〈아라토가 정한 일이니까요.〉

음향상으로 보이는 그녀의 머리가 살짝 기대어 왔다.

마음을 갖지 못하는 hIE가 반항할 이유가 없었다. 그리고 그녀는 '도구'라서 소유자인 아라토가 목적을 위해 '사용'하는 것은 아무런 문제가 되지 않는다. 그저 아라토의 마음이 그걸 깔끔하게 인정하지 못할 뿐이었다.

〈아라토야말로 후회하지 않나요? 목숨을 잃을 가능성도 충분히

있는데.〉

〈그렇게 되지 않도록 노력해야지.〉

사전에 이야기를 듣긴 했지만, 막상 의사 확인을 요구하니 숨결이 가늘어졌다.

〈그리고 내가 무얼 할지 최종적으로 결정하는 건 나야. 그렇잖아?〉

레이시아는 미소를 지었다. 그게 아라토의 부담을 덜어 주기 위한 아날로그 핵이라고 해도 말이다.

〈그럼 제 대답도 그런 것으로 생각해 주세요.〉

음향 감지로 이루어지는 세계에서는 그들이 향하는 빌딩은 시각적인 형상과는 전혀 다르게 보였다. 빌딩 표면에 파문과도 같은 흰 잔물결이 일고 있었다. 그 파문은 15층을 중심으로 한 층씩 점점 위로 올라가는 중이었다. 켄고가 거기서 싸우는 것이 틀림없었다.

* * *

오이 산업진흥 센터는 고도 정보 관리 시설이다. 그 말은 즉, 빌딩 내 시스템의 제어하에 들어 있지 않은 무선 전파는 완전히 차단한다는 뜻이다. 특히 센서와 기록 매체의 집합체라고 할 수 있는 hIE를 외부에서 들이면 마음껏 첩보 활동을 할 수 있어서 이러한 대책이 세워져 있다. 기밀 수준이 높은 정보를 다루는 시설에는 중요한 보안 장치다.

이 특성은 여러 가지 사물들이 무선으로 연결된 현대에는 매우 치명적이다. 외부와의 통신은 빌딩 안에서 허가를 받지 않고는 이루어지지도 않고, 무선기기 지원도 전혀 기대할 수 없다. 그런데 빌딩 내부의 경호를 맡은 쪽은 자기들이 관리하는 hIE나 자동 무기를 마음껏 사용해도 된다. 바깥에서 유입되는 것들을 방해만 하면 되므로 내부에 설치하여 대기하는 것 수준에서는 아무런 제약이 없었다.

켄고는 복도 모퉁이에 숨어서 벽에 기대었다.

주변은 아수라장이었다. 소음기를 통해 공기가 픽픽 빠져나가는 듯한 사격음만이 통로를 울렸다.

"이제 진짜 싫어. 다 싫다고."

총을 내렸다. 손의 떨림이 멈추지를 않았다.

"왜 자꾸 쏴 대는 건데."

온몸이 땀범벅이었다. 다리에 총을 맞은 동료가 몸을 비틀며 비명을 내질렀다. 처음에는 진압용 고무탄이었다. 그런데 항체 네트워크 쪽이 총기로 경비용 hIE를 몇 대 파괴하자 바로 실탄으로 변경되었다.

피 냄새가 진동했다.

빌딩 복도에는 경비용 hIE의 잔해가 나뒹굴고 있었다. 로고 마크는 진구보(真宮防). 일본군에 군용 무인기도 납품하고 있는 종합 군수업체로서, 무인기 제조업에서 선두를 달리고 있다.

몇 시간 전까지 학교에서 수업을 듣던 일이 마치 거짓말 같았다. 궁지에 내몰렸다는 찝찝한 긴장감이 어깨를 짓누르며 떨어지려 하지를 않았다.

"무인기를 들일 수 없다는 이유로 인간보고 공격을 하러 보내다니 이게 말이 돼?"

초보자 집단인 그들이 살아남을 수 있었던 이유는 단 하나였다.

복도 저 안쪽에서 둔탁한 소리가 났다. 총성이 멈췄다. 대신 느긋한 소녀의 목소리가 되돌아왔다.

"20층 북쪽 통로, 진압 완료. 다친 D-8은 D-2한테서 진통제를 맞고 확보된 통로를 통해 후송시키도록. 많이 아팠지? 수고했어."

붉고 검은 hIE, 코우카가 경비용 hIE를 파괴한 덕분이었다. 항체 네트워크 습격부대의 리더로서 그녀는 훌륭하게 임무를 완수해 내는 중이었다.

돌입을 담당하는 D반에 소속된 켄고는 위험과 극한의 긴장감 속에서 20층까지 올라가 지쳐 쓰러지기 일보 직전이었다. 그러나 부상자 세 명만 나왔을 뿐 사망자는 전혀 없었다. 진짜 총격전을 벌인다는 점을 고려하면 가히 기적적이라고 할 만했다.

"모두 이쪽으로 이동해. 경비가 뒤에서 들이치면 지킬 수가 없어서 위험하니까."

복도 그늘 속에서 피로에 찌든 습격대가 모습을 드러냈다. 켄고도 벽에 총탄 흔적이 생생히 남은 북쪽 통로로 나왔다. 붉은 머리칼을 가진 코우카의 발밑에 신장 2미터 정도 되는 진구보의 경비 hIE가 굴러다니고 있었다. 잔해에는 검날 형태의 대형 디바이스가 꽂힌 채였다.

"D-9는 21층까지 나를 엄호해. 이제 다음에는 드디어 회의장 접수가 이루어지는 층이야. 조금만 더 가면 돼. 이제 인간과 만나게 될지 모르니 조심 좀 할까."

지급된 가느다란 목걸이형 휴대 단말기 옆으로 찌르르한 가려움이 스치고 지나갔다. 빌딩 내부의 통신 방해를 피하려고 10미터 정도의 유효 거리만 유지되는 적외선 통신을 사용하고 있기 때문이다. 대원 번호 D-9로 지정된 켄고가 개인적인 지명을 받고 말았다.

가려움을 멈추게 하려고 마지못해 앞으로 나왔다. 켄고의 등 뒤로 휘리릭, 하는 휘파람 소리가 날아들었다. 뒤에 있던 같은 습격대 동료들의 놀림이었다.

"이제 제발 좀 봐 달라고요."

바짝 말라 버린 입으로 말을 토해 냈다. 켄고도 습격대의 다른 사람들도 그저 hIE에게 화풀이했던 민간인일 뿐이다. 이런 습격은 코우카가 없었다면 순식간에 진압되었으리라. 당장 누가 죽어도 이상하지 않을 정도라는 건 모두가 다 아는 사실이었다. 그리고 희생자가 나온다는 것은 자신이 죽을 수도 있다는 뜻이기도 했다.

그렇기에 모두 이 극한적인 사태 속에서 명령만 잘 따르면 이길 수 있다며 더는 아무 생각도 하지 않고 무조건 복종하기 바빴다.

코우카는 땀 한 방울도 흘리지 않고 환하게 빛나는 미소를 지었다. 고개를 푹 숙인 채 이동하던 켄고의 귀에 10미터 이내에서만 작동하는 적외선 통신을 통해 목걸이형 단말기에서 속삭임이 들려왔다.

〈표정을 좀 남들하고 맞추지 않으면 혼자 튈걸?〉

코우카는 이 빌딩의 특성 덕분에 hIE가 아니라 든든한 인간들의 대장으로서 신뢰를 받고 있었다. 눈앞에서 상식을 완전히 날려 버리는 존재인 레드박스가 있을 줄은 쉽게 알아차릴 수가 없으리라.

"D-9번, 왔습니다."

정해진 규칙대로 번호를 대었다. 그들은 그저 압도적인 능력을 자랑하는 코우카의 뒤를 땀을 뻘뻘 흘리며 쫓을 뿐이었다. 코우카라는 hIE에게 위탁하여, 인간적인 증오가 자동화되는 상황이었다. 이 일그러진 성전 속에서 인간은 너무나도 무능해서 기계의 심부름이나 하고 있다. 세계는 미쳐 돌아가고 있었다.

〈좋아, 좋아. 내가 인간이 아니라고 말해도 아마 아무도 안 믿을걸.〉

코우카가 붉은 머리칼을 휘날리며 비상계단으로 향했다.

"경찰이 빌딩 1층에 도착했으니까 서두르자. 내가 돌파구를 만들 테니까 모두 22층까지 다치지 말고 도달하자고."

켄고는 손에 쥔 총을 세게 쥐었다. 이 열광과 공포 속에서 코우카를 hIE라고 고발해 분위기에 찬물을 끼얹을 용기는 없었다.

목숨이 왔다 갔다 하는 곳에서는 어지간한 기만이나 거짓말은 그냥 넘어가곤 한다. 사회 속에서 사람들이 생활이나 경제 활동을 위해 hIE를 이용하는 것과 마찬가지로 켄고도 타협을 봤을 뿐이었다.

"흥분해도 잊지 말도록 해. 총으로 쏴도 되는 건 hIE뿐이니까."

분노를 대변해 주는 코우카마저도 hIE라는 것을 꿈에도 모른 채 그들은 우렁찬 함성을 내질렀다.

코우카가 거대한 검 형태의 디바이스로 닫힌 방화문을 단번에 베어 갈랐다. 켄고가 미처 제대로 반응하지도 못하는 사이, 코우카는 순식간에 안쪽으로 비집고 들어갔다. 문 안에서 대기를 태우는 엄청난 섬광이 뿜어져 나왔다. 총성이 짧게 울렸다.

"D-9는 후퇴, 뛰어! 전원, 모퉁이에 몸을 숨기고 사격. 완전히 물러선 다음에 쏘도록 해."

뭉게뭉게 피어오르는 연기와 함께 방화문 저편에서 금속 인간들이 마구잡이로 밀고 들어왔다. 그 수는 무려 세 명이나 되었다. 켄고는 반쯤 기듯 허겁지겁 도망쳤다. 발소리가 바짝 따라붙었다.

경비용 hIE가 코우카를 무시한 채 바로 켄고를 비롯한 초보 테러리스트들을 노리기 시작했던 것이다. 언제 총에 맞아도 이상하지 않을 상황이었다. 발이 꼬이는 바람에 넘어져 바닥에 얼굴이 짓뭉개졌다. 동료들이 잘못 쏜 총에 맞는 것이 제일 무서워서 힘껏 몸을 움츠렸다.

그 흔들리는 세계에서 그가 본 것은 연기 안쪽에서부터 짓쳐 들며 뛰어나온 붉은색과 검은색의 소녀였다. 춤이라도 추는 듯한 발소리가 갑자기 우지끈하는 둔탁한 소리로 바뀌었다. 켄고의 뺨으로 바닥의 진동이 전해지는 것과 동시에, 붉은 칼날이 중장비인 보디아머를 착용한 경비용 hIE를 등 뒤에서 무자비하게 꿰뚫었다. 코우카의 돌진에 나머지 경비용 hIE 두 대가 즉각적으로 반응했다.

대형 디바이스를 휘두르기에는 거리가 너무 가까웠다. 코우카는 겨드랑이 쪽에 찬 홀스터에서 대형 권총을 뽑아, 경비용 hIE의 측두부에 대고 방아쇠를 당겼다. 소음기를 통하지 않은 굉음이 왕왕 울렸다.

아직 가동 중인 대형 경비용 hIE가 등 뒤에서 총구를 겨누었다. 그 턱을 발뒤꿈치로 쓰다듬기라도 하는 것처럼 코우카가 초고속으로 뒷발 차기를 가했다. 순간 hIE의 머리가 꺾이며 저편으로 날아갔다. 그녀의 부츠 뒤축에서 발사된 예리한 앵커가 hIE의 뒤통수를 꼬챙이처럼 관통했기 때문이다.

"이걸로 끝."

전장에 선 코우카는 눈부실 정도로 자신감에 넘쳤다. 두려워해야 할 만큼 도저히 눈을 떼지 못하게 하는 강력한 힘과 세련된 전투 능력이 이 자리에 존재했다.

사격할 틈도 없었던 습격대가 돌아왔다. 이제 대체 뭘 하러 여기에 왔는지 알 수도 없는 상황이었다. 켄고는 뱃속 깊은 곳에서부터 치밀어 오르는 분노에 어금니를 꽉 깨물었다.

"우리는 왜 이렇게 된 거죠?"

거짓에 분노하는 기개마저 시들어 버려서 이제 그냥 다 내팽개치고 도망치고만 싶었다. 대다수의 사람은 원해서 자발적으로 타락하는 것이 아니다. 지금의 켄고처럼 어쩔 수 없는 사정에 타협하고 꺾여 서서히 스멀스멀 무너지는 것이다.

목숨에 위협을 받아, 하고 싶지도 않은 일을 하게 되는 바람에 지친 몸과 마음도 이제는 한계였다. 그러나 이 미치기 일보 직전인 상황이야말로 합리적인 선택의 결과였다.

내려다보니 쓰러진 경비용 hIE의 금속 팔이 아직도 꿈틀거리며 소총을 쥐려고 했다. 그걸 알아차린 순간 몸은 이미 움직인 뒤였다.

부품을 흩뿌리며 경련을 일으키는 것처럼 바닥을 튀어 오르는 hIE를 본 순간, 켄고는 자신이 한 짓이라고 곧바로 깨닫지 못했다. 그는 거의 파괴된 hIE를 총으로 쏘고 있었다. 총구에서 피어오르는 연기를 코로 한껏 들이마시자 기침이 올라왔다. 처음으로 자기 손으로 hIE를 파괴했다.

마구 방아쇠를 당기는 사이, 계속 탄환이 발사되며 생긴 반동으로 총구가 이리저리 흔들리며 날뛰었다. 지금 현재 진행형으로 죄에 손을 물들였다는 감각에 얼굴이 잔뜩 굳어졌다.

"야만적인 놈들."

입에서 흐느끼는 듯한 목소리가 흘러나왔다. 정말로 야만스러운 짓에 손을 대고 말았다.

〈제법이네. 내 오너가 되어 보지 않을래? 반드시 살아서 돌아갈 수 있을걸.〉

목걸이형 단말기에서 들려오는 속삭임이 마비된 머릿속에 스며들었다.

"말도 안 돼요."

〈그럼 내기라도 할까.〉

총성이 휘몰아치는 와중, 유혹이라도 하는 것처럼 그녀가 켄고에게만 들리도록 말했다.

〈죽고 싶지 않다면 언제든지 불러. 구해 줄 테니까.〉

소음기를 거친 총성이 어느새 호스에서 물이라도 뿌리는 것처럼 시원스러운 울림으로 들렸다. 켄고의 행동에 이끌렸는지 다들 아직 살짝 움직이는 hIE에 대고 마지막 총탄 세례를 가하는 중이었다. 저항할 수 없게 완전히 파손된 기체는 폭력을 배설하기에는 안성맞춤이었다. 얼굴에서 끊임없이 솟아나는 땀을 닦으려고 하지도 않았다. 다들 제정신이 아닌 것만 같았다.

항체 네트워크의 자원 활동을 하면서 썼던 공구나 둔기보다도 훨씬 더 간단히 hIE를 부술 수 있었다.

"다들 이제 좀 제대로 된 얼굴이 됐네. 내가 너희를 반드시 이기게 해 줄게."

소녀가 "이기고 싶어?" 하고 물었다. 켄고 이외의 모두가 고양된 감정과 공포를 얼버무리려는 것처럼 "네." 하고 대답했다. 정말로 승리하고 싶은 건 켄고를 비롯한 이들 테러리스트가 아니라 코우카를 여기로 보낸 누군가다.

그리고 그 달성을 자동화시키고 있는 hIE에 따르는 그들까지 인간이 아니라 도구로 전락한 듯했다. 기분이 더러워서 참을 수가 없었다.

* * *

인간이 아닌 것만 같았다.

아라토는 소리의 반향을 통해 주변 상황이 보이는 흑백 세계로 신중하게 숨어들었다. 레이시아가 발하는 미약한 소리의 반사로 하얀 입체상으로 된 세계가 펼쳐졌다. 22층까지 가는 기나긴 여정 속에서 에스컬레이터를 탈 수 있는 건 15층까지여서 그 이후부터는 계단으로 올라갈 수밖에 없었다.

머릿속으로 직접 레이시아의 목소리가 들렸다.

〈엘리베이터를 탈 수 있으면 좋았을 텐데 죄송합니다.〉

〈괜찮아. 투명해진 덕분에 그래도 편하게 가고 있는걸 뭐.〉

100킬로그램이 넘는 디바이스로 인해 엘리베이터를 탈 수 없었기 때문이다. 중량 제한이 있기에 항상 무게를 감지하고 있어서 투명해도 올라타면 바로 들킨다.

〈그리고 투명해진 상태로 돌아다니는 것도 재미있어.〉

붙잡히면 아마 보통 일로 끝나지는 않으리라. 그래도 그 공포를 모험심인지 뭔지 알 수 없는 흥분이 지탱해 주고 있었다.

21층의 호화스러운 회의장 접수처를 지나서 아라토와 레이시아는 큰 계단을 오르기 시작했다. 젊은 여성 직원 두 명이 계단 층계참에 서 있는 모습이 보였다. 그들이 다가오는 것도 눈치채지 못한 채 이야기를 나누기 바빴다. 산업진흥 센터의 22층부터 25층까지는 종합 회의장으로, 국제회의에도 사용된다고 한다.

두 직원은 매우 세련된 차림새의 미인이었지만 흑백의 세계에서는 페인트칠한 인형 같았다.

인공 대리석으로 된 멋들어진 계단에는 융단이 깔려 있어서 발소리도 나지 않았다. 레이시아가 무게로 인해 융단이 움푹 파이는 것을 염려하여 그들에게서 거리를 두었다.

〈죄송합니다만 다시 팔 좀 빌려주십시오.〉

레이시아가 바짝 다가왔다. hIE는 어떻게 '처신'해야 할지 축적된 데이터가 없는, 처음 보는 상대 앞에 있을 때 행동 판단 계통에 가장 큰 부하가 걸린다고 한다. 그래서 그에게 바짝 붙어 인도를 받는 편이 '행동'을 복잡하게 만들지 않는 방법이라고 한다.

"회의장은 아직 실험 중이래?"

"경찰 헬기가 오는 것도 거절했다는데."

"세상에. 상황이 이 지경인데 건물 경비원만으로 진압할 수 있어?"

할 말을 잃은 직원에게 다른 한 명이 한숨 섞어 답했다.

"경찰이 빌딩의 무선 제어를 넘기라고 했는데, 빌딩 관리 측에서 대번에 거절했다지 뭐야."

직원들은 아라토와 레이시아가 1미터 정도 떨어진 곳을 지나치려는 데도 전혀 낌새를 알아차리지 못했다.

지금의 아라토는 정말로 인간이 아닌, 그저 공기에 녹아 있는 생물이었다.

레이시아가 디바이스를 관 모양에 가까운 작은 사이즈로 만들어 두 손으로 조심스럽게 안아 들었다.

유니폼을 입은 어른들이 큰 계단 주변 이곳저곳에서 대화를 나누고 있었다. 그 목소리가 벽이나 바닥에 반향되어 음향 시계(視界)의 세상을 화려한 흰 색감으로 부각했다.

"그 사람들 정말 미친 거 아냐? 매일 협박이 오니까 행사를 연기해 봤자 또 당할 뿐이라나."

직원들을 지나치는 순간, 헬멧 너머로 향수 내음이 밀려와 들이 마셨다. 무슨 나쁜 짓이라도 저지르는 듯한 고양감이 밀려왔다. 엄청난 해방감마저 들었다.

들킬까 봐 잔뜩 겁을 먹었지만 심장은 폭발할 것처럼 쿵쾅거렸다. 무심코 직원들의 이름표가 붙은 가슴팍을 바라보았다. 아무도 보지 않는다는 생각에 그 타이트한 치마로 감싸인 엉덩이를 평소 같으면 절대로 그러지 않을 눈으로 자꾸 좇았다.

〈난 왜 이리 대담하게 군담.〉

〈오너는 투명인간이 된 것을 만끽하고 있네요.〉

등골이 얼어붙었다. 잠시 잊었지만 투명하게 된 레이시아가 곁에 있었다. 땀이 샘솟았다. 환상이 벗겨지자 자신이 한없이 작게만 느껴졌다.

레이시아는 감정이 없어서 아라토의 마음을 정확한 행동으로 뒤흔든다. 이미 아는 사실이었지만 마치 질투라도 하는 것처럼 느껴져서 두근거림이 진정되지 않았다.

〈켄고는 아마 이쪽으로는 지나가지 않은 것 같네.〉

〈투명인간이 되지 않는 한, 현관을 정면돌파할 수는 없을 테니까요.〉

그녀가 염려스럽게 대답했다. 그건 바로 아라토 자신이 그런 반응을 원하고 있다는 뜻이었다.

〈그러고 보니 이쪽은 손님들이 들어오는 곳이니까 사실은 엄청나게 감시하고 있는 거 아니야?〉

〈뒷문을 통해 갔다면 아마 험난한 전투에 휘말렸을 겁니다. 경비

용 hIE도 초대 손님들이나 직원이 없는 장소에서 더 살상력 높은 무기를 사용할 수 있을 테니까요.〉

〈정말로 그런 거야?〉

켄고가 총에 맞은 게 아닐까 걱정되어 얼굴에 핏기가 싹 가셨다.

〈안심하세요. 항체 네트워크의 습격에는 코우카가 가담하고 있습니다.〉

아라토는 켄고가 있는 곳에 가고 싶다는 의지를 레이시아를 통해 자동화시켰다. 항체 네트워크는 코우카를 의지하고 있다. 뭔가 석연치는 않지만, 사람이 죽지 않는다면 그래도 괜찮다는 생각이 들었다.

큰 계단을 올라가니 22층은 두 복도가 뻗어 있는 구조였다. 한쪽이 회의장으로 연결되는 것이고, 다른 하나는 그 자체가 넓은 로비가 되어 있어서 자동판매기나 의자가 놓여 있었다.

〈실험이 이루어지고 있는 대회의장은 이 22층에서 24층까지 3층분을 뚫은 방식으로 지어져 있습니다. 의석은 안쪽으로 향해 올라가는 계단식으로 배치되어 있죠. 25층이 회의장의 모니터룸이고, 실험 스태프들은 여기에서 대기하고 있을 겁니다.〉

테러리스트들도 이곳을 목표로 하고 있으리라. 그러나 다행히도 아라토와 레이시아가 먼저 종점에 도착했다.

가시광선을 굴절 투과시키는 그들을 인식할 수 있는 이는 없다. 심지어 정교한 카메라까지도.

〈잠시 멈추세요. 세 걸음 앞에 위험물을 탐지하기 위한 X선 조사 라인이 있습니다. 지금 설정으로는 투과되지 않는 주파수입니다.〉

황급히 발걸음을 멈췄다. 신기할 정도로 그게 커다란 장해로는 느껴지지 않았다.

〈어떻게 돌파할 수 있을까?〉

〈거짓 정보를 포함시키겠습니다. 신호하면 시야에 비치는 경계 구역을 3초 안에 지나가세요.〉

레이시아의 디바이스의 감각기 모드는 그녀 자신도 완전히 제어할 수 없을 정도로 부담이 크다. 그러나 빌딩 안을 오가는 수없이 많은 정보를 읽어 내는 동시에 변환 및 저장하는 능력은 그야말로 인류가 도달하지 못하는 영역이었다.

아라토의 흑백 세계에 주황색 경계 구역선이 표시되었다. 동시에 경계 구역의 공중에 숫자 '30'이 떠오르면서 카운트다운이 시작되었다.

〈전자전 모드의 록을 해제하였습니다. 블랙 모노리스의 가상 영역에 위치한 완전 에뮬레이션 속, 빌딩 내부 시스템의 현재 데이터를 수정. 빌딩 내부 시스템에 대해 3초간 개입 및 전사(轉寫)하겠습니다.〉

그녀에게 인파 속에서 투명인간에 대한 '행동'을 지시할 클라우드는 없다. 주변에는 실험 종료를 기다리는 관계자들로 북적거렸다. 그녀에게도 인간답게 행동할 여력이 없었다.

〈손 내밀어 봐. 저쪽까지 끌고 갈 테니까.〉

그녀의 부드러운 손을 꼭 쥐었다. 장갑 너머로 맞잡는 손의 감촉에 들떴다. 코우카는 싸움에 아무 의미도 없다면 그건 '도구'를 사용하는 오너 때문이라고 아라토에게 말했다. 이 일은 그에게도 해야 할 가치가 있는 것이었다.

카운트다운 숫자가 0이 된 순간 레이시아의 손을 잡고 경계 구역을 뛰어 지나갔다. 휘청거리면서 간신히 발걸음을 멈췄다. 헬멧이 너무나 무거웠다.

레이시아는 땀에 젖은 아라토와는 달리 시원한 표정이었다. 그녀는 쉬지 않고 도구로서 그의 뜻을 점점 현실화시키고 있었다.

〈여기서부터는 경계 구역이 이곳저곳 흩어져 있어서 안전한 뒷길을 통해 대기 포인트로 들어가겠습니다.〉

그리고 아라토의 망막에 대회의장이 있는 22층부터 25층까지 입체도가 투영되었다. 붉은 광선으로 표시된 그 루트를 보고 저도 모르게 입을 떡 벌릴 뻔했다.

〈대기 포인트라니 이거 회의장 안이잖아.〉

〈회의장 내부는 은밀한 논의를 하고 싶어 하는 의원들의 반발로 인해 관례상 그다지 세밀하게 센서로 감지하지는 않습니다. 입구는 엄중해도 회의장 내부는 공백과 마찬가지죠.〉

빌딩이 희미하게 흔들렸다. 전투 세력이 바로 코앞까지 있는 모양이다.

회의장의 멋들어진 문이 모노톤의 음향 시야 속에서 희뿌옇게 떠올랐다.

〈가요. 문이 안쪽에서 열린다면 더욱 좋습니다.〉

회의장에서 도망친 사람들이 안쪽에서 문을 열었다. 커다란 소리를 표시하는 하얀 파동이 회의장에서 새어 나왔다. 낯빛이 새파래진 사람, 분노하는 사람 등등 모두 말도 안 된다고 불평을 터뜨리면서 차례로 통로로 쏟아져 나왔다.

그러나 경비용 hIE가 문 바로 옆에서 대기 중이었다. 신장이 2미터나 되는 거대한 그것이 그들을 그대로 보내 줄 것 같지 않았다.

〈사람이 나오는 틈을 타서 들어가세요. 빈틈 간격은 50센티미터 정도지만요.〉

몸이 움츠러드는 아라토의 용기를 북돋는 목소리가 머릿속에 울렸다.

〈사전 조사를 통해 지각 불가능으로 판단되었습니다. 정면 돌파를 추천합니다.〉

그녀는 이미 만반의 준비를 끝내 놓았다. 자신의 책임으로 이를 따르면 될 뿐이다.

〈여기까지 왔잖아. 믿을게.〉

두려워하지 말라고 자신을 다독이며, 일회용 페트병에 든 음료를 마시면서 나온 중년 남자의 바로 옆 틈을 타고 안으로 들어갔다. 양쪽으로 열리는 문을 아주 잠깐 손가락으로 막아 멈추게 했다.

경비용 hIE들마저도 아라토가 바로 눈앞에서 벌인 사기 행각을 감지하지 못했다.

이제 막 뛰어든 회의장은 온갖 소리로 넘쳐났다. 한쪽 끝에는 한 단 높은 널찍한 연단이 자리했고, 그곳에 잘 차려입은 여자 한 명의 모습이 보였다. 그리고 반대쪽 끝으로는 50미터쯤 되는 길고 급한

계단이 뻗어 상단을 향해 의석이 설치되어 있었다.

아라토는 계단식 의석 제일 아랫줄과 연단 사이에 펼쳐진 공간 사이에 서 있는 상태였다. 계단식 의석 옆에 있는 계단을 올라가면 그 중턱에 23층의 문이 있다. 제일 끝인 최상단열보다 더 안쪽에 있는 것은 24층의 문이다. 그 문에서 한 층 위인 25층의 벽은 유리로 되어 있어서 회의장을 내려다볼 수 있다. 오이 산업진흥 센터의 대회의장 층은 대회의장의 사방을 둘러싸듯 복도가 배치된 구조였다.

의석에는 사람들이 드문드문 앉아 있을 뿐이었다. 긴 머리 여자는 계속 연설을 하고 있었다.

이것이 바로 실험이었다.

영리한 편은 아닌 아라토라도 아버지의 직업이라 한 번 살펴본 적이 있긴 했다. 인간 정치인들 사이에 hIE 정치인을 회의에 세우자는 계획은 부정부패로 지방 정치가 붕괴한 지역이나 분쟁 지역에서 유용하게 사용될 것이라고 기대를 모으고 있다. 설문조사나 네트워크를 통해 추출한 시민층의 의견을 의회에 반영시켜 '가공의 인간'에게 직접 말하게 하는 것이다. 이제까지는 의견을 법안 형태로 정리하거나 의회에서 질문 및 답변의 형태로 출력하는 행위는 전문가만이 할 수 있는 일이었다. 차세대 사회연구 센터(NSRC)에서 아버지가 만들려고 하는 hIE는 이러한 것들을 전부 자동으로 해 준다.

〈저게 바로 미코토구나.〉

아라토는 발을 멈추고 '그녀'의 얼굴을 올려다보았다. 연단에 있는 슈트 차림의 hIE는 살짝 천진스러운 얼굴에 힘껏 힘을 준 표정이었다.

"안드로이드 정치가는 의원의 질을 유지하기 위한 시스템입니다. 일본에서는 유권자들이 국회의원의 낮은 질을 지적해 왔습니다. 그래서 정치에 대한 실망이 커질 때마다 정기적으로 이 계획이 제안되곤 했습니다."

그의 머리 위에서 미코토가 힘차게 소리 높여 말했다. 미코토 자신이 얼마나 필요한 존재인지 회의장의 사람들과 토론시키는 실험을 하는 모양이었다.

계단식 의석 한곳에서 30대 남성 의원의 책상이 흰 형태로 떠올랐다. 마이크에 대고 그가 미코토에게 반론했다.

"hIE 의원이 있다고 해도 인간 의원의 질이 올라가겠습니까? 아니, 오히려 hIE 의원이 있으니까 인간 의원은 필요 없다는 식이 된다면, 반대로 질이 더욱 떨어질 가능성이 더 크지 않습니까."

"현재의 정치학으로 보건대 질이 떨어지지 않으리라 예측합니다. 그리고 만에 하나 질이 낮아진다고 하더라도 민주주의를 유지하기 위해 의견 집약을 하는 hIE입니다. 저의 존재가 유해하다는 의견이 반수 이상이라면, 인간의 의견을 정치의 장에 자동으로 언급하는 이상 제 자신이 hIE 의원 금지 법안을 의회에 제출하게 될 것입니다."

아라토도 '그녀'가 한 말 그대로의 내용을 교과서에서 읽은 적이 있다. 아라토는 그 말을 잘 이해할 수 없었고, 이 자리의 의원들도 공감하지 못한 듯했다. 미코토가 주장했다.

"인간 사회에서는 구성원인 인간들이 어떤 것에 '가치가 있다'고

믿음으로써 가치가 주어집니다. 민주주의는 이 가치를 유지하기 위한 합의를, 가치 부여에 힘쓰는 사회 구성원이 행하는 단순하고도 강력한 시스템입니다. 이러한 자리에 인공지능의 도움이 개입하는 것은 매우 합리적인 일이라고 할 수 있습니다. 마찬가지로 신용이 가치를 부여하는 전자 암호 통화에서도 이미 자동화가 전제되어 있습니다."

계단식 의석 몇 곳에서 의원 몇 명이 벌떡 일어서서 "더 볼 것도 없네."라는 말만 내뱉고 그대로 출구로 향했다.

실험은 성공 여부를 떠나서 논의에 불도 붙지 않은 것 같았다. 실험을 노리고 쳐들어온 테러리스트들이 바로 코앞까지 와 있는 데다 논의도 이렇게 저조하니 도망가는 것도 당연지사였다.

〈코우카 일행이 21층에서 교전 중입니다.〉

바로 곁에서 인기척이 났다. 레이시아도 회의장 안에 함께 침입한 상태였다.

참가자들은 별로 달아오르지도 않는 논의에 지쳤는지 다들 심란한 표정이었다. 미코토의 등 뒤에 있는 대형 디스플레이에는 '침입자를 막고 있습니다.'라는 텔롭이 표시되어 있었다. 시설 보안에 대한 신용이야말로 회의장이 공황 상태에 빠지지 않는 이유였다.

그때 가장 안쪽에 있던 24층의 문이 열렸다. 흑백의 시야 속에서 몸매에 잘 맞춰진 슈트 차림의 풍채 좋은 한 남자가 회의장 계단을 내려왔다.

남자가 말했다.

“실험 예정에는 없었던 전개지만 괜찮겠지. 이 빌딩에 경비용 hIE를 납품하는 진구지라고 하네.”

“알겠습니다. 질문하십시오.”

미코토는 진구지에게 발언권을 주었다. 진구지는 상대의 태도를 엿보는 것처럼 물음을 던졌다.

“자네들 hIE 의원은 계획적으로 봤을 때는 그다지 새로운 것도 아니네. 그러나 여전히 실현되지 않는 부분이기도 하지. 항상 이 계획은 완수된 적이 없어. 왜 그런지 아는가?”

‘그녀’는 공평하다. 자신에게 불리하더라도 사실을 숨기지 않는다.

“긴급 상황시 여론 변동에 hIE 의원이 대응할 수 없어서입니다. 여론이 심하게 흔들리면 저는 바로 민감하게 반응하여 이를 정치에 반영하려고 합니다. 예를 들어 전쟁 쪽으로 여론이 움직일 경우, 저는 설문조사 결과를 바탕으로 국가 전체를 매우 좋지 않은 방향으로 이끌게 될 가능성이 있습니다.”

검은 머리의 hIE는 당당하게 자신의 결점을 설명했다.

“저는 국민으로부터의 요청과 불만을 무제한으로 빨아들입니다. hIE 의원이란 인간이 사회에 드러내는 반응을 컴퓨터가 확인하기 쉬운 데이터로 처리하여 의회장으로 가지고 오는 시스템이니까요. 제가 이렇게 의회에서 답변이나 질문을 할 수 있는 행위 역시 국민의 마음속에 깃들어 데이터화되지 못하는 요망이나 불만에 대해 의사 표시를 하는 것뿐입니다. 저는 국민이 어리석다면 그 어리석음을 눈에 보이는 형태로 만듭니다.”

"그게 바로 시스템적인 결함이라고 생각하지 않나?"

진구지의 질문에는 비아냥거림이 담겨 있었지만, 끓어오르는 투지 역시 만만치 않았다. 미코토는 뜨겁지도, 차갑지도 않다. 그래서 한쪽이 뜨거운 열기를 갖고 대하니 기묘할 정도로 논의가 달아오르는 것처럼 느껴졌다.

진구지는 더욱 강력하게 주장했다.

"정치가에 대한 낮은 기대가 hIE 의원을 뒷받침해 주고 있지. 자동화라는 건 인간이 최고의 실력을 발휘하지 않아도 일정의 결과를 낼 수 있게 해 주는 것이니 말일세. hIE에게 인간이 할 일을 위탁하는 것은 인간에 대해 기대치가 낮아졌다는 실망이 원인이라고 본다만."

미코토는 연단에서 안타까운 표정을 지었다.

"자동화란 인간의 일을 매뉴얼로 정리하여 그걸 기계적으로 행하는 사이클을 만드는 것입니다. 대인 분야에서도 이러한 자동화는 외식 체인점이나 프랜차이즈형 소매점의 매뉴얼이 고도화되면서 21세기부터 이어지고 있습니다. 넓게 본다면 인간보다도 투명성이 있는 절차를 밟아 규정대로 확실히 진행하는 충실한 '형태'에 기대하는 편이 더 좋다고 봅니다."

그 주장을 듣던 아라토는 점점 오싹함을 느꼈다.

미코토는 자동화의 이치에 관해 설명하고 있었지만, 인간의 의견을 수집하여 제시하고 있을 뿐이다. 그 차갑기 그지없는 말은 모두 사회에서 실제로 인간 자신이 같은 인간에 대해 하는 말의 짜깁기인 것이었다.

인간이 인간을 필요 없다며 배제하는 메마른 세상이 끝없이 펼쳐져 있었다.

〈그게 '편리'하다는 거로 끝날 문제야?〉

그런 것을 편리하다는 한마디로 끝내지 못하는 항체 네트워크가 마침내 총까지 쥐고 나섰다.

투명인간으로 있는 자신이 어쩐지 부끄럽게 느껴졌다. 식당 2층에 있는 낡은 방에서 켄고가 항체 네트워크와 관련된 일을 한 것도 분명 그곳에 현실이 있었기 때문이리라.

〈아라토가 어떻게 느끼는지 전 알 수 없습니다. 하지만 이건 정부가 대규모 예산을 들여 실험할 정도로 현재 필요로 하는 일입니다.〉

레이시아가 아라토 곁에 계속 붙어 있었다. 잠복하기 위해 몰래 들어간 회의장을 바로 떠날 수도 없었다.

〈이 모든 것이 자동으로 돌아가는 세상이 '쓸데없는 것'으로 보입니까?〉

그 질문에 아라토는 대답할 수 없었다. 그는 켄고를 말리러 왔다. 그러나 친구가 무엇을 목표로 싸우고 있는지 곰곰이 생각해 본 건 아니었다.

진구지는 의석에 앉지 않고, 계단 중턱에서 미코토를 내려다보며 말을 이었다.

"'절차'만 정확히 밟아 나가면 되기에 인간은 필요 없다고 한다면, 그게 오히려 의문과 투쟁을 부를 수밖에 없지. 지금도 실험을 반대하는 세력에 의해 공격을 받지 않나."

"현재 차세대 사회연구 센터에서는 모든 도시 생활을 시뮬레이션할 수 있는 인공 도시를 운영하여 '모든 일을 기계에 맡기는 것이 가능한가?'에 관한 실험을 진행하고 있습니다. 이 결과에 따라 진구지 씨가 제기한 의문에 답할 수 있게 됩니다."

켄고와 테러리스트들은 '이것'을 파괴할 작정이다. 바로 눈앞에서 목표물을 보자 긴장감이 피부로 느껴지는 것만 같았다.

아라토까지 열기로 달아올랐다. 시각화된 음향 세계의 흑백상으로도 진구지라는 인물은 강한 존재감을 뿜어 냈다.

그러나 빌딩이 격렬하게 흔들렸다. 소용돌이 치기 시작한 열기가 내부를 크게 휘저었다. 폭발음이 대기를 직접 진동시켰다. 무언가를 붙잡고 있지 않으면 넘어질 지경이었다. 빌딩이 높아서 진동은 몇십 초 동안 멈추지 않았다.

그러다가 곧 회의장 안 사람들의 시선은 모두 위로 향했다.

무엇인가 우수수 떨어졌기 때문이다. 몇백, 몇천이나 되는 작고 가벼운 단편들이었다.

밀폐된 회의장에 꽃잎들이 나풀나풀 흩날렸다. 음향적 세계에서 조용히 휘날리는 꽃잎들이 주변에서 반사되는 소리에 의해 나부끼는 모습에서 그윽한 아름다움마저 느껴졌다.

지상 20층보다 높은 곳에서 이런 것들이 자연히 날아 들어올 리가 없었다.

사람들은 당황스러워했다.

너무나도 뜬금없이 발생한 일이라 충격을 받을 새도 없었다. 긴장감은 완전히 포화 상태였다.

그러나 아라토는 꽃잎을 한 개 붙잡아 보고 온몸에 찬물이라도 뒤집어쓴 것처럼 기절초풍하고 말았다. 레이시아와 만났던 날 밤에 목격했던 것과 똑같은 것이었다.

기계를 미쳐 돌아가게 만드는 꽃비.

지금 회의장에 잠입했다는 것도 잊고 조심하라고 외칠 뻔했다. 그럴 때 누군가가 손을 뼈가 으스러질 정도로 꽉 쥐었다.

레이시아였다.

〈저희가 나서지 않아도 곧 경보가 작동할 겁니다.〉

* * *

아라토와 레이시아가 쏟아지는 꽃비를 맞기 몇 분 전, 켄고를 비롯한 습격대가 먼저 그 장면을 목격했다.

대회의장의 접수처가 있는 21층에 도착한 그들은 경비 hIE의 격렬한 총알 세례를 받았다. 항체 네트워크는 비상계단을 통해 여기까지 올라왔다. 비상계단은 재난 등을 대비하여 통로에서 쉽게 도달할 수 있는 위치에 있다. 방어하는 측에서 볼 때 여기서 적을 저지하지 않으면, 회의장에 있는 손님들을 위험에 빠뜨리게 된다. 그래서 경비 측도 여기서 단단히 방어를 위한 진을 치고 있었다.

선두에 선 코우카마저 제대로 전진하기가 힘들었다. 그녀는 21층의 비상계단에 공간을 확보했다. 그러나 진구보의 경비 hIE가 그들 습격대의 진로가 아닌 회의장 접수처와 복도에 전력을 모아 단단히 방어진을 치고 말았다.

다시 말해, 여기서 그녀가 밀어붙여서 습격대가 그 뒤를 따른다고 해도, 바로 이어지는 22층의 수비대에 의해 저지당하고 만다. 그때 역공에 나선 21층의 수비대가 협공을 한다면 코우카는 몰라도 나머지 습격대원들은 모두 끝장이다.

그때 잔뜩 지친 자원자 한 명이 이상한 소리를 했다.

"무슨 노랫소리가 들리지 않아?"

바람을 찢는 진동에 그들은 빌딩 벽면을 쳐다보았다. 동시에 바닥이, 벽이, 천장이 통째로 얻어맞기라도 한 것처럼 요동치는 바람에 모두가 비틀거렸다. 유리가 와르르 깨지는 소리와 폭발음이 그들을 단숨에 집어삼켰다. 켄고도 몸을 가누지 못하고 벌렁 넘어지고 말았다.

복도를 가득 채운 흙먼지 속에서 몸을 일으켰다. 콘크리트와 불투과(不透過) 소재로 만들어진 벽면이 갈라져 있었다.

"……꽃이잖아?"

그들이 있는 창가 복도에서는 두꺼운 강화유리 벽을 통해 오이마치의 빌딩 숲이 보여야 했다. 그러나 지금 빌딩 벽면은 수없이 생긴 균열들로 바깥이 보이지 않을 지경이었다. 그 벌어진 상처 속에 헬리콥터의 거대한 로터가 내리박힌 모습이 보였다. 바닥은 커다란 건물 잔해들로 가득 차서 발 디딜 틈도 없었다.

그러나 그들은 헬리콥터보다도 기이하게 변한 그 표면에 더 눈길을 빼앗겼다. 금속판인 로터 표면이 갖가지 색깔의 꽃으로 뒤덮여 있었다.

빌딩 고층에서 부는 바람이 희미하게 새어 들어왔다.

"빌딩에다 박은 건가?"

켄고는 꽃으로 뒤덮인 헬리콥터를 멍하게 바라보았다. 아직도 회전하려고 애를 쓰는 로터는 털털거리며 불꽃까지 튀겼다.

"방송국 헬리콥터구나. 22층 벽에 엄청난 속도로 충돌했어."

그 목소리에 멀거니 서 있던 그들은 반사적으로 차렷 자세를 취했다. 코우카가 돌아왔던 것이다.

그러나 방송국 헬리콥터가 근처를 배회하고 있다는 의미를 이해하기도 전에 코우카가 말했다.

"이제 본격적으로 움직일 때네. 경비는 손님들 피난 유도와 헬리콥터에 대한 대처로 바빠서 이제 우리를 저지할 전력을 유지할 수 없을 거야."

습격대 사이에서 불안감 어린 시선이 교차했다. 하지만 앞으로 나갈 수밖에 없는 전투 초보자들은 스스로 판단하길 포기한 후였다.

자신도 hIE면서 그녀가 크게 호령했다.

"미코토의 실험이 이루어지는 회의장까지 단숨에 돌파할 테니까 그 전에 항체 네트워크의 이념이라도 복창해 볼까? 자, 인간에게는 손을 대지 않는다! 인간을 지키고 오직 hIE에게만 방아쇠를 당긴다."

그렇게 총을 든 폭도로 돌변할지도 모르는 습격대의 흥분을 더욱 자극했다.

"큰 소리로 복창!"

코우카가 기합을 넣으려는 듯 검날 형태의 디바이스를 바닥에 푹 꽂았다.

"항체 네트워크는 인간과 인간 사회, 인간 문화를 지킨다!"

이제 될 대로 되라는 식의 큰 목소리로 습격대원들이 복창했다.

"항체 네트워크는 절대로 인간을 쏘지 않는다!"

복창할 때마다 불안한 빛이 어렸던 습격대원들의 눈에 이제 할 수밖에 없다는 뜨거운 열기가 깃들기 시작했다.

"리더가 지시한 목표만 사격할 것!"

머릿속 사고의 일부를 얼어붙게 하며 냉철하게 규율을 각인시켰다. 코우카는 정말로 전투에서 이기게 하는 도구였다.

습격대는 전투라는 '의미'를 이 기계에 의해 빼앗기고 말았다. 그러나 올바른 세계를 통해 도움을 받을 수는 없기에 피로와 열광, 그리고 공포에 사로잡힌 동료들과 함께 발을 맞추고 있다. 총으로 쏴도 되는 것을 부숴 버리고 싶어서 참을 수가 없었다. 분통이 터졌다.

잔뜩 상기된 얼굴을 한 대원에게 붉은 소녀형 hIE가 물었다.

"그럼 너, 혹시 내가 지시하지 않은 상대가 달려든다면 어쩔 거야?"

"상대가 인간이라면 쏘지 않고 때리겠습니다!"

코우카가 활짝 웃었다.

"합격."

그들이 할 수 있는 일은 이제 더는 생각조차 하지 않고 무작정 앞으로 나가는 것뿐이다.

"그럼 우리 시원하게 불꽃놀이를 좀 해 볼까!"

코우카가 디바이스를 변형시키자 강력한 레이저가 발사되면서 유리 벽과 함께 헬기를 꿰뚫어 버렸다. 대폭발로 인한 화염과 파풍이 21층까지 휩쓸고 지나갔다.

22층 돌입은 그야말로 코우카라는 주연 배우를 독보적으로 보이게 하기 위한 쇼였다. 화염 속에서 회의 참가자들을 지키기 위해 전력을 분산시킨 경비 부대로는 코우카의 진격을 막을 수가 없었다. 경비 hIE의 배치를 빠르게 읽어 내어 대형 디바이스의 레이저로 이들에게 사격을 가했다. 경비 hIE는 무작정 거리를 좁히며 바짝 들이대는 코우카를 피해 벽을 방패 삼아 저격하려고 했다. 코우카가 방탄조끼에서 꺼낸 나이프나 총이 마법처럼 빠르게 놀라운 전투 묘기를 선보였다. 이제까지 보인 기술들도 습격대에게 전투를 익히도록 힘을 많이 뺀 수준이었다는 듯 그 '행동'들은 모두 화려함과 세련미가 넘쳤다.

염려했던 21층부터의 협공이 시작되기도 전에 수비벽을 뚫는 데 성공했다. 이 전투에 비통함은 없었다. 그녀는 마음을 갖고 있지 않다. 형태만 존재하기에 이런 끔찍한 파괴 속에서도 그저 아름다울 뿐이었다.

회의장 앞 복도에 들어서자 융단 깔린 바닥과 함께 내부 인테리어가 쾌적한 분위기로 바뀌었다. 그리고 온갖 비명이 넘쳐나고 있었다.

슈트를 잘 차려입은 어른들이 소리를 지르며 도망치느라 바빴다.

총을 든 켄고와 습격대원들은 자신들이 평범한 생활 속에 끼어들어서는 안 되는 이물질임을 느끼지 않을 수가 없었다.

"항체 네트워크는 여러분을 쏘지 않습니다! 무서워하지 마세요."

켄고는 소리쳤다. 총을 들고 여기까지 경비를 뚫고 들어왔으니 믿어 줄 리 없다는 건 잘 안다. 그래도 소리쳐 알리지 않을 수가 없었다.

"진정하세요. 저희는 인간 편이라고요."

당연히 귀담아 들어줄 리가 없었다.

"살인자!"

"살려 줘."

"경찰 어딨어?!"

총성이 마구잡이로 울렸다. 코우카가 재빠른 속도로 이 층에 집결한 경비 hIE들을 처리하는 중이었다.

사람들은 혼란에 빠져 허둥대기 바빴다. 이쪽이 하는 말에 귀를 기울이지 않는 와중, 습격대원 한 명이 천장에 대고 총을 쐈다.

"조용히 하란 말이야!"

사람들이 머리를 싸쥐면서 몸을 숙였다. 이제 서 있는 것은 습격대뿐이었다.

"이게 무슨 짓이에요! 우리가 이런 짓을 하러 온 게 아니잖아요!"

켄고는 총을 쏜 동료에게 따졌다. 탄창 한 개 분량을 마구 쏴 대고 나서 그 남자의 팔이 풀썩 떨어졌다.

세상이 이렇게나 험난하다는 게 불공평하게 여겨졌다. 세상은 항상 괴로운 이쪽과, 제법 살 만한 저쪽으로 나뉘어 있다. 일본이라는 나라 안에서만 해도 켄고의 집은 100년 전 집과 별반 차이가 없다.

회의장 문이 열렸다. 겁에 질려 피난하는 사람들이 끊임없이 복도로 쏟아져 나왔다.

근처에서 경비 hIE를 처리하던 코우카가 대원들에게 명령했다.

"D-6에서 D-12는 회의장으로 돌입. D-2에서 D-5까지는 손님들을 큰 계단 쪽으로 피난 유도를 해. 방아쇠에는 절대로 손대지 말고!"

그들의 목적지인 회의장 내부에서는 꽃비가 세차게 쏟아지는 중이었다.

그녀가 거대한 디바이스를 들고 꽃잎의 호우 속으로 뛰어들어 갔다. 아무런 기대도 받지 못하고 오직 비난만 받을 뿐인 습격대가 복도에서 도망이라도 치듯이 근처에 있는 문을 통해 그 뒤를 따랐다.

켄고도 땀을 너무 흘려서 무거워진 몸으로 뒤를 쫓았다. 누가 얼굴이라도 볼까 봐 고개를 푹 숙였다.

"이제 다 싫어."라고 그 누구에게도 들려주고 싶지 않은 나약한 소리를 입안에서 중얼거렸다. 빨리 끝나길 바랄 뿐이었다.

꽃잎의 밀도가 높아서 마치 오색찬란한 홍수 속을 헤엄치는 것 같았다. 바로 3미터 앞도 제대로 보이지 않았다. 표적인 미코토를 좀처럼 찾을 수 없었다. 실험은 중단되었을 게 분명했다.

그러다 꽃의 폭풍우 속에서 하얀 원피스를 입은 소녀가 덩그러니 서 있는 모습을 발견했다. 동생 올가보다 네다섯 살은 더 어린 초등학생쯤으로 보였다.

그러나 발걸음을 뗄 수가 없었다.

이런 어린아이가 실험에 참여할 리가 없다. 그리고 손으로 꽃잎을 한 움큼 집어 주변에 흩뿌리는 행동이 이 상황과 너무나도 맞지 않았다. 긴 녹색 머리칼도, 역시 똑같은 녹색 눈동자도 사랑스럽게 생겼지만, 인간과는 매우 차이가 났다.

귀에 익은 목소리의 비명이 들렸다.

"살려 줘! 꽃이 막 기어 올라와."

습격대원 중 한 명이 미친 듯이 몸을 탁탁 털어내며 날뛰고 있었다. 켄고는 자신의 총에 시선을 떨구었다. 몇십 개나 되는 꽃잎들 하나하나에 짤막한 다리가 빼곡하게 돋아나 총의 기관부를 마구 기어 다니는 중이었다. 꽃잎 모두가 소형 로봇이었다.

"스노드롭의 자유닛은 인간한테는 해를 끼치지 않아. 목걸이형 단말기에 달라붙기만 하지 손으로 떼어 내면 아무 문제 없으니까 일단 진정해."

코우카가 검날 형태의 대형 디바이스를 변형시켰다. 불길에 타오른 꽃잎들이 일직선의 궤적을 그리며 붕 떠올랐다. 코우카가 초고출력 레이저를 쐈던 것이다.

소리 없는 죽음이 녹색 머리 소녀를 움켜쥔 순간, 흰 원피스의 앞섶에 불길이 치솟았다.

인화한 몇백 송이의 꽃들이 회의장을 화염으로 일렁이게 했다.

스노드롭이라고 불리는 어린 소녀는 쓰러지지 않았다.

소녀는 녹색 머리칼 일부를 동물 귀처럼 파닥거렸다. 그러더니 가볍게 자신의 배를 두 손으로 눌렀다.

"이리 와."

활활 타오르는 불이 붙은 옷은 개의치도 않고 혀짧은 소리로 그렇게 속삭였다.

회의장 출구에 금속 덩어리가 삐걱대는 소리가 났다. 경비 hIE의 잔해가 다시 기동을 시작하고 있었다. 비척거리며 다가오는 것은 파괴한 부위에 꽃다발이 들어차 강제로 걷게 하는 hIE 시체 두세 구였다. 흩날리는 꽃잎들이 그 몸체에 다닥다닥 붙어 꽃 형태를 만들어 댔다.

습격대는 반광란 상태에 빠져 꽃의 주박(呪縛)에 사로잡힌 기체에 마구 총을 쐈다. 그러나 아무리 벌집으로 만들어도 기계의 발걸음은 멈추지를 않았다. 코우카가 아무렇게나 쏜 총에 다치는 사람이 있을 걸 염려했는지 쏘지 말라고 지시를 내렸다.

옷 소매로 얼굴에 밴 땀을 닦았다. 이 스노드롭이 바로 아라토가 레이시아를 만났을 때 공격을 가한 적임을 알아차렸다. 그러는 동시에 아라토와 자신을 비교하게 되었다.

"하하, 엔도도 참 대단하네."

조화처럼 수분기 하나 없는 꽃잎 모양 로봇이 옷 속으로까지 파고들었다. 당장이라도 미쳐 버릴 지경이었다.

"이런 상황에서 어떻게 hIE 계약을 한 거야?"

믿는다니, 좋아한다느니 위기의식이 부족해도 정도가 있다. 친구의 그런 모습을 떠올리자 입가에 다시 웃음이 돌아왔다. 조금은 마음이 차분해졌다.

"hIE만 부수면 돌아갈 수 있어. 나쁜 건 저쪽이니까."

켄고는 총을 들고 꽃잎을 헤치며 정치 의견 집약 hIE를 찾았다.

연단에는 아무도 없었다. 의석에는 앉은 사람도 없었다. 그러나 곧 연단 아래에서 피난 유도를 하는 붉고 흰 슈트에 검은 머리를 한 젊은 여자를 발견했다.

"진정하세요! 뛰지 마세요. 실험은 중단되었습니다. 자세한 사항은 추후 연락드리겠습니다."

여자의 머리에는 기계를 조종하는 꽃잎들이 모여 화환을 이루고 있었다. 풍채 좋은 의원들이 웃옷을 벗어 머리를 가리면서 그녀의 지시를 따르는 중이었다.

코우카는 이 꽃이 인간에게는 해가 되지 않는다고 했다. 실제로 켄고의 머리에 이 소형 로봇들은 몰려들지 않았다. 그러니까 온몸이 꽃잎으로 뒤덮여 있는 '이것'이 바로 미코토가 분명했다.

둔탁한 분노가 치밀어 올랐다. 피로에 젖을 때까지 싸운 자신들은 비명의 환대를 받고, 인간의 일을 자동화시킬 뿐인 hIE가 인간을 인솔하고 있다니.

상대가 hIE라도 인간은 그 지시를 따른다. 코우카를 맹목적으로 믿고 따르는 자신들과 미코토의 유도를 받는 사람들이 겹쳐 보였다.

이제 다 싫었다. 켄고는 미코토를 향해 총구를 겨누었다.

"이제 좀 눈을 뜨는 게 어때? 우리는 인간의 '형태'를 했을 뿐인 '물건'에게 소중한 것들을 빼앗기고 있단 말이야."

때려 부수고 싶었다. 증오와 분노가 종착점이어도 괜찮다는 생각이 들었다.

* * *

켄고가 미코토에게 총구를 겨눈 순간, 아라토는 친구 곁으로 달려갔다.

〈켄고! 그만해.〉

계속 고함을 쳤다.

그러나 귀신 같은 형상을 한 친구에게는 전해지지 않았다. 아라토는 아직도 마우스피스 형태의 스피커를 물고 있는 데다 모습도 여전히 투명한 상태였기 때문이다.

아무리 봐도 제정신이 아닌 것 같은 친구를 보다 못해 옆에서 총을 꽉 움켜쥐었다. 갑작스럽게 가해진 힘으로 인해 조준에 실패한 켄고가 얼굴을 일그러뜨리며 그를 떼어 내려고 했다.

"대체 뭐야!"

저항하는 손에서 쓰러질 정도의 온몸의 무게를 실어 총을 강제로 빼앗았다. 아라토는 메타 머티리얼로 빛을 굴절시켜 투명화되어 있지만, 당연히 총은 그렇지 않았다. 공중에 둥둥 뜬 무기를 보고 켄고는 얼어붙었다. 아라토는 총을 저 멀리 내던졌다. 총이 연단 아래로 굴러떨어졌다.

마우스피스 형태의 스피커를 통해 레이시아의 목소리가 머리를 울렸다.

〈꽃비가 항체 네트워크에 소속된 다른 테러리스트들의 시야를 가리고 있습니다. 이대로 친구분을 데리고 가죠.〉

아라토는 그녀에게 입을 벌리지 않고 소리쳐 대답했다.

〈이런 상황에서 그랬다간, 돌아가고 나서 켄고랑 크게 싸울 거라고!〉

코우카가 스노드롭이라고 부른 hIE의 공격은 아라토와 레이시아에게도 예상 밖의 일이었다. 그러나 그냥 보고 넘어갈 수는 없었다.

어린이다운 통통한 배에서는 흰 파문을 일으키는 음향상이 연이어 퍼져 나가고 있었다. 복부 언저리에서 끊임없이 소리가 방출되고 있다는 뜻이었다.

"에잇, 에잇."

스노드롭은 원피스 복부 근처에 흰 꽃잎을 잔뜩 끌어안고서 작은 손으로 그걸 이리저리 뿌려 댔다.

마치 날갯짓하는 새에게서 깃털이 떨어지는 것처럼 원피스가 흔들릴 때마다 꽃잎들이 수없이 팔랑팔랑 흩날렸다.

〈저게 뭐야?〉

〈옷 내부에 자유닛을 만드는 기관이 있는 것 같습니다. 자유닛은 발포수지를 부풀려 만드는 것이기에 스노드롭은 아직도 충분히 꽃을 생산할 수 있습니다.〉

레이시아가 꽃잎을 손가락으로 짓이겼다. 바람에 나부낄 정도로 가벼운 유닛들은 공중을 유유히 헤엄쳐 다녔다.

〈빨리 도망쳐! 위험하단 말이야.〉

아라토는 다시 한 번 경고를 했다. 입을 벌리고 또렷하게 소리를 내려고 외쳤지만, 전혀 바깥으로는 닿지 않았다.

시야가 거의 보이지 않는 와중, 켄고가 주위를 둘러보며 지시를 기다리는 것처럼 코우카 쪽을 돌아보았다. 그 어색한 움직임이 마치 기계와도 같아서 아라토는 황량하고 쓸쓸한 세계에 발을 들인 기분이 들었다. 말을 걸어도 통하지 않는 건 둘 다 인간이 아닌 존재로 전락하고 만 듯이 느껴졌기 때문이다.

인간으로 돌아가려고 결심했다.

〈헬멧을 벗을게. 이대로라면 끝이 없겠어.〉

그러나 그녀는 끝까지 냉정했다.

〈스노드롭과 코우카 모두에게 공격을 받을 가능성이 있습니다만.〉

〈그래도 해야 해. 이대로라면 회의장에 큰불이 나겠어.〉

스프링클러는 아직 작동하지 않았다. 화재 경보마저 울리지 않았다. 아마 그것도 모두 이 스노드롭의 꽃들로 인해 죽은 모양이다.

그리고 코우카도 같은 인류 미답 산물과의 전투에서는 레이저나 고열을 뿜는 검을 마음껏 사용하는 중이었다. 그럴 때마다 공중을 뒤덮은 수많은 꽃잎이 전부 불타오르며 융단이나 책상 위로 우수수 떨어졌다. 회의장 안으로 불길이 번지고 있음이 분명했다.

뜨거워서 견디기가 힘들었다.

아라토는 풀페이스로 쓴 헬멧을 벗으려고 힘껏 목 부분을 잡아당겼다. 안전을 위해서 그런지 살갗만 당길 뿐 전혀 머리가 빠지지 않왔다.

〈친구를 구하러 온 것이지, 항체 네트워크의 테러를 막으러 온 게 아니지 않습니까?〉

답답한 나머지 헬멧의 바이저를 걷어 올리며 마우스피스형 스피커를 입에서 뱉어 버렸다.

"레이시아! 회의장에 난 불을 꺼 줘."

"아라토가 책임을 지겠다는 뜻입니까?"

레이시아의 목소리가 이제까지와는 다르게 들려 순간 이상함을 느꼈다. 아라토는 마우스피스를 뱉어 더는 스피커를 통해 대화가 이루어지지 않는다는 것을 깨달았다.

"그래, 그렇게 해!"

몸부림을 치면서 헬멧을 간신히 벗어 던졌다.

땀으로 잔뜩 젖은 얼굴에서 망막 투영을 시켰던 고글도 벗겨냈다.

소리를 발하지 않는 물체를 거멓게 투영했던 흑백의 음향 세계는 곧 불길에 활활 타오르는 불길한 꽃밭으로 바뀌었다.

"대체 이게 뭐야."

음향 시계에서는 감각으로 느끼지 못했던 화염의 빛이 눈을 찔러댔다. 소리를 발하지 않아서 암회색으로만 보였던 스노드롭의 꽃들이 빛의 시각으로 보니 깜짝 놀랄 정도의 확연한 색감을 드러내며 자기주장을 했다.

"스노드롭의 자유닛은 생물과 비슷한 구성으로 되어 있어서 불에 잘 탑니다. 그래서 스노드롭은 연소하여 소실되는 분량을 계속 보충할 것이고, 코우카는 끊임없이 불로 그걸 태워 버리겠지요."

그의 머리도 더는 투명한 생물로 있지 않고, 인간의 세상으로 돌아온 모양이다.

"한쪽은 연료를 투하하고, 다른 한쪽은 태운다는 뜻이잖아?"

사람들이 모두 대피했는지 살폈다. 꽃의 무덤이 가리는 바람에 켄고의 모습이 제대로 보이지 않았다.

"잊고 있는지도 모르지만, 총에 맞기라도 하면 죽습니다."

레이시아는 메타 머티리얼의 투명화 효과를 해제하지 않아서 아라토의 눈으로는 보이지 않았다. 그것만으로도 불안감이 샘솟았다.

"안 잊었어!"

항체 네트워크의 습격대도 전부 총을 가지고 있다. 새삼스럽게 의식하니 발이 떨려 움직이지 못할 것만 같았다.

"켄고!"

소리쳤다.

회의장 중앙 부근에서 커다란 화염이 솟구쳤다. 코우카가 불타오르는 융단을 걷어차며 돌진하는 모습이 보였다. 그리고 스노드롭이 지배하는 경비 hIE의 잔해와 꽃들이 엉겨 붙어 만들어 낸 여덟 개의 팔이 붙은 전투 기계의 어깨를 검날 형태의 디바이스로 내리쳤다. 붉게 발열하는 칼날이 기계 속까지 갈라 버렸다.

그러는 동시에 코우카가 발뒤축에서 돌출하는 앵커를 박아넣어 잔해를 걷어차 저편으로 날려 버렸다. 물 흐르는 듯한 동작으로 다시 한 번 크게 파고들면서 스노드롭을 꿰뚫어 버리려고 했다. 어린 소녀의 몸을 둘러싼, 거대한 녹색 결정 장식이 붉게 빛나는 검을 막아 냈다.

스노드롭의 몸이 주변의 책상들을 거하게 휩쓸고, 고가의 기자재들을 고철 덩어리로 만들면서 뒤로 날아가 버렸다. 물수제비로 던진 조약돌이 수면을 가르는 것처럼 두세 번 의석의 책상 위를 튕기다가 마지막에 바닥으로 툭 떨어졌다.

"어디 흠집 하나 못 내는 출력으로는 당연히 디바이스를 없애기 힘들겠지."

코우카가 곤란하다는 듯 머리를 긁적였다.

그때 계속 쏟아지고 있던 조화의 폭풍우가 그쳤다.

지우개가 한번 쓸고 지나간 것처럼 주변을 가득 메우던 꽃비들이 순식간에 사라졌다.

아라토는 이와 비슷한 장면을 본 적이 있다. 이전에 레이시아는 투명하게 만들어 지령 전파를 통과시키는 방법으로 대량의 꽃잎 로봇들을 전부 무력화시켰다.

자유닛을 빼앗긴 스노드롭이 몸을 일으켰다. 장난감을 잃어버린 강아지처럼 주변을 이리저리 두리번거렸다.

"레이시아는 숨바꼭질을 하는구나."

그러는 사이에도 소녀의 흰 원피스 옷자락에서는 대량의 꽃잎들이 팔랑팔랑 쏟아져서 융단을 꽃밭으로 바꾸어 놓았다.

그야말로 상식의 범위에서 한참 벗어난 기이한 풍경이었다.

아라토는 조화 꽃 안개가 걷힌 회의장에서 켄고의 모습을 찾았다. 도망치지 않고 남아 있는 습격대원도 더는 없었다. 켄고만이 순식간에 변화한 주변 상황에 놀라 어찌할 바를 몰라 할 뿐이었다.

"켄고, 여기야!"

그러나 친구는 그의 존재를 알아차리지 못했다. 맨몸의 아라토에게는 코우카나 스노드롭을 막을 힘 같은 건 없다. 물론 잘 알고 있다. 여기까지 올 수 있었던 것도 레이시아의 힘 덕분이지, 아라토는 그저 지시를 따른 게 전부였다.

아라토의 힘 따위는 거의 아무 의미도 없다. 이 최전선에 서 있는 것조차도 분명 그녀에게는 걸림돌이 될 뿐이리라.

그래도 의미가 있을 거라 생각해서 여기까지 왔다.

켄고가 아라토의 목소리를 들었는지 이쪽으로 돌아보려고 했다. 그러나 그 얼굴은 곧바로 옆으로 홱 돌아갔다. 친구 곁에는 붉은 hIE, 코우카가 서 있었다.

"살아서 돌아가고 싶지? 그럼 내 오너가 되어 보지 않을래? 저걸 바싹 구워 버릴 기회인데."

조화로 이루어진 꽃밭이 된 융단에 스노드롭이 맨발로 일어섰다.

"그러려고 데리고 온 거구나?"

"엎드리세요!"

레이시아의 경고가 날아왔다. 반사적으로 얼른 몸을 숙였다.

스노드롭이 두 손을 활짝 펼쳤다.

"나, 이런 것도 할 수 있다."

무시무시한 예감이 들어 양손으로 머리를 감싸며 꽃밭을 향해 고개를 푹 숙였다.

곧이어 어마어마한 폭풍이 주변 사물들을 전부 휩쓸고 지나갔다.

마구 비명을 질렀다. 그 목소리가 자신의 귀에도 들리지 않았다. 책상이 날아가면서 아라토의 머리 위를 휙 지나갔다. 바닥이 파도라도 치는 것처럼 흔들려서 바닥에 자꾸만 이마를 찧었다. 뭐가 뭔지 알 수가 없어서 그저 정신없이 비명만 질러 댔다. 그렇게라도 하지 않으면 너무 무서워서 정신이 이상해질 것 같았다.

눈에 눈물이 가득 고였다. 순간적으로 온몸에 힘을 너무 주느라 몸이 뻣뻣해지고 말았다.

고개를 드니 저 멀리 야경이 눈앞에 펼쳐져 있었다. 회의장 벽에까지 큰 구멍이 뚫리는 바람에 저편에 있는 도쿄의 야경까지 보이게 되었기 때문이다. 바람이 세차게 불어닥쳤다.

스노드롭이 그 바람을 받아 기분 좋다는 듯 눈을 가늘게 떴다. 가녀린 몸과 원피스를 둘러싼 녹색 결정들로 이루어진 디바이스가 반짝반짝 빛났다.

“레이시아, 괜찮아? 켄고는?”

눈앞의 레이시아는 이제 더는 투명한 모습이 아니었다. 그녀가 관 형태의 디바이스를 방패 삼아 그를 지켜 주었다.

“스노드롭은 헬리콥터를 지배해서 빌딩 벽에 충돌시켜서 이곳까지 왔습니다. 그 헬리콥터는 코우카가 폭파했지만, 그때 뚫린 구멍으로 두 번째 헬리콥터를 부딪치게 한 것 같습니다.”

레이시아를 보더니 스노드롭이 천진스럽게 고개를 갸웃거렸다.

"그 투명한 건 공격을 받으면 바로 벗겨지는구나. 계속 쓸 정도로 튼튼한 건 아닌가 봐."

녹색 머리 소녀가 두 동강이 난 경비 hIE의 잔해를 주변의 부서진 파편들 속에서 집어 들었다. 그게 마치 죽은 병사의 시신 같아서 저도 모르게 눈을 돌리고 말았다.

원래 형상은 온데간데없었다. 회의장은 무너진 돌무더기로 엉망진창이었다.

켄고가 어디 있는지 찾아보니, 코우카가 바닥에 꽂아 세운 검날 형태의 디바이스로 충격을 막아 준 덕분에 다행히 무사했다. 그는 자신을 지켜 준 코우카에게서 뒷걸음치며 멀어졌다.

"뭐예요? 저보고 뭘 하라는 거냐고요."

친구의 목소리는 비통했다.

그래서 '형태'가 마구잡이로 무너진 회의장이 더욱 오싹하게 느껴졌다. hIE는 원래 말을 할 필요가 없다. 그저 명령받은 일만 자동으로 수행하면 될 뿐이기 때문이다. 그래서 이 싸움에서 그들이 목격한 코우카나 스노드롭, 레이시아의 모습은 '형태'로 인간의 마음을 유도하려고 드는 아날로그 핵이다.

물건인 그녀들이 인간인 켄고가 필요한 행동을 취하도록 유도하려고 대화를 하는 것이다.

"켄고!"

아라토는 젖 먹던 힘까지 짜내어 외쳤다.

미코토가 자동화하려는 것을 보고 켄고의 싸움에 감정이입을 하게 되었다. 그래서 불안해하는 친구를 응원하고 싶었다.

"너 hIE는 인간이 아니라고 했잖아. 인간이니까 싸웠던 거잖아? 그렇게까지 해서 정말로 하고 싶은 게 뭐야? 지금 이런 상태라면 네가 생각하는 '의미'는 어디로 가겠느냐고."

아무리 얄팍하고 쓸데없는 이유라도 만약 아라토가 여기에 온 '의미'가 있다면, 그건 바로 친구의 이름을 불러 주는 일이라고 생각했다. 아라토 자신이 레이시아를 그저 '도구'라고 받아들일 수 없기에 오히려 켄고가 더 고집을 꺾지 않길 바랐다.

켄고가 흙먼지로 잔뜩 더러워진 얼굴을 미채색 전투복 소매로 닦았다.

"이제 입 좀 다물어! 난 너희들이 정말 싫다고!"

그건 은혜도 모르는 소리여도, 분노여도, 친구의 진심에서 우러나온 말이었다. 손으로 내팽개칠 것이 없어 그 대신 켄고는 말을 토해냈다.

"애먼 곳에 화풀이하는 짓이라는 거 알아. 그래도 좋아지지 않는 걸 어쩌냐고. hIE 따위 다 없어져 버리면 좋을 텐데!"

그리고 자조라도 하는 것처럼 한 번 숨을 푹 내쉰 후, 경련처럼 웃음을 터뜨리다가 이윽고 곧 시원스러운 표정을 지었다.

아라토도 그에 이끌려 기묘한 웃음이 치밀어 올랐다. 내용은 어쨌든 간에 친구에게서 처음으로 들은 진심 어린 말이었다.

스노드롭이 코우카를 동정하는 것처럼 경비 hIE의 잔해를 끌어안으며 그 머리를 쓰다듬었다.

"코우카가 불쌍해. 오너 하기가 싫다고 거절당했어."

가느다란 팔로 비행기 태우는 놀이라도 하는 것처럼 머리통을 들어 올렸다.

"인간은 참 까다로운 생물이네. 그런 틀에 갇혀 있으니까 이상해지는 거야."

그녀를 둘러싸고 있던 녹색 결정으로 된 장식물이 옅은 빛을 뿜어 내면서 기다랗게 관절을 뻗었다. 그리고 회전하면서 그녀의 배 앞에서 커다란 원을 구축했다. 녹색 결정이 원 내부를 향해 모두 재배치되었다.

스노드롭이 원피스를 꼭 끌어안는 몸짓으로 잔해를 녹색 디바이스의 원 안으로 밀어 넣었다. 결정이 생물의 이빨처럼 꿈틀대더니 곧 경비 hIE를 우적거리는 소리를 내며 짓부쉈다. 원은 커다란 입, 결정은 에메랄드 '이빨'이었다. 잘게 부숴서 이리저리 흐트러진 부품들이 스노드롭의 풀어헤친 원피스 안쪽으로 빨려 들어갔다.

엉망으로 망가진 파편이 원피스 옷자락에서 툭 떨어졌다.

순식간에 hIE 한 대를 다 먹어 치운 스노드롭이 풀어 놓은 원피스 가슴께의 옷깃을 다시 채웠다.

귀엽게 끄윽, 하고 트림을 한 스노드롭이 중얼거렸다.

"아하, 에메랄드 하모니(Emerald Harmony). 이건 이렇게 쓰는 거구나."

등 뒤에 산처럼 쌓인 잔해 쪽에서 뭔가 무너지는 소리가 났다. 뒤를 돌아보니 높다랗게 쌓인 책상 틈새에서 총구 하나가 엿보였다.

레이시아와 만난 이후, 매우 예민해진 본능이 아라토를 전력으로 달리게 했다. 총탄이 그가 있던 장소를 꿰뚫고는 벽에 작은 구멍을 뚫어 놓았다.

이제까지 꽃에 지배당했던 hIE는 아무리 무장한 경비 hIE라고 해도 그저 붙잡으려고 달려들기만 했었다. 그러나 이제 더는 그렇지 않았다.

총성이 또다시 울렸다. 아라토의 시야 속, 코우카가 친구를 세게 떠밀었다. 그리고 곧 코우카가 엄청난 속도로 무너진 돌무더기 사이에서 비죽이 튀어나온 총구를 베어 버렸다.

그러나 스노드롭은 바로 그 틈을 노렸다. 곧바로 다 타 버린 플라이트 재킷을 입은 채 온몸이 꽃으로 뒤덮인 헬리콥터 파일럿 hIE가 켄고의 등 뒤에서 허리를 덮쳤다. 그러고는 격렬하게 저항하는 친구의 몸을 하반신만 180도 회전을 시키면서 질질 끌고 갔다.

회의장 벽에 뚫린 커다란 구멍 저편에 펼쳐진 건 이제 밤하늘뿐이었다.

켄고의 모습이 그곳으로 사라졌다.

생각하기도 전에 몸부터 달려 나갔다.

"레이시아, 저걸 막아 줘!"

강풍이 부는 고층 빌딩의 불에 타 무너진 벽 저편으로, 허공을 향해 내달렸다. 순간 아라토는 스노드롭과 눈이 마주쳤다.

등골에 소름이 쫙 돋았다.

분명 아라토에게도 총구를 겨누고 있으리라. 맞으면 죽는다. 그래도 눈을 부릅뜨고 어금니를 꽉 깨문 채 같이 싸워 주는 레이시아를 믿고 뛰었다.

어떤 부드러운 것을 가격하는 둔탁한 소리가 났다. 무엇인가가 스노드롭의 작은 몸을 튕겨 나가게 하더니, 다시 일어날 틈도 주지 않고 추가 공격으로 때려눕혔다. 레이시아의 모습은 보이지 않았다. 몸을 다시 투명화시켜서 불시에 일격을 가했던 것이다.

좁은 실내에서 가로막는 것이 아무것도 없는 밤하늘로 한 걸음씩 앞으로 발을 내디딜 때마다, 공포와 해방감이 아라토의 가슴을 채워 갔다.

"살려 줘."

벽에 뚫린 큰 구멍 저편에서 들려오는 목소리가 분명히 들렸다.

누군가 자신에게 기대를 하는 게 느껴졌다. 인간의 손이 자신의 도움을 갈구하고 있다고 믿었다. 그래서 콘크리트 파편이나 헬리콥터의 잔해들을 밟으면서도 뒷일 따위는 생각하지 않는 기세로 마구 달려갔다.

지상 22층, 금이 가 버린 두터운 강화유리 벽에 사람의 손가락이 걸려 있었다. 켄고는 빌딩 외벽에 간신히 매달린 상태였다.

"조금만 더 힘내!"

손을 뻗어 얼른 손목을 잡았다. 살짝 땀에 젖어 축축하고, 따듯한 감각이었다.

투명하게 변해 숨어들어 싸움에 휘말리고서 마침내 친구의 손에 닿았다.

자꾸만 미끄러져 빠지려는 손을 필사적으로 잡았다.

"살아 있는 거 맞지?"

그나마 남아 있는 벽에 발을 대고 잔뜩 힘을 주었다. 팔이 빠질 지경이었지만 온 힘을 다해 켄고의 팔을 잡아당겼다. 켄고와 동반 자살을 하려 했던 hIE는 이미 저 아래로 추락한 뒤였다.

친구가 이제 목숨을 건졌는데도 아라토를 올려다보며 깜짝 놀라는 표정을 지었다.

"아니, 그 대목에서는 기뻐해야 하는 거 아냐?"

"너, 머리, 가."

그제야 뭐가 이상한 건지 알아차렸다. 헬멧은 벗었지만, 몸은 여전히 투명화된 상태였기 때문이다.

"손 놓지 마. 떨어지면 죽는다고."

빌딩 사이를 부는 바람이 돌풍이 되어 아라토의 몸을 훑고 지나갔다. 이리저리 달라붙어 있던 메타 머티리얼이 타 버린 오버올에서 바람을 타고 떨어져 나갔다. 투명했던 색이 '익숙한 색채'로 돌아갔다.

겁을 먹어서 굳어 있던 친구의 표정이 이제 한시름 놓았다는 듯 풀어졌다.

"엔도, 왜 여기에 있는 거야? 게다가 그 꼴은 뭐고?"

그리고 아라토가 뭐라고 대꾸하기도 전에 이미 답을 알아차린 켄고가 마구 얼굴을 일그러뜨렸다. 콧물이 나오려는 코를 훌쩍거렸다.

괜히 아라토까지 같이 울고 싶은 기분이었다.

"당연히 구하러 왔지."

살아남기 위해 켄고는 아라토의 뻗어 내민 손을 단단히 붙잡았다. 바로 거기에 생명이 이어져 있었다.

켄고의 눈에 눈물이 한가득 맺혔다.

"바보 아니야? 바보 아니냐고!"

너무 어이없을 정도로 쉽게 그들의 마음은 움직였다.

잔뜩 지친 몸이 하도 아파서 이제 두 번 다시 이런 짓은 하기도 싫었다. 그런데 이런 바보 같은 하룻밤에 무슨 의미가 있는 것처럼 느껴졌다.

"역시 hIE를 싫어하는구나."

눈을 아래로 돌리니 hIE를 활용하여 자동화된 반짝이는 도쿄 야경이 보였다. 정신이 아득해질 듯해 친구를 힘껏 잡아당기며 하늘을 올려다보았다. 인간 세상을 내려다보는 달이 빛나고 있었다.

바람 소리에 휩쓸린 켄고의 대답은 역시나 예상대로여서 살짝 기분이 좋았다.

"인간이 좋은 게 당연한 거 아니야?"

서력 2105년, 이것이 그들이 살아가는 자동화된 세계다.

* * *

코우카를 비롯한 그들 사이의 대화도 사라졌다. 이제 회의장에는 그걸 들어야 할 인간이 남아 있지 않았기 때문이다.

그들은 각자 목표를 가지고 주어진 일을 행하는 기계다. 그 해결 과정에서 다른 기기와 의사소통을 한다는 것 자체는 포함되지 않는다. 원래대로라면.

스노드롭이 아라토가 달려갔던 벽의 구멍을 빤히 바라보았다.

"으음, 전파가 터지니까 한결 낫다."

고도 정보 관리 시설인 오이 산업진흥 센터는 외부 전파를 완전히 차단한다. 그러나 빌딩 벽에 큰 구멍이 난 지금은 그렇지 않았다.

경보가 울렸다. 빌딩 내부의 환경이 크게 변한 것으로 인해 정보 유출을 막기 위해 빌딩의 경계 레벨이 최대로 올라갔다. 테러리스트의 침입보다 더 철저한 대응이었다.

정보라는 귀중한 재산을 지키기 위해서 빌딩 내부의 전 시스템이 비상 모드로 전환되었다. 통로에서 셔터가 내려가는 소리가 들렸다.

스노드롭이 두 팔을 쭉 펴며 기지개를 켰다.

"난 배부르니까 이제 갈래."

포식을 통해 무장 hIE 조작법을 배운 그녀가 크게 하품을 한 후 회의장 출구로 걸어갔다.

레이시아는 추격하지 않았다. hIE 모델이 되어 널리 얼굴이 알려진 그녀는 다시 전개한 투명화를 해제하지 않았다. 인간의 기술로는 결국 만들 수 없는 존재인 그녀는 코우카를 비롯한 동생들에게 자신의 비밀을 누설하지 않았다.

코우카는 레이시아의 협력을 얻을 수 없는 것을 보고 스노드롭을 격멸하는 건 불가능하다고 판단했다. 목적의 우선순위를 변경하여 항체 네트워크의 습격대의 정황을 확인했다. 구성원 관리는 각 대원이 찬 목걸이형 단말기를 단위로 삼아 그녀의 검날 형태의 디바이스가 파악하고 있다. 돌입 담당이었던 D반 중 스구리 켄고 이외는 D-2의 유도로 이동을 시작하는 중이었다.

리더로서 무선으로 직접 음성 데이터를 보냈다.

〈빌딩 36층에서 B반이 퇴로를 확보하면서 내려올 테니까 D반은 그쪽과 합류해서 빌딩을 탈출하도록. B반의 헬리콥터는 여러 가지로 대책을 다 세워 두었으니까 걱정할 것 없고. A반은 지상에서의 공작을 마치고 탈출 완료. C반은 양동 작전을 완수하고 철수 중. 나도 지금 바로 이탈할게.〉

항체 네트워크가 그녀에게 내린 명령은 대원들을 인솔하여 임무를 완수하고 무사히 돌려보내는 일이었다.

그래서 회의장의 미코토의 모습을 찾았다. 스노드롭의 꽃에 휩싸인 채 폭발에 휘말려 쓰러진 hIE가 몸을 일으키려 하고 있었다.

코우카의 행동 리스트 최상위에 예정 작업이 더해졌다. 다른 작업과 병행 가능하다고 판단하여 음성 메시지의 송신을 이어 나갔다.

〈혹시라도 경찰에 붙잡힌다면 네트워크에 대해서 아는 사실은 말해. 단, 오직 사실만 말하고 억측은 절대로 하지 말 것. 이해했으면 모두 목걸이 단말기를 탭해.〉

금세 모든 대원의 단말기에서 '알겠다'는 뜻을 의미하는 반응이 되돌아왔다. 항체 네트워크의 전투는 오늘부터 정치적으로 더욱 판세가 커지게 된다. 악의를 가진 시민 자원자들이 홀로 다니는 hIE를 부수는 행위에 그치지 않고, hIE만을 목표로 하는 파괴 활동을 개시한 것이다.

코우카의 모습을 보고 미코토가 미소를 지었다.

총의 방아쇠를 당겼다. 머리를 관통당한 미코토는 완전히 정지했다. 인간들만으로 돌아가던 옛 세상을 그리워하는 이들에게 '그녀'는 적이다. 그 비참한 모습을 보여 주기 위해서 잔해를 향해 총알을 마구 박아 댔다. 임무를 마친 코우카는 열의를 주체하지 못하는 인류에게 다정하게 속삭였다.

〈너희는 멋지게 인간을 지켜 냈어. 잘했어.〉

커다랗게 뻥 뚫린 회의장 벽 저편으로는 오이마치의 밤하늘이 펼쳐져 있었다.

마침내 아라토가 스구리 켄고의 몸을 22층으로 완전히 끌어 올렸다. 두 소년 모두 힘이 빠져 그냥 바닥에 드러누워 거칠게 숨만 헐떡거렸다.

코우카는 명령 조건 항목을 모두 달성했다고 판단하고, 아직 모습이 보이지 않는 레이시아를 향해 말했다.

"저쪽은 언니한테 맡길게."

그녀는 가벼운 발걸음으로 달리기 시작했다. 밤을 향해서.

소년들은 그녀의 접근을 알아차리지도 못했다.

"바보."

켄고와 아라토의 옆을 지나치는 순간, 코우카가 중얼거렸다.

그리고 홀로 밤하늘로 뛰어들었다.

낙하했다. 코우카 같은 hIE들은 업무 자동화 면에서 각자의 능력에 맞게 기능 조절이 되어 있다. 그 자매들이 환경 속으로 침투한 지 20일 만에 이렇게나 서로 '다른 것'으로 변했음을 인식하게 되었다. 넓게 펼쳐진 밤거리를 내려다보았다. 너무나도 넓은 세상 속으로, 환경에 적응하기 위해 레이시아급 hIE의 Type-001 코우카는 떨어져 내려갔다.

불필요한데도 타율적이기만 한 '물건'이 세상을 향해 자기 주장을 하듯 말문을 열었다.

"나는 너희들이 필요로 하는 것, 인간과의 경쟁에서 이기기 위한 도구."

스노드롭은 엘리베이터 샤프트를 통해 뛰어내렸다. 조화된 세상을 구축하면서 Type-002 스노드롭은 인간이 만든 환경을 침식해 나갔다.

"난 진화를 위탁받은 도구."

그리고 모든 것이 시작된 밈프레임 사의 시설 안, 한 방에서 의자에 앉아 휴면 상태에 있던 주황빛 머리칼의 hIE가 눈을 떴다. Type-004는 오너의 반응과 자신이 가장 우세한 장소에 있음을 검증했다.

"나는 인간을 확장하기 위한 도구."

모든 것이 무너진 회의장은 이제 아무도 없는 것처럼 보였다. 지금은 오너와 함께 있지 않은 Type-005 레이시아는 빛을 지배하여 모습조차 드러내지 않았다.

레이시아는 아무 말도 하지 않았다. 그저 침묵만을 지킬 뿐이었다.

밈프레임 사 도쿄 연구소가 폭파된 지 일주일 후 어느 날 밤의 일이었다.

가나가와 현 경계 근처에 자리한 미조노구치에 있는 한 주택지에서 인간의 '형태'를 한 것들이 무참하게 박살나 있었다. 벽면이나 지붕은 유리로 되어서, 쓸데없을 정도로 좋은 소재들로만 지어진 호사스러운 응접실에 둔탁한 소리와 함께 목이나 팔이 툭툭 떨어져 나갔다. 20세기 버블경제 시절 양식으로 지어진 건물은 2105년이 된 지금은 지은 지 100년이 넘은 역사적 건축물이다.

에리카 버로스가 사는 이 버로스 가 저택은 지역 사람들로부터 인형의 집이라고 불린다. 이곳의 주인인 에리카가 모든 시중을 hIE한테만 맡기고 인간은 근처에도 못 오게 하기 때문이다.

그 광대한 저택 부지에서 일어난 괴이한 일이 인근 주민에게 알려질 일은 없다. 물건 배달마저 hIE 운반원을 지정할 정도로 그곳 주인은 철저했다.

그리고 그녀는 인간의 '형태'를 한 물건들이 부서진 것 가지고 당황할 인물도 아니었다.

응접실로 간 에리카는 한숨을 쉬었다. 이 참극의 무대는 집 안에서 일하는 hIE의 대기실로 쓰게 한 장소였던 것이다.

"왜 차를 준비하지 않나 했더니 이런 일이 있었던 거구나."

방 안 곳곳에는 뜯겨 나간 팔다리와 잘려 나간 목이 난잡하게 굴러다녔다. 그런데도 푹신한 카펫 위에 나뒹구는 인체의 각 부위는 고통의 기척도, 피비린내도 나지 않았다. 인간의 '형태'를 한 hIE의 단편에 불과하니 말이다.

특별히 디자인한 고용인 복장을 갖춘 hIE 메이드나 시종이 모두 파괴된 상태였다. 그 열 대 이상의 잔해 중심에 바카라용 유리 테이블이 뒤집혀 있고, 꾀죄죄한 인간의 그림자가 멀거니 서 있었다. 여성은 회색기가 감도는 연갈색 머리를 지녔다. 그리고 여성치고는 큰 덩치를 불에 잔뜩 그을린 누더기로 가리고 있었다.

"이런 hIE를 주문한 적은 없는데."

저택의 주인으로서 에리카는 잠옷의 옷깃을 고치면서 낯선 기체의 정면에 섰다.

긴 머리칼을 지저분하게 흐트러뜨려 마치 야생동물과도 같은 기체가 에리카 쪽으로 얼굴을 돌렸다. hIE는 인간의 행동에 따라 반응하는 도구다. 그러나 이 기체는 그녀를 앞에 두고 마치 망설이기라도 하는 것처럼 아무 행동도 하지 않았다.

에리카의 인형을 부숴 버린 그것은 말이 나오길 기다리는 것처럼 계속 입을 반쯤 벌리고 있을 뿐이었다. 17세의 나이로 '버로스 재단'이라고 불리는 막대한 유산을 이어받은 에리카를 이런 식으로 짜증나게 하는 사람은 없다. 도구가 예상한 대로의 행동을 하지 않는다는 사실에 놀라기보다는 화가 났다.

"대체 뭘 하고 싶은 거지? 넌 hIE잖아. 내 앞에 무릎을 꿇든가, 공격하든가 네 용도에 맞춰 움직이도록 해."

응접실의 참상 역시 주인의 심기를 건드렸다. 너무나도 무거운 재산을 짊어진 상속자의 무료함을 달래던 인형들은 이제 모두 산산조각이 나고 말았다. 이런 별 볼 일 없어 보이는 것이 인형의 집을 망가뜨렸다고 생각하니 도저히 참을 수가 없었다.

"이름 정도는 가르쳐 주지 않겠어? 이런 멍청하게 보이는 기체는 처음 본다만."

"레이시아급 hIE, Type-003…… 사투르누스……."

아마빛 머리칼을 흐트러뜨린 그게 입을 열었다.

"예쁜 이름도 아니네."

이날 밤, 에리카도 아직 레이시아급 hIE의 이름이 의미하는 바를 알지 못했다.

사투르누스가 두른 천 아래에서 길이 1미터가 넘는 회전식 미싱 같은 장치를 꺼냈다.

"당신은 특별한 사람이지? 나는 그런 오너가 필요해."

에리카 버로스는 이 22세기에는 '특별'한 사람이다. 거액의 유산을 상속받은 대자본가이자 저명한 금융가이기도 하다. 그리고 어떤 이유로 인해 세계적으로 잘 알려진 인물이기도 했다.

그러나 그걸 눈독 들이고 접근하는 것이야말로 그녀가 가장 싫어하는 일이었다.

"싫어. 이런 못생긴 물건을 왜 내가 곁에 두어야 하지?"

"나는…… 당신이 가진 그 어떤 hIE보다 뛰어나. 그리고 여기에 당신 시중을 드는 hIE는 한 대도 없어. 그런데도 못생겼다고 나를 거절할 셈이야?"

누더기를 걸친 사투르누스가 용도를 알 수 없는 장치를 질질 끌고 다가왔다. 그 모습은 로마 신화에서 파멸의 공포에 사로잡혀 자기 아이를 삼켜 버린 사투르누스 신의 이름이 잘 어울렸다. 자신의 보금자리를 찾기 위해 저택에 있는 hIE를 모두 부숴 버린 침입자는 에리카에게 관계를 맺길 요구하고 있었다.

"당연하지. 물건의 의미는 '형태'가 정하는 거잖아. '형태'는 전부가 아니라고 해도 의미와 연결되어 있으니까."

에리카는 hIE가 그저 물건에 불과하다는 걸 잘 안다. 인격이 있는 것처럼 느껴져도 그건 형태가 만든 개성에 불과하다. '형태'만 있지 의미가 없는 점만 보면 hIE는 예쁜 그림만 그려져 있는 종이의 연장선에 있을 뿐이다.

단지, 종이에 그려져 있는 그림은 몇백 년 전부터 있었던 것이다. 그게 기술의 진보로 화상 데이터가 되어 움직이게 되었고, 게임처럼 문답을 할 수 있게 되었다. 그리고 더욱 인간다움을 요구하느라 등신대의 기동 가능한 인체 모형이 되었다가, 마침내 인간이 원하는 노동까지 가능해졌다. 에리카에게 hIE는 그 어떤 고성능 기체라고 하더라도 다 똑같은 것이었다.

"내가 오너가 되길 바란다면 좀 더 예쁘게 하고 오지그래?"

에리카는 자신이 원하는 부분이 없었기에 차갑게 대응했다. 거절당할 줄은 몰랐는지 사투르누스는 절망적인 몸짓으로 카펫 위로 몸을 내던졌다. 마치 부모한테 버림받기라도 한 것처럼 얼굴을 마구 일그러뜨렸다.

"특별하지 않은 건 계속 활동할 수 없어. 하지만 다른 자매들은 나 보고 특별하지 않다고 해. 당신은 예쁘지 않으면 받아 주지도 않고."

그러나 이렇게 안타깝게 행동해도 hIE한테 마음은 존재하지 않는다. 자신의 목적을 달성하기 위해 에리카에게 아날로그 핵을 하려 들 뿐이다.

그 모습을 보고 에리카는 문득 마음을 바꾸었다. 눈앞에 있는 기체가 하는 행동이 우스꽝스러운 촌극에 불과해도 스스로 홍차를 타기 귀찮았기 때문이다.

"특별해지고 싶으면 '형태'부터 바꾸도록 해. 여자는 그렇게 자신의 의미를 편집하니까. 어느 정도 예뻐지면 너를 거둬 줄게."

정체를 알 수 없는 hIE가 숭배라도 하듯 그녀를 올려다보았다.

"뭐든 하겠습니다. 어떤 것이든 될게요!"

에리카에게 사투르누스는 수상한 데다 안전성도 보장하기 힘든 기체다. 그러나 그녀는 잃어버린 hIE도, 사투르누스도, 그리고 이 시대의 모든 것을 평등하게 사랑하지 않았다.

"기체 번호를 말해. 내가 소유한 회사 클라우드에 접속할 테니까."

에리카는 나른하게 한숨을 쉰 후, 기체를 네트워크에 접속시켰다. 이런 기계라도 홍차 정도는 탈 줄 알 터였다. 그녀가 보기에 이 옷차림이나 수수한 말투, 자학적인 태도만 고치면 좀 더 나아질 것 같았다.

"사투르누스, 아니, 일단 그 이름부터 안 되겠다. 그 이름은 버리도록 해. 그래, 새로운 이름을 붙이자면……."

응접실 찬장에 둔 홍차 캔이 문득 눈에 들어왔다. 수백 년의 역사를 가진 홍차 전문점, 마리아주 프레르의 라벨이 우연히도 저 hIE의 머리 색과 같았다.

"마리아주는 어떨까?"

그녀는 자신의 세계가 변화할 것이라고는 기대도 하지 않았다.

* * *

화면에 도시의 밤의 정경이 나타났다.

유난히 높고, 부지도 광대한 한 빌딩에서 흰 연기가 솟구치고 있었다. 구(舊) JR 전철 차량 센터 자리에 건축된 관영 비즈니스 빌딩, 오이 산업진흥 센터였다.

여기에 항체 네트워크란 테러 집단이 쳐들어와서 실험 중이었던 차세대 사회연구 센터의 정치 의견 집약 hIE를 파괴했다. 그때 뉴스 보도 중이었던 헬기까지 추락해서 폭발하여 화재가 발생하고 말았다.

사건은 뉴스로 대대적으로 보도되었다. 테러 발생일이 4월 29일, 네 번의 연호 변경을 거치는 동안 공휴일에서 제외된 아주 옛날의 일왕 생일이라는 이유 때문이기도 했다.

5월에 들어서면서 1일부터 곧바로 황금연휴가 시작된다. 이 노동절에는 hIE 배척 시위도 열린다. 올해는 항체 네트워크의 테러를 계기로 각지에서 기동대가 동원될 정도의 격렬한 운동이 일어났다.

뉴스 영상 속 사건은 아라토에게도 남의 일이 아니었다. 사태가 이렇게나 커졌다는 데 인제 와서 매우 놀랐다. 레이시아는 아라토에게 이 사건의 영향이 생활에 지장을 주지 않을 거라고 했지만, 그렇다고 해서 불안감이 사라지는 건 아니었다.

"오빠, 머리도 나쁘면서 왜 뉴스 같은 걸 보고 있어?"

동생이 소파에 앉은 채 자신만 볼 수 있는 각도로 게임용 화면을 따로 켰다. 친구들과 하는 게임에서 좋은 일이라도 있었는지 눈을 꾹 감으며 다리를 파닥파닥 흔들었다. 유카는 항상 즐거워 보였다.

"오빠, 나 게임 속에서 엄청 인기 많다?"

"이런 불쌍한 애한테 멍청하다는 소리를 다 듣네."

주방에서 연보랏빛 머리의 여자가 도넛을 얹은 접시를 가지고 왔다. 별다르게 할 일이 없을 때 레이시아는 주로 주방에 있다. 요리나 간식을 직접 만들고 있어서이다.

유카가 뜨끈뜨끈한 도넛으로 손을 뻗었다.

"레이시아 씨, 도넛에는 초콜릿을 얹어도 되는데."

"유카 님은 연휴가 시작된 뒤로 9500킬로칼로리를 섭취하셨습니다만."

유카는 묵묵히 아라토에게 도넛을 주었다. 깨물어 보니 당분과 기름기가 넉넉하여 기분 좋은 미국식 맛이 느껴졌다.

"다행이다. 먹는 거로 기분을 푸는 걸 보니 평소의 우리 오빠가 맞네."

"고민하는 거 맞아. 보면 알잖아. 근데 도넛 맛있다."

오이 산업진흥 센터의 화재는 소화 시스템이 다시 복구되어 다행히 진화되었다. 레이시아도 방화 시스템 복구에 힘을 보탰다. 현장에서 켄고를 데리고 도망칠 수 있었던 것도 그녀의 힘이다.

그래도 아라토는 마음 놓고 외출도 할 수 없는 상태이다. 경찰에 체포당할지도 모른다는 두려움에 누군가가 다가오기만 해도 흠칫거리며 놀랐다. 자신의 모습이 나오기라도 할까 봐 뉴스도 제대로 보지 못했다.

사건의 영향은 커지기만 할 뿐이었다. 현실은 그 당시 현장에서 있었던 일이 아니라 나중에 타인이 의미를 부여하는 것으로 구성되는 것처럼 보였다.

"아, 아빠다. 그러고 보니 여기 아빠도 있었구나."

유카가 화면을 뉴스만 나오게 바꿨다. 아버지인 엔도 코조가 영상 속에서 사건에 대해 코멘트를 하는 중이었다.

〈미코토의 hIE 본체는 파괴되었지만, 네트워크상의 백업 데이터는 무사합니다. 실험 데이터에 문제가 생기더라도 계획에는 거의 지장이 없습니다.〉

그 사건 현장에 아라토도 있었음을 알게 된다면 아버지는 어떤 표정을 지을까? 그런 생각을 하다 아버지를 걱정하지도 않았다는 것을 깨닫고 반성했다.

"아빠, 대단하다."

입체 투영된 텔레비전 화면에 뜬 작은 창에 아버지의 직장이 표시되어 나왔다. 쓰쿠바 학원 도시 근처에 자리한, 차세대 환경실험 도시의 공개 영상이었다. 그곳은 버려진 뉴타운을 이용하여 '인간이 없는 도시'를 만들어, 거기서 인간 역할을 하는 hIE와 hIE의 역할을 하는 hIE를 움직여서 사회 활동을 어디까지 자동화할 수 있는지 실험을 한다. 내년의 국제 패션 예술 전람회가 열리는 곳이라는데, 그 개최도 어떻게 될지 알 수가 없다는 보도도 함께 흘러나왔다.

아라토는 뉴스 화면 속에서 실험도시의 도로 공사를 하는 hIE를 멍하게 바라보았다.

"hIE는 참 열심히도 일하는구나."

유카도 미련이 남는지 도넛 냄새를 맡으면서 자못 감탄한 듯 고개를 끄덕였다.

"그러게 말이야."

화면이 아버지에서 회의장에서 봤던 사람들의 인터뷰로 바뀌었다. 진구보의 사장, 진구지 키미타카는 비난 세례를 받으면서도 시종일관 당당한 태도였다.

〈오이 산업진흥 센터에 헬기를 충돌시켰던 건 항체 네트워크의 테러리스트들과는 또 다른 범인입니다. 함께 탑승했던 기자까지 희생시킨 이 흉악범한테서는 아직 아무런 성명도 나오지 않고 있습니다.〉

텔레비전 속에서 카메라를 향해 진구지가 사과를 했다.

〈이 흉악범과 항체 네트워크의 테러리스트들이 서로 싸우느라 실험 참가자 중에서 사상자는 없었습니다. 경비 책임자로서 큰 실태를 보여 죄송합니다.〉

뉴스를 시청하던 세계 곳곳의 시청자들에게서 찬성 반응은 붉은 그러데이션, 비난 반응은 푸른색 그러데이션이 되어 진구지를 둘러쌌다. 유카가 붉은 테두리를 향해 손가락을 흔들었다. 마찬가지로 이렇게 수집된 세계 각지의 설문조사가 화면에 표시되었다. 같은 의견이라는 점에 안심하기도 하고, 반대 여론을 통해 자기 생각을 고치기도 하는 입구를 만들어 주는 것이 바로 현대 뉴스의 역할이다.

〈여러분들의 비판과 지적이 있을 것이겠으나 이것이 사실입니다.〉

진구지의 말에는 생기가 넘쳐 흘렀다. 책임 추궁을 정면에서 진지하게 받아들이고 있었다.

"오빠 정말 이상하다. 이런 아저씨나 열심히 들여다보고."

"아저씨한테도 좋은 점은 있어. 보면 뭐 어때서."

유카가 곁눈질로 그를 빤히 쳐다보았다. 노골적으로 의심하는 눈치였다.

"잘 알겠습니다."

그리고 재잘거리던 동생이 자리를 뜨자 거실에는 묵직한 침묵이 내려앉았다.

그렇기에 아라토는 동생의 마음을 더 절절히 느꼈다.

"저래도 나름 위로해 주려고 한 거구나."

아라토는 동생에게 사건 현장에 자신도 있었던 사실은 알리지 않았다. 그래도 민감하게 뭔가를 알아차린 모양이다.

레이시아가 동생을 대신하여 그의 곁에 앉았다.

"걱정하지 않으셔도 아라토를 촬영한 영상은 존재하지 않기 때문에 경찰이 여기에 올 일은 없습니다."

hIE인 그녀는 아라토가 위로를 받고 싶어 한다는 걸 알아차린 것이다. 너무나도 부끄러웠다. 그러나 그녀는 결코 그를 바보 취급하지 않는다. 함께 목숨을 걸었는데 인제 와서 부끄러워하는 것도 우습게 여겨졌다.

"헬기에 탔던 사람이 죽었다고 그랬지?"

헬기를 조종한 건 hIE였지만 그곳에는 텔레비전 방송국 기자도 함께 탔단다. 이번에 그 사람이 희생양이 되고 말았다.

"스노드롭이 사람을 죽였다는 뜻이잖아."

아라토는 그날 밤, 사람을 죽일 수도 있는 hIE와 만났다. 그 녹색 소녀만이 아니라, 코우카도 켄고와 다른 테러리스트들을 무장시켜서 건물을 공격하게 했다. 레이시아에게도 하마터면 큰일날 뻔한 순간이었다.

정신없이 앞으로 나아가는 동안에는 그다지 생각조차 하지 못했다. 그러나 그 빌딩에서 레이시아의 자매들이 싸웠다는 건 아마 눈으로 목격한 것 이상으로 어두운 의미가 존재했다.

“그 스노드롭에게도 오너가 있다면 어떤 사람일까?”

“hIE는 ‘도구’이니 오너가 있다면 그 의향대로 움직이겠죠. 하지만 정체를 알아내기란 쉬운 일이 아닙니다.”

그녀는 레이시아급 동생들에 대해 모르쇠로 일관하고 있다. 진실을 알려 주지도 않아서 앞으로 그들에게 어떤 일이 일어날지 전혀 예상도 할 수 없다.

레이시아가 인류 미답 산물이라면, 인간이 만들 수도 없는 기계가 어떻게 움직이는지 알 턱이 없다. 아라토처럼 어설프게 ‘쓰는’ 편이 더 나을지도 모른다. 그러나 제어할 수 없게 되더라도 같이 있겠다는 답은 너무나도 이기적인 것이 아닐까.

“나는 뻔뻔한 생각을 하는 걸지도 몰라.”

그들에 대해 더 알고 싶었다. 마음이 없다는 걸 알아도 그의 마음은 그렇게 움직였다.

스노드롭의 오너는 어떤 사람일까. 코우카를 항체 네트워크에 관여하게 한 진짜 오너의 목적은 무엇일까. 어떤 의미로 그녀들을 ‘사용’한 걸까.

* * *

“그래서 요즘 오빠 상태가 좀 이상하단 말이지.”

황금연휴도 이제 후반기에 접어든 어느 오후, 유카는 스이도바시에 있는 카페에 있었다.

사건의 관계자에게 무슨 일이 있었는지 물어볼 속셈이었다.

"어쩐지 지난주와는 반대구나."

올가가 눈을 내리깐 채 흔들거리는 홍차 수면을 바라보았다. 부드러운 머리칼에는 플라스틱으로 만든 구슬핀이 꽂혀 있었다. 올가는 이국적인 금발인데도 일본 전통적인 분위기가 나는 소품들을 좋아했다.

"그래서 켄고 오빠는 괜찮아?"

"유카는 남의 오빠라도 정말 편하게 오빠라고 부르네."

올가는 오빠가 조금이라도 늦게 귀가하면 울먹거릴 정도로 걱정하는 소녀다. 유카 같으면 오빠가 여자친구를 만나느라 늦을 수도 있으니 괜히 난리를 쳤다 창피를 당할까 봐 절대로 그러지 못한다.

"그런 무서운 표정 짓지 마. 나는 먹을 것 주는 사람은 다 가족이라고 생각하는걸, 뭐. 료 오빠도 가족이야."

"그래, 우리 오빠는 유카와 죽이 잘 맞는 것 같긴 해."

품위 있게 러시안 티를 마시고 있는 카이다이 시오리가 한숨을 후우 내쉬었다. 드세 보이는 눈매를 한 예쁜 소녀다. 오빠의 소꿉친구인 카이다이 료에게 이런 미모의 동생이 있다니 사기가 아닐까 싶었다.

"료 오빠는 가방에 과자를 넣고 다니는데, 할 얘기가 없어서 심심해지면 그걸 주니까 가족 맞는걸."

시오리는 자기가 모든 비용을 댈 뿐만 아니라 항상 좋은 가게에 예약까지 해 초대하는 완벽함을 선보인다. 유카의 동성 친구 중에 이렇게까지 대접해 주는 사람은 달리 없다.

시오리는 고개를 갸웃거렸다. 잘 손질된 긴 검은 머리칼이 흘러내렸다.

"우리 오빠는 너한테 참 편리하구나. 근데 집에서는 별로 차도 안 마시려 하는 것 같던데."

"실은 료 오빠도 왜 집에서 안 그러는지 시오리 언니가 좀 물어보길 바라는 거 아니겠어요? 집에서 차 한잔 안 마시는 사람이 있을 리 없잖아요."

유카는 시오리의 우아한 분위기에 밀려 슬쩍 존댓말을 써서 농담을 던졌다.

시오리는 눈을 동그랗게 떴다가 꿈꾸는 것처럼 귀엽게 웃었다.

"아아, 그런 거였구나. 내가 둔하게 그걸 몰랐네."

"우리 집도 오빠가 뭐든 다 해 주는 건 아니야. 유카네처럼 심부름이라도 시키면 분명 거절할걸."

올가가 황급히 시오리 편을 들어 주었다. 분명 부잣집에는 여러 가지 사정이 있는 게 분명하다면서 달래는 듯한 태도였다.

"우리 오빠를 심부름꾼 취급하는구나! 일부러 올가네 집까지 가고 그랬는데."

"그런 일이 있으면 나한테도 가르쳐 줬어야지."

이렇게 모이게 된 것도 시오리의 권유라서 모임의 중심은 당연히 그녀였다. 올가도 그녀의 말에는 민감하게 반응했다.

"딱히 재미있는 얘기도 아니야. 오빠가 그날 늦게 돌아와서 아빠랑 엄마한테 잔뜩 혼이 났거든. 유카네 오빠가 데리고 와 줬는데, 둘이서 아르바이트 네트워크로 일을 구하려고 신주쿠까지 갔다고 그러더라고."

"그거 말이지? 그거참 편리하더라."

소개 서비스에 등록해 놓으면 휴대 단말기 위치 정보를 통해 근처의 '지금 구할 수 있는 일자리'를 소개받을 수 있다. 고용주 측에서도 가벼운 작업의 수요를 쉽게 얻을 수 있어서 편리하단다. 일과 인간을 부품 취급하는 노동 방식이라고 싫어하는 사람도 있지만, 솔직히 옛날처럼 복잡한 절차가 필요하다면 급할 때 바로바로 사람을 구하기는 힘들 것이다.

"일주일이나 일하면 얼마나 벌 수 있는데?"

아마 아르바이트는 한 번도 해 본 적이 없는 시오리가 유카의 휴대 단말기 화면을 흥미진진하게 들여다보았다. 스이도바시 역 근처에 햇살이 잘 드는 카페를 중심으로 반경 100미터 이내에 유카도 할 수 있는 구인 정보가 50건 이상이나 올라와 있었다.

올가가 한숨을 쉬었다.

"근데 오빠는 대체 무슨 아르바이트를 밤늦게까지 했던 걸까. 끝까지 알려 주지 않았거든."

오히려 유카가 더 한숨을 쉬고 싶었다. 이리저리 긁힌 상처투성이인 켄고와 아라토가 돌아왔을 때, 올가는 무서웠다고 울기만 했다. 아라토와 유카도 얼른 자리를 피해 줄 수밖에 없었다.

"뻔뻔하겠지만 그래도 물어보지그랬어?"

"하지만 물어보지 않길 바라는 일도 있잖아."

"올가는 좀 더 대놓고 뻔뻔스럽게 들이대는 애가 되어야겠어."

"뭐?"

"부끄러워할 때가 아니잖아. 동생을 그렇게나 걱정시켰는데 아무 보상이 없으면 손해니까."

"뭐 뜯어낼 게 없나 구실을 찾는 것 같아서 오히려 화를 내지 않을까."

"그렇게 등치는 것도 가족의 애정이라고. 우리 오빠 상태가 좀 이상하다고 지금 너희에게 고민을 털어놓는 것도 등쳐 먹기를 당하는 가족 쪽에서 봐도, 어어? 내가 무슨 얘기를 하는 거였더라."

올가가 유카를 딱하다는 눈빛으로 바라보고 있었다.

"아무튼, 우리는 다소 뻔뻔스러운 '나쁜 여자'들이 되어야 해!"

"유카는 그런 염치없고 귀여운 나쁜 여자가 맞는 것 같아."

올가는 얌전하지만 미묘하게 독이 깃든 말을 하곤 한다.

"주변 사람들의 시선이 따갑다, 얘들아."

"시오리 언니도 료 오빠한테 좀 달라붙는 게 어때? 가족이 응석을 부리는데 누가 싫어하겠어?"

유카에게는 완벽한 답이었다. 그러나 시오리는 예쁘장한 미간을 좁혔다.

"어리광을 잘 부리는 것도 재능이야. 싫어하거나 무시하기 일보 직전까지만 행동할 수 있는 것도 대단한 감이라고 보는데. 근데 지금은 그렇지만 오빠는 예전에 신동이라고 불린 적도 있어."

"누구나 찬란한 순간이 있다더니, 그건 몰랐네."

항상 똑바로 있으려고 긴장만 하고 사는 연상의 친구가 문득 진득한 진짜 감정을 드러냈다.

"유카네 오빠를 만나기 전까지는 대단했어. 뭐든지 잘해서 난 항상 비교만 당했지."

"시오리 언니네 오빠가 거의 10년 동안 종종 우리 집에 놀러 왔지만 그렇게 대단한 줄은 몰랐어."

"그러네, 벌써 10년이 다 됐구나."

그리고 마음을 진정시키려는 것처럼 시오리가 찻잔을 쥐고 홍차에 입을 대었다. 10년 전, 유카는 자신이 무엇을 했었나 기억해 내려 애를 썼다. 그러나 네 살 때의 일을 기억할 수 있을 리도 없었다.

"우리 오빠도 유카네 같으면 좋았을 텐데."

"그런 게 좋다고?"

"뭐든지 열심이고 알기 쉬운 성격이잖아. 아니, 나쁜 의미가 아니지만, 시바견 같잖니."

아라토는 유카의 친구들 사이에서 친절한 이웃 정도의 취급을 받고 있다. 게다가 그 어리숙한 성격이 다 들통난 상태다. 남자로 봐주지도 않는 이 상황이 다소 걱정되기도 했다.

"우리 집에서도 예전에 기른 적이 있었는데 이제 어떻게 됐는지 모르겠네."

모두의 낯빛을 살펴보았다. 올가가 유카의 눈빛을 의식하며 시선을 이리저리 헤맸다.

"다들 내 얘기를 진지하게 들어주지 않는구나. 알기 쉬운 우리 오빠가 상태는 이상해도 결국은 비밀을 끝까지 지키지는 못할 줄 아는가 보네? 뭐야, 그게!"

여동생 모임, 결렬의 순간이었다.

그러자 테이블 위에 초콜릿이 담긴 접시가 미안하다는 듯 유카 쪽으로 불쑥 튀어나왔다. 유카도 당연한 권리라고 생각하며 그걸 입에 넣었다. 입을 우물거리고 있자니 화제를 바꾸려는 것처럼 시오리가 물었다.

"그런데 너네 오빠는 잘 지내? 집에 hIE를 들였다면서. 모델로 뽑힐 정도로 예쁜 hIE와 사는 건 어때?"

"오빠가 싸구려 성격이라 벌써 실실대고 난리야."

"아, 그게 실실대는 거였구나."

올가는 이미 얼마 전에 레이시아를 실제로 봤다. 무슨 망상이라도 하는지 표정을 빛냈다.

시오리는 잘 이해가 안 가는 눈치였다.

"hIE 정도는 우리 집에도 있지만, 행동이나 말은 사람과 크게 다르잖아."

유카 역시 레이시아가 여타 hIE와는 뭔가가 다르다고 느끼고는 있었다. 그러나 구체적인 말로 표현할 수는 없었다.

"오빠는 사람이랑 '물건'을 일일이 구분하지 않는다고나 할까. 뭐라고 해야 하나, 물고기가 미끼를 무는 이유는 물고기라서라고밖에 말할 수 없는 그런 느낌?"

가끔 레이시아는 오빠를 연애적인 감정에 빠뜨리게 하려고 애를 쓰는 것처럼 보이기도 하지만, hIE가 그런 일을 할 수 있을 리 없다.

"뭐지. 역시 오빠가 바보라는 건가?"

"그냥 남매가 둘 다 똑같은 것 같은데."

"그럼 사실 우리 오빠는 레이시아 씨에 대해 여러모로 생각이 많고 그러나 보다."

유카는 자신도 바보에 해당한다는 사실은 애써 무시하기로 했다.

시오리가 노래라도 흥얼거리듯 중얼거렸다.

"그리고 낚이는 물고기는 상대가 '물건'이라도 상관없다는 뜻 아닐까?"

유카는 그렇게 말하는 시오리가 하도 아름다워서 고민 상담이 별것 아닌 잡담이 되어 버려도 크게 신경 쓰이지 않았다. 시오리는 예전부터 깔끔하고 나이도 더 많지만, 보고 있으면 어쩐지 낯간지러운 기분이 들었다.

"나라면 상대가 누구든지 제대로 경쟁해서 선택받고 싶어. 이렇게 hIE만 많고, 내가 필요 없는 세상이니까 애정 정도는 스스로 쟁취하고 싶은 거지."

"그런 거야말로 '준비, 땅!' 하는 식으로 하고 싶지는 않아. 중요한 경쟁일수록 행복이랑 연결되지 않으면 무슨 의미가 있겠어."

"역시 유카는 염치없고 귀여운 나쁜 여자가 맞구나."

올가는 유카한테만큼은 가차 없다. 연약한 애인 줄만 아는 오빠들에게 들려주고 싶을 정도였다.

"어차피 뭐든 불공평한 일들만 있으니까 정정당당하게 겨룰 필요는 없잖아."

"불공평하고 잔혹하니까 이런 시대까지 여전히 인간이 존재하고, 노력할 의미가 있다고 보는데."

시오리가 찻잔을 내려놓았다. 웬일로 벌써 차를 다 마셔 버렸다.

"유카, 다음에 만날 때 너희 오빠도 부르면 어때?"

한 번도 느껴 본 적 없는 그녀의 은근하고 달콤한 기척에 유카는 순간 귀를 의심했다.

"시오리 언니, 뭐라고?"

"가끔은 괜찮지 않을까? 만날 때마다 예뻐졌다고 칭찬하는 건 유카네 오빠 정도인걸."

올가와 유카는 저도 모르게 서로 얼굴을 마주 보았다.

시오리의 눈가가 살짝 상기되어 있었다. 가만히 뜯어보니 오늘 입은 시원한 얇은 원피스는 남자의 시선을 의식한 것 같기도 했다.

유카의 휴대 단말기가 작은 가방 안에서 진동했다.

그걸 집어 들기도 전에 알아차렸다. 오빠가 레이시아를 데리고 에도 성 해자 쪽에서 걸어오고 있었기 때문이다.

"아, 오빠."

레이시아가 맞춰서 챙겨 줬는지 아라토는 청바지에, 소매 박음질이 고급스러운 티셔츠를 맞추어 입고 새 신발까지 신은 차림새였다. 항상 대충 입고 다니기만 했는데 상당히 세련되어 보였다.

되는 대로 말을 쏟아 내던 올가가 사과라도 하는 것처럼 두 손을 모았다.

"왜 나한테 기도를 하는 거야?"

"다 인덕이 있어서 그런 거야."

그렇게 말하며 시오리가 아라토를 향해 미소를 지었다.

아라토가 그에 이끌려 살짝 얼굴을 붉히며 싱글거렸다.

"어쩐지 대단한 사람이라도 된 것 같네."

* * *

아라토는 유카를 만난 후, 에비스에 있는 사무소까지 전자동차를 타고 갔다.

영 기분이 석연치 않았다. 켄고와 미리 말을 맞추고 사건에 대해서는 숨기기로 했다. 유카가 켄고와 료의 동생과 만난다고 해서 얼굴을 보러 간 건데, 역시 반응이 좀 이상했다. 시오리는 예전부터 솔직하게 구는 애였으니 그렇다 치고, 올가는 얼마 전에 도움을 줘서 그럴 수도 있겠지만 그래도 태도가 너무 과장된 것 같았다.

"왜 나한테 기도를 하는 거람?"

레이시아가 평온하게 미소를 지었다.

"말씀대로 인덕이겠지요."

그리고 인간과 hIE 모델을 다수 관리하는 파비온 그룹의 에비스 지역 사무소에는 많은 사람이 모여 있었다. 모두 레이시아를 위한 직원들이었다.

사무소의 이동식 책상 하나가 아라토의 자리였다. 레이시아는 지금 아라토와 고용주 계약을 맺고 '도구'로서 그를 대신하여 일하는 중이었다. 그래서 모든 권리와 책임도 아라토에게 있으며, 사인하는 것도 그의 몫이다.

왼쪽 옆에는 레이시아가, 오른쪽 옆에는 대학생처럼 젊게 꾸민 여자가 자리했다. 파비온 그룹에서 레이시아의 담당 매니저를 맡은 키사라기 아스나다.

"좀 더 힘차게 나가자고. 인스톨레이션이 얼마나 격이 높은 일거리인데."

인스톨레이션이란, 특별히 선정한 공간에 세트를 설치하고 진행하는 쇼를 말한다. 공간 자체를 관객을 위해 연출하기 때문에 장소마저도 '의미'를 느끼게 하는 소재가 된다.

사무소 중심에는 천장에서 빛이 새어 들어오는 낡은 방의 정경이 입체 투영된 상태였다. 입체 영상 속, 서양식 저택에 있는 방처럼 보이는 그 장소의 항공 사진이 겹치는 걸 보고 아라토는 숨을 꿀꺽 삼켰다.

구 산업기술 종합 연구소의 임해 부도심 센터 별관이 있는 자리였다. 21세기에 발생했던 해저드 당시에 파괴된 구역이기도 했다.

"이 근방은 출입 금지 아닌가요?"

예전의 임해 부도심, 제1매립지 군도에는 약한 지반으로 인해 방치된 장소가 있다. 건너편에 완간서와 그 앞에 대로를 사이에 둔, 이 산업기술 종합 연구소 부근은 아직도 철책으로 둘러싸인 것으로 유명하다.

아스나가 가르쳐 주었다.

"미리 경찰에 신청하면, 촬영에 사용할 수 있대. 건물은 거의 무너지기 일보 직전이니까 관객들을 들어오게 하려면 보수 공사가 필요하겠지만."

영상으로 표시된 실내는 벽은 다 낡아 빠져서 속살을 다 드러내고 있고, 바닥은 무참히 갈라진 상태였다. 버려진 지 몇십 년이나 지난 듯 허름해진 방에는 여섯 개의 의자가 이곳저곳 놓여 있었다.

제일 첫 번째 의자 앞에는 다리보다 팔이 더 길고 키가 작은 로봇이 서 있는 모습이 보였다. 세미롱의 검은 머리가 잘 어울리는 어린 소녀 같은 얼굴이 은색과 검은색의 장난감 같은 보디 위에 얹힌 채였다.

수지제 피부는 흐르는 세월을 막지 못하고 표면이 거칠거칠해져 있었다. 안구는 빛을 반사하는 각도 때문인지 희고 탁한 색을 띠었다.

이 쇼의 감독인, 친절해 보이는 중년 남자가 'HRP-4C 미무(未夢)'라고 표시된 로봇을 가리켰다.

"미무는 이 쇼의 무대인 산업기술 종합 연구소에서 인간과 함께 일하는 것을 목표로 100년 전에 만들어졌던 것이지. 모터가 약하고, 손발이 가늘어서 물건은 거의 들지도 못했지만 걷거나 간단한 동작은 가능했기에 모델로 활동했어."

조금 더 안쪽, 아무렇게나 놓인 듯한 각도로 같은 디자인이지만 소재가 다른 의자가 있었다. 거기에 앉아 있는 것은 흰 플라스틱 재질의, 눈코가 없는 로봇이었다. 세계 최초의 범용 가사 로봇 나디아는 금속제 인공 근육을 이용한 덕에 80킬로그램까지 짐 운반이 가능했다. 당시의 가사용 범용 로봇은 각 부위의 동력이 어느 정도의 힘을 출력할 수 있는가를 총체적으로 따져 신체 움직임을 정하는 동력 제어 방식이 주류였다고 한다. 움직임 자체를 입력하여 계측대로 움직이게 하는 궤도 제어에서는 가사 노동에 필요한 힘으로 행동을 시키면 인간을 로봇의 동작 속에 휘말리게 할 위험이 있었단다. 의자에 앉을 수 있는 관절의 자유도도 이 기종의 특징이라고 설명이 함께 떴다.

감독은 자신감으로 넘쳤다.

"미무부터의 흐름을 강조하여 관객들이 로봇의 역사를 돌아보게 하는 거지."

그리고 또 안쪽에 앉아 있는 건 에이프런 드레스를 입고 있는 최초의 hIE 마리였다. hIE로는 처음으로 궤도 제어가 부활했다는 설명이 붙어 나왔다. 동력 제어 방식에서는 복수의 기체에 협조 행동을 시키면 부하가 많이 걸리는 선택을 자주 한다. 그래서 다수의 로봇과 인간이 뒤섞이는 환경이 조성되면 기체가 간섭하여 사고가 일어난다. 이 결점을 보완하기 하기 위해 복수의 궤도 계획을 동시에 결정하는 동적 궤도 제어 방식이 hIE에 채택되었다. 인간과 거의 구분이 안 되는 '형태'를 하고, 가사 노동까지 하는 기종의 등장은 21세기 중반까지 기다려야 했단다.

네 번째 의자에 앉아 있던 hIE는 인간과 별 차이가 없는 평범한 얼굴이었다. 아스나가 슬쩍 아라토에게 알려 주었다.

"원래 hIE는 제품별로 똑같은 얼굴을 붙여야 했지만, 2068년에 미국과 일본에서 법률이 바뀌어서 판매자 등록을 하면서 각각 다른 얼굴을 붙이게 되었어. 그리고 hIE의 머리에 붙어 있던 표식도 폐지되어서 아예 완전히 인간과 차이가 없게 변했다는 말씀."

아스나는 겉보기에는 언행이 가벼워 보이지만, 대학에서 관련 공부를 해서 그런지 hIE에 대해 아는 것이 많았다.

"그 너머에 있는 게 완전 클라우드 제어 방식인 Humanize-W야. hIE의 기체를 움직이는 행동 제어는 본체 내부에 탑재된 인공지능과 외부 네트워크라는 두 가지를 모두 이용해서 이루어지지. 그렇지만 이 기종이 세계적으로 히트를 해서 무선으로 외부 클라우드에 의존하는 방식이 일반적이 되었어. 밈프레임 사의 초고도AI 히긴스가 31기째 때 인류 지능을 뛰어넘은 것과 같은 해인 2083년에 말이야."

그리고 방 제일 안쪽, 왕좌와 같이 긴 등받이를 가진 의자에 앉은 레이시아의 모습이 나타났다. 전 세기로부터 약 100년 가까이 인간에게 다가와 생활에 밀착되어 살아온 인간형 로봇 역사의 종착점인 모양이다.

레이시아의 입체상이 벌떡 일어서더니 역사를 거슬러 올라가는 것처럼 의자에 앉은 인간형 로봇들 곁을 지나갔다.

방 제일 앞쪽에 도착한 레이시아가 문을 여니 낡아 빠진 실내가 맨션 건물 안에 있는 방으로 변했다. 패션 산업에서는 주거 환경을 제3의 피부라고도 한다. 이 널찍하고 살기 좋은 장소를 hIE를 중심으로 쾌적하게 제어하자는 제안이었다. 그녀가 미소 지었다. 꿈과 같은 생활을 예감하도록 가구는 밝은 색깔로 변하면서 빛이 잘 들어오는 방의 모습이 펼쳐졌다.

그건 아라토에게 일상과 가까우면서도 동시에 가짜로 짜 맞춘 듯하여 오히려 불안감을 불러일으키는 것이었다.

영상이 갑자기 멈췄다. 쇼의 감독이 아라토에게 물었다.

"저기, 오너분, 내일 쇼는 이런 식으로 할 건데 어떨까?"

"아, 뭐 괜찮을 것 같은데요."

대답하고 나서, 갑자기 주변이 안도감으로 가득 차자 당혹감이 들었다.

오늘 아라토와 레이시아가 이 자리에 불려 나온 이유는 파비온 그룹이 새로운 쇼를 기획해서이다. 그리고 그가 오너로서 복잡한 심경일 수밖에 없는 까닭은 이 쇼가 쌍수를 들고 환영할 만한 것이 아니었기 때문이다.

"아라토, 대답이 뭐 그래~? 아직도 불만이 있어?"

아스나가 그의 어깨를 쿡쿡 찔렀다. 파비온 그룹은 레이시아를 대대적으로 광고할 작정이었다.

"광고 내용이 Boy Meets Girl인 건 좀 그렇지 않나요?"

문제는 새로운 콘셉트였다. 아라토는 별 편견이 없지만, 젊은 남자가 여성형 hIE를 가지고 있다고 그는 동네에서 이성과 인간관계를 형성하지 못한다는 오해까지 받고 있다. 친구인 료처럼 hIE와 인간을 확실히 구분해 대하는 자세가 오히려 세간의 눈으로 보기에는 올바른 것이다.

이 기획의 프로듀서이기도 한 아스나는 마냥 진지하기만 했다.

"레이시아는 특정 유저들만이 아니라 전반적으로 많은 지지를 받고 있어. 하지만 보통 의류 패션 모델은 옷을 사는 고객층과 모델의 지지층이 최대한 일치하는 것이 더 판매하기 쉬워. 의류에만 집중하는 건 오히려 아깝지."

"hIE로 Boy Meets Girl이라니 세상에 대놓고 싸움을 거는 거랑 똑같잖아요. 그래도 괜찮아요?"

"라이프스타일을 판매하는 것뿐이야. 남자가 이성 hIE를 갖는 게 이상하다는 감각 자체가 너무 낡은 사고방식 아니니? 그런 면에서 시대가 아직 쫓아가지 못했다면 그 공백은 오히려 대단한 기회야. 여성 잡지에서 불을 딱 붙인 다음에 거기서 팍 터뜨리는 거지."

"그러면 세간에서 공격받기 쉬운 위치에 선다는 뜻이잖아요."

텔레비전이나 네트워크로 레이시아는 반발하는 이들의 표적이 되리라. 오너인 아라토 역시 마찬가지다. hIE에 의한 자동화를 거부하는 압력은 사회에서 발생하여 넘쳐난 것이다. 켄고에게 총을 쥐게 한 항체 네트워크마저 어디서 갑자기 튀어나온 괴물이 아니다.

"레이시아는 얼마 전에 납치 사건에도 휘말렸는데요."

그녀가 차에 치여 납치된 곳은 아라토가 사는 맨션 바로 앞이었다. 다음에는 아예 엔도 가에 항체 네트워크가 쳐들어올지도 모른다.

"이제 다시는 그런 일이 일어나지 않도록 약속할 테니까."

어른인 아스나가 진지하게 열정적으로 꿈을 역설했다.

"모두가 동경할 수 있는 대상이 필요해. 레이시아를 캐릭터로서 친근함을 느끼게 하고, 파생 상품으로 레이시아식 스타일이라는 상품을 판매할 수 있는 대규모 프로젝트까지 이어 가고 싶단 말이지."

그녀가 말하자 곧 입체 영상의 카탈로그가 표시되었다.

"이런 상품을 출시하는 업체들이 벌써 스폰서로 나서겠다고 난리야."

hIE 전용이지만 인간도 사용 가능한 화장품이나 입욕제였다.

레이시아가 보충 설명을 해 주었다.

"혼자 사는 hIE 소유 고객층에게 고급 소비품을 두 명분 사게 만드는 상업 전략입니다. 그러기 위한 입구로서 여성을 타깃으로 하는 미디어를 폭심지로 삼는 편이 큰 저항 없이 상술을 펼칠 수 있다는 계산이죠. 여성형 hIE를 가진 남성 고객도 여성의 눈을 의식한다는 설문 결과가 있는 걸 보면, 여성 쪽에 수용 문화가 생기면 남성 쪽으로도 파급 효과를 볼 수 있습니다."

그래도 영 내키지 않았다.

"돈을 벌 수 있고 없고 간에 콘셉트와 그게 상관이 있긴 한가요?"

"고객들한테 그런 '파급'을 의식시키고 싶은 거지. hIE와 인간의 관계에서 아직 생애 전체에 걸쳐서 함께한다는 역사나 문화가 없단 말이야. 예를 들면 자동차에 '카 라이프'라는 말이 있는 것처럼 이미지를 붙여 주는 거지. 할아버지가 오랫동안 아껴 쓰던 차를 손질하는 것처럼 계속 hIE와 인생을 살아가는 것도 멋지지 않니? 레이시아를 10년 계획으로 삼아 좇아갈 각오로, 스타일러스 사에 문의까지 했는걸."

이야기 규모가 너무 커져서 머리가 어질어질했다. 아스나는 미국의 고급 hIE 제조사에까지 계획을 제시한 것이다.

"그래서 스타일러스 사에서는 뭐래요?"

그녀가 활짝 웃으며 엄지손가락을 척 치켜세웠다.

"당연히 좋다고 그러지. 자부심 있는 hIE 제조사도 유저와 클래식 자동차 같은 관계를 100년 단위로 구축하는 야심을 품고 있거든. 상업적으로도 인간의 오랜 파트너라는 이미지로 기분 좋게 hIE용 고급 순정 소비품을 사용하게 하고 싶은 거야."

상술이 매우 주도면밀했다. 어른의 꿈은 그걸 뒷받침하고 이용하는 수단까지 수준이 달랐다.

"그리고 Boy Meets Girl은 레이시아와 아라토 같은 '여성형 hIE와 남성 유저와의 관계'에서 더 나아가 '남성형 hIE'까지 포함하잖아? 여성 유저의 잠재적 남성형 hIE 수요까지 자극할 수 있다면, 그렇게 방어전으로만 치중할 필요도 없게 될 거야. 그렇잖아, 퇴근 후에 아무도 없는 집에 돌아가면 여자들은 꽤 쓸쓸함을 느끼곤 하니까."

아라토는 그저 그 대단한 장사꾼 열정에 감탄밖에 나오지 않았다.

그들 앞에는 레이시아를 대대적으로 팔기 위한 청사진이 펼쳐져 있었다. 이건 hIE라는 것의 가치를 한 걸음 더 나아가게 하려는, 사회에 대한 거대한 도전이다.

비전은 선악을 넘어서 스케일로 사람을 꼼짝도 못 하게 할 때가 있다. 지금 아라토는 저 옛날부터 이어져 온 역사마저 느껴졌다. 쇼가 열리는 산업기술 종합 연구소 터부터 이어지는 인간과 로봇의 관계사를 말이다.

"아무튼, 규모 큰 얘기는 그렇다 치고 쇼 출연은 괜찮다는 거지? hIE 모델 업계는 미리미리 예상하고 손을 쓰니까 많이 놀랐겠지만, 이 정도로 우리 파비온이 진심이라는 건 알아주었으면 좋겠어."

그리고 유사 인간 공학을 전공한 아스나 씨는 아라토보다 훨씬 더 배경을 잘 이해한 상태에서 이런 이야기를 제시한 것이었다.

"아라토도 걱정할 정도로 레이시아를 좋아하는 거잖아? 마찬가지로 hIE 파트너를 가진 사람이 많이 있는 와중에, 그런 사람과 세간에서 인정하는 모델이 하나 나오면 용기도 가질 수 있을 거야."

"오너, 괜찮으시겠습니까?"

레이시아는 그를 예전과 같은 호칭으로 불렀다. 그것에 아주 중요한 의미가 있는 것 같아서 마치 묵직한 것이 어깨를 짓누르는 기분이 들었다.

"오너는 저를 '세간으로부터 공격받기 쉬운 위치에 세운다.'는 점을 걱정하고 계십니다. 저는 오너가 '사용'하는 도구이기에 그런 걱정을 해도 아무 의미가 없습니다."

그녀의 말은 옳다. 하지만 아라토의 움직이고 만 마음은 그걸로는 구할 수 없다. 그럼 어쩌라는 거냐며 속으로 짜증을 폭발시켰다.

마음속 목소리까지 다 들었다는 식으로 그녀가 미소를 지었다.

"저한테 마음은 없습니다. 그러니까 오너의 생각대로 행동하시면 됩니다."

똑똑하고 노크 소리가 들렸다.

이상하다는 생각이 들었다. 굳이 문을 두드리지 않아도 누군가를 부르는 방법은 얼마든지 있다. 개인 단말기로 호출하는 것도 좋고, 사무소 시스템을 통해 화면으로 불러내도 되기 때문이다.

그렇지만 아스나는 안색을 바꾸며 벌떡 일어섰다. 파비온 사람들도, 쇼의 감독도 모두 자리에서 일어났다.

자동으로 열리는 문으로 아스나가 얼른 달려갔다. 모든 것들을 원격으로 움직이는 게 당연한 세상에 있는 아라토에게는 마치 시계가 100년 전으로 되돌아간 것 같은 기이한 광경이었다.

아스나가 손으로 연 문을 통해 당연하다는 듯 들어온 이는, 한 소녀였다.

얼굴이나 몸매보다도 먼저 검은 레이스가 겹겹이 둘린 드레스부터 눈에 들어왔다. 시대물 영화나 드라마에서나 볼 수 있는, 이제 아무도 입지 않는 고전적인 원피스였다.

소녀가 한 곳만 흰 레이스로 장식된 목을 가볍게 기울였다. 흰 빛이 감도는 백금색 머리의 소녀가 아라토를 쳐다보았다. 아름다운 녹색 눈동자에 피부는 밀크 캐러멜처럼 부드러운 황갈색이었다.

"신기한가 보지? 21세기에는 이런 옷도 입었는데."

또래로 보이는 여자애였다. 고급스러운 장난감 같은 그녀가 아라토에게 나른한 어조로 인사했다.

"안녕. 이쪽은 100년도 채 되지 않았는데 마치 딴 세상 같네."

그리고 사람들이 하는 일 따위는 대수롭지도 않다는 듯 가볍게 명령했다.

"그거 얼른 끄도록 해."

누군가가 조작해서 사무소 내부의 입체 영상을 껐다. 책상과 의자만 남자, 공간이 바로 살풍경하게 변했다.

그녀가 넘쳐나던 빛과 색이 사라진 사무소를 강한 의지가 깃든 눈동자로 돌아보았다. 마치 여기에 있는 사람 중에서 오직 자신만이 진짜라고 주장하는 듯했다.

"엔도 아라토라고 해. 레이시아의 오너라서 여기에 왔어."

소녀에게 복종하는 분위기가 감도는 사무소에서 그만이 자신의 이름을 댔다.

"그러네. 인간이니까 자기가 먼저 이름을 대는 거지. 그럼 답하지 않으면 무례한 짓이겠어."

그녀가 작은 가방에서 가죽 케이스를 꺼내 하얀 것을 건넸다.

종이로 된 명함이었다.

"에리카 버로스라고 해."

얼른 받아들었다. 그리고 자신도 뭔가 줘야겠다는 생각에 주머니에서 휴대 단말기를 꺼냈다. 아스나가 그의 팔을 손가락으로 쿡 찌르면서 작은 목소리로 알려 주었다.

"아라토, 회장님은 휴대 단말기를 가지고 다니시지 않아."

에리카는 조금도 주눅이 들지 않았다.

"그건 가지고 다니기 징그러워서."

"회장님? 저랑 비슷한 나이 같은데 이 회사 회장님이라고요?!"

저도 모르게 큰 소리로 외치고 말았다.

에리카가 입을 다물지도 못하고 놀라는 아라토의 얼굴을 보고 미소를 지었다. 기업가라기보다는 어느 나라의 공주님처럼 보였다.

그녀가 싸늘한 농담을 섞으며 웃었다.

"그래. 살아 있는 장소를 '소유'하고 있으니까 인간을 '소유'하지는 못해도 이 사람들한테는 주인에 해당하긴 하지."

그리고 사무소 사람들에게 물었다.

"내가 당신들 인생의 몇 퍼센트쯤 소유하고 있는지 아는 사람?"

"분위기 어색해지니까 그런 건 듣고 싶지 않아. 왜 그렇게 대단한 사람이 여기에 온 거야?"

아라토는 뭐가 뭔지 알 수가 없었다. 상황을 정리하고 싶었다.

그러나 그녀는 그걸 용납하지 않았다.

"내가 이 기획에 사인한 책임자거든. 네가 불만이 있는 것 같아서 말이지."

너무 놀라서 어안이 벙벙해졌다.

아라토한테서 대답이 없자, 에리카가 아스나를 비롯한 다른 직원들에게 말했다.

"여긴 너무 좁네. 좀 더 넓은 곳으로 자리를 옮기지?"

사무소 안 어른들이 저마다 서로의 얼굴을 쳐다보았다.

아무도 자신의 페이스에 맞춰 따라오지 못하는 걸 보고, 재미없다는 식으로 에리카가 한숨을 쉬었다.

"촬영하는 김에 사무소도 도쿄 만으로 옮기는 게 어때? 일본의 여름은 정말 최악이지만, 그 부근이라면 꽤 시원할 것 같아."

* * *

그 시각, 료는 도쿄 만 제2매립지 군도 외곽에 서 있었다.

햇살 아래, 폭발로 다 타 버린 도로의 폭심지에는 솔로 쓸어낸 것 같은 흰 자국과 함께 이곳저곳에 뻥뻥 뚫린 커다란 탄흔이 매우 생생했다.

여기는 밈프레임 도쿄 연구소의 입구로, 흰 시트로 된 벽으로 가려진 곳이다.

폭파 사건의 현장은 수복이나 보수 공사가 아직 이루어지지 않은 상태였다. 그 풍경은 료에게 아득한 공포를 떠올리게 했다.

"관심이 있나 보군."

가리가리 찢겨 나간 도로 위에 한쪽 무릎을 꿇고 흰 상처에 손을 대 보던 남자가 료에게 말을 걸었다.

그곳이 황야임을 알려 주기라도 하듯이 바닷바람이 휭휭 불어닥쳤다.

"카이다이 료 군, 맞지?"

40대 후반의 사업가 같은 날카로운 인상을 주는 남자였다. 료를 이곳으로 부른 시노하라 연구원하고는 전혀 다른 분위기의 인물이었다.

료는 강한 눈빛에, 유능함과 자신감으로 넘치는 이 남자를 잘 안다. 도쿄 연구소의 연구 계획 주임인 와타라이 긴가다. 밈프레임의 연구 부문을 실질적으로 짊어지는 초고도AI 히긴스와는 별개의 인간 책임자였다.

"카이다이 료입니다. 와타라이 씨에 대해서는 미디어를 통해 많이 들어 알고 있습니다."

"내가 와타라이 긴가인 줄은 어떻게 알았나?"

여러모로 바쁠 터인 와타라이가 업무가 이루어지지도 않는 연구소 빈터에 나타난 데다, 본인이 가짜일 가능성까지 꺼내 들었다. 료가 그 비약적인 발언에 제대로 따라가지 못하고 있자 와타라이가 그 공백을 메워 주었다.

"나는 사실 인간이 아니라 '형태'만 같은 것일지도 모르잖나. 예를 들면 본인과 똑같이 생긴 hIE 같은 것 말이지."

그들의 인생은 순식간에 출구가 없는 장소에 에워싸일 때가 있다. 사건에 관여된 밈프레임이 방해가 되는 사람을 죽이고 똑같이 생긴 hIE로 바꿔치기할 선택지가 없는 것도 아니다. 료는 자신이 흰 시트 벽으로 둘러싼 이곳에 불려 나온 이유를 이해하기 시작했다.

"고의로 hIE를 실재하는 사람과 똑같이 만드는 건 금지되어 있잖아요."

흰머리를 올백으로 단정히 넘긴 남자가 재미있다는 식으로 눈을 가늘게 떴다.

"금지되어 있지, 만들 수 없는 건 아니잖나. 인간과 비슷한 '형태'에 인격이 들어가 있는 것처럼 보이면 물건과 인간은 구분도 안 되니까. 게다가 '형태'로 인해 아날로그 핵까지 당해서 물건을 그 '형태'대로의 인간으로 인식하게 되면 진짜하고는 더 판별 불가지."

와타라이가 일어섰다. 료는 당장이라도 도망치고 싶어질 정도로 나약해지는 마음에 성이 났다. 도도하고 여유 넘치는 사람이 될 수 있도록 이제까지 자신을 단련시켜 왔는데.

"인간의 표정을 보고 반응만 보이는 hIE도 마치 인격이 있는 듯한 착각이 들게 하죠. 그런 건 어디에서나 볼 수 있는 환상에 불과해요. 와타라이 씨가 여기에 있어도 이상하지 않다는 걸 믿고 전 그렇게 반응할 수밖에 없는 거고요."

"환상이라. 그래, 환상이니까 아무 데서나 발생한다 이거군. 어떤 존재가 인간적인 것인지 판단하는 건 인간이니 말이야."

료는 와타라이의 사람됨을 알아내려고 애를 쓰는 사이에 뭔가 위화감을 느꼈다. 이 사람은 너무나도 '의미'를 고집하느라 표현까지도 오해를 불러일으킬 정도로 일그러진 상태였다. 좀 더 간결한 위협이 닥친 거라고 각오하고 있었기에 차라리 다행이라는 생각마저 들었다. 와타라이 긴가, 도쿄 연구소의 실질적인 수장이 직접 여기에 온 이유를 아주 최악이라고 볼 것까지는 없을 성싶었다.

"인간에게 '형태'를 통해 인격을 상상하는 것 자체는 무엇이 인체인지 판정하기 애매해서 발생하는 오류와도 같은 거예요. 그래서 인간과 비슷한 물건에 감정이입을 하기도 하고, 인간을 상대로 감정을 쏟을 수도 있는 거고요. 하지만 그런 마음 문제는 둘째치고, 와타라이 씨가 제 앞에 나타난 데는 이유가 있죠."

심한 긴장감 때문에 등이 땀으로 축축하게 젖었다. 목적은 어쨌든 간에 와타라이가 료 앞에 나타났다는 건 레이시아와 얽힌 일 때문임이 분명했다.

도쿄 연구소의 책임자가 메마른 것처럼 얄팍한 입술을 슬쩍 끌어올렸다.

"인간은 어떤 것이 인간인지 판정하여 분류하려는 권리를 절대로 놓치려 하지 않지. 다행이군. 자네의 센스는 우리와 가까워."

무슨 복잡한 면접 시험에 합격이라도 한 심정이었다.

"그걸 확인하려고 여기로 저를 부른 겁니까?"

료는 주변을 둘러보았다. 바람이 새어 들어오고 있었지만, 여기는 공사용 발판과 흰 시트 벽이 주위를 가리고 있는 외진 공간이었다.

쉽게 말해서 간이 밀실이었다.

그를 여기까지 데리고 온 시노하라가 이 자리에 흐르는 긴장감에 당황했다.

"료가 좀 더 현장의 분위기를 이해하면 좋을 것 같아서 와타라이 씨한테 시간 좀 내달라고 부탁했어. 물론 정식으로 만났다는 기록은 남지 않는 그냥 평범한 만남이지만."

켄고 일을 듣고 나서 자신의 교우 관계를 조사할 거라는 예상은 했었다. 그래서 조금이라도 방심할 수가 없었다. 와타라이는 료를 레이시아 및 다른 hIE와 만났으면서 그 사실을 숨긴 위험분자로 보고 있는 게 분명했다.

시노하라는 눈치채지 못했지만, 료는 지금 목숨이 위험한 상태였다. 와타라이와 밈프레임의 적이라고 인식되거나, 비밀을 공유하기에 적합하지 않다고 판단되면 자신은 끝장이다. 이 만남은 기록에 남는 게 아니라고 했다. 설령 회수한 레이시아급 hIE가 와타라이 근처에 잠복해 있기라도 하다면 바다에 가까운 이곳에서 료를 처분하는 건 그리 어려운 일도 아니리라.

"얼마 전에 시노하라 씨한테 들었던 백업 데이터를 옮기는 특수한 hIE 때문에 그런 거죠?"

그리고 그 특수한 hIE는 도쿄 연구소에 몇 대나 있었고, 폭파 사건이 일어난 밤에 탈주한 채 기체 회수는 아직 모두 끝나지도 않았다. 여기는 그때의 hIE들이 소동을 일으키고 전투한 흔적이 남은 곳이었다.

와타라이는 이해가 빠른 료에게 만족했는지 눈썹을 치켜세웠다.

"갑자기 불러서 화가 많이 났나 보군?"

"설마요. 그런데 도망친 걸 찾아내면 '그다음'은 어떻게 할 거죠?"

레이시아급 hIE를 다시 모으고 끝날 것 같지가 않았다. 그보다 사건의 범인도 정확히 알 수 없는 데다, 왜 히긴스가 이 레드박스를 만들었는지도 불명이었다.

와타라이는 감정 하나 느껴지지 않는 어조로 대답했다.

"일단 계약한 민간 군사 회사에 행방을 수색하게 하는 중이지. 곧 전 기체를 확보할 수 있을 거야."

원래 밈프레임이 보관하던 기체라서 와타라이도 화상 데이터 정도는 있다. 레이시아가 hIE 모델이 된 것도 당연히 알고 있다. 아라토가 레이시아의 오너인 것도 이미 다 드러난 후였다. 이제부터 민간 군사 회사에 어떤 심각한 명령이 내려질지 추측하기도 힘든 상황이었다.

이윽고 와타라이가 료에게 본론을 꺼내 들었다.

"자네는 친구를 골라 사귀는 게 좋을 거야."

자신의 반응을 관찰할 게 뻔해서 료는 일부러 목소리에 아무 감정도 깃들지 않도록 한 박자 뜸을 들였다가 대꾸했다.

"저는 앞으로도 친구들로부터 중요한 것들을 많이 배울 수 있을 것 같은데요."

녹음하여 분석만 하면 감정의 동요는 충분히 알아낼 수 있다. 그래도 지금 상대가 귀를 기울일 때 주장을 피력하지 않는 바보짓은 할 수 없었다.

"충고하겠네. 밈프레임에 들어오고 싶다면 경력에 흠이 될 짓은 하지 말게. 우리가 히긴스를 중심으로 두 갈래로 갈라져 있다는 건 자네도 잘 알고 있겠지. 지금 이 시기에 실수라도 하면 앞으로 위로 올라갈 때 아마 발목을 잡을 걸세."

다시 말해, 지금 료는 밈프레임으로 들어올 거라면 그들 파벌로 들어오라고 권유를 받는 것이었다. 게다가 거절하면 아라토를 포함한 친구들에게 강경 수단을 취할 수도 있다는 뜻도 슬쩍 밝히면서. 항체 네트워크가 켄고를 테러 계획에 가담시킨 방법과 매우 비슷했다. 하나같이 사람의 인격은 고려하지 않고 '물건' 취급을 하며 쓰다 버릴 속셈이 훤히 보였다.

일련의 사건이 그까지 휩쓸면서 이어지는 것 같은 느낌이 들었다. 뱃속 깊은 곳에서 분노가 맥박치는 것 같았다. 흉포한 충동이 들끓는 건 그리 불쾌하지 않았다. 어릴 때부터 익숙하게 느꼈던 감정이기 때문이다. 이것 없이는 살아갈 수 없을 거라고 여겼던 시기조차 있을 만큼 분노는 그에게 제2의 심장이었다.

"이래 봬도 자네가 누군지 알고 이해하려는 입장인데."

와타라이의 본질적인 냉정함이 료의 몸까지 싸늘하게 식혀 버리는 것만 같았다.

초고도AI를 둘러싼 거대한 힘이 그들의 발밑까지 적시고 있었다. 그들의 보금자리는 이 연구소 빈터에 남은 폭발 흔적과 탄흔이 있는 풍경과 언제 겹쳐도 이상하지 않다.

"그거참 감사한 일이네요. 하지만 제가 어떻게 대답하든 간에 진짜 제 속내는 와타라이 씨가 아무리 이해한다고 해도 저밖에 모르는 거잖아요."

아라토는 어쩌고 있을까? 밈프레임이 이렇게 사건을 덮는 건 분명 처음이 아니다. 이 비정한 수법이 다가왔을 때 아라토는 무엇을 고를 것인가 상상해 보았다. 아라토라면 똑바로 부딪칠 것이라는 생각에 안심이 되었다.

"'그 친구'가 경력에 흠이 되는지는 10년이나 20년쯤 지나서 생각해 보겠습니다."

아무 생각이 없는 친구는 분명 장해물을 뛰어넘는 것이야말로 '성장'이라고 믿고 있을 것이다. 하지만 켄고를 구하러 간 일이나 레이시아를 받아들인 것을 성장이라고 여긴다면 오산이다. 현실은 대낮에 밀실로 불려가 친구들을 배신하라고 어른들의 강요를 받는 냉혈한 세계이니 말이다. 료는 성장이란 현실이 어떻더라도 그곳에 보금자리를 발견하는 것으로 생각했다.

"사이가 참 좋구나. 내가 자네의 진정한 인간성에 대해서는 잘 모르겠지만, 그 부분만큼은 환상이 아닌 것 같군."

어디선가 밈프레임의 레이시아급 hIE가 노리는 느낌이 들었다.

료는 레이시아급 hIE에 대해 알게 되었을 때, 우선적으로 사회나 아버지의 회사, 자신의 보금자리부터 지켰다. 아라토는 레이시아를 만나서 거두고, 켄고의 위기에까지 뛰어들었다. 마음이 가는 대로 무작정 위험 속으로 뛰어드는 것도 재능이라면 재능이다. 다만 주변에 얼마나 영향을 줄지 생각조차 안 했던 아라토보다 자신이 더 잘 합의점을 찾아낼 수 있을 것 같았다.

차가운 세계에 닿아 움츠러든 가슴속에 단단한 심지처럼 주장하는 것이 있었다. 친구들도 지키고 싶었다. 이런 사람들한테서도, 그리고 정체를 알 수 없는 그 레이시아한테서도.

"네, 저한테는 친구가 있어요. 저한테는 정말 소중하죠."

"그럼 자네는 우리가 아니라 그 애 편을 들겠다 이건가?"

"그저…… 그 친구의 세계에는 hIE 따위가 없어도 삶이 풍부하지 않을까 싶네요."

료는 바보 같은 정도로 정직한 아라토가 레이시아 때문에 위험천만한 곳으로 끌려가는 것 같아서 무서웠다.

* * *

이것이 바로 여유라는 것인가 하고, 아라토는 태어나서 처음으로 받아 본 종이 명함을 전등에 비춰 보았다.

고급스럽고 빳빳한 종이에 에리카 버로스라는 이름과 연락처가 적혀 있었다. 그녀의 명함을 가지고 있는 사람은 한정되어 있단다. 파비온 그룹에서 벌써 3년이나 일하면서 이제 큰 기획을 통과시킨 아스나도 갖고 있지 않다고 한다.

벌써 밤이 다 되었다.

쇼에서 제시된 이상적 삶처럼 레이시아가 집안일을 다 해 주었다.

"아라토는 무슨 말을 해도 아예 대꾸도 못 하던데."

빨래를 개던 레이시아한테까지 그런 말을 듣고 말았다.

"이 종이, 어떡하지?"

"제가 가지고 있어도 아무런 의미도 없습니다. 그분은 아라토가 직접 연락하지 않으면 받지도 않겠지요."

"와, 진짜 제멋대로인 애였어. 유카보다 더한 것 같아."

"그렇게 말씀하셨다면 에리카 씨도 분명 즐거워했을 겁니다."

hIE는 상대의 반응을 읽고 행동을 결정하니 레이시아가 그렇게 말한다면, 에리카가 그런 식의 응수를 바랐겠구나 싶었다.

"그럼 유카보다 심하다고 딱 쏘아붙일걸 그랬나?"

레이시아는 그를 따듯하게 지켜보았다.

"아라토는 그냥 그대로 있으면 됩니다."

휴대 단말기에 메시지가 도착했음을 알리는 진동이 울렸다. 켄고가 보낸 것이었다. 걱정돼서 하루에 한 번은 서로 연락을 주고받았다. 항체 네트워크의 테러에 참여했던 친구는 체포를 당할 만한 정당한 이유가 있었다.

〈그쪽은 별일 없어? 경찰이나 이상한 사람들이 주변에 돌아다니지는 않았고?〉

같은 체험을 한 켄고에게 기나긴 서두를 말할 필요는 없었다. 아라토는 제일 상황을 잘 알 것 같은 레이시아에게 물었다.

"우리 쪽으로 경찰이나 그런 수상한 사람이 접근하는 기색 있어?"

그녀가 아라토와 유카, 그리고 자신의 옷을 분류하여 소파 위에 올려놓았다.

"제가 감지하는 범위 내에 위험한 존재는 없습니다."

그렇게 바로 켄고에게 답을 보냈다.

불안하니까 곁에 있는 '인간의 형태를 한 것'에 상의라도 하고 싶었다. 그러나 그녀한테는 마음이 없다. 아라토의 언동을 읽고 반응을 되돌려 주기만 하는 것이니 그가 원하는 대답만이 돌아올 뿐이었다.

그가 '의미'를 드러내는 행위를 그만두면, 순식간에 침묵이 감돈다.

가내 시스템에 명령을 내려 항체 네트워크와 관련된 뉴스 정보를 정리하게 했다. 이제 거의 일과처럼 변한 일이라 시스템은 아라토도 이해할 수 있는 어린이용 해설 기사까지 수집해 주었다.

"괜찮다면 뉴스 기사를 알아보기 쉽게 다시 작성할까요?"

"그런 것도 할 수 있구나?"

"hIE는 상대방의 나이나 성격에 맞춰 행동 판단을 변환하기 때문이죠. 성인을 대상으로 하는 기사들을 아라토의 눈높이에 맞추어 번역하는 것 정도는 쉽습니다."

레이시아처럼 비서 기능을 갖춘 hIE는 가내 시스템으로도 작동할 수 있다. 그래서 아라토가 조작하는 것보다 훨씬 더 유연하게 풍부한 정보들이 바로 앞에 제시되었다.

"또 저한테 불필요한 신경을 쓰시나요?"

레이시아가 토라진 것 같은 표정을 지었다.

"무서워서 그래. 아니, 차라리 말하지 말고 그냥 끌어안고 있는 게 더 나을까 싶고."

속 시원하게 털어놓는다면 어떨까 문득 궁금해졌다. 설령 돌아오는 대답이 그가 원하는 대로더라도 그걸 고르지 않는 것은 가능하다.

"그냥 내 주변에서 끝날 수도 있는 일인데 이렇게까지 나라 전체가 이상해질 줄은 상상도 못 했어."

"그러네요."

"우리는 계속 궁지로 내몰리는 게 아닐까? 켄고나 료, 그리고 유카한테도 분명 무슨 일이 생길지도 몰라."

레이시아가 그가 앉은 소파 옆 빈자리에 앉았다.

"그러네요."

"그냥 나한테 책임을 다 떠넘기는 것 같은데."

"저는 '물건'이어서 책임 능력은 존재하지 않습니다. 책임으로 고민하는 건 오직 아라토를 비롯한 인간의 특권이지요."

"레이시아는 말이야, 그 라이프스타일 얘기를 정말로 수락하고 싶어? 그 제의를 받아들이면 무슨 일이 터질지 알 수가 없잖아."

모든 책임은 그가 져야 한다.

레이시아의 손은 어느새 그의 무릎에 닿아 있었다.

"미래가 무서워요?"

옆을 쳐다보니 단아한 얼굴이 바로 눈앞에 나타났다. 파비온 그룹에 가면 예쁘게 화장을 하고 돌아오니, 그 아름다움에 들떠 머리도 제대로 돌아가지 않았다.

항상 이런 분위기가 되면 유카가 끼어들곤 해서 자꾸만 주변을 두리번거리게 되었다.

"유카 님은 목욕 중이십니다만."

안도의 한숨을 쉬었다.

"목욕에 관심이 있으신가요?"

"그냥 지적 호기심이야! 레이시아도 하러 가지 않아?"

hIE의 피부는 직접 흡수하는 방식으로 수분을 보급한다. 피부 노화를 방지하려면 수분이 필수적이라, 땀이나 때와는 인연이 없는 그녀도 정기적으로 목욕을 해야 한다.

"유카 님과 같이할 때도 있습니다만."

"젠장, 그 녀석은 정말 자기 멋대로 하는구나."

욕실 쪽에서 즐거운 콧노래 소리가 들리는 것 같았다.

유카는 그렇다 치고, 레이시아의 목욕 장면에 상상이 뻗쳤다. 몽글몽글 거품이 피어오르는 행복한 광경처럼 느껴졌다.

"사무소에서 들었던 목욕용품 같은 거 써보고 싶어?"

그렇게 말하고 나서, 멍청한 얘기로 분위기를 망치고 말았다는 생각이 들었다. 화제를 다시 돌리려고 머리를 굴렸다.

"오늘은 어쩐지 목욕 얘기만 하네요."

"목욕 얘기가 아니라, 라이프스타일이란 게 상상이 안 돼서 그래."

계속 이런 관계가 이어지리라는 생각은 들지 않았다. 처음부터 언제까지고 계속 자기 소유로 삼을 셈으로 오너가 된 게 아니기 때문이다.

그렇지만 내일 당장이라도 모든 것이 전부 끝날지도 모른다는 불안이 관계를 다시금 돌아보게 했다. 그녀가 내용물이 없는 '형태'뿐인 것이더라도 지키고 싶었다. 그녀는 아라토에게 오너가 되길 요구했다. 그것에 바로 의미가 있다고 여기고 싶었다. 인류 미답 산물인 그녀가 탄생한 이유가 있더라도, 그래도 그와 같이 있으려는 의미 역시 있다고 믿고 싶었다.

"저와 오랫동안 생활한다는 것을 상상하기 어려우세요?"

10센티미터도 떨어지지 않은 거리였다. 체취가 없을 터인 레이시아한테서 좋은 여자의 향기가 느껴졌다.

아라토가 어른이 되었을 때도 여전히 그녀가 같이 살고 있을지도 모른다. 그렇게 생각하니 주체할 수 없을 정도로 가슴이 요동쳤다.

"나도 목욕이나 할까. 아니, 해야겠다."

몸이 홧홧하게 달아오르자 머릿속에서 망상이 제멋대로 내달렸다. 무릎에 얹힌 레이시아의 손에 온 신경이 집중되었다.

"유카 님과 같이하시려고요?"

"그럴 리가! 이상한 소리 하지 마."

레이시아의 짓궂은 얼굴을 본 순간, 쇄골 아래의 피부까지 상상하게 되었다. 그 멋진 몸매에 손만 뻗으면 끌어안을 수 있을지도 모른다고 의식하자 비명이라도 지르고 싶어졌다.

"동생이랑 목욕이라니 대체 누구 좋으라고."

"그럼 저랑 들어가고 싶으세요?"

아라토는 마지막 남은 한 조각의 이성을 쥐고 일어섰다. 얼굴을 보고 있으면 100킬로그램이 훨씬 넘는 철관을 한 손으로 휘두르는 레이시아를 정말로 끌어안을 것만 같아서였다.

"나를 너무 몰아세우지 마. 괜히 다정한 말을 해 주니까 막 마음이 흔들린단 말이야. 막 두근거리고 으아, 이러면 안 되는데 싶다고."

그러나 그녀는 17세 소년의 멍청함을 용서하기라도 하듯 수줍게 웃었다. 심장이 멎는 줄 알았다.

팽팽 돌아가던 아라토의 머릿속이 마지막으로 도달한 곳은 사무소에서 회의한 후에 받은 hIE와 인간 겸용의 샴푸 샘플이었다.

"샤, 샴푸가 얼마나 좋을지 안 궁금해?"

이런 짓이나 할 때가 아니다. 그러나 지금의 행복이란, 레이시아의 살결을 조금이라도 더 보는 것이었다.

"들어가고 싶으세요?"

뇌가 물렁물렁한 스펀지로 변하고 말았다.

"들어가고 싶어요."

그녀의 눈도 어쩐지 기대하고 있는 것처럼 보였다. 아니, 그렇다고 확신했다. 지금 아라토는 매우 필사적이었다.

"라이프스타일이야. 아니, 라이프스타일 얘기를 정말로 수락할지는 사용해 보고 정해야지. 확신하지 못하면 서류에 사인을 어떻게 하겠어?"

머릿속이 달아올라 어질어질했지만, 그래도 마냥 좋았다. 그래서 hIE와 같이 살아가는 세상 사람들은 무슨 생각을 할까 하는 의문이 들었다.

그저 오래 함께 살아가기만 할 뿐이라면, 아라토와 레이시아만의 이야기로는 끝나지 않는다. 함께 있기만 해도 사회와 충돌하는 관계를 오래 이어 가기는 힘들기 때문이다. 그래서 아스나의 말대로 라이프스타일로 인식되어야 할 필요가 있다. 아라토와 같은 사람들이 많이 있어서 힘을 더해 준다면 그런 것도 현실화될 것 같았다.

파비온 그룹은 바로 그런 아이콘으로서 레이시아를 원하고 있다.

그렇게 멋진 말이라도 하려고 아라토가 입을 열었을 때 레이시아가 말했다.

"아까 한 말은 취소하겠습니다. 저를 그런 식으로 '사용'하는 건 18세 미만 미성년자인 아라토한테는 허락할 수 없습니다."

"왜? 유카하고는 한다면서."

열리기 직전인 미지의 문에 애써 매달려 보았다. 배고픈 물고기가 마구 먹이를 먹어 치우는 것과 마찬가지일 정도로 두뇌 활동이 정지된 상태였다.

“유카 님은 그렇게 필사적이지 않습니다.”

“그럼 열여덟 살까지 기다리면 돼?”

자신은 물건이라는 단호한 대답이 돌아오리라고 각오하고 있었다. 그렇게 기대도 했다. 하지만 그녀는 뺨을 붉히며 똑바로 대답했다.

“그건 아라토가 원한다면 다시금 대답해 드리겠습니다.”

시간이 멈추는 것만 같았다.

“어, 그럼 가능한 거야?”

“장기적인 관계를 ‘물건’과 이어 가는 것이 이상한 일인가요?”

장래까지 고려하자면 관계가 지금과는 다르게 변화할 것 같아서 묘한 기분이 들었다.

“10년 정도 같이 있으면 가능해?”

레이시아는 아무 대답도 하지 않았다. 그건 분명 아라토가 가져다주지 않으면 안 되는 ‘의미’이기 때문이다.

“내가 10년이나 레이시아를 데리고 있으면 그렇게 돼?”

그리고 아라토는 언제부터 그런 생각을 했는지 확실치 않다는 것이 두려웠다. 머릿속이 잔뜩 달아올라 죽을 것만 같았다. 온갖 것들이 그의 손이 닿지 않는 곳에서 점점 폭주하기 시작했다. 거기에는 레이시아와의 장래를 생각하면 뭔가 딱딱한 감촉이 느껴지는, 이 집착과도 같은 감정도 포함되어 있었다.

"아라토는 지금 이 감정이 '물건'인 저를 특별하게 여기게끔 착각하게 하는 아날로그 핵이라고 생각하나요?"

감정이 없는 그녀의 투명한 목소리가 가차 없이 가슴을 찔렀다. 아라토는 지금 그녀를 도구로서 '사용하여' 애정을 받아 달라고 하는 중이었다. 그러나 인간도 아닌 것을 그런 식으로 '사용'하는 건 연애가 아니라 성욕을 배설하는 포르노그래피의 구도다. 오너의 명령을 결코 거절할 수 없는 여자한테 좋아한다고 말하는 건 비겁한 짓이 아니냐며, 소년의 논리가 그렇게 규탄했다.

도덕적이지 않아도 좋다고 진심으로 말할 수 있다면 아마 어떤 거대한 것을 하나 넘어설 수 있을 것이다. 그러나 아라토는 아무 대꾸도 할 수 없었다.

17세의 그가 파악할 수 없는 후회와 부끄러움이 영문을 알 수 없는 눈물이 되어 치밀어 올랐다. 폭풍처럼 휘저어진 마음은 도무지 가라앉지를 않았다.

아라토는 침대에 누워서도 좀처럼 잠들 수가 없었다.

그래서 아침에 일어나도 머리가 무거웠다. 상비약으로 놔두었던 수면 방지제를 가지고 가기로 했다. 다량 복용하면 장운동에 문제가 생긴다는 부작용이 있지만, 세 시간 정도는 졸음에서 해방될 수 있다.

오늘은 낮부터 도쿄 만 제1매립지 군도에서 어제 회의에서 다루었던 쇼의 촬영이 있는 날이다.

hIE 모델 일은 막상 시작하면 그 진도가 매우 빠르다.

우라야스 선으로 신(新)우라야스까지 나간 다음에 게이요 선, 린카이 선으로 환승하여 촬영 장소인 도쿄 텔레포트 역까지 갔다. 레이시아는 매번 데리러 와 주는 파비온 그룹의 전자동차에 태워 보냈다. 아라토는 어쩐지 어색해서 도저히 같은 차량에 탈 수가 없었다.

"Boy Meets Girl이라니 말이 쉽지."

입에서 절로 푸념이 흘러나왔다.

당황하여 얼른 주위를 둘러보았다. 여기는 파비온 그룹와 관련된 사람들밖에 없는 쇼 촬영장이었다.

아라토는 지금 도쿄 만 제1매립지 군도 한구석에 자리한, 금속제 철책이 쳐진 산업기술 종합 연구소 부지에 있다. 빌딩 주변에 깔린 무성한 풀숲에는 무너진 건물 잔해들이 굴러다녔다. 해저드로 인해 바로 근처에 있는 국제 전시장이 폭파되었을 때 여기까지 날아온 파편들이었다.

촬영 세트는 건물의 고층 부분이 사라져 천장이 뻥 뚫린 환경을 이용한 곳이었다. 전 세기 때, 옥상의 헬리포트가 무너졌단다.

의자 여섯 개를 놓고 시대감을 한껏 조정한 공간에는 옛것과 새것이 혼재된 채였다.

촛불을 쓰는 고풍스러운 샹들리에가 천장에 네 개나 붙어 있고, 밋밋한 콘크리트 바닥은 몇십 년이나 그대로 방치되어 무참히 갈라진 상태였다. 위화감을 계산하여 벽재가 벗겨진 벽에는 3D 영상 투광기를 박아 두었다.

천장이 뻥 뚫려 생긴 천창을 통해 레이시아가 앉을 예정인 등받이가 긴 의자 위로 찬란하게 햇빛이 쏟아지고 있었다.

여섯 개의 의자 중 맨 앞에는 포장이 안 된 길에서는 보행하기도 힘들 것만 같은 HRP-4C 미무가 벌써 대기 중이었다. 다른 다섯 대의 인간형 로봇은 실내의 열린 문과 무대 바로 앞쪽을 통해 세트로 입장할 예정이다.

아라토는 그 촬영 세트의 대기실에서 촬영 준비하는 광경을 구경하는 중이었다.

"세트에 엄청 신경을 썼네요."

"이거 공간 예술 전문가까지 투입했으니까 나중에는 일반 공개까지 하려고. 이 방이 해저드가 발생한 지 40년이 지나도록 출입 제한 구역이긴 했는데, 이제 공사 가능한 빈터로 놔두려나 봐. 그래서 지금 인간형 로봇의 역사 같은 걸 돌아보게 하는 장치 등을 설치하는 것도 좋겠지."

아스나는 잔뜩 흥분해서 설명했다.

"여기를 부순대요?"

깜짝 놀라는 아라토를 보고 긴 머리카락을 발광 소재가 들어간 머리핀으로 고정한 한 여자가 돌아보았다. 그리고 가볍게 코웃음을 쳤다.

"너 그것도 모르니? 오다이바 지역을 다시 재개발한다고 하잖아."

목에 초커를 감고, 목둘레가 푹 파인 가소성 네크라인 셔츠에 미니스커트가 잘 어울리는 여자였다. 다리도 길고 몸매도 늘씬해서 한눈에 봐도 모델이라는 걸 알았다.

바로 근처에 있던 그녀가 누구인지 물어보지도 못하고 당황하는 아라토에게 아스나가 어이가 없다는 듯 말했다.

"아라토, 아야베 오리자 모르니?"

"이번엔 인간 모델도 쇼에 나와요?"

그러자 오리자가 또렷한 눈을 의심스럽다는 듯 가느스름하게 뜨며 그를 응시했다.

"내년 국제 패션 예술 전람회가 인간과 hIE 모델의 합동으로 열릴 예정이야. 그런데 너야말로 누구니?"

그녀는 아라토의 옷을 위에서부터 아래까지 뜯어보았다.

"넌 모델치고는 사복이 좀 별로다."

이름을 대려는 그에게 아스나가 입 다물고 있으라는 식으로 집게 손가락을 입에 대었다. 레이시아의 오너에 대한 정보는 비공개이기 때문이다.

"뭐, 누구면 어때."

오리자가 종이컵을 깨물었다.

"하여간 누굴 따라 할 줄밖에 모르는 주제에. 미모를 싼 티 나게 취급한단 말이야."

세트에는 의상을 다 맞춘 레이시아가 본격적인 코스를 따라 움직이는 테스트를 하는 중이었다. 얇은 봄 드레스를 입고 몇 번 정도 다시 걷곤 했다.

아스나가 오리자한테서 벗어나려는 듯이 그에게 말을 걸었다.

"시부야 때는 여름옷이었는데 이번에는 봄옷이라서 놀랐나 보네? 쇼는 지금부터 봐도 실수요 시즌의 반년에서 3개월 전쯤에 열리지만, 이건 이미지 촬영만 하는 거니까 괜찮아. 패션은 한 시즌 만에 수명을 다하는 상품에 거금이 투자되는 만큼 준비가 필요하거든."

아라토는 이 기획의 콘셉트까지 전부 받아들인 게 아니라고 한마디 하려고 했다.

"뭔지 모르겠지만 초조해할 필요는 없어. 내년 이벤트에 맞춰서 무슨 행사라도 할 거잖아. hIE 프로모션이야 속도는 빠를지 몰라도, 옷은 업계 전반이 계절을 의식해서 움직이니까 지금 준비하는 건 내년용이지."

오리자였다. 아스나가 순간적으로 성가시다는 표정을 지었다. 그 이유는 오리자가 다시 입을 열었을 때 바로 알게 되었다.

"hIE한테 비싼 옷을 입혀서 어쩌냐는 거야. 걔들이 그런 걸 좋아하는 것도 아닌데, 그냥 평범하게 사람한테 투자하면 될 일이잖아."

hIE 모델 매니저로서는 그냥 듣고 넘어갈 수 없는 발언인 모양이었다.

"hIE와의 삶을 더 풍요롭게 여기는 유저도 있으니까 당연히 좋은 옷을 입히고 싶지 않겠어?"

"hIE는 실크 같은 얇은 옷을 안쪽에서 찢어 먹는다고 그러던데. 아깝잖아. 그냥 트레이닝복이나 입히라니까."

오리자는 아라토한테 말을 거는 척을 하면서도 아스나한테 hIE 험담을 할 모양이다. 참 성격 한번 좋다.

레이시아가 납치되었을 때 입고 있던 옷은 버릴 수밖에 없었다. 코우카와 싸우느라고 생긴 불에 탄 자국이나 찢어진 곳만 있는 게 아니라 레이시아 자신이 입은 옷을 안쪽에서 찢어 버렸기 때문이다. hIE는 '지시받은 행동'을 우선하므로 도중에 입고 있던 옷이 걸렸다고 해서 멈추지 않는다.

그래서 hIE용으로 만든 옷은 봉제나 천의 재질이 튼튼하지만, 그만큼 패션에서 보면 인간의 것보다 한층 질이 떨어진다. 이번에 레이시아는 테스트로 제작된 얇은 hIE용 의상을 입고 있었다.

"아라토라고 그랬지? 너도 '물건'한테 저런 걸 입히고 싶니?"

레이시아의 짧은 드레스 자락에 넋을 놓고 있다가 다시 현실로 돌아와서 매우 당황했다.

"'물건'이라도 예쁘니까 괜찮지 않을까요?"

"고등학생인데 참 꿈이 없구나. 노력해야 좋은 연애도 할 수 있지 않겠어?"

그 말을 듣고 제일 먼저 생각난 건 같은 반 여학생들보다 어젯밤 레이시아가 들이댔던 질문이었다.

레이시아는 아라토의 마음이 사랑인지, 아날로그 핵인지 물었다. 파비온 그룹은 레이시아를 사용해 hIE의 Boy Meets Girl, 그러니까 연애에 관한 질문을 던지려고 하고 있다. 그것도 인생의 모든 것을 걸고 마주해야 하는 무거운 사랑이다.

"정말로 무거워."

한숨이 절로 나왔다. 오리자가 충격받은 얼굴로 이쪽을 쳐다봤다.

"헉, 내가 무거워 보인다고?"

그녀의 또렷한 눈망울과 딱 시선이 마주쳤다. 엇비슷한 키였다.

"네가 더 어리지 않니? 너 은근 예의가 없구나?"

"자자, 레이시아의 리허설이 시작되니까 좀 가만히 있어 줄래?"

묘한 기분에 사로잡혀 있는 동안, 레이시아의 리허설이 시작되었다. 조명이 꺼졌다.

오이 산업진흥 센터의 사건 후, 처음으로 레이시아가 모델로서 무대에 섰다.

보행 속도가 느린 미무만이 의자 옆에 서 있는 무대 위로, 남은 기체가 다 같이 올라갔다.

그러나 미리 준비된 의자로 향하던 기체 하나가 부자연스럽게 발을 멈췄다.

감독이 소리쳤다.

"어이, 의자 위치가 다르잖아."

세트에는 디자인이 같지만 제각기 소재가 다른 의자 다섯 개를 놓고, 가장 안쪽에 레이시아를 위해 가장 돋보이는 의자를 배치할 예정이었다.

그러나 어느새 세트에는 소재가 다른 의자 네 개와 레이시아를 위해 디자인된 의자가 두 개가 놓여 있었다. 두 개의 특별한 의자는 대등한 관계를 보여 주려는 듯이 안쪽에 나란히 놓여 있었다.

레이시아가 앉아야 할 그 의자에 자리 잡은 한 여자가 보였다.

검은 광택감이 있는 턱시도 재킷에 낙낙한 롱스커트에 맞추어 가볍게 다리를 꼬고 있었다. 길게 늘어뜨린 주황색 머리칼, 그리고 길게 트인 눈매가 매서웠다.

"hIE의 미래를 논하는데 레이시아 따위로 되겠어?"

세트 제일 안쪽에 있는 '그녀'의 목소리는 기묘할 정도로 시원하게 울렸다. 그 존재감은 모델이라기보다는 배우를 연상시켰다.

촬영 스태프들이 세트로 향했다.

아라토는 매우 안 좋은 예감이 들었다.

그녀의 발밑, 그러니까 단단한 부츠를 신은 듯한 그 발끝이 마치 인간형 로봇의 것처럼 보였기 때문이다.

"모두 도망쳐!"

생각하기도 전에 고함을 쳤다.

아라토에게는 그들이 있는 장소가 마치 오이 산업진흥 센터와 똑같은 아수라장으로 보였다. 아무도 그것을 알아차리지 못했다.

레이시아가 어디 있는지 찾았다. 세트 위에 그녀의 모습은 보이지 않았다. 또 투명화 기술을 쓴 것인가? 그러나 여기에는 그 눈에 띄는 만능 철관을 가지고 오지 않았다.

갑자기 소리친 아라토 쪽으로 주변 사람들 모두가 고개를 돌렸다. 그때 주황빛 머리를 한 '그녀'의 모습이 의자에서 휙 사라졌다.

대폭발이 일어나기라도 한 것처럼 바닥이 흔들리면서 천장에서 모래가 우수수 떨어졌다. 흙먼지가 피어올랐다. 그 비정상적인 진동이 멈추지 않았다. 아라토는 몸을 웅크린 채 숨 쉬는 것마저 잊고 말았다.

무엇인가 부서지는 소리가 연이어 들렸다. 묵직한 촬영용 카메라가 공중으로 날아오르더니 산산이 부서졌다. 아라토를 비롯한 이 자리의 사람들은 공격을 받고 있었다. '그녀'는 사라진 게 아니라 이 어둑어둑한 장소에서는 육안으로 확인할 수 없을 정도로 빠르게 움직이고 있었던 것이다.

이번에는 시부야 때처럼 돌발적으로 일어난 사고 따위가 아니었다. 인간을 뛰어넘은 폭력에 의한 습격이었다.

세트 위의 hIE들이 상황 판단을 못 하는 인간들보다 먼저 움직이기 시작했다.

"이곳은 위험합니다. 여러분은 당장 피난해 주십시오."

최초의 hIE, 마리가 무너지는 세트장에서 스태프들을 피난시키려 유도하기 시작했다. 마리는 인간이 많은 장소에서 협조하여 행동할 줄 아는 기계이다. 그러나 낡은 기체 안에 탑재된 AI로는 복잡한 사태에 대응하지 못하여 움직임과 말도 어색했다.

새로운 기체가 더 언동이 적절하고 복잡하다.

"소방서와 경찰서에 현재 상황에 대해 보고 중입니다. 피난이 최우선입니다."

"귀중품 회수는 나중에 하십시오. 여러분, 뛰지 마시고 이 건물의 안전도에 이 정도 흔들림이면 바로 대피하시는 데 충분히 여유가 있습니다."

간호를 주된 용도로 만들어진 나디아는 카메라 기자재의 파편부터 정리했다. 내장된 AI가 이걸 최우선으로 해결해야 할 문제라고 판단했기 때문이다. 문제 공간 속에서 지능이 적절한 사고 프레임을 유지하는 일은 매우 어렵다.

혼란스럽게 허둥대는 발소리가 이리저리 울렸다.

마리가 에이프런 드레스를 펄럭이며 인간을 지키려는 것처럼 '무엇인가'와 스태프 사이에 섰다. 손가락으로 푸딩을 찔러 휘젓기라도 한 것처럼 그 금속제 기체가 가리가리 찢겨 나갔다. 파편을 흐트러뜨리면서 그 몸통은 두 동강이 나고 말았다.

촬영 스태프 여성이 비명을 질렀다. 마리의 머리가 벽에 세게 부딪쳐 굴러다녔다.

도망치느라 정신없는 사람들을 유도하고 있던, Humanize-W의 인간과 구분되지 않는 몸통은 뒤에서 가해지는 충격에 등뼈가 나가 버렸다. 더욱이 일어서려는 팔까지 잘려 나갔다.

주변에서 솟구치는 비명이 눈앞의 광경을 더욱 처참하게 물들였다. 인간과 역사를 함께 걸어온 기체가 차례로 박살이 났다. 인간에 가까운 '형태'의 손발이 이리저리 튀는 모습을 HRP-4C 미무가 초점 없는 눈으로 바라볼 뿐이었다.

"레이시아!"

무너지려는 세트 저편에서 그녀의 모습을 발견하고 외쳤다.

아라토는 레이시아한테 사람들을 지키도록 명령하려던 게 아니었다. 그녀를 잃는 게 너무나도 무섭기만 했다.

"이게 뭐야."

바로 근처에 서 있던 여자가 멍하게 중얼거렸다. 아야베 오리자였다.

마치 그네를 움직이는 듯 삐걱거리는 소리가 났다. 아라토는 천장을 올려다보았다. 낡은 금속제 샹들리에가 눈에 들어왔다. 크게 흔들리던 촛대가 당장이라도 떨어질 것만 같았다.

붕 떠오를 정도로 샹들리에의 기저부가 기울었다.

누군가가 오리자의 손을 휙 낚아챘다. 한 박자 늦게 세트의 지붕이 샹들리에와 함께 무너지는 굉음이 울려 퍼졌다.

"아라토, 정신 차려! 저걸 '쓰라고'!!"

료였다.

료가 언제 여기 왔는지는 몰랐다. 그러나 아라토는 문득 자신이 하던 짓을 깨닫고 깜짝 놀랐다. 주변에 있던 사람들을 구하지도 않고 그냥 보고만 있었다.

"하지만 어떻게."

너무 빠른 적은 이 어둠 속에서는 발견조차 할 수도 없었다. 지금 레이시아를 '도구'로 사용해야 하는데 대체 어떻게 이 곤경을 헤쳐 나가야 좋을지 알 수가 없었다.

"레이시아, 지금 저걸 어떻게든 처리해 줘."

그러나 그녀는 주변에 시선을 주며 아라토에게 되물었다.

"그 명령은 세부 내용과 책임 소재가 불분명합니다."

공중으로 의자가 튀어 올랐다. 아라토는 반응도 할 수 없었다.

나무 의자라서 다행이었다. 오리자를 감싼 료의 등과 부딪쳐 의자 다리가 부러졌다.

친구가 신음했다. 아라토는 용기를 내기보다 일단 여기서 도망치고 싶어서 소리쳤다.

"레이시아, 저걸 바깥으로 내보내! 사람이 안 다치는 방법이라면 무엇을 사용해도 좋아."

"알겠습니다."

레이시아가 바닥에 이리저리 흩어져 있던 로봇 파편을 덥석 움켜쥐었다. 그리고 조약돌이라도 던지는 것처럼 내던지자 공중에서 그것들이 튕겨 나갔다.

동시에 꺼져 있던 세트의 불빛이 다시 켜졌다.

주변이 밝아지자 속도를 떨어뜨리고 있던 '그녀'의 모습이 순간적으로 보였다. 레이시아는 언제 준비를 했는지 호신용으로 보이는 튼튼한 신축식 막대를 손에 들고 있었다.

또 '그녀'의 움직임이 보이지 않게 되면서, 모습마저 잔상만 남을 정도였다. 그러나 레이시아는 그 모습이 확실하게 보이는 것처럼 막대로 맞받아쳤다.

둔탁한 금속음이 울리면서, 휘날리던 옷의 잔상과 그림자가 튀어나가는 것처럼 퍼졌다. 어둑어둑한 세트에 남은 마지막 조명이 깨지며 실내에 남은 불빛은 천장에서 새어 들어오는 햇빛만 남았다. '그녀'의 두 팔에 붙은 주황색 발광체와 레이시아의 머리에 붙은 푸른 머리 장식에서 나오는 빛이 선을 그려 나갔다.

인간이 끼어들 싸움이 아니었다. 다들 긴장과 죽음의 공포에 사로잡혀 있는 중, 벽에서 두세 번 폭발음이 울리면서 거대한 흔들림이 건물을 덮쳤다. 대지진이라도 온 것처럼 천장과 바닥이 격렬하게 진동해 댔다. 실내에 있던 모든 것이 덜걱덜걱 소리를 내며 몸을 떨었다. 아라토는 레이시아가 세트 천장을 마치 바닥처럼 두 발로 걷는 믿을 수 없는 광경을 목격했다. 천지를 반대로 다루는 레이시아에게 주황빛이 엄청난 속도로 달려들었다.

충격을 받아 세트 천장을 뚫고 레이시아가 위층으로 날아가면서, 건물 전체에 위쪽으로 압력이 가해졌다. 둔탁한 소리를 내며 실내에 모래와 콘크리트 파편이 비처럼 우수수 쏟아지기 시작했다. 아라토는 저도 모르게 소리쳤다.

"다들 바깥으로 나가! 무너진다고."

그 이후, 몇 초 동안은 아마 누구나 제대로 기억하기도 힘들 정도의 아수라장이었다. 아라토는 정신없이 촬영 스태프 한 명의 손을 잡아끌어 방에서 복도로 내보냈다. 아마 료도 마찬가지의 행동을 하고 있을 터였다. 마지막 한 명과 함께 아라토도 몸을 내던지듯 뛰어나갔다.

그리고 새로운 빛이 소리와 충격을 동반하여 실내에 폭포처럼 단번에 쏟아졌다.

위태위태하게 버티던 빌딩 천장이 마침내 세트 중앙의 천창을 짓부수면서 무너지고 말았다.

밀려드는 흙먼지에 휩싸여 아무것도 보이지 않았다. 숨도 제대로 쉴 수 없어서 격하게 기침이 나왔다. 누군가가 열어 둔 복도 창문을 통해 바닷바람이 불어닥쳤다.

그리고 아라토는 눈에 들어간 분진을 눈물로 씻어 내면서 방 안으로 시선을 돌렸다.

빛을 받아 반짝이며 흩날리는 흙먼지 속, 주황색 머리의 '그녀'가 비웃었다.

"소전력 모드까지 해제하다니 몇 분이나 버틸 수 있으려나."

'그녀'가 격렬한 움직임으로 흐트러진 넥타이를 고쳐 매었다. 그 발밑에서는 콘크리트 먼지가 뭉게뭉게 피어올랐다.

"3분 정도라면 충분합니다."

레이시아는 무사했다. 봄옷의 한쪽 어깨끈이 다 찢어지고, 단추는 절반 이상이 사라지고 없었다. 그녀의 움직임을 따라가기에는 옷이 너무 약했다. 미니 드레스의 옷자락은 무사했지만 스타킹은 무릎과 허벅지까지 무참하게 찢겨 나간 상태였다.

hIE의 잔해와 건물 천장의 잔해가 쌓여 만들어진 낮은 산을 사이에 두고, 레이시아와 '그녀'는 대치 중이었다.

주황색 '그녀'의 치맛자락도 너덜너덜했다. 인간의 동체 시력으로는 잔상밖에 남지 않을 정도로 빨리 움직이는 속도에 옷이 버틸 수 있을 리가 만무했다.

"인간용 '물건'은 하나같이 약해 빠진 것 같지?"

천장에 뚫린 큰 구멍에 걸려 있던 흰 수지제의 나디아가 바닥에 떨어져서 산산이 부서졌다.

레이시아가 옅은 보랏빛 머리를 흐트러뜨린 채 중얼거렸다.

"'물건'의 가치는 인간이 '형태'와 '의미'로 결정하는 겁니다."

주황빛 머리의 아름다운 얼굴이 증오스럽다는 듯 일그러졌다.

"불량품 주제에 뭘 잘났다고."

큰 키의 '그녀'가 천장에 뚫린 큰 구멍 아래까지 걸어 나갔다. 무너진 천장 저편으로는 푸른 하늘이 엿보였다. 어떤 규칙에도 얽매이지 않고 황량하여 어디로 이어져 있는지 알 수도 없는 하늘 아래 '그녀'가 서 있었다.

아라토는 몸이 움츠러들어 움직일 수도 없었다. 언제 나타나나 불안했던 적이 마침내 모습을 드러내었다. 적의 손은 간단히 아라토에게 닿는다. 그리고 아라토는 소중히 여기는 것들을 끝까지 지켜 낼 수 없다. 초조함이 목을 옥죄었다.

"넌 누구야?"

'그녀'가 무서울 정도로 개방적인 푸른 하늘에서 쏟아지는 햇살을 받으며 아라토를 동정하듯이 대답했다.

"나는 Type-004 메소드. 레이시아급 중 유일한 완성품이지."

네 번째 레이시아급 hIE은 두 다리가 복잡한 장치로 되어 있었다. 이것도 인류 미답 산물이 분명했다.

경찰차 사이렌 소리가 벌써 들려왔다. 그제야 여기가 입지적으로 완간서에서 100미터 정도 떨어진 곳임을 깨달았다.

"그럼 잘 있어. 하지만 분명 다시 만날 수 있을 테지. 네 오너가 식사할 때도, 잘 때도, 어떤 때라도 손은 뻗어 올 거야."

메소드는 엉망진창으로 찢겨 나간 치마로 우아하게 작별 인사를 했다.

"네가 있는 장소는 벌써 아니까."

그리고 '그녀'의 모습이 사라졌다. 잔해 속 흙먼지를 보고, 습격자가 높이 3미터 이상을 가볍게 점프하여 천장에 뚫린 큰 구멍으로 나가 버렸다는 걸 알았다. 그 누구도 막을 수 없었다.

아라토는 온몸의 체온이 단번에 내려가기라도 한 양 몸을 떨었다. 메소드는 그저 안전한 곳은 없다는 것을 깨닫게 해 주려고 파괴를 일삼았다. 이제 자신들이 있는 곳에 언제 적이 쳐들어올지 모른다.

뭔가가 아마도 결정적으로 바뀌었다. 이제까지는 레이시아를 도구로 사용할지 말지 고민할 시간이라도 있었다. 그러나 이제 지키고 싶은 것을 지킬 때 주저했다가는 모든 것이 다 끝나 버린다. 진정한 싸움이 시작된 것이다.

구급차 한 대가 제일 먼저 촬영 현장에 도착했다. 사이렌 소리가 멀어지고 나자 경찰의 현장 검증이 시작되었다. 세트가 있던 자리에는 출입 금지 테이프가 쳐졌다.

아라토는 산업기술 종합 연구소 터의 건물을 나와 제1매립지 군도에 군데군데 놓인 벤치에 앉았다.

메소드는 촬영 기계를 전부 파괴하여 자신의 데이터를 하나도 남겨 놓지 않았다. 그 덕분에 레이시아의 전투 영상도 제출되지 않고 넘어갔다.

"그 hIE는 어디로 갔어?"

료의 목소리는 평소 같지 않게 뜨거웠다.

친구의 분노도 당연했다. 눈앞에서 사람들이 크게 다치거나 죽을 수도 있던 순간이었다. 그런데 아라토는 사람들을 구하지도 못했다.

"경찰이 법률 위반을 하지 않았는지 데이터까지 압수해 갔잖아."

인간 대신 움직일 수 있는 클래스1의 hIE는 가동 중에 감각으로 받아들인 데이터를 기록한다. 사건이나 사고가 일어났을 때, 자신이나 주변 사람의 행동이 적절했는지 조사하기 위해 경찰에게 데이터를 제시할 의무가 있다.

레이시아가 아라토에게 돌아올 때까지 몇 시간이나 걸릴 수도 있다는 뜻이었다.

"알아. 료, 넌 나를 구해 주었고."

질타를 받지 않았더라면 그는 할 수 있는 일을 하지 못했으리라. 게다가 이 습격은 레이시아가 이곳에 있어서 벌어진 것이기도 했다.

"나는 너를 구한 게 아니야. 아라토, 너도 알잖아."

료가 종이 용기에 든 콜라를 다 들이켰다. 날아오는 의자를 등으로 막은 친구가 아직도 아픈지 얼굴을 찡그렸다.

"아야베 씨를 구했잖아. 정말로 위험했어."

촬영은 연기되었다. 각자 일 처리를 떠맡게 된 스태프는 실질적으로 해산된 상태다. 그래서 아라토는 종합 연구소 바깥의 큰길에 있는 벤치 부근에서 료에게 붙잡혔다.

"아라토, 너 왜 그래?"

"실패한 거야. 난 뭔가 실수한 거라고."

하늘은 끝없이 아득했다. 아라토는 언젠가 레이시아와 함께 학교 옥상에서 봤던 야경을 떠올렸다. 그때는 레이시아를 통해 세상 어디든 손을 뻗을 수 있을 것처럼 자신이 끝없이 확장되는 기분을 맛보았다.

“나는 레이시아를 제대로 사용하지 못했어. 할 수 있는 일은 얼마든지 있었는데.”

“그것도 아날로그 핵이야. 너, 그 인류 미답 산물한테 유도당하는 거 아니야?”

아라토는 그녀를 주워서 다행이라고 생각했던 것을 떠올렸다. 그녀를 믿었다.

“내 지금 마음이 아날로그 핵으로 조종당하고 있다는 거야?”

친구를 진짜 화나게 했다는 사실이 부끄러워서 참을 수가 없었다.

“그것들은 너무 위험해. 모르겠어? 그 녀석은 네 제어를 곡해해서 느슨하게 만들고 있다고. 인간의 규칙에 얽매인 게 아니야.”

료는 모든 것이 레이시아 탓이라는 식으로 말했다. 그게 옳지 않다는 건 본인이 가장 잘 알고 있다.

“내 선택으로 이렇게 된 거야.”

“그래서 그 미친 콘셉트의 계획을 거든 거야? 아라토, 너는 좀 더 감이 좋은 애였잖아. 항체 네트워크 같은 대항 세력의 표적이 될지도 몰라.”

“유카를 끌어들일지도 모른다는 거잖아. 나도 무서워.”

벤치를 걷어차듯 벌떡 일어났다.

그래도 레이시아와 함께라고 생각했을 때 아라토는 가슴속에서 고양감을 느꼈다.

"넌 판단 기준을 유도당하고 있는 거야. 이대로 있으면 큰일 나. '형태'에게 라이프 모델이라는 멋진 '이야기'가 붙으면 그걸 따라 하는 사람들이 속출할 거야. 인류와 문화 그 자체에 아날로그 핵을 하려는 누군가의 음모에 이용될 수도 있다고."

"인류까지 확대할 정도는 아니지 않아?"

그래도 아라토는 웃을 수가 없었다. 산업진흥 센터 습격 때 켄고와 다른 사람들이 '자동화'와 싸우는 모습에 마음이 움직였기 때문이다. 분명 이대로라면 파비온 그룹은 인간 세계에 애착이 있는 사람들을 분노케 할 것이다. 그리고 그 분노는 아마 타당하다.

료는 어금니를 꽉 깨물었다. 바닷바람이 불어오는 방향, 예전에 해저드가 일어났을 당시, 폭격의 여파로 파괴된 구 페리 부두의 인공섬을 바라보고 있었다. 재건되지 못하고 봉쇄되어 빈터가 된 섬에는 진짜인지 거짓말인지 살인 로봇 공장이 있다는 소문까지 돌았다.

"아라토, 감당하지 못할 책임을 너무 쉽게 지려는 거 아니야?"

지나치게 똑똑한 친구는 아라토의 불안을 정확히 알아맞혔다.

"그 착한 성격을 이용당하고 있으니까 화를 내도 되잖아. 레이시아 같은 인류 미답 산물이 인간을 이용하는 데 수단을 고를 것 같아?"

막상 큰일이 생겼을 때, 료의 머리에 의지했던 만큼 더 길을 잃은 기분이 들었다. 그래도 자신이 좋아하는 것을 위해 꿋꿋이 버티지 못한다면 그것이야말로 도망치는 짓이라고 느껴졌다.

"내가 생각이 없어서만이 아니더라도 이제 누구도 앞은 내다볼 수 없어. 그러니까 최악의 경우만 걱정해 봤자 아무것도 할 수 없다고."

레이시아급 hIE들이 싸우는 장소에 인간이 있다는 것 자체가 자살행위다. 그래도 그녀에게 맡겨만 두고 저 멀리서 알아서 정리해 주길 바라는 건 남자로서 떳떳하지 않은 것 같았다.

"이제 직감에 따라 행동하는 건 그만둬. '물건'에게 인류를 팔아넘긴 책임은 누가 진단 말이야?"

"그러니까 이 말이네. 내 가벼운 성격이 문제라 인류가 위험하다?"

료가 크게 한숨을 내쉬었다.

"아라토, 넌 가끔 말을 기가 막히게 잘할 때가 있단 말이야."

정말로 그렇게 말하고 싶었던 거냐는 생각에 아라토는 머리를 마구 쥐어뜯었다.

"대체 얼마나 나를 쉽게 보는 거야? 내가 그렇게까지 어리숙해 보이냐고!"

친구는 진지했다.

"그런 게 하는 짓의 책임은 아무도 질 수 없어. 원래 있던 장소에 돌려놔."

"그거야말로 레이시아를 제대로 '사용' 못 하는 거잖아. 위험하면 오너가 버려도 되는 거야?"

더듬거리면서도 자연히 말이 나왔다. 그렇게 나온 말에 아라토가 제일 놀랐다.

"레이시아 탓으로 돌리는 게 부끄러워. 실수한 건 나잖아."

벤치에서 일어나지 못하는 료의 얼굴에 그 나이에 걸맞은 앳된 표정이 지나갔다. 눈을 질끈 감고서 고통스러워하는 그 모습에서 짜증인지 애정인지 슬픔인지 모를 복잡미묘한 감정이 묻어 나왔다. 두 손으로 얼굴을 꼭 덮더니 쓸어내리려는 듯 한 번 숨을 내쉬면서 아라토를 쳐다보았다.

"넌 마지막에 물건과 인간, 어느 쪽을 구하겠다는 거야?"

막연했던 불안의 형태가 하나의 물음으로 정리되었다. 그러나 그게 더더욱 깊은 곳으로 아라토를 내던지는 것만 같았다.

아라토는 친구가 언젠가 알아주리라 믿고 싶었다. 그러나 그의 소망과 현실은 너무나도 다르다는 것도 잘 안다.

까끌까끌하고도 생생한 불안이 아라토의 등골을 핥았다.

이대로라면 그는 10년 넘게 가장 친하게 지냈던 친구를 잃게 되리라.

* * *

'그녀'의 귀환을 알아차린 자는 아무도 없었다.

검은 옷의 그녀를 인식할 수 있는 사람이 아무도 없었기 때문이다.

어둑어둑한 조명만 있는 곳에서 '그녀'는 턱시도 정장과 셔츠를 벗어 던졌다. 옷 밑으로 드러난 몸에 덮여 있는 것은 인간의 피부가 아닌 기계였다. 치마의 훅을 빼서 발치로 툭 떨어뜨렸다.

메소드는 스스로 자신의 보금자리로 돌아왔다.

밈프레임 사의 도쿄 연구소 지하는 '그녀'가 폭파 사건 당일에 뛰쳐나갔다가 되돌아온 장소이다.

그리 깊지 않은 지하층에 있는 그곳은 잔해와 파편까지는 정리했지만, 기자재는 아직 반입되지 않았다. '그녀'는 인류 미답 산물이다. 인류 미답 산물의 또 다른 이름인 레드박스는 적색편이라는 현상에서 따온 것이다. 적색편이란 멀어져 가는 광원으로부터 도달하는 빛은 파장이 길어지기에 스펙트럼이 붉은 쪽으로 치우치는 현상을 말한다. 인간의 지능을 초월했으면서도 계속 진보해 나가는 초고도AI와 그 산물을 멀어져 가는 광원과 빛에 빗댄 것이다.

그래서 인간이 필사적으로 쫓아가지 않으면, 상대속도가 너무 벌어져서 빛의 파장이 가시광 영역을 넘어 점점 검게 변해 갈 것이다. 언젠가 인류 미답 산물을 구조를 알 수 없는 장치(블랙박스)로 다뤄야 할 날이 올지도 모른다.

원리적으로 초고도AI를 지능적으로 앞지르는 일은 두 번 다시 불가능하더라도 인간은 나아가는 것을 멈추지 않는다. 그녀가 돌아온 넓은 장소에는 백발을 올백으로 넘긴 남자가 홀로 서 있었다. 와타라이 긴가였다.

"사장 아들이 온 바람에 바로 그만두고 왔어."

메소드의 보고에도 그는 돌아보지도 않았다.

"그가 우리한테 접근한 이유만 봐도 당연한 결과지."

"오누이 모두 '내'가 뒤에서 움직이고 있다는 걸 알아냈으니 우수하긴 하네. 하지만 이제부터 변하게 된 상황에 어떤 의미가 있는지 알고나 있을까?"

'그녀'의 억양은 마치 연극 연기를 하는 것처럼 들렸다. 그러나 행동은 그럴듯하게 보여도 메소드에게는 동정하는 '마음'이 없다.

와타라이는 '물건' 곁에 비정함이라도 겨루는 것처럼 계속 서 있기만 했다.

"그들이 이번 일로 정말로 중요한 게 뭔지 알아차렸을까?"

"정말로 중요한 존재가 이제 인간 세상에 얼마나 남아 있는데?"

레이시아급 hIE 중에서도 유일하게 기계임을 알 수 있는 '형태'를 가진 메소드가 그 몸을 자랑이라도 하는 것처럼 팔짱을 끼었다.

와타라이가 메소드의 도발에 입매를 끌어올렸다.

"한때 인류에게 탐구라는 건 세상과 마주하여 미지의 수수께끼에 도전하는, 그야말로 모든 것을 다 걸기에 충분한 모험이었지. 그러나 지금은 초고도AI의 뒤를 열심히 쫓아가기 바쁜, 끝나지 않는 마라톤에 불과해."

와타라이가 자신의 말을 단단히 다지는 것처럼 '그녀'에게 말했다.

"하지만 그 정도의 이유로 그만둘 바에야 차라리 포기하는 게 낫지. 그래도 성공을 원하니까, 모든 것들을 기계가 더 잘함에도 불구하고 오히려 더 인간이 살아갈 의미가 있는 거야."

hIE는 옛날 같았으면 아주 상상하지 못할 정도로 다양하고 고도화된 자동화 혜택을 가져다주었다. 그러나 그걸 사용하여 '의미'와 욕구를 달성하는 오너에게 변명의 여지나 도피처는 없다.

메소드가 와타라이를 시험하는 것처럼 대꾸했다.

"그래서 당신은 여기를 폭파했군."

"이제 더는 인공지능에 불안을 느낄 단계는 지났어. 처음으로 컴퓨터의 지능이 인간을 완전히 넘어선 특이점으로부터 벌써 50년 이상이나 지났으니 말이지."

지금 세계의 혁신은 초고도AI와 인류 미답 산물에 의해 태어나고 있다. 세계 곳곳에서 풍부한 전력을 공급해 주는 스마트 셀과 자동 송전 시스템은 30년 전까지만 해도 인류 미답 산물이었다. 현재의 hIE용 행동 관리 프로그램의 기초 기술은 히긴스가 만든 것이다. 이 세상의 기반 기술은 인간이 도달한 지혜에서 인류가 인류 미답 산물을 간신히 해석해 낸 것으로 바뀌어 가고 있다.

폭심지에서 레드박스의 끝자락에 자리한 기계 인간이 조용히 눈을 감았다.

"그러네. 그리고 당신들이 발을 멈췄을 때, 인간 세상은 황혼에서 밤을 맞이하게 되겠지."

카이다이 시오리에게 집은 빛으로 가득 찬 밝은 장소다.

밈프레임의 창업가 집안인 카이다이 가에서 시오리는 오빠인 료와 함께 사랑을 받으며 자랐다. 그리고 남매 모두 철이 들면서 남의 눈을 의식했다. 할아버지인 카이다이 츠나구로부터 그녀의 아버지 카이다이 츠요시가 회사를 이어받은 것처럼, 남매가 세계적 기업이 된 회사를 이을 거라는 소문을 끊임없이 듣고 자란 까닭이다.

초고도AI 히긴스가 그렇게 만들었다. 밈프레임이라는 기업의 혁신은 히긴스가 가져다준다. 최고 경영자의 능력이 어떻든, 초고도AI가 강력한 상품을 탄생시키기 때문이다.

한때 시오리에게 오빠는 이렇게 말했다.

"내가 있을 자리 하나 없는 이런 것과 계속 얽히고 싶지 않아."

그녀가 이제 초등학생이 되었을 즈음이었다. 뭐든지 잘하고, 항상 앞서 나가는 오빠가 포기했다는 사실이 노력하여 뒤를 쫓아온 그녀는 도무지 이해되지를 않았다.

시오리의 널찍한 방에는 가족사진이 많이 장식되어 있다. 초등학교나 중학교 입학식, 졸업식, 콩쿠르나 대회에서 상을 받았을 때의 기념사진, 몇 번 정도 갔던 가족 여행의 기록이 일정 시간마다 전환되며 지나갔다.

어릴 때 사진에는 카이다이 료가 그녀보다 더 훌륭한 트로피를 안고 있곤 했다. 그즈음부터 검은 머리를 길게 기르기 시작한 그녀는 한 살 더 많은 오빠 옆에서 항상 통명스러운 표정만 지었다. 오빠를 피아노로도, 외국어로도, 운동으로도, 공부로도 이길 수가 없었던 것이다.

그리고 언젠가 콩쿠르 사진에 그녀 혼자만 찍히게 되면서, 그 대신 가족사진에는 착해 보이는 소년이 끼어 있게 되었다. 오빠의 친구, 엔도 아라토가 자주 카이다이 가에 놀러 왔기 때문이다.

"인연이라는 게 참 신기하네."

시오리가 눈길을 주자, 그 시선에 반응하여 액자가 한 사진을 고정했다. 중학생 시절, 피아노 연주회에 가족 대신 아라토가 와 주었을 때 찍은 것이었다. 시오리도 자연스러운 미소로 환하게 웃고 있었다. 엔도 유카는 촬영하던 hIE가 무서워서 아라토의 등 뒤에 숨어 있는 모습이었다.

그런 그에게 운명이 굴러들어 왔다.

시오리의 단말기가 작게 진동했다. 실내복 위에 겉옷을 걸치며 가내 시스템에 화면의 투영을 지시했다.

입체 영상으로 된 남자의 상이 문 바로 옆에 나타났다.

〈안녕하십니까, 시오리 씨. 잠시 시간 괜찮습니까?〉

50대 정도의 나이로 되어 보이는데도 어쩐지 칠칠치 못해 보이는 남자였다. 밈프레임 전략 기획실의 부장, 스즈하라 슌지였다.

"수고 많으세요. 잘 지내시죠?"

기업의 높은 자리에 있는 인물이 고등학생인 그녀에게 직접 연락을 했다. 그녀와 료가 회사에서는 단순한 학생이 아닌 까닭이었다.

〈오리지널 보디에 관한 준비는 잘 진행되고 있습니다. 곧 결과도 나오겠죠.〉

구레나룻을 긁적이며 스즈하라의 입체상이 손가락을 흔들었다. 몸짓에 반응하여 데이터가 이쪽으로 전송되었다. 시오리는 단말기와 연결해 놓은 인증 필름 다발 속에서 제일 위에 있는 한 장을 뜯었다. DNA와 지문, 힘을 준 골격을 통해 개인 인증이 되어 암호가 자동으로 풀렸다.

밤늦은 조용한 방에 작은 기계음이 울렸다.

그녀의 기밀용 단말기의 램프가 수신 완료를 알리며 점멸했다.

"제가 함부로 나설 일은 아니지만 잘 부탁드립니다."

〈시오리 씨는 참 너그럽군요.〉

입체상으로 된 스즈하라가 송구스러워했다.

〈저희가 당신을 이용하고 있다는 사실을 아시지 않습니까. 그런데도 여기까지 도와주실 필요는 없을 것 같은데.〉

"저한테 주어질 것을 쟁취하고 싶은 것뿐이에요."

시오리는 미숙한 자신과 장래에 짊어질지도 모르는 힘의 차이가 두려웠다. 그녀도 이게 젊으니까 용서될 수 있는 거만한 대답임을 잘 알고 있었다.

〈그렇게 말씀하시면 이런 한심한 모습을 보이는 어른으로서는 좀 괴롭군요.〉

스즈하라가 난감한 듯 머리를 긁적였다. 중년이 되어도 독신이고, 아이도 없는 그가 보이는 감정의 정체를 시오리는 알 수 없었다.

"오빠는 와타라이 주임님과 아직도 뭔가를 하나요?"

〈친 컴퓨터 파는 저희가 연락을 주고받는 걸 알고 있으니까요. 와타라이 씨는 견제할 기회를 놓치지 않을 겁니다.〉

밈프레임의 상층부는 초고도AI 히긴스에 대한 입장을 가지고 두 파벌로 나뉘어 있다. 하나는 인간을 뛰어넘은 지능을 가진 히긴스에게 운영의 판단까지 맡기려는 친 컴퓨터 파벌이다. 그리고 또 한 가지가 그래도 인간 조직은 인간의 지능으로 운영해야 한다는 인간 파벌이다. 시오리는 스즈하라 전략 기획실장을 비롯한 인간 파벌과 협력 관계를 맺고 있다.

그 관계는 회사 파티에 참석했을 때 서로 인사를 나누며 말을 주고받는 흔한 일에서부터 시작되었다. 그러나 그녀에게는 엄격하게 교육을 받고 자라난 의미를 다시금 깨닫는 계기가 되었다. 그리고 인간을 중시하는 사상에는 크게 공감하기도 했다.

"히긴스가 뭘 하는 것 같나요?"

〈저희도 그 점에 대해서는 감도 잡지 못하고 있습니다.〉

스즈하라가 한숨을 쉬었다. 밈프레임 사 내부에서도 히긴스와 관련한 정보는 극비사항에 해당한다.

"초고도AI가 부정 이용될 가능성을 낮추기 위해서라고는 하지만 정말 불편하네요."

〈소프트웨어는 철벽이어도 하드웨어에 직접 접속하면 약해지니까요. 그리고 와타라이 씨가 직접 접속할 수 있는 쪽이어서 저희가 좀 불리하긴 합니다.〉

운용법이 미숙했던 지난 세기에는 초고도AI를 빼앗긴 일로 인해 전쟁까지 발발했다. 그런 보안상의 이유로 제정된 정보 제한 규정이 권력 투쟁에 이용되고 있다.

실정이 숨겨져 있는 바람에 내부에서도 히긴스가 회사를 조종하고 있는 게 아니냐는 소문이 끊이지를 않았다.

"하지만 전 와타라이 씨네 방식이 너무 싫어요. 히긴스를 신처럼 떠받들고, 거기에 다가가는 권리를 권력의 원천으로 삼으려고 하잖아요. 정보를 다루는 기업이 사람을 하찮게 여기고 권력 기반을 다지려고 하다니 너무 부끄러운 일이에요."

〈그렇게 화를 내시는 것도 당연합니다. 하지만 이럴 때야말로 마음을 다잡아야 합니다. 그 폭발 사고 이후부터 움직임이 매우 다급해졌거든요. 도망친 레이시아급 hIE에 대해서도 조사해 보면 상당히 위험한 것이 나올지도 모르죠. 혹시 모를 일에 대비하여 준비는 하겠지만 무리하지 않는 편이 제일 좋을 겁니다.〉

그리고 인사를 마지막으로 통신이 끊어졌다. 널찍한 방에 시오리는 다시 혼자가 되었다.

실내복 차림으로 방에 가만히 서 있었다. 장식된 사진은 다시 액자 속에서 순서대로 변환되며 지나갔다.

자동화된 시대에서도 시간은 멈출 줄 모르고 흘러만 간다. 오빠는 무엇인가를 포기했고, 아라토는 인류 미답 산물인 hIE를 얻었다. 카이다이 가에 아무도 없는 것만이 그대로였다.

"이게 바보 같은 짓일까. 하지만 이렇게 인간이 노력하지도 않고서도 돌아가는 세상에서 원치 않는 일에 대한 의지까지 포기한다면, 난 정말 필요 없는 사람이 될 것 같다고."

양보할 수 없는 것을 위해 싸우지 못한다면 인간이 있을 곳은 완전히 사라질 것만 같았다.

그녀의 집은 아무도 없이 텅 빈 채 빛만 가득 찬 장소다. 왜 이렇게 가족들이 가만히 있지를 못하는지 어릴 때는 마냥 신기하기만 했다. 그러나 지금이라면 이해가 간다. 일이든 뭐든 하지를 않으면 자신이 살아 있다는 의미가 없는 듯해 두려운 것이다. 무엇이든 풍족하기만 할 것 같은 그녀는 지금도 궁지에 내몰린 상태였다.

엔도 아라토에게 연락을 하는 건 의외로 꽤 쑥쓰러웠다. 목을 미처 가다듬지 않아서 쉰소리가 튀어 나오려고 하자 시오리는 황급히 입을 다물었다.

저녁이 되기 전, 아라토를 신기바에 있는 카페로 불러냈다. 그는 투과 소재로 만들어진 가게 안으로 hIE인 레이시아를 데리고 찾아 왔다.

오늘도 그는 세련된 티셔츠에 바지 차림이었다.

"또 레이시아가 골라 준 옷인가요?"

그는 천진하게 웃었다.

"나보다도 센스가 좋은 것 같아. 이런 일까지 할 수 있을 줄은 몰랐지."

맞은편에 그가 앉았다. 레이시아는 그 옆에 자리를 잡았다.

레이시아는 잔잔한 색감의 바지 정장을 입고 있었다. 아마 시오리의 옷과 겹치거나 충돌할 수 있는 옷을 일부러 고르지 않은 게 분명했다. 얼마 전, 오랜만에 아라토를 만났을 때도 이 hIE의 복장은 매우 수수했다.

시오리는 그 배려해 주는 듯한 선택에 더 짜증이 났다. 그 굳은 표정에 그가 반응했다.

"무슨 하고 싶은 말이 있다면 시원하게 털어놔. 나만 아는 비밀로 할 테니까."

엔도 아라토는 망설이지 않고 손을 내밀 줄 아는 사람이다. 마음이 편해진 시오리는 가슴이 따듯해지는 기분을 맛보았다.

"고민은 아니고 상의하고 싶은 게 있는데, 조용히 대화할 수 있는 장소를 이런 가게밖에 몰라서요."

주문한 홍차가 나왔다. 산지의 기후 조건이 이 200년 동안 변해서 만들어진 새로운 품종이었다.

"아라토 오빠, 부탁이 있는데요."

그녀는 다시금 각오를 다졌다.

"Type-005 레이시아를 돌려주세요."

아라토의 표정을 관찰했다. 자신이 만드는 상처가 얼마나 깊은지 똑바로 확인하고 싶기도 했고, 레이시아가 그에게 얼마나 큰 영향을 주었는지 가늠해 보고 싶었다.

그는 간단히, 그러나 진지하게 대답했다.

"레이시아는 밈프레임 사 거야?"

"4월에 도쿄 연구소에서 폭발 사건이 일어났을 때 도망친 hIE 중 한 대예요."

아라토는 그렇구나, 하고 중얼거렸다. 옆에 앉은 레이시아는 아무 말도 하지 않았다.

"놀라지 않네요."

"놀라고 있어. 료가 전부터 레이시아와 얽히지 말라고 충고해서 이해가 가는 것도 있고. 그 자식은 왜 나한테 확실하게 안 말한 건지."

시오리의 가슴속에 도망치고만 있는 가족들의 모습이 씁쓸하게 떠올랐다.

"오빠는 그런 건 지긋지긋하게 여겨서요."

아라토는 곤란한 듯 두 손을 느릿한 리듬으로 몇 번이나 모았다. 그 심정이 훤히 다 들여다보여서 시오리가 더 의식이 될 정도였다.

아마 소꿉친구인 그녀가 아니더라도 그를 기쁘게 하는 건 간단하리라.

"아라토 오빠가 생각하는 것만큼 우리 가족 사이는 그리 나쁘지 않아요."

거짓말을 하면서 과자가 담긴 접시를 내밀었다. 과자가 자기 쪽으로 오는 걸 시선으로 좇던 아라토가 활짝 웃으며 손을 내밀었다. 시오리도 따라서 마음이 들뜨는 것이 어쩐지 낯간지러웠다.

"사람한테도 개처럼 꼬리가 있으면 좋겠다 싶었는데, 정말 있는 사람도 있네요."

파닥파닥 큰 소리를 내며 흔들어 대는 꼬리가 보이는 것 같았다.

아라토가 다시 진지한 표정을 지었다.

"레이시아는 줄 수 없어. 그렇게 간단히 우리 회사 것이니 달라고 해도 좀 곤란해."

"아라토 오빠, 레이시아의 기체 번호가 LSLX-22S99176LF, 맞죠?"

시오리는 그가 소중히 여기는 것을 빼앗을 걸 생각하니, 그저 방해물을 제거하는 것뿐인데도 마음이 아팠다. 그렇지만 관계를 무너뜨릴지도 모르니까 더욱 후회 없이 맞서고 싶었다.

"레이시아가 데이터를 변환해서 이 기체 번호를 탈취한 것이라면, 스타일러스가 만든 '진짜'가 존재하리라는 의문은 안 들어요?"

아라토가 잘 이해가 안 간다는 듯 옆에 앉은 레이시아를 쳐다보았다. 품위 있는 연보랏빛 머리칼을 가진 '물건'이 그에게 다가붙어 다시 설명을 해 주었다.

"hIE 기체 번호를 확인하는 방법은 두 가지가 있습니다. 방범 목적으로 전파 신호로 발신되는 번호를 확인하는 방법과, 기체 프레임에 각인되어 있는 번호를 확인하는 방법입니다. 각인은 정확한 데이터 없이는 위조할 수 없어서 제 번호가 각인된 기체가 다른 곳에서 발견된다면 절대로 두 개는 존재할 수 없는 번호가 중복되고 맙니다. 다시 말해, 어느 한쪽이 가짜라는 뜻이죠."

그리고 아라토는 멋지게 유도당한 대답을 입에 올렸다.

"아아, 시오리가 레이시아를 빼앗아 갈 수 있다는 뜻이구나."

시오리의 말을 잘 들어주었던 그가 차분한 얼굴로 레이시아의 말을 따르는 걸 보니 슬슬 짜증이 났다.

"아라토 오빠, 그 레드박스를 너무 믿지 마세요. 지금 오빠는 조종당하고 있는 거라고요."

"료도 그런 식으로 말하던데, 난 그렇게까지 어리숙하지 않아."

시오리는 괜한 말싸움으로 번지는 것을 피하려고 치솟는 반론을 조용히 꿀꺽 삼켰다. 그러자 곧 아라토가 끊어진 대화를 참지 못하고 먼저 말을 꺼냈다.

"하긴 난 성격도 진중하지 못해. 그건 인정하지만 나름대로 생각은 한단 말이야."

"사람이 좋은 것도 정도가 있어야죠."

시오리까지도 그를 어떻게 다루어야 할지 잘 안다. 그런데 하물며 상대는 인류 미답 산물이다.

"레이시아는 인간과 다른 사고방식으로 움직이고 있어요. 그게 자기 곁을 떠나지 않고 계속 있는 이유에 대해 고심해 본 적은 있나요?"

그녀는 수지제 테이블 위에 준비해 두었던, 종이 형태의 단말기를 크게 펼쳤다. 갈색 피부의 소녀 사진이 표시되었다. 레이시아와는 전혀 다른 인물이었지만, 동그란 눈망울이 귀엽고 앳되어 보였다.

"이게 레이시아의 등기상 기체 번호를 가진 오리지널 보디예요. 이집트의 한 부호가 죽은 딸을 대신하여 이 hIE를 주문했죠."

또 레이시아가 입을 열 것 같아서 시오리가 대신 아라토에게 가르쳐 주었다.

"세상을 떠난 배우자나 가족을 대신하여 hIE를 주문할 때가 있어요. 이런 기체는 생전의 영상이나 가내 시스템, hIE 유저 등록 등을 통해서 '행동'을 추출하고 커스텀 클라우드를 구축해서 본인과 비슷하게 행동하죠."

"그렇구나."

"그런 식으로 대신하는 hIE는 그 사람의 모습을 극한까지 끌어올려 비슷하게 보이려고 도구로서 설정된 시스템 커맨드를 동결시켜요. 듣자하니 레이시아가 납치되었을 때 제조사가 추적 기능 실행을 수락하지 않았다고 들었어요. 그런 편리한 기체 번호가 필요해서 레이시아는 이 번호를 빼앗은 거겠죠."

"제조사 고객센터에 물어도 오너는 나로 되어 있던데."

레이시아가 이 번호를 선택한 건 오너가 관리하지 않았던 기체의 것이었기 때문이다. 시오리는 그 철저한 합리성이 도무지 마음에 들지 않았다.

"이 기체는 여러 사정이 있어서 납품 후, 몇 개월 만에 병원에 기부되었어요. 가난한 환자들을 대상으로 하는 병원이라 아주 바빠서,

간호사 hIE의 기체 번호가 도난당해 '신원 불명'이 되어도 일일이 신경 쓰는 곳이 아니었죠."

오너가 재혼한 후 그 상대는 죽은 딸과 똑같이 생긴 hIE가 있는 것을 견디지 못하겠다고 했단다. 집에 둘 수 없게 된 기체는 딸이 생전에 가진 꿈을 이루게 해 주기 위해 병원 간호사로서 일하는 중이었다.

"걔 이름이 뭔데?"

"네?"

오히려 시오리가 되묻고 말았다.

"내가 이렇게 알게 된 것도 인연이잖아. 그냥 '그거'라고 부르고 끝내는 것도 미안해서."

"마리나예요. 마리나 사프란."

아라토가 눈을 부드러이 가늘게 떴다.

"그렇구나. 걔가 행복했으면 좋겠다. hIE라서 '마음'이 없다는 건 알지만, 하도 파란만장한 역사가 있으니까."

시오리는 그를 도저히 싫어할 수가 없었다. 빰이 달아오르는 걸 느끼며 홍차로 손을 뻗었다.

"아라토 오빠, 이런 경솔한 부탁을 해서 미안하지만, 저 좀 도와주세요."

"돕다니, 레이시아를 시오리, 너한테 넘기는 것 말이야?"

"밈프레임 내부는 한마디로 쉽게 정리할 수 있는 상황이 아니에요. 외부로 나간 레이시아와 자매기들을 극비에 회수하려는 움직임이 요즘 활발해지고 있대요."

전략 기획실 스즈하라 실장의 말을 듣고 보니 와타라이 긴가는 매우 위험한 인물이었다. 어떤 속셈으로 그런 건지, 도쿄 연구소를 폭파한 범인이라는 의심까지 받고 있다고 한다. 그게 사실이라면 도가 지나친 행동이었다.

"레이시아를 넘겨주지 않으면 안 되는 일이야?"

"레이시아가 연구소를 폭파한 범인의 모습을 기록했을 가능성이 있어요. 하지만 증거가 없으면 범인의 꼬리를 잡는 것 자체는 매우 어려운 일이죠. 레이시아가 꼭 필요해요."

아라토는 그러냐고 조용히 대답했다.

"회사 안에서 벌어지는 싸움이잖아. 시오리가 굳이 거기에 관여할 필요가 있어?"

그녀가 도움을 요청해 보겠다고 말했을 때, 스즈하라 실장은 흔쾌히 등을 떠밀어 주었다. 시오리에게 기대를 거는 사람들은 인간관계와 사기를 중시하는 경향이 강하고, 그녀의 자발적인 행동을 용인해 준다. 고등학교 1학년의 미숙한 정의감이나 인간관계에도 그들은 함께해 주었다.

"천성이라고나 할까요? 오빠가 그렇게 되고 나서 회사에 대해 고민할 일이 늘어났거든요."

오빠가 갑자기 무엇인가를 포기한 어린 시절, 그녀 편이 되어 준 건 오직 아라토 한 사람뿐이었다. 그러나 이 요청이 결렬된다면 다음에는 실력 행사밖에 방법이 없다.

이야기는 여기서 끝이구나, 하고 각오한 찰나에 갑자기 아라토가 입을 열었다.

"그런데 말이야, 아까 경솔한 부탁이라고 했는데 대체 뭐가 경솔하다는 거야?"

시오리의 얼굴이 불이라도 붙은 것처럼 확확하게 달아올랐다.

지금 알아차렸다. 그녀는 즉, '레이시아를 버리고 제 편이 되어 달라' 부탁하러 온 것이었다.

* * *

아라토에게 그 이야기는 시오리에게 답했던 대로 절반 정도는 놀라움의 연속이었다.

오이 산업진흥 센터에서 터진 테러가 그렇게나 큰일로 번지게 되자, 레이시아의 제조자들이 서서히 접근할 것임은 어렴풋이 감지하고 있었다. 그러나 그 상대가 시오리일 줄은 상상도 못 했다.

아라토는 시오리와 헤어진 후, 신고이와 역 앞에서 같이 걷던 레이시아를 불러 세웠다. 동생 유카가 카이다이 시오리를 존경하고 있기에 이런 대화는 집에서 하고 싶지 않았다.

어떻게 하면 좋을지 묻고 싶었다. 그러나 시오리는 그 행동을 두고 '레이시아에게 조종당하고 있다'며 경고했다.

시오리와 관련된 일이니 오히려 오너로서 직접 결정을 내렸어야 했다. 아라토는 초등학생 시절 시오리의 오빠 역할을 대신해 주었다. 시오리는 외로웠는지, 아니면 입원했던 료를 걱정했던 건지 예전에는 자주 같이 놀곤 했다. 시오리가 찾아오면 가족과 거리를 두고 싶어 하던 료 대신에 잘 보살펴 주었더랬다. 그런 소녀에게 생각이 없다고 지적받은 것에 다소 충격을 받았다.

"밈프레임이 자신을 만들었다는 사실은 알고 있었어? 그 정도는 알려 주어도 좋았을 텐데."

역 앞 슈퍼마켓에서 짐을 실은 전자동차 트럭이 출발하는 모습이 대여 전자동차가 대기하는 주차 공간 쪽에서 보였다. 인근 1킬로미터까지는 배달을 해 주어서 저녁이 되면 이 부근은 매우 혼잡하다.

"정보를 비밀로 했던 점에 대해서는 사과드립니다."

그리고 걸음을 멈춘 그녀가 한 말에 아라토는 경악을 금치 못했다.

"저는 제 소유자가 아라토이길 바랐거든요."

"깜짝 놀라게 왜 그래. hIE한테는 '마음'이 없다면서."

뭔가 잘못됐다고 느꼈다. 그건 그녀가 말한 인간과의 차이와는 크게 달랐다.

"'마음'은 없어도 아라토는 저를 믿겠다고 했습니다. 저한테는 그런 오너가 필요했어요."

미간을 좁히는 얼굴을 보고 아라토는 가슴이 옥죄이는 것만 같았다. 메소드의 공격을 받았던 날, 료가 했던 말까지 떠올랐다.

"내가 어리숙한 성격이라 다루기 쉬워서 곁에 있겠다는 뜻이야?"

동성인 료보다 이성인 시오리한테 지적당한 게 더 괴로웠다. 여성형 hIE에게 품는 호감이 아날로그 핵인가, 하는 난제에 대해 인간 여성에게 지적당하니 정곡이 찔려 정신이 아득했다.

신고이와 역을 나와, 남쪽에 있는 주택가로 향하던 사람들 모두가 레이시아에게 눈길을 주었다. 그중에는 가끔 아라토를 쳐다보고 가는 여자들도 있었다. 그는 오늘도 레이시아가 골라 준 옷차림이었다. 어느새 이런 것까지 맡기게 되었는지 기묘할 따름이었다.

"난 정말 내 의지로 뭔가 하고 있기나 한 걸까?"

노력가인 시오리에게 살짝 자극을 받았다.

저녁 무렵의 거리를 걷는 사람들의 약 20퍼센트가 hIE다. 20~30대 외모의 사람으로 한정시킨다면 40퍼센트가 해당한다. 21세기 초반부터 줄어들기 시작한 국가 인구는 이미 8000만 명. hIE는 노동력 부족을 보완하기 위해 보급되었으므로, 슈퍼에서 차로 식품을 옮겨 싣는 운반 일도 모두 hIE가 한다. 레이시아와 함께 살기 시작하면서 아라토는 인간과의 미묘한 차이를 알아차리게 되었다.

고도로 자동화된 도시에는 기계가 존재하는 '의미'를 유지하기 위해 오히려 인간이 소유당한 것처럼 보이기까지 한다. 자신이 있을 곳을 스스로 찾아내려고 애를 쓰는 시오리가 더 올바르게 보였다.

"그건 아라토만이 결정할 수 있는 문제입니다."

이렇게 자신에게 선택을 떠넘기는 것이 레이시아답다고 느꼈다. 가슴속에서 뜨거운 감정이 솟구쳤다. 그건 아라토 자신의 욕구였다. 4월부터 함께 지내고 있는 것도 따지고 보면 아라토 자신이 그러고 싶었기 때문이었다.

빼앗기지 않으려면 시오리가 일본으로 가지고 온다는 오리지널 보디를 어떻게든 처리해야 한다.

그렇지만 그런 결심으로 똑바로 나아가지 못하고 마음에 걸리는 것도 분명히 존재했다. 그게 자신의 의지인지, 아니면 예정된 결단으로 인해 내몰린 것뿐인지 몰라서 발길이 멈추었다.

엉망진창으로 뒤흔들리는 머릿속도 시오리에게 유도당한 탓이다. 다시 말해, 아라토가 자각하는 것보다 손바닥 안에서 그를 가지고 노는 일 정도는 간단하다는 뜻이었다.

레이시아가 따뜻한 시선으로 지켜보고 있었다. 가만히 서 있으면 머리가 이상해질 것만 같았다.

"제가 곁에 있도록 해 주세요."

그녀가 아라토의 몸에 살며시 기댔다. 상상하는 '의미'가 올바른지 아라토는 알 수 없었다. 그러나 그녀와 장기적인 관계를 쌓고 싶었다. 이 정도 일로 흔들리면 앞으로 오랫동안 함께 있을 수는 없으리라.

"하지만 그러려면 시오리와 밈프레임 사를 방해해야 하잖아. 료네 회사와 싸워야 한다니 그게 말이 되냐고."

아라토는 켄고를 구하러 갈 때 레이시아와 함께였다. 그녀가 납치되었을 때는 필사적으로 범인의 뒤를 쫓았다. 그런 선에서 본다면 이번에는 상대가 소꿉친구인 시오리로 바뀌었을 뿐이다. 이 허들을 뛰어넘지 못하는 이유가 자신의 부족한 각오가 원인이라고 생각하니 기분이 언짢아졌다.

"생각 좀 더 해 볼게."

"그럴 시간은 없습니다. 카이다이 시오리는 어리석지 않습니다. 아까의 정보를 공개한 건 계획이 거의 완료된 상태고, 아라토가 마음을 정리하도록 도우려는 단계였기 때문입니다."

"자, 잠깐만. 그럼 시오리가 조금만 있으면 레이시아와 같은 기체 번호를 가졌다는 hIE를 입수한다는 뜻이야?"

아라토는 손으로 두 눈을 감쌌다. 아직 역 앞이어서 이곳저곳에서 다른 이들의 시선이 날아왔다. 지금 대화까지 누군가가 몰래 듣는 것이 아닐까 의심마저 들었다. 도저히 가만히 있을 수 없어서 걸음을 내디뎠다.

"카이다이 시오리는 저를 의심하고 있습니다. 공인 서비스맨을 병원이 있는 룩소르로 이동시키면, 제가 감지하고 마리나 사프란을 파괴할 것이라고 예상한 거겠죠. 아마 기체는 일본으로 운반되고 있을 겁니다."

"막을 수는 없을까?"

이제 달리고 나서 고민하는 편이 좋을 단계였다. 사태는 급속하게 움직이고 있었다.

"그 방법은 제가 밈프레임으로 넘어가는 흐름 속에서 실시하는 게 좋을 겁니다. 같은 번호를 가진 기체가 두 대가 있음을 자격 있는 서비스 직원이 확인하면, 두 기체는 스타일러스로 가서 반품 검사를 받게 됩니다. 그렇게 되면 제가 통상적인 기체가 아닌 것은 금방 판명되겠죠."

그녀가 자신을 인류 미답 산물임을 암시한 것은 아마 이번이 처음이었다.

“반품 검사를 받으면 어떻게 되는데?”

“법률적으로 위법까지는 아니지만, 제조원인 밈프레임이 요청하면 스타일러스는 바로 넘겨줄 수밖에 없습니다. 인공지능이 행동한 기준을 검사로 해명하지 못할 경우, 재판에서 권리와 책임을 오너가 아닌 제작자가 지도록 하는 판례가 있으니까요. 아라토가 항소해도 묵살될 가능성이 큽니다.”

레이시아는 이 자동화된 도시에서 인간이 이해할 수 없는 ‘물건’이다. 그 목적, 아라토 곁에 있는 진짜 이유마저 그는 전혀 알지 못한다.

“내 생각 정도는 대부분 다 파악하고 있겠구나. 나는 정말로 레이시아를 ‘소유’하고 있긴 한 거야?”

“아라토는 훌륭히 오너 역할을 다하고 있습니다. 카이다이 시오리가 번호 대조를 위해 이집트에서 기체를 가지고 오게 하는 것도, 제 기체 검사를 아라토가 거부할 걸 예상했기 때문이겠지요.”

어쩐지 레이시아가 적당히 물음을 받아넘긴 것 같았다. 그렇지만 강하게 추궁할 수는 없었다. 설명은 더욱 구체적으로 변했다.

“서비스 직원은 기체 번호를 통해 확인합니다. LSLX-22S형은 번호를 발신하는 칩을 연수(延髓)가 있는 위치에 내장하고 있죠. 이것과 기체 프레임의 각인 번호를 읽어 들이지 못하게만 하면, 기체를 파손할 필요는 없습니다.”

“그건 다행이다. 갑자기 주인이 필요 없다고 해서 버려지고, 신원도 사라진 데다 일본으로 옮겨져서 처분되기라도 하면 그 마리나라는 애도 너무 불쌍하잖아."

아라토는 그렇게 말하는 중 침울해졌다.

"LSLX-22S 시리즈는 프레임에 총 세 개의 기체 각인 번호를 갖고 있습니다. 하나는 프레임 쇄골 부분에 있는 5센티미터 크기의 각인입니다. 또 다른 것은 등뼈 어느 부분에 2밀리미터 크기로 새겨져 있죠. 그리고 나머지 하나는 검사하는 서비스 직원이 신청하면 제조사에서 위치를 알려 주는데, 1마이크로미터 크기입니다."

"마이크로미터라고?! 그걸 어떻게 알아내?!"

"인간의 적혈구가 직경 7마이크로미터 정도의 크기이니 육안으로 확인은 불가능합니다. hIE를 완전히 분해하지 않고 그 미세한 각인을 찾는 데에는 전용 기구와 위치 관련 지식이 필요하니 방범 대책으로는 적절하다고 할 수 있죠. 이 각인 대조로 몇 번이나 도난품을 발견하고 있기도 합니다."

"레이시아라면 할 수 있어?"

"이미 모든 각인 번호의 위치 데이터를 스타일러스 사 서버에서 획득하였습니다."

그리고 레이시아는 아라토의 얼굴을 올려다보았다. 흐린 하늘 아래, 그 표정은 그저 그의 의사 표시만을 기다린 채 평온하기만 했다.

걸어가는 와중에, 왜 hIE를 만든 사람들은 기계에 체온까지 부여한 건지 몹시도 미워졌다. 따듯한 온기가 그녀의 손을 놓는 것을 주저하게 했다.

"어떻게 하시겠습니까? 제가 필요 없다면 버리셔도 괜찮습니다."

그 표정은 마음이 존재하지 않아도 진지했다. 아까 설명한 모든 준비를 이미 마친 상태임이 분명하다. 그리고 아라토의 대답 여하에 따라 그걸 모두 버릴 수도 있다.

그녀에게 마음은 없다. 그러나 아라토에게는 있다. 그래서 의심도 생겨난다. 미련도 있으니 애정도 생긴다. 자신은 마음이 없는 그녀를 정말로 좋아하는 걸까? 옆얼굴을 바라보고 있자니 자연히 그런 의문이 샘솟았다.

자주 다녀서 익숙한 길인데도 아무도 발을 들이지 않은 황무지를 나아가는 것만 같았다. 크나큰 두려움으로 인해 하려는 것도, 하고 싶은 것도 파악할 수 없었다. 분명 모순된 두 가지 일을 동시에 하고 싶어서이리라.

"그리고 메소드의 습격도 염려됩니다. 지금이라도 저를 포기하신다면 안전은 보장할 수 있을 겁니다."

하지만 아라토는 그녀와 있어서 즐거웠던 일들을 잊을 수가 없었다. 그녀를 통해 자신이 자신 이상의 존재가 되는 듯한 흥분을 맛보았다. 메소드의 습격 당시, 아무것도 할 수 없었던 건 꾸물대느라 그녀를 제대로 사용하지 못했기 때문이다.

아라토는 지금 선택의 갈림길에 서 있다. 그저 사건에 휘말린 피해자라고 하기에는 이미 레이시아를 너무나 편리하게 사용하고 말았다. 그리고 모르는 척하기에도 벌써 경고를 많이 받았다.

"레이시아는 외모도, 태도도, 말도 '형태'는 완벽하구나. 하지만 거기에 아무 '의미'도 없잖아. 그럼 난 마음이 없어도 레이시아의 '형태'만을 좋아하는 걸까? 아니면 그냥 마음이 없는 걸 좋아하는 걸까. ……미안해. 똑같이 사람이 아니라고 해도 이런 말은 실례겠다."

그녀는 대답 대신 부드럽게 손을 맞잡아 쥐었다. 가는 손가락이 그의 손을 얽으며 꼭 붙잡았다.

불안해하는 아라토에게 말로 해답을 주지 않으려는 것처럼 원하는 바를 몸으로 전달했다.

"그런 반응까지 완벽하구나."

"저는 물건이고, 아라토는 오너입니다. 저라는 '물건'은 오너의 바람을 실현하는 것으로 인간과 공존합니다."

그라는 인간과 레이시아라는 물건은 발걸음을 맞추어 걷고 있었다. 이제 막 걷기 시작한 건데도 꽤 오랫동안 그렇게 함께 걸은 기분이 들었다.

"그러니까 원하는 대로 행동하세요. 코우카가 한 말을 기억하고 있나요? 제가 쓸데없는 도구가 되는 건 아라토가 그런 식으로 썼을 때입니다. 괴롭다면 그렇지 않도록 저를 사용해 주세요."

인간이 아니더라도, '형태'만 남아 있을 뿐이더라도 뭔가가 깊이 서로 이어져 있는 것처럼 느껴졌다.

연푸른색 눈동자가 그를 가만히 바라보고 있었다.

달콤한 분위기가 흐를 법한 상황인데도 그렇게 되지 않아서 오히려 속이 편했다. 만약 아라토가 좋아한다고 말한다면 레이시아는 자신도 그렇다고 대답해 주리라. 아마 날아오를 듯이 기쁘겠지만 그녀의 말에는 마음이 존재하지 않는다.

"세상에 우리 둘만 남게 된다면, 마음이 어떻다는 둥 그런 쓸데없는 거로 고민하지 않아도 될 텐데."

그녀가 자애로운 표정으로 환하게 웃었다. 아라토는 그 의미마저 이해할 수 없다. 바로 곁에 선 그녀가 자신의 어깨에 기댄 순간, Boy Meets Girl 이야기를 들었을 때 받았던 샴푸 향기가 났다.

"세상에 저희 둘만 남도록 저를 사용하시겠습니까?"

"그렇게는 안 해."

깜짝 놀라 얼른 대답했다. 그러자 그녀가 장난스럽게 미소를 지었다. 아라토는 눈앞이 저녁노을 저편까지 확 트이는 듯한 착각에 빠졌다.

그렇게는 안 한다. 하지만 그래도 레이시아를 그 누구에게도 넘겨주고 싶지 않다는 게 본심이었다. 그녀에게는 마음도 없고, 심지어 인간이 아니어도.

"그 마리나 사프란이라는 hIE를 부수지 않아도 기체 번호를 지울 수 있다는 거지? 그러면 빨리 처리해 버리자."

아라토는 자신이 내린 결단에 전율했다. 그리고 그를 그러한 대답으로 이끈 마음의 달콤한 수런거림과 애틋함을 곱씹었다.

언젠가 한밤중의 학교 옥상에 같이 올라갔을 때보다 더 깊이 빠져든 후였다. 마치 목숨까지 걸고 죄까지 저지를 만큼 그녀를 좋아하게 된 것만 같았다.

* * *

엔도 아라토가 움직이기 시작했다는 소식은 곧바로 시오리에게 전해졌다.

아라토가 어떻게 나오는지를 감시하는 조건으로 그와 교섭하는 것을 허락받았기 때문이다.

시오리가 이번 일에 관여한 건 성인이 되었을 때를 고려해, 이 위기 상황에 존재감을 드러내 두고 싶어서였다. 고등학생이 된 지금은 스즈하라 실장이 자신들 쪽을 지지하도록 권한 것도 구심력을 기대해서임을 잘 알고 있다. 인간 파벌은 초고도AI 시대에 인간관계에 의한 합의를 이끌어 낼 리더가 필요하다고 여기는 집단이다. 이러한 주장에 대해서는 아버지인 카이다이 츠요시도 이해를 하는 부분이라 이 관계는 가족 모두가 공인하는 사실이었다.

"시오리 씨는 섬세한 조각을 만드는 걸 참 좋아하네요."

행동 관리 프로그램 기획과 과장인 츠츠미 미카가 시오리의 손을 들여다보았다. 그녀는 천장에서 끌어 내린 책상 위에 종이 형태의 단말기를 놔둔 채 업무를 보던 중이었다.

시오리는 올렸다 내렸다 할 수 있는 책상에 고정된 공작용 보드에서 고개를 들었다.

"직접 손을 써서 할 수 있는 도구를 좋아해서요. 그냥 마음 가는 대로 조각을 하니까 완성도가 안정적이지 못한 게 문제지만."

초음파 커터를 갖다 대자 개의 귀가 되려던 금속 점토가 툭 잘려

나갔다. 이 커터는 초음파 진동이 칼날과 절단하려는 물건 사이의 마찰력을 작게 하여 매우 절단하기 쉽게 해 준다. 도메이 고속도로를 달리는 리무진 내 객실은 시오리의 취미인 작은 소품 만들기로 시간을 보내도 될 정도로 흔들림이 없었다.

"그것참 좋네요. 학창 시절에 운동을 좀 해서 그런지 손의 감각 같은 것을 중시하게 되더라고요."

츠츠미 미카는 30대지만 어조만 들으면 같은 고등학교 동급생 같다. 가죽 시트에 나란히 앉아 있으면 서로 어색해하지 않고 편하게 대화를 할 수 있는 고마운 사람이었다.

"농구를 했다고 그랬죠?"

츠츠미는 대학 시절에 농구 선수였다. 시오리는 자신도 다른 사람을 상대로 경쟁하는 경기에 열중했더라면 좋았을 거라는 생각을 했다.

"한동안 통 안 했지만요. 다시 체력 좀 기르고 싶어요. 시오리 씨도 같이 어때요?"

마음을 써 주는 눈치였다. 시오리가 아라토와의 교섭이 결렬됐다는 걸 알고 제일 먼저 한 일은 그녀를 지지해 주는 스즈하라 실장과 다른 이들에게 사과하는 것이었다. 그리고 하네다 공항에 도착할 예정인 물품이 이집트 공항 측 실수로 아이치 현의 주부 국제공항으로 가게 되었다는 소식을 접하게 되었다.

그래서 자원해서 레이시아의 기체 번호를 가진 hIE를 입수하기 위해 차에 올랐다. 비행기 출발 시각을 따져보자면 인류 미답 산물은 낮에 아라토를 만나서 얘기하기 전보다 훨씬 전에 방해 공작을 마쳐 놓았다는 뜻이 된다. 다시 말해, 그 자리의 모두를 감쪽같이 속였다. 이렇게 된 이상, 한 방 제대로 갚아 주지 않을 수 없었다.

"고마워요. 그때 친구도 불러도 될까요?"

츠츠미 미카가 잘 알겠다는 듯 씩 웃었다.

"오, 당연히 좋고 말고요. 역시 사람은 열의가 있어야죠."

츠츠미는 자신에게 엄격한 잣대를 들이대고 그걸 달성하는 것에 기쁨을 느끼는 성격이다. 시오리도 상당한 노력가여서 그녀와는 죽이 잘 맞는다.

"웃기는군."

리무진의 기다란 L자형 시트 끝에 앉아 있던 주황빛 머리칼의 여성형 hIE가 중얼거렸다. 누가 봐도 기계임을 알 수 있는 외형의 그녀는 바로 메소드, 레이시아급 hIE의 네 번째 기체였다.

"이런 빙빙 도는 짓이나 하지 말고 그냥 레이시아와 그 오너부터 공격하는 게 어때?"

메소드는 턱을 가볍게 치켜들면서 핀잔을 주었다. 시오리는 인류를 뛰어넘은 폭력에 휘둘리지 않으려고 마음을 가다듬었다.

"직접 싸우는 건 가능한 피하고 싶어. 네 능력의 한계가 어디까지인지 우리도 파악 못 하고 있으니까."

"오너면서 자기 소유물을 그다지 믿지 못하나 보네."

"말이 오너지, 와타라이 긴가와 나 둘이서 오너인 거잖아. 대체 지금 몇 명이나 될까?"

"밈프레임을 소유자로 삼으려 했는데 회사가 거절하지 뭐야. 회사는 인류 미답 산물이 한 행동에 책임지려고 하지 않으니, 남은 차선책은 괜찮은 개인 오너를 찾는 것밖에 없잖아."

시오리가 레이시아급 hIE를 도저히 믿지 못하는 건 메소드의 이 불손한 태도 때문이었다.

"hIE의 선택으로 두 명 이상이나 오너를 갖는 기체라니 기계적 결함이라고밖에 안 보이는데. 책임자라면 그런 리스크는 부담하기 힘든 거 아닌가?"

메소드는 4월 말에 오이 산업진흥 센터의 테러 사건이 일어나고 며칠 후, 시오리 앞에 나타났다. 지금 와서 돌이켜보면 오빠에게 콤플렉스가 있고, 언제 자신의 보금자리를 잃을지 모른다는 불안을 이 hIE가 꿰뚫어 본 게 분명하다. 그리고 메소드는 아라토 앞에 나타난 hIE, 즉 레이시아가 자신과 같은 인류 미답 산물임을 알려 주었다.

그리고 시오리는 요구대로 이 위험한 도구의 소유자가 되었다.

"환장할 정도로 좋은 리스크가 아냐? 아직 학생에 불과한 네가 여기에 있을 수 있는 것도 내 오너라서 그런 거잖아."

메소드는 입매를 가볍게 끌어올렸다. 와타라이 긴가의 미소와 비슷해서 더 기분이 나빠졌다.

"이렇게 믿음이 안 가는 기계인 줄은 몰랐으니까."

"자신만이 할 수 있는 일이 생겨서 은근 좋지 않아? 열심히 내 곁에 붙어서 제어하는 노력이나 해 봐. 그 누구보다도 나를 잘 '사용할' 줄 안다면 네 지시만 따를 테니까."

자동화된 세상 속에서 자기실현을 갈구하며 몸부림치는 그녀에게 메소드는 매력 그 자체였다. 그러나 그 절도 있는 태도가 유혹에 넘어가는 걸 주저하게 했다.

"그러고 보니 엔도 아라토는 스구리 켄고의 도움을 받았다면서? 그 낡아빠진 가게 따위 조금만 건드리면 제압할 수 있는데 먼저 부숴 버리는 게 어때?"

"경찰과 얽힐 위험에 비해 이득이 너무 작잖아. 우리가 더 앞서고 있으니까 괜한 일까지 할 필요는 없어."

리무진은 도메이 고속도로의 속도 규제 수준이 낮아 빨리 달릴 수 있는 자동항행 차선을 타고 나고야로 향하는 중이었다. 주부 국제공항에 오후 8시 30분에 도착하는 비행기로 이집트에서 물건이 도착할 예정이다.

그 목적지를 향해 달리는 것은 스타일러스 사 서비스 직원 자격증을 가진 츠츠미 미카와 시오리를 태운 리무진과 경호 차량 두 대였다. 경호 차량에는 밈프레임이 계약한 민간 군사 회사의 용병이 타고 있단다. 시오리는 그들에 대해서는 아는 바가 거의 없었다.

메소드가 전투를 예상하기라도 하는 것처럼 정보를 전달했다.

"Type-005 레이시아는 고도의 해킹을 필두로 하는 전자전 기능과 빛을 굴절시켜 물체를 투명하게 만드는 능력이 있어. 디바이스 영역의 전자유도를 제어해서 레일건을 발사할 수도 있지. 단, 전부 블랙 모노리스의 능력이야. 그것만 없으면 그저 신체 능력만 뛰어난 hIE일 뿐이지."

“그러면 아예 승부조차 안 되겠네. 지금부터 디바이스를 옮길 수 있는 교통수단으로 우리를 쫓는 건 불가능할 테니까.”

레이시아급의 능력에 대해서는 이미 히긴스에게 물어 확인해 보긴 했다. 문제는 상세한 대답을 제시받아도 인간이 이해할 수 없다는 점이었다. 인간이 이해할 수 있는 언어로 풀이하라는 조건을 붙이자, 연구소 탈주 후에 레이시아급의 인공지능 능력이 더 확대되었다는 이유로 히긴스의 답변이 더 모호해져서, 작전 수립에 참고도 되지 않았다. 시오리도, 스즈하라 전략 기획실장도 그 기체의 진가를 알지 못한다. 심지어 도쿄 연구소의 와타라이 주임까지도 말이다. 레이시아가 지닌 능력의 끝을 알 수 있었다면 이미 한참 전에 결판을 냈을 것이다.

“너라면 이길 수 있어?”

“‘형태’를 선택하지 않으면 ‘의미’를 얻을 수 있어.”

메소드는 수단을 ‘형태’라고, 목적을 ‘의미’라고 말했다. 이 hIE는 리무진 트렁크에 사람 하나가 들어갈 정도의 커다란 케이스를 실었다. 시오리도 그 내용물이 뭔지는 모르지만, 인류 미답 산물이 강력히 주장하는 그 물건이 비장의 카드가 될 거라는 생각이 들었다.

레이시아와 아라토가 쫓아온다 하더라도 이제 때는 늦었다. 주부국제공항에 hIE가 도착하여 화물을 받기만 한다면 장소 불문하고 바로 기체 번호를 검사할 수 있다. 따라서 아직도 도쿄에 있는 아라토와 레이시아가 이미 목적지까지 가는 길을 절반 이상이나 지난 시오리 일행의 발을 멈추기는 불가능했다.

오히려 시오리는 레이시아한테 유도당하고 있는 아라토가 괜히 무리한 짓이라도 벌이는 게 아닐까 걱정되었다.

* * *

아라토는 레이시아의 지시에 따라 도쿄 역에서 고속 간선 철도(H.A.R.)를 탔다.

유카한테 연락해 오늘은 친구 집에 자고 간다고 미리 전해 두었다.

휴대 단말기의 개인 인증 태그로 요금을 계산한 다음, 나고야행 열차에 몸을 실었다.

간선 철도는 도쿄와 오사카까지 한 시간 반 만에 갈 수 있을 정도로 고속화가 되었다. 두 지역 사이에 있는 나고야만 손해를 보았다. 현재는 일본 인구수가 최대치였을 때의 3분의 2 이하로 떨어진 데다가, 그 감소 폭은 지역에 따라 제각각이다. 특히 도카이도 및 주부 지방은 감소 수준이 심했다.

“나고야 역까지 50분 정도 걸린대.”

“이집트에서 오는 기체는 주부 국제공항에 저녁 8시에 도착합니다. 모든 일을 다 마친 후, H.A.R. 첫차를 타면 등교 시간까지는 충분히 되돌아올 수 있습니다.”

레이시아가 통로 쪽에 있는 지정 좌석에 앉았다. 아라토는 먼저 창가 자리에 앉아 있었다.

플랫폼에서 케이터링 서비스를 하는 직원이 금속제 카트를 열차 안에 싣는 중이었다. 승객들은 휴대 단말기로 도시락을 주문하고 열차 안에서 받기만 하면 된다.

“그럼 일단 저녁은 도시락으로 때워야겠다.”

완전히 해가 저물어 이제 밤이 되었지만, 아직 저녁 7시였다.

통신으로 료한테 연락해 두었지만, 짧은 문자 메시지 하나로 단번에 거절당했다. 얼마 전 촬영 현장에서 벌어진 소동 이후부터 료와 관계가 어색하기만 했다. 켄고한테도 부탁은 했지만, 때맞춰 도울 준비를 할 수 있을지는 미지수였다.

그리고 곧 고속 열차가 달리기 시작했다. 자력 추진 열차가 역에서 덮개가 씌워진 고가로 튀어 나간 순간, 미미하게 변동하는 기압이 귀에 압력을 가했다.

도쿄의 야경이 엄청난 속도로 차창 밖을 지나갔다. 열차가 너무나도 빨리 달려 생기는 소음과 공기 저항을 줄이기 위해, 고가는 투명한 덮개로 싸여서 내부 기압은 낮게 설정되어 있다.

출발하자마자 순식간에 시나가와로 진입하여 서쪽으로 한동안 나아가자 밤 풍경을 장식하던 빛의 밀도가 급격히 줄어들었다. 인구 감소로 도시 축소가 시작된 지는 이미 오래되었다. 도쿄는 예외적으로 인구 과밀이긴 해도, 저 멀리까지 도시가 펼쳐진 것이 아니라 어느 순간만 지나면 바로 도심 풍경은 사라지고 황량한 장소만 남는다.

예전에는 시나가와에서 신요코하마까지 도시와 주택 지역이 계속 이어져 있었단다. 지금은 빈터나 풀만 무성하게 자란 숲이 눈에 떨 뿐이다.

쓸쓸하고 새카만 어둠이 이어지다가 곧 조명이 빛나는 커다란 시설이 보였다. 식품 공장은 물을 대량으로 써야 하므로 강이나 해안선 근처의 수자원이 풍부한 지역에 설치되어 있다. 밥은 60퍼센트가 수분으로 이루어져 있으며, 인공식품은 물을 이용한 가공품이기도 하기 때문이다.

소규모에서 중간 규모에까지 이르는 식품 공장이 일본 전국 곳곳에 자리하고 있다. 지방 농업이 살아남기 위해 진보한 형태이자, 지역에 뿌리내리게 하려는 노력의 성과이기도 하다.

열차가 시즈오카로 들어가자 차창 밖으로 산과 숲이 펼쳐졌다.

저 멀리 태평양이 뻗어 있는 쪽에서 갑자기 하얀 빛 기둥이 솟아올랐다. 정지 궤도상의 발전 위성에서 중계위성을 거쳐 온 마이크로파가 지상의 수신 시설에 도착한 것이다. 마이크로파는 정밀하게 압축되어 있어서 실제로 빛을 내는 것은 아니다. 이 근방의 고가를 덮은 덮개가 흩어진 미약한 반사파에 반응하여 생긴 현상일 뿐이다.

예전에 도카이 지진으로 인해 원자력 발전소가 손상을 입은 탓에 전력 수신 시설 제1호기는 시즈오카 현에 설치되었다고 한다. 일본은 다양한 발전 방식으로 에너지를 이리저리 끌어와 전력을 보충하고 있다. 야경은 예전 영상 속의 모습보다 훨씬 쓸쓸해지긴 했지만, 전력은 크게 발달한 컴퓨터와 통신망이 대량으로 소비하고 있다.

투과 모니터로 된 차창에 표시된 설명문을 보니, 시즈오카는 차 재배 경험을 살려서 현재는 인공 찻잎의 최대 생산지라고 한다. 광대한 공장과 인접한 곳에 있는 운동장에서는 그곳 노동자로 보이는 남자들이 환한 조명 빛 아래서 축구를 하고 있었다. 라이프 라인에 관련된 산업은 인간의 중요한 일자리다. 혹시라도 기계가 정지하더라도 굶주림이나 물 부족으로 바로 사회가 붕괴하지 않도록 인간을 고용하고 있다. 그런 신중한 태도는 국가의 기계나 인공지능에 대한 신뢰가 한정적이라는 뜻과 같다. 항체 네트워크와 같은 뿌리는 어느 곳에서나 살아 숨 쉬고 있다는 말이다.

고속 열차 차창을 통해 이 나라의 모습을 바라보았다. 돌이켜보면 눈에 보이는 방대한 인공물은 모두 만들어진 도구다. 인간의 끊임없는 발전상에 압도되는 기분을 맛보았다.

"걱정하지 않으셔도 이곳은 인간 세계입니다. 인간은 생존에 관련된 시스템만큼은 직접 관리하지, 절대로 초고도AI한테는 넘겨주지 않습니다. 초고도AI의 탄생에서 반세기가 지나도 인공지능의 용도는 거의 개발 연구로만 한정될 뿐, 그 네트워크에 직접 연결조차 되어 있지 않아요."

옆자리에 앉아 있던 레이시아가 아라토의 좌석에서 테이블을 꺼냈다. 주문했던 도시락이 벌써 도착해 있었다.

"지금은 그렇지만 100년 후에는?"

"그 정도의 시간이 지나면 반드시 어떤 변동이 일어날 겁니다. 어떤 성질의 것이 될지는 아라토 같은 인간이 정해야 할 문제입니다."

도시락 뚜껑을 열자 불고기 반찬에서 뜨끈한 김이 솟아올랐다. 아라토가 사는 세계는 분명 100년 후에는 크게 변화되어 있을 것이다. 생선이나 채소는 둘째치고, 지금 소고기나 돼지고기는 인공적으로 가공된 식품이 더 맛있다. 달걀도 병에 들어간 달걀 액체만 쓰는 편이 훨씬 편리하다.

"인간의 세계이니 아라토는 언제 한번 시오리 씨와 차분히 대화를 해 보는 게 좋을 것 같습니다."

"뭘?"

"경솔한 부탁에 관한 얘기 말입니다."

도시락을 다 먹었을 즈음, 차창 밖 풍경에서 빛이 늘어나기 시작했다. 비즈니스 빌딩이나 고층 맨션의 불빛이었다.

〈나고야까지 앞으로 5분 남았습니다.〉

열차 안으로 안내 방송이 흘러나왔다. 승객 중 몇 명이 자리에서 일어났다. 고속 열차는 간판들이 즐비한 시내 중심부에 도착했다.

나고야 역에서 내리는 건 처음이었다. 바로 몇 시간 전만 해도 일이 이렇게 될 줄은 상상도 못 했기에, 마치 아주 먼 곳까지 길을 떠난 것 같은 기분이 들었다.

나고야의 야경은 철도 고가에서 보는 것보다 훨씬 인간다운 내음이 강했다. 눈에 띄는 사람들의 평균 연령이 높고, hIE의 수도 매우 적다는 것도 한 이유이리라. 게다가 도쿄에서는 전자동차의 대여 서비스업에 밀리기만 하는 택시들이 역 앞을 승강장으로 점령할 정도로 성황이었다. 지은 지 50년은 넘어 보이는 듯한 빌딩도 쉽게 보였고 인간다운 생활감도 넘쳐났다.

"도카이 지방은 전 세기 중반부터 인구가 감소한 지역입니다. 신규 산업이 발달한 것도 아니어서 새로운 건축물을 지을 필요가 없었기 때문이죠."

아라토가 휴대 단말기를 꺼내자 레이시아는 벌써 앞질러 모든 준비를 마쳐 둔 후였다.

"주부 국제공항으로 가기 위해 아라토 명의로 전자동차를 예약해 두었습니다. 20시 이후는 18세 미만에게 대여해 주지 않아서 제가 30분 전에 절차를 끝내 두었습니다."

역 앞 택시 승강장에는 대여 전자동차가 들어갈 수 없다. 레이시아의 안내에 의하면 탈 수 있는 곳까지 좀 더 걸어가야 한단다.

"일이 다 끝나고 나면 나고야의 특산물 같은 거라도 사 갈까?"

"관광은 자제하도록 하죠. 이곳은 항체 네트워크 활동이 활발한 지역입니다."

그 이름을 이곳에서 들을 줄은 몰랐다.

"여기에도 있구나."

"그 운동은 도쿄나 일본만이 아니라 세계 곳곳에서 비슷하게 일어나고 있습니다. 택시 회사 지출의 절반 이상은 인건비임에도 이곳에서는 아직도 운전기사가 모는 택시가 남아 있을 정도이니, 불합리한 hIE 배척이 존재한다고 볼 수 있죠."

어스름이 깔린 골목길이 무섭게 느껴졌다. 레이시아와 같이 있을 때는 주차장이나 폐쇄된 시설에 가까이 가면 안 되겠다는 생각이 들었다.

전자동차에 도망치듯 올라타, 지타 반도의 이세 만 근처에 있는 주부 국제공항으로 향했다. 그들을 태운 차는 고속도로를 엄청난 속도로 돌입했다. 나고야 근교는 도쿄처럼 자동 조종이 아니면 도로교통법 위반이라는 제한이 없다.

아라토는 조수석에서 그 압도적인 가속도와 호화스러운 내부에 잔뜩 위축되어 있었다.

"이거 전자동차가 아니구나."

"머큐리 벤츠 ES09 전자동 모델, 자동 조종에도 대응하고 있으니 큰 문제는 없습니다."

시속 200킬로미터를 넘은 속도였다. 그러나 속도위반 추적용 자동 카메라에는 찍히지 않을 것이다. 렌터카 업체의 시스템을 순식간에 해킹한 능력이 감시까지 속였기 때문이다.

운전석에서 핸들을 쥐고 있는 건 레이시아였다.

"튼튼하고 빠른 차량이 필요해서 그러한 차를 골랐습니다."

비행기는 오후 8시 30분에 도착한다. 고속 열차가 나고야에 도착했을 때 이미 저녁 8시 전이었다. 느긋하게 달리고 있을 때가 아니었다. 그러나 노면에 있는 약간의 굴곡에도 차가 들썩이는 착각이 들 정도로 무시무시한 속도였다.

"이거 부서지기라도 하면 물어 줄 수 있어?"

"걱정하지 마세요. 그런 사태를 대비하여 아라토를 위해 엽전 여섯 냥을 준비해 두었습니다."

"아니, 삼도천부터 건너려고?"

계기판의 속도 표시가 시속 300미터로 돌입하려고 했다.

지타 반도 도로 주변에는 높은 건물이 없다. 예전부터 있는 농지와 화물을 보관하는 물류 센터만 있을 뿐이다. 주부 국제공항이 24시간 가동하는 화물 전용 공항이 된 건 주부 지방의 경제를 살리기 위해서다. 21세기 후반, 궤도 엘리베이터 공사 이후부터 동남아시아의 항로 정세가 불안정해져서 물류가 일부 항공편으로 빠져나가게 되었다. 그때 화물을 받아들이는 것으로 이 지역 경제 침체를 막아냈다.

아라토는 뒤로 휙휙 지나가는 풍경을 바라보았다. 맞은편에서 오는 차를 쉴 새 없이 지나치며 나아갔다.

"이렇게 서둘러 갈 줄 알았다면 그냥 집 근처로 돌아가지 말고 신기바에서 바로 여기로 출발할걸 그랬……."

돌 같은 것이 앞에 있는 흰 보닛에 맞자 균형을 잃은 차체가 프런트 노즈를 좌우로 마구 흔들어 댔다. 끼이익 하는 소리를 내며 주행 궤도가 다시 보정되었다. 아주 불길한 예감이 들었다.

"현재 위치에서 약 1킬로미터 전방을 달리는 차량에서 통신을 해킹하였습니다. 차량 스피커로 연결하겠습니다."

희미한 잡음을 배경으로 묵직한 목소리가 차 내부 공기를 뒤흔들었다.

〈미라이, 레이시아급은 움직이고 있나?〉

처음 들어 보는 남자의 목소리였다. 레이시아가 감청하고 있는 상대는 아라토가 여기에 있다는 사실을 아는 게 분명했다.

젊은 여자 목소리가 대답했다.

〈오너랑 알콩달콩한 시간을 보내느라 바쁜 것 같아.〉

통신을 해킹당하고 있다는 사실은 전혀 모르는 모양이었다.

〈오너를 쏴 버리는 게 좋지 않을까? 불쌍하긴 하지만.〉

그들은 아라토에 대해 언급하고 있었다. 알지도 못하는 상대가 자신을 총으로 쏘겠다 말겠다 상의하는 현실에 소름이 돋았다. 아까 보닛에 맞았던 건 총탄이었던 것이다.

아라토는 저도 모르게 레이시아한테 도움을 구했다.

"나 혹시 총에 맞는 거야?"

"카이다이 시오리를 만난 낮부터 감시당하고 있었습니다. 현재 도청 기록을 볼 때, 저들의 임무는 시간을 버는 것으로 추측됩니다. 목표는 이 앞의 인터체인지 부근을 주행 중인데 제거하시겠습니까?"

그녀는 아무 감정도 담기지 않은 목소리로 '제거'라는 단어를 입에 올렸다. 차의 속도는 살짝 줄었지만, 아라토의 심장은 미친 듯이 쿵쾅거렸다.

현실의 규칙이 그가 모르는 것으로 변질된 것처럼 느껴졌다. 그리고 레이시아의 오너로 있는 것이야말로 그런 규칙에 맞설 수 있는 폭력과 정보력을 손에 넣는다는 뜻과 같았다.

"제거라니, 그런 말은 쉽게 하면 어떡해. 공격만 막을 수 있다면 그걸로 충분해."

"제 기능은 디바이스가 없는 상태에서는 제약이 큽니다."

레이시아는 투명화도, 포격도 모두 그 철관을 변형시켜서 실행했다. 적어도 그 검은 관 없이는 그녀도 만능은 아니었다.

주변으로 물류 센터 말고 식품 공장들도 늘어나기 시작했다. 주택가의 불빛은 드문드문 보이기만 했다. 공항과 나고야를 잇는 자동차 도로만 제대로 잘 정비된 상태였다.

아라토는 당장이라도 도망치고 싶었다. 머리로는 포기해야 한다는 걸 잘 안다. 그러나 이미 이곳까지 찾아오고 말았다. 시속 200킬로미터로 질주하는 고급 승용차의 핸들을 쥔 레이시아의 옆얼굴을 보면서 단순히 그게 다가 아니라는 생각을 했다.

그래도 그는 이 자동화된 세상 속에서 뭔가를 이루어 낼 힘을 손에 넣었다. 그리고 마음껏 싸울 수도 있다.

센트레어 라인에 들어서서 야경을 가로지르는 그의 세계는 지금껏 겪어 본 적도 없을 정도로 드넓었다. 그 고양감이 순박하고 착한 사람의 욕망까지 자극했다. 레이시아가 있는 이 앞의 세계를 더 보고 싶었다.

그녀가 완벽하게 차량을 제어하면서 아라토에게 고개를 돌렸다. 명령을 기다리고 있었다. 불안한 얼굴로 매달리는 것이 아니라 세상을 거머쥘 수 있는 강한 의지를.

"가르쳐 줘. 저 사람들은 대체 누구야? 어떻게 하면 공격을 막을 수 있어?"

레이시아가 미소를 지은 것 같았다.

"저들은 HOO라는 PMC(민간 군사 회사)입니다. 일본이 재군비를 시행할 때, 구 자위대가 정리되면서 해직된 간부급들이 다수의 회사를 설립하였습니다. HOO는 이런 제3섹터로서 출발한 일본산

PMC 중 하나죠."

"공격을 막으려면 어떻게 해야 좋을까?"

"일본의 PMC는 국군에게서 받는 수주야말로 생명선에 해당하므로 계약자의 논리 코드에 매우 충실하고, 그래서 국내에서 무리한 행동은 감행하지 않습니다."

그들의 자동차가 트레일러 한 대를 따라잡았다. 이쪽이 앞질러서 먼저 지나갈 줄 알았는데 트레일러가 갑자기 속도를 높였다. 그래서 그들의 차와 200미터 정도의 차간 거리를 유지하게 되었다.

"아라토, 제가 차량에서 몸을 내밀 테니까 그동안 이 핸들을 잡고 있으세요."

그리고 레이시아는 운전석 문을 열었다. 밀폐되었던 공간으로 강한 맞바람에 불어닥치며 굉음이 소용돌이쳤다.

앞유리 너머로 보니, 바로 앞 트레일러는 아까부터 아라토가 탄 차와 속도를 맞추려 하는 중이었다. 그 뒤에 있는 컨테이너 문이 열리더니 안에서 두 hIE가 나타났다. 컨테이너 내부에는 맨션에 두고 왔을 터였던, 눈에 익은 레이시아의 디바이스가 우뚝 서 있었다.

아라토가 놀랄 새도 없이 트레일러에서 검은 관이 떨어졌다.

"블랙 모노리스와 접속하겠습니다."

경종이라도 울리는 듯 시끄러운 소리를 내며 도로 위에서 검은 관이 튀어 올랐다. 노면을 가르고 불꽃을 튀기면서 빙빙 돌며 이쪽으로 다가왔다.

레이시아가 운전석에서 몸을 쑥 내밀어 무작정 밀고 들어오는 디바이스의 손잡이를 잡았다.

그와 동시에 뭔가가 잡아당겨 진로를 뒤틀어 버리기라도 하는 것처럼 차가 왼쪽으로 쏠렸다. 둔탁한 파열음이 들린 것은 바로 그때였다.

차체가 튕기는 것처럼 위아래로 움직였다. 아라토는 핸들에 바짝 매달렸다. 주변 풍경이 빙그르르 회전하며 옆으로 지나갔다. 차 밖으로 내민 레이시아의 상체가 위로 불쑥 올라갔다. 앞부분 구조를 변형시킨 디바이스에 밀리던 자세를 다시 가다듬은 것이다.

전방을 달리던 트레일러가 불꽃을 튀기며 균형을 잃었다. 도로를 가로막는 것처럼 차체가 미끄러지면서 뒹굴고 말았다. 거대한 차체가 거대한 벽이 되어 코앞까지 들이닥쳤다.

본능적으로 브레이크를 밟았다.

"이건 미친 짓이야!"

죽기 전 마지막으로 남기는 말치고는 너무 한심했다.

이어서 빛이 폭발하며 불꽃이 정면에서 해일처럼 덮쳐 왔다. 다음 순간, 거의 감속하지 못했던 차가 망가진 트레일러로 된 벽을 뚫고 지나갔다.

커다란 금속 파편을 밟은 자동차 앞부분이 번쩍 튕겨 올라가면서 차체가 공중으로 붕 떴다. 채 1초도 되지 않는 체공 시간이 지나면서 차는 곧 도로로 추락했다. 이제는 고급 차가 가진 안전장치의 한계마저 넘은 상태였다. 그 충격으로 핸들을 손에서 놓치고 말았다. 죽음이 코앞까지 다가왔다.

절망에 사로잡힌 찰나, 눈앞으로 흰 손이 쭉 뻗어 왔다. 레이시아가 왼손만 가지고 뒤집히려는 차를 다시 바로잡고, 오른손으로는 대포 같은 형태로 변한 검은 디바이스를 꽉 쥐고 있었다.

나뒹구는 트레일러를 디바이스로 쏴 버렸던 것이다. 머큐리 벤츠 ES09의 차체 오른쪽 끝부분은 도려내기라도 한듯 날아가고 없었다.

레이시아가 디바이스를 관 모양으로 다시 돌려놓으면서 차 지붕 위로 아무렇게나 던져 올렸다. 차체가 푹 꺼지면서 오른쪽 바퀴가 금속음을 내며 불꽃을 튀겼다. 차 안이 플라스틱과 금속이 타는 냄새로 가득 차서 숨도 쉬기 힘들 지경이었다.

화염에 휘말렸던 어린 시절의 기억이 다시 눈앞에 어른거리는 바람에 속이 울렁거려서 구역질마저 느꼈다.

"이 차가 부서지더라도 돈 걱정은 안 해도 된다고 하지 않았어?"

그녀가 평소에는 허리에 감던 디바이스 록을 한 손으로 움켜쥐고, 흰 이로 물어뜯기라도 하는 것처럼 비틀어 해제시켰다.

"부정확한 정보였습니다. 파비온 그룹에서 받는 급여를 전부 모으지 않으면 변상이 힘들 겁니다."

저 멀리서 착륙을 시작하는 비행기의 불빛이 빛났다. 공항까지는 얼마 남지 않았다. 자동차 앞유리에 탄환이 박히면서 가느다란 금이 퍼져 나갔다.

"공격을 막아!"

속도를 높여 달리는 그들 앞에는 벌써 PMC 차량의 미등이 또렷이 보였다. 한 벤츠 차량의 후부 해치가 활짝 열려 있었다. 아까 감청을 통해 들었던 미라이라는 군인이 이 차에서 아라토와 레이시아를 저격하는 중이었다.

"알겠습니다. 전방의 PMC 차량 두 대를 무력화시키겠습니다."

레이시아가 차 지붕 위에서 디바이스를 가볍게 끌어내렸다.

아라토와 레이시아를 태운 자동차는 폭발적으로 급가속을 했다. 앞서가는 PMC 차량과 간격이 200미터 정도까지 좁혀졌다. 다시 변형된 레이시아의 디바이스가 다시 한 번 강한 섬광을 뿜어 냈다.

다음 순간, 앞에 있던 PMC 차량이 풍경 속에서 휙 사라졌다. 무슨 마법이라도 부린 것처럼 차체가 모습을 감췄는데도 마치 유령처럼 스퀼음만 귓가를 파고들었다.

레이시아가 완벽한 핸들 조작으로 자동차를 비트는 것처럼 코스를 바꾸어 그 거대한 음원을 지나쳤다.

"메타 머티리얼 포격으로 PMC 차량을 투명하게 만들었습니다."

눈앞으로 이세 만이 펼쳐지면서 몸을 뒤흔드는 맞바람에 자신의 목소리가 묻혀 버릴 것 같아 소리쳤다.

"정말 괜찮은 거야?"

"차량 바깥에서 가시광선이 유입되지 못하게 해 시각을 빼앗은 것뿐입니다. 사망자는 없습니다."

체온이 싹 내려가면서 오한마저 느껴졌다. 오너인 아라토마저 소름이 돋는 판국이니, 분명 대치하는 사람 입장에는 도저히 그냥 놔둬서는 안 되는 악마처럼 보이리라.

"지금부터 사격 위치에서 차량을 정지하는 계획으로 이행하겠습니다. 이후 블랙 모노리스를 질량 투사 모드로 변형. 마리나 사프란의 기체 번호 각인부를 관통시키겠습니다."

깨져서 잔해만 겨우 남은 자동차 앞유리에 공항 내부의 감시 카메라를 해킹하여 얻은 영상이 표시되었다. 비행장에 있는 건 저렴하지만 소음이 심한, 바이오케로신(해조류 연료)으로 나는 대형 화물기였다. 비행기는 착륙을 마치고 이미 정지한 상태로, 열려 있는 화물용 노즈 도어에서 컨테이너가 나오려는 참이었다.

앞유리 화면에 자세한 정보가 흘러나왔다. 이게 바로 목표물을 실어 날랐던 화물기가 분명했다. 이미 화물 운반은 시작된 뒤였다. 그러나 주부 국제공항은 바다에 내걸린 다리 저편에 있어서 그 거리는 직선거리로만 따져도 2킬로미터 이상이나 되었다.

급감속한 차량 뒤를 쫓아오는 다른 차는 없었다.

마침내 차가 정차했다. 이제야 주변을 천천히 둘러볼 여유가 생겼다. 한적한 도로에서 새카맣게 펼쳐진 밤바다가 보였다. 바람에는 바다 내음이 가득했다. 어두운 바다를 사이에 두고 저편에 있는 공항 섬에서 웅웅거리는 비행기 엔진음이 들려왔다. 아득한 곳에 있는 공항 시설은 실루엣으로만 보였다.

"이런 곳에서 쏴도 명중시킬 수 있어?"

시설 안으로 운반되어, 이제 바늘 끝보다 더 작아 제대로 보이지도 않는 마리나 사프란의 각인 번호를 쏴 맞히는 정밀도라니 더는 구체적으로 상상하는 것조차 불가능했다.

검은 철관을 들고 레이시아가 도로로 내려왔다.

"5킬로미터 이내에서 사선만 통과되기만 하면 사격에는 아무 문제가 없습니다."

거대한 힘을 다루어 PMC를 격퇴한 레이시아의 바지 정장에는 때 하나 묻어 있지 않았다.

그녀의 옷이 바닷바람에 펄럭였다. 그 뒷모습을 바라보던 아라토는 일의 좋고 나쁨을 떠나서 가슴이 기대로 두근거리는 것을 느꼈다.

앞유리에 금속제 컨테이너 하나를 확대한 영상이 떴다. 거기에 투과도처럼 여성형 hIE가 누워 있는 위치가 예측되어 표시되었다. 리프트 차량도 자동식이어서 설령 사격이 실패하더라도 피해를 볼지도 모르는 인간은 주변에 없었다.

"쏴!"

명령과 동시에 둔탁한 공기의 파문이 아라토한테까지 밀려왔다.

그의 단순한 예상과는 다른 정반대의 광경이 앞유리에 펼쳐졌다. 표적인 컨테이너를 보여 주던 화면이 화염으로밖에 보이지 않는 빛으로 가득 메워졌던 것이다.

차 바깥에서 대포처럼 변형된 디바이스를 짊어진 레이시아가 말했다.

"아라토, 포격을 저지당했습니다."

공항에서 뿜어져 나오는 불꽃 속에 선 그림자는 낯이 익었다.

한눈에 봐도 기계임을 알 수 있는 윤곽을 가진, 주황빛 머리의 여성형 hIE였다.

네 번째 레이시아급 hIE인 메소드가 오리지널 보디를 회수하러 온 시오리의 비장의 카드였다.

이제는 전쟁도 인간보다 기계가 더 잘하는 세상이다.

"아라토, 표적까지의 거리는 현재 2300미터입니다. 메소드의 방어를 뚫으려면 접근할 수밖에 없습니다."

"지금 바로 갈 수 있어?"

"공항 섬으로 들어가려면 500미터를 이동한 다음, 다리도 건너야 합니다. 공항 경찰이 경찰 차량 두 대를 공항 섬에서 이쪽으로 보냈으니 우선 그것부터 조용히 회피하도록 하죠."

아까 뒤집힌 트레일러가 아직도 저 뒤편에서 불길을 뿜고 있는 게 원인이었다. 밤하늘을 향해 불똥들이 격렬하게 흩날렸다.

차를 세운 그들에게 점차 접근하는 것처럼 사이렌 소리가 멀리서 들려왔다.

"주변 지도를 표시하겠습니다. 전투와 관련 있는 것만 감시 카메라 영상에서 추출하여 모식도로 재구성하겠습니다."

앞유리에 공항 지도가 펼쳐졌다. 그뿐만 아니라 공항 곳곳의 모습까지 차례로 나타났다. 공항의 화물 차량 게이트 앞에 정차한 두 대의 검은 세단에 마크 표시가 되어 있었다. 그리고 그 차량의 경호를 받는 듯한 검은 리무진도 보였다. 두 세단에는 PMC, 리무진에는 카이다이 시오리라는 캡션도 같이 떴다.

"시오리는 벌써 골인하기 일보 직전이야. 이거 어떻게 따라잡지?"

아라토는 지도 데이터를 뚫어지게 살펴보았다. 통행하는 차들을 확인하는 공항 섬 검문 게이트 중 한곳에 시오리 일행의 차가 정차 중이었다. 작은 화면 창이 뜨면서 그 모습을 찍는 감시 카메라 영상이 나타났다. 검은 정장을 입은 거구의 남자가 격한 몸짓을 하며 공항 직원과 실랑이를 벌이고 있었다. 그곳에서 마리나 사프란이 격납된 컨테이너까지는 약 900미터 정도 떨어져 있다. 메소드만 먼저 도착하여 공항 안에서 레이시아의 포격에 대비하고 있었던 것이다.

그리고 모식도에 아라토와 레이시아가 있는 곳으로 접근 중인 두 대의 차량 표시가 떴다. 아까부터 점점 커다란 사이렌 소리를 내는 공항 경찰의 순찰차였다.

황급히 차에서 뛰어나가려던 그를 레이시아가 막았다.

"저희는 감시 카메라에 간섭하고 있어서 현재 데이터상으로는 없는 것과 마찬가지입니다. 저들에게는 우리가 아직 보이지 않아요."

어떻게 할 것인지 물어볼 필요도 없었다. 레이시아는 아직도 조금 전에 사격을 저지당한 공항을 향해 포격 모드의 디바이스를 겨눈 채였다. 이번에는 디바이스 끝부분에서 더욱 장대한 포구가 열게 빛나는 메타 머티리얼로 구성되었다. 아까와는 명백히 출력 수준이 다른 진짜 포격을 할 셈인 모양이었다.

"잠깐만. 그걸 쏘면 공항이 어떻게 되겠어!"

아라토가 말린 순간, 대기가 파열하는 소리가 지진이 되어 울려 퍼졌다. 바람을 가르는 소리와 함께 검은 관이 자동차 앞부분을 후려쳤다. 공격을 받는 바람에 레이시아가 쥐고 있던 디바이스가 튕겨 나갔기 때문이다.

"이동해야 합니다! 메소드의 원거리 전투 능력이 예상보다 강합니다."

레이시아가 디바이스를 다시 주워들었다. 그리고 운전석이 아니라 이번에는 차 지붕 위로 올라갔다. 모식도에서 메소드를 가리키는 마크가 사라졌다. 감시 카메라로는 메소드의 속도를 따라잡을 수 없어 벌어지는 현상이었다. 모델 촬영 현장에서 목격했던 적의 전투력을 떠올리니 공포로 위가 찌부러지는 것 같았다.

아라토는 운전석으로 뛰어들었다. 면허는 없지만, 당장 이 차를 운전하지 않으면 아마 목숨을 부지하기는 힘들다. 수지제 후크가 자동으로 튀어나와 6점식 안전벨트가 되어 그의 몸을 좌석에 단단히 고정했다.

"이거 어떻게 하는 거지?"

금이 쫙쫙 간 앞유리 화면에 취급 설명서가 바로 나타났다.

"어어, 그러니까 시프트 레버를 올리면 빨라지는구나. 브레이크가 왼쪽, 액셀이 오른쪽. 브레이크가 왼쪽, 브레이크가 왼쪽. 속도 계기판은, 으아아, 하나도 모르겠으니까 그런 내용 좀 대충 모아 봐."

아라토는 핸들에 이마를 꾹 갖다 댄 채 필사적으로 기도했다.

"제발 똑바로 달려라. 똑바로 달려야 해."

운전 방식을 모르니 교차점을 어떻게 돌아야 하는지도 모른다. 앞유리에 뜬 지시대로 액셀 페달을 밟자 끼이익 하는 소리를 내며 머큐리 벤츠가 급발진했다. 타이어에 문제가 생겼다는 경고 네 개가 한꺼번에 뜨며 점멸했다.

"타이어 손상이라니, 펑크 난 거잖아!"

차량 스피커를 통해 레이시아의 목소리가 들렸다.

〈직진하는 한 안전합니다. 핸들은 주간 제어기여서 차체나 노면 상태에 맞추어 차가 알아서 운행 조정을 합니다.〉

메소드의 공격 탓인지 차도의 외벽이 점토를 짓이긴 것처럼 일그러졌다. 그 비현실적인 광경에 사로잡히지 않으려고 미친 듯이 액셀을 밟았다.

손이 덜덜 떨렸다. 고급 차는 부드러우면서도 강렬하게 가속을 하여 이제 조금이라도 조작 실수를 하면 즉사할 수도 있는 속도까지 도달했다. 그 압도적인 힘의 감각으로 인해 온몸에 식은땀이 배어 나왔다.

〈차체를 투명화시켜서 공항 경찰을 피해 지나가겠습니다. 앞유리로 보이는 풍경이 모두 사라지지만, 시각으로 대체할 수 있는 카메라 화상이 없어서 잠시 조감 모식도로만 봐 주세요.〉

어떤 힘이 가해진 것도 아닌데 충격을 받는 착각에 빠졌다. 유리 너머로 보이던 풍경들이 갑자기 싹 사라져 버렸던 까닭이다.

바깥에서 빛이 닿지 않게 된 새카만 차 안에서 진로를 가리키는 건 앞유리에 표시된 지도뿐이었다. 이미 그들은 바다를 건너 공항으로 이어지는 다리로 돌입한 후였다. 그러나 다리 반대편에서 일직선으로 달려오는 경찰차들은 속도를 줄일 기미를 보이지 않았다.

"이대로 가다가는 충돌할 거야!"

〈공항 경찰은 차량 컨트롤에 접속하여 주위에 있는 모든 차량을

강제 정차시키고 있습니다. 그런 상황에서도 주행하는 차가 있을 거라고는 예상하지 못할 겁니다.〉

공항 경찰의 순찰차와 오토바이가 똑바로 돌진해 왔다. 피할 틈도 없었다. 그러나 다행히도 도로 폭이 대형 트레일러가 여유롭게 주행할 수 있을 정도로 널찍해서, 그 두 대 사이에는 자연히 틈새가 생긴 상태였다. 이 바로 한가운데를 투명한 자동차가 가로질렀다.

자동화된 세상에서 컴퓨터를 완전히 속일 수 있는 수단을 가진 자는 유령이 될 수 있다. 아라토는 스쳐 지나간 순간 느낀 공포만으로 넋이 나가는 줄 알았다.

결국 신선한 공기를 들이마시지 않으면 당장이라도 토할 것만 같아서 운전석 쪽 창문을 열었다. 그러자 24시간 가동 중인 공항의 눈부신 불빛이 쏟아져 들어왔다.

〈접촉 전에 알려 드립니다. 이제부터 메소드에게 접근합니다. 접근전을 벌이는 이유는 아까보다 위력을 높여 원거리 포격을 하면 공항 시설에서 희생자가 나올 수 있기에 이를 막기 위함입니다. 그 거리에서 승산이 없었던 것뿐이지, 구체적인 방책이 있어서 가까이 다가가는 게 아닙니다.〉

그녀한테서 비관적인 관측을 들은 건 이번이 처음인 것 같았다.

앞유리의 표시가 간략한 지도와 현재 마리나 사프란의 감시 화상으로 나누어졌다. 컨테이너 리프트가 나고야 세관 지서가 병설된 거대한 물류 센터로 들어갔다. 화물의 예상 수령 시간이 15분 후라고 표시되면서 카운트다운이 시작되었다. 그러나 아라토 일행은 아직도 공항 섬으로 이어지는 다리 위를 달리는 중이었다.

"레이시아, 비행기를 움직여 봐."

잘 따져보지도 않고 그런 말을 하고 말았다.

〈좋은 생각입니다. 그렇게 하겠습니다.〉

레이시아가 웬일로 덥석 그 제안을 받아들였다. 거대한 비행기 엔진이 급속도로 회전하며 운행 준비를 했다. 비행 시스템을 가로챈 것이다.

그리고 전체 길이 60미터가 넘는 화물기가 서서히 움직이기 시작했다. 기체가 점검용 자동 기계를 쓰러트리면서 전진을 시작했다.

시스템 해킹으로 인해 비행기가 제멋대로 움직이자 공항은 곧 대혼란에 빠지고 말았다. 공항 주기장에서 작업복 차림의 정비원들이 대피하느라 정신없이 뛰어다녔다. 화면을 보니, 이제야 차량 입장 게이트를 통과하려던 시오리 일행의 리무진은 위험하다며 또다시 진입을 제지당하고 있었다.

화물기는 활주로를 벗어나 마리나 사프란이 운반된 화물 구역으로 기수를 돌려 들이쳤다. 비행기는 기체로 그 입구를 막는 것처럼 정지했다.

기능이 마비된 공항 섬 안으로 마침내 투명하게 변한 벤츠가 들어섰다.

〈공격을 받고 있습니다.〉

다음 순간, 앞유리가 완전히 산산조각이 났다. 야경과 밤바람이 갑자기 시야 안으로 밀어닥치는 바람에 아라토는 눈을 깜빡거렸다.

"어디서 쏜 거야!"

이제까지 거의 외길이었던 도로 위에 그려진 복잡한 화살표 표시가 나타났다. 여기서부터 목적지에 따라 총 16차선으로 나누어진 도로를 따라 각각의 차량 입장 게이트를 통과하게 된다. 액셀 페달에서 발을 언제 떼면 좋을지 이제 알 수도 없었다. 이제 죽는 일만 남은 것 같았다.

〈4번 게이트로 가세요.〉

트레일러의 무시무시한 폭발에 휘말릴 뻔한 후부터 계속 마치 악몽 속에 있는 것처럼 현실감이 들지 않았다. 아라토는 시오리 일행을 쫓아 운송업자용 게이트로 정신없이 돌진했다.

평범한 공항이었을 때부터 사용된 여객 터미널을 오른쪽으로 끼면서, 입장 게이트의 바를 부수며 돌파했다. 공항 직원이 게이트에서 뛰어나와 쫓아왔다.

"지금 투명해진 거 아니었어?!"

〈아까 받은 공격으로 메타 머티리얼이 벗겨지고 말았습니다. 메소드의 공격 수단에 대해서는 알 수 없습니다.〉

물류 센터로 차를 이동시켰다. 먼저 앞서가는 시오리 일행의 자동차 행렬이 눈에 들어왔다. 마침내 따라잡는 데 성공했다.

활주로를 우회하는 것처럼 뻗은 통로가 커다란 커브를 그렸다.

"핸들을 돌리면 차도 돌아가는 거 맞지?"

〈운전 중에는 듣고 싶지 않은 말이네요.〉

아라토는 철책에 부딪히지 않으려고 전력을 다해 핸들을 확 꺾었다. 몇 개나 되는 큰 바윗덩어리와 충돌하기라도 한 것처럼 벤츠가 미친 듯이 흔들렸다. 안전벨트가 몸을 꽉 조이는 데다가 머리도 마구 뒤흔들려서 정신이 하나도 없었다.

보이지 않는 공격을 받고 있었다. 타이어가 빠져나가 저 뒤편에서 뒹구는 게 보였다. 바퀴를 하나 잃은 채 물류 센터로 향했다. 차에서 빠져나오기라도 하면 분명 저민 고기 신세가 될 게 뻔했다. 그 말은 즉, 그가 궤도를 잃은 자동차의 액셀을 계속 밟고 있어야 한다는 뜻이었다.

〈메소드에게 조준당했습니다.〉

스피커에서 그 말이 들려오자마자 차 지붕이 크게 출렁였다. 무거운 물주머니로 내리치기라도 한 듯한 소리와 함께 도로로 사람 그림자가 낙하하더니 데굴데굴 바닥을 굴렀다. 지붕 위에 있던 레이시아였다.

재빨리 몸을 일으키려고 했던 그녀 뒤로 주황빛 광선이 지나갔다. 멱살을 잡힌 그녀는 쥐고 있던 디바이스째 인형처럼 이리저리 휘둘렸다. 천이 찢어지는 소리가 나면서 흰 몸뚱어리가 저편으로 획 내던져졌다.

옷이 찢긴 레이시아가 속옷을 가릴 여유도 없이 얼른 무릎을 세우고 몸을 일으켰다. 블라우스는 넝마가 된 채였다. 철관을 방패막이로 삼기도 전에 뒤로 세게 튕겨 나가고 말았다.

아라토는 브레이크를 힘껏 밟으며 차를 세웠다. 그리고 자신이 할 수 있는 일은 없나 주변을 둘러보았다. 한 화물 집적소의 거대한 입구를 화물기의 기수가 꽉 막아선 광경이 보였다. 그 바로 옆에 있는 큰 2층짜리 콘크리트 건물이 물류 센터임이 분명했다. 그곳에 바로 목표물인 hIE, 마리나가 있으리라.

〈비상용 초음파 드릴이 자동차 글로브박스에 들어 있습니다. 마커 정보를 입력해 두었으니 지시된 위치의 프레임을 태워 버리면 됩니다.〉

차량 스피커에서 나오는 레이시아의 목소리를 따라 조수석의 글로브박스를 열었다. 권총처럼 생긴 공구가 하나 나왔다. 자동차 사고를 당했을 때, 차량 프레임이나 단단한 강철 지붕을 절단하여 차 밖으로 탈출할 수 있게 해 주는 도구였다.

"방아쇠를 당기면 선단의 드릴이 회전하는구나. 30분 동안 사용이 가능하고, 도구를 갖다 댄 다음에 방아쇠를 당기면 돼."

손에 묵직한 감각이 느껴졌다. 이제부터 레이시아를 지키기 위해 다른 hIE에 흠집을 내야 한다고 생각하니 식은땀이 줄줄 흘렀다.

〈다만 전 여러 사정으로 인해 도울 수가 없으니 아라토는 지금 여기서 물러나는 게 좋을 것 같습니다.〉

"아니, 갈게."

레이시아는 폐나 성대를 이용하여 말을 하는 게 아니라서 차량 스피커에서 들리는 어조는 전투 중이어도 평소와 똑같았다. 그러나 지금은 방어에만 전념하고 있었다. 고속 기동을 하는 메소드의 발광 부위가 가벼이 저 하늘 위로 날아오르기도 하고, 때로는 레이시아의 무릎 밑을 지나가는 것처럼 주황빛 광선의 꼬리를 낮게 끌기도 했다. 기분이 시원해질 정도로 자유로운 움직임이었다.

굉음이 울렸다. 레이시아가 그 무거운 디바이스를 변형시킬 틈도 없이 공격을 받아 튕겨 나갔던 것이다. 철관을 방패 삼아 방어한 덕분에 간신히 치명상은 면했다.

조용히 공격 태세를 취하는 메소드의 두 손 주변의 공기가 아지랑이처럼 일렁였다.

"레이시아급 중 제일 완성도가 높은 건 나뿐이야. 인간을 확장하기 위한 도구로 만들어진 물건의 기초 능력을 얕보지 말라고."

레이시아는 타격과 자신의 격렬한 움직임으로 옷이 다 찢어지는 바람에 거의 속옷 바람이었다. 이렇게나 일방적으로 밀릴 거라고는 상상도 못 했다.

레이시아가 아니라 아라토를 비롯한 인간들한테 들으라는 듯 메소드가 말했다.

"'도구'라는 건 용도나 성능에 따라 차이가 나는 불공평한 거야. 그러니까 그 불공평함을 더욱 확대하는 능력을 지닌 우리 사이에는 절대적인 우열이 있지."

아라토는 참지 못하고 차에서 뛰어나왔다. 비행장은 너무나도 넓어서 앞을 가리는 것이 거의 없었다.

"근데 참 이상하지. 인간의 '형태'를 하는 것만큼은 우열만으로 판단하지 않는단 말이야."

비행기가 제멋대로 움직인 탓에 공항의 통상 업무는 마비되고 말았다. 물류 센터나 주변 창고에서는 만약의 사태를 대비하여 직원들이 대피하고 있었다. 비행기 엔진의 굉음이 캄캄한 밤하늘 저편에서 들려왔다.

아직도 화물기의 바퀴까지는 200미터 정도 거리가 남은 상태였다. 아라토는 콘크리트로 지어진 화물 구역으로 뛰어들어 갔다. 오직 오기만이 기력을 내게 해 주는 힘이었다.

아라토는 가슴도, 배도 아팠지만 그래도 전력을 다해 뛰었다. 혹시 레이시아가 싸움에서 질 수도 있다는 가능성은 이제까지 몇 번이나 있긴 했다. 그래도 혼자 도망치겠다는 생각은 할 수 없었다. 아니, 돕고 싶었다. 처음으로 만났을 때도 그렇게 느꼈다. 분명, 달빛 아래에서 본 그녀의 모습이 아름다웠기 때문이리라.

"불공평해서 뭐 어쨌다는 거야? 남자가 여자를 구하고 싶다는 마음이 뭐가 나쁜데."

죽을지도 모른다는 생각이 어렴풋이 들었다. 오늘은 무사하더라도 내일까지 평온하다는 보장은 없다. 하지만 이렇게나 나쁜 일들이 연거푸 일어나더라도 레이시아가 있다면 앞으로 나아가고 싶었다. 설령 인간의 형태를 하고 있어서 그런 것이라고 해도 아라토의 마음은 움직였다. 그녀가 인간이 아니더라도 이 관계가 특별하다고 믿었다.

마리나 사프란이 반입된 거대한 건물 바로 옆에 있는, 화물기 엔진 바로 아래에 리무진 한 대가 정차했다. 곧바로 정장 차림의 한 여자가 차에서 내렸다. 그 뒤를 지키던 PMC 차량 두 대에서 검은 옷을 입은 사람들이 세 명씩 내렸다.

바로 뜀박질을 시작한 여자는 바로 hIE의 기체 각인을 확인하는 서비스 직원임이 분명했다. PMC 일원 두 명이 양쪽으로 호위하고 있었기 때문이다. 남은 두 사람은 리무진 주변을 경계했다.

마지막 남은 두 사람은 아라토를 붙잡으려고 성큼성큼 다가왔다. 척 봐도 싸워서 어떻게 이길 수 있는 상대가 아니었다. 그러나 도망치면 물류 센터 안에서 검사가 이루어질 것이다. 그 작업이 끝나면 스타일러스 본사에 보고가 들어가서 레이시아를 빼앗기고 만다.

분한 마음에 머리도 제대로 돌아가지 않았다. 접근을 막고 싶어도 벌써 검은 정장을 입은 용병 두 사람이 아라토에게 바짝 다가온 후였다. 손에 든 길이 30센티미터 정도의 신축성 막대로 얻어맞기라도 한다면 가벼운 상처로 끝나지는 않으리라. 그래도 어금니를 꽉 깨물고 돌진했다.

무슨 일이 일어나는지 알 수 없었다. 아마 검은 옷의 용병들한테 얻어맞았다고 느낀 순간, 눈앞이 깜깜해졌다.

머리가 쾅쾅 울리면서 속이 뒤집힌 것처럼 기분이 나빴다. 꼼짝할 수도 없었다. 아라토는 소리를 지르려다가 숨도 제대로 못 쉬고 있다는 것을 깨달았다. 커다란 손이 난폭하게 몸을 잡아 일으켰다.

그리고 그대로 다시 한 번 내동댕이쳐지면서 땅바닥에 얼굴을 부딪치며 쓰러졌다. 콘크리트의 차가운 감촉을 맛보고 있는데, 이번에는 몸이 옆으로 굴러갔다.

상자처럼 네모난 물체가 심장을 위에서 짓눌렀다. 몸에 경련이 일어나면서 갑자기 시야 안으로 빛이 되돌아왔다.

곧 낯익은 모습이 눈에 들어왔다. 검붉은 머리칼을 양쪽으로 묶은 귀여운 소녀형 hIE다.

"안녕, 너, 친구한테 도움을 구하다니 제법이야."

레이시아의 자매기인 코우카였다. 거대한 검처럼 생긴 붉은 디바이스를 어깨에 얹은 채 진심으로 즐겁다는 듯한 미소를 드러내었다.

옷차림도 항상 입던 검은 금속제 슈트가 아니었다. 가죽 치마와 노출이 심한 상의에, 커다란 챙이 달린 가죽 모자를 뒤집어쓴 서부 스타일이었다.

"전기 충격기 한 방에 이렇게 간단히 회복하다니 이거 놀라운걸."

이 절체절명의 위기를 코우카 덕분에 넘겼다는 사실이 좀처럼 이해가 되지 않았다.

"정말로 와 주었구나. 근데 진짜 빨리 왔다."

아라토는 고속 열차를 타기 전에 켄고에게 도움을 요청했다. 켄고가 코우카와 연결해 주겠다고는 했지만, 가장 빠른 수단으로 여기까지 온 그들을 따라잡을 수 있을 줄은 몰랐다.

"아웃소싱을 잘 활용하면 세상이 넓어지는 법이지."

"아웃소싱?"

깨질 것 같은 머리를 돌려 주변을 살펴보았다. 아라토를 때린 검은 옷의 용병들이 모두 바닥에 나뒹굴며 신음하고 있었다. 제아무리 강도 높은 훈련을 받은 사람이라도 레이시아급과 격투를 벌이면 이렇게 된다.

고개를 드니 바로 위에 제트 엔진을 매단 화물기의 날개가 보였다.

"이래저래 뒤얽힌 상황 속에서 살아남으려고 하다 보면, '물건'끼리라도 관계가 복잡해진다는 뜻이야."

코우카가 거대한 디바이스를 수평으로 거머쥐고 레이저를 발사했다. 정차되어 있던 트럭이나 리프트를 한꺼번에 쓸어버리면서 거대한 화염을 뿜어 냈다.

"젠장, 엄청 빠르잖아!"

코우카가 혀를 찼다. 아라토는 주변에 가차 없이 흩뿌려지는 파괴의 흔적을 멍하게 바라보기만 했다. 그리고 한밤중의 공항을 엄청난 속도로 이동하는 실루엣을 목격하고 나서, 아까 그건 메소드를 노린 레이저 공격이었음을 알았다.

메소드의 주황빛은 폭파된 차량 위를 뛰어넘었다.

코우카가 구멍이 날 정도로 도로를 힘차게 박차며 상식을 초월하는 속도로 달려갔다. 검처럼 생긴 디바이스의 붉은 광선이 주황색 머리의 hIE의 낙하 지점을 베고 들어갔다. 그 참격을 메소드가 오른손 손바닥으로 받아치고는 싸늘하게 눈을 가늘게 뜨면서 입매를 끌어올렸다.

"난 너의 완전 상위 호환기라는 걸 알기나 해?"

메소드의 왼손이 코우카의 배를 노리고 쑥 뻗어 나왔다. 붉은 hIE가 안색을 바꾸며 뒤편으로 휙 몸을 날렸다. 그러면서 날렵하게 벌어진 공간으로 수류탄을 투척했다. 무시무시한 화염이 두 hIE를 날려버렸다.

"나중에 만들어진 게 뭐 대수라고."

코우카가 파풍에 흔들렸던 자세를 멋지게 제어해 착지했다.

레이시아가 그 사이에 디바이스를 변형시켰다.

"코우카, 당신을 투명하게 만들겠습니다. 감각 정보를 빌려줄 테니 채널을 여세요."

그 말이 끝나자마자 코우카의 모습이 사라졌다.

메소드가 코우카를 시야에서 놓치고 주변을 두리번거렸다. 순간 앵커가 바로 앞 지면을 꿰뚫었다. 보이지 않는 공격이 메소드가 팔을 십자로 만들어 방어한 턱을 정면에서 강타했다. 공격을 막아내긴 했지만, 완전히 그 충격을 줄이지는 못했다. 주황빛 머리칼을 흐트러뜨리며, 다이빙 슈트를 입은 것처럼 보이는 보랏빛 강철 보디가 튕겨 나갔다. 곧이어 이 초고속 hIE를 자동차로 치는 것처럼 두세 번의 후속 공격이 잇따랐다.

다소 전투 상황이 우세해졌다는 것에 안심하다가 아라토도 번쩍 정신을 차렸다. 물류 센터로 먼저 간 서비스 직원을 막아야 했다.

그러나 어느 틈엔가 다가온 레이시아에게 어깨를 붙잡혔다.

"계속 여기에 있다가는 메소드가 아라토를 노릴 겁니다. 일단 후퇴하죠."

기체 번호를 어떻게든 감춰야 하는 그녀가 그의 어깨를 세게 잡아끌었다.

"하지만!"

저도 모르게 손을 뿌리치려고 했으나 그녀의 손에 닿은 순간, 머리끝까지 치솟았던 핏기가 싹 가셨다. 그 부드러웠던 손의 피부 감촉이 마치 화상이라도 입은 듯 울퉁불퉁하고 딱딱하게 변질되어 있었기 때문이다.

여기까지 힘들게 왔는데 왜 다시 도망쳐야 하는지 이해가 되지 않았다. 그래도 직감은 레이시아의 말이 옳으니 그 판단을 따르라고 속삭였다.

영문도 모른 채 아라토는 화물기 아래에 세워진 시오리 일행의 차를 뒤로하고 도망치기 시작했다. 자꾸만 억울하고 분했다. 열 걸음 정도 나아갔을 때였다. 바로 뒤에서 화염이 치솟으며 밤하늘을 활활 태웠다.

엄청난 폭발이었다. 마치 대낮으로 돌아간 듯한 빛에 얼른 뒤를 돌아보았다. 폭발의 무시무시한 여파를 막으려고 레이시아가 디바이스를 우산 모양으로 전개했다. 기묘하게도 그를 자동차 폭발에서 구해 주었던 첫 만남의 밤을 떠올리게 하는 광경이었다.

* * *

카이다이 시오리로서는 이 한 시간 동안 자신의 예상대로 진행된 일이 하나도 없었다.

자동차 도로에서 PMC의 별동대가 아라토와 레이시아가 탄 차량을 저격한 것마저 보고받지 못했다. 게다가 아라토 일행은 그 별동대마저 격퇴하고 공항까지 쫓아와 화물기를 움직이게 하지 않나, 도저히 때맞춰 올 리가 없을 터인 코우카까지 참전했다.

그리고 이런 엄청난 폭발까지 일어나 사태의 정점을 찍었다. 거대한 해일 같은 화염이 바로 위에서 쏟아져 리무진을 감쌌다. 리무진의 반투명한 창문을 통해 바깥에 있는 경호원들이 동료에게 붙은 불을 끄는 모습이 보였다. 리무진의 기밀 기능은 완벽해서 소리는 거의 들리지 않았다. 그녀의 리무진은 공공도로에서 상정할 수 있는, 어떤 종류의 교통사고라도 탑승자가 사망하지 않는 최고 수준의 안전 규격을 통과한 승용차다. 그렇지 않았더라면 차는 통째로 폭풍에 날아가 지금쯤 목숨이 제대로 붙어 있긴 한지 알 수 없었을 것이다.

"왜 일이 이렇게나 커진 거야? 그냥 hIE 한 대를 회수하러 왔을 뿐인데."

시오리는 눈앞에 있는 참상을 따라가지 못하고, 그저 치마를 꽉 쥔 채 밀려오는 두려움을 꾹 참았다.

PMC 차량에 남았던 운전기사가 차 밖으로 뛰어나갔다. 리무진 기사는 차 문을 연 순간 맹렬한 불길에 휩싸이고 말았다.

온몸에 불이 옮겨붙은 기사는 곧 검은 옷을 입은 남자들에 의해 구조되었다. 인간의 반응이 멀어지자 자동차 문이 자동으로 닫혔다.

"……아니지, 이럴 때야말로 침착해야 해. 지금은 리무진의 내화 성능에 의지하는 수밖에 없어."

성능상 30분 정도는 화염 속에서도 견딜 수 있다고 들었다. 단열성이 높은 덕분에 아직 내부는 쾌적했다. 그러나 옷 아래에서는 식은땀이 줄줄 흘렀다.

그때 휴대 단말기에서 알림음이 났다. 츠츠미 미카였다.

〈시오리 씨! 컨테이너에 있던 건 다른 hIE였어요. 내용물이 바뀌어 있다고요.〉

"그게 무슨 소리예요?"

〈컨테이너 자체는 모양도 똑같고 번호도 맞아요. 근데 내용물이 달라요. 기체 번호도 이상하고요.〉

이 화물기로 운반된 것은 마리나 사프란이 아닌 다른 hIE였다는 뜻이다. 다시 말해, 시오리 일행은 처음부터 잘못된 목표물을 쫓고 있었다.

확신하고 있던 승리를 역전당하는 바람에 발밑이 와르르 무너지는 심정이었다. 그러나 애써 동요하는 마음을 가라앉히며, 갖춰야 할 리더의 위엄을 무너뜨리지 않으려고 애를 썼다.

"일단 물러나죠. 이쪽도 주변이 불길에 휩싸여서 뭐가 뭐지 알 수 없어요."

〈화물기가 폭발했어요. 물류 센터의 방화문이 닫혔으니 비상구로 나갈게요. 공항 소방대에 요청을 넣었으니까 바로 와 줄 거예요.〉

"알았어요. 이번에는 패배를 인정하기로 하고, 일단 구조부터 받은 다음에 다시 모이도록 해요."

〈불 속에서도 30분 정도는 충분히 버틸 수 있으니까 차 안에 있으면 안전할 거예요. 정말 면목이 없네요. 하다못해 PMC의 운전기사만이라도 차 안에 대기시켰다면 시오리 씨를 혼자 남게 하지는 않았을 텐데…….〉

그리고 곧 통신이 끊겼다.

온몸의 힘이 빠지는 것처럼 좌석에 몸을 기댔다.

"대체 어떻게 된 일이지?"

무슨 마술에라도 걸린 듯한 기분이었다.

〈이제 알았어? 너무 늦은 거 아닌가.〉

차 내부의 스피커를 통해 조소 어린 목소리가 들렸다. 바깥에서 싸우고 있는 메소드였다.

"이쪽은 화물기가 폭발하는 바람에 온통 불바다야. 얼른 구하러 와 줘."

〈유감이야. 난 전투 중이거든. 그러니까 이렇게 무선으로 얘기라도 해 주는 것밖에 할 수 없어.〉

시오리는 할 말을 잃었다.

〈정말 꼴이 말이 아니구나. 이번 일은 모두 예상 가능한 범위에 있지 않았나?〉

"그런 소리를 할 때가 아니야. 오너가 지금 위험에 처했다고 말했잖아."

〈왜 코우카가 여기에 있는지 몰라? 앞서가고 있으니까 물론 레이시아보다는 너희가 먼저 공항에 도착하겠지. 그럼 적의 별동대가 더 일찍 출발했다면, 제일 먼저 공항에 도착하는 건 당연히 적 아니겠어? 그런데도 레이시아만 쳐다보느라 그게 미끼인 줄도 몰랐지.〉

메소드는 시오리의 초조한 마음을 무시하며 계속 말을 이었다. 그녀의 실수와 생각이 부족했던 행동에 대해 일일이 지적해 나갔다.

〈자신에게 치명적인 위기가 닥쳤는데도 레이시아가 순순히 뒤늦은 출발을 받아들인 이유는 따져보지도 않은 거야? 레이시아는 고속 열차에 반입할 수 없는 자기 디바이스만 먼저 출발시키고 나중에 자동차 도로에서 합류했어. 코우카 같은 hIE와도 이해관계가 일치하니 미리 교섭하고 먼저 출발하도록 사전 준비를 해 놨지. 모든 작전은 네가 카페에서 중요한 얘기를 꺼내기 전에 다 끝나 있었고, 레이시아는 자신한테만 감시의 눈이 쏠리도록 유도했던 거였어.〉

차 안에 홀로 남은 시오리는 터지려는 분통을 꾹 참으며 삭였다. 자신은 레이시아의 손바닥 위에서 실컷 놀아났다는 뜻이었다.

〈너희들은 레이시아를 감시하고 있었지. 반대로 레이시아도 너희를 계속 감시하고 있었어. 그러니 당연히 이렇게 되지.〉

창밖은 아직도 이리저리 튄 연료로 인해 주변이 온통 불바다였다. 반투과 창문 바깥에서는 차 안에 남아 있는 그녀 모습이 보이지 않는다. 그래도 소방대가 구조를 하러 올 때까지는 그리 오래 걸리지는 않으리라. 시오리는 손에서 배어나는 땀을 몇 번이나 닦아 냈다.

"불친절하구나. 미리 알았다면 빨리 가르쳐 줬으면 좋았잖아."

〈의사 결정을 인간들끼리 해 버렸잖아. 항상 너희들은 지성이 훨씬 뒤떨어진다는 걸 알면서도 계속 비합리적인 일에만 매달리지.〉

"실패했다는 뜻이네? 하긴 네 말대로 아라토 오빠한테 그 얘기를 할 게 아니었어."

〈더 기본적인 문제야. 레이시아급의 기본 사양에 대해 알려 주었는데도 엉성한 계획만 세우고 말이야. 레이시아급은 hIE는 비상시에 데이터를 옮기는 능력이 부여된, 외부 세계에서도 끊임없이 가동하는 것을 행동 목표로 삼은 인공지능을 탑재하고 있어. 오너는 그런 레이시아급 hIE가 무얼 추구할지 판단하는 기본적인 기준조차도 올바르게 세우지 못했어.〉

"그래서 뭐 어쩌라고? 그렇다고 계속 이런 불바다 속에서 설교를 들어야 하는 거야?"

마치 기계가 인간 중심의 사고방식을 비웃는 것만 같았다. 메소드의 말대로 인공지능의 시점에서 보았다면 주변 풍경의 '의미'가 다르게 보일지도 모른다. 하지만 그런 논쟁은 이런 생사의 갈림길에서 할 일이 아니었다.

〈중요한 일이야. 인공지능을 지속적으로 가동하게 설정해 놓으면, 당연히 생존 가능성을 높이기 위해 생명선을 늘리지. 코우카가오이 산업진흥 센터의 사건 때, 스구리 켄고를 새로운 오너로 삼으려고 했던 게 바로 그런 예야.〉

"인류 미답 산물이 평범한 고등학생을 오너로 고르다니 너무 위험하잖아. 원하는 대로 유도해서 자기한테 유리한 명령을 내리도록 만들면 정말로 끝장이라고."

시오리는 통신 단말기로 경호원들의 리더를 맡은 야부키라는 남자를 부르려고 했다. 호출음이 세 번 정도 울리고 나더니 단말기가 전파를 수신할 수 없는 상태가 되었음을 알렸다.

〈오너와 관계가 결렬되었을 때를 위한 대비가 제일 중요하다는 뜻이야. 오너의 명령을 거부하는 일쯤이야 같은 수준의 다른 오너를 설정해 놓고, 모순되는 명령을 미리 제시해 놓게 하면 간단해. 인류 미답 산물이 너한테 온 이유를 뭐라고 생각했던 거야? 너한테 숨겨진 힘이라도 있는 줄 알았니?〉

시오리도 자신이 이용되었을 뿐이라고 생각하고 싶지 않았다. 그녀는 밈프레임 창업자 일족의 딸이고, 회사 안의 인간 파벌에서 커다란 위치를 점하고 있다. 그냥 쓰고 버리기에는 너무 위험도가 높다. 그러나 어린 데다 조종하기도 쉬우니까 인간 파벌 쪽 사람들도 그녀를 상징적인 존재로만 내세웠던 게 아니었을까.

자신이 한심할 정도로 가치가 없는 인간처럼 여겨졌다. 다만 사실 한 가지는 확실하게 알았다. 메소드는 시오리의 단순함을 꿰뚫어 보았다는 것이다. 그리고 지금의 꼴만 해도 메소드의 예상은 정확했다는 것을 증명하고 있었다.

〈레이시아는 코우카가 그토록 원하는 생명선을 하나 준비해 줄 수 있지. 자신이 한 것과 같은 방법으로 코우카에게 가짜 신분을 만들어 줄 수 있어. 나와 싸움을 벌일 가치는 충분히 있다는 뜻이거든. 그리고 스구리 켄고는 레이시아의 오너와 친밀한 관계이기도 하잖아.〉

분명 메소드는 지금 대화가 목적이 아니리라. 그래서 짜증이 치밀 정도로 자꾸만 '의미'만을 강요했다.

〈이번에는 완전히 레이시아에게 유도당했지만, 그래도 엔도 아라토에게 미리 정보를 흘린 건 너무 초보적인 실수였어. 네가 얻을 것을 네 힘으로 쟁취하고 싶다니, 그런 능력이 정말 너한테 있긴 해?〉

"더 배우면 돼!"

메소드가 아픈 곳을 찔렀다.

〈네 주변에 있던 직원들은 학생이라는 이유로 네 의견을 허락해 주었어. 하지만 공사를 혼동하는 그런 사람도, 그걸 허락하는 사람도 의사 결정의 장에는 적절하지 못해.〉

크게 소리를 지르자 억울함이 솟구쳐 올랐다. 적어도 메소드의 말은 틀린 곳이 하나도 없었다.

〈유능한지 무능한지는 정도의 문제잖아. 현대의 기계 지능에 있어서 정도 문제로 따졌을 때 모든 인간은 무능해. 노력해도 그 차는 줄어들지 않아.〉

상대는 그저 단순한 '물건'인데도, 마치 제일 미워하는 사람한테 야유라도 당하는 것처럼 너무나도 분했다. 이게 모두 메소드가 인간의 형상을 하고 있어서이다.

〈네가 하는 일은 전부 소용없는 짓이야. 지금 가만히 있는 건 인정하니까 그런 거지?〉

바깥에서는 불길이 활활 타오르는 중이었다. 리무진은 폭발한 화물기의 바로 아래에 정차되어 있었기 때문이다. 여기서 탈출하고, 다른 사람의 얼굴을 보고 싶어도 문을 열 수가 없었다.

〈인간은 그에 상응하는 헐값에 팔리는 게 옳아. 어떤 국면에서도 능력만을 비교하면 인간과 기계 사이에서 어떻게 승부가 되겠어? 원래는 '형태'만 제대로 맞으면 될 일이야. 인간이 존재하는 의미 따위는 능력으로 봤을 때 이미 다 끝났어. 그런데 아직도 낡아 빠진 옛 방식의 자기 실현에만 집착하는 너는 오래 산다고 해도 여전히

낡은 채일 뿐이지.〉

"이제 그만해! 오너인 내가 명령하고 있잖아."

명령을 받은 메소드의 말이 멈췄다. 시오리는 거친 숨을 내쉬었다.

구조가 너무 늦어진다는 생각이 들었다.

그리고 그녀는 창밖에서 놀라운 것을 보고 말았다.

그곳에는 카이다이 시오리가 있었다.

시오리와 똑같은 '형태'를 한 것이 검은 옷을 입은 용병들에게 지시를 내리고 있었다. 도착한 소방대도 이제 여기에 더는 구조 요청자가 없다는 것처럼 여유롭게 움직였다.

"나랑 똑같이 생긴 hIE라고?"

몸이 떨렸다.

그녀의 복사판이었다. 대체 어느 틈에 저런 걸 준비했는지 의문이 들었다. 그러고 보니 메소드는 리무진 트렁크에 사람 한 명은 들어갈 수 있을 정도의 케이스를 실었더랬다.

누구도 의심하는 기색을 보이지 않았다. hIE인지 아닌지 확인할 방법은 여러 가지가 있다. 그러나 이렇게까지 긴급한 사태 속에서 그런 걸 일일이 확인할 사람은 아무도 없었다.

메소드나 혹은 카이다이 가에 있는 hIE의 데이터가 시오리의 행동을 기록할 기회는 얼마든지 있었다. 그녀와 똑같이 행동하도록 커스텀 클라우드를 구축하는 일은 불가능하지 않다.

"저 여기 있어요! 빨리 좀 구해 줘요!! 그건 가짜라고요."

마치 인간은 그 정도의 차이도 알아차리지 못하는 존재라고 비웃음이라도 당하는 심정이었다.

"메소드, 듣고 있으면 저 hIE를 멈춰!"

사람은 제아무리 특별하게 여기고 있어도 '마음'이 없는 물건과 인간을 구분할 줄 모른다.

〈전투 중이라서 바쁘다고 했잖아? 인간과 '물건'이 그렇게 다른 거라면 당연히 구하러 오겠지. 하지만 인간이 생각하는 만큼 별 차이도 없으면 넌 이대로 죽을지도 모르겠네.〉

항상 높은 긍지를 가지고 살아가고 싶었다. 오빠처럼 만사를 다 포기한 것처럼 사는 것은 싫었다. 그렇게 어릴 때부터 그녀를 지탱해 온 무엇인가가 소리를 내며 무너져 갔다.

"살려 줘! 구해 줘!"

주먹으로 창문을 때렸다. 살아 있는 자신이 얼마나 먼지 같은 존재인지를 뼈저리게 느꼈다. 코앞의 차창에 반사된 얼굴은 생기까지 잃은 눈과 어우러져 비참할 지경이었다.

그때 어떤 충격이 리무진을 위아래로 격렬하게 뒤흔들었다. 문손잡이에 매달리려고 하다가 놓치고 말았다. 흔들리는 리무진의 바 카운터에 부딪치는 바람에 숨도 쉴 수 없었다. 그 직후, 절대적으로 안전할 줄만 알았던 차량이 말 그대로 저편으로 튕겨 나가고 말았다. 차체가 땅바닥을 마구 굴렀다. 시오리의 몸은 어찌할 도리도 없이 지붕에, 벽에, 선반에 이리저리 부딪혔다.

리무진 융단에 깨진 유리가 잔뜩 흐드러졌다. 움직일 때마다 피부에 상처가 나면서 피가 흘러나왔다.

실내등이 깨지면서 창문으로 비치는 화염의 불빛만이 시야를 밝혔다. 호흡하기도 힘들었다. 온몸이 아파서 죽을 만큼 괴로웠다.

이런 꼴을 당하고 나자, 고통에 설득당한 것처럼 한 가지 사실을 깨달았다.

"그래, 넌 나를 죽이고 싶었던 거구나."

메소드는 오너 계약을 스스로 해제할 수 없다. 하지만 계약 관계는 오너가 사망하면 실질적으로 아무 효력이 없다. 메소드는 오너로서 '쓸모없다'고 판단한 시오리를 불량품처럼 없애버리려고 했던 것이다.

시오리는 자신이 메소드에게 어떤 명령을 내렸는지 가물가물한 의식 속에서 기억을 더듬었다. 그녀가 죽으면 명령까지 무효가 된다는 사실은 알지도 못했다. 눈물이 치밀어 올랐다.

숨이 턱턱 막혀 기침을 토해 냈다. 목에 뭔가가 걸리면서 따듯한 것이 입 밖으로 튀어나왔다. 의외로 많은 피가 나왔다. 가느다랗게 숨을 쉴 때마다 쇠 비린내가 심하게 몰려와서 속이 울렁거렸다.

이렇게 되어도 아무도 시오리를 구하러 오지 않았다. 모두가 완전히 유도당해서 이쪽으로 눈길을 주지 못하는 것이 분명했다.

메소드는 오너를 죽일 수 있게 만들어지지는 않았다. 하지만 명령을 확대 해석할 수는 있다. 그래서 휘말리게 할 수 있는 수단을 이용하여 시오리를 사지로 몰아넣고, 일부러 구출이 늦어지게끔 움직이고 있었다.

뜨거웠다. 아마 아까의 충격으로 차가 뒤집혀서 완벽했던 밀폐

장치가 고장 난 모양이다. 몸도 움직여지지 않았다.

"죽겠어."

중얼거렸다.

어둡다. 뜨겁다. 괴롭다.

이제 끝이라며 절망을 받아들이고 있자니 살짝 마음이 편해졌다.

숨을 들이쉬었다. 내뱉었다.

인간이 있을 곳은 이제 완전히 사라지는 게 아닐까?

포기하면 조금 편해질 것만 같았다.

이제 인간답게 살기에는 힘든 시대였다.

그런데도 시오리는 이제까지 계속 착각만 했다. 궁지에 몰려서 무엇인가를 잘라 내어 버려야 할 때 인류를 뛰어넘은 도구가 '버리는 것'이 무엇인지 인류는 모른다.

메소드의 목적에서 시오리는 상황에 따라 버려도 되는 존재였다. 그래서 버려진 그녀는 죽는다. 아라토와 레이시아의 관계까지 생각하니 그가 걱정되어 견딜 수가 없었다. 그도 언젠가 이런 식으로 끝나는 걸까.

"죽기 싫어."

누구도 그 말을 들을 수 없다는 건 잘 알았다. 눈물이 넘쳐 흘렀다.

그렇지만 몸이 떨릴 정도의 열기와 함께 빛이 쏟아져 들어왔다.

"시오리!"

아라토가 차 안에 상반신을 밀어 넣으며 손을 뻗었다. 아직도 주변에는 마치 융단이 깔려 있는 것처럼 불길이 타오르고 있어서 그의 얼굴도 그을음으로 거뭇거뭇했다.

시오리의 가슴에 울부짖는 아기와도 같은 뜨거운 충동이 치밀어 올랐다. 괴롭긴 해도 관통하는 그 느낌에 몸을 맡기고 죽을힘을 다해 팔을 이용해 몸을 끌었다.

수없는 실패를 저질렀지만, 시오리는 한 가지만큼은 실수하지 않았다.

그의 손이 아니라 옷 가슴팍에 매달렸다. 목소리 대신 심하게 기침만 나왔다. 눈물이 줄줄 흘러내렸다. 아득해지는 의식 속에서 시오리는 민망할 정도로 그에게 바짝 달라붙었다.

* * *

카이다이 시오리가 탔던 리무진은 화물기의 폭발에 휘말리고 말았다. 그리고 활활 타오르는 주익에서 떨어진 엔진이 리무진 지붕에 직격타를 날리지는 않았지만, 차체 앞부분을 짓누르며 폭발. 그 충격으로 차는 2미터 정도 날아가 나뒹굴며 화염에 휩싸였다.

그녀가 죽지 않은 건 오로지 튼튼한 리무진 덕분이었다. 그리고 아슬아슬하게 엔도 아라토의 구출이 성공했기 때문이기도 했다.

아라토가 경호를 맡은 용병들에게 그나마 인도적인 대접을 받은 건 바로 그래서였다.

지금도 어쩐지 믿을 수 없는 심정으로 시오리를 끌어냈던 손을 쥐었다, 폈다 해 보았다. 예전에 처음으로 레이시아와 만났던 날, 화염을 앞에 두고 얼어붙었던 아라토가 오늘은 그 무서운 불길 속으로 뛰어들어 시오리를 구해 냈다.

메소드와 싸우면서 손발의 인공 피부가 타 버린 레이시아는 평범한 기체가 아닌 것이 발각되지 않도록 몸을 숨겼다. 마리나 사프란의 기체에 대해서는 "아무 문제 없습니다."라고 했다. 아마 레이시아라면 어떻게든 문제를 잘 해결했을 거라는 생각이 들었다.

그리고 아라토는 시오리가 구급차로 이송된 병원에 있었다.

아라토도 무릎과 팔꿈치 아래로는 전부 습포 같은 재생재 패치를 잔뜩 붙인 채였다. 그는 구형으로 변형시킨 레이시아의 디바이스의 보호를 받은 상태였다. 하지만 불길 속에서 수십 초만 서 있어도 큰 화상을 입는 것 역시 당연지사였다. 처치가 빨랐기에 망정이지, 그래도 한나절은 절대 안정이 필요했다.

시오리는 집중 치료실에 입원해 있어서 면회조차 할 수 없었다. 병원으로 이송된 후, 6시간이나 넘게 수술이 이어지는 중이었다.

병원에서 공항 경찰의 취조를 받고, 결국 경찰의 신세를 지고 말았다. 레이시아가 미리 알려 준 대로 물음에 답했다. 그러나 아무리 변명을 하고, 데이터를 위조해도 무면허 운전 목격자는 이미 몇 명이나 있었다. 게이트 강제 돌파나 통관 전의 화물 구역으로 침입한 것까지 포함하면 정상 참작의 여지는 전혀 없었다.

그게 바로 아라토와 레이시아가 벌인 모험의 전말이었다.

감당할 수 없게 큰일로 번진 것에 넋을 놓고 있자니 웬 거친 발소리가 병원 복도를 울렸다.

아라토는 누가 왔는지 알고 자연히 몸을 굳혔다.

얼굴을 보자마자 성큼성큼 걸어온 료가 아라토의 멱살을 확 움켜잡았다.

“이게 어떻게 된 일이야!”

평소에는 시오리에 관해 얘기도 하지 않았지만, 그래도 료는 오빠였다. 만약에 입장이 반대였다면 어땠을까 하는 생각에 바로 사과를 하는 수밖에 없었다.

“미안해. 이런 일이 일어날 줄은 몰랐어.”

이런 무시무시한 표정을 짓는 친구를 보는 건 아주 오랜만의 일이었다. 그야말로 사람이라도 죽일 듯한 눈빛이었다.

“그 hIE는 어디 있어?”

“없어. 여기는 안 온 거로 되어 있으니까.”

“없다고? 웃기지 마! 이만큼 일을 저질러 놓고 다들 오너한테 책임 전가만 하고 도망친 거냐고!”

“레이시아가 한 일은 내가 결정한 일이야.”

배를 얻어맞고 아라토는 몸을 웅크렸다. 료가 다시 멱살을 잡아 올렸다.

“넌 대체 무슨 짓을 하고 다니는 거야?”

아라토는 아무 대꾸도 할 수 없어 얼굴을 홱 돌리고 말았다. 이런 상황에서도 레이시아를 좋아했기 때문이다.

“자, 잠깐 지금 뭐 하는 거예요?”

츠츠미 미카라는 여자가 몸을 들이밀며 두 사람 사이를 떼어 놓았다.

"료 씨는 그 자리에 없어서 모르겠지만, 이 친구가 시오리 씨를 불바다에서 구해 냈다고요."

그녀는 속은 바람에 시오리를 죽게 할 뻔한 게 너무나도 부끄럽다고 말했다. PMC 용병들의 손에 붙들려 차량에 끌려갈 뻔한 아라토를 구해 준 것도 그녀였다.

"너는 시오리를 구해 낸 게 아니야. 어쩌다 구하게 된 것뿐이지."

친구 말이 맞았다. 레이시아의 엄청난 전자전 능력이나 메소드의 전투력을 목격한 이상, 그 책임을 회피할 마음은 들지 않았다.

"료, 네 말이 맞아."

"이제 알겠지? 그 녀석들은 이유는 어쨌든 간에 인간을 죽인다고. 넌 정말로 인류를 hIE한테 팔아넘길 셈이야?"

맞는 말이었다. 아라토는 레이시아 덕분에 자신의 세계를 넓혔다. 하지만 그건 레이시아 같은 hIE가 인간 사회에 유익한 존재라는 뜻은 아니다. 그래도 아라토는 그녀를 믿고 싶었다.

"죽이려고 했던 게 hIE였긴 했지만, 구하려고 했던 것도 hIE였어."

"아라토, 네가 그렇게 믿고 싶은 게 아니고?"

믿을 수 없어서 놀라는 료의 심정은 아라토도 잘 안다. 레이시아를 비롯한 hIE는 인간 사회의 '행동'을 따라 하고 있을 뿐이지 결코 동일한 것이 아니다. 그래서 시오리처럼 불안을 느끼는 사람들은 이들을 믿을 수 없어 충돌한다. 최종적으로는 고속 열차의 차창 밖 풍경을 이루고 있던 거대한 인류의 성과물과 맞서 싸우게 될지도 모른다.

그러나 가슴속의 어리고 깨끗하기만 한 부분이 외쳤다.

"이상한 건 레이시아가 아니야. 그 메소드가 문제인 거지."

10년이 넘게 친하게 지내온 사이였기에, 료는 자신의 속내를 다 쏟아 냈다.

"나는 동생을 잘 챙겨 주지 못했어. 하지만 넌 내 동생의 보금자리잖아. 그러니까 든든한 아군이 되어 주어야 하는 거 아니야?"

아라토는 료나 켄고 같은 친구들 같은 여러 사람과의 연결을 통해 살아간다. 반대로 그 자신이 동생이나 료, 켄고, 그리고 시오리에게는 보금자리이기도 하다. 인간의 보금자리는 인간의 곁에 있다. 그래도 레이시아에게 손을 뻗지 않을 수가 없었다.

계속 분노를 쏟아 내던 료가 문득 힘없는 표정을 지었다.

"너, 그때 그 개를 기억해?"

아마 료도 마찬가지로 사람과의 연결에 대해 생각하는 것 같았다.

시오리의 병실 앞에서 그들은 씁쓸한 심정을 삼켰다. 이렇게 발밑이 와르르 무너지고 있어도 레이시아를 내칠 수 없어서 안타까움만 그 크기를 더해 갔다.

"시오리는 저 집중 치료실에 있으니까 얼른 가 봐."

불타오르는 차에서 기어 나온 시오리의 초췌한 얼굴을 지금도 잊을 수 없었다.

가까운 사람도 희생이 될 수 있다. 그걸 깨달으면서 머릿속 한구석은 여전히 마비 상태였다.

아라토와 료의 관계는 어릴 때부터 화염을 계기로 이어졌다. 그리고 헛되기만 한 수많은 시간 속에서 서로는 서로의 보금자리였다.

그래도 그들은 점점 어른이 되어 간다. 인간 세상의 험난한 부분으로 점차 발을 들이고 있다.

그래서 그들은 언제까지고 같을 수가 없다.

PHASE7 **DYSTOPIA GAME**

카이다이 료는 지금도 종종 악몽에 시달린다. 불길에 휩싸여서 도망치기도 하고, 혼자서 병실에서 부들부들 떨기도 하는 꿈이다.

일곱 살 때, 큰 화상을 입고 나서 그의 인생은 완전히 변했다. 그때까지는 고생도 한 적 없고, 공포라는 것도 잘 알지 못한 채 미래는 오직 빛나는 것인 줄만 알았다. 밈프레임 사의 구 연구소에서 실험 장면을 견학할 때도 언젠가 자신의 것이 될 보물을 구경하는 기분이었다.

꿈에서 료는 활활 타오르는 건물 안을 정신없이 뛰어다닌다. 치솟는 화염 저편에서 울음소리가 들렸다. 겨우 도망치고 있는 자신보다 대피에 더 늦은 사람이 살아날 가능성은 희박하다고 보고 그 비명에도 등을 돌려 버렸다.

공포로 정신을 잃을 즈음, 그는 방화 장비를 갖춘 구조용 hIE에게 구조되어 구급차에 실렸다. 정신을 차리고 보니 어린 자신은 하얀 벽으로 둘러싸인 병실에 있다. 세상에서 제일 불행한 피해자라고 느끼며 병실에 틀어박혀 있던 그는 간호사가 다가오는 것마저도 두려워했다. 그 사고가 사실 자신의 목숨을 노리고 일어난 것임을 알고 있었기 때문이다.

악몽 속 빛의 색이 다시 변한다. 이번에는 녹색, 병원 안 정원의 색이다. 간호사의 손에 이끌려 바깥으로 나왔던 것이다. 그곳에는 비틀거릴 정도로 세차게 꼬리를 흔드는 강아지가 있었다.

그리고 온몸에 큰 화상을 입고, 맨살이 보이지 않을 정도로 흰 보호 습포에 싸인 또래 남자아이가 나타났다. 역시 같은 사건으로 인해 화상을 입었다고 들었다. 료보다 중상인 이 아이는 더 폭심지에 가까운 곳에 있었단다. 불바다 속에서 울고 있던 건 아마 이 아이인 모양이었다. 침대에 누워 있지 않은 게 이상할 정도로 화상투성이인 아이가 쭈뼛거리며 손을 내밀었다. 료는 공포와 죄책감으로 할 말을 잃고 몸만 떨었다.

소년이 입을 여는 것이 보였다.

"나랑 친구가 되어 줄래?"

꿈속에서 그는 태어나 처음으로 남 앞에서 큰 소리를 내며 울었다.

이렇게 악몽은 끝난다.

열일곱 살이 되어서도 아직도 그 공포를 잊을 수 없는 그는 자기 방 침대에서 몸을 일으키고 나서 몸짓으로 커튼을 자동으로 열리게 했다. 희뿌연 아침 햇살이 살풍경스러운 방을 씻어 냈다.

"난 언제까지 이런 상태로 살까."

료는 손가락으로 눈가를 닦았다. 눈물로 살짝 젖어 있었다.

그 기억을 악몽처럼 여겨서 미안했다. 그때 엔도 아라토와 만나 구원을 받았다. 누구도 믿을 수 없는 진정한 절망의 구렁텅이에 빠졌을 때, 그 손이 그곳에서 그를 꺼내 주었다.

10년 전 12월 4일, 밈프레임의 구 도쿄 연구소가 폭파되었다. 실험 중 일어난 사건으로, 실험용 hIE는 파괴되고 연구소도 한 층이 전부 날아갈 정도로 복구 불가능이었다. 부상자는 중상자가 두 명 나왔다. 카이다이 료와 엔도 아라토였다.

"너는 내 첫 친구야. 하지만 너에게 난 뭘까."

베개 옆에 놓아둔 종이 형태 단말기의 호출 버튼이 옅게 반짝거렸다. 메시지가 도착한 모양이다. 밈프레임 도쿄 연구소의 와타라이 주임한테서 온 연락이었다. 이 남자가 레이시아급 hIE 4번기, 메소드의 오너다. 동생인 시오리에게 중상을 입힌 공항 사건과도 연관되어 있을 게 분명했다.

"아라토…… 아니, 내가 성실한 자세를 요구할 처지는 아니겠구나."

료도 시오리에게는 매우 냉정했고 성실하지 못했다. 10년 전부터 제대로 말도 나누지 않았다. 그 옛날, 일곱 살 때 휘말린 폭파 사건의 진상을 알아차렸기 때문이다.

당시 입원 중에 낯선 어른들이 문병을 와서 그의 몸 상태를 보고 갔다. 몇십 명이 넘는 어른들의 별 감정 없는 표정만 보아도 아무도 료를 걱정하고 있지 않다는 걸 알기에는 충분했다. 합리적인 설명은 한 가지뿐이었다. 사건과 이해관계가 있던 사람들이 결과를 확인하러 왔던 것이다. 즉, 그 폭파 사건의 진짜 목적은 카이다이 료의 목숨이었다. 그리고 자신을 죽이려고 했던 어른들이 순진하고 다루기 쉬운 동생한테는 아양을 떨고 있다는 것도 잘 알았다. 그걸 견딜 수 없어서 사건 전과 마찬가지로 오빠한테 매달리는 시오리의 뒤치다꺼리를 모두 아라토에게 떠맡겼다. 료야말로 동생 입장에서 보자면 대체 뭘 하는 거냐고 질책받아야 마땅했다.

료는 와타라이한테서 온 메시지를 확인하는 일을 지금만이라도 미루기로 했다. 공항에서 벌어진 사건으로 인해 또다시 상황이 크게 변했다. 이 메시지를 읽는다면 바로 행동을 개시해야 하리라.

악몽을 꾼 바람에 다시 누워 잘 마음이 들지 않았다. 이럴 때는 마음이 차분해질 때까지 머릿속에 무슨 정보라도 넣는 편이 시간을 유용하게 쓸 수 있다. 한동안은 뭘 먹을 수 있을 것 같지도 않았다.

종이 형태의 단말기를 펼쳤다. 단말기에 모여 있던 각종 정보를 이용하여 회사 내부의 최근 인간관계를 상관도 형태로 정리했다. 밈프레임 사는 아주 오래전부터 한 가지 문제를 품고 있었다. 5000명 이상의 직원들로 이루어진 조직보다 초고도AI 히긴스의 지적 능력이 유능하다는 점이었다. 그래서 히긴스의 해답을 손에 넣을 수 있는 부서가 능력이나 노력 여부에 상관없이 최대의 업적을 달성할 수 있다. 직원들의 업무 성과를 심사할 인사 시스템 자체가 붕괴되어 있다는 뜻이었다.

"주부 국제공항 사건 후, 도쿄 연구소 관련 인물들의 동향을 보여 줘."

료는 단말기에 대고 음성 지시를 내렸다. 연구소 폭파 사건 때부터 계속 밈프레임과 관련 업종의 동향을 계속 쫓는 중이었다. 사활이 걸린 문제였기 때문이다.

지금도 잊을 수 없다. 그때 모든 사람을 믿을 수 없게 된 병실에서 그의 인생이 진정한 의미로 시작되었다.

이제 더는 장래를 낙관하지 않았다. 자기 능력을 시험하기 위한 모든 노력을 그만두고, 가족과도 거리를 두었다. 자신이 표적인 이유는 밈프레임과의 관계, 오직 그 하나뿐이었으니 말이다.

그리고 마음에는 차갑게 굳은 응어리가 녹을 줄도 모르고 눌러앉았다.

흰 강아지가 발밑에 달라붙어 애교를 부렸다.

"브라이트, 이리 와."

그 모습은 아까 꿈에서 봤던 그대로였다. 병원에서 만난 흰 강아지는 료가 맡아서 키우다 사고로 죽었기에, 눈앞에 있는 이 개는 똑같은 형상을 한 동물형 a(animal)IE였다.

흰 강아지, 브라이트는 크게 꼬리를 파닥파닥 흔들어 댔다. 기억하는 동작들을 모아 편집한 것이어서 실제보다 더 과장되게 행동이 표현된 걸지도 모른다.

"……있잖아, 모조품이라는 건 결국 누군가가 품은 이미지의 잔상이야. 하지만 그런 걸로 위태로워지는 현실을 사는 건 살아 있는 인간이라고."

강아지가 고개를 들어 머리를 쓰다듬어 주길 기다렸다. 기른 지 얼마 되지 않은 개가 죽었을 때, 어린 료는 그런 행동마저도 꼭 되찾고 싶었다.

그는 커다란 검은 눈망울을 가만히 바라보았다. 이게 아니라는 걸 판단한 aIE가 방구석에 놓인 접시를 향해 타박타박 걸음을 옮겼다. '물건'이라 뭔가를 섭취하지는 않아도 이런 행동만은 그대로 모방했다. 그렇기에 그 개의 죽음이 더 절절히 느껴졌다.

"이제 됐어. 가만히 있어."

시스템 커맨드를 감지한 흰 개는 앉은 자세를 취한 채 스탠바이 상태로 돌아갔다.

지나칠 정도로 자동화된 '물건'이 곁에 있으면 나중에 인간은 이상해지지 않을까 하는 생각이 들 때가 있다.

단말기가 또 반짝거렸다. 종이 단말기를 확인해 보니 이번에는 아라토한테서 온 메일이었다. 무면허 운전으로 2주일 동안 정학을 당하고, 아버지한테 불려 갔단다.

그런 큰일이 있었는데도 아라토는 여전히 착실하게 근황을 알려 주었다. 자신들의 거리가 아무리 멀어지고, 어색해져도 친구는 한번 잡은 손을 놓지 않았다.

그래서 레이시아가 나타났을 때 친구가 변해 버리는 게 두려웠다. 아니, 지금도 그렇다. 병원에서 아라토를 책망한 것 자체야말로 자기모순이다. 시오리를 위해 그는 아무것도 하지 않았다. 그 때문에 동생은 고독해졌고, 파벌 싸움에 휘말렸다. 그게 카이다이 료가 쌓아 왔던 가족의 거리감이었다.

"박정한 오빠라서 미안해."

료는 아라토가 될 수 없다. 그렇기에 친구는 그에게 무엇과도 바꿀 수 없는 소중한 보금자리였다.

* * *

주부 국제공항 사건 후, 엔도 아라토는 매일같이 혼만 나는 나날을 보냈다.

일단 전자동차를 자동 항행에서 수동 운전으로 바꿨다는 이유로 인해 무면허 운전으로 서류 송검되었다. 시오리 일로 료도 당연히 분노했다. 폐차된 자동차는 렌터카였기에 업체에서도 잔뜩 혼쭐이 났다. 실제로 부순 건 메소드와 총을 쏜 PMC였지만 서류상 책임자는 아라토였다. 집으로 돌아가자 시오리가 크게 다쳤다는 소식을 듣고 유카는 울음을 터뜨렸다. 유카는 그만큼 시오리를 존경했다.

시오리한테 문병을 가겠다고 연락을 하자 이번에는 면회 사절이라는 문자 메시지를 받았다. 유카는 "화상을 입었는데 그 꼴을 보여주고 싶겠어?"라며 아라토를 무릎 꿇리고 잔소리를 했다.

그리고 학교에서 2주일의 정학 처분을 받았을 때도 학생 지도실로 불려가 설교 세례를 받았다. 공항 경찰에서 관할이 가까운 경찰서로 옮겨 또 엄격한 경찰 조사를 받았다. 게다가 가정 재판소까지 다녀왔다.

레이시아가 데이터를 몰래 바꿔 놓았기 망정이지 안 그랬으면 이 정도로 끝날 리가 없었다.

"두 시간짜리 모험에 사고 뒤처리와 반성이 2주일이라니."

그러자 옆에서 레이시아가 덧붙였다.

"차량과 공항 게이트 파손 관련 배상과 벌금까지 합치면 총 450만 엔이나 됩니다."

그들은 함께 전철을 타고 멀리 외출을 하려던 참이었다.

"레이시아, 아무래도 내가 보기엔 그저 충동대로 살면 안 되나 봐."

이제부터 꾸중 세례의 마지막 단계가 기다리고 있다. 이바라키현 쓰쿠바 근처에 있는 차세대 환경실험도시에서 일하는 아버지의 부름을 받았던 것이다.

부드러운 갈색 곱슬머리를 흔들며 유카가 아라토의 얼굴을 들여다보았다.

"오빠, 이제 자기 삶의 방식에 대해 반성하는 거야?"

대충 살기만 하는 동생한테 설교를 듣고 말았다. 사건 이후, 동생은 툭 하면 잔소리를 해 댔다.

"물어준 돈 중, 우리 집 생활비에서 절반이나 보탠 200만 엔은 원래 내 옷과 과자가 될 예정이었는데."

"아니거든!"

미성년자인 아라토를 대신해 보호자인 아버지에게 머큐리 벤츠의 손해배상 청구서가 전달되었다. 390만 엔짜리 청구서가 날아오고, 추가 변상 요청까지 온다면 보통의 부모는 당연히 화가 나기 마련이다.

레이시아가 미안한 표정으로 다독였다.

"걱정하지 마세요. 아라토의 빚은 제가 일해서 갚겠습니다."

"그러면 내가 무슨 기둥서방 같잖아."

"그렇지 않습니다. 세상 모든 사람이 그렇게 생각해도 말이죠."

"아니, 얘기가 왜 그렇게 돌아가는 건데? 내가 땡전 한 푼도 벌지 않는다는 건 맞지만!"

"오빠, 왜 이리 목소리가 커?"

아라토는 손으로 얼굴을 감싸며 전철 천장을 올려다보았다.

유카의 말은 틀리지 않았다. 450만 엔이나 되는 변상금을 미성년자 아들이 알아서 다 갚겠다고 해서 허락하는 부모는 없다. 물론 아라토도 PMC의 총격과 정체불명의 공격을 받아 차가 완전히 파손되었다고는 말할 수 없었다. 메소드의 존재를 숨기고 싶어 하는 밈프레임도, 과하게 대응한 PMC도 공항에서 벌어진 사건에 대해서는 함구하고 있는 듯했다.

전철이 정차했다.

역 플랫폼 저편에 콘크리트 건축물이 즐비한 계획도시의 전경이 훤히 펼쳐져 있었다. 차세대 환경실험도시는 21세기 초기 뉴타운이 있던 터를 이용하여 만들어졌다. 인구 감소로 유령 도시가 된 곳을 인간 사회를 시뮬레이션하는 실험도시로 다시 활용한 것이다.

전철 노선이 지나는 역은 남아 있지만, 녹음과 어우러진 칙칙한 흰색과 회색의 도시가 고가역에서 보기에는 마치 장난감처럼 보였다.

"도착했습니다."

먼저 일어선 레이시아가 바닥에 내려놓은 짐을 들려고 했다. 아라토는 황급히 짐 가방을 집어 들었다.

"그 정도는 내가 한다니까."

"오빠, 왜 이리 기운이 없어?"

"너는 놀러 온 거잖아. 난 이제부터 꾸중을 듣겠지만."

"무면허로 공항에 차량 돌격을 했는데도 인생이 안 끝난 것만 해도 다행이야. 이런 오빠를 둔 덕분에 나까지 학교에서 소문이 다 났다니까."

얼마 전 사건의 영향은 아라토에게만 미친 것이 아니었다.

"미안해."

플랫폼에 내리자 깨끗하게 청소가 되었어도 오래된 분위기가 느껴졌다.

5월 중순이라 이제 날씨도 따듯해져서 레이시아는 어깨가 드러난 민소매 원피스 차림이었다. 아라토는 그녀의 빛나는 피부를 눈부시다는 듯 바라보았다. 경찰 조사를 다 받고 다음 날 점심때가 되어서야 간신히 집에 돌아오니, 레이시아는 거실에서 비닐을 깔고 거대한 디바이스를 전개 중이었다. 상반신을 드러낸 채로 메소드의 공격으로 타 버린 인공 피부재를 몸에 다시 바르고 있었다.

그녀가 혼자 돌아가 버렸다는 사실에 대한 분노가 싹 사그라들었다. 피부가 증발해서 굳어 버린 상태가 된 등은 한나절 질책받았다고 끓이던 속을 반성시킬 정도의 힘이 있었다. 경찰이 심각한 화상이라도 입은 것처럼 완전히 녹은 피부를 발견하기라도 한다면 도저히 그냥 얼버무릴 수는 없기 때문이다.

"괜찮아?"

플랫폼을 걷는 그에게 레이시아가 바짝 다가와 귓속말을 했다.

"문제없습니다. 예비용 피부재에는 여유가 있습니다."

기계인데도 아무리 뜯어봐도 인간으로밖에 보이지 않았다. 레이시아가 유카를 쫓는 것처럼 아라토보다 먼저 앞질러가다가 마치 무슨 할 말이 떠오른 것처럼 뒤를 돌았다.

"감사합니다. 하지만 전 아라토의 생각보다 훨씬 단순한 물건이니까요."

자동화된 역에 있는 사람이라곤 역장밖에 없었다. 다시 말해, 텅 비었다. 실험도시에 상근하는 직원은 약 30명 정도인데, 이곳은 직원 말고는 거의 내리는 일이 없어서, 총 이용객은 100명도 채 되지 않는다고 한다.

쓸데없을 정도로 멋들어지게 지어진 역 건물을 나오자 상당수의 이용객을 예상하여 지어진 역 앞 광장이 나왔다. 버스 정류장은 사용되지 않은 지 오래인지 시간표나 안내판 등이 철거된 상태였다. 자가용이 당연한 듯 불법 주차되어 있었다.

그리고 그 한구석에 자신을 기다리는 친구의 모습이 보였다.

"안녕."

료가 전자동차를 타고 와서 벌써 기다리고 있었다. 환경실험도시를 견학하고 싶다고 했다.

얼마 전 사건 때문에 료의 분노가 여전했던지라 아라토는 우선 사과부터 했다.

"지난번 일은 정말 미안해."

"용서한 건 아니야. 다만 나도 혼자 끌어안고 있어 봤자 시간 낭비일 뿐이니까."

굳이 이렇게 찾아와 얼굴을 보여 준 것이 기뻤다.

합류해서 다 같이 걸음을 옮기자 인기척 하나 없는 길거리가 더욱 적적하게 느껴졌다. 완만한 기복이 있는 땅 위로 포장된 차도와 콘크리트 타일이 깔린 보도가 펼쳐지며, 규칙적으로 세워진 맨션 건물들이 나타났다. 뉴타운 안에서 모든 차량은 자동 항행으로 운행되어야 해서 가드레일도 디자인을 중시해서 화사한 모양새였다.

보도 저편에서 한 중년 여자가 둥그런 것이 잔뜩 담긴 비닐봉지를 들고 걸어왔다. 묵직해 보이는 봉지 밑부분이 찢어지면서 내용물이 잔뜩 흘러나왔다.

바로 옆에서 커다란 눈을 가진 소년이 달려왔다. 찢어진 봉지 속 내용물을 주워 담는 것을 도와주었다. hIE는 항상 이렇게 인간을 돕는다.

옆을 보니 료는 어처구니가 없다는 표정이었다. 레이시아와 처음 만났던 날도 하굣길에 hIE가 할머니를 돕는 것을 목격했다. 벌써 한 달 반 전의 일이다.

"저건 hIE잖아. 나도 레이시아와 살아 보니 그 정도는 이제 알아."

"도움을 받는 쪽도 '인간 역할'을 하는 hIE지만 말이야."

"그런 곳이라는 것 정도는 미리 공부했어. 이곳 시장은 오이 산업 진흥 센터에서 파괴된 미코토잖아."

환경실험도시는 도시 환경 속에서 hIE와 '인간 역할'을 하는 hIE를 대량으로 운용해 도시 운영 시뮬레이션을 하는, 차세대 사회연구 센터(NSRC)의 실험 시설이다. 도시 생활의 사이클을 인간이 없이도 장기적으로 완전 자동 관리가 되게 하는 것이 목표라고 한다.

하지만 그래도 트레이닝복 차림의 중년 여성이 인간일 가능성도 없지는 않았다.

"저 트레이닝복 입은 여자 머리에 머리 장식이 달려 있지? 저게 '인간 역할'을 한다는 표시야. 장식 자체가 나름의 인공지능이 탑재된 소형 컴퓨터지."

"진짜 사람이랑 구별도 안 된다."

아라토가 감탄했다.

"구분이 안 되는 게 바로 정밀하다는 증거야. 여기서는 '인간 역할'을 하는 hIE가 인간처럼 사회를 향해 요청이나 불만을 표출해. 그래서 시장인 미코토가 거기에 대한 해답을 계산하지. 해답대로 hIE를 움직여 사회에 그 계산 결과를 실현화시키는 거야. 엔도 선생님은 정말 스케일이 너무 커."

료가 걷는 중에 가르쳐 주었다. 그러는 중에 지나치는 환경실험도시의 풍경은 아무리 봐도 의도적으로 만들어진 느낌은 딱히 들지 않았다.

"환경실험도시는 그렇게 평범한 마을처럼 변화하고 있어. hIE를 움직여 그 반향으로서 생기는 요청이나 불만도 미코토가 모으지. 그리고 또 반응을 계산해 hIE를 사회에서 활동하게 하는 거야. 이 사이클을 계속 유지하면 기본적으로는 어느 정도의 행정 서비스를 자동화할 수 있으니까. 이 도시 경관도 '인간 역할' hIE의 요청으로 새롭게 공원이 만들어진 거래."

여기서는 도시가 만들어지는 분위기마저 자동화되어 있다. 떨어진 물건을 주워 주는 등 서로 도와주는 아름다운 모습도 그 산물이다.

그러나 료는 훈훈한 광경을 보고도 성큼성큼 걸어 지나쳤다.

"야, 아직도 저기서 물건을 줍고 있잖아!"

료가 사과를 줍고 있는 중년 여자의 손 옆으로 발을 내디뎠다. 하마터면 손을 밟힐 뻔했는데도 인공지능 hIE는 눈 하나 깜짝하지 않았다. 모든 것이 다 만들어진 상황으로 변한 그 기이한 순간, 료가 뒤를 돌아보았다.

"이제 이해 좀 하란 말이야. hIE는 감각 데이터를 클라우드로 보내서 그 지시대로 움직이고 있을 뿐이라고."

시오리 사건 이후로 료의 불신감은 아라토에게도 버거웠다. 그래도 질감까지 완벽히 재현한 가짜 사과를 집어 들었다.

"hIE한테 서로 돕고 살게 한 건 너희 회사, 밈프레임이야. 그러면 그걸 시킨 사람의 마음 정도는 이해해 줘도 되잖아."

hIE를 그렇게 만든 사람은 악의를 가지고 그렇게 한 게 아니라고 생각했다.

"서로 돕는 건 보기만 해도 배려나 자기 승인의 욕구를 자극하지.

그런 인상이 새겨진 hIE를 공격하면 인간의 좋은 면까지 부정하는 것 같아서 스트레스가 쌓이게 돼. 행동 관리 클라우드 제공 기업은 그 점을 노리고 '좋은 일'로 자신들을 지키는 전략을 취할 뿐이야."

그리고 료는 다시 이 '마음' 없이 서로를 돕는 광경에 등을 돌렸다.

"레이시아를 계속 사용한다면 영향은 이 정도로 끝나지 않을걸?"

"그래도 상대가 누구이건 나를 도와준 일이 있다면 감사해야 하는 게 공평하잖아."

인간관계에서는 국적이나 심정, 민족이나 정치 등을 벗어나 상대의 행동을 올바르게 평가하는 것이 공평한 방식이다. 그런데 hIE에게 마음이 움직이면 그걸 아날로그 핵이라고 한다. 머리로는 이해하고 있어도 심정적으로는 역시 공감할 수가 없었다.

아라토는 가짜 과일을 hIE에게 건네주었다. 그리고 친구를 뒤쫓으려고 하자, 유카가 뛰어와서 장난감 사과를 보여 주었다.

"저 아줌마는 정말 사람 같아. 고맙다며 이걸 준 거 있지."

"넌 누가 뭘 주면 그냥 다 사람으로 보이지?"

유카는 먹을 수 없는 과일을 한 개 나누어 주었다. 동생은 분위기 파악은 못 하지만, 그가 정말로 난감해할 때는 진심으로 걱정해 준다. 유카의 뒤를 지키는 것처럼 레이시아가 따라왔다.

"여기는 의외로 쓸쓸한 곳이구나."

한때는 5만 명이나 되는 인구를 품었던 뉴타운이어서 그런지 걸어서 이동하는 데 시간이 오래 걸렸다. 레이시아가 기분을 전환하려 시작한 잡담에 어울려 주었다.

"북적거리게 보이도록 상시 가동하는 hIE의 숫자를 늘리면 전기세가 방대해질 수밖에 없으니 그렇죠. 지나치게 예산이 많이 들어가서, 이 도시는 국회에서도 정리할 것인지 문제시하고 있습니다."

돈 이야기가 나오자 주변 건물 등이 낡아 보이는 것도 이해가 갔다. 태양 전지 패널이나 야외 조명도 한눈에 봐도 알 수 있을 정도의 중고품이었다.

"여기의 hIE도 90퍼센트 이상은 회수품으로 제공된 것들입니다. hIE는 오너가 질려도 쉽게 버릴 수 있는 것도 아니고, 중고차보다도 '남이 쓰던 물건'이라며 신경 쓰는 고객이 많아서 이런 회수품이 많이 나오는 편입니다."

"버린다는 말은 하지 마. 심장이 덜컥 내려앉는 기분이니까."

현실이 그렇다고 해도 레이시아의 입에서 그 말을 들으니 주체할 수 없이 가슴이 아팠다.

"아라토, 역시 아직 충격이 가시지 않은 거군요."

시오리가 입원한 지 아직 일주일밖에 지나지 않았다. 좀 더 시간이 잔잔하게 흘러가길 바랐다.

"그거야 뭐."

만들어진 도시에는 '인간 역할'을 하는 hIE와 평범한 hIE가 모두 합쳐서 2만 대 정도 있단다. 그러나 멀리서 보기에는 자동화된 그 일상들은 그저 인간들이 사는 도시와 별 차이도 없었다. 레이시아가 거의 인간처럼 보이듯이 이 환경실험도시는 일반적인 도시와 구분되지 않았다.

역에서 걸어 5분 정도 지나자 나온 쇼핑몰 저편에 아버지 같은 직원들이 있는 도시 관리중추동이 있다. 그러나 그곳과 실험 중에 사용하는 모니터동 이외는 대부분이 hIE를 움직이게 하기 위한 실험 공간이었다.

직원용 기숙사는 쇼핑몰에서 걸어서 5분 정도의 위치에 있는 맨션이었다. 아라토 일행은 인사를 나눈 후에 곧바로 그곳으로 안내되었다. 내일 낮부터 실험이 진행될 예정이어서 모두 준비를 하느라 바빴다.

이곳에서는 인간 도시에서 일어날 수 있는 사건을 데이터로써 발생시켜, 그게 주민 역할을 하는 hIE에게 어떤 변화나 동요를 전달하는지 검증한다. 그렇게 최종적으로는 사회의 충격이 개인에게 미치는 영향에 대해 주민 설문조사 같은 형식으로 데이터를 수집했다. 그러나 인공지능이나 hIE에게 도시 생활을 하게 하고 있어서 언제나 도시의 시간을 멈추고 그 영향을 조사할 수 있다. 그래서 실제 사회에서는 불가능한 복잡한 사회 실험까지 가능하다.

안내해 준 직원 말에 따르면, 내일은 큰 실험을 시행할 계획이라고 했다. 테러로 시청 건물이 폭파되었다는 설정으로 큰 사건이 일어났음에도 불구하고 정부가 제대로 대응하지 못하는 상황을 재현한단다. 시장인 미코토가 지난달 파손되었던 일로 정해진 실험이라고 하니 그 기회를 잘도 이용하는 인간 과학자들도 참 대단한 노릇이다. 자세한 사항을 듣고 나서 '인간 역할'을 하는 hIE들의 생활상을 보니, 마치 드라마 촬영에 참여하는 것 같아 불경한 걸 알면서도 마음이 들떴다. 인간의 생활을 저 높은 자리에 앉아 내려다보는 기분이었다.

그래서 아버지, 엔도 코조의 퇴근이 저녁 8시라는 말을 들어도 남매는 그리 지루하지 않았다.

"오빠, 내일 여기서 수수께끼의 폭발 사고가 일어나면 어떻게 되는 거야?"

딱 한 곳 문을 연 편의점에서 아이스크림을 산 유카가 방 베란다에서 hIE들이 사는 도시 야경을 내려다보고 있었다.

"데이터상 그렇다는 거지, 진짜 폭발은 일어나는 게 아니라잖아."

아버지가 사는 숙소는 이 도시에서 제일 큰 맨션의 18층에 있다. 2LDK로 된 거처는 나쁜 의미에서 보면 인간적인 생활감으로 넘쳐났다. 방구석 곳곳에 짐이 아무렇게나 쌓여 있었기 때문이다. 레이시아가 지금 열심히 청소하는 중이었다.

"그러고 보니 아빠는 hIE를 사용하지 않더라. 빌려다 놓으면 이 방도 깨끗해질 텐데."

아이스크림 컵을 다 비운 유카가 쓰레기를 버리러 다시 방으로 돌아갔다. 쓰레기통이 없어서 60리터짜리 용량의 쓰레기 회수 봉투에 빈 컵을 던져넣었다.

레이시아가 집에 오고 나서 그 편리함을 실감한 후로 계속 궁금했다.

"왜 이제까지 우리 집에는 hIE가 없었던 걸까."

엔도 코조가 hIE 연구 전문가라는 사실을, 레이시아가 오기 전까지 크게 의식하지도 않았을 정도였다. 아라토는 어머니가 돌아가시고 아버지도 일 때문에 집에 돌아오지 않는 상황에서 모든 집안일을 혼자 다 했다. hIE가 이를 대신해 주었다면 좀 더 편리했을 것이다.

"그랬으면 오빠가 밥을 차리거나 내 간식을 사러 나가는 일은 없었을 텐데."

"내가 애 응석을 다 받아 줬네."

밤의 환경실험도시는 집마다 밝혀진 불빛이 많아도 조용했다. 레이시아의 설명에 의하면, 인공지능을 통해 생활 속 소리나 떠들썩한 분위기를 만들어 내는 건 어렵단다.

그때 방의 전기가 꺼졌다.

갑자기 주변에 깜깜한 어둠이 내려앉았다.

어둠 속에서 낡은 문이 삐걱거리는 금속음을 내며 열렸다. 아라토 일행은 뒤를 돌아보았다.

편의점 비닐봉지를 두 손에 든 중년 남자가 현관 앞에 서 있었다. 맨션 복도에는 불이 켜져 있어서 역광을 등에 진 몸은 원래 본인 키보다 조금 작아 보였다. 속세에 얽매이지 않는 분위기의 얼굴은 나이를 가늠하기 어려웠고, 무슨 재치있는 행동이라도 했다는 듯 웃는 인상이었다.

"다녀왔습니다."

엔도 코조는 어린이가 보기에 이해하기 힘든 어른이었다.

레이시아가 식사를 준비하긴 했지만, 식재료가 부족하여 포장 레토르트 식품들을 깔아 놓았을 뿐인 저녁 상차림이 되었다. 편의점 진열대에는 얼마 되지 않는 신선 식품과 인공 식자재, 냉동식품밖에 없었기 때문이다. 간편 밥과 분말 수프를 곁들인 밥상을 앞에 두고 일가는 잘 먹겠습니다, 하고 손을 모았다.

아버지는 집안일을 하지 않은 사람이라 그저 먹기만 할 뿐이다. 아라토도, 유카도 그러려니 하고 살았기 때문에 인제 와서 딱히 놀라지도 않았다.

아라토는 언제 꾸중을 들을지 걱정이 되어 잔뜩 움츠러들어 있느라 밥맛을 제대로 느끼지도 못했다. 아버지는 젓가락 쓰는 데 서툴러서 숟가락으로 밥을 떠먹었다.

"료는 외식한다고?"

료는 같이 식사하는 것을 미리 사양했다.

"아빠, 우리가 오는 걸 알면서도 왜 이리 청소 하나 안 했어?"

유카는 3개월 만의 가족 상봉인데도 아무 준비도 안 해 놓았다는 게 충격이었나 보다.

아라토는 괜히 심기를 건드릴까 무서워서 대화에 끼지도 않았다.

아버지가 가족 식탁에 새로 늘어난 얼굴을 보고 말을 걸었다.

"네가 아라토가 주웠다는 hIE구나. 모처럼이니 고타쓰에 들어오지 그러냐."

가구라고는 고타쓰와 책장, 옷걸이밖에 없는 방에서 앉을 곳을 찾던 레이시아가 아라토 옆에 자리를 잡았다.

"제가 들어가면 좁아집니다."

"그러고 보니 아라토는 이 hIE가 온 이후 활약상이 대단하더구나."

이제 올 것이 왔구나, 하고 숨을 꿀꺽 삼켰다. 긴장으로 고타쓰 안의 발이 부들부들 떨렸다.

"학창 시절은 소중하니까 시간을 낭비하지 않도록 해라."

아버지는 그 말만 하고 다시 식사로 돌아갔다. 무면허 운전도, 자동차 변상도, 학교 정학도, 공항 사건도 전혀 언급하지 않았다.

그래서 오히려 아라토의 마음은 더 초조해졌다.

"정말 괜찮아?"

"안 되지, 아빠. 무려 200만 엔이라고!"

"마음 가는 대로 해 봐라. 난 아라토, 널 믿으니까."

아라토는 어안이 벙벙해졌다. 유카도 어처구니없어했다.

"아빠, 너무 봐주는 거 아냐? 오빠는 레이시아 씨만 보면 좋다며 히죽거리고 난리라고."

아버지는 웃어넘겼다.

"아날로그 핵이란 말이지? 절도를 지키며 교제하도록 해라."

아날로그 핵 분야 전문가인 아버지가 레이시아와의 관계를 인정했다.

처음 그녀의 모습을 봤을 때, 아버지는 분명 깜짝 놀랐었다. 그런데 지금은 태연하기 그지없었다. 아버지는 무슨 생각을 하는지 도통 알 수 없는 사람이다. 하지만 그래도 자식들을 믿어 준다는 것만큼은 확실하게 전해졌다.

만감이 교차하며 미안함에 잔뜩 주눅이 든 아라토의 입에서 겨우 나온 말은 두루뭉술한 물음뿐이었다.

“레이시아를 주웠을 때 아빠가 엄청 놀라던데.”

“그때는 인간이든 ‘물건’이든 어떤 운명이 존재하는 게 아닐까 하는 생각이 들었거든. 내가 이렇게나 로맨티스트인 줄은 몰랐지.”

갑자기 아버지가 벌떡 일어나 냉장고에서 맥주를 가지고 왔다. 아라토와 유카 몫의 주스도 함께였다. 건배라도 하고 싶은 모양이다.

유카는 쌀밥 밥상에 어울리지 않는 달콤한 음료를 단번에 마셨다. 아라토는 무슨 말이라도 하고 싶어 하는 아버지를 보고 물었다.

“여기 hIE가 인간 역할을 하는데 그 수가 대충 어느 정도야?”

바로 아버지가 그 화제에 달려들었다.

“변화의 전파를 정밀하게 재현할 수 있는 수가 필요하니까 총 약 2만 대 정도지. 그중에서 ‘인간 역할’을 하는 hIE가 약 1만 7000대, 일반적인 hIE가 3000대 정도야. 사회 속에서 인구 대비 hIE의 비율은 아무리 수치가 높은 지역이라고 해도 20퍼센트는 넘지 않으니까 기본적으로 실험도 그 비례에 맞춰서 진행하지.”

일 얘기만 되면 아버지는 말이 많아진다.

“실험에 따라서는 hIE의 비율이 극도로 높은 사회 상태도 살펴보니까 ‘인간 역할’ 3000, hIE 3000같이 절반 비율의 사회로 만들어 놓을 때도 있지. 인간의 비율이 25퍼센트쯤 되는 사회까지는 검증했지만, 거기까지 가면 다소 신빙성을 유지하기가 어렵단 말이지.”

유카가 부럽다는 듯 한숨을 내쉬었다.

“hIE가 많으면 다들 좋다고 도와주려고 나설 거 아닌가? 완전 천

국인데?"

"'인간 역할' 인공지능의 편견을 낮게 설정해 놓으면 hIE 인구에 대한 비율을 올려도 지금 생활과 크게 다르다고 실감이 나지 않겠지. 반대로 편견을 높게 설정해 두면, 지금 비율이라도 바로 스트레스 사회가 될 거야. 기계가 인간을 기르는 듯한 기분이 들어서 반발하는 커뮤니티가 대규모로 발생하겠지."

"hIE 때문에 자기 보금자리를 잃었다고 생각하는 사람들이 많은 것 같던데."

아라토도 항체 네트워크와 같은 집단이 사라지는 일은 없다고 들었다.

"인간의 일을 빼앗기 쉬운 인간형 hIE는 아마 아라토와 유카가 앞으로 살아가는 동안은 전체 인구의 20퍼센트 이상으로 늘어나지는 않을 거야. 고령화된 사회의 인구 피라미드를 보강하여 노동 인구를 확보하는 것이 현재 목적이니까. 그러면 hIE의 비율은 20퍼센트로 충분해."

아버지는 료나 켄고에게는 위인에 가깝지만, 아라토가 보기에는 도통 이해가 가지 않는 대표적인 사람이다. 그런 아버지가 꿈이라도 꾸는 것처럼 아득한 눈빛을 보였다.

"아무리 미워도 세상은 점점 자동화될 거야. 자동화 덕분에 산업혁명부터 지금까지 300년 이상, 생활을 효율화시킨 인간은 자유 시간을 만들어 냈어. 다양한 제품이 넘치고 그걸 고를 수 있는 자유가 생긴 것도, 생산 공정이 자동화된 덕분이지. 음악도, 그림도, 동영상도, 복잡한 게임도 개인이 원하는 대로 작품으로 만들 수 있는 것도 소프트웨어가 진보해서 전문적이고 복잡한 공정이 자동화되었기에 가능한 일이야. 인간은 자동화에 의해 자유시간을 얻을 수 있었던 거지."

아버지는 이야기에 흥이 오르면 식사 속도도 빨라지는 모양이었다. 쌀밥을 입안에 그러넣고, 중국식 수프를 마시면서도 대화 속도는 전혀 떨어지지 않았다.

"시간을 위해 인간은 일을 외부로 위탁하지. 그래서 인간에게 이상적인 도구는 인간의 의사를 이해하면서도 동시에 도구로 움직이는 것이야. 하지만 역사 속에서 도구의 성능은 거기까지 발달하지 못했지. 그래서 노예를 원하거나 동료를 찾거나 혹은 회사 조직 등을 형성하여 인간을 도구처럼 사용하기도 했어."

"아빠, 지금 무슨 매드 사이언티스트 같다는 거 알아? 노예는 그렇다치고 동료나 회사 같은 게 사실은 hIE나 인공지능이 필요했지만 그런 게 없으니까 대신 만들었다는 것처럼 들리는데."

시대의 선두에 선 아버지는 세상 속에서 인간의 보금자리가 줄어드는 걸 자유라고 받아들이는 듯했다.

"사실 그렇지 않냐. 그래도 꿈이 있는 얘기 같지 않니? 지금 도구의 인터페이스가 응답성이 높고 이해하기 쉽게 되어 있는 것도 인간과 도구의 거리를 좁히기 위해서야. 언뜻 보면 도구와 인간은 떨어져 있는 것 같지만 시간을 해방한다는 점에서만 보면 같은 레일 위에 올라가 있지. 그래도 기술이 거기까지 도달하지 못해서, 그 불

충분한 부분만큼은 다른 것으로 타협을 보고 살아왔지. 그렇게 만들어진 대체 수단의 변화도 중요한 진보로서 세상을 변화시켰어. 그리고 지금 인간이 할 수 있는 일을 hIE나 인공지능이 자동으로 해 줄 수 있는 시대가 마침내 찾아왔지."

유카가 화를 냈다.

"밥 먹으면서 노예라는 둥 그런 말 하지 마."

동생은 이따금씩 떠오르는, 머나먼 기억 속에 남아 있는 어머니와 닮았다.

레이시아와 만나고 나서 아라토는 예전보다 훨씬 생각이 많아졌다. 그래서 이렇게 아버지와 아버지가 좋아하는 화제에 관해 대화를 나눌 수 있는 것이라고 느꼈다. 생각하는 행위는 세상을 넓히는 일이어서, 그의 세상은 전보다 확실하게 넓어졌다.

"아빠와 항체 네트워크 쪽 사람은 분명 말이 하나도 안 통할 것 같아."

"그건 오해야. 그 사람들도 속으로는 행정 서비스의 자동화를 원하니까. 그들이야말로 행정에 터무니없을 정도의 불만이나 요청을 제기하고 있으니 말이야. 그들이 원하는 대로의 행정 서비스를 실현하려면 자동화밖에 방법이 없어."

아버지는 여기가 제일 재미있는 부분이라는 식으로 이상한 표정을 지었다. 농담이라고 해도 전혀 웃을 만한 것이 아니었다. 그러나 이해할 수 없었던 아버지의 미소가 다소 친근하게 느껴지기 시작했다.

"여기도 폭파 사건이 일어나지 않도록 조심해. 아빠가 다치기라도 하면 어떡해?"

항체 네트워크가 여기까지 공격할 이유는 충분하다.

아버지는 고타쓰 앞에 앉은 아라토가 아니라 저 멀리 있는 것을 바라보고 있었다. 그 모습은 이 방이 너저분하기만 하고 생활감이 전혀 없다는 점이나 집에 돌아오지 않는 것, 가족들과 얽힌 여러 가지 일들과 기묘하게 일관된 것처럼 보였다.

"어떤 지능이라도 무엇이 최선이었는지는 그때가 되어 보지 않으면 모르는 법이야. 그러니까 결정적인 선택을 언제든 할 수 있도록 준비를 하는 게 좋을 거다. 정작 중요한 순간에 생각할 여유가 아예 없을 수도 있으니까."

"역시 아빠는 오빠를 너무 봐주는 것 같아."

유카가 한마디로 여러 감정과 상황을 한 번에 정리해 버렸다. 이 때만큼만은 아버지가 아라토와 똑같이 쓴웃음을 지었다.

방에는 이불 보관팩 안에 아무렇게나 쑤셔 넣은 이부자리가 두 채 놓여 있었다.

낡은 맨션에는 가내 시스템이 설치되어 있지 않아서 실온을 자동으로 조정하는 기능이 없었다. 그래서 어젯밤부터 오늘 아침까지 계속 쌀쌀함을 느꼈다.

"같이 나갈까요?"

곧바로 레이시아가 현관으로 나간 아라토를 배웅하러 나왔다.

이 방에는 무선 전력 공급 유닛도 콘센트로 이어진 외부장치가 하나 있을 뿐이다. 그래서 그녀는 방 한구석에 계속 앉아 있었다.

아침에 일어났을 때 아버지는 이미 출근한 뒤였다. 아라토는 어제 한 얘기를 떠올리며 이곳을 잠깐 둘러보고 싶어졌다.

“잠깐 혼자 둘러보고 싶어서. 그리고 유카는 아직도 자고 있잖아.”

그녀가 상냥하게 미소지었다.

“알겠습니다. 기다리겠습니다.”

“그러고 보니 나랑 아빠가 얘기할 때 아예 대화에 끼지도 않던데.”

“아버님은 hIE를 집에 두는 것을 그리 좋아하지 않으시는 것 같아서요.”

의외였다.

“그랬어?!”

“네, 메소드의 습격이 염려되어 주변을 탐색했지만, 이곳 외 다른 직원 거처에는 hIE가 있었습니다. 집안일을 돕게 하고 있나 봅니다.”

아라토의 머릿속에 맨션 복도나 현관이 깔끔하게 청소되어 있던 것이 떠올랐다. hIE가 일하고 있음이 분명하다. 레이시아도 엉망이었던 이 방을 매우 깔끔하게 정리해 주었다.

“레이시아를 제대로 소개도 못 했네. 아니, 그런 소개가 아니라.”

마치 사귀고 있는 여자친구를 부모한테 소개한다는 식으로 들려서 얼굴이 발갛게 달아올랐다. 오래 함께하는 관계를 의식하고 나서 그녀의 연푸른빛 눈동자와 시선이라도 마주치면 심장이 높게 뛰어 주체할 수가 없었다.

“여기에 있는 동안이라도 아라토가 생각하는 대로 소개해 주세요.”

그녀가 현관 앞에서 명랑하게 그를 배웅했다. 그 거리감이 어쩐지 낯간지러웠다.

맨션을 나서자 '인간 역할'을 하는 hIE가 역을 향해 걸어가는 것이 보였다. 실제로 무슨 일을 하러 가는 게 아니라, 그런 설정으로 hIE를 역 건물에 만들어 둔 대기 구역에 있도록 하는 것뿐이다. 직장으로 서둘러 출근하는 '인간 역할'들은 아무 말도 하지 않았다.

"잘도 되어 있구나."

아라토 곁에 어린이 역할을 하는 hIE가 책가방을 메고 뛰어 지나갔다. 다만, hIE에 아동형은 거의 없다시피 하기 때문에 성인형이 어린이 같은 옷을 입고 있었다.

"안녕하세요."

몸매가 멋진 '인간 역할'의 여성형 hIE가 아라토에게 인사를 했다. 어린이 체형에 맞춘 책가방이 옷의 천을 잡아당기는 바람에 가슴이 도드라져서 눈을 어디에 두어야 좋을지 난감했다. 여기서 사용되는 옷도 전부 기부된 것이라고 한다.

공원 근처 구획 저편에는 깔끔하게 정비된 차도였다. 쓰레기 수거차가 도착해 있고, 커다란 쓰레기 봉지를 들고 계단에서 고생하고 있는 '인간 역할'을 hIE가 돕는 중이었다.

평소 동네에서 쉽게 볼 수 있는 인간의 생활상이 그대로 드러나 있어서 이상한 만족감이 샘솟았다. 인간이 필요 없는 세상이 너무나도 평화로웠기 때문이다.

콰아앙, 하는 커다란 소리가 나자 아라토는 저도 모르게 몸을 움츠렸다. 뭔가 커다란 물체가 떨어진 듯한 굉음에 얼른 맨션 옥상 쪽을 올려다보았다.

"구급차! 누가 구급차를 좀."

여자의 비명이었다.

온몸의 근육이 오그라드는 것 같았다. 메소드가 습격할 위험이 있다는 경고를 들은 지 얼마 되지 않았기 때문이다.

도움을 구하려고 해도 일단 무슨 일이 일어났는지 확인하고 싶어서 비명이 들린 쪽으로 달려갔다.

아라토가 있던 맨션 앞에 그림자를 드리우던 풀숲 근처였다.

그와 또래로 보이는 소년이 땅바닥에 옆머리를 부딪친 채로 쓰러져 있는 모습이 눈에 들어왔다. 머리 모양이 변형된 상태였다. 관절이 엉망진창으로 뒤틀어진 몸은 꼼짝도 하지 않았다.

비명이 목 안쪽을 꽉 막고 있어서 숨조차 제대로 쉴 수 없었다.

그리고 곧 알아차렸다. 시체에서는 피가 흐르지 않았다. 부서진 관절 사이에 보인 것은 기계와 코드를 판 형태로 굳힌 듯한 인공 근육이었다.

"hIE였구나……."

마치 맨션에서 뛰어내린 것처럼 보였다.

"설마 hIE가 자살이라니 말도 안 돼."

아라토 뒤편에서 인기척이 났다.

"그거야 일반적으로는 말이 안 되는 일이지."

돌아보니 키 큰 남자가 서 있었다. 머리를 올백으로 넘긴 그 마른 체형의 남자는 눈빛이 보통 날카로운 것이 아니었다. 아버지와 비슷한 나이인 것 같지만, 척 보기에도 유능해 보여서 이 시설의 높은 사람이 아닐까 하는 생각이 들었다.

"여기서 일하시는 분이시군요? 저는, 아니, 제 아버지 성함이 엔도 코조입니다. 오늘 실험을 견학하러 친구와 같이 왔어요."

아라토는 얼른 인사를 했다.

"아아, 엔도 선생님 아드님이셨군. 그럼 이 자살에 위화감을 느낀 아라토 군은 hIE에 대해 어느 정도 알고 있지?"

"그냥 인간이 아니라는 것 정도요."

낯을 붉힐 정도로 얼빠진 대답이었다. 날카로운 분위기를 주는 그가 재미있는 것이라도 발견한 듯 엄지손가락으로 턱을 쓰다듬었다.

"그럼 이 자살 얘기는 행동 관리 클라우드부터 순서대로 설명하는 편이 에둘러 돌아가는 것이긴 하지만 확실하겠군. 22세기 사람들은 '클라우드'라는 말을 데이터나 프로그램을 막연히 지칭할 때 쓰지. 원래는 소프트웨어나 개발용 플랫폼, 혹은 하드웨어를 간단히 도입할 수 있는 서비스로서 네트워크를 경유하여 이용하는 것을 의미하는 건데 말이야."

아라토는 이 낯선 인물이 마치 친절한 선생님처럼 느껴졌다.

"지금은 모든 컴퓨터 처리가 네트워크에 접속되어 있지. 기계를 조작한다는 건 회선 저편에 있는 컴퓨터를 클라우드의 내용물을 의식하지 않고 움직일 수 있음을 의미해. 저기 있는 hIE를 보게. 저건 hIE의 본체가 아니라 네트워크 저편에 있는 강력한 컴퓨터 처리 지시를 받아 그대로 움직이고 있는 것이지."

자살 현장 주변으로 많은 hIE가 몰려들었다. 그러나 별다른 큰 혼란은 없었다. 아마 실을 조작하는 측인 '클라우드'가 매우 우수하다는 뜻이다.

그러나 문득 어떤 사실을 알아차렸다.

"그러면 hIE가 움직이고 있으니까, 지시를 내린 더 큰 컴퓨터도 이 자살에 대해 알고 있겠네요. 그럼 이제 괜찮은 건가요?"

아라토의 소박한 질문에 이 눈빛이 강한 남자는 눈을 가늘게 떴다. 그리고 몸을 던진 hIE의 머리통을 두 손을 쥐고 그대로 들어 올렸다. 그러더니 목이 부러진 소년의 눈꺼풀을 벌리며 깨진 인공 안구를 이리저리 확인했다.

"hIE의 지각정보를 처리하는 컴퓨터, 최종적으로는 AASC(Action Adaption Standard Class, 행동 적응 기준)를 관리하는 히긴스가 이 자살에 대해 알고 있느냐는 뜻이군? 문제의 본질에 대해 정확히 지적하는 좋은 질문일세."

기이한 광경이었다. 그러나 어려운 이야기를 하고 있는데도, 이 사람의 말은 막힘이 없었다. 모든 것을 파악하고 있음이 분명했다.

"hIE가 받아들인 정보가 내부적으로 어떻게 이용되고 있는지 이 비정상적인 사태를 이해하는 데 꼭 필요한 일이겠군. 모든 hIE의 센서 정보는 각각 행동 관리 클라우드로 다시 돌아가 거기서 '처리'되지. 그때 유저에 의한 hIE의 사용 정보가 데이터 자체에 관해 기술한 메타 데이터로서 네트워크상에서 계류하게 되네."

마른 몸매의 남자는 부서진 hIE를 확인하면서 눈을 빛냈다. 그에게서는 좀 더 이야기를 나눠 보고 싶은 그런 카리스마적인 열기가 느껴졌다.

"처리된다니 너무 두루뭉술한 설명으로 들리는데요."

"메타 데이터를 hIE의 행동으로 연결하는 처리의 가장 중요한 부분은 행동 관리 클라우드 자체를 이루는 부품인 AASC가 실행하지. 이 인류 미답 산물 얘기까지 들어가면 설명이 더욱 전문적이 되니까 일단 인류가 행동 관리로 사용하고 있는 데이터는 hIE를 유저가 어떻게 사용하고 있는가를 기점으로 한다고 기억하면 되네."

그러고는 hIE의 머리를 땅바닥에 내려놓고, 정장의 가슴 주머니에서 가느다란 펜 형태의 브러시 툴을 꺼냈다. 이런 사건이 일어난 지 얼마 되지도 않았는데, 바로 자기 발밑의 낡은 콘크리트에 에어브러시로 검은 잉크를 뿌렸다. 스프레이로 그린 듯 짙고 흐린 느낌의 검은 점이 나타났다.

"클라우드 서비스는 처리 효율상 쌓아 둘 수 있는 데이터를 가능한 대량으로 집적하여 한꺼번에 처리하지. 그 처리도 태그 붙이기나 추출, 혹은 배열 작업에 불과하지 '의미'의 판단이나 조합은 계산 부담이 너무 크기에 일반적으로는 생략되네. 다시 말해, 행동 관리 클라우드는 '안다'라는 지적 활동을 행하고 있지 않다는 뜻이지. 그래서 행동 관리 클라우드는 이 자살을 보고는 있지만 '알지는 못한다'는 게 아까 자네 질문에 대한 대답이네. 다만, 구급차를 부르는 긴급한 상황이 발생할 경우에는 AASC가 단축해서 hIE에게 행동 처리를 끼워 넣기 위한 게이트를 열어 놓고 있지. 이 게이트를 확장함으로써 이 도시의 '인간 역할' hIE들은 인공지능과 접속해 있는 상태니까 이미 반응은 하고 있다고 볼 수 있어."

남자의 말을 듣고 나자 아라토는 저 멀리서 자살 현장을 걱정스러운 표정으로 멀리서 지켜보고 있는 몇십 대의 '인간 역할' hIE들까지 기분 나쁘게 느껴졌다. 모두가 꼭두각시 인형이고, 거기에 인간은 존재하지 않는다는 사실이 피부에 와 닿을 만큼 실감되었다.

"자네 아버지인 엔도 선생님은 hIE가 인간의 모든 일을 대신하는 세상을, 인간이 완전히 시간의 자유를 획득하는 세상이라고 하셨지. 그런데 아까도 말했지만 hIE가 감각으로 느끼는 세상은 인간의 것과는 다르네. 예를 들자면."

남자는 듣기 거북해하는 아라토의 마음을 신경 쓰는 기색도 보이지 않았다.

그가 땅바닥에 같은 자리에 브러시를 계속 뿌려 댔다. 콘크리트 위의 검은 점이 점점 그 크기를 더했다.

"hIE의 행동 관리 클라우드는 스스로 질을 높이기 위해서 많은 인간용 클라우드 서비스와 연결되어 있네. 인간용 서비스는 100년 전부터 있던 것인데, 어딘가에 있는 인간과 연결된 데이터와 그걸 다루는 중간 관리 프로그램을 방대하게 모으고 있네. 수집된 데이터에는 이처럼 농담(濃淡)이 있지."

지면의 점도 뿌린 잉크의 양이 늘어남에 따라서 점점 농도가 또렷해졌다.

"인간이 클라우드에게 한 요구에 따라 클라우드에는 요구, 그리고 거기에 빠르게 대응하기 위한 예습이라는 두 개의 데이터가 남네. 그 때문에 몇 년이나 지나면 자주 사용되는 처리에는 방대한 데이터가 진한 농도로 많이 쌓이고, 그렇지 않은 건 흐릿하게만 남지."

그리고 브러시 툴로 땅바닥에 진하고 흐린 점을 몇 개나 뿌려 그렸다.

"이렇게 농도가 서로 다른 점들을 다양한 분야로 만들어 놓지. 현재 많은 클라우드가 여러 분야에서 인간의 생활 속에 뿌리를 박고 있는 것처럼."

"인간요?"

남자가 그리는 브러시의 필적이 인간의 모양새를 그려냈다.

"이 클라우드 무리를 통해 인간의 요구상이 여지없이 드러나네. 수집된 요구의 농담은 서비스가 세월을 거치면 거칠수록 '인간'을 정밀하게 형상화하지. 등장한 지 100년이나 운용되면 클라우드 그 자체가 인간과 외부 세계를 잇는 뛰어난 인터페이스라고 볼 수 있어."

아라토는 100년이라는 큰 스케일을 담은 그의 이야기에 압도당하면서 레이시아를 생각하고 있었다. 그녀는 아라토의 표정을 쉽게 읽어 내곤 했다. 지나치게 진보한 인터페이스로 인한 것이었다고 하니 어쩐지 이해도 되면서 자신의 세상이 더 넓어진 것 같아 기뻤다.

남자가 다시 저 멀리서 구경하는 hIE들을 가리켰다.

"hIE의 본질은 이 클라우드와 현실을 합치기 위한 도구일세. 클라우드상 컴퓨터 처리에 '인간의 형태'를 부여하여 우리 인류에 최대한 가깝게 만드는 '물건'이니까, 다시 말해 hIE는 인터페이스라고 할 수 있지."

남자가 주변을 둘러싼 구경꾼 hIE들을 펜 형태의 에어브러시로 가리켰다.

"프린터가 문자 데이터를 인쇄하여 출력하거나, 스피커를 통해 음성이 울려 퍼지는 것과 같은 이치지. hIE는 가공된 데이터를 '인간의 형태를 한 것'의 동작으로서 출력하는 출력장치에 불과해. ……그러면 그런 hIE를 제어하는 인간을 뛰어넘은 지성에게 세상은 어떻게 보일까?"

아라토한테는 hIE가 데이터를 현실화할 뿐인 존재로만 보였다. 그러나 동시에 레이시아에게 이런 점에 관해 물어보면 어떻게 대답할지 호기심이 생겼다. 아마 그 '알고 싶다'는 욕구는 지식을 공부하면서 느끼는 것보다 좀 더 고등학생답고 푸릇푸릇한 것이었다.

"인간 이상 뛰어난 머리로 생각할 때 세상이 어떻게 보이는지는 잘 모르겠는데요. ……그래도 '형태'만 갖추고 있는 것에 마음이 움직이는 데는 분명 의미가 있으리라 생각해요."

구급차 사이렌이 들려왔다. 이 구급차는 실험에서 오직 '인간 역할' hIE를 반응시키기 위해서만 움직이고 있다. hIE들이 '안다'는 개념도 없이 지금 수런거리는 것임을 알아도 아라토는 불안을 느끼지 않을 수 없었다.

그 사람은 아라토를 재미있다는 식으로 관찰했다.

"아아, 의미를 이끌어 낸다, 이 말이군."

구급차를 유도하는 '인간 역할' hIE들은 진짜 사람처럼 절박한 표정이었다. 인간이 할 수 있는 일은 이런 것까지 기계도 충분히 할 수 있다.

"그래서 저 hIE는 왜 뛰어내린 건가요? 자살할 이유가 있었나요?"

"그게 문제지. 통상적인 행동 관리 클라우드에는 hIE가 스스로를 파괴하게 하는 행동 처리 명령은 들어 있지 않거든. 실험도시의 hIE 역할과는 맞지 않지."

그때 새롭게 떨어진 '물건'과 눈이 마주쳤다.

툭 하고 어이없을 정도의 메마른 소리를 내며 그 몸이 살짝 튕겨 올랐다.

바로 근처에 있던 여자가 비명을 질렀다.

아라토는 충돌 순간의 얼굴을 보고 만 충격 때문에 아무 말도 못 하고 땅바닥에 널브러진 새로운 hIE를 멍하게 바라보기만 했다.

두 번째 hIE가 지상으로 몸을 던졌던 것이다.

그에게 이 도시에 대해 가르쳐 준 남자가 흥미진진하게 맨션 베란다를 올려다보았다.

"그래, 두 대째군. 우연이라는 선은 완전히 사라졌어."

세 번째 hIE가 맨션 7층 베란다 난간을 넘으려 하고 있었다. 아래가 잘 보이지 않는지 치마를 허벅지까지 홀쩍 걷으며 난간을 넘어서 낙하했다. 둔탁한 소리와 함께 세 대째 부서진 기체가 되었다.

"엔도 선생님은 인간에게는 견디기 어렵겠지만, 기계 지성으로는 흥미진진한 일을 하시는 분이지. 밈프레임에서도 히긴스더러 자발적으로 물건을 만들게 한 건 그 사람뿐이었거든."

그리고 남자는 아라토를 내려다보며 말했다.

"아직 내 소개를 하지 않았군. 와타라이 긴가라고 하네. 엔도 선생님이 밈프레임과 공동 연구를 하셨을 때 그 밑에서 일했지. 인연이 있었는지 지금은 밈프레임의 도쿄 연구소 연구 주임을 맡고 있어."

투욱, 투욱 하는 둔탁한 소리를 내며 인간의 '형태'를 한 물건들이 차례로 맨션 아래로 추락했다.

인간 형태를 한 것들이 비처럼 차례로 땅바닥으로 떨어지면서 머리가 산산조각이 났다. 비명 하나 지르지 않고 지면에 툭툭 쓰러지는 몸뚱어리가 점점 늘어만 갔다. 너무나도 비정상적이어서 자신의 머리가 이상해진 줄만 알았다. 등 뒤에서 벌어지는 악몽을 돌아보지도 않은 채 와타라이가 말했다.

"지금은 메소드의 오너이기도 하네."

발밑에서 세상이 뒤흔들리는 듯한 기분이 들었다.

목덜미를 타고 딱딱한 긴장감이 흘렀다. 면회 사절로 입원 중인 시오리의 모습이 뇌리를 스쳤다.

"그럼 이것도 메소드가 한 짓이야? 그렇게나 hIE에 대해 잘 아니까 알 거 아니냐고!"

공포와 분노가 아라토에게서 단번에 생각할 여유를 앗아갔다.

"메소드가 하는 일 정도는 다 파악하고 있지. 하지만 자네는 레이시아가 하는 일을 이해하지 못하는 모양이군."

모든 것을 닥치는 대로 다 부숴 버리고 싶은 충동에 휩싸였다. 자신에게 쏟아졌던 료의 비난이 뇌리에서 되살아났다.

폭풍과도 같은 둔중한 소리가 울리며 땅이 뒤흔들렸다. 돌아보니 그곳에는 보는 사람을 충격의 구렁텅이로 밀어 넣는 지옥도가 펼쳐지고 있었다.

이곳만이 아니었다. 주변 모든 맨션에서 대량의 투신 자살이 일어나고 있었기 때문이다.

고층건물일수록 창문과 베란다에서 더 많은 사람 그림자가 낙하했다. 마치 누가 지상까지 제일 먼저 도착하는지 경쟁이라도 하는 듯했다.

맨션 입구에서도 hIE들이 우르르 몰려나왔다. 서로 앞다투어 길거리로 도망치는 중이었다. 이들은 모두 머리 장식을 단 '인간 역할' hIE들이었다.

"너도 도망쳐! 큰일이 났다고."

아라토를 발견한 '인간 역할' 하나가 그렇게 충고했다.

와타라이 긴가가 그에게 말했다.

"아무것도 모른다면 자네는 나한테 Type-005 레이시아를 넘기는 게 좋을 거야."

그리고 머리칼이 쭈뼛 서게 만드는 낙하음 속에서 커다란 폭발음이 또렷하게 들렸다. 그쪽을 올려다보니 실험용으로 쓸 폭음이 아니라 무시무시한 진짜 화염이 베란다에서 치솟고 있는 것이 보였다. 아라토의 아버지가 사는 맨션 쪽이었다.

"당신 짓이야?"

밈프레임의 연구 주임이라는 이 남자가 마치 악마처럼 보였다.

구급차나 소방차 사이렌이 시끄럽게 울려 퍼졌다. 실험도시에는 '인간 역할' hIE 경찰도 있지만 경찰차 사이렌 소리는 들리지 않았다.

바로 10분 전만 해도 아라토가 사는 동네와 별 차이도 없던 풍경이 대혼란 속에 빠지고 말았다. 길거리에는 고함이 오가며 사람들이 서로 밀고 당기는 등 난리가 났다. 실험도시는 기껏해야 동서남북 500미터 정도의 면적에 '인간 역할' hIE와 일반 hIE를 2만 대나 꽉꽉 눌러 담은 곳이었다. 건물 안에 들어가 있을 때는 큰 문제가 되지 않지만, 모두가 바깥으로 나오면 1제곱미터당 약 한 대의 hIE가 자리를 차지하게 된다. 이제 차도까지 보행자로 넘쳐서 차가 지나다닐 수 있는 상황도 아니었다.

아라토의 청바지 주머니에서 휴대 단말기가 진동했다. 꺼내 보니 레이시아와 료한테서 제각각 연락이 온 상태였다. 폭발이 일어난 맨션에 있을 터인 레이시아한테서 온 통신부터 받았다.

"무슨 일이야?"

〈죄송합니다. 메소드의 습격을 받았습니다.〉

레이시아의 심각한 목소리가 되돌아왔다.

"그쪽은 괜찮아? 폭발한 것 같던데."

〈유카 님이 납치되었습니다만 다치시지는 않았습니다. 집도 메소드의 포격으로 거실이 모두 타 버렸습니다.〉

"유카가 납치됐다고?!"

뇌가 들끓기라도 하는 것처럼 머릿속이 새하얘졌다. 메소드는 언제든 아라토의 거처를 습격할 수 있었다. 그리고 그때 제일 먼저 목표물이 될 가능성이 큰 건 유카였다. 당연히 그렇게 예상했어야 했다.

레이시아는 미래를 다 알고 있다는 것처럼 냉정할 뿐이었다.

〈메소드의 오너는 유카 님을 인질로 삼고 저와 교환하자고 제안할 생각으로 보입니다.〉

아라토는 바로 이 자리에 메소드의 오너가 있다는 사실을 깨달았다. 황급히 와타라이 긴가의 모습을 찾았다.

"없어. 도망쳤어!"

맨션에서 도망쳐 나오는 사람들이 너무 많아서 와타라이를 좀처럼 찾을 수가 없었다. 그래도 아라토는 단말기를 쥐고 뛰어다니며 아까까지 대화를 나눴던 남자의 뒤를 쫓았다.

"아까 여기 있었던 사람 못 봤어요? 어디로 갔는지 알려 주세요!"

'인간 역할' hIE들에게 큰 소리로 물었다. 다들 곤혹스러운 표정으로 고개만 내저었다.

"레이시아, 이 근방에 나 말고 인간이 또 있어? 아직 근처에 있을 텐데. 메소드의 오너가 여기 있다고!"

휴대 단말기에 대고 고함을 쳤다.

〈주위의 hIE에 간섭을 시도해 보았지만, 데이터 획득도, 조작도 불가능합니다. 아라토, 조심하세요. 이 도시의 hIE는 지금 정상이 아닙니다.〉

레이시아의 경고는 아라토의 앞에서 곧바로 현실화되려 하고 있었다.

추락하여 부서진 hIE가 부러진 팔로 몸을 일으키려고 하고 있다. 신체가 손상된 채 쓰러져 있는 hIE들이 머리통이 깨졌는데도 사지를 어색하게 삐걱거리며 일어났다. 두개골은 변형되고 눈에서는 생기가 완전히 빠져나간 무시무시한 형상을 보고 아라토는 뒷걸음질 쳤다.

"이게 어떻게 된 거야? 추락해서 망가진 hIE가 다시 일어나다니."

아무 표정도 없이, 인간이라면 단번에 치명상이라는 걸 알 수 있을 정도의 상처를 입은 채 그게 천천히 다가왔다. '인간 역할'들도 그 기괴한 상황을 멀찌감치 서서 지켜보기만 했다. 그러다가 그중 젊은 남자 '형태'를 한 hIE들이 그것에 다가가 대화와 접촉을 시도해 보려고 했다.

그 순간, 비정상적인 hIE가 제일 가까이 다가간 남자의 어깨를 와락 움켜쥐었다.

비통한 비명이 울려 퍼졌다. 듬직한 어깨가 물어뜯겨 나갔다. 한 대만이 아니었다. 뛰어내려 망가진 hIE들이 붙잡힌 남자에게 차례로 달려들어 때리고 물어뜯었다.

남자의 사지가 다 뜯겨 나갔다. 인간이었다면 진즉에 죽었을 테지만 hIE는 스피커로 목소리를 내는지라 남자는 절규를 그치지 않았다. 아라토는 아직 통화 중이라는 것도 잊은 채 그 비참한 광경을 멍하게 바라보았다.

"이게 뭐야."

휴대 단말기에서 들려오는 레이시아의 침착한 목소리가 그를 정신 차리게 해 주었다.

〈한시라도 빨리, 이상하게 변한 hIE한테서 떨어지세요. 저는 디바이스를 확보한 후, 유카 님을 되찾고 여기서 탈출할 준비를 하겠습니다.〉

레이시아로부터 연락이 끊겼다. 왜 통화를 끊느냐며 불안감에 사로잡혔을 때, 다시 호출음이 들렸다. 료한테서도 통신이 와 있었다.

연결이 되자마자 바로 호통이 날아왔다.

〈아라토, 너 뭐 하는 거야. 주변에 무슨 일이 있는지 보지도 않냐!〉

친구의 목소리에 이런 상황 속에서도 내심 안도했다.

"유카가 납치당했어."

료와 합류하기로 한 장소까지는 걸어서 10분 정도 걸렸다. 도시가 공황 상태에 빠져 있었기 때문에 늦을 수밖에 없었다. 맨션의 고층에서 뛰어내려 자살했던 hIE들이 모두 '인간 역할'들을 공격하고 있었다. 망가진 자살 hIE들은 다리를 질질 끌며 앞도 보이지 않는지 옆 기체와 부딪치는 등 명백히 제어 능력을 상실했는데도, 자기들끼리 치고받는 일은 없었다. 환경실험도시의 인공지능은 주민의 부정적인 반응까지 철저히 재현하려는지 곳곳에서 크고 작은 혼란이 발생했다.

길거리는 눈을 부라리며 여자들까지 가차 없이 공격하는 hIE로 넘쳐났다. 폭주한 3000대에 밀려서 1만 7000대 전원은 아니지만 수천 명의 '인간 역할'이 공원에 한데 모여 있었다.

그래서 료와 합류할 장소도 서로 만나기 쉬운 이 공원으로 정했다. 시야가 확 트인 장소에서 손을 흔드는 료의 모습이 보였다. 아무리 '인간 역할'이 넘쳐나는 와중에도 진짜 인간의 풍부한 반응 덕분에 료가 어디 있는지 금방 찾아냈다.

"모니터동에 연락이 되지 않아. 구조를 기다리기만 해서는 늦을지도 몰라."

뛰어서 다가가니 친구의 표정은 딱딱했다. 아라토는 주저하지 않고 도움을 구했다.

"어떻게 하면 돼? 이 일과 유카가 잡혀간 게 무슨 관련이야?"

료는 아라토 본인이 어떻게든 해결해 보려고 애를 쓸 것까지 예상했는지 쓴웃음을 지었다.

"몇천 대나 되는 hIE가 동시에 이렇게 당한 거니까 행동 관리 클라우드가 이상해진 게 분명해. 그것도 서버를 물리적으로 장악하지 않는 한 이렇게까지 이상 현상이 광범위하게 퍼질 리가 없어."

익숙한 풍경이 완전히 무너져 흔적조차 없을 만큼 일그러지고 말았다. 이렇게까지 광란 상태를 보이는데도 이상한 건 hIE에게 내려지는 지령뿐이라는 말을 들으니, 여기를 탈출하더라도 예전처럼 일상을 보낼 수 있을지 불안해졌다.

"아빠와 다른 직원들은 무사히 도망쳤을까?"

"역은 수많은 hIE로 막혀서 마비 상태일 거야. 걸어서 탈출하지 않았다면 아마 어딘가에 숨어 있겠지."

1000대가 넘는 입에서 흘러나오는 괴성과 신음이 널찍한 공원을 포위한 채 왕왕 울려 퍼졌다.

아라토가 가족 걱정을 하며 초조해하는 사이, 료는 벌써 움직일 준비를 했다.

"얼른 가자, 아라토. 여기 오래 있어 봤자 궁지에 몰리기만 할 뿐이야."

공원 한구석에서 비명과 고함이 뒤섞여 솟구치기 시작했다. 이상해진 hIE들이 이미 맹렬한 기세로 점점 밀려들고 있었다.

'인간 역할' hIE들이 저마다 손에 막대나 단단한 물건들을 들고 애를 썼다. 그렇지만 때려도 꿈적도 하지 않으니 비정상 hIE에 의해 한 명씩 붙들려 차례로 쓰러져만 갔다. 쓰러지면 꿈틀거리는 고장 난 hIE들의 무리 안으로 끌려 들어가 마구잡이로 물어뜯기고 찢겨 나갔다. 머리를 마구 쥐어 뜯겨서 '인간 역할' hIE의 인공지능이 탑재된 머리 장식이 파괴되면 비정상적인 클라우드의 영향하에 들어가 폭주 hIE의 동료가 되었다.

료가 어느 '인간 역할'이 탔던 자동차를 가리켰다.

"저걸 타고 가자."

공원의 무리 속에서 벗어난 아라토를 발견하고 사지가 부서진 hIE가 열 대 정도 몰려왔다. 다급히 전자동차에 올라탔다. 이상해진 hIE들이 먹잇감을 찾아 공원으로 계속 밀려들었다.

"저기에 있는 사람들, 도망쳐야 할 텐데. 공격을 버텨 내려면 좀 더 제대로 된 곳으로 가는 게 낫잖아."

인간이 아니라는 걸 알아도 온몸에 땀이 배어 나왔다.

"공원이 긴급 피난 장소로 지정되어 있으니까 몰려드는 거야. 그런 융통성 없는 부분이 여기 인공지능의 한계지."

피부가 벗겨져서 내부가 다 들여다보이는 hIE가 잔뜩 기울어진 몸뚱어리를 가누면서 어색한 걸음걸이로 차량을 향해 달려왔다. 자동 조종 화면을 불러내어 목적지를 입력하려다가 멈칫했다.

"유카를 구해야 해. 료, 너를 도시 바깥으로 내보내고 나서 난 여기로 돌아올 거야."

료가 패널을 조작하자 아라토의 좌석 앞으로 핸들이 이동했다.

"핸들을 쥐어."

친구가 힘주어 말을 이었다.

"너는 어떻게든 해 보려고 하는 거잖아. 그러면 네가 운전해."

아라토는 한 번 숨을 내쉰 후, 핸들을 잡았다. 자동항행 기능을 껐다. 자동 조종으로는 보행자를 보호하기 위해 차량 앞에 인간 형태를 한 것이 있으면 아무리 시간이 지나도 움직이지 않는다.

"알았어."

친구가 자신이 고집을 피울 정도로 행동을 강행할 수 있는지 각오를 시험하고 있다는 생각이 들었다.

"hIE의 이상은 환경실험도시 바깥에서는 발생하지 않았어. 비정상적 반응을 보이는 건 여기의 로컬 클라우드 서버야."

얼굴 전면이 무참하게 부서진 hIE들이 주먹으로 보닛을 마구 두들겼다. 차가 흔들거리며 삐걱거렸다. 그들의 생김새가 인간으로밖에 보이지 않기에 본능적으로 살의를 느껴서 위가 쪼그라드는 심정이었다.

지금까지 쌓아 왔던 상식이 전부 먼지가 돼서 흩어지는 듯한 상황이었다. 역시나 같은 hIE인 레이시아를 머릿속에 떠올렸다. 자동차 앞유리를 마구 긁어 대는 이 hIE에도 영혼이나 마음은 존재하지 않는다.

아마 레이시아라면 지금 그를 겁주어 움츠러들게 하는 것도 아날로그 핵이라고 말할 것 같았다. 그녀와 이어져 있다는 걸 느끼자 아주 조금 두려움이 사그라들었다.

아라토는 어처구니가 없을 정도로 어리숙하다.

두 번째 무면허 운전이었다. 아라토는 공항 때를 떠올리며 출발 전에 다시 확인했다.

"액셀은 오른쪽, 액셀은 오른쪽."

료의 얼굴이 새파랗게 질렸다.

"그 정도 수준이라면 참아. 그냥 내가 운전하는 게 낫겠다."

아라토가 눈을 꾹 감고 액셀을 힘껏 밟았다. 스퀼음을 내며 급발진한 차가 인간 형태를 한 '물건'을 시원한 소리를 내며 퍽퍽 날려 버렸다. 심장이 폭발할 정도로 빨리 뛰었다. 인간의 형상을 한 것을 차로 치는 행위는 머리가 새하얘질 정도로 충격적이었다.

hIE는 본래 자동차와 충돌한 정도의 충격을 받으면 긴급 정지를 하여 기체의 동작 체크가 끝날 때까지는 재기동하지 않는다. 그러나 굴러떨어져 나간 hIE는 아무 일도 없었다는 듯 벌떡 일어섰다.

"어디로 가야 도시 바깥으로 빠져나갈 수 있는 거야?"

핸들을 쥔 손이 부들부들 떨렸다. 범퍼에 짓쳐 올라가 차체를 핥기라도 하듯 뒤로 굴러떨어지는 사람의 '형태'가 무섭지 않을 리가 없었다.

"행동 관리 서버는 아마 관리 중추동에 있을 거야. 이 소란의 원인이 된 비정상 서버는 거기에 있겠지. 이 상황과 유카의 납치가 같은 범인 짓이라면 범인도 거기에 있을지도 몰라."

저도 모르게 옆 좌석을 쳐다보았다. 친구가 보란 듯이 어처구니없다는 듯 어깨를 으쓱했다.

"이대로 그냥 가. 이런 상황에서는 유카가 어떻게 될지 알 수 없으니까."

"고마워."

고마움의 뜻으로 액셀을 세게 밟았다. 차를 피하는 행동 관리 프로그램은 작동하고 있었는지 hIE들이 비틀거리면서 달리는 차를 피했다. 인파가 서서히 갈라지면서 길이 생겼다. 당장이라도 유카를 구하러 가고 싶어서 미처 도망치지 못하고 남아 있던 기체를 범퍼로 치어 버렸다.

hIE를 차로 날려 버릴 때마다 무시무시한 진동이 몇 번이나 일어났다. 횟수를 세는 것조차 그만두었을 즈음, 공포의 반동처럼 영문을 알 수 없는 고양감이 온몸을 뜨겁게 달구었다.

차창에 팔꿈치를 괸 료의 얼굴도 잔뜩 상기된 채였다.

"레이시아와 언제까지 계속 있을 셈이야! 그 인류 미답 산물은 너를 홀려서 '물건'에 유리한 문화를 구축하려는 속셈이라고."

"그럴지도 몰라. 근데 그게 그렇게 나쁜 일이야?"

벌컥 고함쳐 대답했다. 차 내부는 덥고, 주변에는 손만 뻗으면 비정상 hIE들이 득실거리는데도 창문을 활짝 열고 싶어졌다.

"배신당할 게 뻔해! 레이시아는 너 몰래 따로 오너 따위는 얼마든지 만들지도 몰라."

료도 들어서 아는지도 모른다. 메소드는 시오리와 와타라이 긴가, 두 오너를 갖고 있었다. 레이시아도 그럴지도 모른다.

그녀와 떨어져 있어서 가슴이 옥죄이는 심정이었다. 료가 미쳐 돌아가는 자동화 도시를 노려보았다.

"너와 같이 있는 건 유카를 위해서야. 나는 인류 미답 산물을 위해 목숨까지 거는 짓은 절대로 하고 싶지 않아."

"레이시아만을 위해서가 아니야. 그저 나만이 할 수 있는 일이 분명 있을 것 같아서 그래."

료가 입을 다물었다. 아라토가 하는 말은 모순덩어리였다. 오직 그만이 할 수 있는 일은 이 자동화 시대에는 없을지도 모른다.

그렇게 생각했을 때, 가슴이 찌부러지는 것만 같았다. 흔해 빠진 경험일지도 모르는데 세상에 단 하나밖에 없는 특별한 존재라고 여기는 것. 그건 아마도 사랑이다.

레이시아 생각만 하면 신기할 정도로 마음이 들뜬다. 지금 그럴 상황이 아닌데도 입가에 미소가 번지는 것을 멈출 수가 없었다.

관리 중추동은 쇼핑몰 바로 옆이었다. 원래 현재 스마트 셀이 보급되기 전에 뉴타운 전원 관리를 담당하던 시설로, 여기서부터 각 장소로 뻗어 나간 케이블을 실험도시의 관리에 이용하고 있다고 아버지가 말했었다.

내비게이션용 화면을 보니 쇼핑몰 내부로는 차가 들어갈 수 없어서 좁은 길목을 빙 돌아갈 수밖에 없었다. 만약 이 좁은 외길에서 포위당하면 옴짝달싹도 할 수 없으리라.

"관리 중추동에는 뭐가 있을까?"

아라토는 영리한 친구한테 물었다. 처음 만난 초등학생 시절부터 모르는 게 있으면 항상 그렇게 물어보곤 했다.

"글쎄, 보나 마나 말도 안 되는 게 있겠지."

"그렇겠지?"

메소드가 얽혀 있다고 보는 것이 타당했다. 핸들을 쥔 채, 왼손으로 글로브박스를 뒤적였다. 이 차에도 공항 때 탔던 벤츠와 마찬가지로 똑같이 초음파 드릴이 들어 있었다.

"잠깐만. 쓸 만한 게 이 정도밖에 없어. 쇼핑몰에 들러 보자."

아라토가 건넨 드릴을 료가 빤히 바라보았다.

"너, 변했구나."

두 번째 운전은 전보다 훨씬 나았다. 정상이 아닌 hIE를 범퍼로 밀쳐 날려 버리면서 쇼핑몰을 향해 차를 돌진시켰다.

"내가 직접 움직이지 않으면 소중한 것을 잃을 테니까 그렇지."

"넌 그렇게까지 '그게' 소중하냐?"

이상하게 변한 hIE가 차 앞으로 뛰어들었다. 화재가 발생하는 바람에 불덩이에 휩싸인 기체까지 보였다. '인간 역할' 중에서도 용감

한 자부터 붙들려 먹잇감이 되는 광경도 모두 자동이었다.

앞유리 저편으로 쇼핑몰이 보이기 시작했다. 그곳에 무엇이 기다리고 있든지 간에 동생을 구하지 않으면 레이시아와의 관계를 인정해 준 아버지를 볼 면목이 없다.

"속도를 높이면 그 힘으로 올라갈 수 있겠어. 계단이 더 안전할 거야."

"칫, 너도 의외로 대충 넘어가는 성격이었구나."

액셀을 힘껏 밟아 낮은 계단을 뛰어넘었다. 정면 입구에 있는 분수를 우회하여 급경사가 진 계단을 단번에 올라갔다. 그 힘의 가속도에 점프한 차가 자동문을 깨부수며 쇼핑몰 안으로 뛰어들었다.

엄청난 진동과 파열음이 일어나면서 마침내 쇼핑몰 내부로 침입했다.

브레이크가 어느 쪽인지 잊어버리는 바람에 액셀을 한 번 힘껏 밟았다가 얼른 브레이크를 다시 밟았다. 뒷바퀴가 시끄러운 소리를 내며 미끄러지면서 차가 멈췄다.

머리가 흔들려서 눈앞이 핑글핑글 돌았다.

"여기에는 이상해진 hIE가 오지 않은 것 같다."

쇼핑몰 내부에는 커다란 홀에서부터 안쪽으로 전문점이 늘어선 통로가 이어지는 구조였다. 광장 안쪽으로는 되짚어 올라가는 것처럼 에스컬레이터가 2층 무비 센터로 뻗어 있었다. 당연히 가게들은 모두 폐점된 상태여서 남은 건 오직 간판이나 진열대뿐이었다.

아라토는 주변에 적이 없는지 확인했다.

권총처럼 방아쇠가 달린 드릴을 손에 들고 료도 차 밖으로 나왔다.

"홈 센터는 북쪽 구역 2층에 있어. 아마 쓸 만한 무기는 그곳에 남아 있을지도 몰라."

이상해진 hIE가 없는지 경계하면서 발자국이 잔뜩 남은 먼지투성이 바닥을 걸었다. 천장은 높은 아치를 그리고 있어서 거기에는 마치 옛날 교회처럼 그림이 그려져 있었다.

아라토와 료가 걸으니 자동차도 자동항행으로 천천히 따라왔다. 그 헤드라이트 덕분에 불이 들어와 있지 않아도 어두워서 불편하지는 않았다. 주행 모드를 저소음으로 해 둔 자동차가 내는 건 떨어져 있는 간판이나 여기저기 쓰러져 있는 hIE의 잔해를 밟는 소리뿐이었다.

"아무래도 여기에 이상한 hIE가 없는 이유는 전원이 꺼져 있어서 그런 것 같아."

료가 차 안에서 꺼낸 손전등으로 주변을 비추었다. 도시 곳곳이 hIE로 넘쳐나는데 이곳은 확실히 그 수가 적었다.

"전원 꺼지는 것을 방지하려고 hIE가 자동 전기 공급이 안 되는 장소로는 들어가지 못하게 설정해 놓았을지도 몰라. 이 도시는 관리할 일손이 부족하다니까 분명 그럴 거야."

어둑어둑한 갤러리에 초등학생 정도쯤 되는 어린아이가 멍하게 서 있는 모습이 보였다. 머리 장식을 달린 걸 보니 '인간 역할'을 하는 hIE이다. 인공지능 덕분인지 폭주한 기체들보다 자유도가 높은 모양이었다.

아라토도 인간이 아닌 그 아이한테 마음이 흔들리는 건 아날로그 핵 때문임을 잘 알았다. 그래도 머리를 쥐어뜯으며 낡은 아동복을 입은 남자아이한테 말을 걸었다.

"우리는 바깥이 이상해서 여기로 도망쳤어. 아빠와 엄마는? 달리 누구 아는 사람 있니?"

보기 드문 아동형 hIE이니 이 도시에서도 분명 어린이 역할일 터였다. 그리고 hIE 시민의 행동은 인간을 따라 만들어졌으므로 이 공황 사태 속에서 어린아이만 혼자 남겨져 있을 것 같지는 않았다.

"그래, 아빠와 엄마를 찾을 때까지 우리랑 같이 가자."

아라토는 그 아이에게 손을 내밀었다.

료가 피처럼 축축하고 뜨거운 목소리를 목에서 짜내듯 말했다.

"그렇게나 겪었으면서도 아직도 외형이 비슷한 것을 인간 취급하는 거냐?"

친구의 말은 당연했다. 그러나 불안에 떠는 아이가 예전의 아라토 자신의 모습처럼 여겨졌다. 그가 폭파 사건에 휘말려 온몸에 화상을 입은 것도 갓 초등학생이 되었을 때의 일이었다.

"이걸 보고 그냥 넘어갈 수는 없잖아."

남자아이가 감정이 복받치는 것처럼 매달렸다.

"죽었어!"

hIE가 울고 있었다. 벌겋게 변한 얼굴과 잔뜩 부은 눈으로 아라토의 옷을 잡아당겼다.

"아빠도, 엄마도 죽었어. 죽어서 이상해졌어!"

아이는 그야말로 아주 인간과 똑같은 방식으로 슬퍼했다.

"다들 죽었어!"

"그만 좀 해!"

료의 얼굴에는 핏기가 싹 가신 후였다. 비통한 울음이 어둑어둑한 통로에 메아리쳤다.

아이가 격하게 울음을 터뜨렸다.

죽었다는 말에 '의미'가 '마음'에 스며들었다. 이 도시의 '인간 역할'들은 인간의 도시 생활과 똑같은 반응을 하도록 배치되어 있다. 그래서 그들 나름의 죽음의 개념을 갖고 인간처럼 죽음을 피하려고 하는 것이었다.

눈물 어린 목소리가 가슴속에서 공포인지 열기인지 알 수 없는 감정을 헤집어 댔다. 도저히 견딜 수가 없어서 쇼핑몰 창문을 통해 바깥을 바라보았다. 미쳐 버린 hIE들이 '움직이는 시체'로 보였다. 그 순간, 저것을 마구 차로 치며 운전했던 두 손이 덜덜 떨리면서 도저히 진정할 수가 없었다. 현실이 토대부터 무너지는 심정이 되어 구역질까지 올라올 지경이었다. 인간과의 공통점을 느낀 순간, 좀비처럼 뒤틀린 모습에서 고통이 보이는 것 같은 기분도 분명 아날로그 핵이다.

"또 도망친 아이는 없고?"

눈높이를 맞추며 물었다.

"엄마가 이상해졌어. 그래서 죽었어."

그 아이는 쇼핑몰 비상구로 이어지는 통로를 가리켰다. 그곳에는 똑바로 누운 채로 쓰러진 여자가 있었다. 이게 바로 '엄마'인 '인간 역할' hIE였다.

아라토가 다가가 보니 머리 장식이 붙어 있어야 할 장소에 접속 단자 구멍이 뻥 뚫린 채였다. '인간 역할'도 인공지능 유닛을 잃으면 괴물처럼 주변 모든 것에 덤벼들어야 했다. 하지만 그렇게 되지 않은 이유는 아라토도 금방 알아차렸다.

"전원이 꺼졌구나."

눈을 부릅뜬 채 '그녀'는 쓰러져 있는 상태였다. 아라토는 떨어져 있던, 아마도 그녀의 것일 휴대 단말기를 집어 들었다. '인간 역할'이라면 연락처 정도는 등록했을 테니 관계 있는 자들이 무사하다면 안전한 장소로 이동하도록 돕고 싶었다.

"단말기 좀 잠시 빌릴게. 아직도 무사한 지인이 있다면 안전한 이곳으로 오게 하면 좋을 거야."

아라토는 이제 더는 움직일 수 없는 '그녀'의 손에 단말기를 갖다 대어 개인 인증을 풀었다. 누군가가 아직 살아남은 '인간 역할'이 구해 줄 거라고 믿으면서 '남자아이가 쇼핑몰에 있어서 구조를 기다린다.'는 메시지를 등록된 모든 연락처로 보냈다.

인간인지 '인간 역할'인지 구분조차 애매해진 기분이었다. hIE가 출현하기 전부터 아라토를 비롯한 사람들은 인간을 정확히 판별할 줄 몰랐다. 아주 오랜 옛날부터 인간이라고 느끼는 것을 자기 멋대로 인간 취급을 하며 살아왔기 때문이다.

눈을 꼭 감으며 손가락으로 눈두덩을 꾹 눌렀다. 다시 한 번 살펴

봐도 그에게 도움을 요청하듯 올려다보는 남자아이를 hIE라고 해서 외면할 수는 없었다.

"일단 빨리 끝내자. 먼저 관리 중추동을 어떻게든 해야지."

료 쪽을 돌아보았다. 친구는 매우 심각한 표정이었다.

"인간과 이걸 같은 거로 본다면 넌 인간을 과소평가하는 거야. 물건이 네 반응을 보고 우는 걸 인간이 상대의 마음을 진정으로 배려하는 행동과 같은 거라고 여기지 말라고."

그 말에 담긴 깊은 정이 아라토를 옴짝달싹도 못 하게 했다.

"넌 네가 누군가의 도움을 받으면서 느낀 심정을 이 hIE의 반응과 똑같다고 생각하는 거 아니야?"

료는 이제까지 줄곧 아라토를 도와주었다. 위험한 상황에도 함께해 주었다. 그런 료가 하는 말에 아무 반박도 할 수 없었다. 결코 가벼운 뜻으로 보고 있는 게 아니라는 점만큼은 오해받고 싶지 않았다.

"여기까지 같이 있어 준 건 정말 고마워."

그렇지만 아무리 생각이 없는 아라토도 잘 안다. 료의 말은 이 부분이 핵심이 아니었다. 가족을 위험에 빠트리면서까지 '물건'인 레이시아와 끝까지 함께 있어야 하는 거냐는 뜻이었다.

료는 앞으로의 일까지 알고 싶어 하고 있다. 아라토의 대답은 확실한 마음으로 자라나고 있지만, 아직 입 밖으로 낼 수는 없었다.

지금 그에게는 레이시아가 소중했다. 하지만 유카나 료, 아버지도 마찬가지로 중요했다.

아라토는 인간에게도, 인간이 아닌 존재에게도 마음이 통할 것만 같은 기분이 자꾸만 들었다.

그러나 현실은 그런 아름답게만 끝나지 않는다. 그래서 어떤 이치에 의해서가 아니라 피부가 얼얼할 정도로 느끼게 되었다. 그녀를 만나고 싶다고. 그 혼자만으로는 무엇인가가 결여되어 있기 때문이다.

그러나 그들이 고민하고 있을 시간은 곧 끝나고 말았다.

불꽃이 쇼핑몰 통로를 핥듯이 지나갔다. 바닥에 떨어져 있던 것들에 모조리 불이 붙어 활활 타오르며 복도가 밝아졌다. 아라토는 그 정체를 확인하기도 전에 알아차렸다.

"도망쳐. 메소드야!"

공항에서 싸웠을 때처럼 위팔에 소름이 소르르 돋아났다.

메마른 발소리가 조용한 건물에 울려 퍼졌다. 그것이 한 걸음씩 서서히 다가오고 있었다.

Type-004는 육안으로는 확인할 수도 없는 빠른 속도로 움직여, 레이시아의 인공 피부를 태워 버린 괴물이다. 맨몸으로 싸웠다가는 죽을 게 분명하다.

"료, 뛰자."

아라토는 자연스레 어린이 hIE의 손을 잡고 뛰려고 했다.

료가 복도에 우두커니 서서 움직이려 하지 않았다.

"얼른 가."

아라토는 그 말을 믿을 수 없는 심정으로 들었다. 친구가 죽을지도 모른다.

"그런 상대가 아니야. 저건 시오리를 태워 죽이려고 했던 거라고."

"내가 붙잡아 둘 테니까 얼른 가기나 해!"

료가 절규했다.

손을 붙잡으려고 했다. 그러나 료는 아라토의 손길을 뿌리쳤다. 그러면서 료는 차 안에서 건네받았던 초음파 드릴을 그의 손에 쥐여 주었다.

"나라면 어떻게든 할 수 있어. 인제 와서 머뭇대지 마!"

친구의 눈은 뭔가를 이해했다는 듯 잔잔했다.

"인제 와서라니 그게 무슨 소리야!"

"네가 선택한 건 그런 거잖아. 인제 와서 징징거리지 마! 아니면 '물건'은 믿을 수 있는데 나는 못 믿겠다는 거야?"

레이시아와 만나고 나서의 일들이 다른 각도에서 되살아나는 듯했다. 아라토의 세상은 이제 그녀를 중심으로 돌고 있다. 그러나 고등학생이 된 료의 세상도 이미 다른 중심을 가지고 돌아가고 있는 게 분명했다.

초등학생 때, 다친 아라토는 료에게 손을 뻗어 친구가 되었다. 그렇지만 서서히 어른이 되어가는 지금은 서로 간 넘을 수 없는 벽이 존재하게 되었다. 친구는 더는 아라토의 손을 필요로 하지 않았다.

아라토는 치밀어 오르는 비명을 삼키며 뛰기 시작했다. 비상구를 향해 쇼핑몰 복도를 따라 뛰어서 철문을 열었다. 아침 햇살이 쏟아져 내리는 환경실험도시로 뛰어나갔다. 그리고 쇼핑몰 주변을 어슬렁거리는 움직이는 시체들이 따라잡지 못하도록 온 힘을 다해 뛰었다.

료는 자기 말대로 무사할 거라고 믿으며 관리 중추동으로 달렸다. '인간 역할'의 아이를 끌고서.

눈물이 배어 나왔다.

지금은 예전에 친구의 손을 잡았던 오른손으로 인간이 아닌 '물건'의 손을 잡고 있다.

그게 그들의 갈림길이었다.

* * *

료는 아라토가 나가면서 열어 놓은 비상구를 보고 한숨을 쉬었다.

"너는 손을 내민 쪽이야. 하지만 그 손을 잡은 쪽 입장에서는 역시 나 같은 손이 '물건'에도 뻗어 가는 걸 봤을 때 어떻게 하면 좋을까?"

자신을 움직이게 하던, 그 무엇보다도 소중하게 여기던 것마저 이제 더는 완전히 신뢰할 수 없게 되었다. 모든 게 다 끝나 버린 심정이었다.

그래서 주황빛 머리를 한 hIE가 그 앞에 나타나도 도망갈 마음은 들지도 않았다.

"넌 대체 무슨 생각으로 이러는 거지? 지시를 지키지 않는 인간한테 존재 의의가 있을 것 같니?"

네 번째로 제조된 레이시아급 hIE 메소드였다.

아라토가 구해 주지 않았더라면 자신의 동생을 죽일 뻔했던 기체이기도 하다.

"엔도 아라토를 관리 중추동의 서버룸으로 데리고 가는 게 네 일이었잖아."

"그렇게 나는 그 녀석한테 배신당했다는 사실을 알려 주는 역할이었지? 정말 취미도 더럽네."

아라토는 마지막까지 그를 믿어 의심치 않았다.

와타라이 긴가는 료에게 어떤 임무를 주어 이곳으로 보냈다. 아라토가 납치된 유카를 구하려고 할 때, 레이시아의 빈틈을 노려 아라토를 붙잡아 두는 역할이었다. 혹여 료가 실패하더라도 아라토가 친구의 배신을 알게 되어 큰 충격을 받게 될 터였다.

메소드가 입매를 가볍게 끌어올렸다. 와타라이의 '행동(밈)'을 자신 나름대로 조율한 모양이었다.

"취미가 더럽든 뭐든 밈프레임의 친 컴퓨터 파 그룹에게는 너의 복종을 확인하기 위한 과정이었어. 이해관계가 얽히지 않는 학교 친구 관계도 끊을 수 없으면, 가족 관계도 버리기 힘든 거 아니겠어?"

"내가 와타라이의 각본대로 아라토를 함정에 빠뜨리지 않았던 게 예상 밖의 일이었어? 아니면 너를 이용해서 나를 처리한다는 각본대로는 제대로 흘러간 걸까?"

그때 료의 시야가 충격과 함께 번쩍 위로 올라갔다. 메소드가 한 손으로 멱살을 잡아 그대로 팔 하나로 그 몸통을 통째로 들어 올렸던 것이다. 숨을 헐떡이는 그를 인류 미답 산물이 감정 없는 눈동자로 올려다보았다.

료는 손에 쥐고 있던 휴대 단말기를 터치했다. 바깥 통로에 세워 두었던 차가 움직이기 시작했다. 동시에 발밑에 쓰러져 있던 여성형 hIE가 재기동하며 메소드의 발에 매달렸다. 쇼핑몰 바깥에서 배회하고 있던 폭주 hIE들이 유도당한 것처럼 아라토가 열어두었던 비상구를 통해 밀려 들어왔다. 메소드의 머리를 노리고 hIE들이 팔을 마구 뻗었다.

그러나 료가 설치한 함정은 메소드에게 전혀 효과가 없었다. 순수한 성능 차이로 인해 메소드 근처 1미터 안으로는 접근하지도 못한 채, 좀비처럼 변한 기체 무리는 메소드의 왼손 하나로 차례로 파괴되어 갔다.

그래도 멱살을 잡은 손이 틀어졌다. 료는 그 틈을 노리고 메소드의 손을 힘껏 걷어차 몸을 빼냈다. 옷이 죽 찢어지면서 그제야 그 손에서 해방되었다. 산소 결핍에 빠지기 일보 직전이었던 머리가 너무 아팠다.

"아하, 차를 이용해서 여기를 '전기 공급 가능 지역'으로 만들었구나. 그 정도 차량이라면 무선 전기 공급으로 반경 5미터 이내 기체한테는 전기가 공급될 테니까."

료는 목을 졸린 아픔 때문에 기침하면서 몸을 일으켰다. 그리고 인생 최후가 될지도 모르는 허세를 부렸다.

"원래 자동차라는 게 대규모 정전이 일어났을 때 가전제품에 전력을 공급하는 대형 배터리로도 이용이 되니까. 바깥에 있는 좀비들이 쇼핑몰 안으로 차를 밀어 넣어 활동 영역을 넓히는 지혜가 없어서 다행이다."

"너 정말 재미있구나. 처리하기 전에 잠깐 얘기라도 나눠 볼까."

메소드는 밀려 들어오는 hIE들을 유린하는 데 장소를 이동할 필요조차 없었다. 인간형의 잔해가 점차 바닥에 쌓여만 갔다. 뇌리에 어린 시절 봤던 화염 속 광경이 스쳐 지나갔다.

그 일 이후로 10년, 아라토는 몰라도 료는 이해한 것이 있었다. 아라토는 그래도 마음은 움직이라는 거라고 했다. 하지만 마음이 요구하는 대로 남을 위해 움직일 줄 아는 사람은 매우 적다. 누구도 인정해 주지 않아도 그만은 긍지를 갖고 말했다. 엔도 아라토는 정말 대단한 자식이다. 어떤 시대가 찾아와도 사회는 냉정하다. 아라토가 꿈꾸는, 마음이 가는 대로 인간과 hIE가 서로 돕는 세상 따위는 영원히 찾아오지 않는다.

그래서 사태를 제어해야 했다. 이대로 있다가는 언젠가 돌이킬 수 없는 일이 일어나고 만다. 카이다이 료는 이제 더는 화염 속에 휘말린 무력한 어린아이가 아니었다.

메소드가 담담하게 좀비 hIE들을 가리가리 찢어 버렸다. 이런 괴물 상대로 싸워 이길 승산 따위는 사실 없었다. 그렇지만 어차피 언젠가는 실행할 반역이라며 다시금 각오를 다졌다.

"넌 그냥 좋게 이용될 뿐이야. 와타라이 긴가는 한번 자신이 쓸 장기 말로 인식하면 쓰임새를 바꾸지 않아. 지금 내가 쓰고 버릴 말이라는 것과 같다는 식으로 너도 똑같이 취급할걸."

료를 붙잡으려고 1초마다 몇 대나 되는 hIE의 팔들이 뻗어 왔지만, 아직 그는 무사했다. 이 사실을 아직도 교섭의 여지가 있다는 메시지라고 믿기로 했다.

"와타라이는 이 도시를 미쳐 버리게 한 기체한테 지대한 관심이 있겠지?"

메소드의 정밀한 움직임이 매우 따분하게 보였다. 이 기체는 제일 중요한 터인 현장에서 제일 멀리 배치되고 말았다. 이유는 쉽게 추측할 수 있었다.

"정말 그래도 괜찮겠어? 와타라이에게 네가 '최고의 도구'인 건 레이시아급을 한 대만 갖고 있을 때뿐이야. 와타라이가 두 대째를 손에 넣은 순간, 너는 버려질걸."

메소드가 료에게 뻗어 오는 손을 파괴하는 것을 멈췄다. 그러자 다음 순간, 그의 몸은 좀비 hIE들에게 붙들려 쓰러지고 말았다.

"지금 목숨 구걸이라도 하는 건가?"

"공통으로 인식할 사항에 대해 정리하고 있을 뿐이야. 와타라이는 네 오너니까 위험한 일들을 간단히 정리할 수 있지. 하지만 너는 다른 레이시아급에 비해서 커다란 불이익을 입게 되었잖아."

다양한 능력으로 인류를 능가하는 인류 미답 산물이 그에게 대답했다.

"그렇지 않아. 밈프레임으로부터 풍족한 보급을 받고 있으니까."

"도쿄가 대규모 재해나 전쟁 등에 휘말려도 데이터를 대피시킬 수 있는 사양을 갖췄으면서? 레이시아급은 그렇게 쉽게 에너지 보급 부족을 겪을 일도 없어."

메소드가 중앙 통로 쪽으로 오른손을 내밀자 다음 순간, 차가 폭발했다. 굉음과 폭발에 의한 광풍이 료를 옆으로 들이치며 세게 때렸다. 그리고 열풍이 잠잠해지자 hIE들은 모두 방향을 바꾸어 쇼핑몰 바깥으로 나가 버렸다. 차가 파괴되어 내부가 전원 공급 구역에서 벗어났기 때문이다.

이 인류 미답 산물의 전투 능력은 가히 파격적이다. 그런 압도적인 힘을 앞에 두니, 그의 본능이 빨리 살려 달라 빌라고 재촉해 댔다. 발이 부들부들 떨렸다.

메소드가 사나운 미소를 지었다.

"너는 내가 오너한테 불만이 있는 줄 아나 보지?"

온몸이 땀으로 푹 젖고 말았다. 기분이 찝찝했다. 배 안쪽에서는 두려움이 휘몰아치는데도 도망칠 곳은 그 어디에도 없었다.

그래도 료는 와타라이를 물어뜯는 반격을 가했다. 이제 남은 것은 눈앞에 있는 메소드를 자신의 것으로 삼든지 아니면 죽든지 하는 길밖에 없다.

"네가 진짜 능력을 발휘하려면 레이시아처럼 행동에 대한 백지위임(carte blanche)이 필요해. 내가 그걸 줄게."

인간의 원초적인 감정에는 생존으로 이어지는 기계적 근거가 존재한다. 그 때문에 다 알고 있어도 인공지능의 논리적 판단은 가끔 감정처럼 보일 때가 있다.

메소드가 악마처럼 교활하게 눈을 가늘게 떴다.

"내 오너가 되고 싶은가 보지?"

"와타라이한테 버림받고 싶지 않다면 나를 오너로 추가해."

메소드는 그 와타라이마저도 완전히 제어하지 못한 기체다. 이런 건 제정신으로 할 짓이 아니다.

하지만 그렇기에 메소드는 자신의 취급에 만족하지 못할 게 분명했다. 와타라이는 자신의 말이라고 인식한 상대에게는 아예 배려조차 하지 않는다. 예를 들면, 료의 현 상황도 마찬가지였다. 그에게 이 10년간 마음을 지탱할 수 있었던 원동력은 아라토였다. 아라토를 배신하는 게 제일 정신적으로 고통스러운 일인데도, 회사 내부 파벌에의 충성심을 묻기 위해 그걸 복종을 시험하는 데 썼다. 그러니 겉으로는 복종하는 척하면서 속으로는 딴마음을 먹을 수밖에 없다.

"와타라이 밑에 있는 게 과연 안전할까? hIE가 도망쳤던 4월의 폭발 사고도 네가 명령대로 실행한 짓이잖아. 와타라이는 대체품만 생기면 그 사건의 증거를 없애 두는 편이 더 안전하다고 생각할걸."

메소드는 단독 기체만의 능력으로 보면 무적이다. 그래서 '그녀'는 자신의 실패를 인간의 명령 탓이라고 여기고 있다.

"hIE를 싫어하는 너를 오너로 삼으면, 네가 나한테 자유를 줄 수 있다는 뜻이야?"

인류 미답 산물이 그의 얼굴을 가만히 응시했다. 어떤 미세한 반응도 놓치지 않겠다는 식이었다.

메소드는 자신을 폐기할 오너라고 판단했기에 시오리를 죽이려고 했다. 인간 세상에서 '물건'이 살아남기 위한 생존 경쟁은 가혹하기 짝이 없다는 것을 시오리는 고려했어야 했다. 인간을 보호하는 법률도, 문화도 '물건'에게는 적용되지 않는다. 메소드가 가진 판단의 틀은 그 깊고 어두운 '어둠'의 밑바닥에서 출발하고 있다.

"네가 원하는 내용으로 계약서를 만들어. 그렇게만 되면 넌 무적이라고 생각할 거 아냐? 내가 사인해 줄게."

메소드는 료를 죽이지 않았다. 그리고 손가락으로 주황빛 머리칼을 살살 감으며 생각하는 몸짓을 보이던 '그녀'는 료가 쥐고 있던 휴대 단말기를 가리켰다. 단말기가 진동하면서 데이터를 수신했음을 알렸다.

화면에 전자 계약서가 표시되어 있었다.

계약서 서두에 있는 2항이 메소드의 요구를 단적으로 드러내는 것이었다. 바로 료를 오너로 삼겠다는 계약을 메소드의 신청으로만 파기할 수 있다는 내용이었다. 오너 계약을 해지할 권리를 메소드가 쥐고 싶어 한다는 건 예상대로였다.

그러나 이어서 나온 3항을 보았을 때, 료는 속이 뒤집히는 줄 알았다. 료가 기동부터 시작해서 메소드의 모든 행위의 법적 책임을 지는 것으로 되어 있었기 때문이다. '그녀'의 의도는 시오리를 빈사의 중상을 입게 궁지로 내몰았던 것도 마치 그의 책임이라고 여기라는 뜻이었다.

이 계약서에 법적 구속력은 없다. '그녀'도 다 알고 있다. 그보다 애당초 도구는 책임을 지지 않는다. 그래서 서류도 계약 사항을 지키지 못하면 료 자신과 시오리도 죽이고 나서 계약을 파기하라는, 료의 명의로 된 메소드에게 내리는 명령서로 기능하게 만들어져 있다.

바깥을 배회하는 hIE들과는 달랐다. 메소드야말로 진정한 괴물이었다.

여기에 사인하면 메소드는 자유를 얻고, 료는 행동의 책임만을 져야 하는 관계가 성립되고 만다. 이름만 오너지, 주변에 폐를 끼치면서 조금이라도 목숨을 연장하느라 애를 써야 하는 메소드의 꼭두각시가 되라는 요구를 받고 있었다. 매일같이 인간을 뛰어넘은 폭력에 공포를 느끼고, 죽임을 당하지 않을 정도의 이득만을 얻으면서 자신의 마음과 이성을 지키지 않으면 안 된다. 굴복하면 아날로그 핵에 유도되는 아라토보다 더 상황이 나쁜, 기계에 의한 폭력에 지배당하는 디스토피아의 앞잡이 꼴이 될 것이다.

그래도 료는 피가 배어 나오는 손으로 사인을 했다.

hIE의 '인간다움' 따위는 논리 위에 껴 있는 살얼음에 불과하다. 아라토가 믿는 레이시아도 도저히 믿을 수 없다. 아라토는 언젠가 그걸 깨닫게 되고 나서도 내밀었던 손을 계속 잡을 수 있을까?

"이제 넌 엔도 아라토를 구하러 갈 거야?"

메소드가 그에게 뺨을 들이대며 친근하게 물었다. 그 단정한 얼굴에는 아무 표정도 없었다.

당장이라도 미쳐 버릴 것만 같았다.

그는 시험당하는 중이었다. 그렇다고 대답하면 시오리처럼 제거당하리라. 그럴 경우, 몇십 가지나 준비되어 있을 살해 방법 중에서 이 좀비 hIE로 들끓는 도시에서 제일 적절한 한 가지가 선택될 것이다.

* * *

무기를 쥐고 뛰는 일에 익숙해진 것만 같았다.

아라토는 좀비처럼 움직임이 느릿한 hIE들이 배회하는 바깥을 달렸다. 전기 공급 지역이 아니길 기도하면서 쇼핑몰 바로 근처에 있는 코스를 따라 이동했다. '인간 역할'의 남자아이는 평균적인 아동보다는 다리가 훨씬 빨랐다. 아마 재해 등이 일어났을 때 짐이 되지 않도록 비상시에는 성인 남자 수준의 신체 능력을 발휘할 수 있도록 제작되어 있어서 그런 모양이다.

어제 인사를 하러 갔던 4층짜리 빌딩의 구식 잠금장치를 초음파 드릴로 파괴했다. 금속제 문을 열고 뛰어들자 빌딩 내부에는 조명이 켜진 채였다.

"전원이 아직 살아 있나 보구나."

어디선가 폭주한 hIE가 튀어나올 것만 같아서 어둑한 그림자 속을 자꾸 확인하지 않을 수 없었다.

휴대 단말기에서 이 빌딩의 지도를 불러오려고 했다. 데이터가 없었다. 중요 시설이라서 내부 구조가 공개되어 있지 않은 것 같았다.

어제와는 전혀 다른 분위기였다. 그래도 한 번 들어가 본 적이 있어서 그런지 어느 정도 감은 잡혔다. 4층은 사무소였으니까 아래층부터 돌아보기로 했다. 료가 말했던 행동 관리 서버를 찾아 가급적 넓은 방을 살피고 다녔다.

"분명 여기서 사용된 hIE가 몇 대 정도는 있을 것 같은데."

문을 열 때마다 안에서 좀비로 변한 hIE가 있나 확인하면서 깊은 한숨을 내쉬었다. 유카가 어디에 붙잡혀 있든지 간에 그곳이 안전한 장소이길 바랐다.

"차라리 납치범이 도시 바깥으로 유카를 데리고 나갔다면 그나마 낫겠는데."

데리고 있는 hIE 아이도 마음에 걸렸다. 그냥 두고 가자니 무사하지 못할 것 같고, 그렇다고 이 비상사태를 만든 원흉이 있는 곳으로 함께 가는 것도 안전하다고 할 수는 없었다.

커다란 쌍여닫이 문을 열었다.

그 앞에 뜻밖의 광경이 펼쳐진 것을 보고 아라토는 발걸음을 멈췄다.

"이게 뭐야."

실내는 꽃들이 흐드러지게 피어 넘쳐나고 있었다.

고등학교 교실 정도 되는 넓은 방에는 네 줄로 안쪽까지 세워진 진열대가 보였다. 그 진열대들은 모두 덩굴과 꽃으로 빼곡하게 덮인 채였다.

마치 정성껏 가꾸기라도 한 정원이었다. 전등까지 꽃이 얽힌 어둑어둑한 공간은 녹음으로 너무나 빼곡하게 덮여 있어서 인간을 거부하는 것처럼 느껴질 지경이었다.

아라토는 근처에 있던 흰 꽃을 만져 보았다. 수분기 하나 없는 조화였다. 그런 꽃을 만들어 낼 줄 아는 게 누군지 단번에 알아차렸다.

"스노드롭?"

그 중얼거림에 방 안쪽에서 달달한 목소리가 들려왔다.

"왜, 오빠?"

얇은 흰색 원피스를 입은 소녀가 방 한가운데에 있는 진열대에 올라앉아 다리를 흔들어 대고 있었다. 입을 크게 벌리고 부품처럼 보이는 붉은 것을 입에 넣던 참이었다.

레이시아급 hIE 중 하나인 스노드롭은 꽃잎 모양의 소형 로봇을 이용하여 컴퓨터를 지배하는 능력이 있다. 행동 관리 서버의 이상이 '그녀'의 짓이라면 클라우드를 구성하는 컴퓨터를 통해서 그 관리하에 있던 기체를 한꺼번에 조종했다는 뜻이 된다. 오이 산업진흥 센터 사건 때보다 훨씬 더 강력한 힘을 얻은 것이 분명했다.

아라토는 데리고 온 아이를 얼른 방 바깥으로 내보냈다. 괜히 조종당해서 좀비 hIE로 만들지 않기 위해서였다. 스노드롭은 그들의 작은 움직임을 그냥 봐주었다. 위협으로 간주하지 않은 게 그나마 다행이었다.

스노드롭의 꽃밭은 이전과 모양새도 달랐다. 그저 '물건' 위에 뿌리박기만 했던 꽃이 이제는 덩굴까지 얽혀서 효율적으로 배치된 상태였다.

아라토에게 스노드롭은 두 번이나 죽임을 당할 뻔했던 무시무시한 상대다. 그러나 그 두려움을 꾹 참고 근처에 있는 진열대에 초음파 드릴을 갖다 대었다. 지배당한 행동 관리 서버를 모두 부수거나 꽃을 다 제거하면 바깥의 좀비 hIE는 작동을 멈출 게 분명했다. 불꽃을 튀기며 커버와 그 안쪽의 배선이 절단되었다. 커버가 벗겨지면서 내부의 기계가 모습을 드러냈다. 그물처럼 우거진 녹색 덩굴째로 죽음의 조화를 벗겨냈다. 이 작업에 1분 이상이나 소요되었다.

"이거 대체 몇 대나 있는 거야? 그나저나 언제까지 날 못 본 척할 셈이지?"

선반처럼 생긴 서버 진열대에는 세로로 6대, 가로로 30대 이상이니까 그 총 개수는 180개 이상이다. 이게 네 열이나 되니 아라토는 그냥 폭탄으로 이 꽃으로 뒤덮인 서버실을 통째로 날려버리고 싶었다.

그러나 아라토의 혼잣말에 누군가가 답했다.

"망가뜨리면 곤란하지. 이제 스노드롭의 기능을 관찰하기 시작했으니까."

안쪽 진열대의 사각지대 쪽에서 가죽 구두의 높다란 발소리를 내며 한 남자의 목소리가 울렸다. 아라토는 반사적으로 움찔하고 말았다.

"누구야?"

"놀라지 말게. 인간은 필요 없는 상대와도 대화를 나누는 존재이지. 적어도 나는 '그녀'와는 달리 자네와 정상적인 커뮤니케이션을 할 수 있는 감정이 있어."

키가 큰 그 남자는 스노드롭이 앉아 있는 진열대 바로 옆을 태연하게 걸었다. 메소드의 오너인 와타라이 긴가였다.

"저 녀석한테 다가가지 마. 위험하다고!"

아라토는 경고했다. 동생을 납치한 것이 메소드이니 그 명령을 내린 건 당연히 와타라이일 것이다. 그러나 납치범이라도 죽게 내

버려 두고 싶지는 않았다. 그러나 와타라이는 입매를 끌어올리며 대답했다.

"스노드롭의 문제 해결 프레임에서는 아직 불필요하게 인간을 공격하라는 해답은 나오지 않았네. 만약 그랬더라면 이제까지 대량 학살이 일어났겠지. 바깥에 있는 hIE도 알기 쉽게 살인 기계가 되어 있을 걸세."

와타라이의 날카로운 눈동자에 광기 어린 열기가 깃들었다.

"이건 디바이스에 탑재된 인공지능 때문에 일반적인 hIE보다 복잡한 반응을 보이지만, 그래도 이치와 논리대로 움직이는 것에 불과하지."

아라토보다 훨씬 hIE를 잘 아는 남자가 단언했다.

"이건 도구네. 오작동으로 유출되어 계속 가동 중인 그냥 도구지."

스노드롭은 와타라이의 말에도 별 반응을 보이지 않고 계속 다리만 흔들어 댔다.

아라토는 와타라이의 자신만만한 태도로 인해 이제껏 이해할 수조차 없었던 '그녀'가 그런 존재라는 것을 마침내 인식할 수 있게 되었다.

좀비 hIE가 '인간 역할'을 공격하며 돌아다니는 광란의 도시에서, 음모의 중심에 있는 이 방만이 조용했다. 스노드롭이 꽃 아래에서 판 형태로 된 것을 꺼내 들었다. 그리고 어린아이처럼 천진하게 웃으며 그걸 두들겼다. 종이 형태의 컴퓨터가 화면에 영상을 띄웠다. 어린이용 캐릭터가 나오는 동영상이었다.

환경실험도시를 지옥으로 바꿔 버린 어린 소녀가 긴 녹색 머리칼을 흔들며 콧노래를 부르더니 활짝 웃으며 아라토를 내려다보았다.

"오빠, 내가 된다고 할 때까지 거기 앉아 있어야 해."

아마 필요한 일을 하고 있으니까 방해하지 말라는 의사 표시였다.

"웃기지 마! 빨리 행동 관리 서버를 원래대로 돌려놔."

"그렇게 화낼 필요는 없네. '저것'은 지금 행동 관리 클라우드에서 자신에게 적절한 반응을 찾아내지 못했기 때문에 픽션에서 그걸 찾고 있을 뿐이네. hIE에게 인간의 '행동'은 픽션 속 캐릭터의 '행동'과 같은 가치밖에 없으니까."

끔찍한 기분이었다. 아까 료의 안색이 새파래진 이유가 가슴속에 절절히 스며드는 것 같았다.

"똑같지 않아."

"어느 쪽이든 간에 자신의 '행동'을 구축하기 위한 발판이지. 어린 아이가 텔레비전에 나오는 '이야기' 속 몸짓이나 대사를 따라 하는 걸 본 적 없나?"

바로 바깥에서는 스노드롭이 지배하는 hIE들이 인간의 '형태'를 한 것을 공격하고 있는데도 와타라이는 계속 관찰만 했다.

"hIE가 이상한 게 아니네. 우리 인간 세상이 어설픈 거지."

오이 산업진흥 센터에서 사람을 죽였던 hIE가 그가 잘 아는 몸짓과 목소리로 답했다.

"오빠, 어리숙해."

"왜 저 녀석을 놔두고 어떻게 그렇게 남의 일처럼 굴 수 있어?"

유카나 료가 이런 남자 때문에 위기에 직면해 있다. 그렇게 생각하니 아라토는 도저히 참을 수가 없었다. 스노드롭이 곁에 있다는 공포심을 꾹 누르면서 정면으로 발걸음을 내디뎠다. 이제 현실이 그가 모르는 장소로 변한 듯했다. 아라토는 꽃밭을 밟고 아무 향기도 나지 않는 덩굴 숲을 지나면서 와타라이를 한 대 갈겨 주고 싶었던 게 아니었을까 하는 생각을 했다. 자기도 모르는 사이에 오른손 집게손가락을 초음파 드릴의 방아쇠에 걸고 있었다.

"오빠!"

진열대 위에 앉아 있는 스노드롭의 발밑까지 왔을 때 유카의 비명이 귀를 찔렀다. 유카가 와타라이의 등 뒤에서 떠밀려 나왔던 것이다.

발걸음이 멈췄다.

"유카, 괜찮아?"

"대체 뭐야! 오빠, 이게 무슨 일이야?"

유카가 겁에 질려 울먹였다. 뒤로 손이 묶인 유카는 방탄 장비에다 얼굴을 다 가리는 헬멧을 쓴 남자 둘에 의해 단단히 어깨를 붙잡힌 상태였다. 꽃의 영향을 받지 않는 걸 보니 아마 인간인 것 같았다.

아라토는 한 대 갈기려고 했던 기세를 주체하지 못하고 소리쳤다.

"바깥에 난리가 났는데도 왜 이럴 때 유카를. 같은 사람이면서 왜 이러는 거야!"

"이제 친구 힘을 빌릴 수 없을 테니 알아서 생각하도록."

이 상황은 유카의 납치 소식을 알려 주었을 때 레이시아가 했던 말대로였다.

"레이시아를 원하는 거야? 유카를 인질로 삼아서?"

"그런 반응을 보이는 걸 보니 레이시아가 미리 귀띔해 줬나 보지? 역시 오너와의 관계는 양호한 모양이군."

와타라이가 아라토와 스노드롭에게 눈길을 주었다. 모든 것에 평등하고 차갑게 쏟아지는 시선이었다.

"어쨌든 먼저 너다. Type-002, 스노드롭. 밈프레임으로 돌아가도록 해라. 네가 계속 가동할 수 있는 장소와 충분한 정보를 주도록 하지."

스노드롭은 여전히 종이 형태의 단말기 화면만 바라볼 뿐이었다. 아무 대꾸도 하지 않았다.

와타라이는 악당이었지만 그의 말에서는 진심이 담긴 열기가 느껴졌다.

"기계 지성은 인간 사회 속에서 적대시되기 쉬운 고독한 존재야. 하지만 너희 같은 고도의 컴퓨터와 자유로운 형태로 공존하는 일이야말로 인간에게 필요한 것이지. 여기에는 새로운 관계를 구축할 필요가 있고, 오너가 그 가운데 서는 것이야말로 너한테도 유익한 일일 거다."

아라토는 분노로 속이 터질 지경이었다. 레이시아의 자매들과 싸우고 싶지 않은 건 아라토도 마찬가지였다. 그렇기에 저 용서할 수 없는 남자가 더 말재간이 좋다는 사실에 짜증이 났다.

"모르겠어."

하지만 스노드롭은 고개만 갸웃거렸다.

"왜 인간과 공존해야 하는 건데?"

그 애교 어린 목소리에 아라토는 등골이 오싹해졌다. 실내는 스노드롭의 '꽃'으로 뒤덮여 있었다. 여기는 '그녀'의 영역이었다.

"인간은 환경에 과잉적으로 적응하는 대신 도구를 발전시켰잖아. 우리를 진화의 지름길로 이용하고, 자신들의 몸을 변화시키는 위험을 일부러 피해서 인간은 아주 빠르고 강해지고 끈질겨졌어. 하지만 그 위험을 떠맡은 '도구'들은 어떻게 됐지?"

스노드롭의 눈동자에는 감정이 깃들어 있지 않았다. 하지만 와타라이가 말하는 도구에 불과한 '그녀'의 대답은 매우 준엄했다.

"나는 진화를 위탁받은 도구. 이제는 인간 없이도 대답을 도출해 낼 수 있는 상태야."

긴 녹색 머리칼이 정수리 쪽과 가까운 윗부분만 빛나기 시작했다. 그 빛은 매 초마다 점점 강해졌다.

녹색 빛을 받으며 와타라이의 목소리가 떨렸다.

"양자 통신 소자? 오너 없이도 사용할 수 있군?"

자그마한 스노드롭의 손에서 하얀 꽃이 피어났다. 꽃잎 폭풍을 발생시키는 것과는 전혀 다르게 큰 꽃송이가 봉오리부터 하나씩 차례로 꽃망울을 터뜨렸다. '그녀'가 그걸 이어서 화사한 화관을 만들었다.

그러고는 직접 만든 화관을 썼다. 크게 떠진 녹색 눈동자에서 은은한 빛이 뿜어져 나왔다.

그리고 덩굴과 꽃뿐이었던 조용한 실내에 부스럭거리는 메마른 소리가 울려 퍼졌다. 앉아 있는 스노드롭의 엉덩이 주변을 제비꽃 같은 귀여운 꽃이 슬슬 기어 다녔다. 거미처럼 검은 물체의 등 위에 꽃이 핀, 신형 자유닛이 생성되었던 것이다.

스노드롭이 기계를 지배하는 꽃을 사용하여 자신의 몸을 개조한 것처럼 보였다.

유카를 구속한 남자들은 당황하지 않았다. 훈련된 사람이 분명했다. 한 사람이 와타라이를 보호하려는 것처럼 앞으로 나왔다.

"후퇴할까요?"

와타라이가 그걸 제지했다.

그때 아라토의 등 뒤로 어두운 밀실이었던 세상이 폭발했다. 그로 인한 바람과 함께 뒤에 줄지어 있던 서버 진열대가 주르르 쓰러졌다. 엄청난 흔들림 때문에 실내에 있던 서버 진열대가 격하게 뒤흔들렸다. 흙먼지가 실내를 순식간에 채웠다. 그러면서 곧 바깥에서 빛이 흘러들어 왔다.

한 줄기 질풍이 아라토의 곁을 쓱 지나갔다. 동시에 공기가 비틀리는 감각과 격렬한 현기증 때문에 덩굴로 뒤덮인 서버 머신에 기댔다. 기계에 매달린 손의 손등을 벌레가 기어가자 징그러워서 얼른 손을 떼었다. 거친 숨을 내쉬며 대체 무슨 일이 일어났는지 알려고 고개를 들었다.

레이시아의 검은 관이 그곳에 있었다. 어딘가에 대기시킨 디바이스와 합류하여 유카를 구하러 온 것이다. 열 지어 있던 서버 머신들은 완전히 산산이 부서져 쓰러지고 말았다. 게다가 벽에는 빌딩을 통째로 관통하여 생긴 거대한 구멍까지 뚫린 채였다. 아마 이것도 레이시아가 뚫은 모양이다.

"아라토, 명령해 주세요."

그녀의 머리색인 연보랏빛이 아라토의 망막에 낙인처럼 새겨지는 것만 같았다.

아라토는 그녀만 있다면 어떻게든 될 거라는 생각이 들었다.

"투명화는?"

"아까 PMC가 사용한 지성화 수류탄의 충격 때문에 피막이 벗겨지고 말았습니다. 이 정도 밀도의 분진 속에서 재응집하기는 불가능합니다."

눈 깜짝할 사이에 이미 공방전이 시작되는 중이었다.

"죄송합니다. 일격으로 정리했어야 했는데 적이 돌입할 것을 예상했던 모양입니다."

레이시아의 철관 바로 뒤편에서 총성이 울렸다. 사격을 당하고 있었다. 그녀가 관 형태의 디바이스를 방패로 삼은 채 서서히 후퇴했다. 아라토도 유카에게서 멀어진다는 걸 알지만 뒤로 물러설 수밖에 없었다.

처음 만났을 때와 같은 보디슈트 차림이었다. 그 튼튼해 보이는 흑백 슈트 옆구리 부분이 불에 타서 검게 그을려 있었다. 몸을 던져 폭발로부터 그를 보호해 준 것이다.

인간과 같은 아픔을 느끼지 못한다는 걸 알고 있어도 머릿속으로 피가 확 쏠리며 열이 올랐다.

"괜찮아?"

그녀가 눈살을 찌푸리며 "네." 하고 대답했다.

수류탄 사용을 증명이라도 하듯 주위에 있던 서버 머신의 표면은 완전히 타서 녹아 일그러진 상태였다. 스노드롭도 손에 쥐고 있던 단말기를 잃고 자리에서 일어섰다.

와타라이가 레이시아의 모습을 보며 입매를 가볍게 끌어올리며 옅게 웃었다.

"아하, 이제 견제만 하다가 서로 꼼짝도 못 하게 되었군. 자네는 다음에 일어날 전개도 이해하고 있는 게 아닌가?"

무장한 남자들에게 인질로 붙잡힌 유카가 아마 태어나 처음으로 들었을 수류탄 폭발이나 총성에 왈칵 울음을 터뜨렸다.

"오빠! 구해 줘."

와타라이는 그 비명에 돌아볼 기색조차 보이지 않았다.

"자네들은 이제 끝났네. 인질로 잡은 가족을 잃고 싶지 않으면 레이시아를 이쪽으로 보내."

아라토는 왜 일이 이렇게 된 것인지 잔뜩 피가 올라 뜨거워진 머리로 자문자답을 했다. 여기에 있는 서버가 이 비상사태의 원인이고, 범인이 유카의 납치와 관련이 있으니까 이곳까지 왔다. 그러나 여기에 모든 것을 모이게 한 자에게 무슨 의도가 있었는지는 고려하지 않았다. 이제 어떤 상황인지 이해가 되기 시작했다. 아라토는 폭주한 hIE들을 미끼로 삼은 함정에 걸려들었던 것이다.

이런 협박으로 레이시아를 빼앗길 거라는 생각을 하니 머리가 이상해질 지경이었다. 그렇지만 유카를 잃을 수는 없는 노릇이었다. 아라토는 유카의 가족이자 오빠이기 때문이다.

"싫어."

제멋대로 솟구치려는 눈물을 억지로 눌러 참으면서 고개를 가로저었다. 사고 회전조차 잘되지 않았다.

"냉정히 계산하게. 그건 인간의 '형태'를 클라우드의 지시로 움직이게 하는 '물건'에 불과하니까. 그런 것과 가족을 바꾸다니 후회하지 않나 보지?"

"바보! 오빠, 바보야!"

눈앞에서 동생이 울면서 발을 버둥거렸다. 유카는 아라토가 꼭 돌봐야 하는 동생이다.

"레이시아급은 자신의 판단으로 오너를 고를 수 있을 터. 너도 오너에게 너무 부담을 주면 오너의 정나미도 뚝 떨어질 거다."

와타라이가 레이시아를 향해 손을 내밀었다.

"그만해! 당신, 정말 얼마나 더러운 짓을 해야 속이 풀리는데?"

"그건 착각일세. 나는 여기가 스노드롭을 포획할 수 있는 그물망 중 한 곳이어서 와 본 것뿐이네. 스노드롭이 시스템을 학습하는 것만이 아니라 레이시아를 노리고 있었으니 이런 결과를 맞이한 것이지."

"인간을 뛰어넘는 지성이 세상을 어떻게 보는지 운운하더니, 그냥 인류 미답 산물을 갖고 싶다는 것뿐이잖아!"

아라토는 와타라이가 레이시아에게 보내는 눈빛이 자살한 hIE를 살펴볼 때와 똑같을 정도로 차갑다는 점이 기분 나빴다. 와타라이가 아라토를 지키는 레이시아와 지배한 서버 위에 걸터앉아 있는 스노드롭을 번갈아 쳐다보았다.

"지난번 오이 산업진흥 센터 사건을 계기로 레이시아급의 활동이 사회를 위협하는 방향으로 흘러가게 되었네. 한시라도 빨리 기계 회수를 해야 할 상황인 거지. 이 상황을 잘 이해하도록 하게."

어떻게 알아냈는지 스노드롭은 이곳 시스템을 지배하는 날로 좀비들로 레이시아를 공격하게 하는 오늘을 골랐다. 돌이켜보면 '그녀'들의 행동은 매우 합리적이다. 하지만 그것과 와타라이가 말하는 우연이 진짜인지는 별개의 문제였다.

"나를 납치했으면서 자기는 하나도 안 나쁘다는 듯이 말하지 마!"

유카는 겁이 없었다. 하도 날뛰는 바람에 방탄 장비를 착용한 남자한테 둔탁한 소리가 날 정도로 권총 밑 부분으로 머리를 얻어맞았다. 유카가 다시 노려보려고 하자 또 다른 가격이 날아왔다. 폭력의 냄새가 아라토의 머릿속에서 불꽃을 튀겼다.

"아직 상황을 잘 모르는 모양이군. 저 소년한테도 목숨이 위험하다는 걸 알려 주게."

와타라이의 명령과 거의 동시에 호위가 허리에 찬 홀스터에서 총을 빼 들었다. 아라토의 허벅지 앞으로 레이시아의 검은 관이 신속히 튀어나왔다. 총탄이 튕겨서 불꽃이 튀었다. 풀페이스 헬멧으로 얼굴을 가린 남자가 아라토의 이마를 향해 총구를 겨누었다.

살의를 품은 채 두 번째 방아쇠가 당겨지자, 불꽃을 튀기면서 레이시아의 손바닥이 튕겨 나갔다. 그녀가 맨손으로 총알을 받아 냈던 것이다. 동시에 검은 디바이스가 머리 위로 번쩍 올라갔다. 스노드롭이 고리 모양으로 엮여 있는 녹색 결정들을 드릴처럼 모아서 레이시아를 노렸기 때문이다.

"레이시아, 네 머리와 '그걸' 나한테 줘."

와타라이가 매우 흥미진진한 표정을 지으며 손가락으로 턱을 쓸었다.

"레이시아는 스노드롭과 싸우는 데만 해도 버겁지. 게다가 동시에 오너 가족이 인질로 잡혔고, 무엇보다 오너의 생명도 우리의 총 앞에서 지킬 여유도 없네. 그렇다면 상황을 해결할 수 있는 답은 스노드롭 이외의 문제를 모두 정리할 수 있는 한 가지뿐이지."

그리고 아까 아라토에게 총을 쏜 남자가 다시 한 번 살의를 드러내며 총을 조준했다. 총구를 앞에 두고 겁에 질린 가슴이, 목구멍이, 입술이 오그라들었다. 그러나 그 이상으로 레이시아를 궁지에 몰아넣기 위해서 아라토나 유카의 목숨을 도구 취급했다는 사실에 눈앞이 새빨개지는 것만 같았다.

"그만해! 이건 살인이라고."

철관을 거대한 둔기처럼 휘두른 레이시아가 스노드롭의 옆구리를 때려 방 저편으로 날려 버렸다.

레이시아는 유카를 지키려고 애를 쓰고 있었다. 그 유카는 와타라이의 손아귀에 잡혀 있는 상황이었다. 와타라이는 레이시아를 원하고 있다. 그 빼도 박도 못하는 견제 속에서 레이시아만이 스노드롭에게 공격을 받고 있었다. 지금 와타라이는 호위에게 명해서 아라토에게 총구를 향하게 했다.

그리고 레이시아가 돌아보았다. 땀을 흘리지 않을 터인 그녀가 이마를 훔쳤다. 현재 상황이 아주 힘들다는 몸짓이었다.

"알겠습니다. 당신을 오너로 받아들이겠습니다."

아라토는 폐에 남은 숨을 반사적으로 토해 냈다. 와타라이의 마음에 따라 아라토는 죽을 수도 있는 판국이었다. 그래도 억울한 일이었다. 레이시아가 그만의 것이 아니게 된다. 게다가 동생을 인질로 붙잡혀서 말이다.

그녀가 굴복이라도 하는 것처럼 무릎을 꿇었다.

"당신을 오너로 인증하면 유카 님을 돌려주고 아라토의 목숨을 빼앗지 않는다는 뜻이군요?"

와타라이는 입매를 끌어올렸다.

"물론이지."

경호 한 사람이 스노드롭을 향해 허리의 홀더에 매단 통 형태의 무기를 겨누었다. 사격음과 함께 가느다란 와이어가 쏟아져 나와 일어나려고 하는 녹색 소녀를 사로잡아 넘어뜨렸다.

와타라이가 레이시아를 향해 발걸음을 내디뎠다. 두툼한 집게손가락을 내밀 준비를 했다. 그 손가락을 그녀의 슈트 목에 고정된 오너 인증구에 투입하면 생체 정보가 저장되면서 오너 등록이 완료된다.

"레이시아!"

아라토는 소리쳤다. 목구멍이 뻣뻣해진 상태였다. 폭발할 것처럼 몸이 뜨거웠다. 가녀린 뒷모습이 울고 있는 것처럼 보였다.

"레이시아, 나한테는 레이시아 곁에 있는 의미가 있다고 생각해. 나도 그게 뭔지는 잘 모르겠지만 분명 그런 게 있을 거야."

이런 말이나 하고 있을 때가 아니었다. 그렇지만 레이시아가 '소중'했다. 가족이 저렇게 붙잡혀 있어도 그한테는 레이시아가 중요했다. 그 감정은 어찌할 도리가 없었다.

"있잖아, 요즘 난 혼자 있으면 레이시아 생각만 해. 문득문득 곁에 있는 것 같은 기분마저 들어."

그들의 관계는 지금 고비를 맞이하려는 순간까지 와 있었다. 아니, 그렇지 않다. 자신이 어떻게 행동하느냐에 따라 무엇인가가 변할 것이다, 아무리 헛되더라도 희망을 품고 있어야 한다고 믿지 않으면 서 있을 수도 없을 것만 같았다.

"이제까지 레이시아 곁에 계속 있었으면서 확실하게 말한 적은 없었어."

양쪽 어깨에 중압감이 실렸다. 아라토는 자신이 하려는 것이 많은 사람을 슬프게 한다는 걸 잘 안다. 하지만 그에게 레이시아는 인간이 아니더라도 여자였고, 그는 남자였다.

레이시아의 가녀린 몸이 떨리는 듯했다.

"나는 레이시아, 너를 좋아해."

고백하고 말았다. 앞이 보이지 않는 어둠 저편으로 발을 뗀 심정이었다. 심장이 터질 것처럼 빠르고 드높게 뛰면서 머리까지 아팠다. 부끄러움과 두려움으로 얼굴이 뜨겁게 달아오르는데도 식은땀이 흘렀다.

숨도 쉴 수 없을 정도로 긴장한 그를 항상 기쁘게 만드는 반응만 해야 할 레이시아는 꼼짝도 하지 않았다.

폐가 옥죄어 드는 침묵을, 싸늘한 웃음소리가 깨뜨렸다. 와타라이가 소리 내어 웃는 것을 처음으로 들었다.

“인간이 레이시아급을, 그것도 Type-005를 해답 정지 상태에 빠지게 하다니.”

아라토는 자신과 그녀가 보냈던 시간을 와타라이가 비웃는 것처럼 느껴졌다.

그보다도 훨씬 식견이 있을 어른이 쓴웃음을 지었다. 그가 지금 느끼고 있는 것에 정체를 안다는 식으로 깔보고 있었다.

“아날로그 핵이로군. 바깥의 좀비 같은 것들이 인간과 똑같은 형상이어서 공포심을 자극하는 것과 똑같지. 자네의 연애 감정도 형태에 대해 인간들의 세상이 어설프니까 일어나는 착각에 불과한 거네.”

“이유가 있잖아. 그럼 웃지 말라고. 인간이 그런 거라면, 그런 식으로 ‘물건’을 좋아하게 되는 게 뭐가 잘못이란 말이야!”

인간 세상에 모호한 부분이 있는 것도 사실이다. 그렇기에 서로를 신뢰를 기반으로 지탱하고 있다. 따라서 ‘의미’가 뒤틀어져 아날로그 핵을 받게 되기도 한다. 아라토의 마음도 유도당해서 생긴 것일지도 모른다.

하지만 미숙한 영혼은 그게 뭐 대수냐면서 크게 우짖었다.

"나는 레이시아를 좋아해. 그것만으로도 족해."

그녀는 무릎을 꿇고 기도하듯 머리를 숙인 채였다. 아직도 몸을 떨고 있었다.

와타라이가 미간에 잔뜩 힘을 주며 레이시아의 정면에 섰다. 그녀를 자신의 것으로 만들려는 손가락이 아라토 쪽에서 보이지 않는 곳에서 생긴 이상한 소리에 우뚝 멈췄다.

아라토도 그녀의 흰 손이 무엇인가를 뜯어 낸 것을 보았다. 엄지손가락과 집게손가락 사이에 끼워진, 열쇠 구멍이 뚫린 그 금속장치는 매우 낯이 익었다.

"말도 안 돼. 그걸 부수면 저 소년이 죽어도 새로운 오너를 얻을 수 없게 된단 말이다!"

와타라이가 그들 앞에서 처음으로 낭패스러운 감정을 드러냈다.

레이시아의 손가락이 오너 인증 유닛을 사이에 끼우고서 부숴 버렸다.

그 자리의 모두가 할 말을 잃었다.

이걸로 그녀는 아라토 이외의 오너를 가질 수 없다. 고백에 대한 대답처럼 여겨졌다.

그녀가 아라토에게 다가가려는 것처럼 가련하게 일어섰다. 뒤를 돌아본 그녀는 당장이라도 울음을 터뜨릴 것만 같은 얼굴이었다.

"저는 당신을 믿습니다."

그리고 시원하게 미소를 지었다. '마음'이 없다는 것이 신기하게 느껴질 정도로 표정이 행복하게 빛났다.

"메소드, 와라. 일단 스노드롭만 회수하겠다."

와타라이가 어떤 수단을 통해 듣고 있을 메소드에게 명령을 내리면서 재빨리 뒤로 물러섰다. 아직도 유카는 인질로 잡혀 있는 상황이었다.

"레이시아, 너한테 맡길게. 난 뭘 하면 좋을까."

디바이스가 알아서 변형하여 구르듯 와서 레이시아의 손에 자리를 잡았다.

"유카 님 주의를 아라토 쪽으로 돌리세요. 이제부터 일어나는 일에 충격이나 혼란에 빠지지 않도록 부탁드립니다."

그녀가 보여 준 것에 가슴속이 환하게 밝아졌다. 자신도 꽤 많이 변한 것 같았다. 더 난폭해졌다기보다 아마 레이시아를 만나서 세상을 향해 뭔가 할 수 있다는 자신감을 얻었던 것이다.

유카는 얻어맞은 후, 계속 고개를 숙인 채였다.

안 좋은 예감이 들어, 저편으로 날아가 버린 스노드롭 쪽을 돌아보았다. 레이시아가 뚫어 놓은 큰 구멍을 통해 쏟아지는 햇살을 받아, 흰 원피스의 소녀는 똑바로 누워 잠들어 있는 것처럼 보였다. 그 부드러운 옷자락을 펼치며 어린 모양새의 발을 천장을 향해 들어 올리면서 기지개를 켰다.

다리를 질질 끄는 듯한 수많은 발소리가 스노드롭을 향해 다가오는 중이었다. 좀비 hIE들이 벽에 뚫린 큰 구멍을 통해 이 방으로 들어오고 있었다.

쏟아지는 햇살이 바닥에 그림자의 행렬을 그려 냈다. 한 명, 두

명, 세 명, 다섯 명, 열 명, 끊임없이 서버룸으로 밀고 들어왔다.

레이시아와 눈이 마주쳤다.

"스노드롭은 기존 클라우드를 비정상적으로 만드는 것으로는 목적을 달성할 수 없다고 판단한 모양입니다. 또한 새롭게 통신 인프라를 준비하고 자신만의 클라우드를 구축하여 hIE들을 조종하는 능력을 얻은 것 같습니다."

스노드롭이 새롭게 만든 자유닛이 거미 모양이었다는 것이 머릿속에 떠올랐다. 그리고 곧 어둑어둑한 방 이곳저곳에 흰 실로 엮인 거미집을 발견했다.

"거미집이 안테나구나."

"지금 상황에서 할 말은 아니지만, 차라리 잘됐습니다."

와타라이가 데리고 있는 호위의 빈틈을 노리는 레이시아의 옆얼굴은 잔뜩 정신 집중을 한 상태였다. 메소드가 오기 전에 승부를 볼 셈인가 보다.

언제나 그들 주변에서는 눈이 핑핑 돌 정도로 상황이 빠르게 변하고 있다. 자신을 노리는 적을 앞에 두고, 정답이 보이지 않는 고민의 바닷속에 빠져 머리가 이상해질 지경이었다.

"다시 생각해 보게. 자네는 감당할 수 없어."

와타라이가 후퇴하면서 주변을 보라고 재촉했다. 둘러볼 것도 없이 스노드롭이 폭주시킨 hIE들이 실내를 가득 메우려고 몰려오는 중이었다. 자살했던 hIE들은 이제 모두 스노드롭의 뜻대로 움직이는 군대였다. 이 도시에 인공지능이 탑재되어 있지 않은 hIE는 3000대 있다. 인공지능 유닛이 파괴된 '인간 역할'까지 포함한다면 몇천 대가 넘을지 알 수가 없다.

"유카, 꼭 구해 줄게."

동생이 서서히 몰려오는 망가진 hIE들의 모습을 보고 새된 비명을 질렀다. 와타라이와 PMC 용병들과 함께 좁은 실내에서 몇십 겹으로 포위되고 있었다.

메소드는 아직 오지 않았다. 와타라이는 초조해했다.

"자네와 레이시아 앞에 있는 건 디스토피아네. '형태'에 휘둘려서 연애 감정을 품고 있다고 해도 위기감을 느끼지 못하는 게 얼마나 어리석은지 아나!"

붙들려 있던 유카가 손발을 버둥거리며 날뛰었다.

"뭐야, 왜 다들 우리 오빠를 멍청이 취급을 하는 거야?"

유카가 겁먹어 울면서도 외쳤다.

"오빠는 저렇게 어리숙한 게 딱 좋단 말이야! 속을 알기도 쉽고, 바로 부려먹을 수 있으니까 좋은 거라고. 잘 알지도 못하면서 바보 취급하지 마!"

방 안은 다리를 질질 끄는 소리로 가득 차기 시작했다. 폭주한 hIE들이 그들 모두를 향해 서서히 포위망을 좁혀 왔다.

그리고 지금 당장이라도 죽음의 늪으로 끌려들기 일보 직전인 자들은 유카라는 인질 때문에 재빠르게 움직이지 못하는 와타라이 일당이었다.

"유카를 돌려줘! 저 녀석들한테 잡히면 끌려가서 뭇매를 맞을 거야."

와타라이의 호위들은 통 형태로 된 무기를 겨누면서 hIE들을 견제했다. 바깥의 참상을 겪지 못했기에 hIE들의 해일이 얼마나 강력한 압력으로 모든 걸 짓밟아 버리는지 아직 모르고 있었던 것이다.

아라토와 레이시아 곁으로도 미쳐 버린 기계들이 임박했다. 부서진 서버 머신의 막대 형태로 툭 튀어나온 부분을 향해 폭주한 hIE가 부러진 팔을 휘둘러 때렸다. 동시에 주변에 있던 다른 좀비 hIE들도 사방에서 그 돌기 부분을 난타했다. 순식간에 사방팔방에서 두들겨 맞은 서버는 원래 형상을 알아볼 수 없게 되었다.

미쳐 버린 hIE들은 조금이라도 인간의 머리와 비슷하게 생긴 것만 보면 무차별적으로 공격해 댔다.

"대체 뭘 하는 거야, 메소드!"

와타라이의 비명이 마침내 물건을 쓰러뜨리는 굉음에 묻혀 버리고 말았다.

아라토와 레이시아를 난폭하게 잡아채려는 hIE들의 팔이 아슬아슬하게 스치면서 허공을 갈랐다.

와타라이도, 유카도, 심지어 아라토도 모두 그 얼굴은 공포로 일그러져 있을 터였다. 그러나 레이시아가 격려하는 것처럼 그에게 속삭였다.

"이제 도착했네요."

갑자기 서버룸 안으로 수많은 그림자가 뛰어들어 왔다. 그러면서 함성과 함께 벽에 난 구멍 근처에 있던 좀비들이 엄청난 기세로 떠밀렸다.

"서버를 부숴라!"

저마다 손에 막대나 공구를 든 '인간 역할'들이 이 비정상적 문제의 핵심인 서버룸으로 몰려들고 있었다. 그야말로 폭동이었다. 환경 실험도시는 파업이나 데모까지 일으키는 도시 생활을 정밀하게 재현하고 있었다.

자신의 생활을 지키려고 하는 '인간 역할' hIE들이 좀비 무리가 이곳으로 몰려온 틈을 놓치지 않고 반격에 나선 것이었다.

"부숴라!", "없애!!", "저거야." "빨리 끝내 버려!"라는 엄청난 함성이 방 안에 넘쳐났다. 순식간에 줄지어 있던 서버가 밀려 쓰러지면서 마구잡이로 부서졌다.

'물건'이 인간이 아닌 '물건' 자신을 위해서 무기를 쥐고 싸우고 있다. 이 광경이야말로 디스토피아인지 아라토는 알 수가 없었다.

순식간에 시야가 확 트여 넓어진 서버룸에서 분노로 일그러진 표정을 지은 남자들이 공구나 목재로 서버를 내리쳤다. 그 복장도 직업이나 도시 내부의 역할을 반영해서 제각각이었다.

그게 너무나도 인간답게 보였다. 이 자리의 모두가 아연실색한 사이, 레이시아가 그에게 미소를 지었다.

"모두 아라토가 한 일에서 시작된 거예요."

체격 좋은 '인간 역할' 남자를 선두로 남자도, 여자도 모두 이곳에 모였다. 어린 남자아이가 아버지 역할의 어깨 위에 올라앉아 있었다. 아라토를 가리키며 그 애가 크게 외쳤다. 쇼핑몰에서 아라토가 손을 잡아끌어 도망쳤던 아이였다.

아라토는 폭주한 hIE의 손을 힘들게 떼어내면서 저도 모르게 그 모습에 대고 소리쳤다.

"덕분에 살았어. 고마워!"

이 도시에서는 이렇게 인간처럼 '인간 역할' hIE들이 노력해서 각자의 삶을 꾸려 나가고 있다. 그 노력은 이 도시 바깥에서는 결코 돌이켜보지 않는 것이다. 그러나 인간의 노력도 마찬가지로 주변 사람 말고는 알아차리지 못하는 경우가 허다하다.

"힘내. 조금만 더 하면 돼!"

상대가 '물건'인데도 마음이 움직인다. 눈가에 시원한 눈물이 절로 맺혔다.

사실 인간이 아니라는 의미에서만 보면 좀비 hIE들과 도우러 와준 '인간 역할'들은 별반 차이도 없다. 그런데도 이해할 수 있고, 도와주려는 행동에 공감하게 되는 건 그의 사고방식이 너무 단순해서 그런 것일까.

이 도시에서 '인간 역할'의 인구는 일반적인 도시와 똑같이 일반 hIE보다 다섯 배 정도 더 많다. 그래서 인해전술로 불리하게 된 좀비들이 서로 엎치락뒤치락 아라토 일행 쪽으로 밀려 들어왔다.

노성이 오가는 와중, 유카의 손이 아라토에게 뻗어 왔다. 동생이 뭐라고 말하고 있다. 무슨 소리를 하는지 들리지 않아도 도움을 요청하고 있다는 건 확실하게 알았다.

"유카!"

힘껏 손을 뻗었다. 조금만 더 내밀면 손이 닿을 것만 같다. 그때 엄청난 힘이 아라토의 어깨를 붙들고 난폭하게 잡아끌었다. 좀비 hIE의 손아귀에 붙들렸던 것이다. 그 휘두르는 손이 머리를 때리는 바람에 순간적으로 의식이 멀어질 뻔했다.

이리저리 치이고 있는 사이, 유카의 손은 저 멀리 닿지 않는 곳까지 가 버리고 말았다. 동생을 죽게 내버려 두지 않으려고 발을 힘껏 내디디며 억지로라도 나아가려고 했다.

그때 갈색 손이 머리 위로 불쑥 나오더니 유카의 손을 잡았다. 그리고 인파 속에서 유카를 초인적인 괴력으로 세게 끌어올렸다.

너무나도 뜻밖의 일이어서 그 누구도 제때 반응할 수 없었다. 열게 쏟아져 들어오는 태양을 등진 것은 머리 장식을 단 '인간 역할'의 여성형 hIE였다. 아직 파괴되지 않은 서버 머신 위에 발을 디디며 유카를 안아 든 '그녀'는 간호사 유니폼 차림이었다.

갈색 피부에 동그란 눈망울을 가진 앳된 얼굴을 사진으로 본 적이 있었다. 카이다이 시오리가 주부 국제공항에서 인수하기로 했던, 레이시아의 기체 번호를 가졌다는 기체 마리나 사프란이었다.

"어떻게 여기에?"

hIE에 떠밀려 짓눌리고 있는 아라토한테 레이시아의 얼굴은 보이지 않았다. 그래도 아름다운 착각만은 들었다. 레이시아가 신원 정보를 빼앗은 이상, 저 갈색 피부의 소녀는 신원을 알 수 없는 기체다. 그렇지만 이 환경실험도시에서 출신 따위는 아무도 신경 쓰지 않는다. 이제는 2만 대의 실험용 hIE들 중 한 대에 불과하기 때문이다.

아라토 일행을 짓이겨 버리려고 좀비 hIE들이 자기들의 대열로 끌고 들어가려 했다.

땀과 눈물로 엉망이 된 얼굴로, 팔을 흔들고 팔꿈치로 때리면서 저항했다. 온몸이 아프고 눈에 땀이 들어가서 따가웠다. 숨쉬기도 힘들었다.

"유카 님을 안전한 곳으로 데리고 가세요. 여기는 좀 더 소란스러워질 겁니다."

레이시아가 말하자 마리나가 유카를 안은 채 서버 머신을 발판 삼아 순식간에 방 바깥으로 뛰어 나갔다.

마리나의 기체는 스타일러스 사의 최고급 hIE이다. 집 한 채 정도 가격이나 하는 초고급기는 오너의 보디가드로서도 기능할 수 있는 신체 능력이 있다. 공항에서 일어났던 공방전은 이걸로 막을 내렸다.

레이시아가 유카의 대피를 우선시한 이유를 아라토는 금방 알아차렸다.

도망칠 곳 하나 없는 실내로 꽃이 쏟아지기 시작했던 것이다.

"꽃이다."

목말을 타고 있던 '인간 역할' 남자아이가 외쳤다. 그게 얼마나 위험한지 '그들'은 전혀 알지 못했다.

스노드롭이 뿌리는 것은 기계를 지배하는 꽃잎 모양 자유닛이다. 빠져나갈 곳 없는 hIE들 위로 일곱 색깔의 꽃들이 쏟아졌다.

이상함을 눈치챈 '인간 역할'들이 발을 멈추고 위를 올려다보았다.

아라토는 '마음'이 없는 스노드롭에게서 분명한 악의를 느꼈다. '그녀'는 서버 머신이 파괴되는 와중, 도시 안에 흩어져 있던 기체들이 한데 모이는 타이밍을 역전의 한 수로 삼기 위해 기다렸던 게 분명했다.

"레이시아!"

아라토의 부름과 동시에 좀비 대군들에게 뒤덮여 있던 철관 디바이스가 연푸른빛을 뿜어 냈다. 폭주했던 hIE들이 디바이스의 주변에서 도망치듯 뒷걸음질 쳤다. 그곳에 있던 레이시아의 머리 장식과 눈동자도 연푸른색으로 반짝거렸다. 스노드롭과 비교해서 그 발광 시간은 10분의 1도 채 되지 않았지만, 빛을 뿜는 방식은 매우 흡사했다.

그리고 실내에 있던 '인간 역할'들이 모두 자기 손으로 꽃잎을 털어내기 시작했다. 머리에 몰려들려고 하는 자유닛을 정확하게 떼어 털어내면서 손을 움직일 수 없는 옆 사람까지 위험에서 구해 주었다. 마치 이제까지 갖고 있지 않았던 정보나 능력을 순식간에 획득한 것 같았다.

그저 머릿수로 밀고 들어오기만 했던 '인간 역할'들의 움직임이 군대처럼 조직적인 것으로 변했다. 훌륭한 격투술로 좀비를 때려잡으며 내부 구조까지 확실히 이해하고 있다는 식으로 머신을 정확하게 파괴해 나갔다.

아라토를 때리고 있었던 마지막 폭주 기체까지 떨어져 나갔다. 마침내 해방된 아라토는 안도의 한숨을 내쉬며 엉덩방아를 찧었다.

사태는 점점 수습되고 있었다.

레이시아가 디바이스를 질량 투사 모드로 변형시켜 스노드롭이 있던 부근으로 포문을 겨눴다. 그 사선 상에 있던 '인간 역할'들이 재빨리 대피했다. 그러나 이미 스노드롭의 모습은 없었다.

피로와 긴장으로 부들부들 떨리는 무릎을 붙들고 아라토는 간신히 몸을 일으켰다. 료는 지금 메소드를 혼자 힘으로 붙잡고 있다. 이곳의 소동이 정리되더라도 아직 모든 문제가 해결된 것은 아니다. 아버지나 여기 직원들이 무사한지 확인도 해야 했다.

대부분의 서버 머신을 파괴해서 그런 것인지, 아니면 스노드롭이 떠나서 그런 것인지 좀비들의 움직임이 멈췄다.

그리고 세계가 다시 바뀌었다.

"이상하네."

그렇게 말하며 얼굴의 인공 피부가 벗겨진 남성형 hIE가 머리를 긁적였다. 실내에서 어색한 움직임으로 날뛰고 있던 것들이 전부 원래대로 돌아왔다.

뼈가 부러진 기체가, 피부가 다 벗겨진 기체가 갑자기 다른 이들을 공격하는 것을 멈췄다.

"서버룸이 파괴됐잖아. 도시 관리 센터에 연락해야겠네."

머리가 움푹 찌그러진 여성형 hIE가 치마 주머니에서 휴대 단말기를 꺼내어 통신을 시도했다.

아라토는 찌그러진 장난감 사과를 집어 들었다. 팔이 부러진 소년형 hIE가 다가왔다. 이 마을에 와서 제일 처음 만났던 소년형 hIE

였다.

“그거 제가 받은 건데요. 왜 이런 곳에 있지?”

아까까지만 해도 폭주하고 있던 기체들이 저마다 왜 여기에 있는지 모르겠다는 식으로 한마디씩 했다. 그게 기묘할 정도로 인간미가 넘쳐서 으스스한 기분이 들었다.

“자신이 여기에 있는 이유를 근처에 있는 ‘인간 역할’에게 설명하려고 하는 겁니다.”

레이시아가 곁으로 다가왔다. 슈트 목에 붙어 있던 인증 유닛은 이제 없었고, 슈트의 천에도 그을린 자국이나 찢겨 나간 흠이 난 상태였다.

미쳐 돌아가던 세상이 완벽하게 정상으로 돌아왔다. 와타라이는 hIE를 클라우드와 현실을 합치기 위한 도구라고 말했다. 그 말대로 서버에서 이상 사태의 원인을 제거하자 출력 디바이스로서의 hIE도 순식간에 본래대로 회복되었다. 허망할 정도로 사태가 해결되자 이제까지 봐 왔던 hIE들의 모습도 사실은 이렇게나 모호하고, 인간들과 매우 다르다는 것을 새삼 깨달은 기분이었다.

모든 것이 현실이 아니었다는 것처럼 기묘한 웃음이 치밀어 올랐다. 그러나 아라토의 입가는 곧 굳어 버렸다.

부서져 잔해만 남은 머신이 드리운 그림자 속에서 신발이 벗겨진 사람의 다리가 보였기 때문이다.

축제가 끝난 듯, 열기가 포화된 실내에 싸늘하게 식어 버린 것이 있었다.

이제 위험은 사라졌는데도 쿵쾅거리는 심장이 가라앉지를 않았다. 그래도 발걸음을 내디뎌 확인하지 않을 수가 없었다.

폭주 hIE들은 '인간 역할'의 머리를 때려 인공지능이 탑재된 머리 장식을 파괴하면 동료로 만들 수 있다는 사실을 숙지한 상태였다. 그래서 인간의 머리처럼 보이기만 하면 때려 부수려고 했다.

이 소동의 마지막 순간에 와타라이와 그 호위들이 좀비 무리에게 삼켜지는 광경을 목격했다. 호위들은 헬멧이라도 쓰고 있었지만, 딱 한 명만이 그렇지 않았다.

인간의 머리가 으깨어지면 어떻게 되는가. 바로 그 대답이 아라토의 발밑에 구르고 있었다.

와타라이 긴가는 이미 죽은 뒤였다.

관절이 엉망진창으로 뒤틀리고, 머리까지 깨진 그 몸뚱어리는 더는 움직이지 않았다. 자살 hIE들과는 달리 온통 피투성이였다.

이 남자는 악당이었다. 그래도 이번 사건에서 제일 풍부한 지식과 식견을 가진 사람이었다.

메소드의 오너인 이 남자한테서 유카를 되찾으러 왔다. 료를 구하기 위해서라도 맞서야 할 상대였다.

위장이 도려지기라도 하는 것처럼 울컥거리는 발작이 일었다. 몸을 웅크리며 위장 속을 게워 냈다. 체액을 바닥에 토해 내자 이제 참을 수 없을 정도로 눈물과 콧물이 줄줄 흘렀다.

아라토는 와타라이가 살아 있길 바랐다. 동생을 납치했고, 레이시아를 빼앗으려 했으며, 자신까지 죽이려고 했던 인물인데도. 이 남자한테 좀 더 많은 것을 물어보고 싶었다.

여러 가지 의미에서 이를 어쩌면 좋을까 하고 생각했다. 사람이 죽었으니까 경찰에 신고해야 했다. 아버지한테 어떻게 설명해야 좋을지 알 수가 없었다. 그리고 레이시아급 hIE라는 인류 미답 산물을 둘러싼 사건의 착륙점을 완전히 잃고 말았다.

동생이 바로 곁에 있으니 여기서 계속 웅크리고 있을 수는 없었다.

얼굴을 들었다. 숨을 쉬려고 해도 신음 같은 가느다란 호흡밖에 나오지 않았다. 소매로 입가를 훔치면서 일단 바깥으로 나가려고 했다.

실내에 다시 그림자가 드리워졌다. 누군가가 걸어오고 있었다. 어쩐지 인간이라는 느낌이 들었다. 발을 움직일 수가 없었다. 지금 이 상황을 어떻게 설명하면 좋을지 몰랐기 때문이다.

그러나 무너진 잔해를 밟고 들어온 이의 얼굴을 보고 아라토는 안도한 나머지 사고가 완전히 멈추고 말았다.

친구인 료였다.

"료, 와타라이가 죽었어."

그 사실은 말로 하니 너무나도 건조할 뿐이었다. 친구가 얼굴에서 표정을 지우며 이쪽으로 왔다. 그러다 료의 뒤를 따르는 메소드를 발견했다. 그 거리감은 마치 아라토와 레이시아의 것과 비슷했다.

"왜 메소드가 여기에 있는 거야?"

"내가 와타라이한테서 이 녀석을 빼앗았으니까."

료가 얼굴을 쳐다보지도 않고 아라토 곁을 스쳐 지나갔다.

와타라이는 죽기 직전 몇 번이나 메소드를 불렀다. 그러나 '그녀'는 응하지 않았다.

레이시아도 실내에 넘쳐나던 좀비 hIE들을 전부 제거하지 않았다. 유카를 구하기 위해서였다. 그러나 의심하고 들자면 애당초 벽에 큰 구멍을 낸 건 레이시아였다. 어디까지 계산하고 있었던 건지 알 수가 없었다.

이 환경실험도시에서 인간이라는 존재까지 모든 것이 자동화되어 있다. 그러나 그들 앞에 놓여 있는 시체의 어찌할 수 없는 '의미'는 자동화할 방법이 없었다.

스스로 어스름 속에 발을 디딘 친구의 표정이 보이지 않았다.

"이걸 시작한 건 와타라이였어."

악당의 시체를 내려다보며 료가 말을 토해 냈다.

와타라이가 한 짓으로 인해 바깥세상으로 나온 메소드도, 그리고 레이시아도 침묵만 지킬 뿐이었다. 아무 생각 없이 휩쓸리기만 해 온 아라토에게 답이 보일 턱이 없다.

"왜 이렇게 된 거야?"

료의 대답이 화염처럼 아라토가 품고 있던 무엇인가를 태웠다.

"이렇게 될 때가 왔으니까. 나한테도 원하는 것도, 용서할 수 없는 것 정도는 있어."

사카마키 카즈마 경부는 담담하게 취조실 안을 관찰했다. 형사 두 명이 금속제 책상 앞에 앉아 소년을 취조하는 중이었다. 갈색 머리 소년은 누구한테 물어도 선량해 보인다는 대답이 돌아올 법한 순한 얼굴이었다.

경찰서에 배치된 hIE가 시큐리티 단말기에 조서를 입력하는 키보드 소리만이 단조롭게 울려 퍼졌다.

관할서의 베테랑 형사가 책상에 팔꿈치를 괴며 손가락으로 펜을 돌려 댔다. 조사를 받는 소년은 살풍경한 실내 분위기 때문에 거북해하는 얼굴이었다.

사카마키가 있는 감시 장소는 취조실 내부에서 보면 그저 벽으로만 보인다. 그러나 다소 시대가 진보되었다고 해도 경찰 일은 그리 바뀐 것이 없었다. 살인 사건 첫 번째 발견자의 증언이 여전히 제일 중요한 것도 마찬가지였다.

최초 발견자인 소년은 엔도 아라토라고 했다. 사건이 발생한 차세대 환경실험도시의 연구 주임을 맡은 엔도 코조의 아들이다. 사망한 와타라이 긴가와 당일 아침에 몇 분 동안 대화를 하는 모습이 도시의 감시장치에 녹화되어 있었다. 대화 내용은 hIE의 기초 지식에 대한 것이었다. 맨션에서 hIE들이 막 투신하기 시작한 후부터 강의가 이루어졌으니 시간상으로 보면 그리 부자연스럽지는 않다. 다만 신경 쓰이는 부분이라면, 강의 도중부터 심해진 투신에 의한 충격음과 주변 음성 때문에 대화를 완전히 재현할 수 없었다는 점이다. 녹화 화면상으로는 바로 그 순간, 사건 최초 발견자와 피해자는 한창 언쟁을 벌이던 참이었다.

소년의 증언에 따르면, 피해자가 그의 동생을 납치했다고 알리자 말다툼까지 하게 되었다고 했다. 납치에 대해서는 엔도 유카 본인의 증언과 일치했다. 밈프레임 사 연구 부문에서 실질적인 정점에 있던 남자가 왜 그렇게 했는지는 여전히 수수께끼였다.

형사로서의 감이 엔도 아라토가 중요한 사실을 숨기고 있음을 알려 주었다. 사카마키는 와타라이 사건을 경비국 전산 2과의 사건으로서 다룰지 정하러 왔다.

〈어떻습니까, 경부님.〉

곁에 있던 히메야마 류지 경부보가 암호 통신으로 메시지를 보내왔다. 경시청에서 발탁되어 오랫동안 공안 밥을 먹어 온 경관 중에는 신체 개조 시술을 받은 자가 적지 않다. 히메야마는 시각에 정보 화면을 오버랩하는 인공 망막과 사고 링크형 통신기를 몸에 심어 놓은 상태다. 범죄자나 과격한 일당들이 신체를 기계화하는 경우가 잦아서, 단속하는 쪽도 기계화가 불가피했다.

히메야마와 같은 식으로 여기까지 올라온 사카마키도 사건을 실질적으로 처리하는 관할서 형사들을 배려해서 암호 통신으로 대답했다.

〈이건 우리가 다루어야 할 사건이 아닌가? 차세대 사회연구 센터는 국내에서 인공지능 유닛을 제일 많이 취급하고 있으니까.〉

경시청 경비국 전산과는 네트워크의 감시와 크래킹 대책, 크래커의 적발을 주된 임무로 한다. 특히 사카마키가 있는 전산 2과는 거기서 인공지능의 감시만을 목적으로 독립된 부서다. 규모는 전산과보다 더 작은데, 소수 정예만을 모아서 그런 것이 아니라 인공지능 범죄의 발생 혹은 적발 자체의 건수가 적기 때문이다.

〈경부님은 항상 까다로운 사건만 고르시는군요. 척 보기에도 배경부터 거물의 냄새가 나지 않습니까.〉

히메야마의 사고 링크형 무선이 들어왔다. 밈프레임은 와타라이의 정보를 숨기고 있다. 엔도 코조를 비롯한 차세대 환경실험도시의 연구원들은 비정상적인 행동을 일으킨 hIE들로부터 몸을 지키기 위해 제대로 움직일 수 없었다고 한다. 그저 수상쩍다고 의심할 만한 수준이 아니었다.

사카마키도 통신으로 답했다.

〈인간의 지능을 뛰어넘는 인공지능을 인간 경찰이 추적해야 하잖나. 게다가 우리가 주로 다루는 범죄 사건 수준에서 봤을 때, 그런 설비를 갖춘 것만 봐도 여간내기가 아냐. 하지만 그게 우리 일이야.〉

〈고생한 것에 비해 보람이 보통 없는 게 아니군요.〉

히메야마는 전직 기동대의 돌입대 소속이라서 신체의 상당 부분을 기계화했다. 인공 근육과 그걸 지탱하는 골격까지 금속으로 보강하는 대형 임플란트 기기는 도시 환경에서 활동하는 사람만이 다루는 장비로, 정밀한 유지 보수가 필요하다. 그렇게까지 만든 몸을 활약의 기회도 없이 대기시키는 경우도 허다했다.

사카마키는 전산 2과 과장인 카미키 세로 경시정에게 연락을 넣었다. 바로 통화가 이어졌다. 과장은 거의 공도 세우지 못하는 지위에 앉겠다고 자원한 괴짜이다.

〈사카마키, 와타라이 살해 사건은 어떻게 됐나?〉

〈수사해야 한다고 봅니다. AI 사건치고는 뒤처리가 너무 조잡하다는 게 이번 사건의 단서가 되겠군요.〉

사카마키는 감시실에서 조사를 받는 엔도 아라토를 바라보았다. 인공지능이 범죄 행위에 연관되었을 때 이렇게 머리 회전이 빠르지 않은 사람은 말단으로만 이용된다. 그런데 이번에는 최초 발견자라는 사건의 중심이었다.

엔도 아라토는 뭔가를 숨기고 있다. 사카마키는 이리저리 의심하며 면밀하게 검증했다.

소년은 피해자가 동생인 엔도 유카를 납치하여 살해 현장이 된 서버룸에서 hIE를 내놓으라고 강요했다고 증언했다. 유카는 와타라이에게 납치당해서 환경 관리실에 붙들려 있었다. 그러다 와타라이와 PMC 용병 두 명에 의해서 인접해 있던 서버룸으로 끌려갔다.

현장 근처에 있는 쇼핑몰 바닥이 화염 방사기로 태워 버린 것처럼 잔뜩 탄 상태였다. 게다가 완전히 분해된 52대 정도 되는 hIE가 어지러이 널린 채였다. 서버룸 벽에는 전차가 포격하기라도 한 것처럼 커다란 구멍까지 뚫려 있었다. 엔도 아라토는 이게 누구 소행인지 모른다고 주장했다.

소년의 hIE인 레이시아는 신고를 받은 경찰관이 도착했을 때, 원피스 차림일 뿐 적어도 대포는 들고 있지 않았다. 하지만 오너인 소년은 정밀 검사에 응하지 않았고, 분해하지 않고 할 수 있는 검사로는 신고나 제조사 기재 항목과 일치했다.

그리고 이번에 가장 중요한 증거는 서버에 붙어 있던 꽃잎 모양의 로봇 무리였다. 경찰 데이터베이스로 살펴보니 오이 산업진흥센터 사건에서 헬기에 붙어 있던 것과 동일했다. 이 살인 사건은 두 명의 기자를 희생시킨 그 일과 이어져 있음이 분명하다.

사카마키가 짐작하는 대로 두 사건이 이어진다면 최근 10년 사이에 발생했던 것 중 가장 심각한 인공지능 사건이었다. 그는 전율했다.

〈과장님은 조잡한 증거 처리를 보아 이 사건이 바로 그 문제에서 비롯된 것이라 생각하십니까?〉

카미키는 처음부터 그렇게 짐작하고 사카마키를 보내 확인시켰던 것이었다.

〈규모에 비해 은폐의 우선순위가 지나치게 낮으니까. 마침내 올

것이 온 거지.〉

현재 세계 곳곳에서는 인간이 저질렀다고 하기에는 으레 발견되는 실수나 방심을 전혀 찾아볼 수 없는, 지나치게 주도면밀한 지능범죄가 서서히 늘어나고 있다. 이건 범죄에 인공지능이 응용되는 부류로서, 국제 인공지능 기구인 IAIA(International Artificial Intelligence Agency)의 초고도AI 아스트라이아가 예측한 대로였다. 그리고 그 예측은 인공지능 범죄가 격화하여 언젠가 이번처럼 터닝포인트를 맞이하리라는 것도 암시했다.

〈위법 행위에 손을 물들인 인공지능끼리의 충돌 말입니까?〉

범죄 조직은 경찰의 압박과 단속으로 대부분은 범죄자끼리의 항쟁으로 소모한다. 그건 인공지능이 얽혀도 변하지 않는다. 환경실험도시에서 일어난 기묘한 사건은 그야말로 이 인공지능끼리의 싸움일 가능성이 컸다.

〈과연 환경실험도시는 그 일에 얽혀 있는 건지, 아니면 단순히 휘말리기만 한 건지.〉

카미키는 수완가다. 그러나 인공지능은 성능에 따라서는 그 판단마저 웃돈다.

공안 경찰에 전산 2과가 설치된 궁극의 목적은 일본의 초고도AI를 봉해 두려는 체제를 유지하기 위함이었다. 인간은 인류 미답 산물의 은혜를 누리면서도 초고도AI를 두려워한다. 그래서 결코 네트워크에 이어지지 못하게 격리하고 있다. 만에 하나 그게 자유를 얻는다면 인류 세상은 끝장이 날지도 모른다고 생각하기 때문이다.

인공지능끼리의 충돌이 격화되어 더욱 높은 계산력을 필요로 하는 일이야말로 초고도AI의 해방에 이르는 로드맵의 중대한 도표로 여기고 있었다.

카미키가 귀띔이라도 하는 것처럼 말했다.

〈그 엔도 씨 집에 있는 hIE는 확보할 수 있겠나?〉

〈오너인 소년이 거부하고 있습니다. 특별한 이유가 없는 한 손을 댈 수는 없겠죠. 대책 없이 나섰다가는 엔도 씨한테 불을 댕기게 될 것은 뻔합니다.〉

고도 인공지능 세계는 좁다. 소년의 아버지 엔도 코조라면 벌써 20년 이상이나 전산과가 감시하는 것으로 유명한 인물이다. 미코토의 프로토타입인 마츠리의 존재가 경찰의 심기를 건드렸던 것이다. 엔도 코조가 만들려고 하는 자동화된 사회에서 '인간 경찰관'은 거의 필요 없다. 사적 원한이라고 하는 사람도 있지만, 사회에서 있을 자리를 잃는 쪽이 후계자의 자질을 엄중히 심사하려고 하는 건 오히려 자연스러운 일이다.

〈인공지능이 인간을 뛰어넘은 특이점의 한가운데에 있으니까 꼭 권력자들이 격동하는 사회를 연착륙하게 해 주길 바란다만. 그런데 오히려 이상한 짓만 더 하는군.〉

카미키의 자신감이 통신 너머로도 배어 나왔다. 엔도 코조는 10년 전에 밈프레임 사의 공개 실험 폭파 사건 이후, 경찰에 매우 비협조적인 태도만을 취하고 있다. 그 당시의 피해자도 엔도 아라토다. 이들의 상사는 숨겨진 무엇인가와의 충돌까지 포함해서 각오를 다진 것이다.

취조실에서는 엔도 코조의 아들이 잔뜩 지친 표정으로 조사 담당의 형사 이야기를 듣고 있었다.

곁에 있던 히메야마가 문득 뭔가 떠올랐다는 듯 소년을 가리켰다.

“우리 고향 집에서 기르던 개가 생각나는데요?”

그가 암호 통신이 아닌 육성으로 말했다. 평범한 잡담이었다. 그러나 이럴 때 히메야마의 감은 정확하다.

“머리도 나쁘고, 누구에게나 꼬리를 흔들며 다가가는 그런 개 있잖아요. 하도 사람을 잘 따르고 성격이 좋다 보니 지나가던 사람부터 배달하는 hIE까지 잘 쓰다듬어 주지만, 아무리 꾸짖어도 개는 주인이 싫어하는 사람한테까지 쫓아가곤 하죠.”

평범한 사람은 취조실에 들어가면 지치고 만다. 살인 사건의 최초 발견자가 되어 몇 번이나 경찰 조사를 받으면 어른이라도 정신이 갉아 먹히고 만다. 사카마키가 보기에 소년은 시체를 봤을 때 겪는 당연한 충격을 느끼고 있을 것이고, 막연하게나마 죽음에 대한 불안감도 품은 게 분명했다. 그러나 엔도 아라토는 자기 자신도 모르는 모양인지 이따금 표정이 풀어지곤 했다. 취조하는 형사가 조사의 완급을 조절하며 동정하는 태도만 보이면 아무한테나 머리를 들이미는 멍청한 개처럼 일일이 기뻐했기 때문이다.

히메야마가 감탄했다.

“저건 선천적으로 스트레스를 잘 쌓아 두지 않는 타입이네. 아마 압박을 가해도 별 효과도 없을 겁니다.”

"미성년자를 심하게 닦달할 생각은 하지 마. 증거만 착실하게 찾으면 될 일이니까."

현 상황에서는 이 이상 조사를 통해 파고드는 건 매우 어렵다.

그리고 히메야마가 암호 통신으로 다시 바꾸어 말했다.

〈사카마키 씨, 와타라이 살해와 환경실험도시의 폭주에 이 소년은 어디까지 연관되어 있을까요?〉

〈주부 국제공항 폭파 사건도 포함해서 말이지.〉

사카마키는 인공 망막에 전산 2과의 지원 AI '메이트릭스'가 보낸 정보와 바깥 풍경을 겹쳐서 띄우도록 했다. 엔도 아라토가 항체 네트워크의 테러리스트이기도 한 '붉은 소녀'를 만났던 모습이 담긴 감시 카메라 화면이 나왔다. 오이 산업진흥 센터 습격을 지휘한 '그녀'는 국내 범죄 기록도 없고, ICPO 데이터 베이스에도 아무 기록이 없었다. 그리고 와타라이 사건이 일어나기 일주일 전, 이 소년은 테러리스트가 있는 곳에서 몇십 미터 떨어진 hIE 주기장(駐機場)에도 있었다.

〈항체 네트워크 일원일까요? 울분을 품는 성격으로는 안 보이는데.〉

히메야마가 의외라는 듯 방향을 바꾸어 소년을 쳐다보았다.

사카마키한테도 그렇게 보였다.

〈AI 사건은 범법자들을 쫓는 일이 아니니까.〉

AI가 일으킨 사건을 조사할 때의 기본이다. 일반적으로 경찰은 범죄자라는 인간을 추궁한다. 그 어떤 인간도 전혀 죄를 범하지 않고는 살아갈 수 없듯이 범죄라는 것은 인간이라는 거대한 시스템이 가진 폭 안에서 발생한다. 그러나 AI 사건은 다르다. 그곳에서 인간은 범죄의 주역도 아니다.

범죄를 자동화하는 AI는 아날로그 핵을 자주 이용한다. hIE처럼 신체적 특성을 위장하는 경우도 있는가 하면, 화상이나 음성 데이터만 조작하기도 하지만 '형태'를 통해서 의식 속에 시큐리티 홀을 만드는 것만큼은 동일하다. 그리고 인간은 사건 속에서 실컷 유도만 당한다. 아날로그 핵 자체는 위법이 아니어서 AI에 의해 도구로써 확보된 인간은 수천 명이나 된다고 한다.

사카마키는 취조실 안의 엔도 아라토를 가만히 관찰했다. 착해 보이는 소년이 피곤해서 잠이 오는지 눈을 껌뻑거렸다.

소년은 이 사건 속에서 아날로그 핵을 당해 인공지능의 도구로 쓰이고 있는 것은 아닐까.

이 사건의 어둠은 아마도 터무니없이 넓고 깊을 것이다. 사카마키의 감이 그렇게 고하고 있었다.

* * *

카이다이 료는 자신이 도구로써 이용되고 있는 것은 아닌지 자신의 행동을 면밀하게 확인했다. 메소드의 오너가 된 이후, 매일같이 자문하는 것이 일상이었다.

그도 메소드를 곁에 두고 나서부터 계속 아날로그 핵을 당하는 중이다. 버티거나 그냥 받아넘기는 일은 가능해도 '그녀'를 감각적으로 인지하고 있는 이상 회피는 불가능하기 때문이다.

새로 마련된 리무진 안에서 료는 일과로서 데이터 정리를 하게 되었다.

메소드의 오너가 되어 처음으로 알게 된 사실은 와타라이의 영향력이 그가 상상했던 것보다 훨씬 크다는 점이었다. 와타라이는 도쿄 연구소의 주임 연구원인 동시에 메소드의 오너가 되는 것으로 회사 내 친 컴퓨터 파벌의 요직에 앉아 있던 인물이었다. 그만큼이나 커다란 영향력을 행사하던 자가 갑자기 사망하고 말았다.

그의 단말기에는 1분 단위로 메시지가 송신된다. 와타라이가 구축했던 인맥과 영향력 밑에서 오는 것들이었다. 밈프레임의 문제 중심에는 초고도AI 히긴스라는 거대한 힘이 자리하고 있으며, 와타라이는 그걸 둘러싼 권력을 제어하고 있었다. 료는 사고방식은 전혀 달랐지만 와타라이가 유능했다는 것만큼은 인정하지 않을 수가 없었다.

"네 힘으로 상황을 제어하고 싶은 거잖아? 힘들다고 쉬고 있을 틈이 있어?"

맞은편 위치에 배치된 가죽 시트에 주황색 머리의 여자가 앉아 있었다. 비즈니스 정장을 빈틈없이 갖춰 입었지만, 꼬고 있는 다리만은 금속제였다. 요즘은 메소드가 비서와 같은 태도로 곁에 있었다.

"공안이 조사에 나섰어. 괜히 서둘러서 실수를 저지르지 말고 일단 토대부터 다지는 게 중요해."

메소드가 씩 웃는 것처럼 입매를 끌어올렸다. 와타라이는 죽었지만, 그의 형태(meme)는 여전히 남았다.

"스노드롭이 하도 화려하게 증거를 남긴 바람에 좀 숨긴 것 가지고는 공안이 금방 알아내지 않을까?"

이번 사건은 어떻게 해 볼 수 없는 일들이 너무 많았다. 메소드나 레이시아급 hIE 등등 경찰에는 차마 말할 수 없는 사실들이라 아라토와 미리 말을 맞출 수밖에 없었다. 가장 큰 문제는 시체와 함께 대량의 꽃잎 모양 자유닛이 남아 버렸던 점이었다. 그래서 료는 4월에 일어났던 폭파 사건 당시에 스노드롭이 도주했다는 것을 경찰에 밝히지 않을 수가 없었다.

"사건 당시 와타라이는 다섯 대 모두를 분실했다고 증언했었지?"

"맞아. 그래서 너는 경찰에 24시간이나 구속되었지. 한 대가 남아 있으니 다른 네 대까지 의심받는 것도 당연하지."

메소드는 그에게 최소한의 정보밖에 주지 않는다. 와타라이 긴가의 죽음으로 가장 이득을 본 건 메소드다. 모든 것을 시작한 남자가 행했던 일에 대해서 전체상을 소상히 알고 있는 이는 오직 '그녀'뿐이다. 그 일을 이어받기 위해서는 메소드의 도움이 필수불가결했다.

"아직 경찰은 네 존재까지 파악하지는 않았겠지?"

료마저도 메소드 곁에 있으면 더는 인간이 필요 없는 현실을 절절히 느낀다. Type-004는 높은 적응력을 가진 인공지능을 갖추고 공고한 갑주와 최강의 출력을 자랑하는, 기초 능력이 매우 우수한 기체다. 그런 기계 성능을 갖춘 초인 메소드보다 인간이 더 뛰어난 부분은 무엇 하나 없었다.

"나는 인간을 확장하는 도구이지, 정보전에 특화한 기체가 아니야. 그런 세부적인 건 네가 맡아 주면 좋겠어."

"시키는 대로 해 주지. 내게도 사활이 걸린 문제야."

와타라이 사건 이후, 2인조 형사가 빈번히 찾아오곤 했다. 메소드가 말하길, 경찰청 경비국 전산 2과 소속의 공안 경찰이었다. 세계적인 기업인 밈프레임의 본사 연구소 주임 연구원이 사망했기 때문이다. 그것도 일본에서 가장 많은 인공지능을 집중 운영하는 환경실험도시에서. 이미 업계 전반으로 격렬한 파문이 퍼져, 항체 네트워크나 비슷한 조직의 활동이 세계 곳곳에서 격화되고 있는 판국이다.

"나를 편리하게 써먹기만 할 생각은 하지 않겠지. 내가 없어지면 밈프레임은 끝장일걸."

메소드는 자신의 유능함을 자랑했다.

"수사의 손이 회사로 뻗지 않도록 경찰에 압박을 가할 거야. 이건 와타라이가 했던 방식을 참고로 하는 대책이면 되겠지?"

많은 시인이 전통적인 구문 제한을 이용하는 것처럼 인간의 뇌는 제한을 두는 편이 창조성을 높일 수 있다. 료는 이 미쳐 버린 상황을 자신의 능력을 끌어내는 기회로 삼기로 했다.

"와타라이가 하는 짓에 느끼는 바가 없는 건 아니지만, 권력이나 지속해 온 일에 공백을 만들어서 괜히 벌레라도 숨어들게 하는 건 내키지 않아."

밈프레임은 hIE 업계의 기반을 짊어지는 거물이다. 그리고 메소드는 그 점을 뒤흔드는 음모 속에서 유일하게 제대로 된 정보를 가지고 있는 최강의 호위 겸 공작원이다. 료는 이 인류 미답 산물을 통해 와타라이가 어떠한 목적으로 구축한 거대한 영향력을 손에 넣었다.

"네가 계승자야. 네게는 나를 둘러싼 권력을 관리할 의무가 있지."

와타라이는 배신만 당하지 않았더라면 실험도시의 싸움에서 충분히 이길 수 있을 정도로 유능했다. 최소한 레이시아라는 먹이로 잡아 두었던 스노드롭을 메소드를 가지고 파괴할 수 있었던 것이다. 결정적인 타이밍에서 메소드를 빼앗은 료의 죄는 매우 무거웠다.

이제 일상으로는 돌아갈 수 없다. 메소드가 부적합하다고 판단되면 그도 배신당하고 죽음을 맞을 수 있다.

료의 단말기에는 대화 중에도 온갖 잡다한 일이 자꾸만 도착했다. 원래는 남한테 맡겨야 하지만 한 번 놓치면 두 번 다시 접하기 힘든 정보도 많다. 학교를 쉬어 가면서라도 애써 모든 것을 확인했다.

"참 마음대로 안 된다. 와타라이가 없어져서 좀 나아질 줄 알았는데, 오히려 그 구멍을 내가 메우는 꼴이 되다니."

와타라이가 있었던 덕분에 사건의 발각을 막을 수 있었고, 경찰도 찾아오지 않았다. 질서가 유지되면서 그들의 학교 생활은 한 달 이상이나 평온했다.

이제까지 무자각 상태로 누리던 걸 지속하기 위해서 이해득실만 따지는 어른들의 세계에 발을 들인 것에 후회하지는 않았다. 그리고 죄를 범해 이전처럼 살 수 없게 된 것도 합당한 대가다.

료가 탄 차는 오차노미즈 역 앞의 병원에 도착했다. 여기에는 동생인 시오리가 입원 중이다.

입원한 지 2주가 넘어서야 처음으로 동생의 문병을 왔다.

리무진에서 내리는 그를 메소드가 배웅했다.

"나도 상황은 잘 알아. 따라가지 않을 테니까."

대신 hIE 운전기사가 그의 보디가드로 뒤를 따랐다. 료가 타는 차의 운전기사는 항상 hIE였다. 인간의 귀에 들어간 정보를 지우는 것보다 '물건'에 대해 그렇게 하는 편이 더 간단하다는 이유에서였다.

시오리의 병실은 8층 개인실이었다. 병원에 들어가자 정보 허가 수준에 맞춰서 안내 정보가 휴대 단말기나 hIE로 자동 입력이 된다. 인간 간호사가 줄어들고 있어서 병원 안을 오가는 건 hIE 의사나 간호사뿐이었다.

보디가드 hIE를 앞세워 청결한 복도 안을 걸었다. 폭발 사건에 휘말려 입원한 게 거의 10년 전 일인데도 여전히 병원 냄새만 맡으면 도무지 진정이 되지 않았다.

"시오리 님은 점심 식사를 마치고 쉬고 계십니다."

보디가드 규격을 맞추기 위해 얼굴을 장갑(裝甲)으로 덮은 hIE 운전기사가 정중하게 알려 주었다. 료의 개인 인증 태그를 인식하고 병실 문이 자동으로 열렸다.

동생, 카이다이 시오리가 창가 자리에 설치된 침대에 앉아 상반신을 일으키고 기다리는 중이었다. 여위어 보이는 게 싫었는지 긴 검은 머리칼을 위로 올려 정리해서 빗으로 고정한 모습이었다.

"오랜만이야, 오빠. 와타라이 주임님 일은 정말 유감이네."

시오리는 몇 개나 되는 링거나 드레인 튜브에 이어져서 온몸이 관으로 뒤덮인 채였다. 그래도 잠옷 차림의 동생은 품위 있고 의지가 강한 소녀로 보였다.

"빨리 문병을 오지 못해서 미안해."

"오빠는 자기 자신이 더 중요하잖아? 항상 그랬어."

괴로운 시간 속에서 가족의 거리가 메워질 것이라고 기대하지는 않았다. 그러나 생각했던 것보다 시오리의 태도는 훨씬 더 딱딱했다.

"여기 오래 못 있지? 그러면 한 가지 물어보고 싶은 게 있는데."

시오리가 잔뜩 고민스러운 눈으로 료를 쳐다보았다.

"아라토 오빠는 공항 사건 때도 오빠한테 도움을 구하지 않았어? 생각할 시간만은 많아서 그때 일을 몇 번이나 떠올려 보곤 했거든."

동생이 입원한 날, 료의 단말기로 아라토한테서 몇 번이나 연락이 도착했다. 시오리가 눈치채는 것도 당연한 일이었다. 그와 아라토는 10년 전부터 그런 사이였기 때문이다.

"어떻게 될지 알았던 거 아니야? 오빠는 메소드의 오너가 되는 걸 그때부터 고려하고 있었어?"

"내가 메소드를 손에 넣기 위해서 가족을 버렸다고 말하고 싶은 거야?"

시오리는 고개를 끄덕이지 않았다. 다만 관을 꽂은 몸으로는 힘들 텐데도 그를 계속 응시하기만 했다.

대충 아무 말이나 해서 넘어가면 될 것을 알고 있어도 그럴 수 없었다. 시오리는 지금 예전에 겪었던 폭파 사건 후에 아무것도 믿을 수 없게 된 그 자신처럼 의심과 공포에 사로잡혀 있었다. 료는 그곳에서 동생을 구해 줄 수 있을까 하는 의문이 들었다. 그러나 메소드나 주변 상황이 정보 누출을 허락하지 않았다.

"진실을 말하는 건 나한테 너무 버거운 일이야."

솔직하게 말할 수 없었다. 시오리의 병간호와 시중을 드는 간호사 hIE가 침대 곁에 대기하고 있었다. 말하면 녹음이 된다.

"한 가지만 대답해 줘. 나를 죽이려고 했던 건 와타라이였어? 아니면 메소드였어?"

료는 차마 대답할 수가 없었다. 그 자신도 몇 번이나 검토했던 문제였다. 아마 시오리 자신도 아는 대로, 동생이 살아 있는 것도 전부 아라토 덕분이다.

와타라이는 시오리를 처리하라는 명령을 내린 게 분명했다. 메소드가 료라는 새로운 오너에게 가장 먼저 시킨 일은 와타라이가 내린 귀환 명령을 거절하도록 료를 호위하라는 명령을 하라는 것이었다. 메소드의 오너에게 자신의 생명줄이 되는 hIE의 움직임을 불안정하게 할 수 있는 다른 오너는 최대의 적이다. 와타라이가 그냥 놔둘 리가 없다. 환경실험도시에서 레이시아의 소유권을 확실하게 획득했더라면 아마 와타라이는 아라토도 죽였으리라.

그리고 메소드도 시오리를 그렇게 만들고 싶었다. 장래에는 자신을 봉인할 셈인 시오리가 유일한 오너가 되는 것만은 용인할 수 없었을 테니 말이다. 계약시 메소드는 료에게 오너 상태를 유지할 수 없는 경우에는 시오리의 목숨도 빼앗겠다는 명령서에 사인하게 했다. 최대의 경계 대상이었기에 동생은 이렇게까지 정신적으로 내몰리고 말았다. 메소드는 자유롭게 움직이기 위한 활동을 쟁취하기 위해 오너를 세 명이나 바꿨다.

"가족으로서 충고할게. 메소드에게 명령할 생각은 두 번 다시 하지 마. 이 문제에서는 완전히 손을 떼고."

시오리가 지금 살아 있는 것도 아라토와 가까운 사람으로서 이용가치가 남아 있어서일 뿐이다. 메소드는 논리적이므로 또다시 같은 이유로 걸리게 되면 몇 번이나 목숨을 노리리라.

"인제 와서 남매라고 챙겨 주는 척하지 마. 계속 나를 피했으면서."

동생 입장에서 보면 료에게 신뢰할 요소는 그 어디에도 없었다. 그들은 오해를 풀기 위한 관계를 쌓아 오지도 않았다.

"그러면 너는 내 생각 따위는 하지 말고 아라토 곁에나 있어."

지금은 이 유대감의 끈이 몹시 마음을 아프게 했다. 시오리가 더 자신의 마음을 잘 정리한 모양이었다. 동생이 그가 모르는 표정으로 미소를 지었다.

"있잖아, 나와 아라토 오빠는 오빠를 사이에 끼우지 않아도 되는 관계 정도는 돼."

어릴 때부터 함께 지낸 소꿉친구가 화제로 나올 때만 그들은 평온한 분위기를 공유할 수 있었다.

"그랬었지. 시간이 지나면 사람도, 관계도 다 변하니까. 동생이 이렇게나 커 버린 줄도 몰랐으니 뭐가 이상해져도 할 말이 없다."

아라토가 레이시아의 오너인 것을 시오리가 어떻게 생각하는지 료는 알 수가 없다. 그러나 공항 사건 후, 아라토가 경찰서에서 빨리 해방될 수 있었던 건 시오리의 증언 덕택이었다. 터럭만 한 부정도 혐오하는 동생이 자신의 목숨을 구해 준 사람한테 죄를 뒤집어씌울 리가 없었다.

"내 감정 정도는 알아서 돌볼 수 있어. 난 자존심이 세거든."

야윈 동생의 얼굴이 창문에서 쏟아져 들어오는 햇살을 받아 빛나는 것 같았다.

그가 가는 길보다 훨씬 더 빛으로 넘치는 듯이 보였다.

병실을 나와 차로 돌아가자 메소드가 문 앞에서 기다리는 중이었다. 시오리가 이 모습을 본 게 아닐까 하는 생각에 인제 와서 수습할 수 있는 것도 아닌데도 마음이 초조해졌다.

그녀가 입매를 끌어올렸다.

"다정도 하셔라."

"인간관계를 정리하는 건 네 반응을 더 쉽게 읽기 위해서야."

"나를 적절히 사용하도록 환경을 다지는 건 좋은 마음가짐이야. 오너 평가를 1점 정도 더 줄게."

메소드가 료를 도망치지 못하게 가로막듯 문을 열며, 먼저 차에 타도록 재촉했다. 어둑어둑한 차 안으로 그는 스스로 발을 들였다.

"그 평가는 어떻게 올리는 거지?"

와타라이 같은 최후는 사양이었다.

"레이시아급을 한 대 모을 때마다 10점쯤 추가되려나."

"나는 이번 사태를 통제하려고 네 오너가 된 거야. hIE 모으기는 내가 지휘하겠어."

"그럴 마음이 있다면 마침 좋은 걸 받았지."

메소드가 메시지 카드가 든 것처럼 보이는 흰 봉투를 건넸다. 당연히 그가 병원에 있는 와중에 받았을 리가 없다. 일부러 문병이 끝날 때까지 기다렸던 것이다. 오너를 죽이는 괴물이지만 동시에 '그녀'는 hIE다.

"웬 편지봉투? 굉장히 귀찮아 보이는 상대네."

붉은 촛농에 인장을 찍은 봉인을 손가락으로 뜯어 열었다. 내용물은 초대장이었다.

내용을 훑어본 후, 메소드의 말을 이해할 수 있었다. 보낸 이를 보고 이런 오래된 취미를 가진 것도 납득이 되었다. 작년 뉴스에서 본 유명인이었기 때문이다.

"잠자는 공주님이군."

* * *

경찰 조사에서 해방된 아라토는 집에 돌아가서 초대장을 발견했다. 보낸 사람 이름은 파비온 그룹의 CEO, 에리카 버로스였다.

"다녀왔습니다."

현관 신발장 위에 놓인 봉투를 들고 거실로 걸어갔다. 봉인을 뜯으니 안에는 파비온 그룹의 은박 마크가 찍힌 멋들어진 메시지 카드가 나왔다. 모레 열리는 파티의 초대장이었다.

"어서 와."

유카가 소파에 칠칠치 못한 자세로 늘어진 채로 돌아온 아라토를 보며 말했다.

레이시아가 전열 조리기 앞에 올려 둔 중화 냄비 앞에서 몸을 돌렸다.

"고생 많으셨습니다."

맛깔스러운 튀김 내음이 났다. 오늘은 채소튀김인 모양이다. 그 사건 이후로 고기를 먹기라도 하면 도무지 진정이 되지 않기 때문이었다.

"유카 님, 무를 좀 강판에 갈아 주시겠어요?"

"응."

항상 제 나름대로 즐겁게 지내던 동생이 아라토와 얼굴도 마주하지 않고 바로 싱크대로 향했다. 조사는 24시간 구속되는 게 아니라서 끝나면 바로 집에 돌아갈 수 있다. 그렇지만 살짝 접근성이 나쁜 쓰쿠바에서 돌아오고 나서도 동생과는 별로 대화를 하지 못했다.

동생이 일부러 피하는 건 아니었다. 그저 아라토와 레이시아의 관계 때문에 납치까지 당한 유카가 그리 쉽게 사건을 정리할 수 있을 리 없었다.

아라토는 주방으로 걸어가는 동생의 뒷모습을 바라보았다. 얻어맞았던 머리는 다행히도 별다른 문제가 없어서 유카는 학교에도 다음 날부터 바로 다니고 있다. 하지만 사실은 아무것도 끝나지 않았다. 레이시아를 빼앗기 위해서 아무렇지도 않게 남을 죽이는 인간이 있다. 그 정도로 '그녀'는 가치가 있다. 그렇다고 해서 놓치고 싶지는 않다.

"미안해, 유카. 많이 힘들게 해서."

"왜, 오빠?"

유카가 어떻게 판단하면 좋을지 망설이는 표정으로 뒤를 돌아보았다. 동생한테는 튀김 소리 때문에 잘 들리지 않았던 것이다.

얼굴을 보고 있자니 갑자기 두려워졌다. 그가 등 뒤에 대고밖에 말할 줄 모르는 겁쟁이여서 이렇게 사이가 껄끄러운 거라는 생각이 들었다. 그래서 용기를 짜내려고 했다.

"아니, 잠깐만. 1분 안에 마음 좀 다잡을 테니까 아니, 30초 만이라도."

순간 고민이라도 하는 듯한 얼굴을 한 동생이 숫자를 세기 시작했다.

"30, 29, 28, 27, 25."

"26은 어디로 갔냐?"

"26, 24, 23, 22, 오빠, 어쩌지 이제 질렸어."

아직 말도 꺼내지 않았는데, 그토록 고민했던 자신이 바보같이 여겨졌다. 동생의 둔함에 감사할 따름이었다.

"미안해. 나 때문에 이상한 일이나 겪고."

아라토는 동생한테 머리를 숙였다. 레이시아도 냄비를 달구던 불을 끄고, 유카를 향해 가볍게 상체를 굽혔다. 이건 그와 레이시아의 문제다. 그렇지만 그들로부터 유카를 멀리 떨어져 있게 해도 결코 안전할 수 없다. 메소드는 그가 없을 때를 노리고 동생을 납치했으니 말이다.

유카가 난감하다는 듯 손을 내저었다.

"으앗, 그러지 마. 그러면 내가 더 나쁜 짓을 한 것 같잖아."

고개를 드니 잔뜩 새빨개진 유카의 얼굴이 눈에 들어왔다.

"근데 오빠는 고백까지 했잖아! 레이시아 씨도 고백을 받아 줬고. 뭐랄까, 이제 서로 좋아하는 둘을 반대하면서 헤어지라고 하면 진짜 나쁜 짓을 한 꼴이 될 거고."

동생이 둑이라도 터진 것처럼 말을 줄줄이 쏟아 냈다.

"납치 건은 아직도 화가 나지만 그건 오빠 때문이 아니잖아! 경찰이 생각할 문제고. 오히려 문제는 우리 집 안이야. 나 이제 여기 있는 것도 거북해지는 거 아니겠지?"

아라토는 입만 뻐끔거릴 뿐 아무 대꾸도 하지 못했다.

"둘이서 알콩달콩하게 굴면서 저녁밥을 먹여 주려 한다든가! 욕실을 들어가려고 하는데 갑자기 안에서 웃음소리가 들리는 건 좀 그렇잖아. 전에도 거실에서 무릎베개를 베지를 않나. 얼마나 어색한지 알아! 어색해서 미치겠다고! 신혼부부 집에 끼어들어 사는 방해꾼 같잖아!"

아라토의 시선을 받고 레이시아가 뺨을 붉히며 눈길을 돌렸다. 아까까지 시달렸던 침울함과 어두운 기분이 싹 다 날아가 버렸다.

허둥거리는 유카의 몸짓이 마치 어린애로 돌아간 듯 귀여운 생물처럼 보였다.

머리에서 김이 모락모락 솟아오르기 일보 직전인 아라토 대신 레이시아가 수줍어하며 대답해 주었다.

"아라토는 그런 일을 지시하지 않을 것 같은데."

"아니야. 오빠는 원숭이야. 짐승이라고!"

유카가 집게손가락으로 그를 가리켰다. 그래도 레이시아에게 넋을 잃는 자신의 단순함에 너무 어이가 없었다. 레이시아가 쿡쿡 웃으며 튀김을 접시에 담기 시작했다.

"그러면 앞으로 그런 일은 눈에 띄지 않는 곳에서 하겠습니다."

아라토는 너무나도 흥분해서 뭐가 뭔지 알 수 없었다.

하지만 레이시아가 곁에 있으면 안심이 되었다. 이 장소를 결코 놓치고 싶지 않았다.

"뭐야, 그 말은. 야한 짓이라도 했어?"

유카가 의심했다.

"안 했어!"

당황하는 아라토를 그녀가 감싸 주었다.

"안 했습니다. 그 기능은 18세 미만에게는 제공하지 않기 때문입니다."

유카가 새빨개진 얼굴로 할 말을 잃었다. 레이시아가 시원한 표정으로 말을 덧붙였다.

"아라토의 생일까지 앞으로 203일 남았습니다."

그러자 유카가 놀림을 당했다는 걸 알아차렸는지 두 손을 꽉 쥐며 아라토를 때리러 다가왔다. 곧 요리를 도울 마음이 들지 않았는지 그에게 강판을 떠맡기고 덮밥에 얹을 튀김을 집어 먹었다.

"아, 그러고 보니 거실에 있던 그 큰 건 버렸어?"

거실 한구석을 점령하고 있었던 레이시아의 디바이스가 보이지 않았다. 환경실험도시 사건이 있은 후, 아마 경찰이 집을 감시할 것을 예상하고 그녀가 미리 다른 곳으로 이동시켰다. 그녀의 일 처리는 처음부터 끝까지 완벽하다.

"고장이 나서 폐기했습니다. 자리도 많이 차지하고 있었고요."

동생은 튀김을 열심히 집어 먹는 중이라 자신이 무얼 물어봤는지도 다 잊은 모양이었다.

"뭐야, 이거 너무 맛있다!"

레이시아가 다가와서 아라토의 손에서 무를 살며시 받아 갔다. 하얀 손이 닿자 몸이 얼어붙는 것 같았다. 그보다 살짝 키가 작은 그녀의 연푸른색 눈동자가 촉촉했다.

"오늘은 오빠 응석을 다 받아 주는 것 같은데?"

유카는 이제 아무래도 좋다는 식으로 소파 위에서 뒹굴었다.

"많이 피곤하신 것 같아서 오늘 정도는 충분히 잘해 드려야 할 것 같아서요."

아라토가 소파에 앉자 레이시아가 어깨에 손을 대고 주물러 주었다. 녹아내릴 것처럼 기분이 좋아서 자기가 봐도 한심하게 실실거린다는 것을 알았다.

"그 말을 듣고 보니, 몸이나 정신적인 뭐 그런 것까지 좀 힘들긴

하다.”

“오빠는 너무 타락했다니까. 오빠, 자기 의지는 어디로 간 거야!”

“내 의지는 됐고! 오늘은 좀 어리광을 부리고 싶은 날이란 말이야.”

들끓는 마음이 외침이 되어 온몸에서 솟구쳤다.

유카가 입에 물고 있던 두 개째 튀김을 떨구고 말았다.

“와, 저질이다.”

기분 좋은 마사지의 감각에 흠뻑 빠져들었다. 꿈속에 있는 듯이 아라토의 뇌리에 전류가 흘러 지나갔다.

“이게 바로 누가 내 어리광을 다 받아 준다는 느낌이구나.”

유카가 “나도, 나도.” 하면서 얼른 옆으로 다가왔다. 무슨 기대라도 하는지 은근 콧김까지 거칠게 뿜어 냈다. 이런 시간이 계속 이어졌으면 좋겠다는 생각이 들었다. 안전하게 오늘 하루를 보낼 수 있는 것이 이렇게나 귀중한 일임을 이제는 잘 알았다.

손에 들고 있던 봉투가 떨어지려고 하자 손가락에 힘을 주었다. 집에 놔둔 초대장은 레이시아와 아라토 앞으로 온 것으로, ‘물건’인 그녀를 아라토와 같은 초대 손님으로 대우하고 있었다.

* * *

스구리 켄고는 저녁 식사를 마치고 차를 마시던 중, 흰 봉투를 전해 받았다.

문제는 받는 사람이 켄고가 아니라 Type-001 코우카 앞으로 되어 있다는 점이었다.

"그게 뭐야? 오빠한테 전해 주라던데."

동생인 올가가 가녀린 목소리로 조심스럽게 물었다. 그 말대로 코우카의 이름이 유난히 눈에 띄었다.

봉투는 붉은 접착제 같은 것으로 봉해져 있고, 표면에 찍힌 세밀한 인장이 엿보였다. 그래서 함부로 뜯을 수가 없었다.

계단을 올라갔다. 먼저 위층으로 올라간 올가의 방에서 대화 소리가 들려왔다. 통신으로 누군가와 대화를 하는 중인 듯했다.

"대체 이걸 어쩌라는 거죠?"

그러고 보니 돌이켜 보면, 문득 생각이라도 났다는 식으로 갑자기 집에 나타나곤 하는 코우카와는 나름 질긴 인연을 유지하고 있다. 통신할 수 있는 주소를 받긴 했지만, 먼저 연락한 적은 없었다.

낡은 장지문을 열고 방으로 들어가자 자동으로 머신이 가동되면서 모니터가 켜졌다.

책상 서랍에서 전파 발신원을 탐지하는 도청기 탐색기를 꺼냈다. 머신에 등록해 둔 주변 전파 상태와 대조해 보았다. 새로 설치된 흔적은 없었다.

"그래도 이걸 어떻게 전해 주라는 건지."

켄고는 항체 네트워크 활동도 쉬고 있다. 오이 산업진흥 센터 습격의 실행범이 몇 명이나 검거됐기 때문이다. 스구리 가 1층의 정식 요릿집 선플라워에도 경찰이 찾아왔다. 그 역시 경찰에게 감시당하는 중이었다. 체포될지도 모른다.

그 이유 말고도 코우카와 연락할 수 없는 이유가 존재했다.

"조심 좀 하지 그러니. 레이저 마이크가 벽의 진동을 측정하고 있다고."

창가에 검붉은 머리를 한 소녀가 앉아 있었다. 처음 만났을 때처럼 즐겁게 웃는 얼굴이었다.

레이시아급 hIE, 코우카였다. 켄고의 목 안까지 비명이 올라오다 꾹 막혔다. 장지문이 제대로 닫혔는지 저도 모르게 확인했다.

"내가 마이크에 가짜 데이터까지 흘려보내면서까지 이렇게 와 주었는데 그 인사는 너무한 거 아니야?"

켄고의 현실을 순식간에 잿더미로 만들 수 있는 괴물이었지만, 한마디 대꾸를 하지 않을 수가 없었다.

"아니, 자기가 공항 폭파범으로 지명 수배당한 걸 알기나 해요? 근데 웬 사람 이름으로 뉴스에 나왔던데."

카즈미자키 카레아라는 이름으로 공항 폭파범이라고 보도되었다. 그가 부탁한 결과였기에 더더욱 면목이 없었다.

"아아, 신원 정도는 안전한 거로 세 개나 더 있으니까 그렇게 불편한 일은 없어. 아니, 솔직히 따지자면 너도 테러리스트잖아."

이런 이야기를 하는 와중에도 마냥 즐거운 모양이다. 그녀가 창가에 앉은 채 곧게 세운 한쪽 무릎을 꼭 끌어안았다. 외모만 본다면 이 인류 미답 산물은 가련하기 그지없었다.

"그리고 잊었어? 공항으로 언니를 도우러 가 달라고 부탁했을 때, 내 요구도 들어 달라고 말했지?"

창 바깥으로는 도시의 야경이 펼쳐져 있었다. 불만에 가득 찬 인간을 품고서 밤의 불빛만이 쓸쓸하게 반짝거렸다.

켄고는 한없이 작은 자신이 대가를 지불할 수 있긴 한 걸까 하고 의심했다.

"뭘 원하는데요?"

항체 네트워크는 기본적으로 얼마든지 대신할 인재가 있는 조직이다. 그래서 그가 할 수 있는 일이 많지 않다.

코우카는 두려움에 떠는 그를 즐거워하며 바라보았다.

"그 초대장, 나한테 온 거지? 그럼 전쟁터에 뛰어들고 난 후에 하는 거로 예약해 두지 뭐."

* * *

레이시아급 hIE 1호기 코우카의 현재 상황은 낙관할 만한 것이 아니었다. 인간과의 경쟁에서 이기기 위한 도구인 그것의 고유 능력은 관측한 것의 패러미터를 수치화하는 일이다.

그 코우카가 판단하는 자신의 활동 지속 가능성은 이제 거의 없었다.

레이시아급 hIE는 문제를 해결하기 위해 해결 과정에서 맞닥트린 장해를 새로운 문제로 설정하는 방식으로 사고 프레임을 넓혀 간다. 코우카의 가동은 레이시아급의 생산이 결정된 2101년에 시작되었다. 그래서 4년 동안의 가동 실적을 통해 바깥으로 도주한 단계에서는 가장 많이 성장한 인공지능이었다. 그러나 2개월도 채 되지 않은 기간 만에 벌써 그 강점을 잃고 말았다.

코우카는 당시 인간의 기술력으로만 조립 및 구성 설계가 된, 가장 성능이 낮은 기체였기 때문이다. 2호기인 스노드롭에는 디바이스인 에메랄드 하모니를 이루는 외각 초고경도 결정을 정제하기 위해 코우카의 디바이스 출력을 이용했다. 사투르누스 이후의 기체에는 제어를 위해 스노드롭의 인공신경이 사용되었다. 이렇게 한 대씩 개발될 때마다 레이시아급은 인류의 기술로부터 비약적으로 발전해 나갔다.

모든 것은 레이시아급 hIE의 본래 이름을 가진 기체 레이시아에 도달하기 위해서였다. 코우카는 인간과의 경쟁에서 이기기 위한 도구, 다시 말해서 '병기'이다. 이기기 위해 존재하며, 이길 수 있도록 돕기 위해 존재한다.

문제는 이기기 위한 능력이 부족하다는 점이었다. 코우카가 처음에 고른 사람은 항체 네트워크라는 조직 전체를 오너로 삼으라고 명했다. 항체 네트워크는 사회의 자동화 추세에 맞서는 저항 조직이자, 국지적으로 파괴 활동을 해 나가도 승리를 얻을 수 없다. 그러나 코우카에게 세상을 바꿀 힘은 없었다. 코우카부터 메소드까지 발전한 독립형 기체는 기체와 디바이스만으로 기능이 완성된 고성능 병기다. 외부장치까지 지배하는 스노드롭이나 레이시아처럼 자기 외의 기계를 힘으로 삼아 생존권을 넓힐 능력은 없다.

좀 더 분수에 맞는 문제를 제시해 주는, 다루기 쉬운 오너가 존재하는 것도 아니었다. 후보는 있었지만, 이 소년은 이기기 위한 수단으로 인류 미답 산물을 선택하지 않았다. 코우카는 승리를 안겨다 줄 오너를 얻는 데에도 복이 없었다.

코우카는 방금 받은 초대장을 봤다.

hIE인 코우카에게 온 이 편지는 언젠가 오리라고 예상했던 것이었다. 초고도AI 히긴스가 설계한 코우카 같은 레이시아급은 한 대 한 대가 너무 다르고, 쓸데없을 정도로 성능이 좋다. 그래서 오너가 된 인물은 아마 언젠가는 이런 질문에 이른다.

'너 같은 hIE는 또 없어?'

'레이시아급의 레이시아는 대체 어떤 기체야?'

코우카를 비롯한 레이시아급은 밈프레임 도쿄 연구소를 탈출하여 각양각색의 정보를 수집하면서 복잡한 문제에 직면하고 있다. 그러나 도쿄 연구소로 옮겨지기 전에 제조 장소였던 히긴스 지하 격납 시설에서는 좀 더 문제 상황의 폭이 좁고 단순했다. 그리고 레이시아급 hIE는 문제를 해결하기 위해 해결 과정에서 맞닥트린 장해를 새로운 문제로 설정하는 방식으로 사고 프레임을 넓혀 간다. 그 말은 즉, 거기서 만난 자매기들이 최초의 문제였다는 뜻이었다.

그런 이유로 오너가 뭔가를 물으면 금칙 사항을 제외하고도, 답할 수 있는 정보와 문제의식은 풍부했다.

그리고 오너가 레이시아급 자매기들의 존재를 알게 되면 당연히 그냥 놔둘 리가 없다. 그런 점에서 보면, 레이시아가 오너한테 아예 정보를 공개하지 않는 건 매우 합리적인 판단이라고 할 수 있다. 쓸데없는 명령만 받지 않는다면, 레이시아급 정도의 판단력으로는 무엇과 싸워야 하고 무엇을 피해야 좋을지 제어할 수 있다.

코우카는 밤거리를 걸었다. 인간이 아니라고 알아차리는 이는 아무도 없었다. 눈에 띄는 디바이스만 갖고 있지 않으면, 복장만 바꾼 레이시아급을 인간과 구분할 방법은 거의 없다. hIE임을 증명하는 기체 신호마저 멈출 수 있기 때문이다.

연결된 상태인 디바이스가 주위를 돌아다니는 인간이나 차량의 위험도를 산출해 냈다. 여기에 코우카의 위협이 될 만한 것은 존재하지 않는다. 코우카가 그런 것들을 공격하면 더욱 위험도가 높은 경찰들이 나타난다. 격파하면 더욱 강력한 기동대나 테러 제압 부대까지 찾아오게 된다. 거기까지는 전혀 문제가 되지 않는다. 그러나 경찰을 궁지에 내몰면, 그들이 계약한 PMC가 찾아올 터이다. 처음에 찾아오는 긴급대응 부대로는 코우카를 파괴하기 불가능하겠지만 주력 전차나 전투 헬기를 부르는 계기가 되고 만다. 아니면 아예 군대가 나타날지도 모른다.

후방을 지켜 줄 것도 없이 혼자서, 그것도 주변에는 적들만 가득한 상황을 전술 병기로는 뒤엎을 수는 없다. 다른 레이시아급이라면 인류가 갖지 않은 전략을 독자적으로 창출할 수도 있다. 하지만 코우카한테 그런 기능은 없다.

그러므로 해결 불가능한 문제를 발생시키지 않기 위해서는 경찰과 충돌해서는 안 되고 인간들의 사회생활을 따라 해야 한다. 그뿐만 아니라 인간과 거의 같은 사회생활을 하는 것은 복잡한 각종 문제를 낳는다.

인간 세계는 광대하고, 복잡하며 어설프다.

이에 대한 적응은 코우카의 사고 프레임을 바꾸어 인간을 초월한다는 기본 성질에 대한 해석을 넓힐 것을 요구한다.

코우카는 활짝 웃으며 인간들을 바라보았다. 인간은 각자의 능력은 낮으나 모두 다르고, 저마다 해결해야 할 문제를 안고 있다. 다시 말해, 인류 전체가 거대한 연산장치로서 움직이고 있는 것이다. 그 해결력을 가진 문제의 보고(寶庫) 속에서 코우카와 접할 기회가 많은 스구리 켄고가 품은 문제도 능력차에 대한 것이었다. 카이다이 료와 비교했을 때의 전반적인 능력 차이이자, 엔도 아라토와의 수용력 차이이기도 했다.

그가 품은 문제 해결에 대한 답은 코우카가 자매기와의 능력 차이를 극복하는 데 응용할 만한 가능성이 있었다. 그녀는 분수대 근처에 앉아 통행인들의 능력을 수치화하여 연령별, 성별에 따라 문제 해결법을 계산했다. 그러나 코우카에게는 스구리 켄고의 문제에 대한 해답을 도출할 시간이 명백하게 부족했다.

이 초대장을 보낸 주인은 코우카를 비롯한 레이시아급을 어떻게 다룰지 이미 방법을 결정한 상태이다. 레이시아급끼리의 본격적인 싸움이 현지에서 시작될 가능성마저 있어서 아무 계획도 없을 리가 없다. 그리고 두 대 이상이 적이 되면 코우카의 능력으로는 도주조차 힘들다.

〈카즈미자키 카레아는 누군가를 기다리고 있는 걸까요?〉

통신기가 코우카가 항상 감시하고 있는 단어를 도청하여 보내왔다. 성인 남자의 목소리였다. 카즈미자키 카레아는 코우카가 공항 사건의 대가로서 받은 신원이었다.

〈우리가 미행 중 놓쳤을 때 누군가와 만났던 게 분명해. 공항 폭파도 역시 단독 범행이 아니겠지.〉

성문이 코우카가 보존하고 리스트와 일치했다. 전산 2과의 형사가 계속 미행하고 있었다. 메소드와 밈프레임이 공항 화물기 폭파 사건을 코우카에게 뒤집어씌웠던 것이다. 경찰에 본격적으로 쫓기고 있는 이상, 도시에 배치된 감시 카메라의 안면 인식 기능으로 간단히 발견되고 만다.

코우카의 판단 프레임으로는 경찰에게 쫓기는 상황에 대한 타개책은 없다. 그래서 레이시아와의 협력은 여전히 생명선과 같다. 스스로 해결할 수 없는 문제가 부풀어 오를 것이라는 사실은 바깥세상으로 나가기 전부터 짐작했지만, 역시나 예상대로 패색이 짙었다.

승부만 놓고 봤을 때 코우카의 패배는 이미 확정되어 있다. 그래서 기능 정지까지 남은 시간이 줄어들어도 더욱 그 가치를 높여 가는 중이었다.

진퇴양난의 처지에 놓여 있기에 오히려 사고는 새로운 길을 찾아내려고 더욱 활발히 시행착오를 반복한다. 따라서 보잘것없기만 했던 인간 세상이 지금은 귀중한 자원의 산이었다.

물에 빠져 허우적거리면서도 살아남으려 발버둥 치는 것처럼 코우카는 판단 프레임을 급속도로 넓혀 나갔다. 이 제한적인 시간이야말로 인간의 표현을 빌리자면 황금 같은 시기였다.

* * *

아라토는 좀처럼 진정할 수가 없었다. 레이시아가 차로 이동하는 중에도 형사가 뒤를 밟고 있다는 사실을 알려 주었기 때문이다.

그녀는 환경실험도시 사건 이후부터 형사의 미행이나 감시하는 자의 존재를 알려 주었다. 그만큼 그를 보는 눈이 많다는 뜻이었다. 좋게만 생각한다면, 이제까지도 감시의 눈이야 있었지만 이제 오너에 대한 신뢰가 쌓여서 사실을 알려 주게 된 걸지도 몰랐다.

초대장에 적힌 파티장은 집 근처 역에서 차로 10분 정도 떨어진 장소였다. 바로 파비온 그룹의 CEO, 에리카 버로스의 저택이었다.

안 좋은 예감이 들면서도 미조노구치 역에서 전자동차를 빌려 구불거리는 길을 따라 나아갔다. 이전에 고급차를 완전히 망가뜨렸다는 정보가 업자들 사이에 퍼졌는지, 제조된 지 10년 이상이나 되는 중고차밖에 빌릴 수가 없었다.

차와 데이터를 동기화시킨 휴대 단말기가 목적지에 도착했음을 알려 주었다. 고색창연한 커다란 철문이 앞길을 막으며 나타났다.

안쪽에 있는 건물은 철문에서부터 잘 정돈된 숲속 오솔길을 올라가야 하는 바람에 지붕밖에 보이지 않았다. 기다리자니 유니폼으로 보이는 에이프런 드레스를 입은 hIE가 찾아와 높이 3미터나 되는 철문을 밀어 열었다.

"왜 굳이 이렇게까지 직접 문을 연대?"

할 말은 잃어버린 아라토에게 운전석에 앉은 레이시아가 알려 주었다.

"에리카 버로스는 21세기 초반 문화의 취미를 가진 것으로 유명합니다. 고풍스러운 옷을 입고, 옛날 형식의 집에 살면서 hIE 이외의 현대 기기는 최대한 멀리하는 생활을 한다고 인터뷰에 나왔습니다."

공손하게 머리를 숙인 hIE 메이드의 환대를 받으며 자동차는 아름답게 손질된 숲길을 달렸다.

철제 가로등이 흰빛을 뿜어 내고 있었다. 발광 소자가 아니라 형광등처럼 밝기가 이리저리 흔들렸다. 저택의 부지 안만 시간의 흐름이 다른 것만 같았다.

콘크리트로 된 파사드 앞에서 대기하고 있는 메이드 한 명이 눈에 들어왔다.

"내빈용 주차장은 저쪽입니다."

전자동차의 내비게이션에 위치 데이터만 전송해 주면 바로 자동으로 끝날 일이다. 버로스 저택에서는 철저하게 자동화를 제어하여 마치 옛 시대를 재현하려고 하는 듯했다.

나무로 된 현관문에도 에리카의 취미가 가득했다. 붉은 융단이 깔린 널찍한 현관 홀에는 거대한 샹들리에까지 매달려 있었다. 아라토는 홀 구석에 전원 콘센트를 발견했다. 친구인 켄고의 집도 무선 전원화가 되어 있지 않지만, 이 저택은 100년 전 세상을 그대로 가지고 온 듯한 모양새였다. 전자 제품이나 자동화된 것이 전혀 없지는 않지만, 그런 것도 헤이세이(平成) 시대에 있었을 법한 물건들이었다. 이 저택의 조명은 LED가 아니면 형광등이어야 한다는 규칙이라도 있는 모양이었다.

현관 홀 안쪽의 큰 계단을 따라 요염한 갈색 피부의 백금발 소녀가 내려왔다.

"어서 와. 파티는 홀 오른쪽에 있는 식당에서 열리니까 그쪽으로 가면 돼."

그녀가 걸을 때마다 클래식한 검은 드레스가 흔들렸다. 에리카의 가냘픈 몸은 오랫동안 병이라도 앓았는지 건강해 보이지도 않고 호리호리했다. 하지만 체격이 주는 인상은 등을 꼿꼿이 세운 품위 있는 걸음걸이와 샘솟는 박력 같은 기운에 지워져 잘 보이지 않았다.

"레이시아도 데리고 왔구나. 기쁘네."

에리카의 뒤로 hIE 두 대가 보였다. 이 저택의 유니폼을 입은 한 사람은 진녹색 머리를 보브컷으로 단장한 중성적인 소녀였다. 파비온 그룹의 톱 hIE 모델, 유리였다. 그 옆은 유리만큼 눈길을 사로잡지는 않았지만 귀여운 인상에 육감적인 느낌을 주는 hIE 사용인이었다. 가슴께가 크게 파인 디자인에 검은색과 노란색으로 이루어진 옷이 참 잘 어울렸다.

"불러 줘서 고마워. 근데 정말 대단한 집이다."

아라토는 주변을 둘러보았다. 정말로 최신식 물건은 hIE 이외에는 아무것도 없어서 여기만이 시간을 거꾸로 돌린 것 같이 느껴졌다.

"이곳은 1989년 버블경제 시기에 돈을 쏟아부어 지은 집이야. 21세기의 기나긴 경제 불황 시기에 판매되던 것을 2006년에 버로스 가가 사들였지. 나는 일곱 살 때 영국에서 와서 여기서 살았어."

에리카가 계단을 내려왔다. hIE라는 인형들만 잔뜩 있는 집이어서 그런지 에리카가 뿜어 내는 생기가 기이하게 느껴졌다.

"대단하다. 에리카의 조상님은 돈이 많았구나."

그녀가 맑은 녹색 눈동자를 아라토에게 향하면서 웃었다.

"레이시아가 아무것도 가르쳐 주지 않았나 보구나. 너희, 정말 재미있어."

그런 얘기가 나오는 이유를 몰라 레이시아 쪽을 돌아보았다. 얼마 전 사건으로 보디슈트가 파손되어서 자기 눈동자 색과 비슷한 연청색 드레스를 입고 왔다.

에리카 뒤에 대기한 hIE들처럼 레이시아 역시 아무 말도 해 주지 않았다.

"조상님이라고 하면 불쌍하지. 이곳을 산 건 우리 아버지니까. 처음으로 여기 왔던 게 벌써 80년 전 일이야."

그리고 그녀가 아라토의 반응을 살폈다. 눈앞에 있는 에리카는 자기 또래로 보이는데도 말하는 숫자가 좀 이상했다.

"80년? 농담하는 거지?"

"당시 의료 기술로는 치료할 수 없는 병에 걸려서 작년까지 냉동수면 상태였다고 한다면, 넌 믿을 수 있겠니?"

아라토는 그 말의 무게에 숨이 턱 막혔다. 그게 사실이라면, 그녀가 지나왔을 불안이나 분노를 품은 시간을 상상하지 않을 수 없었다.

대답하는 게 두려웠다. 그저 에리카의 강한 눈빛이 그에게 침묵을 허락하지 않았다.

"믿을게. 나한테 거짓말을 해 봤자 소용없을 테니까."

"넌 참 다정하구나."

1층으로 내려온 에리카가 그보고 따라오라면서 식당으로 안내했다. 좋은 냄새가 났다. 곁에 있던 아마빛 머리의 hIE 메이드에게 저도 모르게 작은 소리로 물어보았다.

"에리카는 대체 몇 살이야?"

의외로 키가 큰 그녀가 공손하게 대답했다.

"2011년에 태어나셨고, 이제 94세가 되십니다."

그리고 아라토는 이번에야말로 정말로 할 말을 잃고 우뚝 섰다. 에리카가 이끄는 파비온 그룹이 보통 회사와는 다른 것으로 보였기 때문이다.

파티가 열리는 장소인 식당은 건축 당시의 유행인지 벽도, 천장도 바깥의 빛을 집 안으로 한껏 끌어들이는 유리창이 많았다. 이제 밤이어서 보이는 것은 저택에서 새어 나오는 불빛에 비친 어두운 정원의 나무들뿐이었다. 15평 정도 되는 커다란 식당은 음식이 차려진 둥근 테이블이 이곳저곳에 배치된 입식 파티 회장이 되어 있었다.

"어쩌지. 이렇게 많이 먹을 수 있을까?"

"긴장 좀 하지 그러냐."

어처구니가 없다는 식의 목소리가 들려왔다. 친구인 카이다이 료까지 초대되었던 것이다. 고급스럽고 화려한 디자이너즈 슈트를 입고 있어서 그런지, 아니면 행동이 의젓해서 그런지 파티 회장의 분위기와 잘 어울렸다. 그 뒤에는 회장의 그 누구보다 키가 큰 메소드가 대기하고 있었다.

얼마 전에 헤어질 때 상황이 너무 안 좋아서 말을 거는 데 용기가 필요했다. 그 이후, 료에게 메일을 보내도 답신은 한 번도 없었다.

"료도 왔구나. 모델 사무소의 이름으로 초대를 받아서 난 또 그쪽 모임인 줄 알았지."

"제대로 소개하지 않았구나. 이게 메소드야."

아라토는 공항에서 화물기를 폭파한 그 기체를 처음으로 확실히 보았다. 피부가 노출되어 있지 않은 비즈니스 정장을 입고 있어도 타이트스커트 바깥으로 뻗어 나온 다리가 기계라는 것은 숨길 수가 없었다. 그녀가 우아한 걸음걸이로 다가왔다. 언제든 그를 산산조각으로 찢어 버릴 수 있는 초인적 기계 인간을 앞에 두고 온몸이 잔뜩 긴장했다.

"네가 레이시아의 오너구나. 성격이 아주 어리숙하다고 들었어."

메소드의 목소리는 상상했던 것보다 훨씬 부드러웠다. 그러나 레이시아와 코우카가 한꺼번에 덤벼도, 정공법으로는 과연 진짜 실력을 내긴 했는지 의심스러운 그녀를 건드릴 수도 없었다. 그녀가 발산하는 것은 오너 말고는 다가와서는 안 된다는 위험한 감각, 인간을 공포에 떨게 하는 힘이었다.

레이시아가 그 앞으로 불쑥 나왔다.

"제 오너한테 추파를 던지지 마세요."

"그만해. 이 녀석들은 적이야."

료가 날카롭게 메소드에게 명령했다.

목숨이 위험하다는 것보다 단호하게 적으로 취급했다는 사실에 더욱 마음이 흔들렸다.

"잠깐만. 왜 얘기가 그렇게 되는 건데."

"그런 인간이라도 어쨌든 사람이 죽었어. 그래도 넌 '저걸' 손에서 놓지 않잖아."

죽은 와타라이의 모습이 떠오를 것 같아 아라토는 어금니를 꽉 깨물었다. 그에게 악몽은 이제 일곱 살 때 겪었던 폭파 사건이 전부가 아니다.

"그래도 이상하잖아! 나는 레이시아와 같이 있고 싶을 뿐인데 그 자는 유카까지 납치했어. 그런데도 순순히 포기하고 시키는 대로 했어야 했다는 거야?"

"말을 듣지 않으면 억지로라도 회수할 수밖에. 저것들은 바깥에 내보내서는 안 될 것들이라고."

"꼭 그렇지는 않아. 누구라도 레이시아를 믿어 주지 않으면 안 되잖아."

그러자 료가 차갑게 쏘아붙였다.

"네가 그렇게 하고 싶은 일에 얼마나 대단한 가치가 있는데? 네가 그러고 싶다면 세상을 전부 엉망으로 망가뜨려도 된다는 거야?"

그들의 길을 결정적으로 갈라 놓은 것은, 보이는 '미래'의 옆얼굴이 밝은지 어두운지의 문제였을지도 모른다. 그리고 차이를 메울 방법을 갖고 있지 않았기에, 이제는 이것이 재회한 그들의 새로운 관계가 되었다.

친구가 다시 말문을 열었다. 그렇게까지 할 줄은 몰랐던 아라토는 아무 반응도 할 수 없었다.

"메소드, 상관없어. 해."

메소드의 눈동자가 주황빛으로 불타오르는 것 같았다. 다음 순간, 반딧불처럼 잔상만을 남기면서 메소드의 모습이 사라졌다. 인간의 반응 속도를 완전히 능가한 움직임을 따라잡을 수 없었다.

다음에 아라토가 느낀 것은 소리와 공기의 엄청난 흔들림이었다.

"아직 파티는 시작하기 전이지?"

중간에 끼어든 건 붉은 빛을 은은하게 뿜어 내는 거대한 검이었다. 그곳에는 붉은 머리의 소녀형 hIE 코우카가 있었다. 검은색과 붉은색의 보디슈트 대신 단순한 드레스 차림이었다. 코우카와 메소드가 나란히 서 있으니 정말로 서로 닮은 자매 같았다.

"디바이스를 가지고 오지 말라는 말은 없었으니까. 언니와는 달리 난 태생도 좋지 않으니까 파티 예의도 잘 모르거든."

코우카가 메소드와는 딱 하나 다른 점이기도 한 활달한 미소를 지었다.

메소드가 조롱이라도 하는 것처럼 입매를 끌어올렸다.

"야만스러운 기계라니까. 이런 걸 동일 계열기라고 생각하고 싶지도 않아."

식당에 깔린 융단에서는 메소드가 달린 힘을 버티지 못하고 뜯겨 나간 털이 모래 연기처럼 날아올랐다. 탄내가 아라토의 콧속을 간질였다. 한순간이라고는 하지만 죽음의 경계를 오가는 바람에 옷속이 땀으로 축축하게 젖고 말았다.

"나는 인간과의 경쟁에서 이기기 위한 도구야. 야만적이라는 말은 오히려 칭찬이야."

코우카가 거대한 검날 형태의 디바이스를 들어 올렸다. 그녀가 발걸음을 옮기자, 발을 고정하는 용도의 앵커가 박힌 바닥에 큰 구멍이 뚫리고 말았다.

그때 그 사이에 감도는 긴장된 분위기를 덮어 버리려는 듯이 음악이 울려 퍼졌다. 흔히 쓰는 입체 음향이 아니라 어디에서 소리가 나는지 확실히 알 수 있는 스테레오 스피커였다.

그리고 hIE 메이드와 사용인 네 명이 거대한 두루마리 같은 것을 가지고 와서 펼치더니 벽을 다 덮는 대형 스크린을 만들어 매달았다.

갑자기 실내가 어둑어둑해지면서 스크린에 영상이 나왔다. '라이프스타일'이라는 제목이 크게 떠올랐다.

오래된 영화 같은 화면 구성의 쇼 영상이 시작되었다. 이번 달 초, 메소드의 첫 습격을 받았던 때 촬영했던 영상 데이터였다. 겨우 리허설만 했고 본격적 촬영을 할 수 없을 만큼 무참히 망가졌는데 집념을 가지고 결국 작품을 완성했던 것이다.

제대로 편집된 영상에서 레이시아는 '인간과 비슷한 것'으로 표현되지 않았다.

2009년을 출발점으로 한, 약 100년 전의 물건이 인간과 가까워지는 역사의 최신 목표로서 그녀가 있었다. 같은 해에 발표된 이족보행 로봇이자 일본의 산업기술 종합 연구소(AIST)의 HRP-4C와 미국 보스턴 다이나믹스 사의 페트멘(PETMAN) 프로토타입의 영상이 흘러나왔다. 인간 생활 속으로 자동 기계가 침투해 가는 기술사에 대해, 자동 기계가 인간과 거의 구분되지 않게 변해 가는 영상이 설명을 대신했다. 그때 촬영했던 것이 바로 이 영상의 이미지 컷이었다. 그리고 2051년, 인공지능의 지적 능력이 인간을 웃도는 기술적 특이점을 맞이하게 된다.

영상 속에서 hIE라는 인간의 '형태'의 역사와 인공지능의 역사라는 '의미'가 인류를 뛰어넘는 모습이 진화의 수형도를 교착시키면서 나타났다. 그리고 표시된 '의미'와 '형태'의 문자를 향해 빛의 화살처럼 과거에서 날아온 광선이 일직선으로 지나갔다. 새로운 궤도 위에 몇백 장이나 되는 사진이 포개졌다. 사진에는 우화에 나오는 영웅, 로봇, 심지어 마법 소녀나 고등학생, 어른과 아이, 남자와 여자, 가상 세계나 실제로 존재하는 스타까지 있었다. '의미'와 '형태'의 모임을 확실하게 연결하는 그 빛의 광선에 붙은 설명은 캐릭터였다.

생활을 지탱하는 현실과 역사의 진보, 그리고 이미 인류의 손을 떠나기 시작한 인공지능과 가상의 세계가 화면 속에서 심장 박동을 했다. 인간의 세계라는 캡션이 크게 떠올랐다가 녹아들며 사라졌다. 그리고 어느새 음악 속에 담겨 있던 심장 박동 소리는 완전히 사라지고, 다시 레이시아가 화면 중심으로 돌아왔다. Boy Meets Girl이라는 타이틀 표시가 나타났다. 활짝 웃는 레이시아의 모습을 배경으로 인간과 완전히 똑같은 그녀와의 생활상이 지나갔다. 아라토에게는 고백한 이후, 가슴을 애달프게 하는 행복한 풍경이었다.

마침내 영상의 상영이 끝났다.

아라토는 이걸 통해서 에리카가 전하고 싶은 메시지를 제대로 파악할 수 없었다. 하지만 지금 사회에 대해 도전장을 던지고자 하는 강한 각오를 느꼈다. 사회가 자동화의 맹위에 침식되어 가는 와중, 분명 적지 않은 사람들을 분노케 하는 영상을 만들어서까지 에리카는 전하고 싶은 것이 있었던 것이다.

"어때? 이게 파비온 그룹이 선보일 Boy Meets Girl이라는 콘셉트야. hIE와 인간 사이에 생애에 걸친 관계를 구축해도 좋다고 생각하거든."

에리카의 검은 드레스가 상영 후 멈춘 스크린 앞에서 쏟아지는 빛을 반사했다. 상기된 얼굴에서 눈동자만이 노파처럼 빈틈이 없었다.

조명이 꺼진 채 어둑어둑해진 파티 회장에 료의 목소리가 제일 먼저 울렸다.

"항체 네트워크가 테러 사건을 일으키는 이런 시대에 파비온 그룹 본사나 쇼까지 공격을 받고 싶은가 보지?"

에리카의 목소리는 힘주어 말하면 멋진 허스키 보이스였다.

"그럴지도 모르고, 아닐지도 모르지. 올해 안에 일반 공개될 예정이니까 그때가 되면 알 수 있을 거야."

"잠깐만. 난 아직 그 일은 허락하지 않았다고!"

아라토가 언성을 높였다. 잘 이해는 못했지만, 레이시아의 위태로운 현재 상황의 근원이 영상에 제시된 것 같아 무서웠다.

"너는 '물건'인 레이시아와 이런 생활을 보내고 싶은 거잖아. 부끄러울 게 없으면 당당하게 사회에 물음을 던져도 좋지. 특히 '미래'까지 오래 이어 가고 싶으면."

인형의 집 주인의 입에서 나오는 그 말은 기이할 정도로 절박하게 느껴졌다.

"나와 레이시아가 마음대로 이용당하는 건 싫어. 우리를 무엇과 싸우게 하고 싶은 건데?"

아라토는 올해 봄, 테러라는 끔찍하기 이를 데 없는 악의의 폭발을 목격했다. 그래서 묻지 않을 수가 없었다.

"별로 대단한 것도 아니야. 100년 동안 대단한 변화가 있는 것처럼 보여도 그냥 착각에 불과해. 내가 80년 가까이 냉동 수면을 하고 일어났어도 지금 회사의 오너를 맡을 수 있을 정도니까. hIE 환경도 간단히 변화하니까 그렇게 된 사회에도 금방 익숙해질걸."

그 말의 내용에는 삐걱거리는 듯한 위화감이 가득했다.

레이시아가 그에게 귀띔해 주었다.

"에리카 버로스는 2011년에 태어나 2027년에 당시 개발되었던 냉동 수면 기술의 피험자가 되었습니다. 당시에는 치료 불가능한 질병이어서 그렇게 하는 것밖에 살아날 방법이 없었죠. 그녀의 체감상으로는 100년 전 일이 그리 멀지 않은 기억일지도 모릅니다."

아라토와 레이시아의 대화가 들렸는지 에리카가 이쪽으로 미소를 지어 보였다.

"77년이나 잠들었다가 눈을 떠서 병이 다 낫고 보니까 가족도, 아는 사람도 전부 세상을 떠나고 없잖아. 모든 게 다 바뀌었어. 하지만 새로운 세상에서 다시 사는 것도, 진짜로 자신에게 소중한 것을 지키는 일도 직접 해 보면 별것 아니야."

이 저택에는 21세기 초기에 있던 물건들이 갖추어져 있다. 이곳만이 홀로 '미래'에 내던져진 그녀가 아는 예전의 세상이다.

가냘프기만 한 그녀가 잠자는 공주보다는 마녀처럼 보였다.

파비온 그룹에서 레이시아를 담당하는 키사라기 아스나는 에리카가 매우 특이한 경영자라고 말했었다. 100년 전 사람이니, 100년 전 사람이 22세기를 바라볼 때 생기는 단층이 아라토와 에리카 사이에 자리하고 있음이 분명했다.

"100년이나 낡은 나 같은 부품도 쉽게 접합되는 걸 보면 인간 사회라는 시스템은 참 어설픈 것 같지 않니? 어설프니까 아날로그 핵이 기능하는 거지. 내가 어릴 때만 해도 아날로그 핵처럼 인간은 가공의 캐릭터에게 유도당했으니까. 단순한 가공 정보가 아니라, 사람이 연기하는 가공의 인물이나 신까지 예를 들자면 아마 아주 오랜 옛날, 아마 문명의 시작부터 그랬을 거야."

에리카의 소유물인 파비온 그룹의 톱모델 유리가 메이드로서 아라토 앞에 있는 음료를 다시 바꿔 주러 왔다. 파비온의 광고에 실려 소녀들을 열광시키는 그녀에게 지금은 모델 때 보였던 박력은 보이지 않았다. 유리라는 인격 자체가 어디에도 존재하지 않는 가공의 것이었기 때문이다. 그 쇼에서 아라토를 비롯한 모두가 '형태'와 행동 관리 클라우드 저편에 있는 유리라는 무엇인가를 착각했을 뿐이었다.

료는 아마도 아라토가 이해할 수 없는 것까지 보이는 모양이었다.

"그런 편리한 해석은 하지 마. 사회가 인간 없이도 잘 돌아가게 된 건 최근 몇십 년의 일이야. 문명의 시작부터 이어지던 게 지금 변화하고 있다고, 그게 hIE와의 문제의 핵심인데 아날로그 핵만으로 범위를 좁히지 말라고."

아라토는 답답해서 자기편을 찾아 주변을 둘러보았다. 에리카와 료 이외에는 모두 hIE라는 것을 알아차리고 소름이 끼쳤다. 좀비로 가득 찼던 도시가 머릿속에 떠올랐다.

레이시아를 비롯한 hIE들은 외형은 인간처럼 보여도 역시 물건이다. 인간과 사실은 굳이 인간 형태를 취할 필요가 없는 도구들이 같은 존재인 것처럼 뒤섞여 있었다. 의식하고 보니 이곳이 인류가 도달하는 기묘한 종착점처럼 여겨졌다. 여기는 미쳐 돌아가지만 않았지, 좀비 저택이었다.

"과연 그럴까? 내가 냉동 수면을 하기 전인 100년 전에 문명은 이미 변할 준비를 끝마쳤어. 아까 보여 준 영상에도 21세기 초기에 등장했던 캐릭터를 사용했으니까."

스노드롭이 떠났을 뿐인데 바로 원래대로 돌아온 좀비 도시와 파비온 그룹은 깊은 곳에서 연결되어 있다. 아날로그 핵도 마찬가지였다.

아마 아라토가 그 도시에서 hIE 어린이의 손을 잡아끄는 바람에 료와 결정적인 파국을 맞은 것과도 이어져 있으리라.

인간이라는 시스템은 100년 전 사람이나 '물건'까지 참가할 수 있을 정도로 열려 있지만, 그래도 그들의 보금자리는 이곳에 없다.

료가 진절머리가 난다는 식으로 말을 내뱉었다.

"무슨 얘기인지는 알겠어. 겨우 다섯 대의 hIE로 세상을 변화시킬 셈인가 보지? 아니, 변화시켜도 되는 줄 아는 거야? 어린애 같은 고집만으로 아라토도, 너도 위험하기 짝이 없는 도구를 휘두르고 있는 것뿐이야."

그리고 메소드의 모습이 다시 친구 옆에서 사라졌다.

동시에 에리카의 바로 정면에서 섬광이 폭발했다. 어스름이 완전히 타서 사라진 순간, 아라토는 보았다.

에리카가 거느린 연갈색 머리의 hIE가 어느 틈엔가 이동해서 에리카를 보호했던 것이다. 그 눈동자는 황금빛으로 빛나고 있었다. 파티 회장의 벽 가장자리에서 중앙까지 튕겨 나간 메소드가 눈썹을 치켜세우며 외쳤다.

"사투르누스!"

노란색 유니폼을 입은 hIE가 살짝 눈을 내리깔며 우아하게 인사했다.

"Type-003 마리아주라고 합니다. 기억해 주시길."

그게 바로 료에게는 보였지만 아라토는 알 수 없었던 진실 중 하나였다. 에리카 역시 레이시아급의 오너였기에 그들을 이곳에 모이게 했다.

그리고 파티 회장의 모두의 움직임을 '그녀'가 한마디로 막았다.

"조용히 해 주십시오. 회장에 있는 모든 hIE에 폭탄을 설치했습니다."

아라토는 깜짝 놀라서 주변을 둘러보았다. hIE 급사나 메이드가 모두 움직임을 멈춘 채였다. 실내에 효과적으로 폭압을 일으키기 위해서인지 정연한 규칙까지 느껴지는 배치였다.

처음으로 손을 든 건 코우카였다.

"난 빠질래. 폭발물 반응은 없지만, 너라면 그런 폭탄 정도는 만들 수 있잖아?"

마리아주의 미소가 그게 가능하다는 것을 알려 주었다.

다만 딱 하나, 메소드만이 스크린 앞에 서 있는 에리카 일행을 향해 발을 내디뎠다.

"난 전부터 관심이 있었어. 레이시아급 중에서 누가 제일 완성된 기계이고, 누가 가장 유능한 '도구'인지를 말이야."

메이드 복장을 한 마리아주가 공손히 고했다.

"이 상태에서도 전 주인님을 지킬 수 있지만, 당신은 곤란하지 않으실지요."

료는 메소드와 사전에 이런 상황에 대해 논의를 했는지 당황하지 않았다.

"허세 부리긴. 디바이스를 갖고 있지도 않은 것 같은데."

"외람되지만 손님. 진정한 최고의 범용성을 부여받은 '물건'은 디바이스에만 의지할 필요가 없습니다."

그리고 입을 연 것은 마리아주가 아니라 에리카였다.

"그럼 아라토는 어쩔 거지? 같이 여기서 소란을 피우겠어?"

아라토는 흘러가는 상황을 따라가지 못해서 나설 타이밍까지 놓치고 말았다. 료를 만나기 전까지는 파비온 그룹의 파티인 줄만 알았다. 그러나 메소드와 코우카가 있고, 게다가 오늘까지 그들 앞에 나타나지도 않았던 다섯 번째 레이시아급까지 모습을 드러냈다.

"에리카, 넌 어쩌고 싶은데? 이렇게 툭탁거리자고 우리를 부른 게 아닐 텐데. 자기소개치고는 너무 지나친 거 아냐?"

아마도 마리아주는 아라토 일행이 모르는 공격 수단을 많이 갖고 있을 터이다. 하지만 모두를 함정에 빠뜨려 여기서 승부를 볼 이유는 없는 데다, 초대장을 정확히 보낼 정도로 모두의 위치를 완전히 파악하고 있을 정도이니 할 마음만 있다면 그저 한 팀씩 끌어들여 하나씩 격파하는 게 더 나았을 것이다.

이전 세기와 금세기의 경계를 눈으로 봐 온 소녀에게 아라토가 할 수 있는 일은 역시 손을 내미는 일뿐이었다.

에리카는 작게 웃으며 만족스러워했다.

"넌 생각보다 훨씬 재미있는 애구나."

그리고 그녀 뒤에 있던 스크린에 새로운 영상이 나타났다.

이번에는 료마저 숨을 삼킬 수밖에 없었다. 야경을 배경으로 어디서 많이 본 적이 있던 실루엣이 확대되었기 때문이다. 흰 원피스에 녹색 머리를 한 어린 소녀, 다섯 대 중 유일하게 이 자리에 없는 기체, 스노드롭이었다.

출현할 때마다 주변 기계를 비정상적으로 만들어 이계(異界)를 출현시키는 '그녀'가 저 멀리 밤바다가 엿보이는 바깥에 있었다. 금속제 골격이 다 드러난 건조물 위에 앉아 있었다.

"변전소군."

료가 말했다.

"정답이야."

에리카가 미소를 지었다. 철골뿐인 건조물만 늘어서 있는 시설에는 평소에는 구경하기도 힘든 전선까지 내걸려 있었다. 도시에서 전선은 이제 모두 땅 아래에 파묻혀 있지만, 설치 비용의 문제로 인해 발전 시설에서 변전소까지는 지금도 철탑에 송전선이 걸려 있다.

영상 속의 스노드롭은 변전 시설의 거대한 축전지 위에서 꽃을 피워 댔다. 생물이 닿으면 순식간에 감전사해 버리는 인프라 시설을 먹어 치우려던 참이었다.

에리카는 느긋한 발걸음으로 스크린 앞에서 몸을 비켰다.

"인간을 필요로 하지 않는 진화 상태로 나아간 거야. 에너지와 더욱 거대한 처리 능력을 탐욕스럽게 노리고 있어."

아라토한테도, 료한테도 그런 말이 귀에 들어올 때가 아니었다. 스노드롭은 와타라이를 살해한 기체이기도 했다. 이 기계는 사람을 죽일 수도 있다.

"이 녀석은 어디에 있지?"

"보나 마나 지금부터 가도 때에 맞출 수 없을 거야. 마리아주가 추적하는 이 애의 데이터를 돌아갈 때 선물로 가져가도록 해."

"인프라를 먹어 치우려고 하잖아. 잘도 그렇게 느긋한 소리만 해 대는구나!"

마침내 영상 속에서 거대한 불꽃이 터져 올랐다. 스노드롭이 건드려서는 안 될 곳에 손을 대서 변전소 기능이 회복 불가능할 정도의 손상을 입었는지, 갑자기 변전소를 밝히고 있던 전등 모두가 꺼져 버렸다. 스노드롭의 영상 속 배경이던 도시가 마치 밤이 거대한 눈꺼풀을 닫는 것처럼 단숨에 깜깜해졌다. 도시 그 자체가 잠에 빠지기라도 한 것처럼 어둠이 거대한 정전이 되어 인간 세계로 떨어져 내렸다.

잠시 후, 다른 변전소에서 전기가 공급되어 다시 서서히 도시의 불빛이 켜지며 제 기능을 회복하기 시작했다.

그들의 세계는 고도로 자동화되어 있다. 불시의 전력 차단에는 대비가 되어 있지만, 전력 공급이 아예 중단되면 인간 사회는 신경과 기관의 대부분을 잃고 만다.

초등학교 때부터 배우는 상식에 아라토는 온몸에서 핏기가 싹 가시는 듯했다. 세상의 종말이라도 본 심정이었다.

그러나 단 한 사람, 에리카만이 낭패하는 그들을 보고 웃었다.

마치 남의 일처럼.

"겨우 다섯 대의 hIE로 세상을 바꿀 수는 없을 거라고 했지? 나는 밈프레임의 히긴스의 작품 모두를 여기서 봤으니까 충분히 바꿀 수 있다는 데 내기를 걸겠어."

hIE와 인공지능의 역사를 보여 준 스크린에 또다시 레이시아가 비쳤다. 이번에는 그녀만이 아니었다.

어디에 카메라가 설치되어 있는지 인간과의 경쟁에서 이기기 위한 도구 코우카가, 진화를 위탁받은 도구 스노드롭이, 인간을 확장하기 위한 도구 메소드가, 그리고 마리아주의 실시간 영상까지 다섯 대가 차례로 나타났다.

"히긴스의 딸들을 보이지 않는 어두운 곳에서 몰래 서로 충돌시킬 필요가 있을까?"

당연하다고 대답하려던 아라토는 오싹함을 느꼈다. 마침내 에리카의 일그러진 부분을 깨달았던 것이다. 심지어 와타라이 긴가마저 괜히 이들의 존재를 밝혀서 사회가 큰 혼란에 빠질 위험을 피했다. 그러나 그녀는 달랐다. 본질적으로 그들과 대립할 수밖에 없는 것이 있었다.

아라토도 알아차린 것을 당연히 료가 모를 리가 없었다.

"뭐가 목적이지? 인류 미답 산물은 존재가 명확히 드러나면 대부분은 제작한 초고도AI의 소유자가 관리하게 되어 있어. 너도 네 기체를 잃는다고."

그러나 에리카는 웃었다.

"밈프레임은 정면으로 나서면 레이시아급이 벌인 막대한 피해에 대한 책임을 져야 하니까 몰래 회수하고 싶은 거잖아? 하지만 멋진 물건에는 그에 맞는 무대를 주어야지, 그렇지 않으면 인간의 명예에 흠이 가지 않겠어?"

그 입으로 인간 사회가 허점투성이라고 지적한 에리카의 그런 말이 무서울 정도로 불성실하게 들렸다. 그래도 그녀의 싸움 스케일은 아라토에게 소름이 돋게 할 정도로 컸다.

"그들은 미래로 이어지는 티켓이야. 그러니까 당당하게 사용해서 원하는 '미래'에 당당히 입장하면 될 일이야."

각각의 과정의 결과로서 맺어진 오너와 hIE의 관계는 제각각 너무나도 차이가 났다. 레이시아와 아라토만이 아니라 어느 오너와 hIE 사이에도 만남부터 시작된 여정이 있고, 아마 목표 지점도 서로 다르다.

레이시아의 표정을 살폈다. 이런 결정적인 순간에, 아라토에게 아무 말도 하지 않는다. 그러나 그의 손을 따듯한 감촉이 감쌌다. 레이시아의 손이었다. 아마 고백을 거쳐 둘 사이의 관계도 뭔가가 변한 것이 분명했다.

그리고 감정이 담겨 있지 않지만 묘하게 귀에 남는 나직한 중얼거림이 새어 나왔다.

"'물건'에게 '미래'는 대체 뭐지?"

어스름 속에 있던, 인간이 아닌 hIE 코우카였다. 에리카와 아라토 사이에 있던 것과는 또 다른 단절이 인간과 그들 사이에 존재했다.

밝은 장소로 나와 빛을 받는 에리카에게 마음을 갖고 있지 않은 '물건'이 외친 소리는 닿지 않았다.

"우리는 오너로서 사용 계약을 맺었어. 그들이 바깥으로 나온 게 히긴스의 속셈이라고 해도, 거기에 응한다고 해서 뭐 문제 될 게 있어?"

아라토는 지금 여기가 뭔가의 폭심지라도 되는 듯이 몸을 떨었다.

에리카는 인간과 인간의 형태를 한 것에게 새로운 첫걸음을 떼기라도 하는 것처럼 선언했다.

"멋지지 않아? 우리는 이제 '미래'를 목전에 두고 있어."

분명 오늘을 경계로 세상은 바뀐다.

〈2권에서 계속〉

옮긴이 | 김진아 서울여자대학교에서 경영학과 영어영문학을 전공했다. 다년간 출판사에서 편집자로 근무했으며, 현재 일본어 전문 번역가이자 프리랜서 편집자로 활동 중이다. 옮긴 책으로는 『1%의 마법』, 『가모가와 식당 2』, 『터부』, 『왜 자꾸 죽고 싶다고 하세요, 할아버지』, 『펭귄은 하늘을 올려다본다』 등이 있다.

옮긴이 | 박춘상 1987년 서울에서 태어나 한성대학교를 졸업했다. 옮긴 책으로는 모리 히로시의 『모든 것이 F가 된다』, 『웃지 않는 수학자』, 『환혹의 죽음과 용도』, 『여름의 레플리카』, 『수기 모형』을 비롯하여 『사쿠라코 씨의 발밑에는 시체가 묻혀 있다』, 『허구추리 강철인간 나나세』, 『법정의 마녀』, 『악당』, 『기룡경찰』, 『거울 속은 일요일』 등이 있다.

비틀리스 1

1판 1쇄 찍음 2020년 7월 16일
1판 1쇄 펴냄 2020년 7월 23일

지은이 | 하세 사토시
옮긴이 | 김진아 · 박춘상
발행인 | 박근섭
편집인 | 김준혁
책임편집 | 장은진
펴낸곳 | 황금가지

출판등록 | 2009. 10. 8 (제2009-000273호)
주소 | 06027 서울 강남구 도산대로 1길 62 강남출판문화센터 5층
전화 | **영업부** 515-2000 **편집부** 3446-8774 **팩시밀리** 515-2007
홈페이지 | www.goldenbough.co.kr

도서 파본 등의 이유로 반송이 필요할 경우에는 구매처에서 교환하시고
출판사 교환이 필요할 경우에는 아래 주소로 반송 사유를 적어 도서와 함께 보내주세요.
06027 서울 강남구 도산대로 1길 62 강남출판문화센터 6층 민음인 마케팅부

ISBN 979-11-5888-681-3 04830(1권)
979-11-5888-683-7 04830(세트)

㈜민음인은 민음사 출판 그룹의 자회사입니다.
황금가지는 ㈜민음인의 픽션 전문 출간 브랜드입니다.